Penny Parkes
Liebe auf Rezept

W0302833

GOLDMANN
Lesen erleben

Buch

Die erfolgreiche Ärztin Holly Graham hat die Nase voll, den stressigen Klinikalltag in Reading irgendwie mit ihrem Privatleben als zweifache Mutter unter einen Hut zu bringen. Da kommt ihr das Angebot gerade recht, im Städtchen Larkford in die örtliche Gemeinschaftspraxis einzusteigen. Kurzerhand bricht Holly alle Zelte ab und wagt mit ihren zweijährigen Zwillingen Tom und Ben sowie ihrem Ehemann Milo den Neuanfang. Doch schnell wird Holly klar, dass es auch in der Provinz alles andere als beschaulich zugeht: Zum einen kann sie kaum noch die Augen davor verschließen, dass sie einen Egomanen ohne das geringste Interesse an Familienleben geheiratet hat, zum anderen hat sie kaum den Fuß über die Schwelle ihres neuen Arbeitsplatzes – beziehungsweise beim Einparken ihren altersschwachen Golf in den Mercedes eines überheblichen Kollegen – gesetzt, bevor sie feststellen muss, dass in der kleinen Praxis die Funken fliegen. Die Mischung aus jahrelang gepflegten Rivalitäten, Eifersüchteleien und geheimen Liebschaften würde schon ausreichen, um Hollys Blutdruck in die Höhe zu treiben, doch dann gibt es da auch noch einen ganz gewissen Kollegen, der ihr Herz schneller schlagen lässt …

Autorin

Penny Parkes hat im südenglischen Bath und in München International Management studiert. Sie sammelte erste Berufserfahrungen bei der BBC, bevor sie sich mit einer Location-Agentur für Film-, TV- und Werbeproduktionen selbstständig gemacht hat. Heute lebt Penny Parkes mit ihrem Mann, zwei Kindern und dem greisen Familienhund in den Cotswolds im Herzen Englands. »Liebe auf Rezept«, der Auftakt ihrer Serie um die charmant-chaotische Ärztin Holly Graham, ist ihr erster Roman.

Penny Parkes

Liebe auf Rezept

Roman

Aus dem Englischen
von Kristina Lake-Zapp

GOLDMANN

Die englische Originalausgabe »Out of Practice« erschien 2016
bei Simon & Schuster UK Ltd. A CBS COMPANY.

Dieses Buch ist auch als E-Book erhältlich.

MIX
Papier aus verantwortungsvollen Quellen
FSC® C014496

Verlagsgruppe Random House FSC® N001967

1. Auflage
Deutsche Erstveröffentlichung Mai 2017

Neumarkter Str. 28, 81673 München
Umschlaggestaltung: UNO Werbeagentur, München
Umschlagmotiv: FinePic®, München
Redaktion: Gisela Klemt
An · Herstellung: kw
Satz: KompetenzCenter, Mönchengladbach
Druck und Bindung: GGP Media GmbH, Pößneck
Printed in Germany
ISBN: 978-3-442-48411-9
www.goldmann-verlag.de

Für Rosie und Bertie
In Liebe, immer

Kapitel eins

Holly blies sich die Ponyfransen aus den Augen und spürte, wie das unangenehme Kribbeln in ihr aufstieg, das sie immer dann überfiel, wenn es ums Einparken ging. »Bitte mach, dass niemand zusieht«, murmelte sie und schlug das Lenkrad so stark nach rechts ein, dass die Aufhängung ihres schon recht betagten geliebten Golfs empört aufstöhnte. Verzagt nahm sie den Fuß vom Gas und vergewisserte sich, dass sie diesmal tatsächlich den Rückwärtsgang eingelegt hatte.

Ihre Nervosität beim Einparken war in den Augen derer, die sie kannten, vollkommen unangebracht. Sie war eine intelligente, eloquente Frau, Ärztin und Mutter, eine Person, an die man sich in Krisensituationen wandte. Dennoch verweigerte ihr jener Teil ihres Gehirns, der fürs Einparken zuständig war, strikt seinen Dienst.

Das Geräusch von Metall auf Metall ließ Holly jedes Mal schaudern. Heute Morgen, an ihrem ersten Tag im neuen Job, war das Geräusch von Golf auf Mercedes allerdings nahezu Übelkeit erregend. Holly schluckte schwer, um die Fassung wiederzugewinnen. Das war nicht der berühmte gute erste Eindruck, auf den sie gehofft hatte. Eilig stieg sie aus, um den Schaden zu begutachten. Noch während sie sich einzureden versuchte, dass ihr eigener Wagen den Großteil abbekommen hatte und der Mercedes nahezu ungeschoren davongekommen war, bog ein taubenblauer Fiat auf den Parkplatz ein. Die Fahrerin war hinter dem Lenkrad kaum auszumachen, dennoch setzte sie ruckzuck in nur zwei Zügen in eine winzige Lücke, an der Holly kurz zuvor grandios gescheitert war.

»Na toll«, murmelte Holly und rieb mit dem Ärmel unbeholfen über den hässlichen Kratzer im Lack des Mercedes, »jetzt parken schon Rentner besser ein als ich.«

»Guten Morgen!«, rief die Fahrerin des Fiats, öffnete die Autotür und löste ihren Gurt. Holly blickte erstaunt zu ihr hinüber. Die Stimme kannte sie, doch sie hatte Mühe, sie einzuordnen. Eine glamouröse Dame, die man vermutlich als genauso altehrwürdig bezeichnen konnte wie ihren Wagen, stieg aus. Es dauerte ein paar Sekunden, bis Holly wusste, mit wem sie es zu tun hatte.

Elsie Townsend, ein Star auf Bühne und Leinwand und nicht zuletzt lokale Berühmtheit der idyllischen Kleinstadt Larkford, kam über den Parkplatz auf sie zu, als schreite sie über den roten Teppich. Sie trug eine sündhaft teuer aussehende Wolljacke mit einem dramatisch drapierten Schultertuch – an einem Donnerstagmorgen um acht Uhr dreißig auf dem schlammigen Parkplatz einer Landarztpraxis vielleicht etwas unpassend.

»Hallo«, stieß Holly ehrfürchtig hervor.

»Besonders gesprächig sind Sie ja nicht«, bemerkte Elsie trocken. »Jetzt seien Sie mal nicht so schüchtern. Sagen Sie lieber, dass Sie die neue Ärztin sind. Wir warten nämlich *sehnsüchtig* auf eine liebenswürdige Frau Doktor.«

Holly ergriff die ihr entgegengestreckte Hand und stellte verblüfft fest, welche Kraft in den zarten Fingern steckte, die unter anderem einen Ring mit einem Saphir in der Größe eines Möweneis trugen. Noch bevor sie etwas erwidern konnte, zog Elsie sie an sich und hauchte ihr zwei pudrige Luftküsschen auf die Wangen.

»Sie werden hier für frischen Wind sorgen, meine Liebe«, prophezeite die alte Dame und trat einen Schritt zurück.

Holly spürte, wie ihr die Röte in die Wangen stieg. Unwillkürlich verzogen sich ihre Lippen zu einem Lächeln. All die Anspannung des heutigen Morgens, ganz zu schweigen von dem Einparkdebakel, fiel bei Elsies warmer Begrüßung von ihr ab. »Heute ist mein erster Tag. Ich bin übrigens Holly Graham. Es freut mich, Sie kennenzulernen, Miss Townsend.«

Elsies Augen funkelten vor Freude darüber, dass Holly sie erkannt hatte. »Nennen Sie mich doch bitte Elsie. Nun dann, Dr. Graham, wie schön, dass ich die Erste sein darf, die Sie in Larkford willkommen heißt. Wir haben uns sehr auf Ihre Ankunft gefreut, wenngleich manch einer rätselt, was Sie in unser kleines Städtchen verschlagen hat. Sie können sich das sicher vorstellen: Ein paar alte Schachteln haben nichts Besseres zu tun, als zu tratschen.« Sie warf Holly einen verschwörerischen Blick zu.

Diese lachte. Sie fand es herrlich komisch, dass Elsie, die bestimmt über achtzig war, sich offensichtlich nicht zu den »alten Schachteln« zählte. »Nun, dann werde ich die Gerüchteküche wohl zum Brodeln bringen, vor allem wenn es mir zur Gewohnheit wird, teure Fahrzeuge zu beschädigen.«

Elsie zuckte die Achseln und machte eine wegwerfende Handbewegung. »Ach, das ist bloß der Wagen von Dr. Bruce. Er ist ein Mistkerl«, verkündete sie, »daher nehme ich eher an, dass Sie von den Einheimischen Applaus bekommen werden. Henry Bruce ist ziemlich arrogant – und das ist die eine Eigenschaft, die den Leuten hier missfällt.«

»Na großartig«, sagte Holly leise. Sie hatte den unerschütterlichen Henry Bruce bei ihrem Vorstellungsgespräch kennengelernt und seine herablassende Haltung ebenfalls. Er missbilligte es ganz offensichtlich, dass sie es wagte, Frau, Mutter und Ärztin gleichzeitig zu sein. Er war der einzige Partner, der gegen ihre Einstellung gestimmt hatte, und jetzt hatte sie ausgerechnet seinen Wagen touchiert!

»Machen Sie sich keine Sorgen, meine Liebe. Wir, Ihre loyalen Patienten, werden Sie unterstützen«, versicherte Elsie Townsend mit einer ausholenden Armbewegung, als stünde sie in Stratford auf der Bühne und rezitiere Shakespeare. »Kommen Sie, sonst verspäte ich mich noch! Ich habe nämlich einen Termin bei Dr. Dan Carter. Er hat mich wegen schlechten Betragens einbestellt«, vertraute sie Holly in gespielt empörtem Ton an. »Schon wieder! Anscheinend schickt es sich nicht für eine Dame meines Alters, ein bisschen Spaß zu haben. Bringt sämtliche Nachbarn auf die Palme. Obwohl ich absolut nicht verstehe, warum ich nicht in einem hübschen Abendkleid in meinem eigenen Garten herumtanzen und ein bisschen Gartenarbeit verrichten soll. Doch Sie sehen ja, was dann passiert: Sofort behaupten alle, ich sei dement!« Elsie hakte sich bei Holly unter und schritt forsch aus. Nach ein paar Metern blieb sie jedoch wieder stehen und atmete tief durch. »Immer langsam mit den jungen Pferden«, murmelte sie, bevor sie sich erneut in Bewegung setzte.

Holly sah sie fragend an. »Möchten Sie einen Moment verschnaufen, Elsie?«

»Auf gar keinen Fall«, protestierte die alte Dame. »Ich werde doch nicht meinen Termin bei dem reizenden Dr. Dan versäumen!«

»Der schon als Teenager eine wahre Augenweide war«, fügte Holly schmunzelnd hinzu. »Er ist übrigens der Cousin meiner besten Freundin Lizzie.«

»Wunderbar«, freute sich Elsie. »Ich *liebe* eine gesunde Vetternwirtschaft. Ich hoffe, das ist der Grund, warum Sie hier in Larkford sind?«

»Zum Teil«, erwiderte Holly diplomatisch. Der Parkplatz war kaum der richtige Ort, um die Wirren ihres Lebens zu erörtern, und Holly musste unbedingt daran denken, sich eine offizielle Version für ihren Neuanfang zurechtzulegen. Und zwar so schnell wie möglich.

Elsies durchdringendem Blick entging nichts, schon gar nicht Hollys Nervosität und Unbehagen. »Mein liebes Mädchen«, beschwichtigte sie sie daher, »ich bin mir sicher, Sie sind ein Gewinn für unsere kleine Stadt. Heute ist Ihr erster Tag ... Was für ein Segen, neu beginnen zu dürfen – neue Menschen kennenzulernen, neuen Abenteuern zu begegnen, eine *affaire de cœur* nicht ausgeschlossen. Ach meine Liebe, ich beneide Sie fast ein wenig, nein, ich beneide Sie wirklich!« Elsies Hand flog zu dem schweren Diamantklunker an ihrem Hals. Wieder stieg Holly vor Verlegenheit über das Bild, das Elsie da zeichnete, die Röte in die Wangen. Bemüht, das Thema zu wechseln, schweiften ihre Augen über den Parkplatz und blieben an Elsies mustergültig geparktem altem Fiat hängen, in dessen taubenblauer Motorhaube sich die frühe Morgensonne spiegelte. »Sie müssen mir unbedingt Ihren Einparktrick zeigen, Elsie. Milo, mein Ehemann, hat es irgendwann aufgegeben. Er fürchtet, wenn er mir weiterhin Ratschläge erteilt, werde ich mich von ihm scheiden lassen.« Es gelang ihr, ein munteres Lachen zustande zu bringen.

Elsie lachte ebenfalls, doch sie musterte Holly skeptisch. »Gern«, sagte sie schließlich, »wenn Sie möchten, verrate ich Ihnen meinen kleinen Trick. Steve McQueen hat ihn mir 1965 beigebracht, und bislang hat er immer funktioniert. Wie hieß noch gleich der Film, den wir zusammen gedreht haben? Oh, das wird mich jetzt den ganzen Tag über beschäftigen …«

Holly führte Elsie um eine Pfütze auf dem gekiesten Vorplatz herum zum Haupteingang, wobei sie sich alle Mühe gab, nicht ein wenig neidisch zu sein auf die angesagten Lederstiefel, die die alte Dame trug. Das Ärztehaus war gerade renoviert worden und lag am Rand der beschaulichen Kleinstadt. Der ältere Teil des Gebäudes war aus dem für die Gegend typischen warmen rotbraunen Sandstein erbaut, über den Fenstern befanden sich Bogen aus dunklerem Backstein, was aussah, als habe das Gebäude Augen mit hochgezogenen Brauen. Eine ausladende Glyzinie rankte die Mauern empor, unzählige kleine Knospen versprachen eine üppige Blütenpracht. Der neuere Teil war weitaus kühner im Design und bestand überwiegend aus riesigen Panoramafenstern und mattiertem Glas. Holly, die dort ihr Bewerbungsgespräch geführt hatte, wusste, dass das Gebäude und auch die Praxis hell und lichtdurchflutet waren, ganz anders als die meisten eher düsteren Praxen. Ja, alles in allem wirkte das Ärztehaus luftig, geräumig und einladend.

Sie öffnete die Tür und atmete den Geruch nach Desinfektionsmitteln ein. Es fühlte sich an, als käme sie nach Hause. Was auch immer ihre Gründe gewesen waren, die Klinik zu verlassen – Holly wusste, dass der Schritt, in dieses Ärztehaus zu wechseln, aus beruflicher Sicht der richtige war. Jetzt musste sie nur noch dafür sorgen, dass er auch ihrem desaströsen Privatleben zugutekam. Als sie entdeckte, dass ihr Name bereits auf dem Schild mit den im Ärztehaus praktizierenden Medizinern stand, musste sie unweigerlich lächeln.

Elsie drückte aufmunternd ihren Arm. »*Bonne chance,* Dr. Graham. Es war mir ein Vergnügen.«

»Holly Graham?« Eine zierliche Frau mit einem leicht abgespannten Gesichtsausdruck lächelte sie einladend an, während sie durch den Empfangsbereich auf Holly zueilte. »Sie erinnern sich? Ich bin Grace Allen, zuständig für die Verwaltung und Praxisorganisation.«

»Hallo, Grace. Wie schön, Sie wiederzusehen«, sagte Holly, die die Praxismanagerin an ihrem Bewerbungstag kennengelernt hatte, aufrichtig erfreut. Es war tröstlich, von einem freundlichen Gesicht empfangen zu werden.

Grace' Wangen röteten sich, und Holly musste daran denken, wie aufmerksam und rücksichtsvoll die Praxismanagerin mit allen Bewerbern umgegangen war. Noch im Vorfeld hatte sie spezielle Fragen beantwortet und dafür gesorgt, dass die Kandidaten im Falle eines Umzugs über die hiesigen Schulen und Wohnverhältnisse informiert waren.

»Ich kann Ihnen gar nicht genug danken für all die Informationen, die Sie mir geschickt haben, Grace. Es hat mir diesen Schritt um einiges erleichtert, und die Jungs sind bereits dabei, sich im Pinetrees-Kindergarten einzuleben. Ich will nicht behaupten, dass es ein reibungsloser Übergang war«, fügte Holly mit klassischer Untertreibung an, »aber Ihre Tipps waren wirklich hilfreich.«

»Aber, aber …«, wehrte Grace verlegen ab, offensichtlich aber erfreut über das Kompliment, »ein Umzug ist belastend genug, ganz zu schweigen davon, wenn man auch noch eine neue Stelle antritt. Ich weiß nur zu gut, welchen Balanceakt man mit Job und kleinen Kindern zu bewältigen hat. Wenn Sie also jemanden zum Reden brauchen – ich bin für Sie da.« Ihre Wangen wurden noch röter, als wollten sie den kastanienroten Strähnchen in ihrem Bob Konkurrenz machen. »An manchen Tagen allerdings kam mir die Arbeit vor wie pure Erholung!

Aber nun werden wir Ihnen erst einmal einen Kaffee besorgen und uns um den Porridge-Fleck auf ihrem Rock kümmern.« Grace schenkte ihr ein wohlwollendes Lächeln, woraufhin Holly sie am liebsten umarmt hätte.

Ihr Blick wanderte frustriert zu dem kleinen weißen Handabdruck auf ihrem Rock. Wie schrecklich, dass sie das Klischee der berufstätigen Mutter so haargenau erfüllte! Sie musste sich wirklich am Riemen reißen, wenn sie einen professionellen Start hinlegen wollte. Eilig fischte sie ein Feuchttuch aus ihrer Handtasche – ohne Feuchttücher verließ sie nie das Haus – und machte sich damit an dem Fleck zu schaffen. Ohne Erfolg. »Ich habe keine Ahnung, wie die das anstellen«, murmelte sie vor sich hin, dann wandte sie sich Grace zu. »Danke, dass Sie mich darauf aufmerksam gemacht haben. Als die Zwillinge klein waren, bin ich mit joghurtbekleckertem Rücken durch den ganzen Supermarkt marschiert, und kein anderer Kunde hat auch nur ein Wort gesagt!«

Die Praxismanagerin lachte und klopfte Holly aufmunternd auf die Schulter. »Von jetzt an halten wir Ihnen den Rücken frei.« Ihr Ausdruck verfinsterte sich, als eine große Blondine durch die Anmeldung fegte, ohne die Anwesenheit der beiden Frauen überhaupt wahrzunehmen. Sie knallte einen Stapel Papierkram auf Grace' Schreibtisch und verschwand wortlos. »Nun, zumindest die meisten von uns. Aber dazu später mehr.«

Holly verdrehte den Hals, um der Blondine mit den endlos langen Beinen, dem perfekten Make-up und dem teuren Kleid nachzuschauen. Wer mochte sie sein, dass sie der freundlichen Grace eine so unfreundliche Reaktion entlockte? Das Stethoskop, das um ihren Nacken hing, ließ immerhin darauf schließen, dass sie zu den Ärzten zählte. Plötzlich fügten sich die Puzzleteilchen zusammen: Das war Julia Channing! Kein Wunder, dass sich alle so sehr auf die neue Allgemeinärztin freuten, wenn diese hyperperfekte Eisprinzessin ihre bisher einzige Option gewesen war.

Ein paar Minuten später machte sich Holly, einen Kaffee in der Hand, Notizen, während Grace ihr mit schonungsloser Effizienz, die in Kontrast zu ihrem zarten Erscheinungsbild stand, den Tagesablauf im Ärztehaus erläuterte.

»Ich habe mit Ihnen eine Nachmittagssprechstunde eingeplant, aber ich dachte, den Vormittag verbringen wir damit, dass ich Sie mit den hiesigen Gepflogenheiten bekannt mache und Ihnen dabei helfe, sich rasch einzuleben«, schlug Grace vor. »Dan hat darum gebeten, dass Sie bei ein, zwei Patientengesprächen hospitieren, und den Rest des Teams werde ich Ihnen bei einem zweiten Frühstück vorstellen. Klingt das gut?«

»Das klingt perfekt, Grace.« Holly lächelte, froh darüber, eine so offene, hervorragend organsisierte Praxismanagerin zu haben. Ihr war klar, dass es Grace war, die den Laden am Laufen hielt. »Ich kann es kaum erwarten, die anderen kennenzulernen.«

Das war geflunkert, aber da es niemandem wehtat, hielt Holly diese Lüge für vertretbar. Grace musste ja nicht wissen, dass ihr die Aussicht, gleich den Rest der Mannschaft kennenzulernen, ganz schön Angst machte. Das galt selbstverständlich nicht für Dan, aber irgendwann würde sie Julia Channing gegenübertreten müssen, und dann war da auch noch Henry Bruce, den sie für sich gewinnen musste. Außerdem konnte sie sich nicht vorstellen, dass sie jemals Freundschaft mit der jungen und übermäßig selbstsicheren Arzthelferin schließen würde, der sie vorhin auf dem Gang begegnet waren.

Plötzlich fühlte sie sich erbärmlich und war heilfroh,

dass Dan hier war. Es gab Tage, befand Holly, an denen man mehr brauchte als ein abgeschlossenes Medizinstudium und eine gehörige Portion Glück, um zuversichtlich zu bleiben.

Grace nahm ihre Tasse und führte sie den Gang entlang zu einer Tür, auf deren Schild DR. D. CARTER stand. »Die glamouröseste Einwohnerin von Larkford haben Sie ja bereits kennengelernt, da kommt so schnell niemand ran.«

Holly furchte die Brauen. »Meinen Sie Elsie Townsend? Eine wundervolle Person«, sagte sie mit warmer Stimme und stellte insgeheim fest, dass ihr die Vorstellung, im Alter ein derart exzentrisches Leben zu führen, ziemlich verlockend erschien.

»O ja, sie ist ein echtes Unikat. Unglaublich witzig – aber Vorsicht! Lassen Sie sich unter keinen Umständen einen Martini von ihr mixen – ehe Sie sich's versehen, tanzen Sie auf dem Tisch, das können Sie mir glauben. Sollte Ihnen jemals langweilig werden, laden Sie sie auf einen Drink ein, und sie wird Ihnen von ihrem Zickenkrieg mit Marilyn Monroe erzählen und von ihrer heißen Affäre mit Steve McQueen.«

Holly lachte, doch sie kehrte schlagartig zurück auf den Boden der Tatsachen, als ihr das Gespräch mit Elsie über Steve McQueen einfiel. »Grace« – Holly senkte ihre Stimme zu einem kaum hörbaren Wispern –, »ich müsste dringend mit Dr. Bruce sprechen. Es geht … nun, es geht um seinen Wagen.« An Hollys Hals bildeten sich hektische Flecken, die Grace nicht übersehen konnte.

Die Praxismanagerin schaute nach links und nach rechts und zog Holly blitzschnell in die Damentoilette. »Wenn Sie erst einmal eine Weile bei uns sind, Holly, werden Sie feststellen, dass jeder Einzelne hier seine Macken hat.« Sie senkte die Stimme zu einem vertraulichen Flüstern. »George Kingsley zum Beispiel, der Seniorpartner, würde einen Mord begehen für eine anständige Rindfleisch-Nieren-Pastete. Dan Carter reißt sich beide Beine aus, um eine neue Laufstrecke zu entdecken, und über Dr. Bruce sollten Sie wissen, dass er etwas heikel, um nicht zu sagen besessen ist, wenn es um seinen Wagen geht. Ich will damit nur andeuten, dass ich an Ihrer Stelle nicht das Risiko eingehen würde, gleich am Anfang Sympathien zu verspielen, es sei denn, seine Stoßstange liegt irgendwo auf dem Parkplatz.«

»Hm …«, erwiderte Holly zögernd. Einerseits wollte sie wirklich dringend einen positiven ersten Eindruck bei ihren Kollegen hinterlassen, doch sie wusste auch, dass Dr. Bruce zweifelsohne früher oder später die gut fünf Zentimeter lange Schramme nebst Beule an seinem geliebten Vehikel entdecken würde. »Aber ich muss doch zugeben, dass ich diejenige war …«

»… die rein gar nichts auf dem Parkplatz bemerkt hat, als sie auf das Gebäude zuging?«, fragte Grace bedächtig.

Holly schüttelte den Kopf. »Nein, dass ich es war, die …«

Jetzt war es an Grace, den Kopf zu schütteln. Ihre Stimme klang überraschend entschieden, als sie fortfuhr: »Holly, Sie sind eine ausgesprochen nette Frau und ganz bestimmt eine gute Ärztin, sonst wären Sie nicht hier. Doch wenn Sie Dr. Bruce gestehen, dass Sie seinem Mercedes ein Leid zugefügt haben, ist das Ihr erster und letzter Tag bei uns. Es wäre also wirklich von Vorteil, wenn Sie nichts gesehen hätten.«

Bemüht, sich ihre Verblüffung nicht anmerken zu lassen, verbannte Holly den erstaunten Ausdruck von ihrem Gesicht. Grace beugte sich vor und flüsterte verschwörerisch: »Er wird nachher zu Hausbesuchen aufbrechen, und die Straßen hier sind oftmals ziemlich matschig, gerade wenn es viel geregnet hat. Vertrauen Sie mir. Lassen Sie es einfach auf sich beruhen.« Damit drückte sie Hollys Arm und schob sie aus der Damentoilette.

Holly konnte sich des Verdachts nicht erwehren, dass Grace es faustdick hinter den Ohren hatte.

Kapitel zwei

Kurz darauf ließ sich Holly still und leise auf einem Stuhl in der Ecke von Dans Sprechzimmer nieder, bemüht, sich nicht ganz so auffällig umzuschauen. Sie war überzeugt davon, dass der Schreibtisch eines Menschen sehr viel über diesen verriet, und sollte sich diese Theorie bewahrheiten, litt Dan definitiv an einer Persönlichkeitsspaltung.

Eine Hälfte seines imposanten Massivholzschreibtischs – hinter dem der »reizende Dr. Carter« saß und telefonierte – war mit fast militärischer Präzision aufgeräumt, verschiedene Gerätschaften und Utensilien standen akkurat aufgereiht nebeneinander. Auf der anderen Hälfte tobte hingegen das Chaos. Papiere, ungeöffnete Briefe und leere Kaffeetassen bildeten ein wüstes Durcheinander.

Aus dem Augenwinkel bemerkte Holly, dass Dan den Hörer auflegte. Sie schaute auf und blickte direkt in seine Augen. Ertappt. Es blieb ihr nichts anderes übrig, als zu grinsen. »Entschuldige«, stieß sie leicht verlegen hervor. »Ich bin ein bisschen neugierig. Versuche, ein Gefühl für die Praxis zu bekommen …«

»Und zu begreifen, wie es einem gelingt, so viel Papier in einem papierlosen Büro anzusammeln?«, ergänzte Dan trocken. »Verrate bitte Grace nichts. Das ist mein kleines Geheimnis.« Er grinste ebenfalls. »Wunderbar, dass du hier bist, Holly. Du wirst dich wohlfühlen. Eine kurze Frage nur: Warum Dr. *Graham*? Hättest du bei deiner Eheschließung wegen der Namensänderung zu viel Papierkram erledigen müssen, oder warum hast du deinen Mädchennamen behalten? Nicht dass ich etwas Falsches da hineininterpretiere …«

Holly zuckte die Achseln. Bei Milo hatte sie die Formalitäten vorgeschoben, aber in Wirklichkeit? »Es steckt nichts Besonderes dahinter, außer dass ich mir nicht unbedingt als Dr. Payne einen Namen machen wollte. Wer geht schon zu einer Ärztin, die mit Nachnamen ›Schmerz‹ heißt? Das ist ja fast so schlimm wie Dr. de'Ath, unser Todes-Professor an der Uni.«

Dan lachte. »Großer Gott, ja, ich erinnere mich an ihn. Aber Holly Payne – uff –, das wäre natürlich der Hammer. So gesehen ist es wahrlich die einzig vernünftige Lösung, deinen Namen zu behalten. Ich muss dich allerdings warnen: Einige Leute hier sind ein wenig altmodisch – es könnte sein, dass du am Anfang ständig beteuern musst, dass du deinen Mann nicht hast sitzen lassen.«

Holly lachte nervös, was ihr einen fragenden Blick von Dan eintrug. Also beeilte sie sich, das unangenehme Thema »Milo« zu wechseln. »Larkford ist ein wirklich nettes Städtchen. Die Jungs leben sich gut ein, und ich bin total glücklich, in Lizzies Nähe zu sein. Wie oft bekommt man als Erwachsener schon die Gelegenheit, täglich seine beste Freundin zu sehen?«

»Das ist natürlich großartig«, pflichtete Dan ihr bei. »Doch darüber hinaus … Ungefähr die Hälfte der Einwohner ist ziemlich verschroben, und auch einige Mitarbeiter im Ärztehaus sind gewöhnungsbedürftig. Wir haben hier ein, zwei Personen, die man entweder liebt oder hasst, aber da solltest du dir am besten selbst eine Meinung bilden.«

Dan warf einen Blick auf seine Armbanduhr und schaltete auf Berufsmodus um. »Als Erstes wirst du heute erfahren, dass die Allgemeinmedizin eine komplett andere Nummer ist als die Arbeit in einer Klinik und dass wir alle unsere ganz persönliche Vorgehensweise haben. Für dich ist es das Wichtigste, deinen eigenen Stil beizubehalten. Lass dich nicht zu einer Entscheidung verleiten, die dir eigentlich widerstrebt, und bleibe gleichzeitig anderen Behandlungsmöglichkeiten gegenüber offen. Das ist ein Balanceakt, ich weiß, aber glaub mir, es ist einen Versuch wert.«

»Okay.« Holly nickte, plötzlich unfähig, etwas Eloquenteres hervorzubringen. Sie sah Dan an, der sein wuscheliges kastanienbraunes Haar zurückstrich.

»Okay«, echote Dan. »Ich nehme an, du bist bereits Elsie Townsend begegnet? Die übrigens ein wunderbarer Mensch ist, auch wenn sie uns alle ziemlich auf Trab hält.« Er grinste. »Sie ist vielleicht ein bisschen schwierig, aber wir lieben sie. Gib acht, ihre Stimme hat manchmal eine fast hypnotische Wirkung, und ehe man sich's versieht, hat man in etwas eingewilligt, was man eigentlich gar nicht gutheißt ... Du kannst sie übrigens gleich aus dem Wartezimmer holen. Das entspricht nämlich Dr. Carters oberstem medizinischem Gebot: Verpasse keine Gelegenheit, deine Patienten und ihr Befinden richtig einzuschätzen. Viele von ihnen lügen uns bei bestimmten Dingen dreist ins Gesicht, aber meistens weiß man schon, wie es um ihre Gesundheit bestellt ist, wenn sie im Wartezimmer aufstehen und uns ins Sprechzimmer begleiten. Warum sollte man sich das entgehen lassen? Es hilft immens beim Stellen der Diagnose. Trotzdem ziehen es einige Kollegen vor, sie über die Gegensprechanlage zu sich zu bitten.«

Holly verließ das Sprechzimmer, erfreut, Elsie wiederzusehen, noch mehr allerdings darüber, dass sich die Zusammenarbeit mit Dan so entpuppte, wie sie es sich erhofft hatte.

Sie öffnete die Tür und ließ den Blick durch das geräumige neue Wartezimmer im Atrium schweifen. Es wirkte einladend und entspannend: Fenster, die sich öffnen ließen, eine funktionierende Heizung, bequeme, zu Sitzgruppen arrangierte Stühle. Natürlich hingen auch hier die üblichen Gerüche nach Arznei- und Desinfektionsmitteln in der Luft, dennoch war es die angenehmste Praxis, die Holly je gesehen hatte. Sie seufzte glücklich und konnte es immer noch nicht ganz fassen, dass sie von nun an hier arbeiten durfte.

»Elsie? Elsie Townsend, bitte«, versuchte sie die Aufmerksamkeit der alten Dame zu erwecken, die einer Gruppe von Kleinkindern in der Spielecke spontan ein Gedicht vortrug. Die Kleinen lauschten hingerissen, und als Holly näher trat, verstand sie auch, warum. Elsies Gedicht handelte beinahe ausschließlich von Aa. Nun, um genau zu sein von Pupsen *und* Aa, doch damit hatte sie ihr junges Publikum fest im Griff.

Nachdem sie Elsie losgeeist und in Dans Sprechzimmer verfrachtet hatte, musste Holly zugeben, dass an dessen Behauptung, der Gang vom Warteraum zum Sprechzimmer gebe entscheidende Hinweise auf die spätere Diagnose, etwas dran war. Auf der kurzen Strecke hatte sie mehrfach stehen bleiben und auf Elsie warten müssen, die schon nach ein paar Schritten kurzatmig wurde. Das war weit aufschlussreicher als ein Fünf-Minuten-Gespräch. Außerdem hatte sie einen sehr lustigen Limerick über das Töpfchentraining eines Koalabären gelernt, über den sich ihre Zwillinge bestimmt schieflachen würden.

»Stecke ich wieder einmal in Schwierigkeiten, Dr. Carter?«, fragte Elsie mit einem gewinnenden Lächeln. »Ich war doch bloß ein bisschen lustig. Noch sind bei mir nicht alle Schrauben locker.«

»Nun ja«, erwiderte Dan, »leider habe ich jede Menge Anrufe bekommen, Elsie, und wir sind ebenfalls der Ansicht …«

»Pfui!«, schimpfte Elsie. »Nur weil meine Nachbarn ein Haufen stinklangweiliger Wichtigtuer sind, heißt das nicht, dass sie mir Vorschriften machen dürfen. Ich habe sehr lange darauf gewartet, alt und exzentrisch zu werden, Dr. Carter, und ich habe nicht vor, das nun sang- und klanglos aufzugeben, weil Cassie Holland, diese Spießerin, einen Vogel hat, was ›schickliches Benehmen‹ anbetrifft.«

Holly fing Dans Seitenblick auf. Offenbar wollte er sehen, ob sie angebissen hatte. Ja, sie hing definitiv am Haken, wollte mehr wissen – um ehrlich zu sein, hätte sie am liebsten mitgemacht bei dem, was Elsies Nachbarn für unschicklich hielten, denn Elsie schien sich eine Fähigkeit bewahrt zu haben, die Holly in letzter Zeit verloren gegangen war: die Fähigkeit, Spaß zu haben.

Sie sah, wie Dan aufmerksam zuhörte und dabei seinen Füller zwischen den Handflächen hin und her rollte. In seinen braunen Augen stand Sorge. Elsies Auftritt war offenbar nur einer von vielen, und bei Dan gingen, den Post-it-Zetteln auf seinem Schreibtisch nach zu urteilen, ständig Anrufe ihretwegen ein.

Holly unterdrückte ein Lächeln, als Elsie anfing, sich dafür zu rechtfertigen, warum sie sich um Mitternacht auf dem Marktplatz herumgetrieben hatte. Gekleidet wie für eine Oscarverleihung hatte sie munter hier und da Narzissenzwiebeln in die Grasflächen gesteckt und sich dabei anscheinend prächtig amüsiert. Es war erstaunlich, dass keiner ihrer neugierigen Nachbarn bei einer Prominenten ihres Kalibers daran gedacht hatte, die Presse zu informieren.

Elsie, die in Holly offenbar eine verwandte Seele vermutete, ergriff emphatisch deren Hand. »Mein liebes Mädchen, Sie haben keine Ahnung, wie langweilig es ist, alt zu sein, da brauche ich einfach etwas, was mich aufmuntert.«

Jetzt war die alte Dame in ihrem Element und spielte begeistert für ihr Zwei-Personen-Publikum. Ihre leicht rauchige Stimme ließ selbst die simpelste Aussage verführerisch klingen, ihre Sprechweise war klar und akzentuiert und erinnerte an eine längst vergangene Ära. Für einen Augenblick tanzte das Licht in ihren tiefliegenden grauen Augen. »Jedes Mal wenn ich Spaß habe, behaupten alle, ich würde langsam plemplem. Das ist völliger Unsinn, denn dann wäre ich schon die letzten sechs Jahrzehnte plemplem gewesen ...« Sie ließ Hollys Hand los, dann legte sie ihre auf deren Arm.

Abermals fragte sich Holly, wie so zarte Finger einen so gewaltigen Saphir tragen konnten, ganz zu schweigen von den üppigen Diamantringen, die ihr zweifelsohne von den vielen aufeinanderfolgenden Ehemännern als Symbol ewiger Liebe geschenkt worden waren.

»Wir Mädels dürfen doch wohl ab und an ein wenig über die Stränge schlagen, oder?« Sie zwinkerte Holly vertrauensselig zu.

Holly gab sich alle Mühe, an Dans warnende Worte zu denken, aber sie fühlte sich nicht in der Lage, Elsies bestechendem Charme zu widerstehen.

»Bitte geben Sie mir Rückendeckung, Dr. Graham. Ich möchte diese Pillen, die mir Dr. Bruce verschrieben hat, nicht nehmen. Sie machen mich so langsam und benommen. Alt, dämlich und unbeholfen komme ich mir auch ohne Hilfe von Pharmazeutika vor, vielen Dank.«

Holly holte tief Luft – bemüht, ihre medizinische Objektivität nicht zu verlieren. Ihr Bauchgefühl schlug vor, Elsie später zum Mittagessen und auf ein paar Gin Tonics ins Pub einzuladen, doch das ließ ihr Berufsethos leider nicht zu. Medikamente hin oder her – Holly konnte sehen, dass Elsies mondäne Fassade bröckelte. Die falsch zugeknöpfte Seidenbluse entging ihr ebenso wenig wie der verräterische Fleck – vermutlich Essensreste – am Ärmel ihrer Kaschmirstrickjacke oder der Kajalstrich, der sorgfältig und mit großem Geschick aufgetragen war, allerdings nur auf einem Augenlid.

Sollte sich Elsies Geisteszustand tatsächlich verschlechtern, würden sie dem wohl kaum bei einem Zehn-Minuten-Termin auf den Grund gehen können. Wie aufs Stichwort blinkte in diesem Augenblick das Licht an Dans Schreibtischtelefon auf, um sie daran zu erinnern, dass das Wartezimmer voller Patienten war.

Holly wollte gerade etwas sagen, als sich Dan zu der alten Dame vorbeugte. »Elsie, niemand möchte Ihnen das Recht auf Spaß streitig machen, doch in dieser Stadt gibt es viele Menschen, die Sie mögen und die sich Gedanken um Ihr Wohlbefinden machen. Daher werde ich Lucy am Empfang bitten, einen Dreifachtermin mit Ihnen zu vereinbaren. Dann können wir in Ruhe die Untersuchungsergebnisse und das medizinische Vorgehen besprechen, und wenn …« – er hob die Hand, um sie daran zu hindern, ihn zu unterbrechen – »… *wenn* Sie dann noch immer den Eindruck haben, wir müssten die Behandlung optimieren, haben wir genug Zeit, genau dies in die Wege zu leiten. Bis dahin«, fuhr er mit autoritärer Stimme fort, »werde ich dafür sorgen, dass Ihnen jeden Tag jemand aus dem Team einen Hausbesuch abstattet. Es ist ja schön und gut, dass Sie jedes Mal, wenn Sie herkommen, einen bravourösen Auftritt hinlegen, aber wir sind da, um Ihnen zu helfen, und ich möchte, dass Sie das akzeptieren. Sie sollten es sich selbst und auch uns unbedingt eingestehen, wenn es Dinge gibt, die Ihnen Probleme bereiten. Nun, können Sie dem zustimmen?«

Holly hatte genickt, während Dan sprach, froh darüber, dass es in dieser Praxis offenbar wirklich darum ging, den Patienten zu helfen, anstatt einfach nach dem grünen Rezeptblock zu greifen.

Elsie legte den Kopf schräg, um über Dans Angebot nachzudenken, erfreut, dass er ihr offenbar ein Mitspracherecht einräumte. »Einverstanden«, erklärte sie mit derselben Autorität. »Sie können den jungen Jason vorbeischicken. Es wird mir ein Vergnügen sein, einen männlichen Pfleger zu bezirzen.«

Dan und Holly lachten: Dan, weil er wusste, dass der »junge Jason« sein erstes Jahr im Ärztehaus für ein aufschlussreiches Experiment hielt und einen Besuch in Elsies wunderschönem georgianischem Stadthaus noch dazu für ein ausgesprochen vergnügliches. Holly lachte, weil sie wegen der temperamentvollen Elsie Townsend leicht schockiert, verlegen und hin und weg zugleich war.

»Wir werden mal sehen«, sagte Dan, dann stand er auf. Die alte Dame erhob sich ebenfalls, und Dan nahm ihren Arm und geleitete sie sanft zur Tür. Als er sie öffnete, stellte Holly fest, wie zerbrechlich Elsie neben diesem großen breitschultrigen Mann wirkte. »Wenn Sie brav sind, Elsie, werde ich vielleicht sogar Dr. Graham zu Ihnen schicken. Es ist ihre erste Woche bei uns, deshalb müssen Sie besonders nett zu ihr sein.«

Holly begnügte sich mit einem schlichten »Auf Wiedersehen, Elsie!«, alles andere hätte unprofessionell gewirkt. Sie durfte sich auf keinen Fall anmerken lassen, wie aufgeregt sie bei der Aussicht auf einen Hausbesuch bei der alten Dame war. Elsie drückte ihr zum Abschied die Hand und schenkte ihr ein weiteres verschwörerisches Lächeln, das Hollys Aufregung nur noch steigerte. Warum, konnte sie selbst nicht so recht sagen.

Als Larkfords prominente Einwohnerin fort war, kehrte Dan an seinen Schreibtisch zurück und fing an, sich am Computer Notizen zu machen. »Keine Sorge, wenn du meinst, etwas neben der Spur zu stehen – diese Wirkung erzielt sie bei allen. Vermutlich hat das etwas mit der Faszination für die Welt der Stars zu tun – oder mit dem Gefühl, soeben einen Hurrikan überlebt zu haben. Soweit ich weiß, hat sie die halbe Stadt um den Finger gewickelt.«

Holly atmete tief durch. »Ich würde wirklich sehr gern nach ihr sehen, Dan. Ich weiß, dass sie eine lebende Legende ist, aber sie ist auch einfach großartig, findest du nicht? Dieser grandiose Auftritt eben, ihre Eloquenz … Dennoch wette ich darauf, dass mehr hinter diesen ulkigen Episoden steckt als Langeweile.«

»Auf die Wette gehe ich lieber nicht ein. Morgen werden wir Jason zu ihr schicken, du kannst am Samstagvormittag bei ihr vorbeischauen und dir ein Bild machen. Ich wäre froh, wenn ich jemand aus dem Ärzteteam auf meiner Seite wüsste – unter uns gesagt, und das wirst du selbst bald genug herausfinden, ist Dr. Bruce oft ein wenig voreilig, wenn es um das Verschreiben von Medikamenten geht. Er ist nicht der Meinung, dass es unsere Aufgabe ist, zunächst alle möglichen anderen Therapieansätze oder Behandlungen auszuprobieren. Genau aus dem Grund habe ich deine Bewerbung befürwortet: Du scheinst die Erkrankungen deiner Patienten ebenfalls ganzheitlich zu betrachten. Also lass mich jetzt bitte nicht im Stich, indem du Tabletten verteilst, als wären sie Smarties.«

»Da brauchst du dir keine Sorgen zu machen, Dan, das kann ich dir versprechen. Mir war immer schon schleierhaft, wie leichtfertig viele der Kollegen die Risiken von nicht selten grauenhaften Nebenwirkungen in Kauf nehmen. Manche dieser Nebenwirkungen sind sogar schlimmer als die eigentliche Erkrankung!«, erklärte Holly mit Nachdruck. Es war ein Thema, das sie leidenschaftlich beschäftigte und das nicht selten zu hitzigen Debatten mit ihrem letzten Boss in der Klinik geführt hatte. Dieser war auch eher der Typ Arzt, der seine Patienten mit Medikamenten vollpumpte und so die Symptome linderte, anstatt die Ursache ihres Problems bei der Wurzel zu packen.

Dan, auf dessen Gesicht ein breites Grinsen trat, schien ganz anders zu sein. »Die Einstellung gefällt mir«, erklärte er und drehte seinen Stuhl so zu ihr, dass er ihr direkt ins Gesicht schauen konnte. »Wie cool ist das denn, Graham? Wer hätte gedacht, dass wir mal zusammenarbeiten würden? Jetzt muss ich meiner verrückten Cousine sogar noch dankbar sein, dass sie das zuwege gebracht hat!« Die Lachfältchen um seine Augen kräuselten sich, was Holly ins Gedächtnis rief, wie ausgesprochen attraktiv Dan Carter immer schon gewesen war. Schade, dass sie sich für so lange Zeit aus den Augen verloren und nur sporadisch über Lizzie voneinander gehört hatten.

Sie zuckte die Achseln, die Wangen leicht gerötet. »Ich kann dir gar nicht sagen, wie glücklich ich bin, hier zu sein. Das Klinikleben war nicht mehr befriedigend für mich, und jetzt, da ich an die Zwillinge denken muss … Nun, dieser Job ist genau das, was ich brauche. Danke, Dan.«

»Im Grunde müssen wir uns bei dir bedanken, Holly.

Die anderen Bewerber waren fürchterlich. Kennst du diesen Typ Mensch, der sich für absolut herausragend hält, obwohl er in Wirklichkeit kaum etwas auf die Reihe bekommt? Ich dachte, ich wäre bei *X-Factor: Das Unfassbare* oder bei *The Apprentice: Der Lehrling,* so viel heiße Luft und nichts dahinter. Und dann bist du hereinspaziert. Einfühlsam, erfahren, wortgewandt … Wir wären komplett bescheuert gewesen, wenn wir dich nicht genommen hätten.«

Holly lehnte sich auf ihrem Stuhl zurück und spürte, wie sich auch ihr allerletztes Unbehagen verflüchtigte. Es war ihr gar nicht klar gewesen, doch Elsies Bemerkung über Vetternwirtschaft hatte einen Nerv getroffen. Sie hatte sich den Job so sehr gewünscht, dass sie bereit gewesen war, ihre Prinzipien hintanzustellen und darauf zu hoffen, dass Dan im Hintergrund ein paar Fäden zog. Dass das offenbar gar nicht nötig gewesen war, ließ sie erleichtert aufatmen. Jetzt musste sie nur noch den Erwartungen ihrer Kollegen gerecht werden.

Kapitel drei

Holly saß im Aufenthaltsraum, eine Tasse Kaffee in den Händen, und versuchte, die Namen der dort versammelten Kollegen im Kopf zu behalten, während Grace sie dem Betreuungspersonal vorstellte.

Bislang hatte sie ein nettes Gespräch über Handdesinfektionsmittel und Antibiotika mit Maggie, der Pharmazeutin mit Keimphobie, geführt, die sich verstohlen die Hand abwischte, nachdem sie Hollys geschüttelt hatte. Holly hatte sich nichts anmerken lassen, wenngleich sie leicht befremdet beobachtete, wie Maggie sowohl ihre Tasse als auch ihren Teelöffel mit einem einzeln verpackten Desinfektionstuch abputzte, bevor sie sich etwas zu trinken einschenkte. Trotzdem fiel es ihr nicht schwer, sich für Maggie zu erwärmen – mit ihrem lockigen Haar und den strahlenden Augen erweckte sie den Eindruck, ein fröhlicher Mensch zu sein, der gern lachte. Außerdem schien die Pharmazeutin über genug Selbstbewusstsein zu verfügen, sich selbst auf die Schippe zu nehmen. Was für eine Ironie, dass ausgerechnet sie, die panische Angst vor Keimen und Bakterien hatte, einen Beruf ausübte, bei dem sie ständig zu Desinfektionstüchern greifen musste!

Auch Jade, die junge Arzthelferin, der sie bereits im Gang begegnet war, saß im Aufenthaltsraum. Holly versuchte, die unverfrorene Von-Kopf-bis-Fuß-Musterung zu ignorieren, der Jade sie unterzog, und kam zu dem Schluss, dass diese ihre Uniform vermutlich im Internet unter »Sexy Krankenschwesternkostüm« bestellt hatte und nun alles daransetzte, sich entsprechend zu verhalten. Anscheinend schien sie zu dem Schluss zu kommen, dass es nicht lohnte, sich mit Holly abzugeben, weshalb sie sich mit einem koketten Lächeln und herausgestreckter Brust Dan Carter zuwandte.

Holly begriff außerdem, warum Elsie Townsend den »jungen Jason« gern in ihrer Nähe haben wollte: Der Pfleger schien ein netter Typ zu sein, doch seine Leidenschaft für körperliche Ertüchtigung im Fitnessstudio hatte unübersehbare Konsequenzen. Holly musste sich arg zusammennehmen, um die nötige Begeisterung für Intervalltrainingsmethoden aufzubringen, zumal das Resultat besagter Methoden klar zu erkennen war. Es blieb abzuwarten, was für ein Mensch sich hinter diesem durchtrainierten Körper verbarg.

Dieser Anfang war nicht unbedingt der vielversprechendste, und Holly fragte sich insgeheim, ob es ihr jemals gelingen würde, sich in dieses Team einzufügen. In der Klinik hatte das medizinische Personal eine Art Wagenburgmentalität entwickelt, nur so hatte es dem permanenten Belagerungszustand standhalten können. Es entstanden schnell freundschaftliche Bande, die sich nicht so leicht durchtrennen ließen. Geteiltes Leid schuf nun mal eine solidarische Haltung unter den Kollegen.

Dennoch war Holly bewusst, dass sich die statistische Wahrscheinlichkeit, an einem Herzinfarkt zu sterben, sich scheiden zu lassen oder eine Depression zu entwickeln, halbiert hatte, seit sie die Arbeit im Krankenhaus aufgegeben hatte. Es blieb abzuwarten, ob sich diese statistischen Verbesserungen auch auf ihre Beziehung mit Milo auswirkten, wenn sie nun mehr Zeit mit ihm verbringen konnte.

Die Tür zum Aufenthaltsraum schwang auf. Grace klopfte Holly auf die Schulter, um sie aus ihren Gedanken zu reißen. »Zeit für ein Pläuschchen mit Dr. Bruce«, flüsterte sie ihr ins Ohr. »Kleben Sie sich ein Lächeln ins Gesicht und denken Sie dran: Er ist ein aalglatter alter Knacker. Und was immer auch geschieht, machen Sie bloß nicht den Fehler, das Malheur mit seinem Wagen zu erwähnen!«

»Dr. Graham! Wie schön, Sie wiederzusehen. Ich bin überzeugt, dass Sie sich hier gut einleben werden.« Henry Bruce fuhr mit der Hand über seinen rosa Seidenschlips, und Holly sah, wie seine Augen anerkennend über ihren Körper wanderten. Er schien völlig vergessen zu haben, dass er als einziger Partner gegen Hollys Einstellung gestimmt hatte, und setzte nun ganz auf seinen unwiderstehlichen Charme. »Es tut mir leid, dass wir bislang nicht die Gelegenheit hatten, uns miteinander zu unterhalten. Es war einfach zu viel los.«

»Kein Problem«, wiegelte Holly ab und hielt mit angewinkelten Armen ihre Kaffeetasse vor sich, um Henry die Beurteilung ihrer körperlichen Vorzüge zu erschweren und eine natürliche Barriere zwischen ihnen zu schaffen. »Grace hat mir eine hervorragende Einführung gegeben.«

»Gut, gut. Ja, wir sind hier ein tolles Team, aber Sie werden bald feststellen, dass einige ein bisschen mehr den Überblick haben als andere. Meine Tür steht Ihnen jederzeit offen, sollten Sie irgendwelche Fragen haben, obwohl das natürlich nicht wörtlich gemeint ist.« Er beugte sich vor, um über seinen kleinen Scherz zu lachen. Holly konnte den Kaffee in seinem Atem riechen und sein leicht aufdringliches Aftershave. »Übrigens, meine liebe Dr. Graham, unter uns Ärzten nennen wir uns alle beim Vornamen und sind per Du – ich würde mich freuen, wenn auch Sie diese Gepflogenheit teilen möchten. Also, Holly? Ich bin Henry.« Er lächelte schleimig. Als dann auch noch seine rosa Zungenspitze hervorschoss, um die Lippen zu befeuchten, erschauderte Holly innerlich. Mit seinem maßgeschneiderten Anzug und den auf Hochglanz polierten Budapestern war Dr. Henry Bruce in der Tat ein geschniegelter Schleimscheißer. Er sah aus, als käme er direkt aus seiner Praxis in der Londoner Harley Street und stünde nicht in einem Ärztehaus mitten in der Provinz. Ja, sie konnte ihn sich nur allzu gut hinter dem Lenkrad dieses sündhaft teuren Mercedes vorstellen.

Holly errötete bei der Erinnerung an ihr Missgeschick und wollte gerade beichten, als ihr Dr. Bruce, der ihre roten Wangen falsch interpretierte, zuvorkam: »Keine falsche Bescheidenheit, Holly. Du kannst selbstverständlich mit allen Fragen zu mir kommen, obwohl es gewiss nicht lange dauern wird, bis ein cleveres junges Ding wie du weiß, wie der Hase hier läuft, hab ich recht?« Er legte ihr eine weiche, manikürte Hand auf den Arm und drückte ihn leicht.

Verlegen trat Holly einen Schritt zurück, wohingegen er sich noch weiter zu ihr vorbeugte. »Das ist sehr freundlich von Ihnen, Dr. Bruce, ähm, Henry, doch ich denke, ich werde mich schnell zurechtfinden, und wie Sie … du richtig bemerktest: Das hier ist ein wundervolles Team.« Sie zögerte einen Augenblick, da sie ihm am liebsten »versehentlich« ihren Kaffee auf den schicken Anzug gekippt hätte, damit er sich endlich zurückzog, doch sie beschloss, höflich zu bleiben. »Ein Team«, fuhr sie daher fort und schaute ihm direkt in die Augen, »das keine Mühen scheut, mich schnellstmöglich über die kleinen Schwächen der anderen zu informieren.«

Dr. Bruce warf ihr einen scharfen Blick zu, aber Holly

lächelte unschuldig. Diesen Typ Mann hatte sie unter den Oberärzten der Klinik zuhauf kennengelernt – reichte man ihm einen Finger, nahm er die ganze Hand. Ihr waren bereits Gerüchte über Bruce' Seitensprünge zu Ohren gekommen, und sie verspürte keinerlei Bedürfnis, seine neueste Gespielin zu werden. Da würde sie sich doch eher Elsie Townsends Urteil über den guten alten Doktor anschließen.

Als ihm klar wurde, dass seine Avancen an ihr abprallten, verzog er kaum merklich das Gesicht, zuckte die Achseln und wurde wieder durch und durch professionell. »In einer so kleinen Gemeinde wie dieser wird viel geredet, doch was man an Privatsphäre opfert, gewinnt man an Vertrauen.« Er warf ihr einen langen abschätzenden Blick zu. »Ich neige zu der Einschätzung, dass diese Praxis weitaus effizienter liefe, wenn wir aufhörten, uns auf unseren Lorbeeren auszuruhen, und stattdessen zukunftsorientiert handelten. Die Hälfte der Einwohner von Larkford auf die Welt zu holen und sich noch zwanzig Jahre später um deren Wehwehchen zu kümmern macht einen nicht unbedingt zu einem herausragenden Mediziner. Wir sind hier nicht bei *Der Doktor und das liebe Vieh.*«

Sein Blick schweifte zur Tür, durch die soeben George Kingsley hereinkam, der wohlwollende Seniorpartner, der stets ein Lächeln und ein freundliches Wort für alle hatte. Er war bei Hollys Einstellungsgespräch so liebenswürdig gewesen, dass sie das Gefühl hatte, ihn schon länger zu kennen, und seine enge Verbundenheit zum Ärztehaus machte ihn nur noch sympathischer.

Sie zuckte zusammen, als Henry plötzlich fest ihren Oberarm drückte und mit gesenkter Stimme mahnte: »Mach nicht den Fehler, Mitgefühl und ärztliche Versorgung zu vermengen, Holly.« Sein warmer Kaffeeatem strich über ihre Wange. »Es ist gut, die Familiengeschichte eines Patienten zu kennen, aber du stimmst mir sicher zu, wenn ich behaupte, dass übermäßige Gefühlsduselei die objektive medizinische Urteilsfähigkeit beeinträchtigen kann. Wie wär's, wenn wir das bald einmal abends bei einem Drink besprechen? Ich könnte mir vorstellen, dass wir ähnlicher Meinung sind, schließlich blicken wir beide auf eine Klinikvergangenheit zurück.«

Holly machte einen weiteren Schritt nach hinten, doch das nutzte nichts, Henry ließ sich nicht abschütteln. »Allgemeinarzt – um nicht zu sagen Landarzt – zu sein ist kein Beliebtheitswettbewerb, Holly. Es ist der Fluch der Kleinstadt, unsere Patienten sind gleichzeitig unsere Nachbarn, blablabla …« Er winkte ab, als wolle er möglichen Widerspruch im Keim ersticken. »Du kannst mir glauben, ein wenig Abstand ist oftmals ganz erhellend – und durchaus hilfreich, eine professionelle Perspektive zu wahren.«

In dem Augenblick gesellte sich zu Hollys Erleichterung Dan zu ihnen. »Jetzt hör aber auf, ihr einen falschen Eindruck zu vermitteln, Henry. Und wie war das noch gleich mit dem Abstand?« Grinsend fischte Dan das Ende von Henrys teurem Seidenschlips aus Hollys Kaffeetasse. »Auch wenn Kaffee angeblich die Potenz fördert, solltest selbst du erkennen, dass unsere Dr. Graham tabu ist.«

Henry richtete sich zu voller Größe auf, was beeindruckend gewesen wäre, hätte Dan ihn nicht noch um ein ganzes Stück überragt, obwohl er sich lässig gegen den Türrahmen lehnte. Empört knurrte Henry etwas über schlechtes Benehmen, dann rauschte er hoch erhobenen Hauptes aus dem Aufenthaltsraum, die maßgeschneiderten Anzugschultern sichtbar gestrafft. Ohne das kaffeefleckige rosa Schlipsende in seiner Hand und den wütenden Gesichtsausdruck hätte er beinahe imposant gewirkt.

»Danke«, sagte Holly schlicht.

Dan zuckte bloß die Achseln. »Ich würde gern behaupten, er sei harmlos, aber der schmierige alte Bock scheint sich für ein Geschenk Gottes an die Frauen zu halten und muss dringend ein wenig Taktgefühl entwickeln.« Er grinste breit. »Außerdem kann jeder sehen, dass du in einer anderen Liga spielst.«

Er nahm Holly die Kaffeetasse aus der Hand und stellte sie auf den Tisch. »Und jetzt komm. Ich stelle dir ein paar nettere Zeitgenossen vor. Ach ja … und Julia. Sie musst du ebenfalls kennenlernen.«

Dan zog sie quer durch den Raum auf mehrere abgenutzte Sofas zu, die zu einem U zusammengeschoben waren. »Das hier ist Taffy Jones, unser stets gegenwärtiger Vertretungsarzt und mein bester Kumpel.«

Dr. Taffy Jones rappelte sich vom Sofa hoch und streckte Holly zur Begrüßung die Hand entgegen. Groß und kräftig, umschloss er Hollys Hand mit festem Griff. »Du bist also die berühmt-berüchtigte Holly Graham. Freut mich, dich endlich kennenzulernen.«

Er verzog das Gesicht zu einem breiten, verschmitzten Lächeln. Sein leicht singender walisischer Tonfall wirkte attraktiv, und Holly war überzeugt, dass die Frauen ihn umschwirrten wie die Motten das Licht. Entsetzt stellte sie fest, dass sie schon wieder errötete, weil sie nicht recht wusste, was sie erwidern sollte.

»Keine Sorge, Dr. Graham. Alles ist gut. Zumindest fast alles. Dein Ruf eilt dir allerdings voraus, tut mir leid. Dan und die liebenswerte Lizzie haben all deine jugendlichen Heldentaten ausgeplappert. Ich hoffe, du wirst dich revanchieren; es würde mir gefallen, wenn du ein bisschen Schmutz über unseren Goldjungen hier schüttest.« Ohne ihre Hand loszulassen, nickte er mit dem Kinn Richtung Dan. Holly spürte die Energie, die von ihm ausging. Mit seinem erwartungsvollen Gesichtsausdruck, dem wirren Haar und den schokobraunen Augen erinnerte er Holly an einen Spaniel. Ihre Wangen brannten, und langsam geriet sie in Panik, weil sich noch immer keine passenden Worte in ihrem benebelten Hirn formen wollten.

Zum Glück kam Dan ihr erneut zu Hilfe. »Ruhig Blut, Jones, und sei nett zu ihr, ja? Sie musste gerade erst Henry Bruce' anzügliche Musterung über sich ergehen lassen, und ich habe sie noch nicht mit Julia bekannt gemacht.«

»Verstehe«, erwiderte Taffy ernst und löste endlich seine Finger von Hollys Hand. »Eigentlich bin ich die Diskretion in Person, und ich werde die Gelegenheit *ganz bestimmt* nicht nutzen, um darüber herzuziehen, dass Henry es hinter dem Rücken seiner Ehefrau mit unserer jungen Arzthelferin Jade treibt. Noch weniger allerdings werde ich verlauten lassen, dass bis vor ein paar Monaten Dan und die schrecklich ambitionierte Julia Channing ebenfalls ein heißes Thema waren.« Sein Gesicht war ein Bild amüsierter Unschuld. Er warf Holly ein verschwörerisches Lächeln zu, das ihr den Atem verschlug. »Habe ich noch etwas vergessen, worüber ich besser nicht reden sollte?«

Dan schüttelte den Kopf. »Ich geb's auf. Endgültig.« Er ließ sich auf eins der Sofas fallen und griff nach der Gebäckdose. Als er sich nach ausgiebigem Begutachten für ein paar Kekse entschieden hatte, reichte er die Dose weiter an Holly, die sich neben ihn auf die Armlehne gesetzt hatte. Alle guten Kekse waren weg, stellte sie fest, abgesehen von einem halben Mürbeteigplätzchen mit Himbeermarmelade und einem zerbröselten Schoko-Buttercreme-Keks. Resigniert griff sie nach einem Stück Teegebäck, das die Konsistenz von Pappe hatte, und biss hinein, froh darüber, dass sie dem munteren Schlagabtausch der beiden Freunde nichts hinzufügen musste.

Als sie aufgegessen hatte, wusste sie mehr über deren Privatleben, als ihr lieb war.

Dan hatte anscheinend eine hässliche Trennung von Julia Channing hinter sich, sodass sich Holly nun noch mehr auf die bevorstehende Begegnung freute, zumal sie den Beschreibungen der zwei Männer entnommen hatte, dass Julias Charme in etwa auf einer Ebene mit dem von Cruella De Vil anzusiedeln war. Sie hatte außerdem den Eindruck gewonnen, dass Dan nicht ganz so sehr mit sich im Reinen war, wie er sie glauben machen wollte. Ab und an warf er einen scharfen Blick in Taffys Richtung, um diesen zu ermahnen, es nicht zu übertreiben. Doch selbst wenn Julia nur halb so grässlich war wie Taffy behauptete, konnte Dan über die Trennung nicht allzu traurig sein.

Auch Taffys warnender Blick entging Holly nicht, als Dan ihn damit aufzog, der Romeo von Larkford zu sein. »Der Star des hiesigen Rugby-Vereins, der sämtliche Frauenherzen höher schlagen lässt, nicht wahr, Taffy?« Es hatte den Anschein, dass sich Dans Freund auch beruflich nicht gern festlegte – er zog die Freiheit und Flexibilität eines Vertretungsarztes dem täglichen Einerlei im Ärztehaus vor. An weiblicher Gesellschaft mangelte es ihm bestimmt nicht, wenn es stimmte, was Dan behauptete, auch wenn Taffy das vehement bestritt.

Eine unerklärliche Welle der Enttäuschung schwappte über Holly hinweg. Es gelang ihr, ein Lächeln zustande zu bringen und über Dans Scherz zu lachen, doch jedes Mal, wenn sie zu Taffy hinüberschaute, ruhte dessen Blick auf ihr. Jetzt war es ihr ein wenig peinlich, dass sie sich eingebildet hatte, es könnte mehr dahinterstecken als ein freundliches Willkommen.

Es war zum Verzweifeln. Nein, heute war wirklich nicht ihr Tag. Natürlich war sie nervös – wie hätte es bei einem solchen Neuanfang auch anders sein können? –, aber sie hatte nicht damit gerechnet, sich derart überfordert zu fühlen. Ganz offensichtlich würde es eine Weile dauern, bis sie sich eingelebt hatte – schließlich musste sie sich in ein engmaschiges Netzwerk einfügen, in dem sich Berufs- und Privatleben des Teams offenbar überschnitten. Grace, Dan und Taffy überschlugen sich förmlich, ihr den Einstieg zu erleichtern und sie in den Kreis aufzunehmen, dennoch spürte Holly, wie Frust in ihr aufstieg. Hier saß sie, auf der Armlehne eines abgewetzten Sofas, wurde rot wie ein Schulmädchen und brachte kein Wort über die Lippen. Dabei hatte sie so gern die geistreiche, witzige, attraktive Holly präsentieren wollen. Heute allerdings versprühte sie den Charme und Esprit eines Stücks Brot.

Ohne Vorwarnung stand Dan plötzlich auf und durchquerte mit großen Schritten den Aufenthaltsraum. Holly erblickte Julia Channing, die große, schlanke Blondine, die soeben eingetreten war. Sie litt ganz bestimmt nicht an mangelndem Selbstbewusstsein, dachte Holly gereizt. Dan und Julia wechselten ein paar Worte miteinander, und Julia wedelte mit einem neonfarbenen Post-it vor Dans Gesicht herum. Holly spitzte die Ohren, um zu hören, was sie sprachen, aber Taffy forderte ihre Aufmerksamkeit.

»Den beiden zuzusehen ist so, als würde man in Zeitlupe eine unabwendbare Zugkatastrophe verfolgen. Ich persönlich kann mich des Eindrucks nicht erwehren, dass da noch ganz schön viel Gefühl im Spiel sein muss, wenn man sich so sehr verabscheut …«

Holly beobachtete, wie Julia ihr seidiges Haar über die Schulter schleuderte und Dan einen letzten verächtlichen Blick zuwarf, bevor sie sich in Bewegung setzte und auf sie zu schlenderte.

»Achtung, sie kommt!«, murmelte Taffy. »Verehrte Passagiere, bitte nehmen Sie die Sicherheitsposition ein!«

Holly holte tief Luft und zwang sich, diesmal eine bessere Vorstellung abzuliefern. Sie wartete nicht, dass Dan sie miteinander bekannt machte, sondern stand auf und trat einen Schritt auf Julia zu. »Dr. Channing? Hi, ich bin Holly Graham. Wir hatten bislang noch keine Gelegenheit, uns kennenzulernen.« Holly, die an Julias vorherigen Auftritt zurückdachte, gab sich Mühe, ihre Stimme nicht scharf klingen zu lassen.

Auch die große Blonde hatte offenbar Schwierigkeiten, den richtigen Ton zu treffen. Sie warf Dan einen weiteren abfälligen Blick zu und setzte ein gezwungenes Lächeln auf. »Ja, natürlich, wie schön, dich hier zu haben – wir duzen uns übrigens alle, schließlich sind wir so etwas wie eine große Familie«, ratterte sie unaufrichtig herunter. »Ich hoffe, du findest dich gut ein … Solltest du Fragen haben, wende dich gern an mich … und so weiter und so fort …« Sie wandte sich zu Dan um, wedelte erneut mit dem Post-it und fragte: »Zufrieden?«

Holly erkannte Dans Handschrift auf dem Zettel:

Bitte heiße Holly im Team willkommen und sei UM HIMMELS WILLEN nett zu ihr!

Holly konnte nicht anders; offenbar hatte ihr der Druck, der während des Vormittags auf ihr gelastet hatte, doch ziemlich zu schaffen gemacht. Anstatt sich von dem Post-it irritieren zu lassen, was offensichtlich Julias Intention gewesen war, fing Holly an zu lachen. »Ach, Dr. Channing, Julia, vielen herzlichen Dank! Den ganzen Morgen über hatte ich Angst davor, so viele neue Kollegen kennenlernen zu müssen, und jetzt schaffst du es, mich zum Lachen zu bringen. Das ist brillant! Einfach brillant!«

Julia drehte sich langsam um, den Mund zu einer Schnute verzogen, die an einen Entenpopo erinnerte. Scheinbar hatte sie keine Ahnung, wie sie auf Hollys Gelächter reagieren sollte, vor allem weil Taffy und Dan die Situation ebenfalls komisch fanden.

Einen Moment lang verspürte Holly Reue, als sie Julias inneren Kampf beobachtete, aber schließlich kannte sie diese Frau nicht, und sie würde sich bestimmt nicht gleich schikanieren lassen. Holly wusste instinktiv, dass sie sich Julias Respekt niemals verdienen würde, sollte sie nicht auf der Stelle Grenzen stecken. Humor war die einzige Möglichkeit, es sei denn, Holly hätte über Erfahrung im Schlamm-Wrestling verfügt …

Doch vielleicht zählte Julia zu den Leuten, die keinerlei Sinn für Humor hatten, schoss es Holly durch den Kopf, als sie deren verkniffenes Gesicht betrachtete. In dem Fall wäre Schlamm-Wrestling die bessere Alternative gewesen. Ein Anflug von Panik stieg in ihr auf bei der Vorstellung, dass sie die Situation völlig falsch eingeschätzt hatte, doch jetzt war es zu spät. Wie lautete noch das alte Sprichwort? *Wer A sagt, muss auch B sagen.*

Es entstand eine unangenehme Pause, dann streckte Holly die Hand aus und nahm Julia das Post-it ab. »Wenn es dir nichts ausmacht, hänge ich den Zettel an meine Pinnwand, Julia. Das ist wirklich lustig. Ich habe von Lizzie erfahren, dass deine Kolumne im *Larkford Life* ganz hervorragend läuft. Du musst deswegen überglücklich sein.«

Die Köpfe von Dan und Taffy drehten sich nach links und nach rechts wie bei einem Tennismatch in Wimbledon.

»Das ist richtig«, erklärte Julia zugeknöpft. »Ich hatte vergessen, dass Lizzie deine Freundin ist. Du bist bestimmt froh, in ihrer Nähe zu sein. Woher kommst du noch gleich? Aus Reading?« Auch wenn sie sich Mühe zu geben schien, war Julia offenbar nicht wirklich bewandert auf dem Gebiet des Smalltalks.

»Ja, ich habe in der dortigen Klinik gearbeitet. Hierherzuziehen war eine große Veränderung für mich. Aber ich freue mich darauf, die Patienten kennenzulernen. Vielleicht könntest du mich vorab informieren, auf wen ich besonders achtgeben muss, welche eher schwierig sind und welche zu den Hypochondern zählen?«

Julia strich das Kleid über ihrem beneidenswert flachen Bauch glatt, und hätte Holly es nicht besser gewusst, hätte sie Julia für diejenige gehalten, die nervös war. Ihr eigenes Herz hämmerte nach wie vor unheilverkündend gegen ihren Brustkorb, und sie konnte sich des Eindrucks nicht erwehren, in eine Szene aus den Naturdokumentationen von Sir David Attenborough geraten zu sein, in der die Rangordnung innerhalb eines Rudels festgelegt wurde: »Und nun, meine Damen und Herren, sehen Sie, wie sich die Ärzte der Serengeti in Position zu bringen versuchen …«

Julia sollte verstehen, dass Holly ihr ihre Rolle als Alpha-Weibchen nicht streitig machen wollte, doch genauso wenig würde sie sich zurücksetzen oder gar übergehen lassen. Ein Mindestmaß an Respekt war alles, was Holly sich wünschte.

»Also gut«, lenkte Julia ein und machte Anstalten, die kleine Gruppe stehen zu lassen.

»Großartig. Es war schön, dich kennenzulernen, Julia«, erklärte Holly strahlend, atmete langsam aus und zwang ihren Puls, sich zu normalisieren. Nachdem sie ein weiteres Mal tief ein- und ausgeatmet hatte, drehte sie sich zu den beiden Männern um, die sie mit offenem Mund anstarrten. »Nun, ich finde, das ist ganz gut gelaufen, was meint ihr?« Holly spürte, wie ihr Selbstbewusstsein langsam zurückkehrte, und fing an zu grinsen. Charme und Esprit hin oder her – das war definitiv ein glorreicher Auftritt gewesen.

»Mein lieber Schwan!«, stieß Taffy anerkennend hervor, als Julia den Aufenthaltsraum verlassen hatte. »Wer bist du, Holly Graham? Du hast die Initiationsriten außer Kraft gesetzt.« Der Vertretungsarzt schien ernsthaft verblüfft. »Ich hätte nie gedacht, dass ich diesen Tag erleben darf!« Er legte Holly die Hände auf die Schultern. Seine Augen funkelten vor Verschmitztheit. »Du hast die berüchtigte Dr. Channing gezähmt, und das ganz ohne Blutvergießen. Ich könnte dich küssen!«

Hollys Puls schoss erneut in die Höhe, und der kurze Moment geistreicher Beredsamkeit verpuffte, als sie sich ebendieses Szenario ausmalte.

Kapitel vier

Jetzt setz dich erst einmal und mach ein anderes Gesicht, während ich uns etwas zu Mittag bestelle. Du könntest wenigstens versuchen, so zu tun, als wärst du glücklich, hier zu sein.« Wie vermutet übernahm Lizzie die Regie. »Was möchtest du essen?«

Holly, froh darüber, keine Entscheidungen fällen zu müssen, spürte, wie sie sich augenblicklich entspannte. »Etwas mit ganz vielen Kalorien – das habe ich mir nach dem heutigen Vormittag verdient«, antwortete sie dankbar. Sie hatte keine Lust darauf, sich in Larkfords Welt der biologisch angebauten Produkte einführen zu lassen, wo es sie in Wirklichkeit nach einem dicken, saftigen Burger verlangte – einem Burger, bei dem man Bissen für köstlichen Bissen spürte, wie die Arterien verstopften. Tag für Tag impfte sie ihren Patienten die »Fünf am Tag«-Regel ein, nach der pro Tag mindestens fünf Portionen Obst oder Gemüse gegessen werden sollten, und predigte außerdem, die Finger von gesättigten Fettsäuren und verstecktem Zucker zu lassen. Deshalb fühlte sie sich verpflichtet, nach denselben Vorgaben zu leben, und meistens tat sie das auch.

Lizzie stand auf und ging zur Theke, um bei einer sympathisch aussehenden jungen Frau zu bestellen. »Okay, Hattie sagt, das Essen kommt gleich. Und jetzt erzähl«, forderte sie Holly anschließend in ihrer typischen Oberboss-Manier auf.

Holly wusste nicht, wo sie anfangen sollte. Ihr war nur klar, dass sie ein tägliches Vierzig-Minuten-Zeitfenster hatte und dass ihre beste Freundin um die Ecke arbeitete. Die Gelegenheit, sich bei ihr moralischen Beistand zu holen, durfte sie nicht ungenutzt verstreichen lassen.

»Wie wunderbar das ist – an einem Arbeitstag gemeinsam zu Mittag zu essen«, erwiderte sie ausweichend. »Das ist ja fast so wie damals an der Uni!«

Lizzies perfekte Fassade geriet für eine Sekunde ins Wanken, und Holly sah dahinter das Mädchen, das sie einst gewesen war: ein Mädchen mit einer unschönen Zahnspange und stumpfen braunen Haaren. Die Lizzie, die jetzt vor ihr saß, war weitaus ansehnlicher, um nicht zu sagen umwerfend, genau wie es ihr Job als Herausgeberin des kleinen, aber piekfeinen Hochglanzmagazins *Larkford Life* vorschrieb. Doch das Funkeln in ihren Augen war noch genau das gleiche wie früher, und Holly fühlte sich schlagartig getröstet und weniger verschüchtert.

Der Nachteil, eine beste Freundin zu haben, deren Leben sich um materielle Erfüllung drehte, bestand darin, dass mitunter ein Schatten auf ihre Freundschaft fiel, weil Holly sich einen feuchten Kehricht um solche Dinge scherte. Ja, auch sie sah natürlich lieber hübsch als hässlich aus, aber sie zog es vor, ihren Jungs eine Gutenachtgeschichte vorzulesen, statt die neueste Föhnfrisur zu erproben. Auf gewisse Weise empfand sie sogar ein wenig Mitleid mit Lizzie – auch wenn sie das natürlich niemals zugeben würde. Der Druck, perfekt zu sein, seinen Traum zu leben, war vermutlich ziemlich anstrengend, doch als sie dies einmal vorsichtig zur Sprache brachte, hatte sie eine schnelle Abfuhr kassiert. Das würde ihr nicht noch einmal passieren.

»Ich muss gestehen, dass du genau zum richtigen Zeitpunkt angerufen hast«, räumte Lizzie ein. Sie sah sich im Deli um, als fürchte sie einen Lauschangriff. »Die Arbeit ist momentan wirklich die Hölle.« Sie erzählte Holly von Deadlines, schwankenden Werbeeinnahmen und launischen Kolumnistinnen, dann hielt sie abrupt inne. »Aber das ist ja nichts Neues. Erzähl mir lieber, wie es an deinem ersten Tag läuft.«

»Sofort, erst muss ich etwas essen. Ich bin am Verhungern. Was hast du bestellt? Pasta? Panini? Auflauf? Ich brauche Seelenfutter!«

Lizzie krauste entschuldigend die Nase. »Ach, du hast das ernst gemeint? Ich habe dir einen Salat mit Ziegenkäse bestellt, komplett bio. Die Ziege heißt Betsy und wohnt ganz in der Nähe, wenn dich das tröstet.«

Holly schüttelte den Kopf und lächelte. »Gute alte Betsy. Was sollte ich bloß ohne dich machen? Gibt es in der Gegend zufällig ein Angus-Rind, das bereit ist, sein Leben zum Wohle anderer zu opfern? Ich könnte buchstäblich einen Mord begehen für einen Burger …«

»Nein, gibt es nicht … Alles streng vegetarisch. Allerdings weiß ich aus zuverlässiger Quelle, dass es in Herefordshire einen ökologischen Weinbauern gibt, dessen aufopferungsvoller Arbeit wir diesen Bio-Sauvignon blanc zu verdanken haben.« Lizzie deutete stolz auf die Flasche mit einer trüben Flüssigkeit, die vor ihr auf dem Tisch stand, schraubte den Deckel ab und schwenkte sie vage in Hollys Richtung, bevor sie sich ein großes Glas einschenkte.

Nun, »groß« war nicht ganz das richtige Wort, dachte Holly und legte seufzend die Hand auf ihr eigenes Einweckglas. »Für mich nicht. Nach der Mittagspause beginnt meine erste Einzelsprechstunde, und ich bin mir nicht sicher, ob es einen guten Eindruck macht, wenn ich beschwipst bin. Obwohl – ein wenig Mut antrinken wäre vielleicht gerade genau das Richtige.« Ihr Essen wurde serviert. Mit einem neuerlichen tiefen Seufzer stocherte Holly in ihrem Salat. »Ich bin heute einfach nicht in Bestform, Lizzie. Man bekommt nur eine einzige Chance, einen ersten guten Eindruck zu hinterlassen, und die hab ich wohl ziemlich vergeigt.«

Holly berichtete von ihrem Vormittag, angefangen bei Kratzer und Delle im Mercedes bis hin zu der Pattsituation mit Julia Channing. Als ihr schließlich die Luft ausging, schnitt sie eine Grimasse und fragte: »Mal ehrlich: Ist das nicht entsetzlich?«

Lizzie schlug sich die Hand vor den Mund und versuchte, nicht in Gelächter auszubrechen. »Ach Holly, was sollen wir bloß mit dir machen? *So* schlimm ist das doch gar nicht, ehrlich nicht. Ich meine, alles in allem ist es sicherlich nicht ideal … Hast du Julia tatsächlich Paroli geboten?«

»Ja.« Holly nickte bedrückt. »Ich wollte einfach nicht, dass sie glaubt, sie könne alles mit mir machen. Du müsstest mal sehen, wie sie mit den anderen Mitarbeiterinnen im Ärztehaus umspringt!«

»Nun dann, Hut ab – die Frau ist grauenhaft ehrgeizig, und ihr Umgang lässt sicher einiges zu wünschen übrig, aber sie ist eine ausgezeichnete Ärztin. Für ihre Kolumne im *Larkford Life* erhält sie jede Menge positives Feedback, und unter uns gesagt: Ich habe letzte Woche einen Anruf von einer Fernsehproduktionsfirma bekommen, die um eine Referenz gebeten hat. Vielleicht ist sie gar nicht mehr lange da.«

»Na gut«, sagte Holly. »Langsam bekomme ich den Eindruck, dass alle ein bisschen Angst vor ihr haben. Mit Ausnahme von Dan, der anscheinend mit ihr zusammen war.«

»Oh, er hat dir davon erzählt? Ich hab mich schon gefragt, ob er das tun würde«, erwiderte Lizzie mit aufgesetzter Gleichgültigkeit.

Holly runzelte die Stirn. »Nein, das ist Taffy Jones herausgerutscht. Gibt es etwas, was ich wissen sollte?«

Lizzie schüttelte den Kopf. »Sagen wir einfach, die zwei hatten zusammen in etwa die Sprengkraft eines Dritten Weltkriegs. Die Ironie bei der Sache ist, dass sie anfangs wirklich hin und weg voneinander waren; sogar La Channing zeigte sich von ihrer sanfteren Seite. Aber dann ist ihnen das Ganze um die Ohren geflogen, kein Mensch weiß, warum.«

»Ein weiterer Grund, sich niemals mit einem Kollegen einzulassen«, erklärte Holly mit Nachdruck.

Lizzie warf ihr einen merkwürdigen Blick zu. »Durchaus.«

Es entstand eine Gesprächspause, weshalb Lizzie dort weitermachte, wo sie aufgehört hatten: bei Taffy Jones. »Und du hast wirklich bei Taffy zunächst nicht die Zähne auseinandergekriegt? Na, da würde ich mir keine Gedanken machen. Er ist ein Schatz, der dir das bestimmt nicht verübelt, außerdem ist er ein enger Freund von Dan. Um ehrlich zu sein, klingt dein Job momentan wesentlich vielversprechender als meiner. Vorausgesetzt, du hast keinen allzu vollen Terminkalender, was die Patienten betrifft.«

Holly grinste. »Das sind schon zwei Komiker«, sagte sie dann. Lizzie schauderte theatralisch. »Sie liefern sich köstliche Schlagabtausche – es war fast wie damals an der Uni«, fuhr Holly fort. »Und ganz offensichtlich verfüge ich noch immer über die emotionale Reife einer Neunzehnjährigen – es braucht nicht mehr als einen attraktiven Rugby-Spieler, der mich anlächelt und meine Hand hält, dass es mir die Sprache verschlägt!«

Lizzie zog abschätzig eine Augenbraue in die Höhe und schwieg.

»Was ist?«, fragte Holly.

»Nichts. Absolut gar nichts. Ich habe bloß auf einmal das Gefühl, dass die Begegnung mit Taffy dich mehr aufgewühlt hat als der gesamte restliche Vormittag. Könnte es sein, dass ich recht habe?«

»Vielleicht«, erwiderte Holly langsam. »Allerdings bin ich nicht mehr neunzehn. Du musst zugeben, das Ganze ist schon ziemlich blöd.«

Lizzie legte den Kopf schräg und musterte ihre Freundin, die sich anscheinend etwas unwohl fühlte. »An deiner Stelle würde ich einfach darüber hinweggehen, Holly. Ich bin mir ziemlich sicher, dass das niemand außer dir bemerkt hat, und du hast im Augenblick viel um die Ohren. Sich über eine Kleinigkeit wie diese den Kopf zu zerbrechen ist natürlich sehr viel leichter, als sich auf all die Veränderungen zu konzentrieren, die noch vor dir liegen.«

Halbherzig kaute Holly auf einem Spinatblatt. Lizzie hatte sicherlich recht. Es war um einiges netter, an Taffy Jones zu denken, der ihre Hand hielt, als an die Situation bei ihr zu Hause.

Den Kopf gesenkt sagte sie leise: »Ich weiß nicht, ob ich das schaffe, Lizzie. Der Druck ist einfach grauenvoll, die Verantwortung riesig. Zu wissen, dass alles an mir hängt.« Holly blickte auf und stellte fest, dass ihre Freundin sie nachdenklich musterte, das Einweckglas mit der trüben Brühe gegen die Unterlippe gepresst.

Lizzie räusperte sich, dann nahm sie einen weiteren Schluck Wein und setzte sich aufrecht. »Willst du ernsthaft behaupten, einem Haufen alter Schachteln den Blutdruck zu messen oder einen Kopf auf Läuse zu untersuchen sei stressiger als der Klinikalltag? Du warst jahrelang in der *Notaufnahme* tätig – ich kapier's nicht!«

Holly zuckte die Achseln und runzelte die Stirn, als ihr klar wurde, dass ihr Gestammel Lizzie einen falschen Eindruck vermittelt hatte. »Ich meinte nicht die Patienten. Das fällt mir leicht. Mist, das klingt arrogant, ist aber absolut nicht so gemeint. Was ich meine, ist …« Sie schob ihren Salat von sich und sackte auf ihrem Stuhl zusammen. »Es wäre alles kein Problem, hätte der Ortswechsel etwas mit Milos Job zu tun. Wenn wir das Haus verkauft, alle entwurzelt und die Jungs in einem neuen Kindergarten angemeldet hätten, weil dies Milos Karriere zugutegekommen wäre, hätte kein Hahn danach gekräht.

Ach, Lizzie, ich habe so einen Wirbel darum gemacht, sämtliche Hebel in Bewegung gesetzt, um diesen Umzug voranzutreiben, und jetzt, da ich hier bin, verlässt mich der Mut. Ich habe das Gefühl, sämtliche Verantwortung ganz allein zu tragen. Wenn das nicht funktioniert, wenn die Jungs nicht glücklich werden …«

»Dann ist das ganz allein deine Schuld«, beendete Lizzie den Satz ruhig.

»Nun ja, so ist es doch, oder? Bislang hatte ich nie den Eindruck, für das Wohlbefinden aller verantwortlich zu sein, aber nun ist das ganz anders, denn schließlich war ich die treibende Kraft bei unserem ›Neuanfang‹.« Sie zerdrückte mit der Gabel Betsys Spezialkäse und schluckte.

Lizzie füllte ihr Einweckglas nach und schaute Holly direkt in die Augen. »Willst du, dass ich ›Alles halb so wild, das wird schon‹ sage, oder darf ich dich mit der bitteren Wahrheit konfrontieren?«

»Was glaubst du, warum ich dich unbedingt zum Mittagessen treffen wollte? Du musst vielleicht allein trinken, aber dabei für zwei denken. Raus mit der Sprache.«

Lizzie grinste. »Oh, du stellst mir einen Freibrief aus, wo soll ich da bloß anfangen? Vielleicht mit der neuen Ponyfrisur oder den abgrundtief hässlichen Schuhen?« Sie legte Holly die Hand auf den Mund, um deren Protest zu ersticken. »Ich mache bloß Spaß, Mädel. Aber lass uns ein paar Dinge zurechtrücken, einverstanden? Erstens: Du hast es gehasst, in der Klinik zu arbeiten, nachdem die Jungs auf der Welt waren, aber als alter Hase bist du trotzdem dabeigeblieben. Dann hat man dir eine Wahl geboten. Eine Möglichkeit, weiterhin im medizinischen Bereich tätig zu sein, aber auch mehr Zeit mit deinen Jungs zu verbringen und mich häufiger zu sehen.« Lizzie hielt kurz inne, um Luft zu holen und einen großen Schluck trübe Biobrühe zu trinken, bevor sie weiter an ihren sorgfältig manikürten Fingern aufzählte: »Zweitens: Milo befindet sich keineswegs in einem selbstgewählten Forschungsfreisemester, egal, was er allen weismachen will. Wir zwei kennen die Wahrheit. Um ehrlich zu sein, halte ich den Universitätsausschuss für ziemlich verrückt, dass er ihn nicht gefeuert hat, und du bist in meinen Augen noch weitaus bescheuerter, weil du ihn nicht zusammengeschlagen, verlassen oder besser noch kastriert hast. Wenn ich auch nur ansatzweise die Vermutung hegte, dass Will etwas mit einer Studentin hat, würde ich ihn ohne große Umstände vor die Tür setzen und …«

»He, das ist nicht ganz fair«, unterbrach Holly sie. »Es gab keinen nachweisbaren Fehltritt, zu dem Schluss ist der Ausschuss gekommen, und das behauptet auch Milo. Und ich glaube ihm, Lizzie. Der Ausschuss hielt es nur für besser, wenn Milo eine Weile aus der Schusslinie verschwindet und an seinem Manuskript arbeitet.«

Lizzies Augenbrauen schossen in die Höhe, und sie musste sich offenbar Mühe geben, sich zu beherrschen. »Was ich dir jetzt sage, klingt harsch, das weiß ich, und ich hätte es mir gern für einen anderen Tag aufgehoben, trotzdem: Sein Buch bedient ein Nischeninteresse, wenn er Glück hat, verkauft er zwölf Exemplare davon. Er befindet sich nicht in einem bezahlten Forschungssemester. Man hat ihn im Grunde von der Uni verbannt, womit du, meine Süße, die einzige Erwerbstätige in der Familie bist. Verzeihung, aber ich finde, das gibt dir durchaus das Recht zu entscheiden, welchen Job du ausüben möchtest – endlose Nachtschichten voller Unfallopfer und Betrunkener in der Notaufnahme von Reading oder eine nette Stelle als Allgemeinärztin auf dem Land mit mehr Zeit für die Jungs, unterstützt von deiner ältesten Freundin und mehr Geld, als du je verdient hast! Da dürfte die Wahl wohl nicht allzu schwerfallen.«

Es entstand ein unangenehmer Moment des Schweigens. Mit schmerzlich verzogenem Gesicht stellte Holly schließlich fest: »Du nimmst wirklich kein Blatt vor den Mund, Lizzie.«

Die bedeutungsschwangere Pause, die nun folgte, dehnte sich so lange, dass man in der Zeit locker Drillinge hätte gebären können. Dann seufzte Holly tief. Vielleicht hatte Lizzie recht. Vielleicht war Hollys Wertesystem tatsächlich so abgenutzt wir ihre heißgeliebten Ballerinas. »Also«, stieß sie mit etwas Mühe hervor, »vom Kopf her stimme ich dir in allem zu, Lizzie, und das weißt du. Im Herzen dagegen verspüre ich nach wie vor den Druck, dass die Sache hier laufen muss. Milo hockt brütend zu Hause und jammert stundenlang, weil es hier keine anständige Bibliothek für seine Manuskriptrecherche gibt. Seine Mutter sitzt mir im Nacken und stellt immerzu meine Prioritäten in Frage. Und ich muss dafür sorgen, dass im neuen Job alles glattgeht.«

Sie nahm Lizzie das Glas aus der Hand und trank einen

großen Schluck Wein. »Vermutlich stelle ich mich deshalb an meinem ersten Tag an wie eine Schwachsinnige.«

»Nun, dann schmeiß doch einfach alles hin! Ich gebe dir Julias Kolumne, und du kannst den ganzen Tag in deinen scheußlichen Yogaklamotten zu Hause hocken und rasende Reporterin spielen.« Lizzie gab den Advocatus Diaboli, das wusste Holly. Sie waren beste Freundinnen, trotzdem hatten sie vollkommen konträre Vorstellungen, was die Arbeit betraf. Genau deshalb wäre es keine gute Idee, gemeinsam etwas auf die Beine zu stellen.

»Ich sehe schon die Schlagzeile vor mir«, verkündete Lizzie und gab Holly einen kleinen Stoß, während sie mit den Händen einen Bogen durch die Luft beschrieb. »Landärztin entdeckt chemische Waffe in Wäschetruhe!« Jetzt kam sie richtig in Fahrt. »Hiesige Allgemeinärztin tötet untreuen Ehemann mit Zyanid!«

»Das reicht, Lizzie, keine Agatha-Christie-Krimis mehr für dich!« Holly grinste, froh darüber, sich mit ihrer ältesten Freundin zu kabbeln, doch gleichzeitig leicht alarmiert, wie sich Lizzies Hand besitzergreifend um ihr Marmeladenglas schloss, als Holly Anstalten machte, ihr Angebot auszuschlagen.

»Red ruhig weiter«, forderte Lizzie sie mit funkelnden Augen heraus. »Ich kann die Zicke eh nicht leiden. Es wäre viel schöner, mit dir zu arbeiten als mit dieser Channing. Die hält sich für ach-so-perfekt, aber Hochmut kommt ja bekanntlich vor dem Fall – hoffentlich. Das ist doch nicht normal, auf allen Ebenen derart vollkommen zu sein. Obwohl, vielleicht hat sie mit vierzig einen Nervenzusammenbruch oder kompletten Burnout, man kann ja nie wissen …« Lizzie klang hoffnungsvoll, der boshafte Unterton in ihrer Stimme verriet, dass sie nicht wirklich scherzte, was Holly überraschte.

Auch wenn sie schon so viele Jahre befreundet waren, fiel es Holly immer noch schwer, mit Lizzies Konkurrenzdenken umzugehen. Gnade demjenigen, der es sich mit Lizzie verdarb. Auch wenn sie sich deshalb schämte, musste Holly zugeben, dass sie manchmal ihre eigenen Geschichten und Neuigkeiten einer Vorabprüfung unterzogen hatte, wenn die Gefahr bestand, sie könnte sich damit den Zorn der Freundin zuziehen. Doch es war inzwischen so lange her, dass sie einander jeden Tag gesehen hatten, dass Holly schlichtweg davon ausgegangen war, Lizzie habe dieses Verhalten abgelegt – genau wie Stulpen, asymmetrische Haarschnitte und Achtzigerjahre-Musik.

Holly sah zu, wie ihre Freundin ihren Wein austrank, und beschloss, einfach weiterzureden, als habe Lizzies Ausbruch nie stattgefunden.

»Wenn wir Männer wären, würden wir uns keine Gedanken darüber machen«, erklärte sie frei heraus. »Genauso wenig wie wir uns Gedanken über unsere äußere Erscheinung machen würden. Wir säßen jetzt im Pub und würden ein dickes, saftiges Steak in uns reinschaufeln.«

»Man würde dir verzeihen, dass du grottenhässliche Schuhe trägst, wir würden über neue Motoren und die aktuellen Rugby-Ergebnisse reden, und unsere Freundschaft hätte die Tiefe einer Pfütze«, spann Lizzie den Gedanken grinsend fort. »Aber leider Gottes sind wir keine Männer. Stattdessen sind wir arbeitende Mütter, was grob übersetzt bedeutet: Glaub ja nicht, dass du alles hast – du hast bloß alles zu tun!«

»Wo wir gerade beim Thema sind«, sagte Holly, warf einen Blick auf ihre Uhr und versuchte, den trostlosen Anblick auf ihrem Teller zu ignorieren, »ich muss in fünf Minuten wieder in der Praxis sein.«

Lizzie schob ihren Stuhl zurück, bedeutete Holly, das Portemonnaie stecken zu lassen, und legte eine Zwanzig-Pfund-Note auf den Tisch. Anschließend beugte sie sich vor und drückte Holly Küsse auf beide Wangen, während sie fest ihre Schultern umfasste. »Lass dich von den Mistkerlen nicht unterkriegen, okay? Und lass dich bloß nicht schikanieren, von niemandem. Du bist eine verdammt gute Ärztin, die können sich glücklich schätzen, dich zu haben. Genauso glücklich, wie ich es bin. Morgen zum Abendessen bei mir in der Küche? Und mach keine Dummheiten, klar?«, fügte sie noch hinzu, als sie auseinandergingen. Sie grinste wie ein Honigkuchenpferd und drohte Holly scherzhaft mit dem Zeigefinger. In dem Augenblick klingelte ihr Handy, ein schmalziger Barry O'Connor-Song tönte über den Marktplatz von Larkford. So modisch und stilsicher Lizzie sonst war – sie hatte einen wahrhaft grauenvollen Musikgeschmack.

Holly sah sich in ihrem neuen Sprechzimmer um und atmete mit einem Seufzer der Erleichterung aus. Sie würde den Spießrutenlauf hinter sich bringen, sämtliche Namen behalten, mit niemandem zusammenprallen, würde weder rot werden wie ein Teenager noch mit einem der alteingesessenen Ärzte in einen fachlichen Wettstreit treten. Nein. Sie würde cool bleiben. Ruhig. Selbstsicher. Das musste doch zu schaffen sein.

»Komm schon, Graham, das klappt bestimmt«, murmelte sie. Sie vergewisserte sich, dass all ihre Sachen ausgepackt waren. Ihr Blick blieb an einem Bild der Zwillinge hängen, die wie Affen an einem Klettergerüst hingen. Bens kleines Gesicht war verzerrt vor Anstrengung, mit seinem Bruder mitzuhalten. Das war der Ansporn, den Holly brauchte: Wenn ihre Jungs es schafften, dann schaffte sie es allemal.

Sie schob ihren Stuhl zurück und machte sich auf den Weg zum Wartezimmer. »Prue Hartley!«, rief sie ihre erste Patientin auf.

»Ich muss mit Ihnen über meinen Stuhlgang sprechen.« Prue nahm Holly gegenüber Platz und rutschte auf der Sitzfläche hin und her, um für ihren massigen Körper eine bequeme Position zu finden, dann legte sie ihre geräumige orangerote Ledertasche auf ihrem ebenso geräumigen Schoß ab. »Ich wollte schon seit Ewigkeiten zum Arzt gehen, und als mein Alan mir dann erzählte, dass eine neue Frau Doktor bei uns anfängt, dachte ich: Jetzt wird es aber Zeit.«

Holly nickte. »Was genau bereitet Ihnen denn Sorgen?«

»Das ist schwer zu beschreiben. Mein Stuhl ist einfach *nicht ganz richtig,* verstehen Sie?«

»Hm. Könnten Sie das etwas näher schildern?« Holly überlegte, wie sie Prue dazu bringen konnte, sich zu öffnen, aber ihre Patientin schien sich im Augenblick mehr für den Inhalt ihrer riesigen Handtasche zu interessieren.

»Bevor ich es vergesse, Dr. Graham …« Prue reichte Holly stolz eine kleine braune Papiertüte und nickte ermunternd. Zögernd öffnete Holly sie, warf einen Blick hinein – und versuchte, sich ihr Entsetzen nicht anmerken zu lassen. Vergeblich.

»Das ist … nun, das ist wirklich …« Holly gab sich alle Mühe, die richtigen Worte zu finden. »Es ist prima, dass Sie so vorausschauend waren, aber ehrlich gesagt bevorzugen wir spezielle Plastikbecher. Das ist … ähm … hygienischer.«

Prue Hartley sah sie verdattert an, dann breitete sich ein Strahlen auf ihrem Gesicht aus, das ihre fünf Kinne noch mehr in Falten legte. »Oh, Dr. Graham, wie urkomisch! Fast wäre ich darauf reingefallen! Das muss ich meinem

Alan erzählen … Das ist ein Brownie, Dr. Graham! Ein Brownie!« Sie schnaubte belustigt, nicht im Mindesten beleidigt. »Prue Hartley! Fällt der Groschen? Bäckerei Hartley? Meine Schokokuchen sind die besten in Larkford, und ich dachte, ich bringe Ihnen einen zum Nachmittagstee mit, als kleinen Willkommensgruß.«

Holly war sprachlos. Natürlich war das in der Tüte ein Brownie! »Entschuldigen Sie bitte, Mrs Hartley, es tut mir leid. Ich habe Zwillinge zu Hause, zwei Jahre alt. Sie wären überrascht, wenn Sie wüssten, wie viel Zeit es tagtäglich in Anspruch nimmt, über ihr großes Geschäft zu diskutieren …«

Prue schüttelte sich vor Lachen, aber wenigstens wirkte sie jetzt entspannt und ungezwungen. »Ich wusste, dass es richtig war, auf Sie zu warten. Diese Dr. Channing ist kalt wie ein Fisch.« Prue verlagerte ihr nicht unbeträchtliches Gewicht und beugte sich vertrauensvoll vor. »Als ich mich mal beim Rasieren meiner Bikinizone verletzte, hat sie ziemlich schnippische Bemerkungen über mich im Bikini gemacht. Aus dem Grund habe ich mich nicht getraut, von meinem lila Stuhlgang zu erzählen.«

»Wenn Sie lila sagen«, hakte Holly ohne zu zögern nach, »meinen Sie Pflaumenlila oder Scharlachrot?«

»Pflaumenlila … Und es dauert etwa eine halbe Stunde …«

Holly machte sich eine Notiz. »Ich muss noch mal nachfragen: Es dauert eine halbe Stunde, bis der Stuhl abgeht, und wenn das der Fall ist, sticht es und ist unangenehm – und lila?«

»Ja, und das ist ungefähr die Größe«, sagte Prue und deutete auf die Bleikristallkugel, die Holly als Briefbeschwerer diente. »Dieses Ding hier hat genau die Größe von meinem Haufen!«

»Meine Güte!«, stieß Holly hervor. »Dann müssen wir über Stuhlweichmacher reden und eine Probe nehmen. Reine Routine. Ich denke nicht, dass Sie sich Sorgen machen müssen, aber Vorsicht ist besser als Nachsicht.«

Holly fing an, Prue den üblichen Sermon herunterzubeten – dass sie viel Wasser trinken sowie Obst und Gemüse essen sollte. Die Bäckerin schien damit zufrieden zu sein und schüttelte Holly zum Abschied erfreut die Hand.

»Schauen Sie bei uns vorbei, Dr. Graham. Wir haben ganz außergewöhnliches Gebäck im Sortiment – ich wette, Ihre Jungs werden mein Baiser lieben, und wenn Sie meinen, Gemüse ist gesund: Mein Alan backt einen ausgezeichneten Karottenkuchen, und für seine Rote-Beete-Cupcakes könnte ich sterben! Ich kann gar nicht genug davon kriegen, sie schmecken einfach köstlich zu einer schönen Tasse Tee.«

Ein amüsierter Ausdruck trat auf Hollys Gesicht. »Ähm, Prue? Offenbar haben Sie nicht wirklich vor, sich an den Plan zu halten, den wir gerade aufgestellt haben … Vielleicht sollten Sie ein paar Wochen auf die Rote-Beete-Cupcakes verzichten – mal sehen, ob das hilft.«

Prues Gesicht wurde rot wie Rote Bete, dann fing sie an, wie verrückt zu kichern. »Um Himmels willen, Prudence Hartley, du Dummkopf! Rote-Bete-Cupcakes, natürlich!« Sie schüttelte den Kopf. »Es tut mir leid, Dr. Graham. Ich habe einfach nicht daran gedacht …«

Holly öffnete die Tür, um sie hinauszukomplimentieren, und nahm der Bäckerin das Versprechen ab, trotzdem eine Stuhlprobe vorbeizubringen und mehr Wasser zu trinken. Einvernehmlich wie zwei alte Freundinnen gingen sie zum Wartezimmer zurück.

»Du scheinst ja schnell Fuß zu fassen«, stellte Dan Carter

fest, der dort gerade seinen nächsten Patienten aufrief. »Schön, einen glücklichen Kunden zu sehen.«

Einen Augenblick lang war Holly verwirrt, dass Dan ihre Patienten als Kunden bezeichnete, aber natürlich hatte er recht. Heutzutage drehte sich alles um Kundenservice.

In der heutigen Zeit war es nichts Besonderes, dass ihr nächster Patient mehr Piercings zu besitzen schien, als Holly es für physisch möglich gehalten hätte. In einer Gesellschaft, in der der Kunde immer recht hatte, bedeutete das allerdings, dass es nun ihre Aufgabe war, die entzündete Stelle rund um den Nasenring zu verarzten. Sollte sie ihm eine strenge Standpauke über die Risiken der Selbstverstümmelung halten und ihn an einen Psychiater überweisen?

Sie entschloss sich, ihn mit strenger Stimme über Hygienevoraussetzungen aufzuklären, und schickte ihn mit antibiotischen Salben und sterilen Reinigungswässerchen nach Hause, nachdem sich herausgestellt hatte, dass ihm auch sein kleiner Prinz im Bett Probleme bereitete, weil er ein paarmal mit seinem Genitalpiercing hängen geblieben war und sich die Vorhaut zerrissen hatte. Holly war es gelungen, einen neutralen Gesichtsausdruck zu bewahren. Sie ließ sich weder anmerken, dass sie vor Lachen insgeheim fast platzte, noch, dass sie sich ein bisschen ekelte. Cool, ruhig, selbstsicher lautete ihre Devise.

Kapitel fünf

Holly ließ die *Bob der Baumeister*-DVD laufen, sehr zur Freude ihrer Zwillinge. Manchmal musste man streng sein und manchmal eben pragmatisch. Und zu dieser frühen Morgenstunde siegte der pragmatische Aspekt stets über den erzieherischen.

Obwohl es erst ihr zweiter Tag im Ärztehaus war, beharrte Holly darauf, dass die morgendliche Routine wie gewohnt ablief, selbst wenn das bedeutete, ein paar Kompromisse einzugehen. Auf Zehenspitzen durch das kleine Reihenhaus zu schleichen, weil Milo weiterschlafen wollte, machte es auch nicht gerade leichter. Nicht dass er ihr eine große Hilfe gewesen wäre, doch lautlose Geschäftigkeit war Hollys Erfahrung nach ein Widerspruch in sich, vor allem, wenn dabei zweijährige Jungs ins Spiel kamen. Doch solange Bobs Stimme aus dem Wohnzimmer zu ihr herübertönte, hatte sie eine Chance zu frühstücken.

Plötzlich tauchte Milo in der Küche auf, was Holly so überraschte, dass sie zweimal hinsehen musste. Das Haar zerzaust, mit offenem Mund gähnend, lehnte er sich an die Anrichte und streckte die Arme über den Kopf. Sein T-Shirt rutschte in die Höhe und enthüllte perfekt (und zeitaufwändig) trainierte Bauchmuskeln. Er gähnte erneut, dehnte sich noch einmal und seufzte zufrieden. Dann griff er nach Hollys Toast und kaute genüsslich.

Holly versuchte, sich ihren Unmut nicht anmerken zu

lassen. Ihr blieb keine Zeit mehr, sich einen neuen Toast zu machen, aber sie wollte nicht kleinkariert erscheinen. Milo gefiel es nicht, wenn sie sich über Belanglosigkeiten aufregte, und ihr noch weniger.

Er trank ihren Rest Kaffee aus und drückte ihr anschließend verschlafen einen Kuss auf die Stirn. »Guten Morgen, Holly. Ich glaube, du kommst zu spät, wenn du dich nicht beeilst.«

»Leider«, seufzte Holly und schaute auf die Bahnhofsuhr, die an ihrer Küchenwand prangte und ihr weit freundlicher den Tagesablauf diktierte als ihr Mann und ihre Kinder.

Sie warf einen sehnsüchtigen Blick auf die leere Kaffeekanne, verzichtete darauf, sich eine frische Tasse aufzubrühen, und räumte stattdessen einen Stapel schmutziges Geschirr in die Spülmaschine. Anschließend lief sie ins Wohnzimmer, wo sie den Jungs mitteilte, dass sie sich in zehn Minuten auf den Weg machen würden, ein pädagogisch wertvoller Rat, der von den selbsternannten Babyflüsterern in sämtlichen Fachmedien gestreut wurde. Manchmal fragte sie sich, ob es tatsächlich einen Unterschied machte, wenn sie einfach zur Tür hinausstürzten, aber irgendwie war dieses Procedere längst Teil ihrer Routine geworden.

Bezaubert von dem Anblick der zwei, die eng zusammengekuschelt vor dem Fernseher saßen, die pummeligen Beinchen in den weichen Cordhosen übereinandergeschlagen, blieb Holly stehen. Dies war es wert, in ihr Langzeitgedächtnis aufgenommen zu werden. Sie liebte es, dass die Jungs einander so ähnlich waren, nicht nur in ihrem Aussehen, sondern auch in ihrem Verhalten. In Momenten wie diesem spürte sie, dass sich all der Stress, all die Kompromisse lohnten.

Plötzlich läutete das Telefon, gefolgt von einem unwirsch geknurrten Kommentar aus der Küche, wer um alles in der Welt zu einer derart unchristlichen Stunde anrief. Milo hatte sich hinter seiner Zeitung verschanzt und machte keinerlei Anstalten dranzugehen. Mit einem gehetzten Blick auf die Uhr griff Holly zum Hörer, bevor das Klingeln Bob den Baumeister störte oder Milo eine weitere Bemerkung vom Stapel lassen konnte.

»Hallo!«, stieß sie hervor. Ihre Stimme klang atemlos und leicht ruppig.

»Mein Gott, Holly, wenn das deine beste Frau-Doktor-Stimme ist, solltest du daran arbeiten«, sagte Lizzie kichernd.

»Guten Morgen, Elizabeth«, korrigierte sich Holly. »Nur du kannst zu dieser gottverdammten Uhrzeit derart munter klingen.«

»Nur weil ich schon seit einer Ewigkeit auf bin! Ich weiß, dass du in Eile bist, aber ich wollte mich bloß erkundigen, ob du den gestrigen Nachmittag überlebt hast und an unsere Verabredung zum Abendessen denkst. Du musst mir alles genau berichten, bis ins schmutzigste Detail.«

»Klingt gut«, sagte Holly, die sich schon danach sehnte, auch die zweite Hälfte ihres ersten Arbeitstages mit ihrer besten Freundin auseinanderzupflücken. Milos Nachfragen waren eher knapp ausgefallen, um nicht zu sagen desinteressiert, aber sie war ja schon gegen neun vorm Fernseher eingeschlafen und ihm daher vermutlich keine allzu prickelnde Gesellschaft gewesen. »Die Jungs freuen sich auch.«

»Dann sollte ich mir irgendetwas völlig Sinn- und pädagogisch Wertloses einfallen lassen, womit ich sie beschäftigen kann. Da wir gerade von wertlos sprechen: Wird uns dein geschätzter Gatte Gesellschaft leisten?«

»Lizzie!«, protestierte Holly und kam sich illoyal vor, weil sie unwillkürlich lachen musste. Lizzie schaffte es immer wieder, genau das in Worte zu fassen, was Holly empfand, jedoch niemals zugeben würde. Die beste Freundin behauptete zum Beispiel steif und fest, dass Milos Rolle als Familienvater nichts als Fassade war, während sich Holly Tag für Tag einredete, dass er sein Bestes gab und dass nun einmal nicht jeder zum Multitasker oder Familienorganisator geboren war.

Um die Wahrheit zu sagen, gab es Zeiten – wie zum Beispiel gestern Abend oder heute Morgen –, in denen es zunehmend schwerer wurde, den sich rapide verschlechternden Zustand ihrer Ehe zu leugnen. Aber Holly wusste, dass sie ihre Energie, die sie durch diesen und jeden einzelnen anderen Tag trug, abrupt verlieren würde, wenn sie diesem Gedanken auch nur eine Sekunde länger nachhing. Es ging einzig und allein darum, sich auf die Dinge zu konzentrieren, die sie glücklich machten – ihre Jungs, ihre Arbeit, ihre Freunde.

»Soll ich etwas mitbringen?«, fragte sie daher nur.

»Wein. Wir brauchen definitiv Wein. Und zwar ziemlich viel.« Lizzies Lachen klang leicht gezwungen, und sie plapperte weiter: »Wir legen den Kids eine DVD ein, dann können wir vielleicht ein paar Sätze miteinander wechseln.«

Lizzie hatte recht: In Hollys Leben gab es kaum Gelegenheit für Erwachsenengespräche. Die hastigen Worte mit anderen Müttern im Flur des Kindergartens oder auf den unzähligen Kinderpartys, die fast jedes Wochenende zu bestimmen schienen, waren häufig unbefriedigend und vermittelten Holly das Gefühl, auf einer anderen Wellenlänge zu sein als die Menschen um sie herum.

Natürlich hatte Lizzie recht, wie immer. Holly hatte

wirklich Lust auf einen anständigen Plausch mit ihrer Freundin, ohne das Gefühl, ständig ihre eigenen Worte zensieren oder sich auf drei oder weniger Kernsätze beschränken zu müssen. In letzter Zeit erinnerte sie das Mutterdasein stark an Twitter: Man hatte hundertvierzig Zeichen, um seinen Standpunkt klarzumachen, bevor man vom nächsten Tweet abgelenkt wurde und sich das kurze Zeitfenster wieder schloss.

»Hast du echt noch Zeit zum Plaudern?«, rief Milo aus der Küche, die Füße auf dem Tisch, die Sportseiten aufgeschlagen.

»Ist das Seine Hoheit, die dich herbeizitiert?«, fragte Lizzie trocken. »Wie toll, dass er schon so früh aufgestanden ist.«

Obwohl diese Bemerkung zweifelsohne spöttisch gemeint war, fühlte sich Holly wieder einmal hin- und hergerissen: Ihr Ehrgefühl verlangte, dass sie ihren Ehemann verteidigte, indem sie behauptete, er würde seit den frühen Morgenstunden an seinem Buch schreiben, doch für die erschöpfte Mutter in ihr war es eine Erleichterung, dass jemand ihre Situation erkannte. Unterstützung oder gar Hilfe erfuhr sie von Milo wirklich nur sporadisch. An manchen Tagen fragte sie sich gar, ob es nicht einfacher wäre, alleinerziehend zu sein, auch wenn sie diesen Gedanken unmittelbar darauf stets entschieden verwarf. Das konnte sie ihren Jungs nicht zumuten. Also tat sie das, was sie neuerdings immer machte: dem Thema ausweichen. »Ich würde liebend gern weiter mit dir plaudern, aber ich muss mich beeilen, Lizzie. Ich will an meinem zweiten Arbeitstag auf keinen Fall zu spät kommen.«

»Ganz bestimmt nicht! Also los, heile die Kranken, tröste die Leidenden und sei tugendhaft für uns zwei. Und bitte versprich mir, dass du nicht wieder eins von diesen langweiligen alten Jersey-Kleidern anziehst, sonst sehe ich mich gezwungen einzugreifen.«

»Großer Gott, ist es wirklich schon so spät?«, lenkte Holly ab, da Lizzie einen empfindlichen Nerv getroffen hatte. Sie bedauerte es in der Tat, dass sie als Allgemeinärztin morgens nicht mehr einfach in ihre Krankenhauskluft schlüpfen konnte. Holly gestand sich ein, dass es definitiv nötig war, sich in Bezug auf ihre Kleidung etwas mehr Mühe zu geben. Allerdings kam ihr um sechs Uhr morgens jede Minute, die sie länger im Bett verbringen konnte, ungeheuer kostbar vor, selbst wenn sie dann befürchten musste, dass sie bei der Arbeit aussah, als hätte sie sich im Dunkeln angezogen.

Aus dem Hörer tönte Lizzies Lachen. Holly legte auf und suchte eilig die Sachen für den vor ihr liegenden Tag zusammen. Sie hörte, wie Bob der Baumeister drüben im Wohnzimmer seine Arbeit vollendete, und wusste, dass ihr nicht mehr viel Zeit blieb.

Also schnappte sie sich die Kindergartentaschen der Zwillinge, die auf dem Küchentisch lagen, und sauste in den Hauswirtschaftsraum, sorgfältig darauf bedacht, nicht auf den traurigen Berg Wäsche in dem überquellenden Korb zu schauen. »Du bist auch später noch da«, murmelte sie, während sie Getränke in die Taschen ihrer Jungs packte, dann schüttelte sie ungläubig den Kopf. »Jetzt rede ich schon mit der Wäsche«, sagte sie zu dem Inhalt des großen Kühlschranks, nach geeigneten Snacks Ausschau haltend.

Schließlich füllte sie eine Plastikbox mit Bens selbstgebackenen Lieblingskeksen und nahm ein paar milchfreie Schokotaler aus dem Regal. Es hatte lange gedauert, bis sie die Ursache für Bens Allergie entdeckt hatten, aber die endlosen Ausschlusstests waren der Mühe wert gewesen.

Natürlich bedeutete das, dass sie den Großteil seiner Nahrung selbst zubereiten musste, um sicherzugehen, dass keine Kuhmilch darin enthalten war, aber Holly fand, der zusätzliche Aufwand war kein allzu hoher Preis. Zu sehen, wie sich ihr geplagtes, ständig schreiendes Baby vor ihren Augen in ein munteres, properes Kerlchen verwandelte, war ihr beinahe wie ein Wunder erschienen.

Wenn sie bloß seinen anderen Problemen auch so leicht auf den Grund kämen! Ben hatte im direkten Vergleich mit seinem Zwillingsbruder, der gesellig und sehr selbstsicher war, von vornherein schlechtere Karten, und es ließ sich nicht leugnen, dass er vor anderen Menschen zurückscheute. Er liebte feste Regeln, routinierte Abläufe – und seinen Bruder. Er freute sich, wenn er mit Holly zusammen sein konnte, aber richtig glücklich war er nur mit Tom. Alle anderen und alles andere empfand er als unwillkommene Störfaktoren.

Die Kindergartentaschen gepackt verließ Holly den Hauswirtschaftsraum, wobei sie im Kopf ihre To-do-Liste für den heutigen Tag durchging. Die Zwillinge umkreisten geräuschvoll den Küchentisch, Ben wie immer hintenan. Eigentlich hatte sie geplant, ihn zu einem weiteren Entwicklungstest anzumelden, aber durch den Umzug war das auf ihrer Liste immer tiefer gerutscht. Jetzt hatte sie deswegen ein schlechtes Gewissen.

Hollys Augen blieben an Milo hängen, der völlig unbeeindruckt von dem Chaos um ihn herum die Zeitung las. Er spürte ihren Blick und hob lächelnd den Kopf. »Wenn du schon da stehst, Holly, ich hätte gern noch eine Tasse Kaffee.«

»Sehr witzig«, blaffte diese. »Die musst du dir schon selbst machen, ich bin spät dran.«

»Ich hab doch gesagt, du sollst nicht so lange am Telefon schwatzen«, gab er zurück und blätterte die Seite um. »Ich bin mir nicht sicher, ob dieser morgendliche Ablauf auf Dauer so funktioniert.«

Holly holte tief Luft, fest entschlossen, nicht auf seine Worte einzugehen. Manchmal fragte sie sich, ob Milo sie provozieren wollte, nur um zu beweisen, dass er dazu in der Lage war.

Zu behaupten, Milo sei kein Morgenmensch, war eine Untertreibung biblischen Ausmaßes, und da Holly wiederum am Abend fix und fertig war, war ihr Zeitfenster für sachliche Kommunikation drastisch beschränkt. Immer wieder rief sie sich vor Augen, dass sein Schreiben wichtig war, dass er lange, wenngleich unregelmäßig damit befasst war – und das war keine Ausrede, sondern Tatsache, gleichgültig, was Lizzie behauptete.

Doch all das entschuldigte nicht das Offensichtliche: Hollys neue Strategie, den Kopf einzuziehen und Auseinandersetzungen aus dem Weg zu gehen, diente kaum dem langfristigen Erhalt ihres Eheglücks.

Sie warf abermals einen Blick auf die Uhr, zog ihr ramponiertes Schminktäschchen aus der Handtasche und korrigierte eilig ihren leicht verwischten Lidstrich.

»Brauchst du Hilfe?«

Abwesend kaschierte Holly den Stresspickel auf ihrem Kinn und antwortete: »Könntest du den Jungs die Jacken und die Stiefel anziehen?« In ihrer Stimme schwang Hoffnung mit.

Milo beugte sich vor und nahm ihr das Schminktäschchen aus der Hand. »Ich meinte, mit der Pampe in deinem Gesicht. Ich schaue gleich mal nach, ob sich hier irgendwo ein Spachtel findet!« Er lachte lautstark über seinen eigenen Witz und warf das Täschchen auf den Tisch. »Ich denke, in diesem Bereich solltest du dich einfach geschlagen geben, mein Schatz, selbst wenn man normalerweise mit Schminke allerhand erreichen kann.«

Sie starrte ihn sprachlos an. Er mochte zwar lachen, doch in letzter Zeit waren seine Scherze alles andere als lustig. »Hör doch auf«, knurrte sie. Seine Bemerkung hatte sie an ihrer empfindlichsten Stelle getroffen.

Als sie später an dieses Gespräch zurückdachte, wurde ihr klar, wie groß ihre Selbstzweifel waren. Natürlich bestand die Möglichkeit, dass sie schlichtweg überreagierte, doch genauso wenig ließ es sich von der Hand weisen, dass Lizzie womöglich recht hatte und Milo keineswegs bloß einen verqueren Sinn für Humor besaß, sondern alles daransetzte, sie kleinzumachen. Das Problem war, dass Holly den Unterschied nicht mehr erkannte.

Neuanfänge waren schön und gut, aber war es nicht Grundvoraussetzung, dass sie auf einem festen Fundament standen? Das Zusammenleben mit Milo jedoch erwies sich im Moment als in etwa so schwierig, wie mit Stöckelschuhen über ein frisch gepflügtes Feld zu marschieren.

Wie immer dauerte es eine Ewigkeit, Tom und Ben in ihre Jacken, Mützen und Handschuhe zu zwängen und ihnen die Stiefel anzuziehen. Als sie endlich bereit waren, das Haus zu verlassen, hatte Holly den Eindruck, sie habe einen Tausendfünfhundert-Meter-Lauf hinter sich.

Keuchend schleppte sie den riesigen Zwillingswagen, »das Monstrum« genannt, aus dem Hausflur auf die ruhige kleine Straße. Sie hatte sich darauf gefreut, zu Fuß zur Arbeit gehen zu können, wann immer das Wetter es erlaubte. Die Wahrscheinlichkeit, mit teuren Mercedes-Modellen zu kollidieren, war so ungleich geringer, der Marsch würde trotz des schwer zu handhabenden Monstrums eine entspannende Wirkung haben.

Heute Morgen allerdings konnte sie einfach nicht abschalten, trotz der wunderschönen Landschaft um sie herum. Die Jungs plapperten in dem Wagen vor sich hin; ihre Zwillingssprache war selbst für Holly unverständlich.

Energisch stemmte sie sich gegen den Wagen, als sich die Straße bergauf schlängelte, und fragte sich, ab wann eigentlich alles schiefgegangen war.

Für gewöhnlich waren Milos Bemerkungen über ihr Aussehen aufbauend gewesen, jetzt zogen sie sie nur noch runter. Lizzie tat ihre Meinung lautstark kund, wenn sie seine Sticheleien mitbekam, und stand ihr vorbehaltlos bei. So wusste sie zumindest, dass sie sich das nicht nur einbildete.

Holly seufzte. Es waren nicht allein die Kommentare, ihr Äußeres betreffend; im Augenblick kam einfach alles zusammen. Milo wusste genau, welche Knöpfe er bei ihr drücken musste, und er fand stets den roten Knopf, was sie verunsicherte und verwirrte.

Er war ein wahrer Experte, die Saat des Zweifels zu streuen – gerade genug, um sie zu verunsichern, bevor er einen abrupten Kurswechsel einschlug. Der zärtliche Abschiedskuss war dafür ein Paradebeispiel gewesen.

Mitunter hatte sie das Gefühl, verrückt zu werden.

Wenn die Jungs nicht wären … Holly schob den illoyalen Gedanken beiseite. Sie hatte die Entscheidung getroffen, es noch einmal mit Milo zu versuchen, und sie würde nicht eher aufgeben, bis sie alles probiert hatte. Sie würde nicht zulassen, dass ihre eigene Unsicherheit ihre Familie ruinierte, selbst wenn das bedeutete, dass sie weitere Kompromisse eingehen musste. War es das etwa nicht wert, wenn ihre Söhne im Gegenzug in einer heilen Familie aufwachsen konnten?

»Hallo, Dr. Graham!«, rief Marion Gains, die Filialleiterin

des hiesigen Supermarkts, von der anderen Seite der schmalen Straße und eilte geschäftig auf sie zu. »Haben Sie sich schon bei uns eingelebt?«

Trotz allem musste Holly lächeln. Sie mochte Marion, und ihr gefiel das freundliche Interesse, das sie jedem in der Stadt entgegenbrachte. Marion war eher ein mütterlicher Typ und keine bösartige Klatschtante. Durch ihre Arbeit war sie sozusagen das Allsehende Auge von Larkford. Noch vor allen anderen wusste sie Bescheid über Schwangerschaften, Diäten, Zipperlein und Verwandtenbesuche, was sie einzig und allein aus dem Inhalt der Einkaufswagen ihrer Kunden ableitete. Wer musste schon Marktforschung betreiben, wenn er eine Marion hatte?

Marion schenkte den Zwillingen ein liebevolles Lächeln und konnte nicht widerstehen, Toms Haar zu zausen – bei Ben versuchte sie es lieber nicht, ihre Erfahrung hatte sie eines Besseren belehrt.

Larkford war in vielerlei Hinsicht eine ulkige kleine Stadt, aber Holly bereute es nicht, hierhergezogen zu sein, selbst wenn sie dadurch die Nähe ihrer grauenhaften Schwiegermutter in Kauf nahm. Wenn deren Präsenz irgendwann überhandnahm, würde Holly nur durch die Straßen schlendern müssen, um zu wissen, dass sie dennoch die richtige Entscheidung getroffen hatte.

Wie jedes Mal, wenn sie ihre schmale Wohnstraße verließ – gleichgültig, ob zu Fuß oder mit dem Auto –, blieb Holly einen Augenblick stehen. Von diesem leicht erhöhten Blickwinkel aus sah sie in jeder Richtung die Hügel rund um die Stadt. Das Waldgebiet schien sich bis an die Ränder der Auwiesen zu erstrecken, die Larkford wie ein Burggraben umgaben.

Holly atmete tief die frische Morgenluft ein, während sie sich noch einen kleinen Aufschub gewährte. Sie hatte gespürt, dass ihre Familie hier in Sicherheit sein würde, eingesponnen in einen Kokon der Geborgenheit, der sie vor der restlichen Welt schützte. Ihre eigene Kindheit war ganz anders verlaufen, weshalb sie nur ausgewählte Erinnerungen daran zuließ.

Zum Beispiel die an die glücklicheren Jahre, bevor ihr Vater, ein Polizist, zur Public Protection Unit versetzt wurde, einer Einheit, die sich überwiegend mit häuslicher Gewalt, Ehrenmorden und Sexualstraftaten befasste. Er hatte bei einem Einsatz sein Leben gelassen, und alles, was nach seinem brutalen Tod passierte, war einer scharfen inneren Zensur zum Opfer gefallen, übrig geblieben war nur ein verstörender Nachhall, vor allem, wenn es darum ging, eigene Entscheidungen zu treffen.

Am Ende war es leicht gewesen, eine Wahl zu treffen zwischen einer Praxis im Zentrum von Bristol oder dem Ärztehaus in einer verschlafenen Kleinstadt wie Larkford.

Als sie auf den Marktplatz einbog, brach die Sonne durch die dicke graue Wolkendecke – eine perfekte Metapher für Hollys emotionale Verfassung. Genau wie sie sich nie gestattete, an den Tod ihres Vaters zu denken, verbannte Holly sämtliche gedankenlosen Bemerkungen von Milo und ihre diesbezüglichen Gefühle in den hintersten Winkel ihres Gehirns. Sie hoffte nur, dass es nie jemandem gelänge, diese Büchse der Pandora zu öffnen. In Hollys Welt, so hatte es den Anschein, gelang es stets denjenigen, die sie am meisten liebte, sie am tiefsten zu verletzen.

Sie fuhr sich mit der Hand übers Gesicht. Ihre Haut war gereizt und spannte. Trostsuchend blickte sie auf ihre neue Heimat, die sich vor ihr erstreckte.

In Larkford gab es in der Tat für jeden etwas – die georgianischen Stadthäuser am gegenüberliegenden Ende des

Marktplatzes verliehen der Stadt eine gewisse Eleganz. Die Schlichtheit der hoch in den Himmel ragenden normannischen Kirche bot den perfekten Hintergrund für die verspielten pastellfarbenen Häuserreihen, die die beiden Längsseiten des Platzes säumten. Dahinter erstreckte sich ein wahres Labyrinth aus Straßen und Gassen, in dem sich Holly noch immer nicht ganz zurechtfand.

Eine mehrere Morgen große baumreiche Parklandschaft, durchzogen von Spazierwegen und Joggingstrecken, brachte die Natur mitten in die Stadt. Auf den Parkplätzen standen schmiedeeiserne Laternenpfähle und Bänke, und dank einer schon vor Jahrzehnten erlassenen städtischen Verordnung verzichteten die einheimischen Geschäftsleute auf grellbunte Schilder vor ihren Läden. In den Augen der Touristen bot Larkford eine Postkartenidylle.

Die Stadt einmal der Länge nach zu durchqueren machte allerdings überdeutlich, welches Ende von Larkford den Wohlhabenden und welches den weniger Wohlhabenden gehörte. Auch wenn der Ein-Pfund-Laden ein halbwegs geschmackvolles Schild über dem Eingang hatte, war allein seine Anwesenheit ein Indikator dafür, dass sich nicht jeder in der Stadt den frischen Seebarsch aus Larkfords alteingesessenem Fischladen leisten konnte. Das Waves hatte hervorragende Ware, doch die hatte eben ihren Preis.

Wie immer, wenn sie quer durch die Stadt ging, war es genau die Mitte, die Holly interessierte, nicht die Problemviertel mit ihren Sozialbauten am Stadtrand und auch nicht der vornehme Dünkel der Bewohner der georgianischen Stadthäuser. In den Straßen dazwischen fanden sich kleine Geschäfte und Büros. Die Menschen, die dort lebten und arbeiteten, bemühten sich nach Kräften, über die Runden zu kommen, und nahmen an, was das Leben für sie bereithielt.

Holly interessierte sich brennend für diese Gegend, denn genau dort lebten ihre Patienten, dort würden ihre Kinder groß werden. Was konnte es Spannenderes geben als das?

Kapitel sechs

Holly schaffte es gerade noch rechtzeitig zur Arbeit. Tom war wie vorhergesehen voller Begeisterung aus dem Wagen gesprungen, während Ben, dem die Spannung zu Hause nicht entgangen war, vor dem Kindergarten einen Wahnsinnswutanfall hingelegt hatte.

Der Vormittag war nicht einmal zur Hälfte vorüber, als Hollys Magen anfing zu knurren, als sei es schon Mittag, außerdem fühlte sie sich bereits jetzt ziemlich erschöpft.

Ihr erster Patient war ein ausgesprochen vitaler, erholt aussehender Bursche gewesen, der sie verzweifelt um Hilfe bat, da er an Schlaflosigkeit litt. Er konnte nicht länger als sieben Stunden pro Nacht schlafen. Sieben Stunden! Es hatte Holly nahezu übermenschliche Kraft gekostet, ihm nicht die Meinung zu geigen. Stattdessen hatte sie aufgezählt, was ihm möglicherweise guttun könnte: heiße Milch vor dem Schlafengehen, tagsüber öfter an die frische Luft, abends keinen Käse essen, ach ja, und sie nicht länger mit diesem Schwachsinn belästigen!

Na schön, Letzteres hatte sie nicht laut ausgesprochen, doch im Laufe des Vormittags hatte sie sich mehrfach dabei ertappt, wie sie mit empörter Ungläubigkeit »Sieben Stunden!« vor sich hin murmelte.

Das Positive war, dass sie sich einfühlsam gezeigt hatte, erfahren bei der Behandlung von Depressionen, qualifiziert im Umgang mit Hauterkrankungen wie einer grauenvollen

Akne und nicht zuletzt sachlich-neutral bei einem über siebzigjährigen Patienten mit einem üblen Tripper. Sie hatte ihm zu geschütztem Verkehr geraten, wenngleich sie fürchtete, auf taube Ohren zu stoßen.

Alles in allem war die Arbeit im Ärztehaus etwas völlig anderes als die in der Notaufnahme von Reading, aber Holly hatte Spaß daran. Auch die Vorstellung, »Stammpatienten« oder, wie Dan sagen würde, »Stammkunden« zu betreuen, gefiel ihr – das Gefühl, auf längere Sicht tatsächlich etwas bewirken zu können. Holly war bewusst, dass es bei ihrem neuen Job nicht allein darum ging, Patienten zu heilen, nein, insgeheim hoffte sie darauf, dass die kleine Stadt auch *ihre* Seele heilen, ihr den Schub an Selbstbewusstsein verleihen würde, den sie so dringend brauchte. Auch sie, Holly Graham, war ein ernstzunehmender, wertvoller Mensch, egal, wie ihr Ehemann darüber dachte.

Allmählich ließ der morgendliche Ansturm nach. Grace hatte sie vorgewarnt, dass der Tag hier mit Hochgeschwindigkeit begann: Die Berichte über nächtliche Einlieferungen in die umliegenden Krankenhäuser mussten gelesen und dringende Anfragen wegen Folgerezepten bearbeitet werden, außerdem saßen im Wartezimmer die nie vorhersehbaren Notfälle, die in der Frühe noch vor der offiziellen Sprechstunde im Ärztehaus eintrudelten.

»Damit es fair zugeht«, erklärte Grace, »wechseln sich die Ärzte dieser Notfall-Frühschicht ab. Wenn man die A… karte zieht, muss man es also einfach hinter sich bringen und nicht versuchen, sich davor zu drücken.«

An dieser Stelle hatte sich Lucy, die Rezeptionistin, eingemischt, den Telefonhörer mit der zugehaltenen Sprechmuschel in der Hand und eifrig darauf bedacht, Holly auf ihre Seite zu bringen. »Es funktioniert besser, wenn wir als

Team zusammenarbeiten. Ich bin immer wieder überrascht, wie unhöflich die Leute werden können, wenn sie Hilfe brauchen. Ich weiß, sie sind alle krank oder haben Angst, aber trotzdem!«

Während sie sprach, hüpfte Lucys kurzer Pferdeschwanz auf und ab. Die zierliche blonde Empfangssekretärin mochte vielleicht aussehen wie ein vom Weihnachtsbaum gefallener Engel, aber sie war nicht nur süß, sondern hatte einen stahlharten Kern. Holly hatte schon begriffen, dass niemand Lucys Schreibtisch ohne deren ausdrückliche Genehmigung passierte. Jetzt wandte sich Lucy wieder dem Anrufer zu, der am anderen Ende der Leitung einen Nervenzusammenbruch zu erleiden schien, doch bevor sie etwas sagte, warf sie Holly ein Lächeln zu, das diese unwillkürlich erwiderte. Man musste Lucy einfach mögen.

Ein Mann trat an die Anmeldung und machte seinem Unmut laut polternd Luft. Selbst in dieser Situation blieb die Rezeptionistin höflich und respektvoll, ließ aber zugleich keinen Zweifel daran, wer hier das Sagen hatte. Holly war beeindruckt und fragte sich unwillkürlich, ob sie Lucy wohl als Babysitterin gewinnen könnte. Sie wäre mit Sicherheit eine vortreffliche Wahl.

Einen Augenblick später fuhr Grace mit der Einsatzbesprechung fort, gelegentlich begleitet von Lucys zustimmendem Nicken. »Jeden Morgen ab Punkt acht läutet das Telefon, es sind Patienten, die um einen dringenden Termin bitten. Jeder ist der festen Überzeugung, dass seine Krankheit die schlimmste ist, weshalb er auf unmittelbare medizinische Versorgung besteht. Die bedauernswerte Seele, die Notdienst schiebt, muss diese Anrufe beurteilen. Viele der Anfragen können telefonisch geklärt werden, andere erfordern tatsächlich eine Untersuchung und müssen auf die wenigen Termine verteilt werden, die wir extra dafür freihalten. Alles klar?« Grace hielt kurz inne, bevor sie weitersprach. »Ach, bei der Gelegenheit fällt mir ein: Solltest du entscheiden, dass jemand direkt ins Krankenhaus eingeliefert werden muss, helfen Lucy oder ich dir bei den Formalitäten.«

Lucy hatte gerade wieder ein Telefonat beendet, legte den Hörer auf, wirbelte auf ihrem Drehstuhl zu ihnen herum und schaltete sich erneut ins Gespräch ein: »Aber egal, was du tust, Holly, tausche nicht die Schicht mit Dr. Bruce oder Dr. Channing. Der Notdienst ist das Einzige, was ihren Hochmut ein wenig dämpft. Wenn ich könnte, würde ich ihnen Extraschichten aufbrummen, aber Grace hält mich davon ab.« Sie deutete mit einem Kopfnicken auf die gegenüberliegende Seite der Anmeldung.

Holly folgte ihrem Blick und sah Dr. Henry Bruce den Gang entlang Richtung Aufenthaltsraum hasten. Offenbar hatte er heute früh Notdienst und war entsprechend gelaunt. Seine für gewöhnlich tadellose Frisur wirkte derangiert, genau wie der Knoten seiner Krawatte. Er machte beinahe einen menschlichen Eindruck, als er die Tür aufriss und sofort losblaffte: »Bitte sagt mir, dass es in diesem Höllenloch einen anständigen Kaffee gibt!«

»Da siehst du's!«, bemerkte Lucy mit einem Stirnrunzeln.

»Ich sehe, dass unser Dr. Bruce wieder einmal an seinen zwischenmenschlichen Fähigkeiten arbeitet«, erklärte Taffy, der soeben durchs Empfangsbüro schlenderte, eine Tasse Kaffee in der Hand. »Guten Morgen, Lucy, guten Morgen, Dr. Graham.«

»Holly. Waren wir nicht beim Du?«

»Sicher«, erwiderte Taffy, die Lippen zu einem trägen Lächeln verzogen. »Du siehst aus, als wärst du die ganze Nacht auf den Beinen gewesen, entschuldige meine Offenheit. War was mit den Kids?« Seine Stimme klang mitfühlend. Während er selbst kein Bedürfnis verspürte, durch eigene Brut zum Anstieg der Weltpopulation beizutragen, waren seine Schwestern mit reichlich Nachwuchs gesegnet, sodass er mit Fug und Recht behaupten konnte, zumindest ansatzweise zu verstehen, was das Aufziehen von Kindern bedeutete. Ohne zweimal zu überlegen, bot er Holly seine Tasse mit heißem, süßem Kaffee an und freute sich, als ihre müden Augen dankbar aufblitzten und etwas Farbe in ihre blassen Wangen kam.

»Manchmal ist es echt schwierig«, seufzte Holly und kippte den dampfenden Kaffee in drei großen Schlucken in sich hinein. »Kaum ist einer der Zwillinge eingeschlafen, wacht der andere auf. Man könnte meinen, die beiden Schlingel würden sich absprechen.«

Sie kramte in ihrer riesigen Handtasche zwischen Legoautos, Feuchttüchern und einem kleinen Captain Buzz Lightyear nach etwas Essbarem, bis ihre Finger auf einen Rest Zwieback stießen. Sie zögerte, die Hand mit dem angeknabberten Zwieback verharrte unentschlossen in der Luft, ihr Magen knurrte. Schließlich nahm ihr Taffy, der hinter sie getreten war und sie beobachtet hatte, den Zwieback aus der Hand und warf ihn weg. Am liebsten wäre Holly vor Scham gestorben.

»Ich wollte ihn nicht essen«, verteidigte sie sich.

Schmunzelnd zog er einen Stuhl heran. »Setz dich und spiel ein bisschen Lego. Ich bringe dir noch eine Tasse Kaffee und einen Mars-Riegel. Allerdings muss ich dich warnen: Als Gegenleistung will ich mir deinen Captain Buzz Lightyear ausleihen. Bin in einer Minute wieder da!«

Holly war mit dieser fürsorglichen Geste vollkommen überfordert. Doch diesmal war es Taffy, der rot wurde, als er die Tasse vor sie hinstellte und sich auf die Schreibtischkante setzte. Verlegen wischte er ihr gestammeltes »Vielen

Dank!« beiseite. »Das ist meine gute Tat für heute. Seht ihr, schon erledigt! Manchmal habe ich bis zum Schlafengehen keine einzige gute Tat vollbracht.« Taffy grinste, dann fügte er hinzu: »Aber da du nun schon mal hier bist, könnten wir dich gleich mit den Bürokürzeln vertraut machen.«

Grace strich seufzend ihre Haare zurück. »Zuhören auf eigene Gefahr, okay, Holly?«

»Ach, Gracie, du liebst meine Kurznachrichten, hab ich recht? Sie sind so praktisch! Hier kommen meine besten …«

Holly grinste. »Glauben Sie bloß nicht, Sie stünden außer Konkurrenz, Dr. Jones. In der Klinik hatten wir auch jede Menge seltsamer Akronyme.«

»Taffy. Waren wir nicht beim Du? Ich nehme die Herausforderung an – FFFF?«

Holly zögerte einen Augenblick, doch dann legte sie die Karten auf den Tisch. »Frau. Fett. Fünfzig. Flatulent.«

Taffy nickte.

»Ähm, ist das nicht ziemlich sexistisch?«, unterbrach Lucy entrüstet.

»Ja, schon«, gab Holly zu, »das Problem ist bloß, dass es in der Regel zutrifft … Was ist mit NMZM?«

»Das ist leicht. Nix Mehr Zu Machen.

»KVA?«

Holly war ratlos. »Das kenne ich nicht.«

»Hier ein kleiner Hinweis, falls Lucy noch mitmacht und es ihre zarte Befindlichkeit nicht beeinträchtigt: Mr Carlisle …«

»Oh, oh, ich weiß – es bedeutet Kurz Vorm Abkratzen, oder? Der Kerl hockt dem Sensenmann direkt vor der Klinge, und das schon seit drei Jahren!«

»Der Punkt geht an die Dame mit dem bezaubernden Pferdeschwanz. Pech für Sie, Dr. Graham!«

»Holly«, korrigierte sie automatisch.

»Ich weiß«, erwiderte Taffy, dann stieß er sich von der Schreibtischkante ab und machte sich auf den Weg zu seinem Sprechzimmer, während Holly mit dem Gefühl zurückblieb, dass soeben etwas sehr Wichtiges passiert war.

Am Freitagmittag war die Spannung im Aufenthaltsraum nahezu greifbar. Nicht nur, dass alle auf ihre dringend benötigte Pause verzichten mussten, es gab auch jede Menge Gerüchte und Spekulationen, warum so kurzfristig ein Meeting einberufen worden war. Jeder, der ein Leben außerhalb des Ärztehauses besaß, tippte wie wild Textnachrichten in sein Handy ein, um seine Verabredung zum Mittagessen zu canceln.

Holly sah sich um und stellte fest, dass sie noch viel lernen musste. Wenn es um Untertöne und Gruppendynamik ging, war sie eine absolute Außenseiterin. Man musste allerdings kein Genie sein, um zu begreifen, dass der Großteil der Spannung von Julia und Dan ausging; in einem fast eleganten Rhythmus wichen sie einander aus, schienen instinktiv zu spüren, wo sich der andere gerade aufhielt.

Der Rest der Belegschaft schien sich wie selbstverständlich in kleine abteilungsübergreifende Grüppchen einzuteilen, sodass Holly nicht recht wusste, wohin sie sich wenden sollte.

Lucy, die Rezeptionistin, quetschte sich zum Beispiel mit Dan, Taffy und Maggie, der bakteriophoben Pharmazeutin, auf eines der Sofas. Holly fiel auf, dass sich Maggie, die – dem dringlichen, gedämpften Tonfall nach zu urteilen – in ein wichtiges Gespräch mit den beiden Ärzten vertieft war, eine Flasche Wasser mitgebracht hatte, um nur ja kein Leitungswasser trinken zu müssen. Den Blicken nach zu urteilen, die die drei beim Sprechen durch den Raum schossen, ging es um die eigenen Kollegen.

Henry Bruce schien sich eine kleine weibliche Entourage zugelegt zu haben, angeführt von der arroganten Arzthelferin in der frivolen Schwesterntracht, der Holly gestern auf dem Gang begegnet war. Wie hieß sie noch gleich? Jade? Die anderen beiden jungen Frauen kannte sie noch nicht, allerdings fiel ihr ein, dass Grace eine medizinisch-technische Assistentin und eine Hebamme erwähnt hatte. Der Henry-Bruce-Groupie-Verein war in voller Fahrt, und der Arzt genoss es offensichtlich, drei derart attraktive junge Damen um sich zu haben, die bei jedem Wort an seinen Lippen hingen.

Schleimiger alter Sack, dachte Holly innerlich schaudernd, als sie sah, wie er seine Krawatte glattstrich und sich vorbeugte, um Jades atemlos gehauchte Kommentare mitzubekommen. Dumme Göre!

Besagte dumme Göre warf lachend ihr Haar zurück und machte eine Riesenshow daraus, einen Blick auf die kleine Uhr zu werfen, die vorn an ihrer albernen Schwesterntracht befestigt war. Entweder war sie wirklich zu blöd, die Digitalanzeige zu erkennen, oder es gefiel ihr, dass Henry sich noch näher zu ihrer Brust lehnte, um ihr behilflich zu sein.

Holly spürte, wie ein leises Knurren in ihrer Kehle aufstieg, aber sie zwang sich, tief durchzuatmen und den Aufenthaltsraum kommentarlos zu durchqueren. Es war eine schreckliche Angewohnheit, stets zu allem ihren Senf dazugeben zu müssen, und sie gab sich große Mühe, den Kreislauf der Gewohnheit zu durchbrechen. *Kämpfe, suche, finde und beuge dich nicht!*, zitierte sie im Stillen Tennyson. Es lag auf der Hand, dass es zahllose Vor- und Hintergrundgeschichten gab, die sich über Jahre hinweg angesammelt hatten und die sie nicht kannte. Es würde wohl noch eine Weile dauern, ehe sie sich eine fundierte Meinung zu den Kollegen bilden konnte.

Bis es so weit war, wollte sie sich auf ihr Bauchgefühl verlassen, und das Bauchgefühl sagte ihr, dass sie sich zu Dan Carter und den anderen aufs Sofa setzen sollte, auch wenn es verdammt eng werden würde.

Sie ging an Julia Channing vorbei, die am Tisch saß und auf ihr iPhone eintippte. Die Geschwindigkeit, mit der ihre Finger übers Display glitten, und die Tatsache, dass sie unter dem Tisch unablässig nervös mit dem Fuß wippte, standen in seltsamem Kontrast zu der entspannten Aura, um die sie sich so bemühte. Als Julia Holly bemerkte, schaute sie auf und warf ihr einen durchdringenden Blick zu, dann beugte sie sich zu Jason vor, dem Pfleger, der ihr gegenübersaß, und flüsterte ihm etwas ins Ohr. Jason taxierte Holly von Kopf bis Fuß, bevor er sich wieder Julia zuwandte.

Für einen Augenblick befand sich Holly wieder im Gemeinschaftsraum der Oberstufe, und das war keine angenehme Erinnerung. Kurz darauf warf sie einen Blick über die Schulter, um festzustellen, ob die beiden immer noch über sie redeten, aber zu ihrer Erleichterung schien sich ihr Gespräch nun um die vor ihnen stehenden Gesundheits-Shakes zu drehen. Sie sahen verdächtig nach durch den Mixer gejagtem Silofutter aus, spendeten aber offensichtlich jede Menge Energie. Grüne Smoothies, dachte Holly, deren gute Absichten in Bezug auf Vorurteile mit einem Schlag vergessen waren, was sonst?

Doch in der Tat: Während alle, die sich auf den Sofas oder ringsherum versammelt hatten, völlig normal aussahen – abgespannt, blass und modisch betrachtet längst nicht auf dem aktuellen Stand –, strotzten Julia und Jason vor Gesundheit und Eitelkeit. Nun, auch Henry Bruce strotzte, allerdings auf eine aalglatte, schmierige Art und Weise.

Holly hatte gerade neben Maggie Platz genommen, als Grace sich zu ihnen gesellte. »Jemand sollte dem armen Mädchen das Uhrlesen beibringen«, bemerkte sie trocken. »Wie kommt Jade eigentlich mit den Patienten zurecht, Dan? Vielleicht ist es keine so gute Idee, dass sie unseren männlichen Klienten den Blutdruck misst, es sei denn, wir besorgen ihr eine größere Schwesternuniform.«

Maggie grinste, anscheinend glücklich darüber, ein weiteres Lästermaul im Bunde zu haben. »Andererseits hat ihr Auftreten auch Vorzüge. Wir haben unlängst festgestellt, dass der alte Mr Morris das Viagra-Rezept, das er unbedingt haben wollte, gar nicht mehr braucht!«

Dan drehte sich mit weit aufgerissenen Augen zu ihr um. »Nein …«

Die Pharmazeutin freute sich über seine ungläubige Reaktion. »Aber ja. Offenbar funktioniert die Hydraulik bei ihm noch sehr gut, was prima ist, denn selbst eine einzige von den kleinen blauen Pillen könnte seinen Blutdruck derart in die Höhe schnellen lassen, dass er anschließend die Radieschen von unten betrachtet. Er hat Dr. Bruce deswegen die Hölle heißgemacht.«

»Ich kann mir gar nicht vorstellen, dass sich der gute alte Henry so lange bitten lässt«, bemerkte Dan bitter. Offenbar war er immer noch sauer, weil er herausgefunden hatte, dass Henrys jüngste Golftour von ihrem Pharmavertreter finanziert worden war. Sein Tonfall ließ Holly überrascht aufschauen, gerade rechtzeitig, um den Abscheu in Dans Augen zu bemerken.

»Eben«, erklärte Maggie.

Es war, als sei Holly heute versehentlich ans Set eines

Prime-Time-Dramas geraten. Anscheinend gab es weit mehr Nebenhandlungen und historische Fehden, als die idyllische Kulisse ursprünglich vermuten ließ. Verglichen mit einem Dampfkochtopf, dachte Holly, entstand in einem so kleinen Kreis von Kollegen sehr viel schneller Druck als in dem riesigen Kessel von Krankenhaus, sodass auch die Explosionsgefahr entsprechend größer war.

»Wie dem auch sei«, fuhr Maggie fort, »eine der Arzthelferinnen hat mir erzählt, dass der bedauernswerte Mr Morris bei seiner Gattin keinen mehr hochkriegt. Allerdings hatte ich mit dieser hinterhältigen Xanthippe und ihren entzündeten Fußballen schon mehrfach das Vergnügen und kann dem alten Knacker wahrlich keinen Vorwurf machen.«

Dan prustete in seine Tasse und hätte sich beinahe die Nase an dem heißen Tee verbrannt. »Maggie!«, rief er vorwurfsvoll und brach dann in Gelächter aus. »Es ist eine Sache, despektierliche Gedanken über unsere Patienten zu hegen, aber eine ganz andere, diese auch noch laut auszusprechen … Ach zum Teufel, was soll's? Jeder muss schließlich irgendwo Dampf ablassen.«

Die Blase der Heiterkeit platzte in der Sekunde, in der George Kingsley, der Seniorpartner, den Aufenthaltsraum betrat. Dans Augen standen noch voller Lachtränen, und Maggie tupfte Teespritzer von seiner Krawatte. Jade, damit beschäftigt, Weisheiten in Henrys Ohr zu flüstern, verstummte, Jasons Hand mit dem Gesundheits-Shake, den Julia unbedingt probieren sollte, verharrte in der Luft.

George zog ein Gesicht, als sei er mitten in eine Orgie geplatzt, und räusperte sich. Laut Dan konnte er mitunter ein ziemlich komischer Kauz sein, aber Holly war überzeugt, dass in ihm ein grundgütiger Mensch steckte, der sich stets bemühte, das Beste in seinem Gegenüber zu sehen. Allerdings, so hatte Grace ihr anvertraut, wurde seine Gutmütigkeit oft ausgenutzt.

George setzte die Brille ab und polierte die Gläser mit seinem Hemdzipfel. Da alle darauf brannten zu erfahren, was es so Wichtiges zu besprechen gab, dauerte es nur einen kurzen Augenblick, bis sämtliche Gespräche verstummten.

Der Seniorpartner blinzelte kurzsichtig in die Runde. »Vielen Dank, ähm, dass Sie sich die Zeit genommen haben, sich hier zu versammeln. Ich weiß, dass Sie eigentlich etwas essen wollten, aber, ähm, ich möchte Ihnen etwas mitteilen.« Er machte eine unbeholfene Pause, als wartete er darauf, dass ihm die richtigen Worte einfielen. »Es ist kein Geheimnis, dass ich hoffte, mein ältester Sohn Peter würde nach Somerset kommen und im Ärztehaus praktizieren. Immerhin ist hier seit drei Generationen ein Dr. Kingsley vertreten, und auch wenn ich sehr stolz darauf bin, dass er sich eine Praxis in Edinburgh aufgebaut hat, ist es doch ein großes Privileg, Teil einer Gemeinschaft zu sein …«

Holly gab sich alle Mühe, aufmerksam zu bleiben, während George weiter über die Ehre schwafelte, die elterlichen Errungenschaften weiterzuführen. Aber in dem überfüllten Aufenthaltsraum war es unglaublich heiß, und er schien denselben Sermon vom Stapel lassen zu wollen wie bei ihrem Einstellungsgespräch, weshalb sie sich schließlich doch ausklinkte. Es tat ihr leid für George, als sie feststellte, dass die anderen um sie herum auch nicht mehr richtig zuhörten. Öffentliches Reden war scheinbar nicht seine Stärke, und Holly wünschte sich, ihm einen mentalen Schubser verpassen zu können, damit er endlich zur Sache kam, bevor sein Publikum auch noch den letzten Rest an Interesse verlor.

Laut Grace, dem Orakel von Larkford, wie Holly sie

inzwischen insgeheim nannte, war Peter ein herablassender, großkotziger Scheißkerl, und wenn er tatsächlich zugestimmt hätte, in seine Heimatstadt zurückzukehren, hätten sie hier nichts zu lachen gehabt.

»Leider erfüllt sich meine Hoffnung nicht«, kam George nun endlich auf den Punkt, »da Peter mir nochmals versichert hat, dass er seine Pläne nicht ändern wird. Daher …« – er legte eine dramatische Pause ein, die er nutzte, um sich im Aufenthaltsraum umzublicken –, »… daher habe ich beschlossen, in den vorzeitigen Ruhestand zu treten, und zwar in zwei Monaten. Dann, liebe Kollegen, müssen Sie es ohne einen Kingsley am Steuer schaffen. Da die meisten von Ihnen jedoch mehr oder weniger regelmäßig Teddys Pub aufsuchen, bin ich mir sicher, dass wir uns nicht aus den Augen verlieren.«

Anscheinend hoffte George auf eine Reaktion, aber es dauerte einen Moment, bis der Groschen fiel und die Anwesenden begriffen, was er ihnen da mitteilte.

Mit gerunzelter Stirn ließ sich Holly seine Worte durch den Kopf gehen. Hatte der Kerl noch alle Tassen im Schrank? Er hatte sie höchstpersönlich eingestellt – sein überzeugendstes Argument war gewesen, dass er ihr Kontinuität und ein stabiles Arbeitsumfeld bieten konnte … Sie hatte ihr ganzes Leben um diesen Job herum ausgerichtet! Holly schluckte und schaute sich um. War sie die Einzige, die von diesem Plan nichts geahnt hatte?

Nein, Dan schaute genauso perplex drein, und das leise Gemurmel schwoll langsam zu einer chaotischen Diskussion an.

Der arme George versuchte, die Anwesenden zu beruhigen, während Fragen nach der Zukunft des Ärztehauses und nach Kingsleys Nachfolger durch den Raum schallten.

Hollys Blick schweifte zu Julia Channing, und sie war augenblicklich genervt von deren kalkulierendem, selbstgefälligem Blick. War das Ganze bereits beschlossene Sache? Würde Julia Channing ihre neue Chefin werden? Sollte das der Fall sein, befand Holly, stünde ihr wundervoller neuer Job auf ausgesprochen wackeligen Beinen.

George klatschte in die Hände, um die Versammelten um Ruhe zu bitten, doch dann verhaspelte er sich, stolperte über seine eigenen Worte, plötzlich in Eile, aus dem Rampenlicht zu kommen. »Natürlich müssen wir entscheiden, wer von unseren geschätzten Kollegen in meine Fußstapfen als Seniorpartner tritt. Ich bin sicher, dass sich einige der Partner um den Posten bewerben möchten. Wir haben zwei Monate, um einen Entschluss zu fassen, es besteht also kein Grund zur Eile.«

Ein kollektives Aufstöhnen ging durch den Aufenthaltsraum. Offenbar stellten sich alle vor, wie sie in den nächsten beiden Monaten zu Wettstreitern und Rivalen wurden, die einander symbolisch Messer in den Rücken stießen. Holly sah, wie Dan zu Henry Bruce hinüberstarrte, der mit unerschütterlicher Gelassenheit in seinem Nadelstreifenanzug dasaß. Julia dagegen hatte die Augen fest auf George gerichtet und wirkte überzeugend gleichmütig.

Mist, dachte Holly, das Ganze würde definitiv ein Dreier-Rennen werden, das aller Wahrscheinlichkeit nach ein hässliches Ende nähme.

»Ach, da wir schon einmal alle versammelt sind«, rief George über den Tumult hinweg, »möchte ich Julia Channing zu ihrem neuen Projekt *Guten Tag, Frau Doktor* gratulieren – einer Doku-Serie über Hausärzte auf dem Land. Soweit ich weiß, beginnen die Dreharbeiten im kommenden Monat, die Episoden werden im Sommer ausgestrahlt. Also, auf Julia!«

Julia murmelte ein bescheidenes Dankeschön, während Henry Bruce' Verehrerinnen abtrünnig wurden und Julia mit ihren Glückwünschen umwarben. »Ich wüsste gern, woher sie die Zeit nehmen will, TV-Star zu werden«, murmelte Grace, die Gedanken wie immer auf den komplizierten Dienstplan gerichtet.

Taffy und Dan schwiegen für eine Weile, dann bemerkte Taffy trocken: »So sorgt man also für Aufruhr.«

»Ja«, antwortete Dan einsilbig.

»Du kennst sie besser als ich, Kumpel, aber ich gehe mal davon aus, dass die so sympathische Dr. Channing als Seniorpartnerin ein wahrer Drache sein wird.«

»Ja.«

»Henry dagegen ist nicht mehr als ein Gebrauchtwagenhändler mit einem Abschluss in Medizin und einer sehr großzügigen Einstellung, was seinen Rezeptblock angeht.«

»Ja.«

Holly saß stumm da und lauschte aufmerksam, um sich einen Eindruck von dem anstehenden Kampf zu verschaffen. Sie spürte, wie ihr übel wurde, und schluckte erneut. Drei Kandidaten für diesen Job. Zwei davon würden ihr das Leben zweifelsohne zur Hölle machen. Ach was, vermutlich würden sie sie ganz einfach feuern. Es gab nur eins, was sie tun konnte: sich hinter Dan Carter stellen und dafür sorgen, dass er zur ersten und einzigen Wahl wurde.

»Hast du noch diesen Wodka im Impfkühlschrank versteckt, Taffy?«, murmelte Dan mit erstickter Stimme und stand auf. »Gipfeltreffen in meinem Sprechzimmer, Kumpel. Ich denke, wir könnten ein Gläschen brauchen.«

»Verdammt noch mal, Dan«, fluchte Holly lautlos, als sie verschwanden. Es sah nicht so aus, als hätte Dan Carter sonderliches Interesse an dieser Seniorpartnerschaft.

Kapitel sieben

Am Abend stand Holly mit hochgezogenen Schultern auf Lizzies Türschwelle. Ein kalter Wind strich ihr um die Knöchel, und sie verfluchte Lizzie dafür, dass diese sich »aus ästhetischen Gründen« weigerte, eine Klingel anzuschaffen.

Bevor sie auf Milo und die anderen traf, hätte sie gern noch etwas Zeit für sich gehabt, um ihre Gedanken nach dem Chaos im Ärztehaus zu ordnen. Insgeheim hoffte sie, dass sich die Nachfolgefrage des Seniorpartners als Sturm im Wasserglas entpuppte und nicht als lebensverändernder Tsunami.

Gerade als Holly der ohnehin überstrapazierte Geduldsfaden zu reißen drohte, wurde die Haustür von Lizzies Ehemann Will geöffnet.

»Komm rein, komm rein. Es tut mir leid, mein Mädchen, du bist ja halb erfroren! Wir sollten uns wirklich eine Klingel anschaffen – die meisten Leute geben einfach auf und gehen wieder!« Will zog Holly ins Haus, schloss sie in die Arme und drückte ihr einen dicken Willkommensschmatzer auf die rechte und die linke Wange.

»Gott sei Dank hast du noch Wein mitgebracht. Lizzie braucht unseren Rest … ähm, zum Kochen.« Will nahm ihr den Mantel ab und schleuderte ihn übers Treppengeländer, ohne auf das perfekte Interieur seiner Gattin Rücksicht zu nehmen, dann griff er nach dem Wein.

»Hereinspaziert, wir öffnen gleich eine neue Flasche, und dann setzt du dich zum Auftauen an den Ofen.« Will legte Holly einen Arm um die Schultern und führte sie durch die mit Tapeten und Farben von Farrow & Ball ausgestatteten Räume. An sämtlichen Wänden hingen gerahmte Familienfotos – alle drei Kinder in traumhaft schönen Klamotten, die traumhaft schöne Dinge taten und traumhaft glücklich wirkten. Hätte Holly Lizzie und Will nicht so gerngehabt, wäre ihr bei dem Anblick leicht übel geworden.

»Danke, dass du die Jungs abgeholt hast. Bei der Arbeit ging es etwas hektisch zu«, sagte sie und lehnte sich gegen Will, der in seinem dicken Pullover aussah wie ein pummeliger Schweizer Skilehrer.

»Kein Problem.« Dann senkte er verschwörerisch die Stimme. »Ich muss dich warnen: Lizzie hat darauf bestanden, heute Abend zu kochen. Ich habe gesehen, was es gibt, deshalb rate ich dir, vorher bei den Chips zuzuschlagen.«

Holly spürte, wie die Anspannung des Nachmittags langsam von ihr abfiel. Sie brachte sogar ein Lächeln zustande. Schon seit Ewigkeiten scherzten sie darüber, dass Lizzie einfach nicht kochen konnte. Zumindest nichts außer braunen, klebrigen, nicht selten undefinierbaren Brei. Während der gemeinsamen Zeit in ihrer Studentenbude waren sie einen Kompromiss eingegangen: Holly hatte gekocht, und Lizzie hatte den Abwasch erledigt. Obwohl man hinzufügen musste, dass sie auch mit dem Spüllappen nicht wirklich gut umgehen konnte.

Als sie die Küche betraten, lehnte Lizzie an ihrem schicken AGA, und Holly war wie immer fasziniert, wie sehr das Leben ihrer besten Freundin einem endlosen Lifestyle-Fotoshooting ähnelte. Hinter ihr blubberte etwas in einer riesigen Pfanne, mit der einen Hand umschlang sie ihre Tochter Lily, die auf ihrer Hüfte saß, mit der anderen schwenkte sie ein Glas Wein. Als sie Holly erblickte, beugte sie sich vor und küsste diese voller Enthusiasmus auf beide Wangen. »Du bist spät dran, deshalb habe ich schon ohne dich angefangen.«

Holly nahm ihr Lily ab, die die Ärmchen nach ihr ausstreckte. Lilys kastanienbraunes Haar war zu einem modischen Bob geschnitten, ihre rosigen Wangen kündeten von Gesundheit und Vitalität. Neben ihr fühlte sich Holly wie ein ausgedrückter Teebeutel.

Die Kleine schmiegte sich an sie, völlig sorglos, ob sie Flecken auf Hollys Klamotten hinterlassen würde. Dabei waren die Regeln bei Lizzie eisern: Klebrige Hände passten nicht zu Kaschmir und Wildleder. Im nächsten Moment stürmten Lizzies Jungs zusammen mit den Zwillingen auf einer wilden Verfolgungsjagd an ihnen vorbei. Ben und Tom bremsten kaum ab, um ihrer Mutter zu winken. Gut so. Zumindest die zwei hatten ihren Spaß.

Einen Augenblick später kündigte das Klackern von Krallen auf den polierten Eichendielen das Eintreffen von Eric an, dem Labradoodle. Seine widerspenstigen hellen Locken unterstrichen die Tatsache, dass alles in diesem Haus einem strikten Farbmuster folgte, zurzeit in einer extrem angesagten Palette von Creme- und Karamelltönen.

Eric stupste mit der Nase Hollys Hand an und drückte sich gegen ihre Beine, bis sie sich bückte, um liebevoll seine Ohren zu kraulen. »Hallo, du Prachtkerl.« Sie setzte Lily ab, die hinter den Jungs herjagte. Eric nahm majestätisch zu ihren Füßen Platz und schaute sie mit seinen großen schokoladenbraunen Augen Aufmerksamkeit heischend an.

»Ach Eric! Nun mach dich doch nicht so wichtig!«,

schimpfte Lizzie schmunzelnd und ließ ein perfekt gebügeltes Geschirrtuch in seine Richtung schnellen. Dann streckte sie Will ihr leeres Weinglas entgegen, der damit beschäftigt war, ein paar Tüten Kesselchips zu öffnen. »Schenk mir doch bitte nach, mein Schatz. Was möchtest du trinken, Holly?« Sie begegneten einander mit der Ungezwungenheit dreier Menschen, die sich seit Jahren kannten. Zwar waren sie keine Studenten mehr, aber Fotos aus jener Zeit waren hier und da zwischen dem schicken *Larkford-Life*-Interieur verstreut, vorausgesetzt man wusste, wohin man schauen musste.

Es war Holly klar, dass ebenjene Fotos bei Milo ein unbehagliches Gefühl hervorriefen, als sei er noch immer ein Außenseiter in ihrer kleinen Gruppe. Er hatte versucht, sich einzufügen, aber oftmals fielen seine Scherze aus dem Rahmen, seine »geistreichen« Bemerkungen waren oft ziemlich geschmacklos. Dennoch wusste Holly die Tatsache zu schätzen, dass er Durchhaltevermögen zeigte. Es gab ihr die Hoffnung, dass sich dieser Neuanfang als erfolgreich erweisen könnte. Und solange sie beide sich bemühten, bewegten sie sich gewiss in die richtige Richtung. Oder?

Sie versuchte, den leichten Anflug von Eifersucht zu ignorieren, als sie sah, wie Will im Vorbeigehen liebevoll über Lizzies Rücken strich. Die Ehe der beiden basierte auf gegenseitigem Respekt und einem gemeinsamen Sinn für Humor – Dinge, die Holly momentan auf schmerzliche Weise fehlten.

Vor Lizzies und Wills Hochzeit hatte Holly oft das Gefühl, sie würde aus einem Rezeptbuch ohne Bilder das Kochen lernen, hatte schlichtweg keine Vorstellung von dem, was sie anstrebte. Und jetzt war dieses Kochbuch dank der beiden voller farbenfroher Bilder, die ihr zeigten, wie Liebe aussehen, schmecken und klingen sollte. Oder besser gesagt: wie Liebe *sein konnte.*

»Das Abendessen ist fast fertig«, verkündete Lizzie wenige Augenblicke später und rührte die brodelnde Pampe um, während sie gleichzeitig ihren Pony zur Seite strich, um eine Dampfkrause zu vermeiden. Sie war wirklich keine Spitzenköchin. »Sollen wir Milo anrufen?«

»Wieso? Um ihn zu warnen?«, fragte Will mit todernstem Gesicht.

»Um zu fragen, wann er kommt«, stellte Lizzie klar, ohne auf seinen Scherz einzugehen. »Oder lässt er uns wie üblich warten und kommt erst viel später?«, fragte sie leichthin, doch Holly entging der missbilligende Unterton nicht. Lizzie machte kein Geheimnis aus der Tatsache, dass sie Milos Machtspielchen verabscheute, genau wie sie es verabscheute, dass er Holly herumkommandierte und herabsetzte, selbst wenn diese es gar nicht merkte.

»Ich habe den Kindern erlaubt, aufzubleiben und sich einen Film anzuschauen, vorausgesetzt, sie ziehen sich schon die Schlafanzüge an, einverstanden?«

Holly zögerte, auch wenn sie insgeheim davon überzeugt war, dass ein Abend auf dem Sofa mit einer Tüte Popcorn genau das war, was die Jungs brauchten. In letzter Zeit war ihr Leben nicht gerade leicht gewesen, zu viele Veränderungen prasselten von allen Seiten auf die beiden ein. Dennoch ertappte sie sich dabei, wie sie innerlich die Auseinandersetzung mit Milo probte, der für jemanden, der sonst kaum am Leben der Zwillinge teilnahm, ausgesprochen strenge Vorstellungen hatte, was deren Schlafenszeit anbetraf. »Sie haben einen langen Tag hinter sich …«, wandte sie zögernd ein.

Lizzie schnitt eine Grimasse, als könne sie Hollys

Gedanken lesen. »Komm schon, Holly, du kannst mir gern die Schuld zuschieben, aber lass sie aufbleiben und einen Film schauen. Es ist Freitagabend!« Sie flitzte durch die Küche und stellte ein Tablett mit milchfreien Snacks für die Kinder zusammen. Diese kleinen Dinge wusste Holly mehr zu schätzen, als Lizzie ahnte.

Die Freundin wartete, bis Will den Raum auf der Suche nach weiteren Weinflaschen verlassen hatte, dann wirbelte sie herum und musterte Holly durchdringend. »Was ist los? Du siehst erschreckend aus.«

Ihre Bemerkung erwischte Holly auf kaltem Fuß, zumal sie sich in der warmen Küche gerade ein wenig entspannt hatte. »Gefällt dir mein Arzt-Outfit etwa nicht?« Sie zupfte an dem in die Jahre gekommenen Stoff ihres Lieblingsarbeitskleids und straffte die Schultern, um sich nicht anmerken zu lassen, wie sehr Lizzies Bemerkung sie getroffen hatte. »Ist doch eh ein weißer Kittel drüber.«

»Ich meinte nicht das Kleid – obwohl es in der Tat grauenvoll ist. Ich meinte *dich* … Das ist mir gestern beim Mittagessen gar nicht so aufgefallen, hast du abgenommen?« Sie kniff vorwurfsvoll die Augen zusammen. »Hast du etwa ohne mich eine Diät angefangen?«

Holly zuckte die Achseln. »Nö. Keine Panik.« Sie wusste, wie eifrig Lizzie war, wenn es um Diäten ging. »Das liegt vermutlich an meinem Sport-BH – optische Täuschung.«

Lizzie starrte sie ausdruckslos an. »Kapier ich nicht.«

Holly nahm die Schultern zurück und drückte ihre Brüste heraus, um der Situation einen komischen Anstrich zu verleihen. »Der Sport-BH – minimiert den Busen und presst ihn in die richtige Richtung!«

In Lizzies Augen spiegelte sich Verwirrung. Ihre eigenen perfekten Körbchengröße-A-Brüste waren stets umhüllt von hauchzarter Seide und Spitze. Von vernünftiger Stützunterwäsche hielt sie gar nichts – so etwas brauchten andere Frauen, aber ganz bestimmt nicht sie.

Der ausgeprägte Blick und das Interesse der Freundin für Mode und Innenausstattung hätten darauf schließen lassen können, dass sie selbst seicht wie eine Pfütze war, aber das täuschte. Unter der Oberfläche steckte eine unerschütterliche Verbündete und wahre Freundin. Holly sackte in sich zusammen, Lizzies Worte zeigten Wirkung. »Ich muss unbedingt mit dir reden, und zwar … «

»Das ist es!«, fiel Lizzie ihr ins Wort. »Du solltest schnell ein bisschen Eyeliner auftragen, und du wirst sehen: Gleich geht es dir besser!« Sie wühlte in ihrem superschicken schwarzen Shopper mit dem Logo aus zwei ineinandergreifenden C. »Ich bekomme immer tonnenweise Werbegeschenke, hier, das kannst du haben.« Sie drückte Holly einen Lippenstift und Wimperntusche in die Hand, die vermutlich mehr kosteten als der gesamte Inhalt von Hollys Schminktasche.

»Ich glaube nicht, dass Make-up die Lösung ist, Lizzie.«

Die Freundin starrte sie schockiert an; Hollys Bemerkung grenzte an ein Sakrileg.

In diesem Augenblick tauchte Will an der Küchentür auf. »Lass sie in Ruhe, Lizzie. Nicht jeder braucht sechs Schichten Mascara, bevor er das Haus verlässt. Obwohl ich mich erinnere, dass Holly als Studentin tonnenweise von dem Zeug aufgetragen hat. Was übrigens umwerfend aussah!«

»Ja ja, Holly hat schrecklich lange Wimpern, was alle Jungs in Bristol wussten.« Lizzies Stimme hatte einen leicht scharfen Klang angenommen, was Holly erstaunt aufschauen ließ. Ihre Freundin errötete leicht, dann wurde sie versöhnlicher. »Nun, vielleicht brauchst du die

Wimperntusche nicht, du Glückliche, aber ein bisschen Lippenstift wirkt Wunder. Meine Oma pflegte zu sagen, dass sie ohne Lippenstift nirgendwohin fahren konnte.«

»Hm.« Will klang skeptisch. »Die Frage ist doch eher, ob sie überhaupt hätte *fahren* sollen. Ich bin mir nach wie vor sicher, dass eine Brille mehr gebracht hätte als Chanel!«

Holly lachte und nahm dankbar den dargebotenen Lippenstift, froh darüber, dem Wimperntuscheangriff entkommen zu sein. Aber woher sollte Lizzie auch wissen, warum sie ihre Leidenschaft für Mascara aufgeben hatte? Sie hatte es nie über sich gebracht, der Freundin zu gestehen, dass Milo zu scherzen pflegte, mit Wimperntusche sähe sie aus wie Bambi, wenn nicht gar wie ein Kamel – wofür er sich entschied, hing von seiner jeweiligen Laune ab. An einem seiner schlechteren Tage hatte er sie »die uneheliche Tochter von Alice Cooper« genannt. Überflüssig zu erwähnen, dass ihre Begeisterung für Wimperntusche nachgelassen hatte! Sie trug den Lippenstift auf, sofort wieder mit den entsprechenden Handbewegungen vertraut, auch wenn es sich diesmal um Chanel und nicht um Billigkosmetik für zwei Pfund neunundneunzig handelte.

Lizzie lächelte zufrieden, scheinbar überzeugt, dass Hollys Probleme nicht tiefer gingen.

»Die Sache ist die …«, setzte diese erneut an und fragte sich, ob sie die Bombe nicht einfach platzen lassen sollte, bevor ihr Lizzie mit einem weiteren Patentrezept kam. »Es könnte sein, dass ich bald ohne Job dastehe.«

Will und Lizzie reagierten augenblicklich. Sie zogen Stühle an den rohen Kiefernholztisch und vertilgten zwei Tüten Chips und eine weitere Flasche Pinot, noch bevor Holly sie ganz eingeweiht hatte.

»Ich versuche, es nicht persönlich zu nehmen, dass unmittelbar nach meinem Start im Ärztehaus der Seniorpartner, der mich eingestellt hat, in Ruhestand geht«, endete sie und gab ein ersticktes Lachen von sich.

»Vielleicht ist das der Grund dafür, dass sie eine zusätzliche Allgemeinärztin beschäftigen wollten«, überlegte Will, offenbar bemüht, das Ganze rational zu betrachten.

»Kann sein, aber heute Mittag im Aufenthaltsraum hat, glaube ich, die gesamte Belegschaft zum ersten Mal davon gehört. Plötzlich haben sich überall Grüppchen gebildet, die um die frei werdende Führungsposition streiten werden. Der ganze Nachmittag war einfach grauenhaft!« Holly seufzte. »Ich werde das Gefühl nicht los, dass man mich bewusst im Unklaren gelassen hat, doch andererseits: Warum hätte man ausgerechnet mich vorab informieren sollen? Ich bin neu, und ich habe eine untergeordnete Position inne. Trotzdem fühle ich mich nicht wohl bei der Sache. Schließlich bin ich extra umgezogen, habe meine Kinder, meinen Mann, mein ganzes Leben hierher verfrachtet, weil ich dachte, der Job wäre sicher, würde mir eine Zukunft bieten. Was, wenn der neue Seniorpartner – wer immer das sein wird – der Ansicht ist, dass ich überflüssig bin? Ich habe noch nicht einmal einen anständigen Vertrag!« Holly versuchte, den dicken Kloß in ihrer Kehle hinunterzuschlucken. »Ihr dürft mich nicht missverstehen – ich liebe diese Stadt. Ich genieße es, näher bei euch zu sein und mehr von euch zu haben. Aber es ist klar, dass Milo gar nicht glücklich sein wird, wenn sich dieser Umzug als Schuss in den Ofen herausstellt.«

Einen Augenblick lang herrschte unbehagliches Schweigen; niemand konnte dem widersprechen, und niemand wusste recht, was er sagen sollte.

Will stand auf und rührte niedergeschlagen in dem Topf mit dem Abendessen. »Wenn wir schon beim Thema sind: Wie lange wird Seine Lordschaft wohl noch auf sich warten lassen? Das Essen wird nicht besser, je länger es auf dem Herd steht. Möchtest du etwas Worcestershire-Sauce dazu?« Er wedelte fragend mit der Flasche vor Hollys Gesicht herum. Lizzies »Traditionsrezepte« galten als Grund dafür, dass sämtliche Mitglieder ihrer Familie spindeldürr waren.

Lizzie seufzte. »Dein Mann kann eine echte Nervensäge sein, Holly.«

»Ach«, erwiderte diese trocken. »Das ist mir glatt entgangen. Sei bitte trotzdem nett zu ihm. Er gibt sich Mühe. Und sagt nichts von dem bevorstehenden Führungswechsel im Ärztehaus. Ich möchte mir erst darüber klar werden, welche Konsequenzen sich für mich daraus ergeben und wie ich damit umgehen soll. Ich liebe Milo, ich liebe ihn wirklich, aber für gewöhnlich bewahrt er in Krisensituationen nicht unbedingt einen kühlen Kopf.«

Will legte ihr den Arm um die Schultern und drückte sie. »Selbstverständlich werden wir nett zu ihm sein, *nicht wahr,* Lizzie? Und wer weiß, vielleicht überrascht er uns und erweist sich als wundervolle Unterstützung … Wir sind für dich da, Holly, egal, welche Entscheidung du triffst.« Er warf seiner Frau einen strengen Blick zu, dann fuhr er fort: »Natürlich wäre es leichter für uns, wenn wir verstehen würden, was du in dem Mann siehst …«

Lizzie kicherte, hockte sich auf den Küchentresen und ließ die Beine baumeln wie ein Teenager. »Ach, wir wissen doch alle, was Holly in Professor Dreamy gesehen hat, oder etwa nicht?«

Will schaute sie verwirrt an.

Lizzie reichte ihm sein Weinglas und zog die Augenbrauen hoch. »Erinnerst du dich nicht? Miss Unschuld hat ein Faible für ältere Männer – Intellektuelle. Denk nur mal dran, wie sie bis über beide Ohren in ihren Ethik-Professor verliebt war! Und dann gab es noch diesen Orthopäden mit den buschigen Augenbrauen … unerwiderte Liebe, wenn ich mich recht erinnere? Aber schließlich«, schwärmte Lizzie dramatisch, »eines Nachts in der Notaufnahme, die Uhr schlägt Mitternacht, Auftritt Milo Payne …«

Holly wurde puterrot. »Jetzt sei nicht albern! So war das nicht!«

Doch, exakt so war es gewesen, das wusste Holly nur allzu genau. Sie wusste auch, dass das alte Sprichwort *Heiraten in Eile bereut man in Weile* nie zutreffender gewesen war.

Sie hätte gut daran getan, Milo besser kennenzulernen, anstatt den Großteil ihrer gemeinsamen Anfangszeit mit ihm im Bett zu verbringen. Aber das war für sie zu jener Zeit einfach keine Option gewesen. Sex mit Milo war eine Offenbarung – nach den unbeholfenen Techtelmechtel an der Uni war sie plötzlich mit einem Mann zusammen, der wusste, wie man sich im Bett verhielt. Holly war Wachs in seinen Händen gewesen.

Sie dachte an ihr zweites Ausbildungsjahr zurück und an die Nacht, in der sie sich begegnet waren. Milo war in die Notaufnahme gekommen, einen tiefen Schnitt von einer Glasscherbe im Finger. Sie erinnerte sich, wie er sie sanft überredet hatte, nach der Schicht mit ihm auf einen Drink auszugehen, obwohl sie achtzehn Stunden am Stück gearbeitet hatte. Er hatte sie von der ersten Sekunde an fasziniert. Milo wusste, was er wollte, und er bekam es auch, dabei war er weder aufdringlich noch arrogant, nur absolut selbstbewusst.

Es war das erste Mal, dass sie tatsächlich mit jemandem ausging, der ein paar Jahre älter war als sie, anstatt nur davon zu träumen.

Damals hatte Holly geglaubt, einen Volltreffer gelandet

zu haben – doch statt des gefestigten, überlegten Mannes, den sie sich erhoffte, hatte sie die sprichwörtliche Katze im Sack bekommen.

Als sie durchs Mittelschiff der Kirche geschritten und zu ihm vor den Altar getreten war, hatte sie noch gedacht, dass er wirklich das gesamte Paket bot – fast zu schön, um wahr zu sein.

Hätte sie da schon geahnt, was sie jetzt wusste …

Holly seufzte. Nie wieder würde sie so schnell Ja sagen.

Eric kringelte sich vor ihren Füßen zusammen und drückte sein weiches Fell an ihr Bein, als spüre er ihre sinkende Stimmung. Sein Schwanz schlug einen beständigen Rhythmus auf dem Steinboden. Holly kraulte abwesend seine Ohren, dankbar für seine bedingungslose Zuneigung. »Ich wünschte, wir hätten einen Hund«, sagte sie niedergeschlagen. »Das wäre toll für die Jungs, und gerade Ben spricht sehr auf Eric an, ist euch das auch aufgefallen?«

Will warf sich das Trockentuch über die Schulter und lehnte sich neben Lizzie gegen die Anrichte, während er ihr sanft das Kreuz massierte. »Warum schafft ihr euch dann keinen an? Einen kleinen vielleicht? Das müsste doch gehen, jetzt, da deine Arbeitszeiten regelmäßiger sind. Ein kleinerer Hund braucht auch nicht ganz so viel Auslauf.«

Holly zuckte unbehaglich die Achseln und wünschte sich insgeheim, sie wäre nicht auf dieses Thema zu sprechen gekommen.

»Falls das nicht klappen sollte, können wir uns diesen hier teilen«, scherzte Will.

»O ja!«, rief Lizzie, plötzlich lebhaft. »Das ist eine super Idee! Wir teilen uns Eric! Komm schon, Holly, das wäre großartig. Um ehrlich zu sein, hab ich gar nicht genug

Zeit, um ihm die Aufmerksamkeit zu schenken, die er braucht. Zeit für einen *halben* Hund hätte ich dagegen durchaus, und du auch! Er zieht dich sowieso vor … und er bleibt gern bei dir. Wir werden ganz einfach eine dieser modernen, dysfunktionalen Großfamilien!«

»Sind wir das nicht längst?«, fragte Will trocken.

Aber Lizzie war in ihrem Element. Aufgeregt klatschte sie in die Hände und sprang von der Arbeitsfläche. »Sieh dir nur sein flauschiges Gesicht an – wie kann man dazu Nein sagen! Ganz davon abgesehen, dass er den Kindern wirklich guttäte …«

»Schon gut, Lizzie. Lass das Mädel doch erst einmal Luft holen. Außerdem muss Holly zunächst mit Milo darüber sprechen. Sie kann doch nicht einfach mit einem Teilzeithund nach Hause kommen, egal, was für eine verrückte Idee ihr zwei da ausbrütet!«

Holly wand sich verlegen. Obwohl sie vermutlich ein Shetlandpony im Gästezimmer hätte halten können, ohne dass Milo etwas davon bemerkte, gab es noch ein klitzekleines Problem. Ohne es zu wissen, hatte sie einen Mann geheiratet, der Hunde nicht ausstehen konnte.

Was für ein Mensch musste man sein, dass man keine Hunde mochte? Doch was noch viel wichtiger war: Was für ein Mensch musste man sein, um stundenlang mit seiner Verlobten zusammenzusitzen und deren Zukunftsplänen zu lauschen – Kinder, Hunde, eine Praxis auf dem Land –, ohne auch nur ein einziges Wort dazu zu sagen?

Ein weiterer Hinweis darauf, dass Holly ihren zukünftigen Ehemann besser hätte unter die Lupe nehmen sollen.

Lizzie, die vermutete, dass Milos Aversion gegen Hunde eher damit zusammenhing, dass er nichts von Hollys Aufmerksamkeit einbüßen wollte, schon gar nicht, da er sie mittlerweile unverschämterweise mit seinen eigenen Söhnen teilen musste, hielt ausnahmsweise den Mund. Sie konnte sehen, dass ihre Freundin schwankte, und drängte sie im Stillen dazu, die richtige Entscheidung zu treffen.

Sie hatte ihre eigenen Vermutungen, warum Hollys und Milos Ehe zu scheitern drohte, obwohl sie zugunsten ihrer Freundin stark voreingenommen war. Lizzie wusste, dass sich Holly von Milos ausgeprägter Höhlenmenschen-Denkweise angezogen fühlte, aber inzwischen hatte sie den Eindruck gewonnen, dass es Milo einzig und allein darum ging, Hollys Leben zu kontrollieren, und zwar jeden einzelnen Schritt. Es schien ihm nicht zu passen, dass Holly wieder arbeiten ging, genauso wenig wie es ihm zu passen schien, wenn sie Zeit mit den Jungs verbrachte, weshalb er sich keine Gelegenheit entgehen ließ, seine Frau niederzumachen. Als Hollys bester Freundin fiel es Lizzie schwer, sich das schweigend anzusehen.

Holly riss hektisch eine weitere Chipstüte auf, auf die Gefahr hin, dass sie in alle Richtungen flogen. Als er das Knistern der Verpackung hörte, sprang Eric auf und legte ihr erwartungsvoll die Schnauze auf den Schoß. Mit seinen achtzehn Monaten war er immer noch ein großes Baby. Holly gab ihm ein paar Chips. Eric kaute glücklich.

»Du verwöhnst ihn zu sehr«, warnte Lizzie.

»Wäre das nicht genau meine Aufgabe als Teilzeitmutter? Ihn total zu verziehen und dann wieder abzuliefern?« Holly grinste, gab dem Labradoodle noch ein paar Chips und streichelte sein helles, weiches Fell und die seidigen Ohren. Eric sah sie hingebungsvoll an. Sein Schwanz wedelte so stark, dass der ganze Hund wackelte. Vor lauter Freude schnellte er plötzlich hoch und landete auf Hollys Schoß.

Sanft schob sie immer wieder seine Schnauze aus ihrem

Gesicht, während sich Lizzie über ihre Versuche amüsierte, seine Liebesbekundungen zurückzuweisen. »Eric«, tadelte sie, »hab ich dir nicht gesagt keine Zunge? Nicht dass das noch Stadtgespräch wird!«

Holly lachte und spürte, wie die Anspannung aus ihrer Brust wich. Schließlich gab sie auf und schloss Eric in die Arme. »Sagen wir einfach: Je mehr Männern ich begegne, desto mehr liebe ich euren Hund.«

»*Unseren* Hund«, korrigierte Lizzie. »Und nicht alle Männer sind so wie … nun, du weißt schon … so wie deiner.«

Kapitel acht

Ein festes, selbstbewusstes Klopfen an der Eingangstür ertönte.

»Er ist da!«, verkündete Will dramatisch und zwinkerte den Frauen zu, dann eilte er durch den Flur, um Milo einzulassen.

Milo platzte in die Küche, seinen Kaschmirschal lose um den Hals geschlungen. »Hallo, Traumfrau!«, rief er und gab Holly einen langen Kuss auf die Lippen. »Du siehst zauberhaft aus!« Er legte einen Arm um ihre Schultern. »Erst heute Morgen habe ich gesagt: Holly, runter mit dem blöden Make-up, zeig lieber deine natürliche Schönheit.« Er strich ihr mit dem Daumen über die Wange und musterte sie, einen Ausdruck der Bewunderung auf dem Gesicht. »Wenn man ein Gesicht wie dieses hat, ist Schminke doch gar nicht nötig, hab ich recht?« Er warf Will ein verschwörerisches Wir-Jungs-müssen-zusammenhalten-Lächeln zu. »Vielleicht war das nicht gerade taktvoll, aber Taktgefühl hab ich ja eh nicht, stimmt's, Holly?«

Während Milo Lizzie begrüßte und überschwänglich die »betörenden« Düfte lobte, die vom Herd zu ihnen herüberwehten, ertappte sich Holly dabei, dass sie sich innerlich die Daumen drückte. Wenn Milo gut in Form war, konnte er durchaus charmant und witzig sein, und selbst Lizzie erlag mitunter seinen Schmeicheleien.

»Liegen die Jungs schon im Bett, oder kann ich ihnen

noch Gute Nacht sagen?«, fragte Milo, als sei das das Selbstverständlichste auf der Welt.

»Zu spät. Ich habe die Bande vor zehn Minuten schlafen gelegt«, erwiderte Will, was Milo nicht weiter zu stören schien. Holly verspürte pure Erleichterung, als sie die gelöste Atmosphäre wahrnahm. Sie nippte an ihrem Wein und ließ sich von den Wogen des Gesprächs umspülen. Ihr Mann war ein absolutes Mysterium, und seine abrupten Stimmungswechsel sorgten dafür, dass sie in letzter Zeit ständig den Eindruck hatte, am Rand einer Klippe zu stehen. Ob es sich wohl so anfühlte, wenn man durchdrehte? Immerhin hieß es, Wahnsinn sei erblich, und jetzt, wo sie drüber nachdachte, war bei Großtante Phyllis mit Sicherheit mehr als eine Schraube locker gewesen.

»Ist das eine Bouillabaisse, Lizzie?«, wollte Milo wissen, als sie kurze Zeit später am Tisch saßen. »Mein Gott, das nenne ich ambitioniert. Ich wüsste gar nicht, wo ich bei einem solchen Gericht anfangen sollte!«

Lizzie zuckte lässig die Achseln, als würde sie jeden Abend ein französisches Gericht aus dem Ärmel schütteln.

»Hollys Vorstellung von einem kulinarischen Abenteuer beschränkt sich darauf, pürierte Tomaten unter die Fertigbolognese zu rühren, nicht wahr, Liebling?«, scherzte er, den empörten Blick ignorierend, den Lizzie in seine Richtung schoss.

Will stand auf, griff nach der Schöpfkelle und streckte die Hand nach Milos Teller aus. »Darf ich?«, fragte er und füllte Milo eine Riesenportion auf, während er die übrigen Portionen eher klein hielt.

»Du liebe Güte«, nuschelte Holly, als sie und Will tapfer ihre Löffel zum Mund führten, »das ist der Wahnsinn, Lizzie.«

Lizzie grinste und schenkte sich ein weiteres Glas Wein ein. »Nun stellt euch doch nicht so an, ihr zwei. Es sind genau die richtigen Zutaten drin …«

»Aber nicht zwangsläufig in der richtigen Reihenfolge«, wandte Will ein, der mutig auf irgendeinem ominösen Meerestier herumkaute.

Schließlich legte er den Kopf schräg, schluckte und fing Hollys Blick auf. Im nächsten Augenblick brachen die beiden beinahe zusammen vor Lachen.

»Ihr seid gemein, euch gegen mich zusammenzurotten! Wenn ich nicht übe, werde ich niemals besser! Und so schlecht kann es doch gar nicht sein.«

Als Holly sich kichernd den Bauch hielt und sich übermütig gegen Wills Schulter lehnte, brachte Milo mit einem missbilligenden Blick Hollys Weinglas außer Reichweite. Sie bemerkte es nicht, Lizzie dagegen schon, und sie stellte es prompt an seinen alten Platz zurück.

Herausfordernd starrte sie Milo an.

In seinen Augen spiegelte sich Hohn, doch dann zuckte er die Achseln und lehnte sich zurück. Ein gewinnendes Lächeln trat auf seine Lippen.

»Weißt du, Lizzie«, schleimte er, als sei nichts passiert, »das ist die beste Bouillabaisse, die ich außerhalb Frankreichs je gegessen habe.«

Lizzie, die seine blitzschnellen Stimmungsumschwünge nicht gewohnt war, runzelte die Stirn, unsicher, was sie mit seinem Kompliment anfangen sollte. »Hast du denn jemals außerhalb Frankreichs Bouillabaisse gegessen, Milo?«, fragte sie skeptisch.

Statt einer Antwort lächelte er rätselhaft und hob sein Glas, dann setzte er zu einer lustigen Anekdote an. Holly und Will, die nur darauf warteten, erneut losprusten zu können, amüsierten sich köstlich über seine Geschichte über den verrückten Bibliothekar in Bath. Milo legte lässig den Arm auf Hollys Schultern, und sie kuschelte sich an ihn. Nur Lizzy lehnte sich zurück, mit dem unbestimmten Gefühl, dass ihr irgendetwas entging.

Als sie später die Spülmaschine einräumte – wobei sie sich alle Mühe geben musste, Eric davon abzuhalten, in das Gerät zu springen und das Geschirr »vorzuwaschen« –, konnte sie nicht länger an sich halten. Sie schaute zu Holly auf, die ihr das schmutzige Geschirr brachte, und sagte: »Schön, Milo in Bestform zu erleben.«

»Finde ich auch«, pflichtete Holly ihr bei, die quälenden Gedanken beiseiteschiebend, die ihr unablässig durch den Kopf gingen. Würden sie schon wieder umziehen müssen, noch bevor sie sich richtig eingelebt hatten? Ihr war klar, dass eine Entlassung gerade bei Ärzten als absoluter Karrierekiller galt. Was würden die Jungs dazu sagen, wenn sich ihr Leben und ihre Umgebung erneut änderten? Sie seufzte tief. Die Grübelei musste warten. Grübeln war ein weiterer Luxus, für den ihr schlichtweg die Zeit fehlte.

Lizzie drückte ihre Hand. »Einen Penny für deine Gedanken …«

Holly lächelte. »Was wäre ich nur ohne dich?«

»Die Geliebte dieses windigen Ethik-Professors mit Dauerwelle und äußerst fragwürdigem Geschmack in Sachen Mode? Obwohl, so groß ist der Unterschied im Grunde gar nicht … aber du hättest mit Sicherheit keinen Teilzeithund!«

Holly beugte sich vor und küsste Lizzie in einem spontanen Anflug von Dankbarkeit auf die Wange. Trotz all ihrer Marotten war Lizzie die beste Freundin, die sie je gehabt hatte. »Dann bin ich dir wohl etwas schuldig …«

Lizzie leerte ihr Glas. »Ach, Liebes, was das angeht, sollten wir aufhören zu zählen!«

Wehleidige Klagelaute von oben ließen Holly aufhorchen. Wenn Ben aufwachte, musste sie ihn schnellstmöglich beruhigen, damit er wieder einschlief, sonst konnte es eine sehr lange Nacht werden.

»Ich komme mit«, bot Lizzie an, die feststellte, dass Will und Milo ausnahmsweise in ein anregendes Gespräch vertieft schienen, das sie nicht unterbrechen wollte.

Holly trug Ben, der zum Glück wieder eingeschlafen war, auf den Armen und setzte sich ans Fußende von Lizzies Bett. Sie strich ihrem kleinen Sohn die Ponyfransen aus der Stirn und genoss den Moment der Stille. Wenn er schlief und seine kleinen Händchen entspannte, war Ben mit der Welt im Reinen.

»Holly? Du weißt, dass du Milo von der Arbeit erzählen musst?«, fragte Lizzie sanft, aber bestimmt.

»Ja«, räumte Holly ein. »Aber vorher brauche ich genauere Informationen.«

»Du könntest es ihm auch heute Abend erzählen, wo er doch gerade so gut gelaunt ist. Dann habt ihr am Wochenende genug Zeit, euch einen Plan zurechtzulegen«, beharrte Lizzie.

Der schlafende Ben kuschelte sich noch enger an seine Mutter. In jenem Moment traute sich Holly nicht, etwas zu sagen. Alles, was sie tat, all die Entscheidungen, die sie traf, dienten allein dem Ziel, bestmögliche Voraussetzungen für ihre Söhne zu schaffen. Und kleine Jungs brauchten ihre Väter. Das behaupteten schließlich alle. Sie hatte versucht, sich einzureden, es gäbe irgendwo bessere männliche Vorbilder, aber Milo war nun mal der Vater, und angesichts dieser nicht zu leugnenden Tatsache klangen all ihre Argumente selbst in ihren Ohren hohl und wenig überzeugend. Es war auch nicht gerade hilfreich, dass sie ihn trotz allem immer noch liebte und sich nach den vergangenen Zeiten sehnte, in denen ihr das Leben so einfach erschienen war.

Unten ertönte eine Salve von Gelächter, ein so ungewöhnliches Geräusch, dass Lizzie und Holly einander verblüfft ansahen.

»Donnerwetter, Milo zieht heute Abend echt alle Register«, stellte Lizzie fest. »Was hat er denn diesmal angestellt? Hat er eine neue Doktoranden-Gespielin gefunden?« Ihr Ton war vernichtend. Beleidigt flüchtete sich Holly in die Defensive und schwieg.

Lizzie seufzte dramatisch. »Entschuldige, wie taktlos. Ich war wohl etwas vorschnell.«

»Definitiv. Und ich dachte, du würdest dich darüber freuen, dass er sich Mühe gibt«, erwiderte Holly gepresst.

»Das tue ich doch«, sagte Lizzie sanft. »Ich mache mir bloß Sorgen um dich, Holly. Dieses ganze Gerede, dass er sich Mühe gibt … Muss man sich wirklich so anstrengen, um nett zu seiner liebenswerten Frau zu sein? Sei doch mal ehrlich: Wenn Milo derart in Form ist, bedeutet das für gewöhnlich, dass er etwas verbockt hat. Wie viele Komplimente hat er dir heute Abend gemacht?«

»Zynikerin.«

»Realistin«, widersprach Lizzie resolut. »Ich könnte dir jede Menge Situationen nennen …«

»Bitte nicht«, bat Holly mit Nachdruck, »ich weiß, was jetzt kommt, aber ich brauche diesmal wirklich deine Unterstützung.«

Normalerweise wusste sie Lizzies objektive Sichtweise zu schätzen, selbst wenn es um ihre Ehe ging, aber heute Abend hatte sie keine Lust, Milo niedermachen zu lassen. Er gab ganz offensichtlich sein Bestes, selbst wenn sie sich tief im Innern fragte, ob er nur schauspielerte. Schon öfter hatte sie festgestellt, dass er mühelos in die verschiedensten Rollen schlüpfte.

Lizzie setzte sich zu Holly ans Fußende und drückte ihr einen Schlüsselbund in die Hand. »Ich habe nachgedacht und bin zu dem Schluss gekommen, dass du die hier nehmen solltest, Holly. Nur für den Fall, dass du irgendwann Unterschlupf brauchst. Komm einfach, wenn dir danach ist …« Ihr Ton duldete keinen Widerspruch, trotzdem war Holly schockiert.

»Ich bin doch keine verprügelte Ehefrau auf der Flucht, Lizzie!«

»Das habe ich auch nicht behauptet. Ich habe dir lediglich für alle Fälle die Hausschlüssel gegeben.« Lizzie drückte ihre Hand.

Hatte sie die Furcht in Hollys Augen entdeckt und falsch interpretiert?

Denn Holly *hatte* Angst; es erschreckte sie, dass sie ihre Unabhängigkeit komplett aufgegeben hatte. Ihren geliebten Jungs ein intaktes Elternhaus zu bieten fesselte sie weit mehr an Milo als jedes Ehegelöbnis. Mehr als jeder Kredit.

Auf die schlaflosen Nächte hatte sie sich eingestellt, als sie Mutter wurde, genau wie auf die Schwangerschaftsstreifen, ganz zu schweigen von der überwältigenden Liebe, die sie für ihre Sprösslinge empfand – doch im Wirrwarr von Hormomen und Stillcremes hatte niemand daran gedacht, sie zu warnen, dass sie von nun an für den Rest ihres Lebens untrennbar mit Milo verbunden wäre, gleichgültig, wie sehr er sich verändert hatte, gleichgültig, ob ihr das gefiel oder nicht.

Als treue Freundin spürte Lizzie Hollys Stimmung und verfolgte das Thema nicht weiter. »Außerdem brauchst du die Schlüssel, wenn du kommst, um Eric abzuholen«, wechselte sie den Kurs.

Holly lächelte. Die Aussicht auf einen Teilzeithund war ausgesprochen verlockend, obwohl das zu Hause weiß Gott wie viele Auseinandersetzungen nach sich ziehen würde.

Lizzie rutschte unbehaglich hin und her und seufzte dann. »Schluss jetzt mit der Gefühlsduselei. Lass uns wieder nach unten gehen.« Sie stand auf und richtete abwesend den Schritt ihrer hautengen Jeans.

Nicht zum ersten Mal wurde Holly bewusst, wie glücklich sie sich schätzen konnte, eine Freundin zu haben, die ihr im richtigen Moment zur Seite stand, ohne dramatisch zu werden. Sie konnte Lizzie alles fragen – und das tat sie jetzt auch. »Ähm, Lizzie, juckt es dich da unten? Ist alles in Ordnung?«

Lizzie lachte. »Keine Sorge, Dr. Graham, ich brauche kein Canesten. Ich habe bloß ein neues Pfefferminzduschgel ausprobiert – duftet übrigens umwerfend –, aber um ehrlich zu sein, reizt es mein Honigdöschen mehr, als mir lieb ist.«

Holly schüttelte den Kopf. Sie kannte Lizzies Experimente mit Pflegeprodukten zur Genüge. Ständig probierte sie etwas Neues aus – mit mehr oder weniger Erfolg.

Lizzie kratzte sich erneut und fing an zu kichern. Holly grinste. »Kribbelt's so sehr? Nun, vielleicht sollte ich das auch mal ausprobieren!«

Lizzies anzügliches Gekicher hob Hollys Laune. Sie legte Ben wieder in sein kleines Reisebett und verstaute die Schlüssel sorgfältig in ihrer Tasche. Natürlich würde sie sie nicht brauchen. Niemals. Doch allein die Tatsache, dass Lizzie besorgt genug war, für Holly welche nachmachen zu lassen, verlieh ihr seltsamerweise Auftrieb. Wenigstens bildete sie sich nichts ein!

An der obersten Treppenstufe fasste Lizzie sie am Arm. »Schieb es nicht auf die lange Bank, Holly. Durchhaltevermögen ist nicht immer etwas Positives. Du solltest ihm einfach sagen, dass du nicht glücklich bist«, beharrte sie.

Holly zögerte für einen Augenblick. Vor ihr inneres Auge trat das Bild ihrer Familie – Milo, sie und die Zwillinge. »Aber ich *bin* glücklich«, behauptete sie nachdrücklich, »meistens zumindest. Auf einer Skala von eins bis zehn würde ich mir eine Acht geben, es geht mir rundherum gut!«

Lizzie stieß ihr sanft den Ellbogen in die Rippen. »Du müsstest dich mal hören. Das hier ist keine Parship-Werbung!«

Holly lachte, aber die Anspannung stand ihr im Gesicht geschrieben. »Ich weiß, dass ich mit ihm reden muss, und das werde ich auch tun. Ganz offensichtlich müssen wir einiges ändern. Dennoch möchte ich warten, bis ich mich etwas ausgeglichener fühle, sonst weiß ich nicht, was passiert.« Sie zuckte die Achseln und grinste Lizzy entschuldigend an.

»Hat dir der Abend gefallen, Holly?«, fragte Milo, als sie später gemeinsam durch Larkford schlenderten. »Es war schön zu sehen, wie du dich entspannt hast. Ich weiß, dass du keinen normalen Nine-to-five-Job hast, und mir ist bewusst, wie hart du arbeitest. Das soll dir erst mal einer nachmachen!« Er küsste sie sanft auf den Scheitel, und für einen Augenblick war es wieder so wie früher. Wenn Milo beschloss, charmant zu sein, war er der aufmerksamste, liebenswürdigste Mann der Welt.

Holly atmete tief durch. Ihre Schultern entspannten sich, ihr Atem bildete kleine Wölkchen in der frischen Frühlingsnacht. Fröstelnd kuschelte sie sich in ihren Mantel. Die Zwillinge schlummerten dick eingepackt in ihrem Kinderwagen. Der Rest des Abends war mit lustigen Geschichten und Neckereien verflogen. Holly konnte sich nicht daran erinnern, wann sie das letzte Mal einen so entspannten Abend zu viert verbracht hatten. Selbst Lizzie hatte Milo nach einer Weile nicht mehr böse angeschaut.

Als sie jetzt unter dem nächtlichen Sternenhimmel nach Hause spazierten, das Lachen und die Scherze noch im Kopf, fiel es ihr leicht, sich daran zu erinnern, warum sie sich in ihn verliebt hatte.

»Sind sie nicht süß, wenn sie so friedlich schlafen?«, murmelte sie, das Monstrum vor sich her schiebend, die Wärme von Milos Hand auf ihrer genießend.

Er lehnte sich zu ihr, sein Atem streifte warm ihre Wange. Mit zweifelndem Blick schaute er in den Wagen und seufzte. »Ich würde mir wünschen, dass sie immer so wären …«

Holly sah ihn fragend an. Scherzte er, oder meinte er das ernst? Betroffen stellte sie fest, dass sie sich nicht sicher war.

»Soll ich uns einen kleinen Imbiss machen, während du die Jungs zu Bett bringst?«, bot Milo an. »Ich bin am Verhungern!« Er hob abwehrend die Hände. »Ich weiß, ich sollte nicht schlecht über deine beste Freundin reden, aber die Fischsuppe war grauenhaft!«

Holly lachte. »Wir sind uns alle einig, dass das Kochen nicht unbedingt zu Lizzies Stärken zählt!«

»Du hast hoffentlich bemerkt, dass ich trotzdem etwas gegessen habe«, sagte Milo und half Holly, das Monstrum um einen Laternenpfahl zu bugsieren. »Mir ist klar, wie wichtig es ist, dass ich mir bei deinen Freunden Mühe gebe. Es soll dir zeigen, dass ich es auch ernst meine mit unserem Neuanfang.«

So nah war Milo einer Entschuldigung noch nie gekommen. Holly atmete auf. Der Sturm war durchgezogen.

Eine Zeitlang gingen sie in einvernehmlichem Schweigen nebeneinanderher, und Holly fragte sich, ob es sich lohnte, diesen friedlichen Augenblick zu zerstören, indem sie die bevorstehende Veränderung im Ärzteteam erwähnte. Nein, beschloss sie, als Milo ihr ein liebevolles Lächeln schenkte, das konnte definitiv warten.

Zu Hause angekommen trug jeder einen Zwilling nach oben, und Holly legte die zwei vorsichtig ins Bett. Sie seufzte. Müde, aber zufrieden und glücklich darüber, dass der Abend so gut gelaufen war, steckte sie das Nachtlicht ein. »Träumt schön«, flüsterte sie ihren Jungs zu und ging hinunter in die Küche, wo Milo gerade den Kühlschrank durchstöberte. Sein kalter, gleichgültiger Ton, mit dem er sie ansprach, ließ sie wie angewurzelt stehen bleiben.

»Hast du nicht etwas vergessen? Geh wieder rauf, Holly, und wisch dir dieses Zeugs vom Gesicht!« In seiner Stimme schwang Verachtung mit. Konzentriert schnitt er ein Stück Brie ab und legte es auf einen Cracker.

Hollys Hand flog zu ihren Lippen, zu den Resten des Lippenstifts, den sie völlig vergessen hatte. Binnen einem Herzschlag fühlte sie sich wie Alice, die in den Kaninchenbau stürzte.

Trotz all ihrer Entschlossenheit, ihren Jungs ein stabiles, liebevolles Elternhaus zu bieten, fragte sie sich, ob sie wirklich diesen Preis dafür bezahlen wollte.

Kapitel neun

Dan Carter nahm seine Krawatte ab und öffnete die Tür zu dem gut besuchten Pub. Verbrauchte, warme Luft und der abgestandene Geruch von Bier schlugen ihm entgegen, eine tröstliche Mischung. Dan atmete tief ein, entspannte sich und trat, grüßend nach rechts und links nickend, an die Bar. Taffy drängte sich vor, fest entschlossen, die Erinnerung an das endlose Gezanke, das nach Georges Verkündigung ausgebrochen war, mit ein paar Gläsern hinunterzuspülen.

Teddy Kingsley, der Besitzer des Kingsley Arms und George Kingsleys Sohn, winkte sie zu sich ans andere Ende der polierten Eichenholzbar. »Ihr seht beide ziemlich mitgenommen aus«, befand er, drehte sich um und nahm zwei Pint-Gläser aus dem Regal hinter seinem Kopf.

»Strategiesitzung nach Feierabend«, murmelte Taffy, setzte sich auf einen Barhocker und zog mit dem Fuß einen zweiten für Dan heran. »Hat ein bisschen gedauert.«

Teddy grinste und warf ihm ein Päckchen mit Schinkenspeck-Chips zu. »Ich nehme an, Dad hat seine kleine Bombe platzen lassen? Als hättet ihr nicht alle auf den Tag gewartet …« Als schwarzes Schaf der Familie, das es gewagt hatte, die Kochkunst über die Erste Hilfe zu stellen, verfolgte er amüsiert das Theater, das sein Vater in den vergangenen Jahren wegen seines bevorstehenden Ruhestands veranstaltet hatte.

»Hat er vorgeschlagen, wer in seine Fußstapfen treten soll, jetzt, da der verlorene Sohn beschlossen hat, nicht nach Hause zurückzukehren? Dabei gibt der daheimgebliebene Sohn doch im wahrsten Sinne des Wortes ein wunderbar gemästetes Kalb her!« Er deutete auf die Tafel mit den Tagesspezialitäten, die er hingebungsvoll Tag für Tag neu beschriftete. »Die Küche hat zwar schon zu, aber wenn ihr Hunger habt, kann ich euch schnell etwas machen.«

»Nein danke«, lehnte Taffy ab, den Mund voller Speck-Chips. »Ich brauche nichts. Nur ein paar Pints Cider. Du kannst sie gern vor mir aufreihen, Ted.«

Teddy stellte vorsichtig vier Gläser Apfelwein auf den Tresen. »Das dürfte euch am Leben halten. Gleich ist's Zeit für die letzten Bestellungen.«

»Cider?«, fragte Dan seinen Freund erstaunt. »Hast du nicht Frühschicht?«

Taffy zuckte die Achseln. Das erste Glas war bereits halb leer. »Ist doch im Grunde nicht mehr als Apfelsaft.«

Dan lachte und nahm einen Schluck. Der säuerliche Geschmack der Äpfel ließ ihn schaudern. »Weißt du, Taffy, für einen Mediziner nimmst du das Thema Ernährung etwas zu sehr auf die leichte Schulter.«

»Ach ja? Trotzdem funktioniert alles einwandfrei, und was nicht kaputt ist, muss man auch nicht reparieren.« Er spannte scherzhaft seine beachtlichen Muskeln an und grinste. Obwohl er eher ein hellhäutiger Typ war, waren sein Gesicht und die Arme das ganze Jahr über leicht gebräunt, da er viel Zeit an der frischen Luft verbrachte – er trainierte mit dem örtlichen Rugby-Verein. Taffy strotzte vor Gesundheit und Vitalität, und dank seiner fröhlichen, umgänglichen Art war es kein Wunder, dass die Frauen auf ihn standen.

Dan sah zu, wie sein Freund das erste Glas leerte und zur Seite schob. Es bestand kein Zweifel daran, dass ihm sein Lebensmotto »Arbeite hart und genieße das Leben« gut bekam. Viel Rugby, viele Mädels, viel Spaß. Es verstand sich von selbst, dass Taffy keine Schlafprobleme hatte.

Dan warf einen Blick auf die Uhr und spürte die wohlvertraute Panik in sich aufsteigen, die der Gedanke an eine weitere schlaflose Nacht in ihm hervorrief. Obwohl er sich inzwischen fast schon daran gewöhnt hatte, bis zum Morgengrauen wach zu liegen. »Wenn ich jetzt einschlafe«, redete er sich Nacht für Nacht ein, »bleiben mir noch fünf Stunden, bis ich wieder aufstehen muss. Das wäre gut und würde völlig reichen. Mit fünf Stunden komme ich klar … Wenn ich jetzt einschlafe, bleiben mir noch vier Stunden … Wenn ich *sofort* einschlafe, bleiben mir immerhin noch drei Stunden …«

Selbst hier im Kingsley Arms überlegte er insgeheim, wie viel Schlaf er bis zum Beginn seiner nächsten Schicht bekommen würde, wenn er jetzt ins Bett ginge.

Auch wenn sich Dan alle Mühe gab, sich nichts anmerken zu lassen, sah Taffy, dass sich sein Freund mit etwas quälte, und er war hin- und hergerissen, Dans Wunsch, nicht darüber zu sprechen, zu respektieren und seinem Kumpel zu helfen. Eigentlich, ja *eigentlich* wäre es richtig, wenn er sich deshalb an George wandte. Im Ärztehaus galt das ungeschriebene Gesetz, dass man den Seniorpartner informierte, wenn einer aus dem Team Probleme hatte. »Wenn ich nichts davon weiß, kann ich nicht helfen«, pflegte er zu sagen, doch jetzt, da die Diskussion um seine Nachfolge entbrannt war, war es nicht gerade der beste Zeitpunkt, Dan auf diese Weise in den Fokus zu rücken.

Weil Teddy am anderen Ende der Bar beschäftigt war,

beschloss Taffy, einen Vorstoß zu unternehmen. »Wir haben uns in den letzten Tagen nicht oft in Ruhe sprechen können. Was gibt's Neues?«

Dan schob den Ärmel über seine Armbanduhr und zuckte die Achseln. »Alles beim Alten. Zu viel Arbeit, zu wenig Zeit. Ich hatte vor, mir eine kleine Pause zu gönnen – einfach mal raus und mich körperlich auspowern. Den Stress loswerden. Aber jetzt, da George den Fehdehandschuh hingeworfen hat, sollte ich wohl besser vor Ort bleiben, was meinst du?«

»Um ein Auge auf Julia und den schmierigen Bruce zu haben?«

»Würdest du das nicht tun?« Dan zog überrascht eine Augenbraue in die Höhe. An Taffys Worten war etwas dran. Beim Klippenklettern in Anglesey konnte er seine Position im Ärztehaus wirklich nicht behaupten.

Er rieb sich mit dem Handballen die Augen, wie er es oft tat, wenn er nach den richtigen Worten suchte. »Ich hoffe zwar nicht, dass das ganze Team auseinanderbricht, aber es wird auf jeden Fall ein Kampf um die Nachfolge stattfinden, und um ehrlich zu sein, will ich nicht, dass Julia einen Vorteil hat. Obwohl sie wegen ihrer neuen TV-Show ohnehin schon eine Länge voraus ist.«

Taffy nickte zustimmend, bemüht, sich auf Dan zu konzentrieren. Immer wieder wanderten seine Augen zu drei jungen Frauen in Miniröcken, die auf Barhockern ganz in ihrer Nähe saßen. Die hübsche Blondine, die abwesend mit ihrem Glas spielte, hatte umwerfende Beine.

Resigniert stieß Dan ihn an. »Nun geh schon hin.«

Taffy warf einen sehnsüchtigen Blick in Richtung der Mädchen. Blondie schlug die Beine übereinander und kämpfte darum, die Balance zu halten, wobei ihr Rock noch ein Stück höher rutschte. »Nein, heute Abend nicht.

Ein andermal. Außerdem können sie es sowieso nicht mit unserer reizenden Dr. Graham aufnehmen, oder?«

Wieder zog Dan fragend eine Augenbraue in die Höhe. »Mit der reizenden, *verheirateten* Dr. Graham, wolltest du sagen.«

Taffy zuckte grinsend die Achseln, froh darüber, dass Dan sich am Gespräch beteiligte, anstatt wie so oft in letzter Zeit stumm über seinem Glas zu brüten. »Mir ist lediglich aufgefallen, dass du ziemlich zurückhaltend bist, was sie anbelangt.«

»Tatsächlich? Nun, ich finde sie ausgesprochen nett und attraktiv. Aber wir zwei sind ohnehin nicht ihr Fall, das kann ich dir versprechen. Sie steht auf Streber, und da war doch noch etwas … Ach ja, sie ist verheiratet!«

»Ich weiß«, räumte Taffy ein, »aber wenn jemand so umwerfend ist wie sie, darf man doch wohl ein bisschen träumen, oder?«

Ihr Gespräch wurde von den drei jungen Frauen unterbrochen, die nun ihrerseits zu ihnen herüberkamen. Anscheinend hatten sie Taffys bewundernde Blicke bemerkt. Eine schlanke Brünette lächelte die Männer an, dann streckte sie ihre sorgfältig manikürte Hand aus. »Ich bin Ashley«, stellte sie sich vor. »Und das hier sind Lindy und Jenny.«

Taffy stellte sein Glas ab. Wenn er ehrlich war, gingen ihm die Namen zum einen Ohr rein und zum anderen wieder raus, aber das war egal. »Ich bin Taffy, und das ist Dan. Friert ihr nicht?«

Die jungen Frauen unterhielten sich mit Taffy – anscheinend hatten sie mitbekommen, dass Dan nicht interessiert war.

Dan, ein eher dunkler Typ mit sportlicher Figur, sah attraktiv genug aus, um das Interesse der Mädels zu erwecken, wenn sie abends zusammen unterwegs waren, aber sehr zu Taffys Missfallen wollte er immer ein *richtiges* Gespräch führen, wollte die Frau kennenlernen, mit der er sich unterhielt, sprach über Filme, Politik und Reisen. Das war ja schön und gut, wenn man auf der Suche nach einer festen Freundin war, aber Taffy fand, dass Dan das Ganze ruhig mal etwas lockerer angehen konnte.

Er plauderte mit Ashley, hielt ein Auge auf Dan und überlegte gleichzeitig, wie er sie und Lindy loswerden könnte, da er sich weit mehr für die stille Jenny interessierte, die auf ihrem Hocker hin und her rutschte und jedes Mal errötete, wenn er sie anschaute.

Dan hatte ihm nicht verraten, warum er diese Woche so schlecht drauf war. Taffy sah in das blasse, angespannte Gesicht seines Freundes, der sein Glas so fest umklammerte, dass seine Fingerknöchel weiß hervortraten. An seiner Schläfe pochte eine Ader. Nein, er sah wirklich nicht gut aus.

»Hey!«, sagte Ashley plötzlich. »Gerade fällt mir auf: Ich kenne euch zwei doch aus der Zeitung!« Ihre Stimme klang höher als zuvor, und sie setzte sich aufrechter hin. »Ihr seid die Ärzte, die bei dem Riesenunfall letzte Woche geholfen haben!« Aufgeregt umfasste sie Taffys Arm. »Ihr seid Helden – so viele Kinder habt ihr gerettet!«

Taffy sah, wie Dan zusammenzuckte. Seine Augen blitzten alarmiert auf. Ashley schleimte weiter und erzählte ihren Freundinnen von dem Unfall mit dem Minibus, bei dem Taffy und Dan Erste Hilfe geleistet hatten.

Dan stand abrupt auf und schob dabei seinen Hocker so heftig zurück, dass er umkippte. Er leerte sein Glas, ignorierte das volle, das noch vor ihm stand, und sagte mit angestrengter Stimme: »Ich denke, ich mache für heute Schluss, Taffy.«

Plötzlich schrillte direkt neben ihnen die Glocke für die letzten Bestellungen. Vor Schreck zerdrückte Dan das Glas in seiner Hand, der restliche Cider floss über die Schnitte. »Mist!«

Taffy sprang besorgt auf. Mehr brauchte es nicht, um ihm endgültig zu bestätigen, dass er in Bezug auf Dans Verfassung recht gehabt hatte.

»Komm, lass uns noch schnell eine rauchen, bevor du abhaust«, sagte er. Viel konnte er heute Abend ohnehin nicht ausrichten, aber wenigstens wusste er nun, was dem armen Dan die letzte Woche über so stark zugesetzt hatte.

Trotz der späten Stunde waren noch einige Spaziergänger rund um den Marktplatz unterwegs. In ein paar Stunden würde die Ortsmitte wieder vor Geschäftigkeit brummen, überall wären Marktstände aufgebaut, an denen von Gourmetwürsten bis zu Geschirrhandtüchern alles verkauft wurde. Die Gebäude auf der älteren Südseite des Platzes standen eng zusammen wie alte Klatschweiber, die Fassaden waren ein blasser Regenbogen aus Rosa-, Blau- und Cremetönen. Dies war das Hauptmotiv für die Kameras der Touristen: die alten Gebäude, jedes in einer anderen geschmackvollen Farbe gestrichen, dahinter die imposante Kirche, deren Turm hoch in den Himmel ragte.

Taffy lehnte sich an die Hauswand neben dem Pub und zündete fachmännisch zwei Zigaretten gleichzeitig an, von denen er eine an Dan weiterreichte. Dessen Protest erstickte er vehement mit der Behauptung, die Kippen dienten allein medizinischen Zwecken, nämlich der Beruhigung. Dann inhalierte er tief und wählte seine Worte mit Bedacht. »Das war schon heftig neulich, stimmt's? Hängt mir immer noch nach.«

Dan erstarrte. Er wusste genau, wovon Taffy sprach. In

einer Stadt wie Larkford kamen Auffahrunfälle wie dieser nicht sonderlich häufig vor. War es Glück, dass die beiden Ärzte als Erste am Ort des Geschehens eintrafen? Den Insassen des Minibusses musste es durchaus so erschienen sein. Sie hatten effizient helfen können, bis die Sanitäter eintrafen.

Ein Schauder überlief Taffy, und er zog unwillkürlich den Mantel enger zusammen. Er musterte Dan im gelben Licht einer in der Nähe stehenden Straßenlaterne. Der Freund schauderte ebenfalls und schob die zitternde Hand, die er wegen der blutenden Schnitte mit einer Papierserviette umhüllt hatte, tief in die Jackentasche. In der anderen hielt er die vor sich hin qualmende Zigarette. Als er sprach, war seine Stimme nicht mehr als ein heiseres Krächzen. »Ich kann es immer noch nicht glauben, dass der Junge nicht überlebt hat. Wir haben alles richtig gemacht. Und er war angeschnallt …« Seine Worte verklangen.

Taffy nickte. »Du hast recht, wir haben alles richtig gemacht.« Ein schwerer Seufzer entrang sich seiner Brust. »Und trotzdem fühlt es sich an, als hätten wir nicht genug getan, zumal alle anderen überlebt haben.«

Dan zog den Kopf zwischen die Schultern. Die beiden Männer ließen den Blick über den Marktplatz schweifen, sorgfältig darauf bedacht, einander nicht anzusehen. »Es war ein Kind, Taffy. Das ist so verdammt sinnlos.« Dans Stimme klang heiser. Taffy konnte hören, dass er mit den Zähnen klapperte. Er wusste nur zu gut, dass das nicht an der Kälte lag, aber er wollte nicht vom Thema ablenken.

»Ich krieg das einfach nicht aus dem Kopf. Die blinkenden Lichter und der Bus, der durch die Luft fliegt … Ich frage mich immer wieder, was passiert wäre, wenn wir nicht alle rechtzeitig rausgeholt hätten …«

Dan atmete tief durch. In Anwesenheit seines Freundes, hier in der Dunkelheit, überließ er sich der Welle der Angst, in der er zu ertrinken drohte. Vielleicht würde er sie überwinden, wenn er sich öffnete, wenn er sich Taffy anvertraute. »Es ist genauso wie damals in Basra. Ich kann nicht mehr… Es geht einfach nicht… Ständig sehe ich …« Unvermittelt zog er die Hand aus der Tasche, um die Tränen abzuwischen, die ihm in die Augen gestiegen waren.

Taffy legte ihm tröstend den Arm um die breiten Schultern, doch Dan murmelte unzusammenhängendes Zeug vor sich hin und brach dann vollends zusammen. Bruchstücke des grauenvollen Unfalls schienen sich mit den Erinnerungen an seinen brutalen Militäreinsatz im Irak zu vermischen, aus dem er als gebrochener Mann zurückgekehrt war. Er hatte so hart daran gearbeitet, die Dämonen zu bekämpfen, die ihn heimsuchten, doch der eine fatale Unfall hatte ihn binnen einer Sekunde um vier Jahre zurückkatapultiert.

In Gedanken durchlebte er immer wieder diesen einen Tag. Den Tag, an dem die amerikanische Rakete versehentlich eine Schule in Basra traf, keine halbe Meile von Dan entfernt. Damals hatte er mit seinem Team achtzehn Stunden lang kleine zerschmetterte Körper aus den Trümmern gezogen und alles getan, um sie zu retten, umringt von weinenden Eltern, die ihm abwechselnd Vorwürfe machten und ihn um Hilfe anflehten. Als er schließlich selbst ins Hospital eingeliefert wurde, weinte er die ganze Nacht lang, genauso wie andere Männer, die bestimmt noch tapferer und stärker gewesen waren als er. An manchen Tagen hatte er das Gefühl, die Erinnerungen würden niemals weichen, an anderen Tagen wiederum fragte er sich, warum er das überhaupt wollte. Er *wollte* sich an diesen Niedergang jeglicher Menschlichkeit erinnern und alles in seiner begrenzten Macht Stehende tun, dass nie wieder ein Kind in seiner Obhut sterben musste.

»Warum zum Teufel muss ich in meinem Leben immer wieder Kinder aus Trümmern bergen?«, fragte er Taffy. Plötzlich klang seine Stimme fest und klar. »Und was bringt mir meine tolle Ausbildung, wenn es mir nicht einmal gelingt, junge Menschen am Leben zu erhalten?«

Taffy wusste, dass es keinen Sinn machte, ihm zu widersprechen und darauf hinzuweisen, dass zwölf Teenager in dem Minibus gesessen und dass sie alle bis auf einen gerettet hatten. Aber Dan sprach nicht von dem Minibus auf der A36. Jedes Mal war er wieder in Basra, zog ein weiteres Knochenbündel aus dem Chaos, das er nicht wieder zusammenflicken konnte.

Taffy beugte sich vor und nahm Dan den Zigarettenstummel aus den Fingern. »Eine Auszeit ist eine gute Idee, Dan. Geh wandern oder bergsteigen, power dich aus. Oder triff dich mit Chris. Nicht unbedingt offiziell, aber vielleicht auf ein Pläuschchen?«

Sich mit Chris zu treffen war der beste Vorschlag, den Taffy machen konnte. Er selbst stieß an seine Grenzen, wenn es darum ging, Dan zu helfen, aber der Armeepsychologe hatte schon einmal Erstaunliches geleistet, als sich herausstellte, dass Dan bei seiner Rückkehr mehr als nur Sand im Gepäck hatte. PTBS – eine posttraumatische Belastungsstörung – war nicht gerade das tägliche Brot für einen Allgemeinarzt in einer Kleinstadt, Chris Rogers dagegen hatte sich darauf spezialisiert.

Natürlich konnte man die Symptome erkennen, die Flashbacks, die Angst, die Schlaflosigkeit, die Panikattacken. Und man konnte so viele Tabletten einwerfen, wie man wollte – ein Heilmittel gab es nicht. Die Panik lauerte stets direkt unter der Oberfläche und wartete nur auf einen Auslöser, um wieder auszubrechen.

Plötzlich wurde die Pubtür aufgestoßen, und Licht fiel heraus. Teddy Kingsley erschien im Türrahmen und rief mit hoher, angstvoller Stimme: »Dan? Taffy? Schnell – ich brauche euch!«

Ein Stuhl fiel um, als Teddy zur Seite sprang, um die beiden Männer vorbeizulassen. Vor der Bar lag eines der Mädchen, mit denen sie sich zuvor unterhalten hatten, bewusstlos auf dem Fußboden.

»Was ist passiert?« Dan kniete sich neben die junge Frau, deren Gesicht seltsam verzerrt und geschwollen war.

»Ich habe keine Ahnung!« Teddy fuhr sich verzweifelt mit der Hand durch die Haare. »Gerade hat sie noch munter geplaudert, dann sind ihre Freundinnen auf die Toilette gegangen, und plötzlich ist ihre Stimme ganz komisch geworden. Seht euch nur ihr Gesicht an!«

Teddy trat nervös von einem Fuß auf den anderen, aber Dan schien sich plötzlich nicht mehr rühren zu können. Taffy durchwühlte die Handtasche des Mädchens. »Dan, atmet sie?«, fragte er. Als er keine Antwort bekam, schaute er auf. Dan schüttelte den Kopf, als wolle er seinen Synapsen auf die Sprünge helfen.

Taffy schob seinen Kumpel beiseite und überprüfte die Vitalfunktionen der jungen Frau, bevor er ihren Rock hochschob und ihr beherzt den EpiPen – eine Spritze gegen schwere allergische Reaktionen –, den er in der Handtasche gefunden hatte, in den Oberschenkel jagte.

Einen Augenblick später kehrten ihre Freundinnen von der Toilette zurück und schrien erschrocken auf, als sie die Lage erfassten. »Ach du liebe Güte! Lindy! Was ist mit ihr?«, quiekte Ashley.

Taffy schaute zu Jenny hinüber, die einen kühlen Kopf zu bewahren schien. »Ruf bitte einen Rettungswagen. Sag, wir haben es mit einem anaphylaktischen Schock zu tun, Ursache unbekannt. Sechsundzwanzig, vielleicht siebenzwanzig Jahre alte Frau, richtig? Gewicht ungefähr neunundfünfzig Kilogramm. Falls sie nachfragen: Ich habe ihr 0,3 Milligramm Adrenalin verabreicht.« Er zählte bis zehn und zog die Nadel heraus, dann rieb er über die Einstichstelle, um zu verhindern, dass sich ein blauer Fleck bildete, obwohl das im Augenblick seine geringste Sorge war.

Lindys Atem war kaum mehr als ein flaches Pfeifen, als sie versuchte, Luft durch ihre zugeschwollene Kehle zu ziehen. Ihre Lippen und die Zunge waren grotesk angeschwollen.

Taffy nahm sich erneut ihre Handtasche vor, auf der Suche nach einem zweiten EpiPen. Wenn nicht bald der Rettungswagen eintraf, wäre er gezwungen, eine Notfall-Tracheotomie durchzuführen, und Taffy war gern bereit zuzugeben, dass eine Flasche Wodka und eine Kugelschreiberhülle nicht gerade die optimalen Hilfsmittel für einen Luftröhrenschnitt darstellten. Er warf Dan einen Blick zu. »Lauf zur Praxis und hol mir ein steriles Notfallset, außerdem brauche ich mehr Adrenalin! 0,5 Milligramm dürften genügen.«

Dan nickte wie betäubt und sprang auf die Füße. Sein leichenblasses Gesicht stand in erschreckendem Kontrast zu dem dunkelroten Nesselausschlag, der sich jetzt auf dem Gesicht der jungen Frau ausbreitete.

Ohne eine Antwort abzuwarten, machte sich Taffy erneut daran, die Vitalfunktionen seiner Patientin zu überprüfen in der Hoffnung, dass sie auf die Spritze ansprach. Anschließend drehte er sich zu den beiden Freundinnen um.

»Das ist Lindy, richtig? Wisst ihr, ob sie auf irgendetwas allergisch reagiert? Ist sie von hier?«

Wieder war es Jenny, die ihm helfen konnte. Ashley hingegen kauerte jammernd auf einem Barhocker, und Teddy hatte sich auf die Herrentoilette zurückgezogen, um sich zu übergeben, nachdem er gesehen hatte, wie Taffy der Frau die Spritze ins Fleisch stieß.

»Erdnüsse und … Schalentiere«, stammelte Jenny. »Wird sie es schaffen? Der Rettungswagen müsste bald da sein.«

»Das wird schon wieder«, versicherte ihr Taffy mit einer Gelassenheit, die er ganz und gar nicht empfand. Er hoffte nur, dass Dan bald zurückkehrte und nicht irgendwo draußen herumirrte, gefangen in seiner ganz persönlichen Krise.

Dan rannte durch die stillen Straßen von Larkford, aus seiner Starre gerissen von der frischen kühlen Luft auf seinem Gesicht und dem Adrenalin, das durch seinen Körper flutete. Für Nabelschau und Selbstvorwürfe war später noch jede Menge Zeit. Im Moment musste er sich darauf konzentrieren, Taffy das Notfallset zu bringen, bevor es zu spät war.

Als er die Tür zum Pub aufstieß, sah er, dass Taffy damit beschäftigt war, mehrere Flaschen Wodka zu holen. »Ich hab's«, stieß Dan hervor, dann rollte er die junge Frau auf die Seite und injizierte das Adrenalin in den Pomuskel, wobei er nicht umhinkam zu bemerken, dass die Patientin einen straffen, wohlproportionierten Körper besaß. Gut möglich, dass sie Sportlerin war.

Er zog langsam die Nadel heraus, schaute automatisch auf die Uhr und wusste, dass das ihre letzte Chance war, bevor sie einen invasiven Eingriff vornehmen mussten. Das Tablett für den Luftröhrenschnitt wäre binnen wenigen

Augenblicken bestückt, das sterile Skalpell und verschiedene Schläuche aus der Verpackung genommen. Dan schluckte. Er wollte dem Mädchen noch ein paar Sekunden geben, auf die Megadosis Adrenalin zu reagieren, bevor er eine Entscheidung traf, die ihr zwar das Leben retten, allerdings eine hässliche Narbe an ihrem Hals hinterlassen würde.

»Komm schon«, drängte er und fühlte ihren Puls. Ihre Haut wurde langsam klamm und kalt und fühlte sich nur dort heiß an, wo sich der rote Nesselausschlag gebildet hatte.

Taffy kniete sich neben ihn und musterte ihn durchdringend. »Dan, soll ich das übernehmen?«, fragte er leise. »Lass uns nicht zu lange abwarten.«

Dan schüttelte den Kopf. Mit einer Hand fühlte er Lindys Puls, mit der anderen drückte er ihr das Stethoskop auf die Brust. »Einen Moment noch«, bat er und lauschte konzentriert auf ihre Atemgeräusche, dann atmete er langsam aus. »Wie lange braucht der Rettungswagen noch?«

»Ungefähr fünf Minuten«, erwiderte Taffy.

Dan schüttelte erneut den Kopf und prüfte, ob sich nicht doch eine kleine Verbesserung bei Lindys Atmung einstellte. Das Herz der jungen Frau raste vom Adrenalin, ihr Körper bebte vor Anstrengung, wenn sie versuchte, Luft zu holen, aber Dan wusste, dass er ihr keine weitere Injektion geben konnte. Er hielt Lindys Hand, darauf konzentriert, auch wirklich jede Veränderung zu bemerken. Kurz darauf breitete sich ein Lächeln auf seinem Gesicht aus, weil er feststellte, dass ihre Hand instinktiv den Druck erwiderte. Ihre Lider öffneten sich flatternd.

Überrascht stellte Dan fest, wie strahlend grün ihre Augen waren.

Lindy schnappte nach Luft. »Ist alles okay mit mir?«, krächzte sie, bevor sie anfing zu husten und sich reflexartig zusammenrollte.

Dan überprüfte erneut ihren Puls und überlegte, ob er ihr eine Infusion mit Hydrocortison geben sollte, als vernünftige Vorsichtsmaßnahme. Vielleicht sollte sie besser eine Nacht im Krankenhaus verbringen, wenn die Schwellungen nicht bald zurückgingen.

Er strich ihr das kurz geschnittene dunkle Haar aus der Stirn, um zu sehen, wie sich der Nesselausschlag verhielt, und bemerkte, dass sie jede seiner Bewegungen verfolgte.

»Danke, Doktor«, stieß sie hervor.

»Es war mir ein Vergnügen«, erwiderte er und spürte, wie sein eigener Adrenalinpegel rapide sank und tiefer Erschöpfung wich. »An deiner Stelle würde ich beim nächsten Mal auf Erdnüsse verzichten.«

»Vermutlich habe ich schon besser ausgesehen«, krächzte sie.

Er brachte es nicht über sich, ihr zu sagen, dass Quasimodo im Vergleich zu ihr ein wahrer Augenschmaus war.

»Der Rettungswagen ist da!«, rief Jenny vom Eingang her. Ihre Stimme bebte vor Erleichterung.

Die Hektik der Übergabe und des Abtransports ließ Dan keine Gelegenheit mehr, mit seiner Patientin zu reden, also schloss er die Tür des Rettungswagens, trat zurück und zog seine Latexhandschuhe aus. Er war fix und fertig und gleichzeitig wie aufgedreht.

»Laufen wir nach Hause?«, schlug Taffy vor, der genau wusste, dass Dan nach dem, was passiert war, erst mal wieder runterkommen musste.

»Gern«, erwiderte dieser und fragte sich, wann sein Freund endlich mit der Sprache herausrücken und aussprechen würde, was ihnen beiden durch den Kopf ging. Er räusperte sich und schlug ein schnelles Tempo an, doch

Taffy hielt mühelos mit ihm Schritt. »Danke, Taffy, ich bin dir etwas schuldig.«

Der Freund entgegnete nichts, legte bloß die Hand auf Dans Schulter, dann fiel er in einen leichten Trab. Gemeinsam legten sie bei strömendem Regen den weiten Weg zu Dans Haus zurück.

Kapitel zehn

Julia betrachtete ihre eingerissenen Nagelhäutchen und ermahnte sich, sich zusammenzureißen. Nagelhautzupfen oder -beißen war ein Zeichen von Schwäche, und die wollte sie sich auf keinen Fall anmerken lassen. Noch während sie sich innerlich tadelte, nahm sie den leicht metallischen Geschmack von Blut im Mund wahr. Anscheinend hatte sie unwillkürlich ihre Zähne in die Unterlippe gegraben.

Es war Freitagabend, und sie saß hier mutterseelenallein und scrollte auf der Suche nach Gesellschaft durch ihre Kontaktliste. Als sie beim T ankam, musste sie sich die Wahrheit eingestehen – sie hatte keinen einzigen Freund, keine einzige Freundin in ihrem Smartphone abgespeichert, die ihre Stimmung heben konnten. Was keineswegs die Schuld der anderen war, denn da sich Julia eine ganz persönliche Welt erschaffen hatte, in der niemand von ihren Sorgen und Nöten wusste, konnte sie auch niemandem zum Vorwurf machen, dass er sich nicht um sie kümmerte. Ihre Welt war nichts als Schall und Rauch – ein sorgfältig konstruiertes Gebilde aus Halbwahrheiten und Lügen –, speziell dafür geschaffen, neugierigen Fragen und wohlmeinendem Mitgefühl auszuweichen.

Julia hasste Mitgefühl.

Schon als Kind hatte es sie zur Verzweiflung getrieben, wenn ihr die Mütter ihrer Freundinnen mitleidig über den

Kopf strichen und sich erkundigten, wie es bei ihr zu Hause stand. Mitleid und Anteilnahme führten dazu, dass Julia sich schwach fühlte, schwach und verletzlich, um genau zu sein, und das war etwas, was sie nie wieder zulassen wollte. Da war es doch gut, dass man als Erwachsener die Möglichkeit hatte, sich sorgfältig eine Vergangenheit zurechtzulegen, die zu dem passte, wie man wahrgenommen werden wollte, und die keine unliebsamen Fragen provozierte.

Ihr Blick schweifte durch ihr schönes Zuhause zu dem Kaminsims mit den silbergerahmten Fotos ihrer letzten Reisen. Julia auf Hawaii, in Patagonien und Borneo. Jedes Bild erzählte eine eigene Geschichte und war voller Bedacht ausgewählt. Hier ging es nicht um die üblichen Anekdoten wie »Ach, es war ja so lustig, als der Kellner dachte, ich hätte den Tintenfischkopf bestellt«, sondern um eine Geschichte von Erfolg, Schönheit und Perfektion, nach denen Julia so verbissen strebte.

Alles in ihrem Haus zeugte von Wohlstand und Geschmack. Unordnung oder stilistische Fauxpas gab es hier nicht, nichts störte die perfekt ausgeklügelte Erlesenheit. Jedes Kissen, jede Orchidee war wohlplatziert, keine noch so kleine Delle in den Polstern zeugte von einem kuscheligen Lieblingsplatz.

Nein, Julia saß für gewöhnlich auf dem lederbezogenen Eames-Stuhl in der Ecke und überblickte von dort die kleine Oase, die sie für sich geschaffen hatte. Der Stuhl stand für ihre persönliche Freiheit und war das einzige Möbelstück im Zimmer, das Gebrauchsspuren aufwies, ihre erste Anschaffung, als sie dieses Haus gekauft hatte. Lange bewundert, lange ersehnt, lange zusammengespart.

Sie strich mit den Fingerspitzen über das Weinglas, das neben ihr auf einem kleinen Beistelltischchen stand, und spürte den Beschlag, der sich darauf gebildet hatte. Ein Lächeln trat auf ihr Gesicht. Das hier war ihr ganz privater Mount Everest.. Ihr Psychologe hatte ihr erklärt, dass Suchterkrankungen erblich seien, weshalb sie nun, statt ab und an ein Glas Alkohol zu genießen, ihren Widerstand erprobte. Dazu schenkte sie sich jeden Abend ein Glas perfekt gekühlten Weißwein ein. Und jeden Abend ließ sie den Wein unberührt und schüttete ihn vor dem Zubettgehen in den Ausguss. Widerstand erproben an etwas, was real gar nicht vorhanden war, konnte schließlich jeder.

Julia dagegen bewies sich, dass sie die absolute Kontrolle besaß – das war ihre Prüfung, ihre allabendliche Herausforderung, die Erprobung ihres freien Willens. Immer wieder musste sie sich versichern, dass sich die Geschichte nicht wiederholte, dass zumindest sie dem heimtückischen Sog ihrer DNS trotzen konnte.

Sie öffnete ihr ledergebundenes Notizbuch und machte sich an die Arbeit. Eine kritische Bestandsaufnahme schadete nie. Die Fernsehshow war ein langgehegter heimlicher Traum, und sie verfluchte George Kingsley dafür, dass er ausgerechnet jetzt seinen Hut nahm. Sie wollte ins Fernsehen, aber sie *brauchte* die Bestätigung, Seniorpartnerin zu werden. Nun musste sie eben zweigleisig fahren.

Julia fuhr mit der Hand über die leere Seite und zog dann rasch zwei Kugelschreiberstriche, sodass vier Felder entstanden. Stärken, Schwächen, Chancen, Bedrohungen – sie wusste, wie sie ihre eigene Leistung zu bewerten hatte.

Sie klopfte mit dem Kugelschreiber gegen ihre frisch gebleichten Zähne – im Fernsehen wollte sie absolut perfekt rüberkommen – und fing an, die einzelnen Felder auszufüllen. Zunächst widmete sie sich ihren Stärken, und zwar ohne falsche Bescheidenheit, doch als es um ihre Schwächen ging, zögerte sie. Sofort wanderten ihre Gedanken zu Dan Carter, was ihre Konzentration beträchtlich minderte.

Wie gern hätte sie ihn angerufen! Es ärgerte sie schrecklich, dass sie seine Nummer noch immer auswendig wusste, aber sie konnte sie einfach nicht vergessen. Es war Segen und Fluch zugleich. Sie erinnerte sich an die wundervollen genau wie an die schrecklichen Zeiten, und zwar bis ins kleinste Detail. Im Laufe der Zeit hatte sie sich Dan gegenüber immer unmöglicher benommen, hatte ihn zurückgestoßen, sobald er ihr näherkommen wollte. Doch obwohl sie so gemein zu ihm gewesen war, so unbedacht und respektlos, seine Gefühle betreffend, hoffte ein Teil von ihr, dass er sie deswegen zur Rede stellen würde. Sie anrufen würde. Dass er derjenige wäre, der hinter ihren harten, abweisenden Panzer blickte und das Mädchen entdeckte, das ihn liebte. Das Mädchen, das schreckliche Angst bekam bei der Vorstellung, sich einem anderen Menschen hinzugeben und dadurch verletzlich zu sein.

Selbst jetzt noch, da klar war, dass die Schlacht um Kingsleys Nachfolge sie zu harten Konkurrenten machte, wünschte sie sich nichts mehr, als mit ihm zu reden, sich zu vergewissern, dass es ihm gutging. Sie hatte bemerkt, wie er in letzter Zeit vermehrt mit sich kämpfte, und sich gefragt, ob ihn wieder die Flashbacks aus dem Irak-Krieg quälten. Der Druck, der Georges angekündigter Rückzug mit sich brachte, konnte ihm leicht den Rest geben.

Sie musste eine Entscheidung treffen. Selbst wenn sie nicht mehr zusammen waren, konnte sie nichts an ihren Gefühlen für ihn ändern, und es war durchaus möglich, dass er ihre Hilfe brauchte. Auf der anderen Seite ging es natürlich auch um den Posten des neuen Seniorpartners …

Julia beobachtete ein Tröpfchen Kondenswasser, das vom Weinglas abperlte, während sie im Kopf die verschiedenen Für-und-Wider-Szenarien durchspielte, bemüht, ihre Gefühle für Dan außer Acht zu lassen und in der Logik Trost zu finden.

Dan Carter hatte andere Freunde, ließ sich die Stimme der Vernunft vernehmen. Er brauchte sie nicht. Er wollte sie nicht, ganz sicher nicht. Sollten die anderen ihm helfen. Dieser Karriereschritt war der, der ihr noch fehlte, und sie würde sich den Posten nicht von dem ach-so-labilen Dan wegschnappen lassen. Es war schlimm genug, dass er durch die Trennung mit einem Schlag all ihre Pläne von einer gemeinsamen Zukunft zerstört hatte, doch Plan B würde sie sich bestimmt nicht kaputtmachen lassen.

Ihr Kugelschreiber flog über die Seite, als sie die vier Felder weiter ausfüllte. Zumindest war das etwas, womit sie sich allein beschäftigen konnte.

Das Telefon neben ihr klingelte. Julia seufzte, genervt über die Unterbrechung. Auf dem Display blinkte das Wort DAD auf. Sie meldete sich, wohlwissend, wie seine ersten Worte lauten würden, noch bevor er überhaupt Hallo gesagt hätte.

»Ruf mich zurück, Ju, ich telefoniere vom Handy aus. Das kostet ein Vermögen.«

Julia lauschte. Die Leitung war schon wieder tot, ihr Vater hatte aufgelegt. Innerlich bereitete sie sich auf eine anstrengende Auseinandersetzung von vielen vor. Sie atmete tief durch in dem Bestreben, so ruhig wie möglich zu bleiben, und wählte seine Mobilnummer. »Hallo, Dad, wie geht es Mum und dir?«, fragte sie und hoffte, dass heute ausnahmsweise ein guter Tag war – was nicht oft vorkam.

Sie hörte das Zittern in der Stimme ihres Vaters, obwohl er sich offensichtlich alle Mühe gab, sich nichts anmerken zu lassen. Tränen stiegen ihr in die Augen.

»Ich weiß nicht, was ich noch für sie tun kann, Ju. Ich war diese Woche jeden Tag beim Arzt und habe versucht, sie in einen von der Kasse bezahlten Entzug einzuschleusen, aber die Antwort ist immer die gleiche …«

Julia seufzte. »Man braucht entweder eine gerichtliche Anordnung oder die Einwilligung des Patienten«, beendete sie den Satz voller Überdruss für ihn und fragte sich, wie oft sie das Thema noch durchkauen mussten. Ihre Mutter weigerte sich schlichtweg zuzugeben, dass sie ein Problem hatte. »Wie viel trinkt sie momentan?«

Ihr Vater räusperte sich. »Ich dachte, wir würden Fortschritte machen, Ju. Wirklich. Und dann hab ich entdeckt, dass sie drei Flaschen Wodka im Wäschetrockenschrank versteckt hat. Wie verzweifelt muss man sein, um lauwarmen Wodka zu trinken?« In jedem einzelnen seiner Worte schwangen Abscheu und Erschöpfung mit.

Julia ließ die Stirn in die freie Hand sinken.

»Ich brauche deine Hilfe, Ju.«

»Also gut, ich werde sehen, was ich tun kann, werde mich noch einmal um ein privates Entzugsprogramm kümmern, aber das letzte hat mich fast zwanzigtausend Pfund gekostet, und binnen einer Woche nach ihrer Entlassung hing sie wieder an der Flasche. Ich kann mir das einfach nicht leisten, Dad.«

»Das weiß ich, mein Liebes. Was soll *ich* denn sagen? Es ist schlimm genug, bei Tesco die Nachtschicht zu schieben, damit ich tagsüber hier sein kann, aber dann auch noch wach zu bleiben, um ein Auge auf deine Mutter zu haben, das ist wirklich nicht leicht …«

Meine Mutter und *deine* Ehefrau, dachte Julia, die sich

fragte, warum sie nur dann Teil dieser dysfunktionalen Familie sein sollte, wenn es darum ging, die Rechnungen zu begleichen.

»Ich tue, was ich kann, und das weißt du«, antwortete sie, bemüht, nicht die Geduld zu verlieren und zu fragen, wie der verfluchte Wodka überhaupt ins Haus gelangen konnte.

»Wir könnten natürlich auch zu dir ziehen«, schlug ihr Vater vor. »Den Bungalow verkaufen und in Larkford einen Neuanfang wagen. Ich würde dich gern öfter sehen, Ju…«

Julia spürte bittere Galle aufsteigen und schluckte angestrengt. Was für eine grauenvolle Vorstellung! Ihre betrunkene Mutter, die ihre so sorgfältig konstruierte Welt in Larkford mit einem einzigen Ausbruch zum Einstürzen brachte. Sie hatte so lange hart gearbeitet, um ihrem klaustrophischen, vergifteten Zuhause zu entkommen, da durfte sie es auf keinen Fall zulassen, dass ihre Eltern ihr einfach hierher folgten.

»Wir haben doch schon darüber gesprochen, Dad. Ich glaube nicht, dass ein Umzug die Lösung des Problems ist … aber ich stehe kurz vor einem gewaltigen beruflichen Aufstieg, und das wird sicherlich hilfreich sein.«

»Nun ja, wir wissen, dass du sehr beschäftigt bist. Was wird das kosten? Ich wette, die wollen Geld von dir, hab ich recht?«

Es verblüffte Julia, dass ihr Vater so vorsichtig war, wenn es um die Finanzen seiner Tochter ging, vermutlich, weil der größte Batzen davon an ihn und seine Frau floss. Konnte das wirklich stimmen? Dass er nur so fürsorglich war, weil er seine Melkkuh schützen wollte?

»Wenn ich Seniorpartnerin werde, werde ich investieren müssen, um den Hauptanteil zu halten, Dad, aber das wird sich auf lange Sicht bezahlt machen.« Sie hasste den leicht flehentlichen, weinerlichen Ton in ihrer Stimme. Als müsste sie sich für ihre eigene Investition rechtfertigen!

»Hm«, sagte ihr Vater ohne jedes Anzeichen von Stolz. »Es ist eher die kurze Sicht, die mir Sorgen bereitet. Vergiss nicht deine Mutter, wenn du deine Investitionen planst.«

Als könnte ich Mum je vergessen, dachte Julia. »Ich werde mein Bestes tun«, erklärte sie ruhig, dann entschuldigte sie sich und legte auf.

Frustriert blickte sie auf die Aufzeichnungen vor ihr und ergänzte in sauberer Schrift im Schwächen-Feld: »Ich werde ihnen niemals entkommen.«

Anschließend legte sie ihr Notizbuch beiseite und griff nach dem Weinglas. Auf dem Weg in die Küche spürte sie, wie ihr Magen brannte. Der Wunsch, sich zu übergeben, machte sich bemerkbar, lauerte wie immer in einer Ecke ihres Gehirns, versprach Erleichterung. Langsam und kontrolliert goss Julia das Weinglas aus und streifte sich ein Paar Gummihandschuhe über, dann öffnete sie den Schrank unter der Spüle und fing an, die blitzblanke Küche zu putzen.

Methodisch reinigte sie Stück für Stück und arrangierte alles ganz genau so, wie sie es mochte. Nach Jahren des Chaos und der Ungewissheit wollte sie sich beweisen, dass sie über genug Selbstbeherrschung verfügte, um sich von einem einzigen Anruf nicht aus der Bahn werfen zu lassen.

Selbst an guten Tagen begriff Julia, dass es nicht leicht war, mit ihr zusammenzuleben. Und an Abenden wie diesem, wenn Einsamkeit und Selbstzweifel an ihr nagten, verstand sie es erst recht. An einem Freitag hockte sie um Mitternacht mutterseelenallein in ihrer Küche, schrubbte den makellosen Fußboden und hatte nichts anderes vor, als sich ein heißes Bad einzulassen und sich mit einer medizinischen Fachzeitschrift zu entspannen.

Wenn sie ehrlich war, musste sie zugeben, dass sie sich mitunter selbst kaum ertragen konnte. Das hatte etwas mit ihrer rastlosen Natur zu tun – sie vermochte im wahrsten Sinne des Wortes nicht abzuschalten. Wenn sie nicht arbeitete, etwas für ihre körperliche Fitness tat oder das Haus übertrieben rein hielt, spielte sie Schach, puzzelte oder verschlang medizinische Fachliteratur. Ihre Seele brauchte Nahrung und Zerstreuung, so wie ihr Körper Sauerstoff benötigte.

Sie wusste, dass das nicht normal war. Sie wusste, dass sie sich so zur absoluten Erschöpfung trieb – und nicht nur sich, sondern auch alle Personen in ihrem Umfeld. Aber sie wusste genauso gut, dass das nicht ihre Schuld war.

Doch es war eine Sache, diese Tatsache rational zu erkennen, und eine ganz andere, sie auch emotional zu akzeptieren.

In Julias Augen hatte der Aufenthalt ihrer Mutter in der Entzugsklinik der Familie eher geschadet als geholfen. Schon als Kind hatte Julia gemerkt, dass ihre Eltern Probleme mit den intellektuellen Fähigkeiten ihrer Tochter hatten. Sie waren schlichtweg nicht in der Lage, sich in ihre neunmalkluge, begabte Tochter hineinzuversetzen, und hatten ihr ihre ständige Fragerei und ihren unstillbaren Wissensdurst verübelt.

Die ungefilterten Ansichten ihrer betrunkenen Mutter auszublenden war relativ einfach gewesen, doch zu hören, wie diese ihrer Tochter die Schuld an ihrem Zustand gab, war schmerzhaft, wenngleich auf gewisse Weise nachvollziehbar. Betrunkene Menschen neigten nun mal dazu, diejenigen zu verletzen, die sie liebten.

Dieselben Worte auch noch in der Entzugsklinik zu hören war allerdings sehr viel schlimmer gewesen. Jahrzehntealte Gehässigkeiten und Vorwürfe sprudelten nur so aus ihrer Mutter heraus und gewannen innerhalb der Familientherapiesitzungen plötzlich an Glaubwürdigkeit. Zumindest ließen sie sich sehr schwer rechtfertigen oder gar ignorieren.

Bis dahin hatte Julia gedacht, die wahren Gefühle ihrer Mutter zu kennen sei ein lohnender Preis für deren Nüchternheit. Als ihre Mutter jedoch kurz nach ihrer Entlassung rückfällig wurde, waren diese vorwurfsvollen Bosheiten frische Stacheln in Julias Seele.

Es fiel ihr fortan noch schwerer, ihrer Mutter Zuwendung entgegenzubringen, noch schwerer, sich zu engagieren, und am schwersten, einen Scheck für die nächste Runde in der Entzugsklinik auszustellen.

Dennoch streifte sie ihre Gummihandschuhe ab und zückte ihr Scheckheft. Sie hatte längst aufgehört, aus Loyalität oder Dankbarkeit zu bezahlen, auch Schuldgefühle zogen schon lange nicht mehr. Jetzt, so brutal es auch klingen mochte, bezahlte sie nur noch, um endlich aus der Sache rauszukommen und ihre Ruhe zu haben. Schließlich musste sie sich auf ihre Doku-Serie vorbereiten und sich in den Kampf um den frei werdenden Posten im Ärztehaus stürzen.

Kapitel elf

Holly blieb an der Ecke des Marktplatzes stehen, um sich zu sammeln und Lizzie schnell eine SMS zu schicken. Sie wusste, dass das etwas kindisch war, aber sie war so aufgeregt, weil sie heute Vormittag Elsie einen Hausbesuch abstatten wollte, dass sie Lizzie gleich nach dem Aufstehen angerufen und gefragt hatte, was sie anziehen sollte. Im Nachhinein betrachtet war es höchstwahrscheinlich ein Fehler gewesen, sich gestern Abend einige von Elsies berühmteren Filmen herunterzuladen, aber sie hatte sich nach Ablenkung von ihren ganz persönlichen Dämonen gesehnt, und was eignete sich dazu besser, als sich von Filmklassikern bezaubern zu lassen? Bis drei Uhr morgens aufzubleiben war mit Sicherheit ein noch größerer Fehler gewesen, und jetzt fühlte sie sich nicht nur ziemlich angeschlagen, sondern auch noch lächerlich overdressed in ihrem kurzen Rock.

Lizzie hatte Stein und Bein geschworen, dass der genau richtig war, und da Lizzie sie nie aus lauter Taktgefühl belog, konnte sich Holly darauf verlassen, dass sie recht hatte. Unvermittelt dachte sie an die Bikini-Shopping-Tour letzten Sommer, die in Tränen und mit dem Erwerb eines Alles-weg-Badeanzugs geendet hatte. Aber Holly hatte zugeben müssen, dass Lizzie auch hier recht gehabt hatte – das verdammte Ding anzuziehen erforderte schier übermenschliche Kräfte, aber es formte ihre Figur, wie es sonst nur ein Schönheitschirurg hinbekommen hätte – oder eine hässliche Salmonellenvergiftung.

Heute Morgen wirkte die frische Frühlingsbrise wenig belebend auf Holly, vielmehr trug sie dazu bei, dass sie sich nackt und verletzlich fühlte. Insgeheim war sie froh, dass sie in einem Punkt gegen Lizzies Rat aufbegehrt und eine blickdichte Strumpfhose angezogen hatte. Okay, damit hatte sie den Look ein wenig ruiniert, aber so musste sie sich wenigstens nicht ständig Gedanken machen, dass ihre Unterhose hervorblitzte, wenn ein Windstoß ihren Rock hob.

Natürlich hatte sie nicht die Tatsache berücksichtigt, dass man, gleichgültig, wohin man in Larkford ging, stets zwanzig Minuten zum Plaudern einplanen musste. In dieser Stadt ging keiner an einem mit einem einfachen »Hallo!« vorbei; jeder blieb stehen, um ein Schwätzchen zu halten. Holly fragte sich, wie die Leute hier ihre Arbeit erledigten. Bis sie sich daran gewöhnte, würde es bestimmt eine Weile dauern.

Dass sie die neue Ärztin war, hatte sich herumgesprochen wie ein Lauffeuer, und keiner wollte es sich nehmen lassen, ein paar Worte mit ihr zu wechseln. Vor ihrem Besuch bei Elsie hatte sie beim Supermarkt angehalten, um sich einen Becher Kaffee zu kaufen, und dabei eine halbe Stunde verloren.

Was zum Teil ihre eigene Schuld war. Mrs Fry, die liebenswürdige Organistin aus ihrer Kirchengemeinde, hatte in der Schlange an der Kasse vor ihr gestanden und unentwegt gehustet.

Bevor sie sich bremsen konnte, hatte Holly gefragt: »Ist alles in Ordnung mit Ihnen?«, was sich als typischer Anfängerfehler entpuppte.

Jeder Arzt würde einem raten, dass man in keiner, wirklich keiner einzigen Situation – weder bei einem Drink auf einer Party noch bei einer Beerdigung und schon gar nicht im Supermarkt – diese Frage stellen durfte, es sei denn, man habe a) ein aufrichtiges Interesse an der Antwort, b) auf irgendeine Weise die Verantwortung für die Gesundheit seines Gegenübers oder c) eine offene Fluchtroute in petto.

Nachdem sie sich gefühlte Stunden bis ins letzte Detail Mrs Frys andauernden Kampf gegen den Schleim angehört hatte, wurde sie durch ein weiteres akutes Leiden der Organistin erlöst – eine Blase von der Größe einer Erdnuss. Auch wenn Holly durchaus Mitleid mit der alten Dame und deren Inkontinenz-Problem empfand, war sie absolut erleichtert, als diese in Richtung Damentoilette hastete. Sie hatte wohlweislich darauf verzichtet, ihr hinterherzurufen, dass die ständige Husterei Verheerendes mit der Beckenbodenmuskulatur anrichtete, was dann zu Blasenschwäche und unkontrolliertem Urinabgang führte.

»So!«, murmelte Holly, als sie endlich bei Elsies Haus ankam, und strich noch einmal ihren Rock glatt. »Ich bin Ärztin, sie ist meine Patientin. Es ist völlig wurscht, dass sie einen Oscar gewonnen und wahrscheinlich Sean Connery im Adamskostüm gesehen hat. Ich bin ganz ruhig und professionell und … *Mist!* … ziemlich spät dran.«

Sie klopfte an die glänzende grüne Tür der Nummer 42, fuhr zusammen, als eine Böe ihr Röckchen in die Höhe wehte, und spähte durch das Schiebefenster seitlich der Tür. Das Haus war ein absolutes Juwel. Holly wollte sich gar nicht vorstellen, was es kosten mochte. Seit sie das Haus in der Orchard Lane gemietet hatten, war sie wie besessen von den hiesigen Preisen und der Vorstellung, wie sehr sie sich würde strecken müssen, um in einer derart begehrten Gegend einen Fuß in irgendeine Tür zu bekommen.

Auf dem glänzenden Steinboden ertönte das Stakkatogeklacker sehr hoher Absätze, dann wurde schwungvoll die Haustür geöffnet.

»Sie sind spät dran!«, rief Elsie mit herrischer Stimme und fixierte Holly mit ungnädigem Blick, bevor sie sich umdrehte und ihr voran ins Haus ging. Dabei fuhr sie mit der Hand über jedes einzelne Möbelstück, doch es war schwer zu sagen, ob sie Halt suchte oder sich einfach vergewissern wollte, dass alles noch da war.

Nach einem kurzen Augenblick des Zögerns trat Holly über die Schwelle und folgte Elsie, Entschuldigungen murmelnd, durch die dunkle Diele in ein helles, sonniges Frühstückszimmer an der Rückseite des Hauses. Elsie hatte auf einem Tablett Tee angerichtet, im Toastständer steckten perfekt gebräunte Weißbrotdreiecke, außerdem gab es Marmelade und Butter in kleinen Schälchen. Die alte Dame machte es sich in ihrem Lehnsessel bequem und bedeutete Holly lässig, ebenfalls Platz zu nehmen.

»Miss Townsend, Sie müssen sich doch nicht solch eine Mühe machen!« Holly setzte sich auf den ihr zugewiesenen Platz. Ihr war leicht schwindlig, und sie spürte plötzlich ihren leeren Magen. Nun sagte sie errötend: »Es tut mir leid, dass ich zu spät komme. Ich wurde unerwartet aufgehalten.«

Elsie schenkte wortlos eine Tasse Tee ein, gab einen Schuss Milch hinzu und streckte sie Holly entgegen. Diese beäugte nervös das feine Porzellan, das in ihren Händen so zerbrechlich wirkte wie Puppengeschirr. Dankbar nahm sie einen Schluck und stellte die zarte Tasse dann auf den Tisch – nicht dass sie sie noch zerbrach.

»Nun«, sagte Elsie nach einer Weile, »erstens sollen Sie

Elsie zu mir sagen, zweitens trinke ich gern einen Morgentee, und wenn Dan Carter schon der Meinung ist, ich brauchte einen Babysitter, sollten wir das Ganze genießen.« Hoheitsvoll wedelte sie mit der Hand. »Die Kästchen auf Ihren furchterregenden Formularen können wir auch später noch abhaken.«

Sie reichte Holly einen Teller mit einem getoasteten Crumpet, der vor Butter triefte. »Jetzt essen Sie erst einmal, und dann erzählen Sie mir alles über das Ärztehaus. Ich kann mir vorstellen, dass Ihre Ankunft bei ein paar Kollegen den Puls ganz schön hat in die Höhe schnellen lassen.«

Holly biss in ihren Crumpet und fragte sich, was um alles auf der Welt sie darauf erwidern sollte.

»Ach, die Röte verrät Sie, meine Liebe! Sie sollten wirklich an Ihrem Pokerface arbeiten, wenn Sie der Gerüchteküche nicht neues Futter verschaffen möchten. Kann es sein, dass es dem ruhmreichen Dr. Carter gelungen ist, Ihre Aufmerksamkeit zu erwecken?«, bohrte Elsie und knabberte mit unschuldiger Miene an einem Eckchen Toast.

»Elsie«, protestierte Holly. »Ich kenne Dan Carter seit Ewigkeiten, und außerdem scheinen Sie zu vergessen, dass ich verheiratet bin.«

Elsie zuckte die Achseln. »Verheiratet? Ja. Tot? Nein. Also trinken Sie Ihren Tee, und wenn Sie fertig sind, berichten Sie mir von Ihrem morgendlichen Techtelmechtel.«

Holly hätte sich beinahe an ihrem Crumpet verschluckt. »Von meinem *was?*«

»Mein liebes Mädchen« – Elsie lächelte wohlwollend –, »ich bin nicht von gestern, außerdem liegt es auf der Hand, dass Sie sich entweder wegen eines gemütlichen Schäferstündchens verspätet haben oder mit jemandem in die

Federn gehüpft sind, der eigentlich tabu für Sie ist.« Mittlerweile sprach sie in einem dramatischen Bühnenflüstern. »Mein Ehemann, Arthur – nicht der letzte, sondern der vorletzte –, stand total auf morgendliche Nümmerchen. Ich dagegen bevorzuge eher den Nachmittag. Wie dem auch sei, Sie hatten sicherlich eine schöne Zeit, und mir ist furchtbar langweilig, deshalb dachte ich, Sie könnten mich ein wenig aufheitern, meine Liebe.«

Holly schluckte die letzten Bissen ihres Crumpets herunter und leckte sich die klebrigen Finger, was ihr eine hochgezogene Augenbraue von Elsie eintrug. Sofort schoss wieder das Blut in Hollys Wangen.

»Es tut mir leid, Sie enttäuschen zu müssen, Elsie. Sicherlich klingt es schrecklich fad, wenn ich Ihnen gestehe, dass ich zu spät bin, weil ich ein kleines Problem mit meiner Garderobe hatte und im Supermarkt aufgehalten wurde.«

»Ach, natürlich … *la vie domestique!* So auslaugend, hab ich recht? Ein Grund mehr, seine Leidenschaft im Beruf auszuleben!«

Holly musste unwillkürlich schmunzeln. Elsie war so herrlich exzentrisch! Außerdem tat sie beharrlich so, als kennten sie einander schon seit Jahren. Unter Elsies forschendem Blick gab Holly schließlich nach. »Wenn Sie es wirklich wissen wollen: Die einzigen Federn, die ich im Ärztehaus durcheinandergewirbelt habe, sind die von Dr. Channing. Ich habe nicht den Eindruck, dass sie über meine Anwesenheit erfreut ist.«

»Natürlich nicht«, pflichtete Elsie ihr vergnügt bei. »Sie ist schön und ganz offensichtlich sehr intelligent, aber sie ist ausgesprochen spröde, finden Sie nicht? Und nach dem, was man so hört, eine absolute Zicke.«

»Elsie!«, rief Holly schockiert, auch wenn sie sich das Lachen verbeißen musste.

Elsie wischte ihre Proteste beiseite. »Nennen wir die Sache beim Namen: Julia Channing ist keine sonderlich liebenswerte Frau. Eine exzellente Ärztin, daran besteht kein Zweifel, aber sie hat ein ganz schön großes Päckchen zu tragen, das kann ich Ihnen versichern. Genau wie Sie.« Elsie sah Holly forschend an. »Sie tragen ebenfalls ein Päckchen mit sich herum, allerdings anderer Art.«

Holly leerte vorsichtig ihre Teetasse, gar nicht glücklich über die Wende, die das Gespräch genommen hatte. Sie war hierhergekommen, um sich ein Urteil über Elsie zu bilden, nicht um von ihr analysiert zu werden.

»Ich kann Ihnen versichern, dass mein Leben wahnsinnig unspektakulär ist und dass ich keine spannenden Leichen im Keller habe.« Milo einmal außen vor gelassen, ergänzte sie stumm.

»Das wäre schade«, erwiderte Elsie. »Vielleicht kann ich Ihnen ein wenig unter die Arme greifen? Eine Ehefrau sollte meines Erachtens stets über zwei Dinge verfügen, Holly Graham: eigene Ersparnisse und jemanden, der sie aus der Ferne bewundert. Ich nehme an, dass dies genügen würde, um auch Ihnen etwas mehr Selbstbewusstsein zu verleihen, Ihre Fähigkeiten und Ihre Attraktivität betreffend.«

Holly schwieg, aber ihre Gedanken überschlugen sich förmlich. Sie verspürte tatsächlich das Bedürfnis nach finanzieller Unabhängigkeit von Milo. Die Vorstellung, dass sie jemand aus der Ferne bewunderte, kam ihr dagegen etwas albern vor.

Als ahnte Elsie, was in ihr vorging, beugte sie sich nach vorn und nahm Hollys Hand. »Ich bin zu alt und zu neugierig, um diskret zu sein, Holly. Ich weiß, wir kennen uns kaum, aber bitte, lassen Sie mich Ihnen ein wenig helfen, im Gegenzug unterstützen Sie mich ja auf so liebenswürdige Weise. Das Leben ist einfach zu kurz für all die Fehler, die man machen kann, deshalb sollten Sie vielleicht aus meinen lernen. Untreue Ehemänner sind meine Spezialität, und wenn es ums Geld geht … Nun, sagen wir einfach, ich weiß, wovon ich spreche.« Sie ließ den Blick durch den stilvoll eingerichteten Raum schweifen. »All das, was Sie hier sehen, stammt von Ehemann Nummer vier, nachdem Ehemann Nummer drei mich ausgenommen hatte. Das Geld, das ich mit meinen Filmen verdient habe, all meine Ersparnisse … Futsch. Dann kam Arthur.« Sie schaute Holly freimütig an. »Er mag vielleicht ein nutzloser Bastard mit Geld gewesen sein, aber bei Gott, er hat mich glücklich gemacht.«

Holly hätte schwören können, dass Elsie ihr lasziv zuzwinkerte, doch als sie die Augen aufriss und erneut hinschaute, trank die alte Dame ein Schlückchen Tee, als könnte sie kein Wässerchen trüben, den kleinen Finger weit abgespreizt.

Holly strich sich die Haare hinter die Ohren und betrachtete ihre Patientin nachdenklich. Dan hatte sie hergeschickt, damit sie einschätzte, ob Elsie an Demenz litt. Momentan hatte sie allerdings den Eindruck, dass Dan nicht ganz richtig tickte, denn Elsie wirkte blitzgescheit. Entnervt zog sie ihr Notizbuch aus der Tasche, in das sie ihre Beobachtungen schreiben wollte, um sie anschließend Elsies Akte hinzuzufügen.

»Ah!«, sagte Elsie, offenkundig enttäuscht. »Wie ich sehe, kommen wir nun zum offiziellen Teil Ihres Besuchs. Egal. Wir werden noch genug Zeit miteinander verbringen, Holly. Sie wissen, wo Sie mich finden. Ich bin immer da, sollten Sie mich brauchen.« Sie machte eine kurze Kunstpause, dann fügte sie hinzu: »Ich bin mir sicher, meine Liebe, dass Dr. Carter ein guter Arzt ist, aber ich glaube wirklich nicht, dass ich den Verstand verliere. *Que sera, sera.«* Elsie seufzte. »Vielleicht hat diese ganze Demenz-Geschichte aber auch einen Vorteil. Man lernt zum Beispiel immer neue Leute kennen, versteckt seine eigenen Ostereier …«

Trotz ihrer witzigen Bemerkungen schien Elsie beim Anblick der Formulare, die Holly hervorkramte, ein wenig in sich zusammenzusacken, und es tat Holly leid, dass sie sie so abrupt unterbrochen hatte. Sie konnte sich selbst nicht erklären, wie Elsie es schaffte, derartige Gefühle in ihr auszulösen. Es war, als würde die alte Dame ohne Schwierigkeiten ihr, Hollys, Leben durchschauen, aber Holly fühlte sich einfach nicht stark genug, sich noch weiter die Augen öffnen zu lassen, nicht nach der letzten Nacht.

»Bringen wir es einfach hinter uns, Elsie, und dann trinken wir noch eine Tasse Tee.«

Holly hakte wortlos die Kästchen ab, eins nach dem anderen. Sie musste nicht nachfragen, um zu wissen, dass sich Elsie ohne fremde Hilfe ankleiden und versorgen konnte. Doch dann fiel ihr Blick auf die Bemerkung über Elsies nächtliche Spaziergänge, die Dan an den Rand gekritzelt hatte.

»Keine Narzissen mehr auf dem Marktplatz?«, fragte Holly lächelnd.

»Nein.« Elsie seufzte. »Die Narzissen haben niemandem gefallen.« Ihr trauriges Gesicht ging Holly nahe. »Ich sollte mir für das nächste Mal etwas Unterhaltsameres einfallen lassen.«

Holly grinste. »Vielleicht können wir irgendwann mal einen kleinen Ausflug unternehmen.«

Elsie nahm ein Schlückchen Tee. Ihr Blick wurde sehnsüchtig. »Das wäre schön. Heutzutage beschränken sich meine Ausflüge auf Praxisbesuche und Beerdigungen. Nun, ab und an ist auch mal eine Einladung zum Abendessen dabei, aber ich glaube, wir beide könnten uns prima miteinander amüsieren. Es würde Ihnen guttun, sich hin und wieder mal ein kleines Stück vom rechten Weg abbringen zu lassen.«

Holly trank noch eine weitere Tasse Tee, und bevor sie zum Ärztehaus aufbrach, machte sie sich auf den Weg zur Toilette. Elsie war lebendig, lustig und definitiv einfühlsam, aber sie barg eine Traurigkeit in sich, die Holly noch nicht recht einordnen konnte. Deshalb freute sie sich darauf, die alte Dame besser kennenzulernen. Ein weiterer Vorteil einer Praxis in einer Kleinstadt, dachte sie, während sie auf der Suche nach dem Gäste-WC den Gang entlangging. Sie öffnete die Tür und brach in lautes Gelächter aus: Der kleinste Raum in Elsies Hause wurde von einem Kristalllüster erleuchtet, Elsies Oscar-Statue diente als Klopapierhalter. Das war typisch Elsie!

Schmunzelnd wusch sie sich die Hände, dann verließ sie das Gäste-WC, schlug versehentlich die falsche Richtung ein und landete in einer atemberaubenden Küche.

Die Schränke waren aus gekalkter Eiche, die Arbeitsflächen aus glitzerndem schwarzem Granit, aber es war nicht in erster Linie die Einrichtung, die Hollys Aufmerksamkeit erregte. »Mist«, murmelte sie, während ihre Augen über das Chaos schweiften und ihr Lächeln verschwand. Auf jeder Oberfläche standen Tassen, Vasen und Marmeladengläser voller Milch. Sogar ein, zwei Eierbecher befanden sich darunter.

Elsie erschien hinter Holly und verdrehte die Augen. »Das ist wirklich lästig, nicht wahr?«

»Hm?«, machte Holly verblüfft.

»Nun, der Milchmann sagt, ich soll die Flaschen ausspülen und vor die Tür stellen, wo er sie abholt. Aber ich kann unmöglich die ganze Milch an einem einzigen Tag trinken, also muss ich improvisieren.«

Schon flitzte sie durch die Küche und stellte die Flaschen und anderen Gefäße in ordentlichen Reihen auf. Plötzlich fühlte sich Holly hundeelend, weil ihr bewusst wurde, dass Dan Carter mit seiner Einschätzung doch nicht so weit danebenlag.

»Es wäre besser, wenn Sie die Milch im Kühlschrank aufbewahrten, Elsie«, schlug sie sanft vor. »Außerdem macht es dem Milchmann sicher nichts aus, wenn Sie die Flaschen erst dann vor die Tür stellen, wenn Sie die Milch aufgebraucht haben.«

Die alte Dame schüttelte den Kopf. »Ich kann die Milch nicht im Kühlschrank unterbringen, Sie Dummerchen.« Sie öffnete schwungvoll die Tür des riesigen Einbaugeräts. »Darin bewahre ich doch schon mein Make-up auf.«

Hollys Handy vibrierte in ihrer Tasche. Das musste Grace sein, die sich bestimmt fragte, wo Holly steckte. Wahrscheinlich war das Wartezimmer auch an diesem Samstag voller ungeduldiger Patienten, trotzdem fühlte sich Holly nicht wohl bei dem Gedanken, Elsie allein zu lassen. Sie hatte ihr geholfen, die Milch wegzuschütten und im Kühlschrank aufzuräumen, damit etwas Platz für Lebensmittel blieb, aber nun wusste sie nicht recht, was sie als Nächstes tun sollte. Ihr war klar, dass sie Dan von ihrer Entdeckung in Kenntnis setzen sollte, aber dieser hatte sie und Jason um eine Wochenerhebung gebeten, und heute war erst der zweite Tag, an dem sie Elsie im Blick hatten. Was schadete es, in Bezug auf die Information über Elsie noch etwas abzuwarten? Immerhin war Dan derjenige, dem sie

Bericht erstatten musste, und er war von den Ärzten der Praxisgemeinschaft definitiv der menschlichste. Holly seufzte und wünschte sich, sie hätte einfach im Frühstückszimmer ihren Tee getrunken und wäre dann gegangen, ohne versehentlichen Abstecher in die Küche. Sie hegte nun einmal eine gewisse Bewunderung für Elsie und konnte die Vorstellung, sie unglücklich zu sehen, nicht ertragen.

War dies nicht exakt das Szenario, vor dem Henry Bruce sie gewarnt hatte? Sich emotional auf seine Patienten einzulassen konnte das objektive Urteilsvermögen beeinträchtigen. Kurz gesagt, Holly mochte Elsie schon viel zu sehr, um den Bericht zu schreiben, der eigentlich nötig war. Sie seufzte, zerrissen vor Unentschlossenheit.

Als sie mit dem Aufräumen fertig waren, lehnte Elsie ihren Kopf an Hollys Schulter. »Ich liebe mein Zuhause«, erklärte sie. »In meinen Augen findet sich hier die Summe all dessen, was und wo ich jemals war. Mein Leben ist hier.« Sie drehte sich zu Holly um und legte ihre Hand an deren Wange. »Sie verstehen das, nicht wahr, meine Liebe? Sie verstehen, worum ich Sie bitte?«

Kapitel zwölf

Holly loggte sich in ihren Computer ein und überprüfte ihren Terminplan für den Nachmittag. Es war ja schön und gut, dass George darauf bestand, im Ärztehaus Samstagssprechstunden anzubieten, doch er selbst war natürlich nicht anwesend. Gleichwohl war die Atmosphäre im Gebäude merklich entspannter, da nur sie, Dan und eine der Arzthelferinnen anwesend waren.

Durch die Wand hörte sie Dans gedämpfte Stimme; von seinem Umgang mit den Patienten konnte sie noch etwas lernen. Sie nahm einen Schluck Wasser, zwang sich, ihre Gedanken von Elsie Townsend loszureißen, und marschierte zum Wartezimmer.

»Stevie Roberts«, rief sie den nächsten Patienten auf und erschrak, als ein kleiner Junge aufstand. Er war dürr und blass und wirkte sehr viel jünger als sieben Jahre. »Hi, Stevie, guten Tag, Mr Roberts. Ich bin Dr. Graham, kommen Sie bitte mit.«

Der Junge hatte unter seiner Blässe eine leicht grünliche Gesichtsfarbe und hielt eine leere Plastikschüssel in einer Hand, offenbar für alle Fälle. Gelegentlich tupfte er sich den Mund mit einem blutigen Taschentuch ab. Holly bat ihn, sich auf die Untersuchungsliege zu legen, und stellte fest, dass seine knochigen Beine seltsame Flecken aufwiesen.

Seine Augen traten leicht hervor, was auf ein Schilddrüsenproblem schließen ließ, doch aus irgendeinem Grund hatte Holly sofort einen anderen Verdacht, auch wenn er eher unwahrscheinlich schien. Sie überlegte, ob sie Dan wegen einer zweiten Meinung hinzurufen sollte. In Reading hatte sie einen Patienten mit ähnlichen Symptomen behandelt, der ausschließlich von Croissants und Nutella lebte. Oder zog sie womöglich voreilige Schlüsse, und das arme Kerlchen hatte ein Problem mit der Resorption von Nährstoffen?

War es tatsächlich möglich, dass sie von kleinen Gurkensandwiches bei Elsie zu einem siebenjährigen Jungen mit Skorbut geswitcht war?

Willkommen in Mittelengland, dachte sie und überprüfte routiniert Stevies Vitalfunktionen, wobei sie dem Kleinen beruhigende Worte zuflüsterte. Als sie seine Patientenakte aufschlug, stach ihr die Adresse ins Auge: die Pickwickier-Siedlung.

Wenn in Larkford die Pickwickier-Siedlung erwähnt wurde, schnitten die Leute unwillkürlich eine Grimasse. Diese Siedlung, die in keinem Touristenführer erwähnt wurde, war Larkfords kleines, schmutziges Geheimnis, versteckt hinter dem Industriegebiet, in dem sich unter anderem der Busbahnhof und ein Fliesenlager befanden.

»Aus dem Auge, aus dem Sinn« war das Motto der meisten Larkforder, es sei denn, ihr Auto war aufgebrochen worden oder ihre Brieftasche verschwunden, dann blickten alle Augen sofort zu den Bewohnern des Dickens-Drive. Die literarischen Straßennamen konnten die Zustände dort nicht verdecken. Holly wusste von ihrem Einstellungsgespräch, dass die Pickwickier-Siedlung sowohl für Dan als auch für George als Quell ständigen Ärgers galt, weil ihrer Meinung nach nicht genug für die Bewohner getan wurde.

Lizzie hatte unlängst die Theorie aufgestellt, der Stadtrat versuche systematisch, die dortigen Mieter zu vertreiben, da die Grundstücke wegen der baulichen Erschließungs- und Entwicklungsmöglichkeiten ein Vermögen wert sein mussten. Allerdings standen noch die vierstöckigen Sechzigerjahre-Mietkasernen darauf, und es gab nur wenige Grünflächen, auf denen die Kinder Fußball spielen konnten. Nicht gerade die Sternstunde der Stadtplaner.

Dan hatte Holly gebeten, seine Pläne bezüglich der Gesundheitserziehung der Larkforder Kinder zu unterstützen. Er wollte die Reihe von Workshops fortsetzen, die er in den Schulen geleitet hatte und in denen es um die richtige Ernährung sowie die sportliche Betätigung der Jüngeren bis hin zu Sexualkunde und den Umgang mit Alkohol für die Älteren gegangen war. Die Schulen hatten sich anfangs als ausgesprochen kooperativ erwiesen, doch dann hatten sich einige Eltern beschwert, was das Aus für Dans Projekt bedeutete. Doch wenn Holly den kleinen Stevie anschaute, war ihr klar, dass solche Aktionen mehr als nötig waren.

Sie setzte sich vor dem Jungen auf einen Stuhl und tastete vorsichtig dessen Wadenmuskeln ab. Stevie zog das Bein fort und begann leise zu weinen. »Das tut weh«, jammerte er mit starkem Somerset-Akzent.

»Verrätst du mir, was du zum Frühstück gegessen hast, Stevie?«, bat Holly, während sie den Puls des Kleinen fühlte.

Augenblicklich warf dieser seinem Vater, der auf dem Stuhl vor dem Schreibtisch saß und mit seinem Handy spielte, einen nervösen Blick zu. Holly war erstaunt über dessen völliges Desinteresse an der Untersuchung seines Sohnes. Sie war eher an Helikopter-Mütter gewöhnt, die um sie herumschwirrten und Frage um Frage zu ihren Sprösslingen auf sie abfeuerten.

Da sein Vater dem Ganzen offenbar keine Beachtung schenkte, wurde Stevie etwas mutiger. »Mein Lehrer hat gesagt, ich soll zu dir kommen, weil meine Beine wehtun, wenn ich laufe, und weil die anderen Jungs größer sind als ich. Ich bekomme beim Schulfrühstück zwei Scheiben Toast – weil ich so klein bin.«

»Nun, ich freue mich, dass du gekommen bist, Stevie. Mal sehen, was wir tun können, damit es dir bald bessergeht. Es war richtig von deinem Lehrer, dass er dich zu mir geschickt hat. Und nach dem Toast beim Schulfrühstück, was isst du dann zu Mittag?«

Stevie berichtete von einem seiner Mittagessen, bestehend aus Pommes, Bohnen und Ei in der Schulkantine und einem Mars-Riegel zum Nachtisch. »Das ist genau das Essen, das meine Jungs auch mögen«, erklärte Holly mit sanfter Stimme, »aber manchmal haben sie außerdem Lust auf ein richtig großes Glas Orangensaft. Magst du Orangensaft, Stevie?«

Stevie schüttelte den Kopf. »Nein. Aber ich mag Lutscher mit Orangenschmack!« Er grinste breit, und Holly bemühte sich, sich nicht anmerken zu lassen, wie schockiert sie über den Zustand von Stevies Zahnfleisch war. Blutig, wund, und dort, wo die Milchzähne viel zu früh ausgefallen waren, klafften entzündete Lücken.

Als Stevie ihr dann auch noch erzählte, dass sein Abendessen zu Hause aus Weißbrot mit Nutella bestand, war Holly überzeugt, dass ihre vorläufige Diagnose richtig war. Sie drehte sich zu Stevies Vater um. »Mr Roberts? Wir müssen Stevie für eine Laboruntersuchung etwas Blut abnehmen. Es tut nicht weh«, versicherte sie dem Jungen, als sie sah, wie er sich versteifte, »aber wir können dich dann besser behandeln. Das Wichtigste ist«, fuhr sie an den Vater gewandt fort, »dass wir uns über Stevies Ernährung unterhalten und sicherstellen, dass er genug Vitamine und Mineralstoffe bekommt, Mr Roberts.«

»Versuchen Sie mal, schickes Biozeug zu kaufen von dem, was Cathy und ich verdienen«, erwiderte er defensiv.

»Das können wir mit der Ernährungsberaterin besprechen, sobald die Testergebnisse da sind«, sagte Holly in bestimmtem Ton, da sie wollte, dass der Mann die Situation ernst nahm.

»Ernährungsberaterin? Was ist das? So eine Art Sozialarbeiterin?«

»Nein, nein, jemand aus unserem Team wird Stevie, Sie und Ihre Frau dabei unterstützen, einen bezahlbaren Ernährungsplan zusammenzustellen.« Als sie bemerkte, dass Mr Roberts davon keineswegs begeistert war, schlug sie einen anderen Ton an. »Stevie ist ernsthaft mangelernährt, Mr. Roberts. Er ist sehr krank.«

»Genau deshalb hab ich ihn ja hergebracht«, sagte der Vater, der genauso blass und unterernährt aussah wie sein Sohn. Sein Gesicht war voller Akne. »Können Sie ihm nicht einfach Medizin geben? Die Rezepte für ihn sind doch umsonst, oder?«

Holly seufzte. »Wir können ihm Nahrungsergänzungsmittel mit den wichtigsten Vitaminen und Mineralstoffen verschreiben, aber er braucht eine gute Ernährung, um wieder auf die Beine zu kommen.« Holly schaute auf die Uhr auf ihrem Schreibtisch. »Kommen Sie beide doch bitte mal mit. Vielleicht hat Jade gerade Zeit für ein paar Tests und eine Einführung in die gesunde Ernährung. Vielleicht können Sie auch Stevies Mum anrufen und hinzubitten?«

Stevie schüttelte den Kopf. »Mummy schläft tagsüber.«

»Aha«, sagte Holly ruhig, die sofort wilde Partys, Drogen und Alkohol vor Augen hatte.

Stevie plapperte unbekümmert weiter, während sie

nach seinem Mantel und seiner Schüssel griff. »Sie arbeitet die ganze Nacht, und morgens, wenn ich zur Schule muss, schläft sie noch. Donnerstags geht sie aufs College, sie will nämlich Se-kre-tä-rin werden.« Seine Stimme klang stolz. »Im Augenblick ist sie bloß Putzfrau, aber sie sagt, das ist ein Scheißjob, und ich soll mich bloß anstrengen in der Schule.« Er strahlte Holly an, und sie spürte, wie eine heiße Woge des Mitleids über sie hinwegspülte.

»Danke, Frau Doktor«, stieß Mr Roberts hervor, entschlossen ihrem Blick ausweichend. »Es ist ein bisschen schwierig, seit man mich entlassen hat.« Er folgte Holly mit Stevie zum Empfangsbereich, wo auch die Schreibtische der Arzthelferinnen und Pfleger standen, und zauste liebevoll dessen Haar.

Holly fragte sich, ob Mr Roberts anfangs so gleichgültiges Verhalten womöglich mehr mit Verlegenheit zu tun hatte als mit mangelndem Interesse, wovon sie zunächst ausgegangen war.

»Jadie!«, rief Stevie erfreut, als er Jade erblickte, deren viel zu enge Uniform über der Brust spannte. »Nimmst du mir Blut ab?«

Holly blieb stehen. Jade nahm den Kleinen hoch und versprach ihm einen Aufkleber, wenn er brav war.

»Woher kennt Stevie Jade?«, fragte sie Mr Roberts überrascht.

»Oh, sie wohnt gleich nebenan. Wir sind schon unser Leben lang Nachbarn.«

Zum dritten Mal an diesem Tag war Holly gezwungen, ihre Meinung zu revidieren. Auch wenn es nicht unbedingt politisch korrekt war, hatte sie plötzlich, da sie wusste, dass Jade es bis zur Arzthelferin geschafft hatte, obwohl sie in der Pickwickier-Siedlung aufgewachsen war, Respekt vor ihr.

Jeden Tag machte sie weitere, überraschende Entdeckungen. Manchmal war es ziemlich erfrischend, wenn einem die Augen geöffnet wurden.

Drei Stunden später hatte sie endlich die Nachmittagssprechstunde hinter sich gebracht und war auf dem Weg in den Aufenthaltsraum, um sich ein Glas Wasser zu holen, als ihr Blick auf die Pinnwand fiel. Daran hing ein Artikel aus der *Larkford Gazette* über Dans Rettungsaktion von Freitagnacht. Unter der Schlagzeile ERDNUSSTRAGÖDIE VERHINDERT prangten zwei Fotos – ein halbwegs professionelles von Dan, auf dem er angestrengt und nachdenklich wirkte, das andere offensichtlich ein Schnappschuss aus dem Familienalbum. Es zeigte eine junge Frau mit glattem, kurz geschnittenen Haar und großen strahlenden Augen.

Holly musste lachen, als sie die Sprechblase las, die jemand vor den Mund des Mädchens gemalt hatte. »Dr. Dan, mein Held, ich liebe dich! Küsschen, Küsschen …«

Die Handschrift erinnerte stark an Taffys.

In derselben Handschrift entdeckte sie auf dem SORGEN WEGEN ALKOHOL?-Poster die Bemerkung: »Das Kingsley Arms öffnet jetzt schon ab mittags …«

Sie machte einen kleinen Abstecher in Grace' Büro, an deren Schreibtisch heute, am Samstag, ein Mann in einem seltsamen Outfit saß. War nicht Jade für die Anmeldung und Koordination eingeteilt? »Ich habe gerade die Pinnwand bewundert, Dr. Jones.«

Er blickte auf und lächelte unschuldig. »Was ist denn mit der Pinnwand?«

Holly warf ihm einen schiefen Blick zu. »Du hast eine unverwechselbare Handschrift. Die kleinen Schnörkel …«

»Ups«, murmelte Taffy. »Entschuldigung«, fügte er hinzu, auch wenn er alles andere als reuevoll dreinblickte.

»Was machst du hier eigentlich?«, fragte Holly und schloss die Tür hinter sich. »Verzeihung, wenn ich das sage, aber das wirkt ausgesprochen verdächtig, Dr. Jones.«

Taffy klickte den Bildschirmschoner an, stand auf und hockte sich auf die Schreibtischkante, ehe er Holly seine ungeteilte Aufmerksamkeit schenkte. Er trug ein sonderbares Tweedjackett, aus seiner Jackentasche ragte eine Schildpattbrille. Grinsend zog er die Augenbrauen hoch, die Holly heute besonders buschig vorkamen. »Wirke ich geheimnisvoll und charmant?«

»Ähm …«

»Attraktiv und verführerisch?«

»Nun ja …«

Taffy lehnte sich leicht zurück. »Maskulin und rätselhaft? Klartext, Graham, ich will die Wahrheit hören – ich kann damit umgehen.«

Holly krauste die Nase, während sie nach den richtigen Worten suchte und sich alle Mühe gab, nicht loszuprusten. »Die Wahrheit? Du liebe Güte! Um ehrlich zu sein, siehst du entweder so aus, als würdest du gleich einen Schlaganfall bekommen oder als hättest du Blähungen. Wolltest du etwas anderes hören?«

Taffy schnappte sich ihre Hand und drückte einen dicken Kuss auf die Innenseite ihres Handgelenks. »Ach, die Wahrheit – sie ist eine flatterhafte Geliebte.« Ohne ihre Hand loszulassen, musterte er sie vom Scheitel bis zur Sohle, dann stimmte er ein Loblied an, als beurteilte er einen erlesenen Rotwein: »Ja, ein voller Körper, weich, lieblich. Ich schmecke Schwarze Johannisbeere und einen Hauch von Skepsis. Exzellentes vollmundiges Aroma, ausgezeichnete Beine – das ist ein Ausdruck aus dem Weinfachvokabular, Graham – glatt, samtig. Ja, ein kühnes, rassiges Tröpfchen, finde ich.«

Für einen Augenblick war Holly sprachlos, doch dann stieß Taffy versehentlich die Maus an, und der Bildschirm neben ihm erwachte zum Leben. *Wie man so tut, als wäre man ein Wein-Connaisseur*, stand dort, darunter eine Liste mit treffenden Adjektiven und Phrasen.

»Warum wärst du gern ein Weinkenner, Taffy?«, fragte Holly lachend und betete, dass sich ihr Pulsschlag beruhigte, da er noch immer ihr Handgelenk umfasst hielt.

»Wegen eines ganz besonders erlesenen Jahrgangs«, erklärte Taffy mit leiser, vertraulicher Stimme. Er ließ den Daumen sanft über die zarte Haut an Hollys Handgelenk kreisen und hielt ihren Blick fest. Jetzt scherzte er nicht mehr. »Definitiv ein Jahrgang, den man genießen sollte, findest du nicht?«

Die Luft im Büro schien stillzustehen. Vergeblich durchforstete Holly ihr Gehirn nach einer schlagfertigen Erwiderung. »Was …? Wer …«, fragte sie schließlich nicht sonderlich eloquent. Welches Spiel spielten sie hier eigentlich?

»Nur ich«, gab Taffy zurück und beugte sich vor, als wollte er sie küssen.

In diesem Augenblick wurde schwungvoll die Tür aufgestoßen, was Holly schlagartig zur Besinnung brachte. Hastig zog sie ihre Hand zurück.

»Na wunderbar!«, stieß Dan so laut hervor, dass Holly und Taffy zusammenzuckten. »Wie ich sehe, hast du Holly mit dem hochwohlgeborenen Reginald Fortesque – Weinliebhaber, Pétanque-Champion und geistreicher Anekdotenerzähler – bekannt gemacht. Was hältst du von Taffys Alter Ego, Holly?«

Taffy erholte sich schneller als sie. Er hob erneut die Augenbrauen und verkündete mit gespielt elitärem Eton-Akzent: »Aber gewiss doch, meine Liebe, beim Kochen benötige ich ständig Wein, und manchmal, wenn auch nur selten, gieße ich ein wenig davon auch ans Essen.«

»Er ist ein echter Witzbold«, erklärte Dan. »Ein Abend mit dem guten Reggie endet in der Regel ziemlich ausgelassen, oder, Taffy?« Er hob die Hand, die sein Kumpel abklatschte. »Jetzt stell Holly doch noch Professor Ludo Gartner vor, und dann machen wir einen Abflug, okay?« Dan verschwand und ließ Holly seltsam ernüchtert zurück. Das Prickeln, das sie zuvor gespürt hatte, hatte nun eine schale Note wie abgestandener Wein.

»Ich hatte keine Ahnung, dass du ein Wein-Aficionado bist«, sagte Holly, weil ihr nichts Besseres einfiel.

Taffy zuckte die Achseln. »Ich weiß, was ich mag, Holly. Und ich lasse mich nie von dem Etikett beeinflussen.«

Es entstand eine Pause, in der sich Holly wie in so vielen anderen Bereichen ihres Lebens wünschte, die Leute würden Klartext reden, statt mit unterschwelligen Botschaften daherzukommen. Sie wollte sich lieber nicht ausmalen, welches Etikett Taffy ihrem speziellen Jahrgang geben würde.

»Wer ist Professor Ludo Wie-heißt-er-noch-gleich?«, fragte sie, um einen Themenwechsel bemüht.

»Ach ja …« Taffy blickte unbehaglich drein. »Entweder wirst du uns für komplett verrückt erklären oder es lustig finden. Die Sache ist die: Dan war eine Weile lang ziemlich daneben und wollte kaum noch vor die Tür gehen. Also habe ich mir diese zwei alten Käuze ausgedacht – ziemlich erfolgreich, schrecklich selbstbewusst, ein bisschen wie eine Karikatur –, und wir haben uns angezogen wie sie und sind auf eine Party in Bristol gegangen. Der Abend war super, die beste Party seit langem. Bei dem einen Mal ist es nicht geblieben. Wir verkleiden uns und lassen die Sau raus. Es scheint Dan zu helfen. Für eine Weile kann er seinen Gedanken entkommen, und das ist richtig gut.«

Holly musterte Taffy in seinem komischen Tweed-Ensemble, dann wanderte ihr Blick zu seinen warmherzigen, fröhlichen Augen.

Er wand sich ein bisschen. »Na los, sprich's schon aus: Du findest, wir sind zu alt für solche Spielchen.«

Holly lächelte. »Eigentlich dachte ich, dass Dan sich glücklich schätzen kann, einen Freund wie dich zu haben. Vielleicht kann ich beim nächsten Mal mitkommen – vorausgesetzt, ich störe nicht?«

Taffy/Reggie – sie war sich nicht sicher, mit wem sie es gerade zu tun hatte – trat näher und hob ihr Haar an. Sein warmer Atem streifte ihre Wange, als er mit den geschliffenen Vokalen seiner Rollenstimme erklärte: »Ich denke, du würdest dich gut als aufstrebende russische Violinistin machen. Was hältst du von Katerina Strebrinski?« Seine Augen blitzten amüsiert. »Ich sehne mich danach, deine Nokturnen und vielleicht ein kleines Adagio zu hören, einen langsamen *Pas de deux*?«

Diesmal bestand kein Zweifel an der Doppeldeutigkeit von Taffys Worten, aber angesichts der Leichtigkeit seines Tons und des schelmischen Ausdrucks auf seinem Gesicht konnte sich Holly einreden, dass dies eher ein freundschaftliches Geplänkel als ein heftiger Flirtversuch war.

»Aber was, wenn die schöne Katerina mich als Prahlinski enttarnt?« Taffy versetzte ihr einen sanften Stoß mit dem Ellbogen.

Holly verdrehte die Augen. In diesem Moment kam Dan zurück. Er trug eine Bundfaltenhose und eine lila Krawatte. »Ihr werdet heute Abend garantiert jede Menge Spaß haben«, bemerkte sie schmunzelnd.

Taffy nahm einen Spazierstock mit Elfenbeingriff, der

am Schreibtisch lehnte, und drehte ihn zwischen den Fingern. »Geh und üb Violine, Katerina. Vielleicht darfst auch du beim nächsten Mal Dr. Jones' patentierte Zerstreuungskur ausprobieren.«

Nun, es war ziemlich unwahrscheinlich, dachte Holly, als die Tür hinter den beiden zufiel, dass Dr. Jones' Patentrezept sie von ihren auf Abwege geratenen Gedanken ablenken würde – ganz besonders von den nicht jugendfreien, die dem guten Doktor selbst galten.

Kapitel dreizehn

Gegen neun Uhr am Sonntagmorgen versuchte Holly, sich anzuziehen, während die Zwillinge – sie hatten sich bereits mit Rührei gestärkt, was ihnen die Energie von Duracell-Häschen verlieh – damit beschäftigt waren, ihre Unterwäscheschublade zu leeren. Holly ignorierte, dass rosafarbene Seide und hauchdünne weiße Spitze durchs Schlafzimmer flogen, und schloss den schlichten T-Shirt-BH, der zurzeit die tragende Säule ihrer Wochenendgarderobe bildete.

Die Jungs hatten eine ziemlich große Auswahl, mit der sie spielen konnten, da Milos Obsession für teure Unterwäsche dazu führte, dass Holly jedes Jahr zu Weihnachten weitere Teile geschenkt bekam. Sie hatte schon öfter versucht, ihm ein paar alternative Geschenkanregungen zu geben, doch selbst weniger subtile Hinweise hatten ihn nicht davon abbringen können, in Reizwäsche zu investieren. Seit Holly allerdings per Kaiserschnitt zwei Kinder auf die Welt gebracht hatte, war sie nicht mehr sonderlich versessen darauf, in knappen Tangaslips herumzuhüpfen, die nicht einmal ihre Narbe verdeckten. French Knickers? Wunderbar. Ein sexy Seidenkamisol? Fantastisch. Aber nein, Milo war kein Mann, der auf Anregungen einging. Kein Mann für Kompromisse. Punkt. Er wollte, dass seine Welt so war, wie er sie sich vorstellte, so wie sie immer gewesen war, deshalb versuchte er, die

Menschen um sich herum zu manipulieren, als wären sie Charaktere aus seinem neuesten Buch.

Gedankenverloren schlüpfte Holly in einen bequemen Pulli. Tom kam zu ihr gewackelt und schlang seine Ärmchen fest um ihre Beine, damit sie ihn hochhob, um ihn zu knuddeln. Er strahlte sie glücklich an und drückte seinen kleinen Körper an ihren. »Hmmm, Mami kuschelig«, murmelte er.

Holly lächelte ihn an. Es gab keinen Grund, ihn zu korrigieren. Doch während die Zwillinge ihre neue, weichere Figur liebten, wusste sie, dass sich Milo danach sehnte, seine schlanke, perfekt gepflegte Ehefrau zurückzubekommen. In Wahrheit verhinderte genau das, dass Holly wie all die anderen Mütter auf den Weight-Watchers-Zug aufsprang. Allein der Gedanke daran ließ in ihr einen wahren Heißhunger auf Schokolade aufkommen.

Ihr war klar, dass der permanente Stress und die Erschöpfung genauso wie diese Heißhungerattacken dazu beitrugen, dass ihr störrisches Bauchspeckröllchen nicht weichen wollte. Da sie ständig unter Hochdruck stand, schüttete ihr Körper viel zu viel von dem Stresshormon Cortisol aus und bildete so Reserven für Notzeiten … Holly seufzte.

Sie hörte Milo unter der Dusche singen und zog schnell ihre Jeans an, bevor er das Wasser ausstellte, aus dem Bad kam – die Muskeln wohldefiniert wie eh und je, einen leichten Bartschatten auf dem Kinn – und nach seiner trendigen Werbeträgerbrille suchte.

Da die Jungs sich weiterhin fröhlich ihre La-Perla-BHs auf den Kopf setzten, zog Holly mit dem Stummel, der von ihrem Kajalstift noch übrig war, einen Lidstrich und blinzelte heftig, als sie sich ins Auge stach. Sie musste unbedingt einen Abstecher zum Drogeriemarkt unternehmen, da das Wenige, was sie an Kosmetik besaß, langsam, aber sicher zu einem Gesundheitsrisiko wurde.

Tom kletterte auf ihren Schoß und strich ihr bewundernd über die Wange. »Schöne Mami. Gehen wir schaukeln?«

»Nachher vielleicht, wir müssen erst einkaufen. Ihr zwei seid artig, ja? Und du, Ben? Möchtest du heute auch auf die große Schaukel?«

Nur sonntags hatte sie die Muße für solche Unternehmungen, den Rest der Woche wäre sie viel zu beschäftigt damit, alle angezogen und satt zu bekommen und die Zwillinge beim Kindergarten abzuliefern, bevor um acht die morgendliche Sprechstunde begann. Je schneller es gehen musste, desto länger dauerte es. Sie war froh, dass es bei Lizzie genauso stressig ablief, obwohl diese sogar eine Haushaltshilfe und ihren wunderbaren Ehemann hatte.

Die Badezimmertür flog auf, eine Dampfwolke, intensiv nach Milos Eukalyptusduschgel duftend, waberte ins Schlafzimmer. Er lächelte, als er sah, wie die Jungs in Hollys Unterwäsche den Flur auf und ab liefen. »Wurde aber auch Zeit, dass deine Dessous mal ans Tageslicht kommen!«, sagte er und zog das Handtuch um seine schmalen Hüften enger. »Auch wenn es nicht exakt das ist, was ich beim Kaufen im Sinn hatte.«

Er trat zu Holly und schob die Hände unter ihren Pulli. »Setz die Jungs doch für einen Moment vor den Fernseher, ich hätte dich gern mal wieder ganz für mich«, sagte er und küsste sie seitlich auf den Hals, dann zog er sie enger an sich. Das Handtuch presste sich klamm und feucht gegen ihre Oberschenkel. Seine Absicht war deutlich zu spüren, Irrtum ausgeschlossen.

Holly schwankte und versuchte, nicht an die ellenlange To-do-Liste zu denken, die sie heute Morgen abarbeiten musste, und erst recht nicht an den kleinen Ausflug, den sie mit den Zwillingen plante. Es war Wochen her, dass Milo und sie zum letzten Mal miteinander geschlafen hatten, und wenn sie ehrlich war, vermisste sie die Intimität, vermisste es, sich mal fallen zu lassen.

Es war schwer genug, gegen die dauernde Erschöpfung anzukämpfen, aber stets um Milos abrupte Stimmungsumschwünge herumzuschleichen gab ihr mitunter das Gefühl, auf einem emotionalen Minenfeld zu leben. Sie wusste, dass sie sich bemühen sollte, damit sie wieder zueinanderfanden, allerdings war Pflichtgefühl nicht gerade der perfekte Funke, ihr Sexleben wieder zu entfachen.

Dass Tom im Augenblick Ohren wie ein Luchs hatte, war auch nicht gerade hilfreich. Nachts wachte er schon beim leisesten Quietschen der Matratze auf und fing an zu weinen. Sie hätten sich einen Spaß daraus machen oder es sogar als Herausforderung betrachten können, sich einen anderen Ort zu suchen, aber nein … Es hatte Milo bloß einen weiteren Grund geliefert, sich zu beklagen.

Wie sollte sie einen Schalter umlegen, fragte sie sich, und sich von einem Mann angemacht fühlen, den sie oft nicht einmal mochte?

In jenem Moment scherte sich ihr Körper allerdings wenig um die spitzen Bemerkungen und Kränkungen, die sie ihrem Mann so sehr verübelte. Sie lehnte sich gegen ihn und stöhnte leise, als er mit seinen Lippen ihr Schlüsselbein streifte. Er wusste genau, was ihr gefiel. Holly atmete tief ein, zufrieden und insgeheim erleichtert, dass ihr Körper auf ihn reagierte.

»Na komm, Holly, ein bisschen Sport wird dir guttun. Du kannst dich später noch um den Haushalt kümmern«, drängte er. Holly erstarrte. Seine Worte hatten schlagartig das zarte Flämmchen Lust erstickt, das in ihr aufgeflackert war.

Einen Augenblick lang verharrte sie reglos, bemüht, den frustrierten Schrei zu schlucken, der in ihrer Kehle aufstieg. Die Jungs tollten immer noch durch den Flur, aber die Welt um sie herum schien innezuhalten, während ihr Kopf und ihre Lust miteinander im Clinch lagen.

Es war jedoch überflüssig, eine Entscheidung zu fällen, denn just in diesem Moment sah sie aus dem Augenwinkel, wie sich Bens Fuß im Saum eines Hemdchens verfing, das ihm als Cape diente. Wie in Zeitlupe stürzte er vornüber und landete mit einem dumpfen Knall auf dem Teppich. Sein Heulen riss Holly schlagartig aus ihrer Starre.

»Ach, verdammt noch mal!«, fluchte Milo entnervt, stieß seine Frau von sich. Ohne sie eines weiteren Blickes zu würdigen, warf er sein nasses Handtuch auf den Boden und zog seine Boxershorts an.

Holly hob ihr weinendes Kind auf, küsste es sanft auf die Stirn und wiegte es in ihren Armen.

Über Bens zerzausten Schopf hinweg sah sie, wie Milo seine Uhr umband und dreimal aufs Zifferblatt klopfte, so wie er es immer tat, mit ruckartigen, aufgebrachten Bewegungen. Es verblüffte sie jedes Mal, dass jemand mit einer derartigen Zwangsneurose so ein Chaot sein konnte. Milo schlüpfte in seine übliche Schreibkluft, bestehend aus einem eng anliegenden Pulli mit V-Ausschnitt und Jeans, dann wand er sich einen langen Strickschal um den Hals. »Ich bin den Vormittag über in der Bibliothek«, verkündete er, ohne sie anzusehen, und marschierte die Treppe hinunter, eine Spur der Verwüstung hinterlassend.

»Daddy ist ein Ferkel«, verkündete Tom feierlich, der Holly ins Schlafzimmer gefolgt war.

»Daddy ist ein gedankenloses Schwein«, murmelte Holly und fragte sich, wie lange sie das Handtuch auf dem Schlafzimmerboden liegen lassen sollte, bevor es die Reste ihrer Libido endgültig zum Erlöschen brachte.

Als Holly und die Jungs ein paar Minuten später die Küche betraten, bekamen sie gerade noch mit, wie Milo seinen Kaffee in den Ausguss schüttete. »Habt einen schönen Morgen, ihr drei«, sagte er und küsste sie im Vorbeigehen abwesend auf den Scheitel. Seine Gedanken waren offensichtlich schon bei seiner Arbeit. Er nahm seine Unterlagen vom Küchentisch und ging zur Hintertür, wo er mehrfach nach dem Türknauf fasste, ohne ihn zu drehen.

Holly stellte den überquellenden Wäschekorb ab und sah ihm zu, gegen das Bedürfnis ankämpfend, seine Routine zu unterbrechen. Als er den Vorgang achtmal wiederholt hatte, fragte sie: »Milo?«, wohlwissend, dass er den Knauf zehnmal berühren musste, um Ruhe zu finden. »Kommst du zum Mittagessen?« Ihr Gesicht war ein Bild der Unschuld.

Ein Muskel in seinem Gesicht begann zu zucken, dann nickte er und wandte sich wieder dem Türknauf zu. Holly setzte die Zwillinge in ihre Hochstühle und betrachtete das Schlachtfeld auf der Küchenanrichte. Übergelaufene Milch ergoss sich träge über die Arbeitsfläche aus dunklem Granit und bahnte sich einen Weg durch die Krümel, Butterreste und verschmähten Krusten von Milos Frühstückstoast.

Sechs, sieben, acht … »Ach ja, Milo? Vergiss nicht, deine Mutter zurückzurufen. Sie hat es heute Morgen schon dreimal probiert.«

Seine Hand über dem Türknauf zitterte leicht, und

Holly verspürte einen Anflug von schlechtem Gewissen, weil sie sich seinen Spleen zunutze machte.

Jetzt ging er vor der Tür auf und ab, sichtlich aus der Fassung gebracht, und holte tief Luft. »In Ordnung. Ich werde sie anrufen.« Er schnaufte erschöpft. »Sonst noch etwas?«

Holly schüttelte den Kopf. Milo unternahm einen erneuten Anlauf. Die Jungs schenkten ihm ein breites Grinsen, den Mund voller trockener Cheerios.

Fünf, sechs, sieben ... Holly konnte nicht widerstehen. »Ich wünsche dir einen schönen Tag, Liebling!«, rief sie, dann griff sie nach dem Wäschekorb und trug ihn in den Hauswirtschaftsraum, wo Milos Joggingklamotten verschwitzt und verdreht auf dem Fußboden lagen. Jetzt konnte Holly endlich anfangen, ihren »freien Tag« zu genießen.

Holly warf eine Riesenpackung Pasta in den Einkaufswagen und betete, dass keiner ihrer Patienten ihr jemals vorwerfen würde, sich in puncto Ernährung nicht an ihre eigenen Regeln zu halten.

Sie stürmte durch den Supermarkt, als wolle sie einen Wettlauf mit der Zeit gewinnen. In gewisser Hinsicht traf das auch zu – die Kabbeleien der Zwillinge, die Seite an Seite im Einkaufswagen saßen, konnten, wenn sie nicht aufpasste, nur allzu schnell zu einem handfesten Gerangel eskalieren.

Zumindest oberflächlich sorgte Holly dafür, dass ihr wöchentlicher Einkauf ein klassisches Beispiel für gesunde Ernährung darstellte, indem sie Kartoffel-Smiles und Fischstäbchen unter einer Lawine von Kirschtomaten, Avocados und Bananen begrub.

Schließlich nahm sie noch ein paar Dosen Pedigree-

Welpenfutter für Eric mit. Sie freute sich jetzt schon auf seine Gesellschaft, darauf, dass er sich abends auf dem Sofa an sie kuscheln würde. Sie konnte immer noch nicht glauben, dass Milo den Plan, ohne mit der Wimper zu zucken, akzeptiert hatte, anscheinend genügte ihm die Erklärung, dass Lizzie einen Hundesitter brauchte, wenn sie Überstunden machte. Es verstand sich von selbst, dass er hin und wieder spitze Bemerkungen darüber machen würde, dass Holly »sich ausnutzen« ließe, aber in Grunde war er momentan so sehr mit sich selbst beschäftigt, dass Eric vermutlich mehrere Wochen komplett bei ihnen einziehen könnte, ohne dass er es bemerkte.

Holly schob eine große Packung Karamellriegel seitlich in den Einkaufswagen und hoffte, dass sie es bis zur Kasse schafften, bevor einer der Zwillinge einen Ausraster bekam. Zu ihrem Ärger war sie ohne Einkaufsliste zum Supermarkt aufgebrochen und verfluchte sich nun insgeheim dafür, dass sie nicht im Internet bestellt hatte. Seit dem Umzug schien sie nicht mehr richtig vorausplanen zu können. Hinzu kam, dass sie Tom in diesem Laden von all jenen Süßigkeiten ablenken musste, die sie nicht kaufen konnten, weil sie dem Verdauungssystem seines Bruders schadeten.

Die Kasse kam in Sicht, und Holly legte gerade noch mehrere Flaschen Pinot grigio und eine Großpackung Pistazien – *ihre* Belohnung – in den Wagen, als ihre Hoffnung, unbemerkt einkaufen zu können, auf einen Schlag zerplatzte.

»Guten Morgen, Dr. Graham«, zwitscherte Cassie Holland. Larkfords soziales Gewissen und Inbegriff politischer Korrektheit verstellte ihr den Weg und machte keinerlei Anstalten, zur Seite zu treten. Ihr Sohn Tarquin hockte in sich zusammengesackt im Einkaufswagen, ein Bild des

Jammers. »Sie kommen mir gerade recht. Wären Sie so freundlich, meinem Tarquin zu erklären, dass Glukosesirup auf Weizenbasis keine gesunde Wahl für einen Jungen im Wachstum ist? Wenn ich nur an die Herstellung denke … Bitte, stärken Sie mir den Rücken, Dr. Graham.«

Holly blieb stehen, unschlüssig, wie sie reagieren sollte. Auch sie war dafür, dass man mit ihren Jungs redete wie mit Menschen, nicht wie mit Kuscheltieren, und man würde sie bestimmt nie dabei erwischen, mit Babystimme zu sprechen, aber Cassie schien es etwas zu übertreiben. Tarquin war knapp drei, und es erschien äußerst fraglich, ob er tatsächlich eine umfassende Erklärung über die Herstellung von Lebensmitteln verstehen würde.

Mrs Holland hielt zwei Packungen mit Frühstückszerealien in die Höhe. Als Holly nicht gleich reagierte, schüttelte sie die Zerealien, dann schweifte ihr Blick zu Hollys Einkaufswagen.

»Nun? Könnten Sie Tarquin bitte erklären, dass wir Zerealien ohne Zusatzstoffe nehmen und unseren eigenen Honig benutzen? Oder sollen wir lieber die mit Bio-Glukosesirup kaufen?«

Cassies Poncho flatterte bei jeder Bewegung ihrer Arme, was sie noch furchterregender wirken ließ. Es war klar, dass Holly nicht umhinkam, ihre Meinung zu äußern, gleichgültig, ob sie dazu stand oder nicht.

»Um ehrlich zu sein, beide sind gut, Cassie. Beide stammen von seriösen Herstellern. Machen Sie es sich nicht zu kompliziert.« Holly lächelte und drängte sich an ihr vorbei zur Kasse, froh darüber, so leicht davongekommen zu sein. Ihr Mut sank, als sich Cassie hinter ihr in die Schlange einreihte und sich neben den Zwillingen aufbaute, bereit für einen Plausch.

Trotz Hollys offensichtlichem Desinteresse an Cassies

Einkaufsdilemma, warf diese ihr einen mitfühlenden Blick zu. »Es ist so schwer, die richtigen Entscheidungen bezüglich der Ernährung unserer kleinen Männer zu treffen, nicht wahr? Unser Haushalt ist komplett bio, schließlich müssen wir den Kindern stets ein Vorbild sein.«

Ihre glänzenden Knopfaugen fielen auf die drei Flaschen Pinot grigio, die zwischen einer großen Flasche Bleichmittel und in Plastik verpacktem Obst von Gott weiß woher verstaut waren. Ihre Kiefer verspannten sich. »Anscheinend kann nicht jeder ein Vorbild sein, und wenn man arbeiten geht, muss man vermutlich irgendwo Abstriche machen.«

Holly atmete tief durch. Sie konnte es partout nicht leiden, wenn jemand seinen Sohn als »kleinen Mann« bezeichnete, doch sie sah, dass Cassie sich aufrichtig bemühte, das Richtige zu sagen. Noch mehr musste sie sich allerdings bemühen, sich nicht auf Hollys Einkaufswagen zu stürzen, gefüllt mit nicht-biologischen, nicht-grünen, nicht-recyclingfähigen Produkten, und ihn Stück für Stück auseinanderzunehmen. Es machte ihr offenbar so große Mühe, dass ihr Gesicht einen nahezu schmerzverzerrten Ausdruck annahm, als wolle sie einen ganz besonders aggressiven Darmwind zurückhalten.

Tom zog an Hollys Ärmel. »Mami?«, fragte er gedehnt. »Schoki für Tom?« Er hielt einen Schokoladenriegel in die Höhe, stibitzt von Hollys Erzfeindin und wöchentlichem Ruin: der Warenauslage vor der Kasse.

Holly holte tief Luft und nahm ihm den Riegel aus der fest zusammengedrückten Hand. »Nein, Schatz. Keine Schokolade. Die verträgt Ben doch nicht.« Normalerweise reagierte sie in Situationen wie dieser mit einem Spiel oder einer milchfreien Leckerei, aber sie hatte sich ablenken lassen, und nun musste sie den Preis dafür bezahlen.

Tränen traten in Toms Augen, und er strampelte zornig mit den Beinen. »Tom will Schoki!« Sein kleines Gesicht lief puterrot an, sein Heulen wurde immer lauter.

Cassie machte keinerlei Anstalten, sich diskret zurückzuziehen, und Holly hätte schwören können, dass mehr als nur ein Anflug selbstgefälliger Zufriedenheit in ihrem mitfühlenden Lächeln lag. »So schwer …«, murmelte sie.

Holly schluckte einen saftigen Fluch hinunter, ließ jede falsche Höflichkeit sausen und wandte Cassie den Rücken zu. Es nervte sie, dass sie in letzter Zeit all ihren Kampfgeist eingebüßt hatte. Offenbar hatte sie sich so daran gewöhnt, ihre Meinung bei der Arbeit wie zu Hause nie ungefiltert zu äußern, dass sich dieses Verhalten langsam aber sicher auf alle Lebensbereiche ausweitete.

Erneut atmete sie tief durch und schimpfte im Stillen wieder einmal heftig auf all die scheinheiligen Frauen, die glaubten, dass man unweigerlich eine schlechte Mutter war, wenn man arbeiten ging und Geld verdiente. Sie wäre mit Sicherheit eine weitaus schlechtere Mutter, wenn sie ihre Kinder nur mit Milos Hungerlohn durchbringen würde. Mit Kleingeld konnte man nun mal keine Bio-Idylle finanzieren.

Holly packte rasch ihre Einkäufe aufs Fließband, während Tom missmutig im Einkaufswagen vor sich hin quengelte. Marion, die an der Kasse saß und die Waren scannte, erfasste schlagartig die Situation, beugte sich vor und nahm ein Päckchen Chips aus der Auslage. »Verträgt Ben die hier?«, fragte sie. Holly nickte dankbar. Kurz darauf kauten die Kinder stumm, und Holly lud weiter den Wagen aus, dankbar, dass Marion die verbotenen Leckereien zuerst in den Einkaufstüten verstaute.

»Marion, hat Ihnen schon mal jemand gesagt, dass Sie ein Engel sind?« Holly lächelte.

»Ein oder zwei Mal«, flüsterte diese verschwörerisch, »aber ich kann das gar nicht oft genug hören. Ich bin so froh darüber, dass Sie nicht zum Internetshopping übergegangen sind wie so viele andere Mütter hier. Ich weiß, dass das mit kleinen Kindern sehr viel leichter ist, aber für unser Geschäft ist das sehr schlecht.«

Holly erwiderte nichts. Nur wenige Minuten zuvor hatte sie sich noch dafür verflucht, dass sie nicht organisierter war und sich ihr Leben per Lieferwagen zustellen ließ. Jetzt dagegen hatte sie den Eindruck, dass im Supermarkt einzukaufen ein wichtiger Punkt auf ihrer Wie-füge-ich-mich-in-die-neue-Gemeinde-ein-Liste war.

»Oje, ich muss mich beeilen! Meine Schwiegermutter kommt zum Essen …« Sie ließ den Satz verklingen, nickte Marion und Cassie zu und verfrachtete die Jungs vom Einkaufswagen ins Monstrum, das nun mit unzähligen Tragetaschen behängt war. »Auf Wiedersehen … und vielen Dank!«, rief sie und floh hinaus in den morgendlichen Sonnenschein.

Beinahe wäre sie mit dem Major zusammengestoßen, der dem Supermarkt seinen sonntäglichen Besuch abstattete, um seine Zeitungen zu kaufen. »Großer Gott, Herr Major, es tut mir so leid! Alles in Ordnung?«

»Es geht mir gut, meine Liebe, keine Sorge. Obwohl es schwer danach aussieht, als hätte dieser Kinderwagen die Oberhand, nicht Sie … Genau genommen sind Sie mein rettender Engel – vorausgesetzt, Sie haben eine Minute Zeit für mich?«

Tom und Ben rammten einander die Ellbogen in die Seiten und stritten sich darum, wer das Klopapier halten durfte. Ihr Gezanke wurde immer lauter. »Entschuldigung, Herr Major, was haben Sie gesagt?«

»Nun, ich hoffte, Sie könnten rasch einen Blick auf mein Bein werfen?« Der mit Orden dekorierte alte Herr fing an, seinen Mantel aufzuknöpfen. Im selben Augenblick flog das Vierlagige über das Verdeck des Monstrums und landete direkt auf der Tweed-Kappe des Majors. Dieser zuckte zusammen und wandte sich eilig ab. »Vielleicht sind Sie momentan doch etwas zu beschäftigt …«, sagte er noch über die Schulter.

»Wenn es dringend ist«, rief Holly ihm hinterher, »können Sie auch außerhalb der Sprechzeiten vorbeischauen. Rufen Sie einfach in der Praxis an und vereinbaren einen Sondertermin …« Aber der Major war bereits fort. Holly zuckte die Achseln. Sie hatte schon davon gehört, dass der alte Herr noch niemals im Ärztehaus aufgetaucht war. Er schien all die kleinen Unpässlichkeiten des Lebens mit Heilmitteln aus dem Supermarkt zu lindern und behelligte wegen größerer Dinge die medizinische Belegschaft, wann immer ihm einer der Ärzte über den Weg lief. Holly wollte sich nur ungern ausmalen, wie er ein mögliches Prostata-Problem handhaben würde.

Eilig hob sie die Klopapierrollen auf und legte sie auf die anderen Taschen, während die Jungs ein Tauziehen um Bens linken Schuh veranstalteten. »Also gut«, sagte sie mit strenger Stimme, »ihr zwei müsst offensichtlich Dampf ablassen. Wer hat Lust, im Stadtpark zu spielen?«

Der Jubel, der auf diesen Vorschlag folgte, hob Hollys Laune enorm. Sie schlug den Weg Richtung Kirche ein, hinter der der Park begann, eine wunderschöne grüne Oase.

»Guten Morgen, Reverend, guten Morgen, Dibley«, grüßte sie unterwegs munter.

»Guten Morgen, Dr. Graham«, erwiderte Reverend Taylor und betrachtete lächelnd die zappelnden Zwillinge. »Was für einen kessen Hut der junge Mann trägt!«

Reverend Taylor bückte sich und griff in den Wagen, während Dibley, ihr Terrier, begeistert um ihre Füße sprang. Als sich die Pastorin wieder aufrichtete, hielt sie einen riesigen Schlüpfer in den Händen. Rosa, mit kleinen Rosenknopsen, versehen mit einem Preisschild des Supermarkts. »Etwas aus Marions neuem Sortiment, und so wie es aussieht, nicht ganz die richtige Größe, wenn ich das so sagen darf.«

Hollys Gesicht lief dunkelrot an, als Reverend Taylor ihr die gewaltige Unterhose in die Hand drückte. Schlimm genug, dass ihre Kinder ganz offensichtlich etwas geklaut hatten, aber sich dann auch noch von der Pastorin dabei erwischen zu lassen! Nein, das war einfach zu viel. Gerade als sie zu einer langatmigen Erklärung ansetzen wollte, bemerkte sie, dass die Pastorin schmunzelte.

»Erst letzte Woche hat sich der kleine Dibley bei den Wurstbrötchen bedient und ist mit heiler Haut davongekommen. Ich bin mir sicher, dass Marion bei den Zwillingen ebenfalls ein Auge zudrücken wird.« Sie zwinkerte Holly zu und ging erneut vor dem Wagen in die Hocke. »Jungs, jetzt wisst ihr, dass man sich nicht einfach etwas nehmen darf. Um es wiedergutzumachen, gebe ich euch die gleiche Strafe wie Dibley. Jeder von euch muss drei gute Taten verrichten.«

Die Jungs nickten ernst. Als sich Reverend Taylor wieder aufrichtete, flüsterte Holly lautlos: »Vielen Dank.«

»Leider sieht es so aus, als habe Dibley unter einer guten Tat verstanden, die reinrassige Lurcher-Hündin der Hamptons zu besteigen. Kennen Sie jemanden, der gern einen Mischlingswelpen hätte? Ansonsten hat er eine Plastikflasche Heinz-Ketchup zerkaut, aber das ist nicht weiter von Belang …«

Holly und die Pastorin setzten sich in Bewegung und

hielten auf den Park zu, beide mit der Absicht, ihre Schützlinge müde zu kriegen. Für Reverend Taylor war das die einzige Möglichkeit, anschließend den Gottesdienst abhalten zu können, und für Holly die einzige Möglichkeit, den Besuch ihrer Schwiegermutter zu überstehen. Nun, das und der Pinot grigio.

Kapitel vierzehn

»Du siehst müde aus, Holly.«

Holly zwang sich zu einem Lächeln und wandte sich wieder dem Abwasch zu. »Gut möglich.« Die eigentliche Erwiderung blieb unausgesprochen in der Luft hängen.

»Nun, ich nehme an, das ist unvermeidbar. Normalerweise würde ich sagen, ein paar Tage in der Sonne täten dir gut, aber du hattest ja schon immer diesen leicht käsigen Teint. Du bist eben keine Sonnenanbeterin, stimmt's? Verständlich, bei deiner Haut. Genau der Typ altert besonders schnell, da ist es vermutlich besser, dass du dich von der Sonne fernhältst. Trotzdem, du siehst wirklich krank aus.«

Holly holte tief Luft. »Ja, das sagtest du bereits, Jean. Danke schön.«

»Tja«, fuhr die Schwiegermutter nachdenklich fort, offenbar zu sehr von sich eingenommen, um den Sarkasmus ihrer Schwiegertochter zu bemerken, »vielleicht solltest du dir etwas mehr Mühe geben. Ein paar Minuten früher aufstehen und etwas von diesem wundervollen Selbstbräuner auftragen, den es neuerdings im Handel gibt. Das würde dich bestimmt frischer wirken lassen.«

»Mit Sicherheit, Jean. Doch weißt du, wenn ich noch früher aufstehe, lohnt es sich erst gar nicht, überhaupt ins Bett zu gehen.«

»Na ja, ich denke auch an Milo, meine Liebe. Dir mag es ja egal sein, wie du aussiehst, aber wirft das nicht ein schlechtes Licht auf ihn? Schließlich« – sie kicherte mädchenhaft – »werden wir alle nicht jünger.«

Holly schloss fest die Finger um die Porzellanschüssel, die sie gerade abtrocknete. Die Schüssel war furchtbar hässlich und absolut unpraktisch, da sie nicht in die Spülmaschine passte, aber Milo bestand darauf, dass sie sie jedes Mal benutzten, wenn seine Mutter zu Besuch kam. Anscheinend sollte Jean sehen, dass sie das Hochzeitsgeschenk, das sie von ihr erhalten hatten, auch benutzten.

Holly stellte die Schüssel ab, bevor sie jemandem – Jean – ernsthaften Schaden damit zufügen konnte, und ging hinüber zum Küchentisch, an dem die Jungs saßen, bewaffnet mit Pinseln, Farbe und einem großen Stapel Papier. Sie waren eifrig damit beschäftigt, Farbe aufs Papier, ihre Schürzen und alles andere in ihrer Reichweite Befindliche zu schmieren. Holly lachte laut auf. »Gut so, ihr zwei. Noch fünf Minuten, dann ist es Zeit für ein Bad.« Sie griff nach einem Pinsel, tat es ihren Söhnen nach und schob ihre Verärgerung wegen Jeans biestigen Kommentaren beiseite – genau wie ihren Unmut darüber, dass Milo den ganzen Tag nicht mit seinen Söhnen gespielt hatte. Kein Wunder, dass ich eine schlechte Ehefrau bin, dachte sie zerstreut und umfuhr mit dem Pinsel die Kontur von Toms Hand. An erster Stelle bin ich Mutter, an zweiter Stelle Ärztin. Wann, fragte sie sich, war der Punkt »eine gute Ehefrau sein« auf der Prioritätenliste so weit nach unten gerutscht?

»Sagen Sie nichts«, flüsterte eine Viertelstunde später eine tiefe Stimme ins Telefon. »Hören Sie einfach nur zu.«

Holly, die Lizzies Stimme erkannte, versuchte, nicht loszuprusten. Den Hörer fest ans Ohr gedrückt betrachtete sie das Chaos im Wohnzimmer. Sie hatte nach dem Besuch im

Park viel Zeit mit Aufräumen und Putzen für den bevorstehenden Besuch verbracht, doch jetzt, da sie überall Zeitungen und leere Gläser entdeckte, wünschte sie sich, sie hätte sich die Mühe nicht gemacht. Beim nächsten Mal, so beschloss sie, würde sie stattdessen ein Schaumbad nehmen.

»In einer Minute können Sie alle möglichen Bemerkungen machen, aber zunächst bin ich eine Patientin in Nöten, und Sie müssen mir unbedingt einen Hausbesuch abstatten. Obwohl, eigentlich wäre ein gemeinsamer Besuch im Pub besser, Frau Doktor, denn wenn ich nicht binnen der nächsten halben Stunde aus besagtem Haus hinauskomme, werde ich eine Patientin in allergrößten Nöten sein!«

»Haben Sie Schmerzen?«, fragte Holly mit ihrer routinierten Arztstimme, auch wenn sie sich noch immer ein Lachen verkneifen musste. »Ist jemand bei Ihnen, der Ihnen helfen kann?«

»Es sind viel zu viele Leute bei mir, aber von denen hilft mir keiner – es sei denn, Sie verstehen unter Hilfe, mich in ein frühes Grab oder an den Hals einer Gin-Flasche zu treiben.« Lizzie schnaubte entrüstet. »Ich weiß auch nicht, was ich mir dabei gedacht habe, seine Eltern zu uns einzuladen. Als wäre es im Moment nicht hektisch genug. Aber jetzt muss ich da anscheinend durch.«

Holly konnte das Tohuwabohu am anderen Ende der Leitung hören, wo Lizzies drei Kinder offenbar um die Wii-Fernbedienung kämpften und ihr Mann sich mit seinen Eltern über dieses und jenes stritt.

»Wie schnell kannst du von zu Hause weg?«, flüsterte Lizzie. Im Hintergrund wurden Rufe nach Mum als Streitschlichterin laut.

»Wo steckst du?«, fragte Holly und musste jetzt doch kichern, was ihr umgehend einen neugierigen Blick von Milo eintrug. Er bereitete das Backgammon-Brett für ein

Spiel mit seiner Mutter vor und ignorierte eisern die Tatsache, dass seine Söhne verzweifelt um seine Aufmerksamkeit buhlten.

»Ich bin im Wäscheschrank! Wo sonst sollte ich an einem Sonntagabend ein bisschen Ruhe und Frieden finden? Mist! Mein Versteck wurde entdeckt. Pub. Neunzehn Uhr.« Ohne auf eine Antwort zu warten, legte Lizzie auf.

»Ich bin so schnell wie möglich bei Ihnen«, sagte Holly in die tote Leitung und legte ebenfalls auf.

»Lass mich raten …« Jean wirkte leicht mitgenommen, da sie recht große Mengen von Milos Wodka-Wackelpudding-Experiment verkostet hatte. Eifrig darauf bedacht, ihren Sohn bei seinen lukullischen Versuchen zu ermutigen, hatte sie kräftig zugelangt und behauptet, er stünde Heston Blumenthal in nichts nach. Holly war sich ziemlich sicher, dass selbst Heston, wenn es drauf ankäme, eine schnelle Portion Spaghetti bolognese zusammenrühren würde, aber Milo zog es vor, sich seine Energie für Kabinettstückchen aufzusparen, und schreckte vor allem zurück, was er als »profanen Fraß« bezeichnete, während der Rest der Welt »einfache Gerichte« dazu sagte. »Du musst arbeiten? An einem Sonntag?«

»Ja«, antwortete Holly schlicht, viel zu aufgeregt ob der Aussicht auf ein spontanes Treffen mit Lizzie, als dass sie sich von Jeans missbilligendem Blick aus der Fassung bringen ließ.

Jean wandte sich ihrem Sohn zu und bemerkte verschnupft: »Ich nehme an, dann musst du die Kleinen ins Bett bringen?« Sie schüttelte den Kopf. »Kein Wunder, dass du mit der Arbeit an deinem neuen Buch nicht vorankommst, wenn du zeitlich so sehr in Anspruch genommen wirst, Milo.«

Wäre Holly nach dem gemeinsamen Nachmittag nicht

ohnehin versessen darauf gewesen, ihrer Schwiegermutter – und insbesondere ihren ungefragten Meinungen – zu entkommen, so wäre dieser Moment spätestens jetzt gekommen. »Richtig, ihr zwei legt die Jungs bitte schlafen.« Sie kniete sich auf den Fußboden und knuddelte die Zwillinge, die bereits gebadet waren und in ihren Schlafanzügen steckten. »Noch zehn Minuten, okay? Dann bringen Daddy und Granny euch zu Bett.«

Jean schniefte empört, und plötzlich erschien das Teufelchen auf Hollys Schulter. »Granny wird euch eine lange Gute-Nacht-Geschichte vorlesen«, versprach sie und küsste die glatten, weichen Wangen ihrer Kinder, bevor sie sie noch einmal fest an sich drückte. Dann stand sie auf, griff nach ihrer Arzttasche und verließ das Haus.

Draußen lehnte sie sich an die Wand, schockiert über sich selbst. Sie konnte kaum glauben, dass sie an einem Sonntagabend einfach so das Weite gesucht hatte. Milo hatte ihr den Arztbesuch garantiert nicht ernsthaft abgekauft, aber aus einem unerfindlichen Grund war ihr das heute egal.

Als Holly den Marktplatz überquerte, fühlte sie sich besser, hauptsächlich weil sie bei jedem Schaufenster, an dem sie vorbeikam, davon träumte, was sie sich kaufen würde, wenn sie etwas Geld zur freien Verfügung hätte. Zwei ordentliche Einkommen, anstatt von ihrem Lohn alles allein bezahlen zu müssen. Was würde sie sich alles leisten können, wäre Milo endlich bereit, einer bezahlten Arbeit nachzugehen!

In einem Zustand moralischer Empörung traf sie am Pub ein, die Füße kalt in den uralten Uggs. Voller Groll dachte sie an die prächtigen schokofarbenen Lederstiefel im Schaufenster der Boutique am Marktplatz. Sie sahen warm und bequem und sehr, sehr teuer aus.

»Gott, das habe ich gebraucht«, sagte Holly anstelle einer Begrüßung, als sie ihre Freundin in einem Sessel am Kamin entdeckte, zwei Gin Tonic vor sich auf dem Tisch, darunter ein begeisterter Labradoodle. Sie zog ihren Mantel aus, kraulte Erics Ohren, der wie verrückt mit dem Schwanz gegen ihre Beine wedelte, dann ließ sie sich in den Sessel neben Lizzie sinken, die sie genauso übermütig anblickte wie der junge Hund.

»Lass uns den hier schnell austrinken, ich bestelle uns gleich eine neue Runde. Möchtest du vielleicht ein paar Pommes dazu haben?«

Holly nahm einen großen Schluck und nickte begeistert. Der Bombay Sapphire hinterließ eine brennende Spur in ihrer Kehle. »Klingt himmlisch«, stieß sie mit wässrigen Augen hervor und sah sich im Pub um. Im nächsten Moment entdeckte sie Taffy und Teddy, die an der Bar die Köpfe zusammensteckten und zu ihr herüberschauten.

Ohne ein Wort zu sagen, füllte Teddy ein großes Glas Wasser, kam zu ihnen geschlendert und stellte es zwinkernd vor Holly auf den Tisch. »Lassen Sie's langsam angehen, Dr. Graham, nicht, dass ihr zwei heute Abend noch Scherereien macht. Ihr wollt Pommes bestellen, habe ich das richtig verstanden?«

»O ja, bitte!«, rief Lizzie. »Mit jeder Menge Mayonnaise!«

Teddy wandte sich grinsend um und verschwand in der Küche. Holly sagte gar nichts, hauptsächlich weil ihr gerade erst bewusst wurde, dass sie in ihrer ältesten Skinny Jeans, einer Opa-Strickjacke und mit einem Kugelschreiber im Haar im Pub aufgelaufen war. Kein Wunder, dass Teddy ihr ein Glas Wasser hinstellte und darauf bedacht war, ihr einen anständigen Magenpuffer zu verschaffen – offenbar ordnete er sie bereits den Dorfkäuzen zu.

Als hätte sie ihre Gedanken gelesen, lehnte sich Lizzie

zurück und musterte Holly von Kopf bis Fuß. »Nettes Outfit. Was ist passiert?«

Holly zuckte die Achseln. »Ich bin eben Hals über Kopf aufgebrochen. Hätte übrigens wirklich jemand einen Blinddarmdurchbruch, würde ich mich bestimmt nicht erst aufbrezeln, bevor ich ihm zu Hilfe eile.«

Lizzie hob die Augenbrauen. »Ich nehme an, das hängt davon ab, *wer* einen Blinddarmdurchbruch hat. Wenn zum Beispiel der glorreiche Dr. Jones dort drüben medizinische Hilfe benötigte, würde ich mir an deiner Stelle zumindest einen Lidstrich ziehen. Warum starrt er dich eigentlich die ganze Zeit an?«

Holly drehte ihr Glas in den Händen, bevor sie den Mut aufbrachte, einen weiteren Schluck zu nehmen. »Er starrt mich nicht an, also hör du auf, *ihn* anzustarren.« Sie zögerte kurz und kämpfte gegen das Lächeln an, das unweigerlich auf ihre Lippen treten wollte. »Starrt er mich wirklich an?«

Lizzie nickte und beugte sich vor. »Warum wirst du plötzlich knallrot, Holly Graham?«

»Ähm, nun ja, er ist nett, und er hat mir geholfen, mich bei der Arbeit einzuleben, außerdem hat er mir neulich Morgen einen sehr guten Kaffee gebracht … Mist, glaubst du, ich habe ihn auf falsche Gedanken gebracht?«

»Herrgott, Holly! Ich hab doch bloß Spaß gemacht! Außerdem hast du mir gerade lauter Ausreden aufgetischt. Gibt es etwas, worüber du reden möchtest?«

»Nein«, erwiderte Holly mit fester Stimme. »Sei nicht albern. Es gibt nichts zu reden. Ich bin verheiratet.«

»Hm. Das scheint deinen Ehemann allerdings nicht davon abzuhalten, jeder Blondine auf dem Campus schöne Augen zu machen. Niemand würde dir zum Vorwurf machen, wenn du ein wenig mit dem attraktiven Doktor flirtest. Du musst zugeben, dass Taffy Jones allen Ansprüchen gerecht wird …«

»Milo ebenfalls«, beharrte Holly loyal, doch selbst in ihren eigenen Ohren klang ihre Stimme hohl und wenig überzeugend. »Was bringt es, Prinzipien zu haben, wenn man nicht danach lebt? Wir sind schließlich nicht alle so wie Henry Bruce!«

»Du hast recht«, räumte Lizzie leise ein und kippte, ohne mit der Wimper zu zucken, ihren Drink. »Darf ich fragen, wie seine Hoheit die Nachricht über die anstehenden Veränderungen bei der Arbeit aufgenommen hat?«

Holly erwiderte nichts.

»Holly? Du musst es ihm sagen! Vor allem, da die Möglichkeit besteht – und sei sie auch noch so gering –, dass du deinen Job verlierst.«

»Ich weiß.« Holly nippte an ihrem Gin Tonic. »Unter uns gesagt komme ich momentan mit seinem dramatischen Getue nicht zurecht. Also sage ich lieber nichts, bevor ich nicht Genaueres weiß. Je mehr ich darüber nachdenke, desto mehr komme ich zu dem Schluss, dass dieses Hin und Her um die neue Seniorpartnerschaft womöglich gar nicht so schlimme Folgen hat. Ich weiß, dass momentan jeder jedem an die Kehle springt, aber vermutlich wird sich das binnen einer Woche klären.« Holly hielt inne, dann fuhr sie fort: »Du hast doch auch mit Julia Channing zusammengearbeitet, oder nicht? Nun, sie ist keine einfache Persönlichkeit, und Henry Bruce ist für meinen Geschmack ein bisschen zu schleimig. Da bleibt doch nur eine Wahl: Dan Carter. Er hat meine Einstellung befürwortet, also muss ich mir wahrscheinlich gar keine Sorgen machen.«

Holly sah auf und stellte fest, dass ihre Freundin sie skeptisch beäugte. Lizzie war nicht umsonst Journalistin. Sie verfügte über die Fähigkeit, ihre Gesprächspartner völlig zu verwirren, was nicht selten dazu führte, dass diese sämtliche Geheimnisse ausplauderten, die sie eigentlich für sich behalten wollten.

»Was ist?«, fragte Holly schließlich. »Lizzie, wenn du etwas weißt, sag es mir bitte. Ich drehe noch durch wegen dieser Sache. Ich brauche den Job. Milo kann sich vormachen, so viel er will – wenn die Fakultätsleitung ihn wegen ungebührlichen Betragens in unbezahlten Urlaub schickt, rechnet sie nicht wirklich mit seiner Rückkehr, oder? Ich weiß, dass ich versprochen habe, hier mit ihm neu anzufangen, aber ich weiß einfach nicht, ob ich das schaffe. Er schwört mir nach wie vor, dass er unschuldig ist, dass die Studentin ihn missverstanden und er nie etwas mit ihr gehabt hat. Aber ich bin nicht dumm«, erklärte Holly mit düsterer Stimme. »Es gibt keinen Rauch ohne Feuer, und die Uni würde ihn nicht beurlauben, wäre an der Geschichte gar nichts dran.«

Lizzie zuckte bloß die Achseln. Sie hatten diesen Punkt mehr als einmal erörtert, und Holly hatte abwechselnd ihren Ehemann in Schutz genommen oder verflucht. »Willst du, dass ich ein paar Leute anrufe, um etwas herauszufinden? Ich kann ausgesprochen diskret sein. Du könntest ihn natürlich auch einfach noch mal fragen. Ihn in Zugzwang bringen.«

Holly krauste die Nase. »Ich sage dir doch, das bringt nichts, weil ich ihm eh nicht glaube.«

Lizzie fasste nach Hollys Hand. »Dann lauf. Lauf einfach weg! Ich dachte, *das* hättest du im Sinn gehabt, als du dich um die Stelle im Ärztehaus beworben hast. Ich bin nicht eine Minute davon ausgegangen, dass du ihn mitbringen würdest.«

»Ich habe ihn nicht meinetwegen ›mitgenommen‹«, erklärte Holly nüchtern. »Er ist der Vater meiner Söhne.

Wie sollte ich den Jungs je beibringen, dass ich ihren Vater aufgrund eines Gerüchts verlassen habe? Ich weiß, wie es ist, keinen Dad zu haben. Das kann ich den beiden unmöglich antun.«

»Holly, selbst du musst sehen, dass das etwas vollkommen anderes ist. Dein Dad hat dich geliebt – vergöttert, um genau zu sein –, und er ist gestorben. Milo interessiert sich nur für Milo. Er wird sich niemals ändern, egal, wie sehr du dir das wünschst. Weiß er überhaupt zu schätzen, dass du ihm eine zweite Chance gegeben hast, oder betrachtet er dich längst wieder als selbstverständlich und ignoriert die Jungs, wie er es immer getan hat?«

Hollys Schweigen war Antwort genug.

»Siehst du«, sagte Lizzie, frustriert, ihre mutige, lebensfrohe Freundin in diesem Zustand zu sehen. »Ich bestelle uns jetzt eine neue Runde, und du erzählst mir alles über diesen appetitlichen Dr. Jones. Ein Schaufensterbummel ist schließlich kein Verbrechen, oder?«

Holly drehte sich um und stellte fest, dass sich Taffy noch immer an der Bar herumdrückte. Teddy und er waren ins Gespräch vertieft, doch als er ihren Blick bemerkte, wandte er sich ihr zu, lächelte freundlich und nickte, bevor er weiter mit Teddy sprach. Mist, dachte Holly, als ihr Magen einen Purzelbaum schlug und sie sich mit aller Kraft an ihre Prinzipien klammerte. Was zum Teufel soll ich jetzt tun?

Die beiden Frauen verbrachten ein paar entspannte Stunden damit, die Welt in Ordnung zu bringen. Ehemänner, Kinder, Arbeit, Klamotten – wie Schmetterlinge taumelten sie durch ihrer beider Leben, wie es nur Freundinnen können, die schon so manche Höhen und Tiefen miteinander durchgestanden haben.

Holly und Lizzie waren seit der Uni miteinander befreundet, sie konnten sich kaum noch an die Zeit davor erinnern, als sie noch nicht miteinander gelacht oder sich bei der anderen ausgeheult hatten. Das Wichtigste aber war, dass sie sich gegenseitig auf die uneingeschränkte Unterstützung verlassen konnten. Holly schätzte Lizzies freimütige Art und ihren respektlosen Esprit, aber sie wusste auch, wie verletzlich Lizzie sein konnte, schaute man hinter die Fassade aus perfekter Karriere, perfektem Äußeren und perfektem Selbstvertrauen. Lizzie unterdessen tat alles, was sie nur konnte, um dem Schaden entgegenzuwirken, den Milo an Hollys Selbstwertgefühl anrichtete, und nutzte jede Gelegenheit, um die lustige, quirlige Seite ihrer Freundin zu neuem Leben zu erwecken.

Eric wiederum festigte das Band noch, das die beiden Freundinnen zusammenhielt. Er liebte sie beide von ganzem Herzen und hatte sein unverwechselbares Jaulen ganz allein für Lizzie und Holly reserviert. Holly behauptete, er würde versuchen, »Ich liebe dich« zu sagen, aber Lizzie bestand darauf, dass er Eric Claptons Klassiker »Layla« sang. Ihrer Ansicht nach war es deshalb nur logisch gewesen, ihn nach dem berühmten Sänger zu benennen, obwohl viele der Bewohner von Larkford bemerkten, dass Eric ein ungewöhnlicher Name für einen Hund sei. Holly war das egal. Sie liebte ihn abgöttisch, ganz gleich, wie er hieß.

»Hab ich dir schon erzählt, dass wir wegen Archies Einschulung nach Charrington gefahren sind?«, fragte Lizzie, ihren Gin Tonic umrührend. »Drei Stunden lang Eignungstests, und das bei einem Fünfjährigen! Das Ganze war eine reine Farce. Ich dachte, wir würden die richtige Wahl treffen, obwohl wir die Frechheit besaßen, ohne einen einflussreichen Familiennamen in dieser exklusiven privaten Jungenschule aufzutauchen …«

Holly lachte auf, gleichermaßen amüsiert wie fasziniert. »Ich bin mir sicher, du hättest da etwas drehen können.«

»Nein«, erklärte Lizzie mit Nachdruck. »Das Ganze war eh eine Schnapsidee von Will. Ich bin dafür, dass man uns nimmt, wie wir sind, oder gar nicht.«

»Und, wie war's?«

»Nun, um ehrlich zu sein, zählt Archie nicht unbedingt zu der akademischen Elite, auf die sie dort aus sind. Der kleine Junge vor uns hatte ein Portfolio mit seinen Arbeiten dabei, das muss man sich mal vorstellen! Die haben Archie nach der Motivation von Christopher Robin gefragt, als dieser sich auf die Suche nach Winnie Puh macht!«

»Und was hat Archie geantwortet?«, fragte Holly gespannt.

Lizzie verzog das Gesicht. »Tja, was soll ich sagen? Er ist fünf. Er kann nicht lesen, kann nicht schreiben, und er wäre gern ein Dinosaurier …«

Holly schlug die Hand vor den Mund, um nicht laut loszuprusten und Lizzie eine unfreiwillige Gin-Tonic-Dusche zu verpassen. »Dann wird es für ihn wohl nichts mit Charrington? Wie sieht es denn bei Jack aus?«

»Wir haben Jacks Termin abgesagt. Selbst wenn mir Archies Eignungstests nicht den Rest gegeben hätten, dann hätten es all die perfekten, glamourösen Mamis getan. Wer will schon unter einem solchen Druck leben?« Wie immer ignorierte Lizzie die Tatsache, dass sie genau zu diesen perfekten, glamourösen Mamis zählte und die meisten dieser Frauen in den Schatten stellte, selbst wenn sie beschließen sollte, in einem Müllsack aufzukreuzen.

»Wenn wir schon von außer Rand und Band geratenen

Müttern sprechen«, bemerkte Holly, »ich hab ganz vergessen, dir zu erzählen, dass ich heute früh im Supermarkt Cassie begegnet bin. Sie hat sich ausführlich über Ernährung ausgelassen, und ich stand mit meinem Einkaufswagen voller Karamellriegel und Billigwein da. Und dann hat Tom einen Wutanfall bekommen, weil ich ihm keine Schokolade kaufen wollte.«

»Wie du auch entscheidest – richtig ist es nie. Wenn du das Zeug im Haus hast, ist es unfair Ben gegenüber. Wenn nicht, hat Tom das Nachsehen. Wie geht es Ben eigentlich? Er wirkte am Freitag im Kindergarten ein bisschen traurig.«

»Ach Lizzie, ich weiß gar nicht, wo ich anfangen soll.« Holly begann, ihre Papierserviette in kleine Streifen zu reißen. »Kurz bevor wir umgezogen sind, habe ich ein paar zusätzliche Tests vornehmen lassen – du weißt schon, auditive Wahrnehmung, Allergien, alles Mögliche … Ich habe es so satt, mir ständig anzuhören, ich müsse mir keine Sorgen machen, dabei spüre ich ganz genau, dass eher das Gegenteil der Fall ist.«

Lizzie schwieg für einen Augenblick. »Und ist bei diesen Tests irgendetwas herausgekommen? Etwas, womit du arbeiten kannst?«

»Nein«, antwortete Holly, und ihre Stimme brach vor Erschöpfung und Frustration. Sie ließ die zerrupfte Serviette fallen und vergrub die Finger in Erics Fell. »Sämtliche Tests führen zu dem Ergebnis, dass er ein gesunder kleiner Junge mit einer Kuhmilchallergie und einer verzögerten sozialen Entwicklung ist. Der Gesundheitsbeauftragte ist der Ansicht, dass die von ihm gezeigten Symptome nicht ausgeprägt genug sind, um ihn als Autisten einzustufen, und ich muss sagen, dass ich derselben Meinung bin. Trotzdem … Manchmal hat er eine ganze

Reihe von guten Tagen. Letzte Woche habe ich ihn zu diesem Hörtest geschleppt, und wir haben eine wunderschöne Zeit in Bath verbracht, nur wir beide. Dann fragt man sich natürlich, ob er vielleicht eifersüchtig auf Tom ist. Oder ob er einfach nur den Kindergarten so sehr hasst. Womöglich reagiert er auch so, weil ich wieder Vollzeit arbeite?« Sie schluckte. »Ich sage dir, Lizzie, das treibt mich noch in den Wahnsinn.«

»Mist«, stellte Lizzie mitfühlend fest. »Du Arme. Aber du solltest unbedingt aufhören, an dir selbst zu zweifeln. Ben ist ein prächtiger kleiner Junge. Milo stärkt dir doch wenigstens in dieser Hinsicht den Rücken?«

Einen Augenblick lang herrschte unbehagliches Schweigen. Holly nahm einen kräftigen Schluck Gin Tonic, dann lachte sie bitter auf. »Nicht dass ich etwas davon bemerken würde. Hätte ich drei Wünsche frei, so wäre der erste, dass Milo sich mehr einbringt, der zweite, dass seine Mutter sich weniger einbringt, und der dritte, dass ich einen dicken Lottoriegewinn einstreiche, um zu Hause bei meinen Jungs bleiben zu können.«

Lizzie riss erschrocken die Augen auf. »Das meinst du doch nicht ernst? Wie oft haben wir darüber gesprochen, dass es wichtig ist zu arbeiten, seine eigene Identität zu bewahren … Holly? Nun sag schon: Das kannst du doch nicht ernst meinen! Weißt du noch, wie du gesagt hast, du wolltest niemals eine von diesen hohläugigen, am Boden zerstörten Frauen sein, die zum Arzt rennen und Antidepressiva verschrieben bekommen wollen, weil ihre Kinder von zu Hause ausziehen? Arbeit und Selbstständigkeit sind es wert, ein paar Opfer zu bringen, oder etwa nicht?«

Holly sah auf. »Du hast natürlich recht, außerdem sollte ich wirklich nicht so viel Gin trinken. Der Alkohol macht mich immer weinerlich. Aber … all diese Ideale sind großartig, solange es deinem Kind gutgeht. Ansonsten … Ich würde alles dafür geben, wenn mein kleiner Junge einen Raum betreten, allen in die Augen schauen und mit jemand anders als seinem Zwilling kommunizieren würde – ach, was sage ich da? Es wäre schon ein Fortschritt, wenn er überhaupt reden würde!«

Sie schwiegen für einen Augenblick, dann holte Holly bebend Luft. »Ich muss mich irgendwie selbst wiederfinden, Lizzie. Weißt du, was Jean vorhin zu mir gesagt hat? Sie behauptete, wenn ich aufhören würde, die ganze Zeit nur an die Jungs und an meine Arbeit zu denken und stattdessen ab und an ein nettes Kleid anzöge, ginge es meinem Ehemann nicht ganz so elend! Kannst du das glauben?«

Lizzie nickte und rümpfte ihr perfektes Näschen. »Auch auf die Gefahr hin, dass du mich hasst – ich glaube dir das sofort. Ich meine mich sogar zu erinnern, dass meine Mum nach Jacks Geburt in etwa dasselbe zu mir gesagt hat. Und obwohl ich es nur ungern zugebe, Holly, in meinem Fall hatte sie auf gewisse Weise sogar recht. Ich war so auf die Kinder und meinen Job fokussiert, dass ich Will zu einer Art Untermieter degradierte. Weil ich so schrecklich erschöpft und gereizt war, habe ich ihm überhaupt keine Aufmerksamkeit mehr geschenkt.«

Holly knabberte an den köstlichen salzigen Pommes, die sie sich teilten. »Dann muss ich mir also mehr Mühe geben?«

»Oh, nein, nein! Das habe ich nicht gesagt, und ich rede auch nicht von großen Veränderungen. Ein paar minimale Optimierungen hier und da … Da du so versessen darauf bist, wider besseres Wissen an deinen Prinzipien festzuhalten und die Sache mit Milo durchzuziehen, wäre es einen Versuch wert. Geh zum Frisör, zieh ein hübsches Kleid an und geh mit deinem Mann zum Essen aus. Wenn du willst, mache ich den Babysitter.« Lizzie schmunzelte. »Der perfekte Vorwand, meinen eigenen Kids zu entkommen.«

Auch Hollys Mundwinkel wanderten unwillkürlich in die Höhe. »Na ja, ein neuer Haarschnitt wäre sicher nicht verkehrt.« Im Geiste ging sie ihre Garderobe durch. »Außerdem brauche ich entweder ein neues Kleid oder eine schlankere Figur. Man sollte nicht meinen, dass die paar Pfunde so einen Unterschied machen, wenn es darum geht, Reißverschlüsse zu schließen. Aber ich hab keine Lust, bei den Weight Watchers mitzumachen. Schon gar nicht, wenn ich weiß, dass die Hälfte der Frauen nur dort sind, weil ihnen jemand von der Praxis aufgetragen hatte abzunehmen.«

»Dann eben der Haarschnitt«, beschloss Lizzie, »und vielleicht noch ein paar Pommes, während wir überlegen, auf welche Diät wir dich setzen.«

Holly lachte, bis ihr der Gin Tonic aus der Nase kam, was wiederum Lizzie losprusten ließ. Sämtliche Gäste starrten zu ihnen herüber, aber niemand schien sich daran zu stören, dass sie sich so albern aufführten. Teddy war froh, dass an einem Sonntagabend ein bisschen Leben im Pub war, und zwei hübsche junge Frauen, die sich amüsierten, kamen ihm da gerade recht. Der Major starrte auf Lizzies perfekte Knöchel, die sie enthüllte, als sie sich in ihrem Sessel zurücklehnte, und Taffy starrte Holly an, die sich entspannte und Spaß hatte. Es war ein Anblick, an den er sich mühelos hätte gewöhnen können.

Kapitel fünfzehn

Am nächsten Morgen rieb Holly ihre schmerzenden Schläfen, insgeheim Lizzie, Bombay Sapphire und ihre eigene Willenlosigkeit verfluchend. Das Schicksal war grausam, befand sie. Ja, sie hätte es besser wissen müssen. Hätte an einem Sonntagabend nicht lange aufbleiben und sich schon gar nicht darauf verlassen dürfen, dass Milo die Zwillinge pünktlich zu Bett brachte. Der dritte Drink war zudem eindeutig ein Fehler gewesen, offenbar vertrug sie Alkohol nicht mehr so gut wie früher. Von Lizzie konnte man das nicht behaupten, sie hatte zu Hause noch eine Flasche Rotwein öffnen wollen, während Holly auf Tee, Schokolade und Kopfschmerztabletten umgeschwenkt war.

»Es hatte gestern Abend den Anschein, als hättest du dich prächtig amüsiert«, bemerkte Taffy, der seine Jacke aufhängte und einen Blick auf seinen morgendlichen Terminplan warf. »Wie geht es deinem Kopf?«

Holly stöhnte. »Frag nicht. Bring mich lieber einfach um. Aber leise!« Sie schenkte sich Kaffee nach und wandte sich ab, um seinem mitfühlenden Blick zu entkommen. In seinen Augen stand so große Zuneigung, dass Holly ein kleiner Schauer das Rückgrat hinablief. Aber vielleicht hatte sie sich auch bloß einen Infekt eingefangen und würde die nächsten Tage mit Fieber und heißer Zitrone im Bett liegen.

Sie schüttelte den Kopf über ihre eigene Dummheit, was sie sofort bereute. Tat das weh! Wie albern, sich in Krankheit flüchten zu wollen, anstatt einfach zu der Wahrheit zu stehen!

Sie war völlig übernächtigt und hatte einen riesigen Kater.

So simpel war das.

Zudem war sie aber auch noch ziemlich entnervt, und die Gründe dafür waren etwas komplizierter.

Sie lehnte sich gegen die Anrichte im Aufenthaltsraum und sah zu, wie Taffy seinen Kaffee zubereitete: drei Stück Zucker, zwei Teelöffel Nescafé und ein ordentlicher Schuss Sahne aus dem Kühlschrank.

»Was ist? Ich hab Hunger«, rechtfertigte sich Taffy, als er den Ausdruck auf Hollys Gesicht bemerkte. »Bevor du nicht probiert hast, solltest du dir kein Urteil bilden.« Er hielt Holly die Tasse hin. »Na los, trink. Das ist mein patentiertes Katermittel, an deiner Stelle würde ich dazu nicht Nein sagen.«

Holly nahm einen vorsichtigen Schluck. Fast rechnete sie damit, dass ihr die Schokolade wieder hochkam, aber zu ihrer Überraschung tat ihr Taffys dicke Brühe gut. »Tja«, erwiderte sie ausweichend, nicht bereit, sich so leicht geschlagen zu geben, »es ist nicht gerade ein Schinkensandwich …«

Taffy grinste bloß, nahm eine zweite Tasse aus dem Regal und bereitete ein weiteres Anti-Kater-Gebräu zu. »Jetzt trink schon«, forderte er Holly auf, mit dem Kinn auf die Tasse deutend, die sie in der Hand hielt. »Das ist für dich. Zum Dank könntest du mir verraten, worüber Lizzie und du gestern Abend gelästert habt. Du kannst ruhig ehrlich sein. Ich hab ein dickes Fell. Es ging um meine Jeans, stimmt's?« Er verzog keine Miene.

Holly dagegen musste unweigerlich lachen, wenn sie an das abgewetzte, schäbige Ding dachte, das ganz offensichtlich seine Lieblingsjeans war. »Ertappt«, kicherte sie. »Lizzie wird sich nachher bei dir melden, um einen Termin für ein Fotoshooting mit dir und deiner Hose auszumachen.« Sie versuchte, nicht daran zu denken, wie sich der weiche, abgetragene Jeansstoff an Taffys durchtrainierte Schenkel schmiegte, so perfekt, dass Lizzie heimlich mit ihrem iPhone ein Foto geschossen hatte.

»Wer den Schaden hat, braucht für den Spott nicht zu sorgen«, bemerkte er und versuchte, betroffen und verletzt zu wirken. »Schließlich kann nicht jeder von uns aus dem Bett fallen und dennoch umwerfend aussehen, Dr. Graham.« Ein freches Grinsen auf den Lippen verließ er den Aufenthaltsraum. Holly sah ihm nach, vergeblich nach einer schlagfertigen Erwiderung suchend. Er konnte unmöglich sie gemeint haben, oder? Vielleicht sollte er sich einem Sehtest unterziehen.

Nachdem sie mehrere Stunden den guten Engel für ihre kranken Patienten gespielt und sich zudem den Simulanten und Hypochondern gewidmet hatte, fragte sich Holly, ob sich die These, sie hätte es im Ärztehaus leichter als bei ihren Schichten in der Notaufnahme, tatsächlich bestätigen ließ. Ja, die Atmosphäre war intimen Offenbarungen zuträglicher, aber die Geschichten, die sie in Larkford erzählt bekam, unterschieden sich im Grunde nicht von denen in Reading. Im Gegenteil – es kam Holly so vor, als behandle sie dieselben Patienten, nur dass diese zum Arzt gingen, bevor eine Einweisung in die Klinik vonnöten war.

Taffys Gebräu hatte Wunder bewirkt, und Holly konnte nicht leugnen, dass seine Nähe ihren Job angenehmer gestaltete. Als sie ins Ärztehaus wechselte, hatte sie gefürchtet, dass ihr der wundervolle schwarze Humor fehlen würde, der das Team der Notaufnahme durch so manche schwierige Zeit getragen hatte. Ihre Kollegen und sie hatten einen ganz eigenen Sinn für Kameradschaft und Stoizismus entwickelt, was Holly sehr zupasskam.

Sie hatte bereits festgestellt, dass Dan und Taffy eine ähnliche Haltung an den Tag legten. Zum Glück schienen die anderen im Team sich dem anzuschließen – mit Ausnahme von Julia Channing und Henry Bruce.

Selbst George Kinglsey hatte sich als lustiger Kauz entpuppt. Erst heute Morgen hatte Holly ihn dabei ertappt, wie er mit einigen Cerclage-Pessaren in einer großen Edelstahlschüssel voll Wasser Entchen spielte. Anscheinend war er noch tollpatschiger als sie, da er in seiner Verlegenheit eine Schale mit Zungenspateln umstieß.

Laut Grace hatte er erst vor kurzem das anatomische Modell eines Knies zerbrochen und sich um ein Haar selbst eine Insulinspritze verpasst, mit der er aus Nervosität oder Zerstreutheit gespielt hatte – seine Ruhestandspläne machten ihm offensichtlich zu schaffen.

Die Nachmittagssprechstunde hatte begonnen. Holly steckte den Kopf ins Wartezimmer. »Martin Lane? Wenn Sie mir bitte folgen würden …« Holly ging voran zu ihrem Sprechzimmer und hielt dem Patienten die Tür auf. Martin Lane wirkte abgehärmt und gebrechlich. Holly zog ihren Schreibtischstuhl heran, um dichter bei ihm zu sitzen.

»Was ist los, Martin?«, fragte Holly den blassen Mann. »Haben Sie in den letzten Wochen viel abgenommen?« Sie beugte sich vor, um ihn genauer ins Auge zu fassen, und stellte schuldbewusst fest, dass ihr dieser Fall nach einem Vormittag voller Ohrenentzündungen und Pilzinfektionen wie eine willkommene Herausforderung erschien.

Martin nickte. »Ich fühle mich ziemlich angeschlagen, Dr. Graham. Zunächst dachten wir, die Enkel hätten mich mit einem grippalen Infekt angesteckt, aber die sind inzwischen alle auf dem Weg der Besserung, ich allerdings nicht.«

»Welche Symptome hatten Sie, als Sie an einen grippalen Infekt dachten?«, erkundigte sich Holly mitfühlend.

Martin rieb sich die Stirn. »Nun, die Kleinen haben alle gehustet und geniest, aber ich hatte starke Gelenkschmerzen, schreckliches Kopfweh und war völlig erschöpft …« Seine Worte verklangen, als koste ihn allein das Sprechen große Mühe. »Seitdem kann ich nicht mehr arbeiten, nicht mehr essen … bin einfach nicht in Form.«

Während Martin sprach, machte sich Holly Notizen. »Hm, Sie haben sich in dieser Saison gegen die Grippe impfen lassen, nicht wahr?«

»Und nun stellt sich heraus, dass das wohl reine Zeitverschwendung war.«

»Es gibt verschiedene Arten von Grippe, Martin, aber was Sie beschreiben, klingt so allgemein, dass es auf fast alles schließen lässt. Ist Ihnen sonst etwas Außergewöhnliches aufgefallen? Sind in der Familie irgendwelche Krankheiten bekannt? Hat sich Ihre tägliche Routine verändert?«

Martin zuckte die Achseln, als widerstrebte es ihm, das Ausmaß seiner Erkrankung einzugestehen. Blinzelnd drängte er die Tränen zurück, die ihm unweigerlich in die Augen traten. »Entschuldigung, Frau Doktor, ich habe im Moment ein wenig nahe am Wasser gebaut … Es liegen elende Wochen hinter mir, in denen ich kaum schlafen konnte. Ich fühle mich total ausgelaugt und traue mich kaum, meinen neugeborenen Enkel auf den Arm zu nehmen, falls ich ansteckend bin …« Seine Stimme brach. Holly reichte ihm diskret ein Taschentuch.

Inzwischen kam es ihr so vor, als sei das ihre Hauptaufgabe als Allgemeinärztin: Taschentücher an weinende Patienten zu verteilen. Die meisten Menschen schienen zu warten, bis sie mit ihrer Weisheit am Ende waren, bevor sie sich in Behandlung begaben. Da so viele Medikamente rezeptfrei erhältlich waren, war das kein Wunder. Kaum jemand war sonderlich versessen darauf, stundenlang in einem bazillenverseuchten Wartezimmer zu sitzen – eine Ausnahme waren da nur die eingebildeten Kranken. Die EK, wie Taffy sie nannte, waren extrem leicht zu beeinflussen, und eine einzige Folge der BBC-Dokumentarsendungen *Panorama* oder *Horizon* konnte dazu führen, dass das Wartezimmer übervoll war.

Sie ließ Martin weiterreden, während sie seine Temperatur maß sowie Ohren, Hals und Blutdruck überprüfte. Sie tastete ihn nach geschwollenen Drüsen ab und gab ihr Bestes, sich nicht anmerken zu lassen, wie erschrocken sie war über die geschwollenen Lymphknoten in seiner Armbeuge und an den Halsseiten.

Der Patientenakte konnte sie entnehmen, dass Martins Vater vor kurzem an Leukämie gestorben war. Holly hoffte inständig, dass sich dieser Fall nun nicht wiederholte. Martin war zwar kein junger Mann mehr, aber bislang war er gesund gewesen.

Holly beugte sich vor, die Ellbogen auf die Knie gestützt. »Helfen Sie mir, Martin. Hatten Sie vorher schon Halsschmerzen? Ohrenschmerzen?«

Martin schüttelte den Kopf. »Es ging mir rundherum gut. Ich hab meiner Jüngsten geholfen, ihr neues Geschäft aufzubauen, und dann *bamm* – hat es mich plötzlich umgehauen. Ich dachte zuerst, es läge am frühen Aufstehen. Dass ich es nicht mehr gewohnt sei, den Tag so früh zu beginnen.«

Holly erhob sich, deckte die Behandlungsliege mit Papier ab und half Martin auf die Füße. »Jetzt legen Sie sich erst einmal bequem hin, ich untersuche Sie und nehme Blut ab, und dann besprechen wir, welche Schritte wir als Nächstes unternehmen. Ein Arzt aus unserem Team hätte Ihnen auch einen Hausbesuch abstatten können, Martin. Sie hätten bloß darum bitten müssen.«

»Ich wollte Ihnen keinen Umstände machen«, erwiderte dieser.

Holly nahm ihm Blut fürs Labor ab und hoffte, dass Grace sie nicht tadelte, weil diese Arbeit eigentlich Sache der Arzthelferinnen war. Hollys Ansicht nach wäre es aber Quälerei gewesen, den angeschlagenen Mann quer durchs Gebäude zur Blutabnahme zu schicken. Während sie einen Tupfer auf die Einstichstelle in seiner Armbeuge drückte, erzählte Martin von dem wundervollen neuen Laden seiner Fiona und wie stolz er auf ihr großes Engagement sei.

Im hellen Licht der Untersuchungslampe drehte Holly Martins Arm hin und her, um seine Haut unter dem dichten schwarzen Haar zu betrachten, das offenbar seinen ganzen Körper bedeckte. »Wann sind diese Knötchen aufgetreten?«

Martin blickte auf seinen Arm. »Oh, das erste habe ich vor ungefähr einem Monat bemerkt. Ich dachte, es wäre ein kleiner Abzess. Aber dann kamen nach und nach immer mehr. Fiona verbot mir daraufhin, die schweren Kisten zu tragen. Ich bin offensichtlich nicht mehr so in Form wie früher.«

Holly betrachtete die Knötchen genauer, die sich von Martins Handgelenk bis zum Ellbogen erstreckten. Manche waren rosa, manche lila, manche nässten. Sie zerbrach sich den Kopf nach einem Ansatz, aber ihr wollte partout nichts einfallen. »Wir schicken das Blut ins Labor, Martin, und bis wir ein Ergebnis haben, verschreibe ich Ihnen etwas für diese Knötchen. Haben Sie irgendeine Idee, was der Auslöser dafür gewesen sein mag?«

»Nein. Wie ich schon sagte, ich habe nichts anderes getan, als Fiona in ihrem Laden zu helfen.«

Holly druckte ein Rezept aus. »Ich werde Sie anrufen, sobald die Laborergebnisse vorliegen. Sollte sich Ihr Zustand in irgendeiner Form noch verschlechtern, melden Sie sich bitte umgehend bei mir.«

Martin nickte und stand auf. »Wenn Sie ein paar Blumen fürs Wartezimmer brauchen, geben Sie Fiona Bescheid. Sie würde sich sehr darüber freuen. Mein Mädchen ist eine großartige Floristin, die beste weit und breit.«

Bei diesen Worten machte es in Hollys Kopf plötzlich *klick,* und sämtliche Puzzleteile fügten sich zusammen. Eilig sagte sie: »Martin, nehmen Sie bitte noch einmal Platz. Sie haben eine Sporotrichose. Sie haben sich an einem Rosendorn gestochen, als Sie Ihrer Tochter geholfen haben, richtig?«

Martin sah sie perplex an. »Ja, das stimmt. Aber was hat das mit meiner Erkrankung zu tun? Das ist doch schon Wochen her!« Er blickte auf seinen Unterarm und strich mit der Fingerspitze über den Knoten auf seinem Daumen, der ein tiefes Violett angenommen hatte.

Einen Seufzer der Erleichterung ausstoßend zerriss Holly das Rezept, das sie Martin ausgestellt hatte. »An den Dornen sitzen Schimmelpilzsporen, die wirklich unangenehme Infektionen hervorrufen können, sobald sie unter die Haut gelangen. Wenn man sie nicht früh genug bekämpft, kann es wirklich ernst werden, Martin. Wir warten also die Blutergebnisse ab, dann werde ich mit meinen Kollegen Rücksprache halten, ob wir sie überweisen müssen, doch bis es so weit ist, nehmen Sie bitte diese Jodtabletten. Ein Antimykotikum wäre ebenfalls angebracht.«

Holly besprach mit Martin die geplante Behandlung und teilte ihm mit, worauf er achten musste. Es durfte unter keinen Umständen zu einer Entzündung des Zellgewebes kommen. Während des Gesprächs dankte Holly im Stillen dafür, dass Martin eine solche Plaudertasche war, sonst wäre sie niemals zu dieser Diagnose gekommen.

Eins zu null für das Ärztehaus, dachte Holly, als sie spürte, wie ihr Magen vor Aufregung zwickte und sie daran erinnerte, wie sehr sie ihre Arbeit liebte – die Herausforderung, die einzelnen Puzzleteilchen richtig zusammenzufügen. Jetzt wusste sie mehr denn je, dass sie die richtige Entscheidung getroffen hatte.

»Du siehst aus wie eine Katze, die soeben die Sahneschüssel ausgeschleckt hat«, stellte Grace fest, als Holly in ihrem Büro vorbeischaute.

Holly zuckte die Achseln. »Ein Glückstreffer, das ist alles.«

Grace nickte. »Ja, an manchen Tagen läuft es rund … Ich muss sagen, George und ich sind begeistert, wie hervorragend du dich innerhalb so kurzer Zeit einfügst. Als wärst du schon seit Jahren hier. Ich weiß, dass er sich sorgt, wie sein kleines Team ohne ihn zurechtkommen soll. Unter uns gesagt: Bei diesem Hickhack um seine Nachfolge hoffe ich ernsthaft, dass er sich und seinen Vorstellungen treu bleibt. George ging es nie darum, hier in der Praxis das große Geschäft zu machen, – ihm ist es wichtiger, dass jeder Patient seiner Person und Krankheit entsprechend angemessen behandelt wird. Daher ist es für jeden, der ihn kennt, der logische Schluss, dass Dan seine Nachfolge antritt. Doch offensichtlich möchten auch Julia und Henry ihr Stück vom Kuchen abhaben.« Grace seufzte. »Wäre Dan doch bloß besser in Form, dann wäre das alles kein Thema.«

Holly fragte sich, ob Grace ihr diese Informationen überhaupt anvertrauen durfte. Nicht dass sie es nicht wissen wollte, zumal sie buchstäblich auf glühenden Kohlen saß, aber sie wollte nicht, dass Grace ihre Worte später bereute.

Doch Grace redete weiter, sichtlich erleichtert, ihre Sorgen jemandem anvertrauen zu können. »Für mich besteht kein Zweifel daran, dass Dan für den Posten als Seniorpartner der geeignetste Kandidat ist. Henry wäre meines Erachtens ohnehin in einer Privatpraxis glücklicher. Er liebt entsprechende Boni. Und Julia … tja, ich kann mich des Eindrucks nicht erwehren, dass sie nicht gerade zur einfühlsamen Allgemeinmedizinerin geboren ist … Sie gäbe eine perfekte Chirurgin ab, findest du nicht?«

Holly lachte, da Grace' Bemerkung absolut zutraf. Julia war in der Tat prädestiniert für den Job eines Chirurgen. Ausgesprochen intelligent und lösungsorientiert gab es für Julia nur schwarz und weiß. Finde das Problem. Richte das Problem. Geh nach Hause. Vermeide um jeden Preis, mit deinen Patienten zu reden oder gar in die Tiefe zu gehen. Jetzt, da Grace diesen Gedanken ausgesprochen hatte, fragte sich Holly, warum ihr das nicht selbst eingefallen war. »Du hast ja so recht, Grace. Sie hat ihre Berufung offenbar verfehlt.«

Grace zuckte die Achseln. »Na ja, ich glaube nicht, dass ich vertrauliche Mitteilungen preisgebe, wenn ich sage, dass Julia von der Barnard-Uniklinik zu uns gekommen ist. Sie hat unter Anleitung von Professor Wyley operiert, aber sie hat überraschend gewechselt, hatte offenbar beschlossen, dass die Chirurgie nicht das Richtige für sie ist, weiß der Teufel, warum.«

»Wow«, sagte Holly, der klar wurde, dass dieses kleine Informationshäppchen eine Erklärung für Julias herablassendes Verhalten war. Zwar war Julia nun Allgemeinärztin, aber dieser Beruf war für sie nur die zweite Wahl.

Holly dachte an die Zeit zurück, in der ihre Arbeit in der Klinik so stark mit ihrem Familienleben kollidierte, dass sie beschloss, einen Gang zurückzuschalten. Was sie mit dem Wechsel in die Allgemeinarztpraxis getan hatte. Sie errötete leicht, als ihr bewusst wurde, dass sie insofern tatsächlich etwas mit Julia Channing gemein hatte, auch wenn die Gemeinsamkeiten an dem Punkt auch schon wieder endeten. Holly war stolz darauf, Allgemeinärztin zu sein, und sie war fest davon überzeugt, dass George Kingsley recht hatte: Dieser Beruf war in der Tat eine Berufung – sie waren, wie er bei ihrem Vorstellungsgespräch gesagt hatte, die Infanteristen, die an vorderster Front für die Gesundheit und das Wohlergehen der Familien kämpften. Oder so ähnlich. Beim nächsten Mal, beschloss sie, würde sie George besser zuhören, anstatt wie so oft einfach abzuschalten.

Erschrocken stellte Holly fest, dass ihr genau das gerade schon wieder passiert war. Während Grace weitersprach, hatte sie auf Durchzug gestellt.

»… und Dan Carter ist genau der Seniorpartner, den diese Praxis braucht. George ist nicht blind. Verflixt, selbst ich kann sehen, dass er mit sich ringt, und ich weiß, dass

Taffy sein Bestes gibt, um Dan dazu zu bringen, sich jemandem anzuvertrauen, aber … Nun, hoffen wir einfach, dass er rechtzeitig wieder in die Spur kommt. Was denkst du?«

Leider wusste Holly absolut gar nicht, was sie denken sollte. Wie hatte sie sich bloß komplett ausklinken und somit das Wichtigste verpassen können? Grace hatte ihr etwas Bedeutendes anvertraut, und sie hatte nicht zugehört. Ja, sie konnte den gestrigen Abend als Vorwand benutzen, den Bombay Sapphire, aber im Grunde war ihr klar, dass ihre Konzentrationsfähigkeit in letzter Zeit ziemlich nachgelassen hatte. »Aber Dan wirkt bei der Arbeit völlig fokussiert«, erwiderte sie daher ausweichend.

Grace seufzte. »Es ist nicht leicht, sich von so etwas Schlimmem zu erholen.«

Holly nickte gedankenverloren. Wovon redete Grace? Liebeskummer? Drogen? Alkohol? Doch zu ihrem Glück sprach die Verwaltungsleiterin bereits weiter. »In Somerset gibt es nicht so viele Menschen mit einer posttraumatischen Belastungsstörung, und deshalb auch keine Selbsthilfegruppe. ›Hi, ich bin Dan, und der Einsatz im Irak hat mein Leben zerstört.‹ Der Arme. Er ist wirklich einer von den Guten, Holly. Wir würden uns glücklich schätzen, wenn wir ihn als Chef bekämen, trotz seiner Flashbacks.«

Holly war sprachlos. Plötzlich ergaben viele kleine Gesprächsfetzen einen Sinn. Sie versuchte, nicht verletzt zu sein, weil weder Lizzie noch Dan sie eingeweiht hatten. Hätte sie gewusst, dass er seit Jahren damit kämpfte, hätte sie den Kontakt womöglich nicht jahrelang schleifen lassen. Grace, die offenbar davon ausging, dass sie Holly wegen deren jahrelanger Freundschaft mit Lizzie nichts Neues erzählte, plauderte unbefangen weiter. Holly blieb nichts anderes übrig, als sich ihre Bestürzung nicht anmerken zu lassen.

»Wissen alle im Ärztehaus über Dans PTBS Bescheid?«, fragte sie zögernd.

»Nein. Dan ist sehr zurückhaltend. Die Vorstellung, man könnte über ihn reden, findet er schrecklich.« Grace blickte plötzlich unbehaglich drein. »Trotzdem müssen wir darüber sprechen, wenn wir ihn unterstützen wollen. Genau deshalb wollte ich dich fragen, ob du eine Zeitlang ein paar von Dans Patienten übernehmen könntest, die emotionaleren Fälle. Vermutlich ist dir schon aufgefallen, dass dir all die Patienten zufallen, die sonst keiner behandeln möchte, und du kommst gut damit zurecht, daher dachte ich, es würde dir nicht allzu viel ausmachen, zumal es ja für Dan ist.« Grace besaß wenigstens den Anstand, bei diesem Eingeständnis leicht verlegen zu werden. »Wir geben ihm die leichteren Fälle, damit er den Kopf für andere Dinge freihat, und teilen dir die größeren Herausforderungen zu. Ist das okay für dich?«

Holly fühlte sich wie ein Ping-Pong-Ball, der vor und zurück, vor und zurück hüpfte. Sie war sich nicht sicher, ob ihr Gehirn mit all den neuen Informationen klarkam. »Das klingt nach einer guten Idee«, krächzte sie, nicht wirklich überzeugt.

Grace nahm Hollys Hand in ihre, ihr gutherziger Gesichtsausdruck rührte Holly sehr. »Ich weiß, dass in den letzten Tagen ziemlich viel los war und dass du dich mit Sicherheit fragst, in was du hier hineingeraten bist, aber es ist nicht so schlimm, wie du denkst, Holly. Du hast bereits einen ziemlich großen Fanclub, das kann ich dir versichern. Bleib bei uns, Holly. Es heißt, Elsie Townsend würde wahre Loblieder auf dich singen und dass dich sogar schon der Major um eine Parkplatzdiagnose gebeten hat – wenn das keine eindeutigen Beweise dafür sind, dass du offiziell in Larkford angekommen bist! Du solltest dich lediglich vor der Gerüchteküche hüten – nicht dass deine sonntagabendlichen Drinks mit Kollegen falsch interpretiert werden.« Grace lächelte und stand von ihrem Schreibtischstuhl auf.

»Aber«, wandte Holly verwirrt ein, »ich war doch mit Lizzie unterwegs.«

»Ich weiß«, erwiderte Grace sanft, »allerdings ist mir zu Ohren gekommen, ein gewisser Herr Doktor habe seine Augen den ganzen Abend lang nicht von dir losreißen können. Taffy Jones ist ein ausgesprochen netter Bursche, aber es mangelt ihm nicht an weiblichen Verehrerinnen, wenn du verstehst, was ich meine. Sie umschwirren ihn wie die Bienen den Honig. Ich glaube nicht, dass ich dir da etwas Neues erzähle.«

Beinahe hätte Holly laut gelacht, denn die Liste mit Dingen, die ihr neu waren, schien von Stunde zu Stunde länger zu werden.

Kapitel sechzehn

Einen Kaffee in der Hand, schlenderte Holly früh am nächsten Morgen über den Friedhof hinter der Kirche. Sie hatte das muntere Geplauder in Hatties Deli nicht recht ertragen, weshalb sie sich hierher zurückgezogen hatte, um ein paar Minuten Ruhe und Frieden zu finden, ein paar Momente für sich allein zu haben.

Tief durchatmend genoss sie die ersten Sonnenstrahlen auf ihrem Gesicht. Der Friedhof war eine Oase der Stille abseits des Trubels auf dem Marktplatz, selbst der Verkehrslärm wurde von dem warmen roten Sandstein der Kirche gemildert. Ein aufgebrachtes Rotkehlchen hüpfte plötzlich laut schimpfend vor ihr auf den Weg und sah sie ungehalten an.

»Entschuldige«, flüsterte Holly und schmunzelte, als sie sah, wie sich der kleine Vogel von seinem Schreck erholte und auf die oberen Zweige einer alten Taxushecke flatterte. »Hast du dort ein Nest?«, fragte sie ihn.

Ihr Blick fiel auf eine Holzbank, auf der sie sich niederließ, und sie schaute sich an diesem entlegenen Fleckchen des Friedhofs um. Ja, das war definitiv etwas anderes als die Hektik in Reading. Die Jungs waren im Kindergarten, Milo zweifelsohne noch im Bett, und irgendwie war es Holly gelungen, vor der Arbeit ein wenig Zeit für sich selbst zu finden.

Träge beobachtete sie die Möwen, die am Himmel ihre

Kreise drehten, und fragte sich, ob sie sie hier schon einmal bewusst wahrgenommen hatte. Rötliche Wolkenfetzen hingen wie ein Schleier in den Gipfeln der Bäume auf der anderen Seite des Tals, und schon zu dieser frühen Stunde lag eine angenehme Wärme in der Luft, die Holly an die Italienurlaube ihrer Kindheit erinnerte. Es war erst Frühling, aber ein paar schöne Tage machten sich in der Natur deutlich bemerkbar. Vorsichtig nahm sie einen Schluck von ihrem dampfenden Kaffee und fragte sich, warum sie sich Momente wie diesen nicht öfter gönnte. Es war eine Sache, früh aufzustehen, um das Glätteisen anzuwerfen (etwas, worauf sie wohl niemals Lust haben würde); doch es war etwas ganz anderes, eine kleine Auszeit wie diese zu genießen. Mit einem zufriedenen Seufzer schloss sie die Augen.

Ein plötzlicher Ruck an der Bank sowie ein verhaltenes Hüsteln ließen sie zusammenfahren. Heißer Kaffee schwappte auf ihre Füße. »Mist!«, stieß sie erschrocken hervor und riss die Augen auf.

»Guten Morgen, Dr. Graham, ich hoffe, ich störe nicht?«, fragte der Major mit einem schiefen Lächeln. Er reichte ihr ein hübsch gebügeltes Leinentaschentuch und deutete mit einem Kopfnicken auf ihre Schuhe. Entgeistert sah Holly ihn an. Was für eine absurde Vorstellung, dieses strahlend weiße, akkurat zusammengelegte, mit einem Monogramm bestickte Stück Stoff derart zu verunreinigen!

»Aber nein, Herr Major, es geht schon. Wirklich.« Sie zog die allgegenwärtigen Feuchttücher aus ihrer Handtasche.

Der Major lachte. »Dann habe ich von Ihnen also keine Vorträge über größeres Umweltbewusstsein zu erwarten, Dr. Graham? Ich wusste, dass Sie mir gefallen. Cassie Holland echauffiert sich immer schrecklich über mich – dabei recycle ich zumindest meine Whiskyflaschen.« Er zwinkerte Holly zu, dann deutete er auf ihren Kaffeebecher. »Sollen wir Ihnen einen neuen besorgen? Es sieht so aus, als bräuchten Sie den Koffeinkick dringend, um wach zu bleiben.«

»Nein danke, Herr Major, das ist nicht nötig.« Holly ließ den Blick erneut über den gepflegten Friedhof schweifen. Manche der Grabsteine waren so verwittert und moosbedeckt, dass es kaum möglich war, die Inschriften zu entziffern. »Es ist hier so still und friedlich. Ich habe mir bloß ein paar ruhige Minuten in der Sonne gegönnt.«

»Nun, dann genießen Sie diese Ruhe, solange Sie können. Riechen Sie das?« Er wedelte mit der Hand durch die Luft. »Es riecht nach der berüchtigten Ruhe vor dem Sturm. Warum, glauben Sie, sind die Möwen so weit ins Landesinnere geflogen? Sehen Sie den roten Morgenhimmel?«

»Ein Schlechtwetterbote«, erinnerte sich Holly. »Abendrot – Gutwetterbot, Morgenrot – schlecht Wetter droht.«

Sie hielt inne, um dem Major die Gelegenheit zu geben, mit dem herauszurücken, was ihn eigentlich beschäftigte. Sie verstand nicht, warum er nie in die Praxis kam, aber sie hoffte, mit etwas Übung und Geduld zu lernen, wie sie mit seinen willkürlichen Gesuchen umzugehen hatte.

Als er stumm blieb, sah sie ihn an, interessierter jetzt, und bemerkte seinen wehmütigen Blick und den Bund frisch geschnittener Forsythien, den er an seine mit Orden geschmückte Brust drückte. Abwesend legte er den Strauß nun neben sich auf die Bank und spielte mit dem Leinentaschentuch. Die Tatsache, dass er schwieg, ließ Holly vermuten, dass etwas nicht in Ordnung war.

»Herr Major?«, sagte sie sanft und legte ihre Hand auf seinen Tweedärmel. »Sie wissen, dass Sie jederzeit mit mir reden können. Über alles. Dazu müssen Sie nicht ins Ärztehaus kommen.«

Sie wartete erneut ab. Das streitlustige Rotkehlchen ging eine streunende Katze an, die sich in die Nähe der Taxushecke gewagt hatte.

Der Major räusperte sich. »In meinem Alter ist es ziemlich peinlich, mit einer jungen Dame, wie Sie es sind, über derart persönliche Angelegenheiten zu sprechen.«

Holly lächelte. Darin bestand also das Problem. Verlegenheit. »Herr Major, ich versichere Ihnen, dass mich nichts, was den menschlichen Körper betrifft, schockieren kann. Sie können sich nicht vorstellen, was ich schon alles gesehen habe … Wenn Sie mit mir reden, kann ich Ihnen vielleicht helfen.«

Der Major schnäuzte beherzt in sein Taschentuch und steckte es zurück in die Jackentasche, wobei er ostentativ in die andere Richtung blickte. »Ich bin ein bisschen einsam«, stieß er hervor, die Stimme heiser vor Emotionen. Er deutete auf den schön gemeißelten Grabstein vor ihnen, auf dem Holly nun den Namen »Lady Verity Waverly« las.

Instinktiv ließ sie ihre Hand auf dem Ärmel des Majors liegen, um dem alten Herrn Trost zu spenden. Die Daten auf dem Grabstein zeigten, dass die Frau des Majors noch keine zwei Jahre tot war. Wie lange würde es dauern, bis der Schmerz nachließ, wenn man sein ganzes Leben zusammen verbracht hatte? Dem Gesichtsausdruck des Majors nach zu urteilen genügten zwei Jahre bei Weitem nicht.

»Ach, Sie Armer. Ich kann mir vorstellen, dass es grausam sein muss, die Liebe seines Lebens zu verlieren.«

Der Major räusperte sich. Einen Augenblick lang sah es so aus, als lachte er. Holly schaute ihn verwirrt an. »Ach je,

Sie gute Seele, Verity war nicht die Liebe meines Lebens; diese Ehre ist meinen Hunden vorbehalten. Verity war eine königliche Nervensäge, aber sie war gleichzeitig eine fantastische Ehefrau und exzellente Streitpartnerin. Heute …« – er schniefte – »… heute muss ich zu allen immer nur höflich sein.«

Holly konnte nicht behaupten, dass er ihr besonders höflich erschien, für ihren Geschmack war der Major ein bisschen zu dünkelhaft und herrisch, trotzdem fuhr sie unbeirrt fort: »Vielleicht sollten Sie ein paar gute Freunde zu einem ordentlichen Schlagabtausch einladen?«

Der Major blickte sie abschätzig an. »Mein liebes Mädchen, Gentlemen tragen keinen Schlagabtausch aus. Wir diskutieren und erörtern Unstimmigkeiten, aber das ist nichts gegen einen lautstarken Streit mit jemandem, den man liebt, hab ich recht?«

Holly zuckte die Achseln. »Womöglich suchen Sie Rat bei der falschen Person, Herr Major. Ich hasse Auseinandersetzungen – und ich tue alles in meiner Macht Stehende, um ihnen aus dem Weg zu gehen.«

»Ah, ich verstehe, Sie geben also lieber den Fußabstreifer? Ich hätte Sie gar nicht für einen rückgratlosen Jammerlappen gehalten, aber der erste Eindruck kann bekanntlich täuschen.«

Holly spürte, wie sie die Stacheln aufstellte, doch sie bemühte sich, die Fassung zu bewahren. »Es gibt gewiss jede Menge liebenswerte Damen in Larkford, die sich glücklich schätzen würden, wenn Sie Ihre Zeit mit ihnen verbringen. Vielleicht sind sie nicht gleich bei der ersten Verabredung auf eine Auseinandersetzung versessen, aber gibt es denn wirklich niemanden, auf den Sie ein Auge geworfen haben? Ich bin überzeugt, Verity würde nicht wollen, dass Sie einsam sind.«

»Pah. Das zeigt, wie wenig Sie über meine Frau wissen. Sie war umwerfend. Ein wahres Prachtstück. Und eine ausgezeichnete Bridge-Spielerin.« Er warf ihr einen schiefen Seitenblick zu. Die Enden seines Schnäuzers ruckten in die Höhe. »Vermutlich hätten Sie sie für furchteinflößend gehalten. Gemeinsam waren wir unbezwingbar.« Erneut zog er das Taschentuch hervor und tupfte sich die Nase ab.

»Ihre Schilderung erinnert mich ein wenig an Julia Channing«, rutschte es Holly heraus, und sie verfluchte sich innerlich umgehend dafür. Regel Nummer eins in einer Kleinstadt wie dieser: Sprich niemals schlecht über die anderen.

Der Major grinste, steckte das Taschentuch weg und nahm seinen Bund Forsythien. »Julia ... ein Teufelsweib. Ich mag Julia. Sie ist zwar manchmal etwas widerborstig, und man weiß bei ihr nie, woher gerade der Wind weht, aber ... Nun, sagen wir einfach, dass sie mir schon öfter aus der Patsche geholfen hat. Dieser Meningitis-Ausbruch vor ein paar Jahren, bei dem die ganze Stadt geimpft wurde ... Es war Julia Channing, die zu mir gekommen ist und sich um mich gekümmert hat – sie wusste, dass ich die Praxis nicht betreten würde. Ein wundervolles Mädchen.« Er seufzte. »Dr. Channing war ein Goldstück, als es mit meiner Verity zu Ende ging.«

Am liebsten hätte sich Holly rückversichert, dass sie von ein und derselben Person sprachen; die Diskrepanz zwischen der Frau, mit der sie zusammenarbeitete, und der, die der Major beschrieb, war einfach zu groß. So viel zum ersten Eindruck, dachte Holly, die Julia plötzlich in einem ganz anderen Licht sah.

»Letztes Jahr«, fuhr der Major fort, »hat sie am ersten Weihnachtstag auf ein Stück Kuchen und eine Tasse Tee vorbeigeschaut, weil sie wusste, dass ich allein war. Sie ist wahrhaftig ein guter Mensch.«

Holly warf einen Blick auf die Uhr und erhob sich langsam von der Holzbank. »Wissen Sie was, Herr Major? Wenn Ihnen starke Frauen zusagen, warum unterhalten Sie sich dann nicht mal mit Marion Gains? Wenn es jemanden in Larkford nach Ihrem Gusto gibt, wird Marion das wissen.«

Auch der Major stand auf. »Vielleicht sollte ich das tatsächlich tun. Ich werde darüber nachdenken. Es war nett, mit Ihnen zu plaudern, Dr. Graham. Ich finde, Sie fügen sich hier großartig ein. Es könnte gut sein, dass ich mir Ihren Rat zu Herzen nehme. Vielleicht erweisen Sie mir hinsichtlich Julia Channing umgekehrt dieselbe Ehre. Man sollte ein Buch nie nach seinem Einband beurteilen, nicht wahr? Wir alle haben unser Päckchen zu tragen, Holly. Ich darf Sie doch Holly nennen?«

Bevor sie etwas erwidern konnte, legte er die Forsythien auf Veritys Grab, dann marschierte er zügig Richtung Marktplatz, ohne sich noch ein einziges Mal umzudrehen.

Lächelnd warf Holly ihren Pappbecher in den Mülleimer. Seit wann war es peinlich zuzugeben, dass man sich allein fühlte? Und wenn schon der selbstbewusste, gesellige Major von Einsamkeit betroffen war, wie viele andere bedauernswerte Seelen mussten ähnlich empfinden wie er? Sie winkte dem Rotkehlchen zu, das sie nicht aus den Augen ließ, und wandte sich zum Gehen, doch zwei Gedanken wollten ihr nicht aus dem Kopf: Musste man zwingend allein sein, um sich einsam zu fühlen? Und war Julia Channing tatsächlich so viel netter, als sie vorgab?

Beschwingt nahm Holly den vor ihr liegenden Tag in Angriff. In ihrem Sprechzimmer arbeitete sie Papierkram ab und tippte gerade eifrig auf ihrer Tastatur, als es klopfte. Dan streckte den Kopf zur Tür herein. »Holly, hast du ein paar Minuten für mich? Ich könnte deine Unterstützung brauchen.« Gestresst betrat er ihr Sprechzimmer und sank auf den Stuhl vor ihrem Schreibtisch. Seine Hände, in denen er eine Patientenakte hielt, zitterten leicht.

»Kein Problem«, erwiderte sie und speicherte rasch den Überweisungsschein ab, den sie gerade ausfüllte. Grace konnte ihr noch so oft anbieten, dass sie ihn einfach diktieren sollte – Holly hatte ein besseres Gefühl, wenn sie die Überweisungen selbst schriftlich formulierte.

»Du füllst deine Überweisungsscheine selbst aus?«, fragte Dan prompt.

»Ich weiß, dass ihr mich deswegen für verrückt haltet, aber mir ist das wichtig«, erwiderte Holly. »Und jetzt halt mir bitte keinen Vortrag über das Zeitmanagement von Allgemeinmedizinern.«

»Das hatte ich nicht vor«, sagte Dan. »Um ehrlich zu sein, frage ich mich, ob wir nicht alle deinem Beispiel folgen sollten. Wir Ärzte wissen am besten, welche Informationen entscheidend sind, um dem Patienten die oftmals sehr langen Wartezeiten auf eine Weiterbehandlung durch Fachärzte zu verkürzen. Wie dem auch sei, ich brauche heute Nachmittag dein weibliches Zartgefühl.«

Er öffnete die Akte und zog einen Ausdruck mit MRT-Aufnahmen der Radiologie in Bath heraus. »Die Ergebnisse sind da.« Er reichte sie Holly ohne Kommentar.

Es war auch nicht nötig, dass er etwas sagte. Der Tumor hob sich unverkennbar weiß von dem dunkleren Hintergrund ab. »Nun, das sieht gar nicht gut aus«, stellte sie fest und versuchte, die Größe des Karzinoms abzuschätzen. »Das muss einen Durchmesser von mindestens zweieinhalb Zentimetern haben. Irgendwelche Metastasen?«

Dan hielt ihr schweigend eine weitere Seite hin.

Holly nahm sich Zeit, um sicherzugehen, dass sie alles entdeckte: Aufnahmen wie diese verleiteten dazu, in erster Linie auf die größeren Geschwulste zu achten, dabei waren es mitunter die kleineren, die sich als besonders aggressiv und verheerend erwiesen.

»So«, sagte sie schließlich und räusperte sich. »Bieten wir Familienunterstützung an, oder verweisen wir die Patienten an die Macmillan-Krebsstiftung? Ich nehme an, sie bekommen die Nachricht direkt vom Facharzt übermittelt?«

»Normalerweise ja«, bestätigte Dan, »in diesem Fall allerdings müssen wir besonders vorsichtig sein, sozusagen mit Samthandschuhen vorgehen. Der Facharzt hat uns gebeten, dem Patienten die Diagnose mitzuteilen, und er spricht dann morgen früh mit ihm. Eigentlich sollte Shirley, unsere großartige Macmillan-Schwester, dabei sein, um mir die Hand zu halten, aber Mr Jeffries liegt in den letzten Zügen, weshalb sie dort noch dringender gebraucht wird.«

Holly spürte, wie Panik in ihr aufstieg. Dieser Teil ihres Jobs würde ihr wohl niemals leichtfallen. Wenigstens musste sie nach ihrem Wechsel von der Klinik in die Praxis keine Todesnachrichten mehr überbringen – die garantierten ihr schlaflose Nächte auf ewig.

»Und was meinst du mit Samthandschuhen?«

»Es geht um Lance. Der Besitzer des Deli.«

»O nein! Der Mann von Hattie?« Holly schnappte unwillkürlich nach Luft. »Wie unendlich grausam.«

Lance war zweiunddreißig Jahre alt und führte den Feinkostladen zusammen mit seiner Frau Hattie. Nachdem sie sich viermal einer künstlichen Befruchtung unterzogen hatte, war sie endlich schwanger. Holly hatte Hattie im

Deli kennengelernt, und gestern war sie zum Blutdruckmessen gekommen. Der Patientenakte hatte sie entnommen, dass Hattie bereits zahlreiche Fehlgeburten hinter sich hatte, deshalb wollte sie auf keinen Fall eine weitere auslösen.

»Ich brauche deine Hilfe«, sagte Dan entschuldigend. »Ich hoffe, es macht dir nichts aus, aber Julia ist nun mal nicht gerade für ihre Einfühlsamkeit bekannt, schon gar nicht, wenn es um Schwangerschaften geht. Sie ist der Ansicht, eine Schwangerschaft sei keine Krankheit, weshalb wir uns damit nicht befassen sollten, aber in Wahrheit glaube ich, dass ihr Schwangerschaften eine Heidenangst einjagen. Ich weiß, das klingt seltsam für eine Ärztin, aber sie ist auf gewisse Weise ziemlich zart besaitet. Deshalb brauchten wir dich ja so dringend.«

»Na schön«, sagte Holly. Langsam nahm Julia in ihren Augen direkt menschliche Züge an. »Ich will zwar nicht behaupten, dass ich in solchen Dingen gut bin, aber zumindest kenne ich Hattie. Sie war eine der Ersten, die uns hier in Larkford willkommen geheißen haben.« Holly spürte, wie sich ein Kloß in ihrer Kehle bildete. Sie versuchte, sich zusammenzureißen, doch als sie aufsah, bemerkte sie, dass auch Dans Augen feucht waren.

»Bist du dir wirklich sicher, dass wir die passendsten Übermittler einer derartigen Nachricht sind? Vielleicht lässt die Anonymität beim Onkologen das Ganze etwas weniger real erscheinen?«

Dan zuckte die Achseln. »Wir sind mit den beiden bei jeder von Hatties Schwangerschaften durch die Hölle und zurück gegangen, ganz zu schweigen davon, dass Lance und ich uns seit Ewigkeiten kennen. Ich werde sie morgen Nachmittag nach Bath begleiten, nur für den Fall, dass sie irgendwelche Fragen haben.«

»Tust du so etwas oft?«, fragte Holly beeindruckt.

»Manchmal. Natürlich nicht immer, aber Lance und Hattie sind für mich schließlich nicht irgendwer.«

Holly schob ihren Stuhl nach hinten und gab Dan die ausgedruckten Seiten zurück. »Du redest, ich halte Händchen?«

»Vermutlich müssen wir beide beides tun.« Er nahm Hollys Hand in seine, drückte sie und ließ sie wieder los. »Danke, Holly.«

»Gern geschehen«, wollte Holly sagen, aber die Worte blieben ihr im Halse stecken. »Niemand sollte so etwas allein tun müssen«, erwiderte sie stattdessen und meinte es auch so.

Holly öffnete die Tür zu Dans Sprechzimmer. Grace hatte Hattie und Lance bereits dorthin gebracht und besorgte gerade einen Krug Wasser.

Hollys Augen blieben an Hattie hängen. Ihr gequälter Gesichtsausdruck sagte alles, das Übermitteln der schrecklichen Nachricht war reine Formalität. Den beiden war klar, dass sich gleich ihre schlimmsten Befürchtungen bestätigen würden, wenn zwei Ärzte auf einmal kamen und Wasser gebracht wurde.

Holly fühlte sich hilflos und schlecht informiert, als Dan die Diagnose erläuterte. Sie hielt Hatties Hand und strich in kreisförmigen Bewegungen mit dem Daumen darüber, wie sie es auch tat, wenn sie einen ihrer Söhne nach einem Albtraum beruhigte. Hatties Albtraum dagegen hatte gerade erst begonnen.

Ein paar Minuten später wirkten Lance und Hattie völlig erschlagen. »Das ist so viel auf einmal«, stellte Hattie fassungslos fest.

Lance hatte bislang noch kein einziges Wort gesagt.

Holly zog ein leeres Blatt Papier aus Dans Schreibtischschublade und schrieb ihre Telefonnummer darauf. »Ich weiß, dass Dan all Ihre Fragen beantwortet und Sie morgen begleitet, wenn man Ihnen die verschiedenen Behandlungsmöglichkeiten vorstellen wird. Trotzdem: Rufen Sie mich einfach an, Hattie, wenn Sie etwas nicht verstanden haben und mit mir darüber sprechen möchten.«

Hattie gab einen erstickten Laut von sich, dann stieß sie mit einiger Mühe hervor: »Sie dürfen nicht einfach Ihre Privatnummer rausgeben, Holly, sonst haben Sie bald die ganzen Verrückten am Telefon.«

Holly drückte ihre Schulter. »Sie kommen mir aber gar nicht verrückt vor. Nehmen Sie die Nummer. Wenn Sie mich brauchen, bin ich da.«

Dan sprach leise mit Lance, während Holly sicherstellte, dass es der schwangeren Hattie zumindest körperlich gutging. »Ich würde gern rasch Ihren Blutdruck messen, nur um sicherzugehen. Es wäre schön, wenn Sie versuchten, heute Nacht ein wenig zu schlafen, das würde Ihnen und dem Baby guttun.«

»Ich wusste es, Holly. Schon als wir diesen Knoten entdeckt haben, habe ich gespürt, dass es so kommen würde. Ich habe versucht, mich abzulenken, den Kopf in den Sand zu stecken, aber das Gefühl wollte nicht weichen. Dabei könnten wir so glücklich sein, da jetzt endlich Nachwuchs unterwegs ist …«

Holly notierte die Blutdruckwerte und sah Hattie fest in die Augen. »Wir werden Ihnen beiden die bestmögliche Unterstützung angedeihen lassen, Hattie. Morgen wird Shirley von der Macmillan-Krebsstiftung da sein. Sie ist eine hervorragende Betreuerin. Mit ihr können Sie reden, wenn Sie aus Bath zurück sind.«

Hattie nickte. »Danke, dass Sie uns die Nachricht hier

im Ärztehaus überbracht haben. Ich hasse diese anonymen Praxen, in denen man sich fühlt wie eine Nummer. Danke, dass Sie mir angeboten haben, Sie auch privat anzurufen …«

»Tun Sie das«, bat Holly. »Ich sage das nicht nur aus Höflichkeit. Ich weiß, dass Sie mich noch nicht gut kennen, aber ich mache nur selten etwas, hinter dem ich nicht wirklich stehe.«

»Deshalb haben Sie auch so tolle Kinder.« Hattie liefen die Tränen übers Gesicht. »Sie kennen ihre Grenzen.«

»Funktioniert leider nicht so gut bei Ehemännern«, sagte Holly mit einem traurigen Lächeln, während sie Hattie in den Arm nahm.

Warum musste das bloß so sein?, fragte sie sich nicht zum ersten Mal. Warum stießen derart schreckliche Dinge fast immer nur den guten Menschen zu?

Kapitel siebzehn

»Dan? Hast du mal 'ne Minute?«, fragte Jason, als er am nächsten Morgen außerhalb seines Dienstes im Ärztehaus erschien. Er trug einen Trainingsanzug und Turnschuhe, sein Gesicht war gerötet, sein Gang seltsam schleppend. Sie hatten noch keine zehn Minuten geöffnet, doch das Wartezimmer füllte sich bereits, und die Telefone klingelten ohne Unterlass. Gleich mehrere Infektionen schienen umzugehen, und die Patienten bestanden darauf, in die Sprechstunde zu kommen und ihre Viren zu verteilen, obwohl es sinnvoller wäre, erst einmal zu Hause zu bleiben, um sich in Ruhe auszukurieren.

Taffy hockte auf Dans Schreibtischkante und verdrückte ein Schinkensandwich.

»Eine Minute – im wahrsten Sinne des Wortes, dann müsst ihr zwei euch verziehen. Ich hab jede Menge Drückeberger und Simulanten, die meine volle Aufmerksamkeit erfordern, und zwar genau in … ups … fünfzehn Minuten. Ich wusste gar nicht, dass du heute Morgen eingeteilt bist, Jason.«

»Ich muss erst später kommen, aber ich habe Mist gebaut und brauche deine Hilfe.« Der junge Pfleger setzte sich zögernd. »Ihr müsst mir aber versprechen, dass ihr niemand etwas von diesem Gespräch erzählt – das wäre mir peinlich.«

Taffy grinste und fragte sich, was Jason wohl angestellt

haben mochte. »Meine Lippen sind versiegelt. Na komm schon, raus mit der Sprache, was ist los?«

Jason zog vorsichtig seine Trainingshose herunter und zuckte zusammen, als sich der Stoff an den Wachsstreifen verfing, die einen seiner Oberschenkel bedeckten. »Am Wochenende findet ein großer Triathlon statt, und ich hab irgendwo gelesen, dass Profi-Radsportler immer enthaarte Beine haben – wegen des Luftwiderstands. Also dachte ich, ich kaufe mir so ein Wachsenthaarungsset …«

Taffy versetzte Jasons gerötetem Schenkel hämisch einen Klaps. »Und wie viele Streifen hast du abgerissen, bevor du in Panik ausgebrochen und hier aufgelaufen bist?«

»Einen«, gab Jason beschämt zu. »Das tut echt weh!«

Dan betrachtete das Häuflein Elend vor seinem Schreibtisch und musste sich alle Mühe geben, nicht seine Kamera zu zücken. Was für eine grandiose Abwechslung zu den unzähligen heute anfallenden »Halsweh, geht ohne Antibiotika weg«-Diagnosen!

»Müsstest du sie nicht alle nacheinander mit einem Ruck abreißen?«, fragte er fasziniert.

»Keine Ahnung.« Jason zuckte leicht säuerlich die Achseln.

Dan nahm den Rand eines Wachsstreifens und zog. Der Streifen hob sich nicht, also zog er fester. Jasons Augen traten aus den Höhlen. Offenbar war das nicht die richtige Technik.

»In die andere Richtung«, stöhnte der Pfleger. »Ich denke, du musst in die andere Richtung ziehen.«

»Lass mich mal«, mischte sich Taffy ein. »So kompliziert kann das doch nicht sein!« Er nahm das andere Ende des Streifens und zog. Kräftig. Der Wachsstreifen löste sich, zusammen mit einem ganzen Wald von Beinhaaren. Der jämmerliche Rest an Würde, der Jason noch geblieben war, verklang in mädchenhaftem Kreischen.

»Könnt ihr mir nicht bitte eine Betäubungsspritze geben?«, flehte er. »Das sind noch acht Streifen, das stehe ich nicht durch! Irgendein Lokalanästhetikum, Lidocain … egal, was!«

»Jetzt sei kein Waschlappen. Die Mädels machen so etwas ständig. Das kann doch gar nicht so schlimm sein!«

»Doch«, widersprach der Pfleger mürrisch und rieb den leuchtend roten Hautstreifen auf seinem Bein. »Es hat einen Grund, warum Frauen Kinder kriegen … die sind irgendwie anders gestrickt. Oder könnt ihr euch vorstellen, eine Wassermelone aus einem Nasenloch zu pressen? Das ist doch im Grunde nichts anderes!«

Dan nutzte das Überraschungsmoment, um den zweiten Streifen von Jasons Bein zu reißen. Jason fluchte laut.

Einen Augenblick später ertönte ein leises Klopfen an der Tür. Vom Gang her war Hollys Stimme zu vernehmen: »Ähm … guten Morgen. Ist da drinnen alles okay?«

Jason sah Dan und Taffy flehend an. »Lasst sie bitte nicht rein …«

Dan tätschelte beruhigend seinen Oberschenkel. »Ich denke, es wird Zeit, dass wir eine Expertin hinzuziehen, Jase. Holly ist ein prima Kumpel – sie wird nichts verraten.« Er stand auf und ließ Holly ein mit der Warnung: »Kein Wort zu niemandem, klar?«

Holly schüttelte den Kopf und schlug beim Anblick von Jasons Bein die Hand vor den Mund. Wo gerade noch die beiden Wachsstreifen gewesen waren, prangten jetzt zwei knallrote Striemen, auf der Untersuchungsliege lagen zwei haarige Wachsraupen.

»Also ehrlich, Jungs! Wie lange sind die Streifen schon drauf?«

Jason schaute auf seine Uhr. »Mittlerweile fast zwei Stunden.« Seine Stimme schraubte sich hysterisch in die Höhe. »Diese Scheißdinger lassen sich einfach nicht entfernen!«

Holly hielt sich vor Lachen die Seiten. »Warum?«, stieß sie prustend hervor.

Jason setzte zu seiner Erklärung bezüglich des Triathlons an, aber Holly fiel ihm ins Wort: »Die Sportler rasieren sich die Beine, Jason. Mit einem Rasierer.« Sie fuhr mit der Hand vorsichtig über die gerötete Haut. »Wir müssen die Streifen runterkriegen.«

»Ich … ich schaffe das nicht«, stammelte Jason. »Ich muss nur hinschauen, dann verliere ich schon die Nerven. Sieh nur, was Dan und Taffy angerichtet haben!«

»Ich bin Arzt, Jason, keine Kosmetikerin«, entgegnete Taffy empört.

»Also gut.« Holly straffte die Schultern. »Sieht so aus, als müsste ich ran.« Sie krempelte die Ärmel hoch und ließ die Fingerknöchel knacken. Jason zuckte zusammen. »Du könntest allerdings auch einfach nach Hause gehen, ein heißes Bad nehmen und darauf warten, dass die Dinger von allein abfallen.«

Die drei Männer sahen einander ungläubig an. »Ein heißes Bad? Mehr braucht es dazu nicht?«

»Mehr braucht es dazu nicht«, bestätigte sie.

»Aber woher …«

»Glaubst du, das wäre mir noch nicht passiert?«, fragte Holly und prustete erneut los. Dann erbarmte sie sich des bedauernswerten Pflegers und löste mit einem warmen, nassen Handtuch Wachsstreifen für Wachsstreifen.

»Er behauptet, das sei für einen Triathlon, aber ich vermute, dass er sich für das Frühjahrsschwimmen aufhübschen will«, ließ sich Taffy vernehmen, der die

Schüssel mit heißem Wasser hielt. »Du kommst doch auch, Holly?«

Holly biss sich auf die Unterlippe und nahm sich konzentriert einen weiteren Streifen vor. »Ich weiß noch nicht, vielleicht.«

»Es tut mir leid, Holly, aber ›vielleicht‹ genügt nicht«, erklärte Dan, der abwesend seine Patientenakten für den heutigen Vormittag durchging. »Ich sollte hinzufügen, dass es sich um eine Art Gruppenzwang handelt. Alle müssen mitmachen.«

Taffy schlug mit dem zweiten nassen Handtuch nach ihm. »Herrgott, das klingt ja fast wie eine Erpressung!«

Dan setzte ein betroffendes Gesicht auf. »Entschuldigung. Taffy hat natürlich recht. Also noch einmal: Es wäre schön, wenn du teilnimmst. Wir gehen jedes Jahr hin, und es ist einfach super.«

»Macht echt Spaß«, pflichtete Jason ihm bei, dessen angeschlagener Stolz sich langsam erholte.

»Bring Milo mit und die Jungs und heißen Kakao – und jede Menge Handtücher. Ihr werdet nicht enttäuscht werden, George ist in diesem Jahr der Zeremonienmeister«, fuhr Dan fort.

»Im Ernst«, bestätigte auch Taffy, »das ist urkomisch. Omas, Babys – alle machen mit. Das Frühjahrsschwimmen ist meine alljährliche Lieblingsveranstaltung.«

»Abgesehen vom Jahrmarkt, dem Halloween-Umzug und dem Wohltätigkeitskuchenbasar?«, neckte ihn Jason. »Hier ist echt was los.«

Taffy schüttelte den Kopf. »Sehr witzig. Wenn du das so sagst, fühle ich mich alt. Also halt die Klappe und konzentrier dich auf deine wundervoll glatten Schenkel.«

Dan stieß Holly mit dem Ellbogen an. »Bitte komm, Holly. Du bist doch jetzt Teil unserer Gemeinschaft.«

Holly nickte. »Ich werde die Schwimmflügel aufpusten und mit meiner Familie anrücken.«

»Du brauchst Schwimmflügel?«, fragte Jason, der wie immer schwer von Begriff war.

Taffy versetzte ihm einen Klaps auf den Hinterkopf. »Für ihre Kinder, du Trottel.«

Jason zuckte die Achseln und schmollte, weil Taffy seine Frisur durcheinandergebracht hatte. »Woher soll ich das denn wissen? Es gibt genug Erwachsene, die nicht schwimmen können.«

»Und ein paar, die keinen Verstand haben«, mischte sich Dan mit einem schiefen Grinsen ein, »aber wir haben dir den Job ja trotzdem gegeben. Wenn ihr jetzt bitte mein Sprechzimmer nicht länger als Schönheitssalon missbrauchen würdet? Ich habe noch einen entzückenden Morgen vor mir …«

Er stand auf und scheuchte die drei hinaus. »Ach Taffy, kann es sein, dass heute früh eine deiner Patientinnen in meinem Terminkalender steht? Eine gewisse Karen Dobbs?«

Taffy stieß ein dröhnendes Lachen aus. »Na dann, viel Glück, Kumpel. Lass deine Zauberkräfte wirken. Ich habe aufgegeben. In meinen Augen ist sie ein hoffnungsloser Fall.«

Dan wusste sofort, was Taffy meinte. Es gab im Ärztehaus eine Handvoll »Stammkunden«, bei denen einem buchstäblich das Herz in die Hose sank, sobald sie das Sprechzimmer betraten. Die Hoffnung, Patienten wie Karen Dobbs helfen zu können, hatten sie längst aufgegeben. Oft hatten diese Menschen unglaublich viel Zeit mit diversen Internet-Gesundheitsportalen verbracht und gaben einem klar zu verstehen, dass sie die ihnen vorgeschlagene Behandlung für zu lasch, zu aggressiv oder gar für schlichtweg falsch hielten.

»Der ist nicht zu helfen«, befand Taffy folglich, »es sei denn, sie beschließt, sich selbst zu helfen.«

»Jetzt verschwinden wir hier erst einmal, damit du deinen Pflichten nachkommen kannst«, sagte Holly feixend und half Jason auf die Beine. »Ich wünsche dir einen angenehmen Vormittag.« Damit marschierte sie aus Dans Sprechzimmer, stolperte leicht, und die Bleistifte, die ihren eilig gezwirbelten Haarknoten hielten, verrutschten bedenklich.

Schmunzelnd wandte sich Dan Taffy zu. »Für eine so tollpatschige Person hält sie sich in diesem Job ausgesprochen gut, findest du nicht?«

Taffy sah Holly schweigend nach, dann erwiderte er: »Für eine so tollpatschige Person macht sie sich in fast allem ausgesprochen gut.« Abwesend machte er sich auf den Weg in sein eigenes Sprechzimmer, gefolgt von Dan, der den ersten Patienten aufrufen wollte. Nicht einmal eine Patientin, die von der Damentoilette kam und ihren Rock in die Unterhose gesteckt hatte, konnte Taffy ein Grinsen entlocken, und genau das bereitete Dan echtes Kopfzerbrechen.

»Also, Karen, was kann ich für Sie tun?«, fragte Dan wenige Augenblicke später, als seine Patientin es sich auf dem Stuhl vor seinem Schreibtisch bequem machte. Höflich ausgedrückt besaß sie eine Rubensfigur.

»Nun, Dr. Carter, meine Kinesiologin hat bei mir eine hohe Candida-Besiedelung festgestellt, und ich habe tatsächlich ein paar Probleme, vor allem im unteren Bereich, daher wollte ich gern Ihre Meinung dazu einholen.« Karen zog einen Ausdruck aus ihrer riesigen Handtasche. Dan gab sich alle Mühe, einen neutralen Gesichtsausdruck zu wahren, auch wenn er innerlich die Augen verdrehte, weil dieser Termin zwangsläufig so erfolglos wie alle anderen enden würde. »Das bedeutet«, fuhr Karen fort, »dass wir mit Flucka … Fluckodingsbums behandeln müssen.«

»Fluconazol?«, schlug Dan bedächtig vor.

»Ja, genau! Toll, dass Sie das wissen! Dieses Fluconazol soll Wunder wirken.«

»Das ist korrekt, denn es ist ein sehr starkes Medikament. Haben Sie daran gedacht, was Sie das letzte Mal mit Dr. Jones besprochen haben? Dass Sie versuchen sollten, ein paar Kilo abzunehmen? Zucker, Weißmehl, Alkohol, Hefe und Pilze zu meiden?«

Karen verschränkte ihre pummeligen Hände im Schoß. Sie wirkte verstimmt. »Ich weiß, dass ihr Ärzte gern alles auf mein Gewicht schiebt, Dr. Carter, doch darin liegt nicht zwangsläufig die Ursache für alle Beschwerden. Ich habe sehr schwere Knochen und einen ausgesprochen langsamen Stoffwechsel, hatte ich das nicht schon mehrfach erwähnt?«

Dan nahm zur Beruhigung einen Schluck Kaffee, der inzwischen kalt geworden war, und schnitt eine Grimasse. Mit dem Kugelschreiber auf den Schreibtisch klopfend scrollte er durch die Datei auf seinem Computer und stellte fest, dass Karen im vergangenen Jahr ungefähr zwanzig Mal das Ärztehaus aufgesucht hatte. Sie hatte mehrfach um einen Arztwechsel gebeten, trug offenbar stets ein anderes Leiden vor und schien nicht die Absicht zu haben, die ihr erteilten Ratschläge zu befolgen.

»Wie sind Sie mit der verordneten Bewegung zurechtgekommen? Sind Ihre Knöchel nach dem Walking weniger geschwollen? Haben Sie daran gedacht, abends die Beine hochzulegen?«

Karen rutschte auf ihrem Stuhl herum. »Ich tue, was ich kann.«

»Wie oft in der Woche betreiben Sie Walking, Karen?«

»Einmal, aber wenn ich sehr beschäftigt bin, auch nur alle vierzehn Tage.«

Vielsagendes Schweigen senkte sich über das Sprechzimmer. Dan scrollte noch weiter herunter und entdeckte eine von Taffys unverwechselbaren Anmerkungen. WNH-VMH hatte er geschrieben, als Karen mit Erschöpfungssymptomen gekommen war, die selbstverständlich nicht mit den sechs Wackersteinen Übergewicht zusammenhingen, die sie mit sich herumschleppte. Wenn Nix Hilft, Versuch's Mit Homöopathie. Dan seufzte und nahm sich fest vor, sich später bei Taffy zu bedanken.

»Tja«, begann er diplomatisch, »ich lege Ihnen wirklich ans Herz, es noch einmal mit weniger Kohlenhydraten zu versuchen, sich etwas mehr zu bewegen, und dann sprechen wir uns in einem Monat wieder. Andere Symptome wie Juckreiz oder Ausschlag haben Sie nicht festgestellt?«

Karen schüttelte den Kopf, offensichtlich enttäuscht, kein Rezept ausgestellt zu bekommen. Mit einiger Mühe stand sie auf und stapfte zur Tür.

Dans Blick schweifte zur Uhr. Er hatte erst eine Patientin gehabt und hinkte bereits seinem Zeitplan hinterher. Dabei wollte er doch Lance und Hattie nach Bath begleiten.

»Ach, da wäre noch etwas, Herr Doktor«, hob Karen, die Hand an der Türklinke, erneut an. Sie wirkte verlegen. »Es tut in letzter Zeit ziemlich weh beim Sex, und Gary meint, er habe einen Knoten gespürt. Meinen Sie, das ist etwas, weswegen ich mir Sorgen machen muss?«

Eine Ader an Dans Schläfe fing an zu pochen, sein gezwungen ruhiger Gesichtsausdruck bekam etwas Verkrampftes. Das erlebte er bei dieser Art von Patienten ständig. Sie verschwendeten die vorgesehene Zeit damit, über Banalitäten zu plaudern, und rückten erst an der Tür mit den wichtigen Sachen heraus. »Setzen Sie sich doch bitte noch einmal, Karen«, forderte er sie geduldig auf und zwang sich, nicht auf die Uhr zu schauen. »Und jetzt erzählen Sie mir genau, was Sie bemerkt haben.«

Kapitel achtzehn

Es dauerte nur einen kurzen Moment, bis Holly begriff, dass die folgenden Redewendungen voll ins Schwarze trafen: *Der Lauscher an der Wand hört seine eigene Schand* und *Blut ist dicker als Wasser.*

Sie sackte gegen die Wand vor Dans Sprechzimmer und versuchte, einen klaren Gedanken zu fassen. Am Ende des Tages hatte sie bei ihm vorbeischauen wollen, um ihm ein paar Fakten über Krebserkrankungen bei Männern mitzuteilen und mit ihm über einige erfolgversprechende Behandlungsansätze in den Staaten zu sprechen, die Lance vielleicht helfen könnten. Erst vor ein paar Minuten hatte sie sich eine weitere schlaflose Nacht ausgemalt, in der sie sich um Lance, Hattie und das ungeborene Baby sorgte. Jetzt aber sah es ganz danach aus, dass sie wegen ihrer eigenen Probleme eine schlaflose Nacht haben würde.

In Dans Sprechzimmer waren Dan und Lizzie in eine erbitterte Auseinandersetzung verstrickt.

»Verdammt noch mal, Lizzie! Hör auf damit! Ich kann nicht einfach mit den Fingern schnippen, und *zack!* ist Schluss mit der posttraumatischen Belastungsstörung.«

»Ach komm schon, Dan, gib's zu: Du bist ein Wrack. Auch wenn alle hier zu höflich sind, dir das zu sagen – ich bin es nicht. Du siehst absolut scheiße aus, wirkst zerstreut und nervös – nicht das beste Aushängeschild für einen Allgemeinmediziner, wenn ich das mal so sagen darf. Du hast behauptet, es sei dein größter Wunsch, Seniorpartner zu werden, warum hältst du dich dann nicht an das, was wir besprochen haben?« Lizzies Stimme klang schrill vor Frustration.

»Warum hast du mich belogen?«, gab er zurück.

»Notlügen, Dan. Notlügen, die niemanden verletzen. Ich habe dir versprochen, für moralische Unterstützung zu sorgen, und da ist sie! Du hast gesagt, du bräuchtest Rückendeckung bei der Arbeit, und ich habe dir Holly besorgt. Niemand ist hilfsbereiter als Holly. Herrgott noch mal, du könntest ein Mörder in der Todeszelle sein, und sie würde eine Möglichkeit finden, deine Hand zu halten und dir weiszumachen, das Ganze habe auch eine positive Seite.«

Es entstand eine ausgedehnte Pause, in der Holly energisch gegen den in ihr aufsteigenden Fluchtinstinkt ankämpfen musste. Sie war völlig unvorbereitet auf diese Situation, wusste absolut nicht, wie sie damit umgehen sollte. Mit eiserner Willenskraft verharrte sie wie angewurzelt am Fleck und versuchte nachzudenken. Es waren gar nicht in erster Linie Lizzies bissige Bemerkungen, die so sehr schmerzten; es war der schneidende Tonfall, der Holly das Gefühl gab, auf schäbigste Weise missbraucht worden zu sein. Das und das Entsetzen darüber, dass sie sich so sehr in einem Menschen getäuscht hatte – ausgerechnet in ihrer besten Freundin.

Anscheinend hatte auch Dan die spöttische Herablassung in Lizzies Stimme bemerkt, denn er sprang Holly zur Seite. »Wenn du dich selbst hören könntest, Lizzie! Du sprichst von deiner besten Freundin. Sie hat ihre Familie hierher verfrachtet, nur um einen völlig unsicheren Job anzutreten – du weißt, dass ich ihr nicht sagen durfte, was Sache war. Aber *du* hättest es tun können! Du hattest es mir sogar versprochen!«

»Wenn ich das getan hätte, wäre sie niemals gekommen«, schoss Lizzie mit einer Schärfe in der Stimme zurück, die bei ihr für gewöhnlich erst nach der dritten Flasche Wein zutage trat.

Doch Holly war keineswegs die ahnungslose Pollyanna. Sie hatte die Fehler ihrer engsten und liebsten Freundin deutlich vor Augen – wenn sie sie sehen wollte. Allerdings wusste sie, dass auch sie selbst keineswegs perfekt war, weshalb sie sich nachsichtig bei anderen zeigte.

Durch den Umzug nach Larkford hatte Holly mehr Einblick in Lizzies Welt erhalten als je zuvor. Sie fand das permanente Streben der Freundin nach Perfektion auf allen Ebenen mehr als anstrengend. Für ein Hochglanzmagazin zu arbeiten war eine Sache, aber Lizzie wirkte wie getrieben, solch ein Hochglanzleben auch selbst zu führen.

Ja, Lizzie war schön, verwöhnt und ehrgeizig, aber bislang war Holly nie der Gedanke gekommen, dass sie das zu einem schlechten Menschen machte. Mitunter hinterfragte sie die Prioritäten ihrer Freundin – taten das nicht alle Freunde von Zeit zu Zeit? –, allerdings hätte sie niemals eine derart tiefe Kluft zwischen ihren ethischen Grundeinstellungen vermutet.

Ihr eigener moralischer Kompass kreiselte empört: Ihre verletzten Gefühle verlangten nach einer Erklärung oder Entschuldigung für eine solche Hinterhältigkeit, während die Stimme der Vernunft beharrlich flüsterte, allein Lizzies in letzter Zeit drastisch gestiegener Alkoholkonsum lasse darauf schließen, dass hinter der äußeren Fassade weiß Gott nicht alles so perfekt war. Holly war bislang hin- und hergerissen gewesen: Sie wollte einerseits nicht tatenlos zusehen, andererseits war ihr klar, wie Lizzie reagieren würde, wenn sie sie auf die Trinkerei ansprach. Ende der

Freundschaft. Schluss. Aus. Also hatte sie den Mund gehalten und den rechten Augenblick abgewartet.

Jetzt erkannte sie, dass das ein Fehler gewesen war. Doch Lizzie und Kritik passten einfach nicht zusammen, so viel stand fest. Genauer gesagt: Lizzie war nicht kritikfähig, austeilen konnte sie dagegen sehr gut.

Holly ertappte sich dabei, wie sie die Ohren spitzte, um Dans Erwiderung zu hören. Es klang, als würde er sie mit zusammengebissenen Zähnen hervorpressen. »Du hättest es ihr sagen müssen, Lizzie! Du hast sie und mich in eine unmögliche Situation gebracht. George ist raus, und jeder Trottel sieht, dass ich nicht in der Lage bin, in seine Fußstapfen zu treten. Hast du dich auch nur eine Sekunde gefragt, was aus ihr werden wird?«

»Selbstverständlich, aber verzeih mir, wenn ich die Bedürfnisse meines Cousins voranstelle. Du brauchtest einen neuen Arzt, der auf deiner Seite sein würde, hab ich recht? Jetzt hast du Holly. Du brauchtest jemanden, der sich schnell eingewöhnen würde. Das hat sie getan. Du brauchtest jemanden, der leicht zu beeinflussen ist, es allen recht machen will und ein kleines bisschen hilfsbedürftig ist? Ta-da! Ich würde sagen, gern geschehen, aber ich habe nicht den Eindruck, dass du mir sonderlich dankbar dafür bist.«

»Wofür soll ich mich bedanken? Dass du meinetwegen deine beste Freundin manipuliert und an der Nase herumgeführt hast? Du hast mir versprochen, ihr reinen Wein bezüglich der Situation in der Praxis einzuschenken, *bevor* sie die Stelle antritt, und dann sagst du ihr kein Wort! Natürlich finde ich es großartig, dass du dich um mich kümmerst, aber doch nicht um diesen Preis!«

Holly konnte hören, wie Lizzie mit den Füßen auftippte. Das tat sie immer, wenn sie in Verlegenheit geriet.

Vielleicht, dachte Holly, machte sich jetzt endlich ihr schlechtes Gewissen bemerkbar. Langsam kochte Zorn in ihr hoch, und sie musste sich große Mühe geben, ihre Emotionen unter Kontrolle zu halten.

»Hör mal, Dan, ich verstehe nicht, weshalb du dich so aufregst. Ich habe Holly einen Gefallen getan. Milo war wieder einmal auf Schürzenjagd, während sie sich durch ihre endlosen Schichten in der Klinik gequält hat. Die Stelle im Ärztehaus ist eine Verbesserung für sie! Die beste Freundin lebt sozusagen um die Ecke, es gibt großartige Kollegen, einen wunderbaren Ort zum Leben. Na schön, sie hat es vermasselt, weil sie diesen Blödmann mitgebracht hat, trotzdem … Selbst mit einem fremdgehenden Ehemann im Schlepptau und ohne gesicherte berufliche Zukunft ist das besser als das, was sie vorher hatte.« Lizzie strengte sich offensichtlich an, Dan auf ihre Seite zu ziehen, denn sie legte Vernunft und Mitgefühl in die folgenden Worte. »Das musst du doch verstehen, Dan. Ich habe ihr einen Gefallen getan. Offenbar kannst du nicht klar denken, sonst wüsstest du, dass es nicht der beste Schachzug gewesen wäre, vorab reinen Tisch zu machen. Und immerhin brauchtest du meine Hilfe. Was hätte ich also tun sollen?«

»Ähm, ist dir nie der Gedanke gekommen, ehrlich zu sein? Du verstehst nicht, worum es geht«, stellte Dan beinahe ungläubig fest. »Du hast mich belogen. Du hast Holly belogen. Du hast uns beide manipuliert.«

Holly hörte das Scharren von Holz auf dem gebohnerten Fußboden, als Dan seinen Stuhl zurückschob und aufstand, aber sie war zu schockiert, um zu begreifen, was das bedeutete. Erst als die Tür aufgerissen wurde und sie einander von Angesicht zu Angesicht gegenüberstanden, schaltete sich Hollys Gehirn wieder ein.

»Guten Abend, Dan«, sagte sie gezwungen ruhig. »Guten Abend, Lizzie. Gibt es vielleicht etwas, was ihr mir mitteilen möchtet?«

Es entstand eine unangenehme Pause, in der sich jeder von ihnen weit weg wünschte.

Dan machte ein besonders beschämtes Gesicht. »Holly«, fing er an, »ich weiß nicht, was ich sagen soll …«

Sie holte bebend Luft. »Da sind wir schon zwei.«

Er rang um eine Erklärung, eine Hand fest im Nacken. So viele zufällig aufgefangene Gesprächsfetzen und Informationsschnipsel ergaben plötzlich einen Sinn! Ohne die charismatische Aura der Professionalität wirkte Dan schlichtweg wie ein gebrochener Mann. Es war schwer, ihm die Schuld zuzuweisen, wenn ihn ganz offensichtlich so viele andere Dinge plagten.

Außerdem wusste Holly, dass ein Fünkchen Wahrheit in Lizzies verletzenden Worten steckte. Der Umzug nach Larkford stellte in der Tat eine Verbesserung für sie dar, was ihre Lebensumstände anbetraf. Aber war es wirklich an Lizzie gewesen, dies zu entscheiden?

Dan berührte Hollys Schulter, womit er sie aus ihren durcheinanderwirbelnden Gedanken riss. Holly zuckte zusammen. »Auch wenn die Situation gerade alles andere als übersichtlich ist, musst du wissen, dass ich hinter dir stehe, Holly. Egal, wer den Posten des Seniorpartners einnehmen wird – sollte es Umstrukturierungen geben, hast du meine Rückendeckung, das verspreche ich dir.« Er warf seiner Cousine einen verärgerten Blick zu. »Eigentlich hätte Lizzie dir das sagen sollen. Wir geben allen neuen Angestellten nur befristete Verträge, damit wir die endgültige Übernahme entscheiden können, wenn wir sehen, ob wir die richtige Wahl getroffen haben.«

»Dann war das Einstellungsgespräch also nicht mehr als eine Farce?«, fragte Holly.

»George war sich seiner Pläne noch nicht sicher, wir mussten flexibel bleiben … Trotzdem: Ich stehe zu jedem Wort, das ich gesagt habe.« Dan gab ein unbehagliches Lachen von sich. »Jetzt muss es mir nur noch gelingen, der neue Seniorpartner zu werden.«

Holly schaute ihn an. Seine rechte Hand zitterte, auf seiner Stirn stand ein feiner Schweißfilm. Dieses Gespräch bekam ihm gar nicht gut, und sie empfand beinahe Mitleid mit ihm. Er schien ein körperliches Wrack zu sein. Wie standen da seine Chancen, sich gegen den raffinierten Henry Bruce oder die ehrgeizige Julia Channing durchzusetzen, gleichgültig, wie weich Letztere unter ihrer knallharten Schale sein mochte?

»Geh nach Hause, Dan«, schlug Holly sanft vor. »Iss etwas und leg dich ins Bett, ich schließe hier ab. Denn weißt du«, fügte sie hinzu, »alles Weitere betrifft dich nicht.«

Dan zögerte, abwechselnd von Lizzie zu Holly schauend, als schätze er ab, ob er die zwei allein lassen konnte.

»Es tut mir wirklich leid, Holly.«

»Ich weiß«, erwiderte sie ruhig. »Und jetzt geh heim.«

Es ließ einen eindeutigen Schluss auf seine psychische Verfassung zu, dass er ihren Vorschlag widerspruchslos befolgte.

In dem Moment, als sich die Tür hinter ihm geschlossen hatte, ging Holly um Dans Schreibtisch herum und ließ sich auf dessen Drehstuhl sacken.

Lizzie hatte sich nicht vom Fleck gerührt, sie saß noch immer auf dem Patientenstuhl, eine offene Tüte Kesselchips vor sich, die sie sich anscheinend bei ihrem spontanen

Stelldichein mit Dan hatte teilen wollen. Sie wirkte nicht im Mindesten zerknirscht.

»Also«, sagte Holly, »ich bin überzeugt, dass du mir jede Menge zu sagen hast. Vielleicht fangen wir einfach mit der Wahrheit an?«

Lizzie verdrehte die Augen. Holly spürte, wie sich ihr Puls beschleunigte.

»Jetzt sei doch nicht so melodramatisch!« Lizzie beugte sich vor und schob die Tüte über den Schreibtisch.

Am liebsten hätte Holly die Kesselchips auf den Boden gefegt und mit dem Absatz zertreten, so wütend und verletzt war sie.

»Ist es melodramatisch, wenn man gekränkt ist, weil man erfährt, dass man von der besten Freundin als Bauernopfer benutzt wurde? Das ist nicht melodramatisch, das ist tragisch! Hast du auch nur einen Augenblick an mich gedacht? An die Jungs? An Milo?«

Lizzie wischte Hollys Bemerkung mit einer abwertenden Handbewegung beiseite. »Als würde es dich wirklich kümmern, was mit Milo ist. Du warst doch förmlich in Lichtgeschwindigkeit hier, egal, ob er wollte oder nicht.«

Holly betrachtete Lizzie, als sei sie eine Fremde. All die aufmunternden Worte, sie als Alleinverdienerin habe das Recht, über diesen Ortswechsel zu entscheiden, waren anscheinend Teil der Operation »Leichtgläubige Närrin« gewesen.

»Findest du es eigentlich wirklich gut, dass ich jetzt hier lebe, Lizzie?«, fragte Holly ruhig.

Wieder verdrehte die Freundin die Augen. Holly hätte sie am liebsten geschüttelt. »Was soll das? Na klar finde ich es gut, du dumme Nuss. Hätte ich mir sonst die Mühe gemacht, dir einen Job zu verschaffen?«

»Ist das alles, was du zu sagen hast? Keine Entschuldigung? Gar nichts?«

Lizzie zuckte die Achseln. »Du weißt, dass ich mich grundsätzlich nicht entschuldige. Lass uns das Thema einfach ad acta legen und nach vorn blicken. Du weißt, dass ich recht habe, Holly, vertrau mir einfach.« Lizzie lehnte sich im Stuhl zurück und legte die Beine hoch – die Körpersprache eines Menschen, der sich sicher ist, einen Sieg davongetragen zu haben.

»Aber das tue ich nicht«, erkannte Holly plötzlich. »Ich vertraue dir nicht. Nach dieser Geschichte leider nicht mehr. Das Schlimmste ist, sämtliche Gespräche, die wir seit meiner Ankunft geführt haben, kommen mir auf einmal vor wie Lügen.« Sie schüttelte fassungslos den Kopf. »Dicke fette Lügen!«

»Notlügen«, widersprach Lizzie sogleich.

»Tatsächlich?«, fragte Holly, deren Stimme vor Sarkasmus triefte. »War es eine Notlüge, als du neulich bei dir zu Hause Überraschung über Georges Ruhestandsankündigung geheuchelt hast? War es eine Notlüge, als du behauptet hast, Dan sei ›nur ein bisschen erschöpft‹? Oder als du mich ermutigt hast, einen Jahresmietvertrag zu unterschreiben und keinen unbefristeten – nur zur ›Sicherheit‹?«

»Ach Holly, was ist denn schon dabei? Du bist hier, ich bin hier, Dan bekommt Unterstützung … obwohl das meiner Meinung nach zu wenig und leider auch zu spät ist. Er muss unbedingt im Rennen bleiben, vor allem, weil Julias TV-Sendung äußerst vielversprechend klingt und …«

Holly stand auf. Sie war bereits auf halbem Weg zur Tür, als Lizzie endlich aufgab.

»Komm, lass uns was trinken gehen. Ich habe ein paar Gerüchte aufgeschnappt, die dir ein paar deiner Patienten in einem ganz anderen Licht erscheinen lassen werden.«

Plötzlich erkannte Holly glasklar: Ihre Freundin war eine Klatschtante. Eine ziemlich bösartige noch dazu. Darüber hinwegzusehen war leicht, wenn man sich im Licht von Lizzies Freundschaft und Gunst sonnte, doch nun wusste sie, wie es sich anfühlte, Opfer ihrer scharfen Zunge zu werden.

»Du magst vielleicht meine älteste Freundin sein, Lizzie, aber bist du deshalb auch meine beste? Von deinem Unvermögen, dich zu entschuldigen, einmal abgesehen, habe ich den Eindruck, dass dir nicht ansatzweise der Gedanke kommt, du könntest etwas falsch gemacht haben.« Hollys zunächst leise Stimme schwoll an. »Ich bin mir nicht einmal sicher, ob ich dich mag! Und so, wie du gerade über mich gesprochen hast, bin ich fast überzeugt davon, dass du *mich* nicht magst.«

Lizzie sagte kein Wort. Sie war derart daran gewöhnt, dass Holly auf ihrer Seite war, dass sie wohl angenommen hatte, dies wäre auch heute so. »Das meinst du doch nicht ernst«, sagte sie schließlich trotzig.

»Nun ja«, erwiderte Holly, »obwohl ich ›leicht zu beeinflussen bin und es allen recht machen will‹, weiß ich sehr genau, was ich will. Und im Augenblick weiß ich, dass man mit Freundinnen wie dir keine Feinde braucht. Übrigens, du solltest jetzt besser gehen, damit ich absperren kann.«

Es kostete Holly große Mühe, sich zusammenzureißen, als sie an jenem Abend ihre Zwillinge badete und bettfertig machte. Sie hätte mit Milo darüber reden können, doch dann hätte sie ihm die ganze Geschichte erzählen müssen.

Außerdem wusste sie genau, was er sagen würde. Er hielt Lizzie von jeher für den Inbegriff einer Narzisstin. Die Ironie, dass dies umgekehrt genauso war, entging Holly nicht.

Milo würde ihr raten, sich zurückzuziehen, das stand für Holly fest. Seine scharfen Kommentare, Lizzie betreffend, fielen nicht selten genau dann, wenn sie nach einem sarkastischen Hieb oder einer gefühllosen Stichelei ihrer Freundin besonders verletzlich war und seine Unterstützung gebraucht hätte.

Holly kuschelte sich unter die Feuerwehrmann-Sam-Bettdecke, um den Zwillingen zum x-ten Male *Wir gehen auf Bärenjagd* vorzulesen, und genoss die Wärme und Sicherheit des Augenblicks. In diesem Moment hatte sie den Eindruck, die beiden Jungs seien das einzig Echte in ihrem Leben.

Irgendwie hatte sie es geschafft, ihr Umfeld mit lauter selbstverliebten Egoisten zu bevölkern – eine Erkenntnis, die ihr nun wie Schuppen von den Augen fiel. Was sagte das über ihren psychischen Zustand aus? War sie es etwa nicht wert, in ihrem eigenen Leben die Hauptrolle zu spielen?

Auch als sie zu Ende gelesen hatte, aufstand und die Bettdecken um die Zwillinge feststeckte, hörten ihre Gedanken nicht auf zu rasen. Sie warf einen Blick auf die kleinen Hosen und T-Shirts, die sie für den nächsten Morgen zurechtgelegt hatte, und fragte sich, wie um alles in der Welt sie mit dieser Situation umgehen sollte.

»Noch zwei Tage, dann ist Wochenende«, murmelte sie, die Augen auf die schlafenden Jungs geheftet. Ben lag ganz ruhig unter seiner Bettdecke, Tom dagegen hatte sich breitgemacht wie ein Seestern – alle Gliedmaßen von sich gestreckt.

Sie seufzte. Wie sollte sie den beiden beibringen, dass »Tante Lizzie« eine Zeitlang nicht zum Spielen vorbeikam?

Plötzlich schoss Holly noch etwas anderes durch den Kopf: Was wurde nun aus Eric, dem »Teilzeithund«?

Wieder stiegen ihr die Tränen in die Augen.

Sie hatte in der Tat ein ordentliches Eigentor geschossen, indem sie die Verantwortung für ihr Glück anderen überlassen hatte. Mit Milo auf der einen und Lizzie auf der anderen Seite hatte Holly ihre eigene Stimme verloren.

Sie lehnte sich gegen die Wand und rutschte zu Boden, ohne die schlafenden Jungs aus den Augen zu lassen.

Morgen ist auch noch ein Tag, dachte sie.

Auch wenn sie damit ein Klischee bediente – morgen war der erste Tag vom Rest ihres Lebens. Es war an der Zeit, dass sie wieder die Kontrolle über ihr Leben übernahm.

Wenn sie nur wüsste, wo sie anfangen sollte!

Kapitel neunzehn

Dan ließ langsam seinen höchst unbefriedigenden Lauf ausklingen. Ganz gleich, wie sehr er sich antrieb, das Laufen würde nicht helfen, wurde ihm klar, als er auf die Parkbänke zustrebte, um seine üblichen Dehnübungen zu machen. Kurzfristig wurde er abgelenkt von einem anderen Jogger, der seine Runden durch den Park drehte, eine Frau, deren hautenges Lycra-Outfit jede Kurve ihres perfekt geformten Körpers zur Geltung brachte. Er kniff die Augen zusammen und beobachtete, wie sie mühelos bergan Richtung Joggingpfad lief, was ihm einen hervorragenden Blick auf ihren straffen Hintern verschaffte.

Nicht gerade hilfreich, seinen Herzschlag auf ein normales Niveau zu senken.

Wäre er Taffy Jones, dachte er, würde er sich jetzt in Bewegung setzen und eine weitere Runde drehen, um an ihre Telefonnummer zu gelangen. Er hatte tatsächlich selbst einen Augenblick daran gedacht, doch dann hatte er sich der Tatsache gestellt, dass er erschöpft und schlechter Laune war und sich danach sehnte, dass dieser Tag zu Ende ging. Vielleicht würde es ihm leichter fallen, seine Probleme zu bewältigen, wenn zu Hause eine liebe Freundin auf ihn wartete – doch im Grunde bezweifelte er das. Die Flashbacks quälten ihn mittlerweile fast jede Nacht und konnten vermutlich als unmittelbare Reaktion auf Georges Ruhestandsankündigung gedeutet werden. Doch damit nicht genug: Nun stand ihm auch noch ständig Hollys entsetztes Gesicht vor Augen. Sie war zutiefst verletzt gewesen, das hatte er deutlich gespürt.

Schuld war ein abscheuliches Gefühl, befand er. Zumal er es hätte besser wissen müssen. Er kannte Lizzie schon seit Ewigkeiten, und ihm war klar, wie sie tickte. Man konnte sich auf sie verlassen, es sei denn, irgendetwas kollidierte mit ihren persönlichen Bedürfnissen. Dann war sie in der Regel überraschend skrupellos. Dan hätte sich in den Hintern treten können, dass er nicht selbst Holly über den wahren Stand der Dinge in Kenntnis gesetzt hatte, doch er wusste ebenso gut, dass es ihm mehr als recht gewesen war, diese Aufgabe zu delegieren. Was hätte er auch sagen sollen? »Bitte komm, Holly, verfrachte deine gesamte Familie nach Larkford, auch wenn das Ärztehaus vor einem Riesenumbruch steht und ich dir nicht zusichern kann, dass du deinen Job längerfristig behältst. Wenn ich den Posten als Seniorpartner ergattere, hast du nichts zu befürchten, doch leider habe ich große psychische Probleme und bin vermutlich gar nicht dafür geeignet. Was meinst du – willst du gleich nächsten Montag anfangen?«

Er seufzte tief, und das Gewicht der Verantwortung lastete schwer auf seinen Schultern. Lizzie hatte Holly in ihrer Nähe haben wollen, um ihn ging es eher in zweiter Linie, auch wenn seine Cousine etwas anderes behauptete. Deshalb hatte sie alles darangesetzt, ihre beste Freundin nach Larkford zu locken – als wäre Holly das Patentrezept für all ihre Probleme. Er ahnte längst, dass sich das Mutterdasein für sie als weit weniger erfüllend entpuppte, als sie gehofft hatte. Mitunter schien Lizzie nahezu bestürzt zu sein über die Profanität des Familienalltags mit Kindern unter fünf. Seine Cousine hatte nie halbe Sachen gemacht. Nur weil sie jetzt Mutter war, würde sie sich noch lange nicht von der vordersten Karrierefront zurückziehen, doch ein perfektes Familienleben – zumindest nach außen hin – schien ihr ebenfalls extrem wichtig.

Ohne eine zumindest ansatzweise Bereitschaft, sich auf Kompromisse einzulassen, war die Doppelbelastung für Lizzie einfach zu groß. Zu stolz, um offen um Hilfe zu bitten, schien sich seine Cousine Unterstützung vom Gin zu erhoffen – und von Holly. Dan durchschaute die Dynamik dieser Frauenfreundschaft nicht, aber was wusste er schon? Vielleicht war es in hohem Maße befriedigend für Holly, eine Freundin an ihrer Seite zu haben, die sie auf all ihre Styling-Fehlgriffe hinwies und sich über ihren Mann lustig machte, während sie gleichzeitig mitfühlend ihre Hand hielt?

Vielleicht gefiel es Lizzie zu sehen, wie die kompetente Holly mit denselben Problemen, Elternschaft und Erziehung betreffend, kämpfte wie sie, nur mit weniger Stil? Dan schüttelte den Kopf. Frauen würden ihm wohl immer ein Buch mit sieben Siegeln bleiben.

Aber eines wusste er: Die Holly von früher war mutig und selbstbewusst gewesen, hatte auf den Tischen getanzt und bis in die frühen Morgenstunden über Probleme diskutiert. Es war förmlich ein Schock gewesen, sie beim Einstellungsgespräch zu erleben. Die Holly, die mit Milo verheiratet war, erschien ihm genauso, wie Lizzie sie schilderte: als eine zensierte Holly. Holly light. Als Ärztin war sie wundervoll, als Verbündete perfekt, aber an die alte Holly reichte sie nicht heran.

Dan umfasste grob seinen Knöchel, um seinen Quadrizeps bis zum Zerreißen zu dehnen. Wieder trat ihm das Bild von Holly vor Augen, die Züge verzerrt vor Schreck und Schmerz. Sie hatte ihm vertraut. Sie hatte Lizzie vertraut. An wen sollte sie sich jetzt wenden?

»Dr. Carter? Dan?« Ein sanfter Druck auf seinem Arm riss Dan aus seinen Gedanken. Er blickte auf und schaute in ein Paar intensiv grüner Augen, die ihm irgendwie bekannt vorkamen. »Ist alles okay?«

Die junge Frau, die in Joggingschuhen vor ihm auf und ab hüpfte, reichte ihm kaum bis zur Brust. Sie sah aus wie eine Porzellanpuppe – der glatte schwarze Bob reichte ihr bis ans Kinn, ihre strahlenden Augen wirkten riesig in ihrem blassen Gesicht. Ein Gesicht wie aus einem Walt-Disney-Film.

»Mir geht's gut, danke«, erwiderte Dan automatisch und ging im Kopf seine Rollkartei durch. Er war sich ziemlich sicher, dass sie es gewesen war, die er vorhin hügelaufwärts hatte laufen sehen, was genügte, ihn in Verlegenheit zu bringen.

Die junge Frau lächelte. »Wahrscheinlich haben Sie mich eher so in Erinnerung ...« Sie blies die Wangen auf, schürzte die Lippen und verdrehte die Augen.

Dan musste lachen. »Richtig ... Kingsley Arms. Erdnuss-Allergie. Belinda Grey – Lindy. Hab ich recht?«

Sie schien erfreut, dass er sich erinnerte, denn auf ihre hohen, perfekt geschwungenen Wangenknochen trat eine leichte Röte. »Wie war Ihr Lauf?«

»Nicht gerade der beste«, gab Dan zu. »Ziemlich unbefriedigend, um genau zu sein. Aber wie geht es Ihnen nach dem Zusammenstoß mit den gefürchteten Hülsenfrüchten?«

»Alles in allem recht gut. Gott sei Dank waren Sie und Dr. Jones vor Ort. Ich nehme an, meine Freundinnen sind ausgeflippt und waren komplett nutzlos.«

Dan sparte sich die Bemerkung, dass auch er beinahe ausgeflippt und komplett nutzlos gewesen wäre. Sie schien die Sache mit Humor zu nehmen, also war es am besten, die weiche Hand auf seinem Arm zu ignorieren und professionell zu bleiben. »Im Ärztehaus gibt es eine DVD, auf der gezeigt wird, wie man einen EpiPen benutzt. Die könnten Sie ausleihen und sich zusammen mit Ihren Freundinnen ansehen. Was halten Sie davon? Nur für alle Fälle …«

Dan betrachtete Lindys offenes Gesicht, den durchtrainierten zierlichen Körper. Dort, wo ihre Hand seinen Arm berührte, prickelte seine Haut. Für eine Sekunde wünschte er, er wäre mehr wie Taffy. Taffy würde sich in einem Augenblick wie diesem bestimmt nicht auf eine moralische Debatte mit sich selbst einlassen, er würde die Gelegenheit ganz einfach beim Schopf packen.

Belinda ließ sich ihre Chance nicht entgehen. »Darf ich Sie auf einen Drink einladen, wenn ich verspreche, Sie nicht in eine kompromittierende Arzt-Patientin-Situation zu bringen?«, sagte sie mit funkelnden Augen.

Sie gingen durch den Park auf die Lichter des Kingsley Arms zu.

»Trainieren Sie für etwas Bestimmtes, oder halten Sie sich einfach nur fit?«, erkundigte sich Belinda.

»Ich habe überlegt, ob ich an dem Halbmarathon in Bath teilnehmen soll. Voraussetzung ist allerdings, dass wir die Hügel schaffen. Normalerweise trainiere ich zusammen mit Taffy«, erklärte er. »Das Laufen ist unsere Rettung, ohne würden wir irgendwann mit Sicherheit durchdrehen.«

»Das kann ich mir gut vorstellen«, versicherte ihm Belinda einfühlsam. »Ihr Job ist bestimmt oft sehr stressig.«

»Ja«, bestätigte Dan mit Nachdruck. Am liebsten hätte er das Thema gewechselt und fragte sich, warum er überhaupt darauf zu sprechen gekommen war. »Vielleicht können Sie uns ein paar Tipps über die Trainingsstrecken in der Gegend geben. Wir enden nämlich immer wieder im Kingsley Arms!«

Belinda grinste. »Nun, es ist ja auch ausgesprochen wichtig, genug Flüssigkeit zu sich zu nehmen. Aber Spaß beiseite: Jeden Donnerstag findet ein Treffen der Larkford-Crossläufer statt. Schaut doch mal vorbei, wenn ihr Lust habt. Je mehr Teilnehmer, desto besser, aber ich muss euch warnen: Manche aus dem Team nehmen die Sache sehr ernst.«

»Wie ernst? Reden wir über Lycra-Einteiler und Pflaster auf den Brustwarzen?« Er grinste.

»Schlimmer«, flüsterte sie und schaute sich verschwörerisch nach allen Seiten um. »Manche von denen sind … Triathleten.«

Dan prustete los. Triathlons waren in den letzten Jahren sehr in Mode gekommen und galten als sicherer Hinweis auf eine bevorstehende Midlife-Crisis. Die dicklichen Papas wetteiferten darum, bestmöglich in Form zu kommen, maßen nahezu besessen Startzeiten, Herzfrequenz und Proteinzufuhr, nur um mit Schienbeinkantensyndrom, Verstauchungen und Bandscheibenvorfällen im Ärztehaus zu landen. Das alles hielt sie jedoch nicht davon ab weiterzutrainieren, in dem Bemühen, ihre verlorene Jugend zurückzugewinnen, auch wenn sie dadurch wesentlich häufiger zum Arzt mussten als sonst.

»Ich bin mir nicht sicher, ob Taffy und ich engagiert genug sind, Belinda.«

»Nennen Sie mich Lindy.«

»Und was machen Sie so, wenn Sie nicht gerade laufen oder sich über verbotene Erdnüsse hermachen, Lindy? Ich hoffe, die Frage ist nicht allzu abgedroschen …«

»Ich bin Lehrerin.«

Dan sah sie zweifelnd an. »Sie sind Lehrerin? Sie sehen noch so jung aus.«

Lindy lachte. »Ich fasse das jetzt mal als Kompliment auf. Aber ja, ich *bin* Lehrerin. Stellvertretende Oberstufenleiterin, um genau zu sein.« Sie sprach mit dem leichten Überdruss eines Menschen, der ein und dasselbe Thema schon unzählige Male erörtert hatte.

»Was unterrichten Sie? Geographie? Geschichte? Englisch?«

»Biologie und Chemie. Und natürlich Biochemie.«

Dan war beeindruckt. Und ein bisschen verlegen, als ihm aufging, dass er sich in Lindys Augen vermutlich aufgeführt hatte wie ein typischer Macho. Du unterrichtest Naturwissenschaften? Bei deinem Aussehen?

Doch Lindy zog nur ihre perfekt gezupften Brauen in die Höhe und sagte kein Wort.

Als sie plaudernd das Pub betraten, war Dan froh, dass er trotz seines anfänglichen Zögerns Lindys Einladung angenommen hatte. Vielleicht war es Zeit, dass er über das Fiasko mit Julia Channing hinwegkam und wieder mitmischte. Sie gingen zur Bar, wo sie auf Taffy trafen, der in ein Gespräch mit dem Major über dessen entzündete Fußballen vertieft war. »Rette mich …«, formte Taffy lautlos mit den Lippen, als der Major seine Schuhe wieder zuschnürte.

Während sie Taffy taktvoll aus der Patsche halfen und den Major irgendwie dazu brachten, sich zu verabschieden, beobachtete Dan Lindy. Sie war hübsch, selbstbewusst, clever – und in Sachen soziale Kompetenz mit Sicherheit bewanderter als er. Dan spürte, wie gut ihre charmante Art seiner labilen Gemütsverfassung tat.

Sie bestellten sich etwas zu trinken und setzten sich an die Bar. »Taffy«, wandte sich Dan an seinen Freund, »Lindy war so freundlich, uns zum Training mit den Larkford-Crossläufern einzuladen.«

»Mit den Crossläufern?«, fragte Taffy überrascht und schnitt eine Grimasse. »Ich dachte, das ist ein Haufen von … nun, ich nehme an, ›Triathleten‹ ist der politisch korrekte Ausdruck?«

Lindy lachte. »Nicht alle von uns sind … Triathleten. Ein paar Marathonläufer und Zeitverschwender sind auch dabei.«

»Und zu welcher Gruppe zählst du?«, fragte Dan interessiert. »Ich darf doch du sagen, oder?«

»Klar, das ist mir eh viel lieber.« Lindy grinste. »Tja, ich zähle mich ganz gern zu den Zeitverschwendern, aber ich kann es nicht leugnen: Ich liebe es zu laufen, vorzugsweise Marathon.« Sie nahm einen kleinen Schluck von ihrem Drink, dann fragte sie mit bemüht ernster Stimme: »Also, Halbmarathon-Jungs, wie kommt ihr mit dem Training voran?«

Taffy lachte, bestellte sich noch ein Bier und überließ es Dan, sich eine vernünftige Antwort zu überlegen. »Nun, um ehrlich zu sein, ist es kein richtiges Training; wir laufen einfach so, aufs Geratewohl. Allerdings sind wir ziemlich fit, deshalb dauert es sicher nicht lange, bis wir in Form sind. Wir haben ja noch ein paar Monate, bis es so weit ist.«

Lindy schüttelte den Kopf. »Typisch Männer. Seid ihr in letzter Zeit mal in Bath gewesen? Habt euch die Hügel angeschaut? Ihr könnt froh sein, wenn ihr die Strecke ohne anständiges Trainingsprogramm überhaupt bewältigt.« Sie schienen eins von Lindys Lieblingsthemen angeschnitten zu haben. Eifrig zählte sie ihnen die gängigsten Verletzungen aufgrund mangelnder Vorbereitung auf und setzte gerade dazu an, ein paar Dehnübungen zu demonstrieren, als Dan sie unterbrach.

»Das wird schon klappen, und wenn wir Verletzungen davontragen sollten – wir kennen zum Glück die richtigen Leute, die sie behandeln.« Er hatte einen Scherz machen wollen, doch Lindy errötete, offenbar verlegen. »Ich wollte nur helfen.«

Als Dan sah, wie sich ihre Wangen verfärbten, musste er dem Drang widerstehen, sie an sich zu ziehen. Plötzlich brannte er förmlich darauf festzustellen, ob der Duft nach Orange und Jasmin, der ihn umhüllte, von ihrem Nacken kam, dort, wo der akkurat geschnittene Bob den blassen, zarten Hals freigab.

»Ich würde deine Hilfe liebend gern annehmen«, stieß er mit rauer Stimme hervor, räusperte sich und verfluchte sich im Stillen dafür, dass er wie ein pubertierender Oberschüler klang. Noch bevor er wusste, wie ihm geschah, war Taffy in der Menge verschwunden, und Lindy trank ihr Glas aus. »Sollen wir irgendwohin gehen, wo es ruhiger ist?«, schlug sie vor.

»Ähm … gern«, stammelte er mit dem Gefühl, gerade einen Achterbahnlooping hinter sich gebracht zu haben. Das war so gar nicht sein gewohntes Terrain. Wenn es darum ging, Frauen kennenzulernen, war Dan mehr als unbeholfen. Gerade ging für seinen Geschmack alles viel zu schnell, viel zu taffy-mäßig, obwohl es Lindy war, die aufs Gaspedal trat.

Das Schweigen war bedeutungsschwer. Dan glitt von seinem Barhocker. Lindy legte den Kopf zurück und schaute mit großen Augen zu ihm auf. Eine weitere Wolke ihres sommerlichen Parfüms drang in seine Nase. Ihre Lippen glänzten verführerisch.

Sie schafften es kaum zu Dans Land Rover, der auf dem Parkplatz des Ärztehauses stand, bevor Lindy ihre zarten hellen Finger mit seinen kräftigen dunkleren verschränkte. Es war ein Wunder, dass sie überhaupt einsteigen konnten. Dan hatte nicht einmal die Chance, die berühmte Frage »Zu dir oder zu mir?« zu stellen, als ihre Hände auch schon sein Haar zausten. Sie rutschte zu ihm hinüber und drückte ihre Lippen auf seine.

Dan zog sie an sich und stöhnte auf, als sie seinen Hals küsste. Ihr seidiges Haar mit dem erotischen Duft nach Jasmin streifte sein Gesicht. Eine ihrer Hände glitt verführerisch über seine Brust. »Wahnsinn«, stieß er hervor und dankte dem Herrgott dafür, dass es stockdunkel auf dem Parkplatz war.

Lindy schob sich so weit vor, dass sie auf seinem Schoß saß. Dan vergaß allen Anstand und bahnte sich mit der Hand den Weg unter die eng anliegende Lycra-Schicht, bis seine Finger auf die zarte Spitze ihres BHs und die harten Brustknospen darunter stießen.

»Lass uns zu dir fahren«, flüsterte sie.

Dan hielt abrupt inne. »Ähm … gern. Wenn du möchtest. Ich dachte nur, ich lade dich zum Abendessen ein, aber vielleicht …«

Lindy widmete sich hingebungsvoll seiner Unterlippe und verstärkte den Druck auf seinen Schritt. »Zu dir nach Hause«, flüsterte sie. »Ins Bett. Lass uns mit dem Dessert beginnen.«

Dan nahm ihr Gesicht in seine Hände. Sein Lächeln sprach Bände. »Bist du dir sicher?«, fragte er und wünschte sich nichts sehnlicher als ein Ja. Das Ganze lief zwar völlig anders, als er sich sein erstes Date nach Monaten vorgestellt hatte, aber fest stand, dass es jede seiner Fantasien weit in den Schatten stellte.

Lindy rutschte von seinem Schoß zurück auf den Beifahrersitz. Ihre großen Augen funkelten vor Begierde, ihre Lippen waren voll und glänzten. Sie schob eine Hand unter seine Joggingshorts. »Nun fahr schon.«

Es grenzte an ein Wunder, dass sie Dans Cottage heil erreichten. Drinnen angekommen verschwendeten sie keine Zeit mit Worten oder einem Drink. Dan trat mit dem Fuß die Haustür zu und folgte Lindy in die Küche. Sie streifte ihre Laufschuhe ab und lehnte sich an den Küchentisch, ehe sie mit einer schnellen Handbewegung ihre Hose auszog. Dan meinte, beim Anblick ihrer weichen cremeweißen Haut einen Herzinfarkt zu bekommen, und entledigte sich eilig seines Shirts. Lindy strich mit der Hand über seinen festen Bauch und folgte der Spur der dunklen Härchen, die unter seinem Hosenbund verschwand.

»Ich dachte, du trainierst nicht ernsthaft?«, murmelte sie. Dan streifte ihr das hautenge Lycra-Oberteil über den Kopf und zog sie vom Tisch.

»Ich will dich«, flüsterte er heiser, drückte sie an sich und schob seine Hand unter das winzige Stück Stoff, das sich noch zwischen ihm und ihr befand. Keuchend zerrte sie an seinen restlichen Klamotten und warf sie achtlos zur Seite. Sie taumelten rückwärts gegen den Küchentisch. Lindy schlang die Beine um seine Hüften und wölbte sich ihm entgegen. Dan drang vorsichtig in sie ein, und erst als sie leise aufschrie, ließ auch er sich gehen, bis schließlich blind vor Lust die Wogen der Befriedigung über ihre gierigen Körper hereinbrachen.

Nach einer schnellen Dusche, die unweigerlich zu einer zweiten Runde führte, und nach einem großen Glas

Wasser ließ sich Dan erschöpft gegen das Waschbecken sacken und versuchte, wieder zu Atem zu kommen. Er hätte nie gedacht, dass der Abend so enden würde. Vielleicht hatte Taffy die ganze Zeit über recht gehabt – Ablenkung war genau das, was er brauchte. Doch selbst engumschlungen mit Lindy unter der Dusche drohten seine Gedanken, auf gefährliches Territorium abzuschweifen.

War es wirklich möglich, dass eine neue Frau in seinem Leben die Symptome seiner PTBS zu lindern vermochte? Er warf einen Blick auf die Uhr und konnte kaum glauben, dass es erst halb zehn war. Vielleicht sollten sie zusammen ein paar Nudeln kochen und einen Film anschauen?

Auf dem Weg ins Schlafzimmer überlegte er bereits, wie sie das Wochenende verbringen könnten.

Lindy saß schon wieder voll bekleidet in ihrem Lauf-Outfit und den Schuhen auf der Bettkante.

Dan zog fragend eine Augenbraue in die Höhe. »Du willst doch jetzt nicht noch mal trainieren? Soll ich dir ein T-Shirt von mir leihen?«

Sie biss sich auf die Unterlippe und zuckte die Achseln. »Nun, um ehrlich zu sein, dachte ich … du weißt schon …« Sie wedelte mit der Hand und schaute sich unbehaglich um. »Ich wollte nicht gehen, ohne mich zu verabschieden.«

Dan war völlig perplex.

Lindy merkte ihm seine Verwirrung wohl an, denn sie erklärte verlegen: »Mist. Du hattest mehr erwartet …«

»Irgendwie schon … ja. Zum Beispiel ein gemeinsames Abendessen, einen Film, ein Gespräch …« Dan registrierte, wie defensiv er klang.

Wieder zuckte sie die Achseln. »He, es war wunderbar mit dir. Vielleicht können wir das wiederholen … ein andermal. Schick mir eine Freundschaftsanfrage auf Facebook, wenn du Lust hast. Ich bin davon ausgegangen, dass wir beide dasselbe wollen.«

»Sicher«, erwiderte er, obwohl er sich fragte, was zum Teufel das sein sollte. Fast rechnete er damit, dass sie ihm zum Abschied die Hand schütteln würde. »Tja, ich dachte nur, du würdest vielleicht etwas essen wollen.«

»Nein danke, ich brauche nichts.« Lindy stand auf und drückte ihm einen flüchtigen Kuss auf die Wange. Kurz darauf hörte Dan die Haustür ins Schloss fallen.

Okay, dachte er. So viel steht fest: Ich bin absolut nicht auf dem Laufenden. Heute datet man definitiv komplett anders als früher. Und ich habe keinen blassen Schimmer, was ich tun soll.

Auf einmal verstand er, warum sich Taffy so sehr von Holly Graham angezogen fühlte. In einer Welt der Quickies und der Beliebigkeit, die damit einherging, erschien einem jemand, der Authentizität verkörperte, wohl besonders attraktiv.

Plötzlich heißhungrig, füllte er eine Schüssel mit Müsli. Er konnte nicht leugnen, dass der Sex mit Lindy großartig gewesen war, auch wenn er sich jetzt leer fühlte. Er liebte es, am Morgen danach zusammen aufzuwachen. Wenn man mehr vom anderen wusste als nur den Namen. Wenn der Mensch, mit dem man einen One-Night-Stand hatte, nicht ausgerechnet eine seiner Patientinnen war.

»Reiß dich zusammen, Carter«, murmelte er und griff nach einem Löffel und der Fernbedienung.

Kapitel zwanzig

»Scheiße, Scheiße, Scheiße …«, fluchte Holly am nächsten Abend, nachdem sie sich den ganzen Tag über zusammengenommen hatte. Es war absolut verständlich, wenn man sich stundenlang fast ausschließlich mit Körperöffnungen, Körperflüssigkeiten und -ausscheidungen befassen musste. Aus etwas anderem schien ihre Welt in letzter Zeit nicht zu bestehen. Zudem meinte sie, irgendwo gelesen zu haben, dass man mit mantra-ähnlichen Flüchen Stress abbauen konnte.

Um ihrem festen Vorsatz, ruhig zu bleiben, gerecht zu werden, hatte sie sich bemüht, anderen Menschen aus dem Weg zu gehen – allen voran Dan und seinen permanenten Entschuldigungen. Sie fühlte sich nach wie vor zutiefst getroffen, was sich so schnell auch nicht ändern würde. Selbst ihr fester Glaube an das Karma geriet momentan gefährlich ins Wanken.

War es möglich, dass sie die Sache aus einem falschen Blickwinkel betrachtete? War tatsächlich Lizzie diejenige mit der richtigen Perspektive?

Holly griff spontan nach ihrem Handy, um Lizzie anzurufen, doch dann wurde ihr klar, dass das keine Option war. Aller Wahrscheinlichkeit nach würde sie nach zweimaligem Klingeln direkt an die Mailbox weitergeleitet werden und sich hinterher noch schlechter fühlen als jetzt.

Plötzlich kam ihr eine andere Idee. Sie zögerte, ihre Professionalität abwägend gegen das, was ihr in diesem Augenblick erschien wie ein Geniestreich, dann tippte sie eine Nummer ein. »Elsie? Hier spricht Holly Graham. Ich weiß, es klingt ein bisschen verrückt, aber ich brauche Ihren Rat. Und Ablenkung.«

Elsies kehliges Lachen hallte durch die Leitung, während Holly weitersprach, überzeugt, dass Elsie sie verstand. »Ich muss unbedingt Dampf ablassen, aber ich weiß nicht, wie. Alles, was ich früher zu diesem Zweck getan hätte, ist momentan unmöglich. Ich brauche ein neues Ventil! Eine neue Sünde! Sonst war es ein spontaner Wochenend-Trip, eine Shopping-Orgie, die ganze Nacht aufbleiben und Martinis trinken, ein Flirt, ein Abenteuer, tanzen gehen … Ist aber alles strikt verboten wegen zwei kleiner Jungs in Pyjamas und einem Kontostand, der immer weiter in die Miesen rutscht, noch während wir hier telefonieren. Ich dachte … vielleicht könnten Sie mir helfen? Kein Ahnung wieso, aber irgendwie habe ich den Eindruck, Sie wüssten die Antwort auf meine Fragen …«

Eine halbe Stunde später saßen die zwei kleinen Jungs in Pyjamas in eine Decke mit chinesischen Motiven eingekuschelt auf Elsie Sofa und schauten sich eine *Bob der Baumeister*-DVD an, während Holly mit Elsie in der Küche hockte. »Es war wirklich lieb von Ihnen, uns einzuladen, auch wenn ich fürchte, dass sie es aus reiner Höflichkeit getan haben, Elsie.«

Elsie zog ihre perfekt gezupften Augenbrauen in die Höhe. »Meine liebe Holly, Sie sollten wissen, dass ich viel zu alt bin, um Dinge nur aus Höflichkeit zu tun. Wenn ich etwas nicht möchte, bin ich sehr wohl in der Lage, dies deutlich zu formulieren. Allerdings habe ich den Eindruck, dass genau dies das Problem bei euch jungen Frauen ist. Ihr verbringt die Hälfte eures Lebens damit, etwas zu tun, was ihr nicht wollt, nur weil ihr meint, ihr *solltet* es tun. Also, hier kommt die erste Lektion: Streichen Sie das Wort ›sollen‹ aus Ihrem Wortschatz. Weg damit«, erklärte sie mit Nachdruck, griff nach ihrem Glas und nahm einen großen Schluck von ihrem geliebten Campari Soda, »von heute an gibt es kein ›ich sollte‹ mehr.«

Geschickt mixte sie einen weiteren Cocktail und reichte Holly einen Drink, der sie von der Farbe her an die Blutgruppe AB negativ erinnerte. Holly nahm einen vorsichtigen Schluck und blinzelte erschrocken. »Du liebe Güte, Elsie! Ist der stark!«

»Ich weiß«, erwiderte die alte Dame schelmisch. »Das Zeug ist göttlich! Trinken Sie ein paar davon, dann geht es Ihnen gleich besser.« Elsie schob ein Schälchen Salzmandeln über den Tisch, die sie vermutlich seit Ende der 1990er Jahre immer wieder hervorkramte. In Elsies Welt dienten Knabbersachen allein Dekorationszwecken.

Holly kämpfte gegen den bitteren Geschmack in ihrem Mund und das Brennen in ihrem Hals an. Dieses Gebräu mochte perfekt sein, um alle Hemmungen abzuwerfen, aber es schmeckte, als stamme es aus einem Chemielabor. Sie schluckte mutig und zwinkerte die Tränen aus den Augen.

»Hm.« Elsie musterte sie kritisch. »Wie viel werden Sie aus reiner Höflichkeit trinken, bevor Sie mir sagen, dass es Ihnen nicht schmeckt?«

»Nein, nein, das stimmt nicht! Es schmeckt lecker, nur ein bisschen ungewohnt …«

»Meine Güte, Holly Graham! Es ist ja schlimmer, als ich dachte! Wo steckt Ihre eigene Meinung? Treffen Sie eine klare Entscheidung, anstatt aus falsch verstandener Rücksicht auf die Gefühle anderer Leute etwas zu trinken, was Sie ekelig finden!« Elsie straffte die Schultern, stellte die kleinen Füße leicht auseinander wie in der zweiten Position beim Ballett und stemmte die Hände in die Hüften. Sie wirkte eindrucksvoll, selbst wenn sie Holly nur bis zur Schulter reichte. Es entstand eine Pause, in der Holly vergeblich um eine passende Erwiderung rang.

Elsies Augen funkelten. »Sie trauen sich ja immer noch nicht!«

Holly stellte zögernd ihr Glas auf den Untersetzer. »Okay … na schön … also, um ehrlich zu sein … das ist …«

Elsie prustete los. »Ich werde nicht jünger, also raus mit der Sprache! Spucken Sie's aus! Seien Sie offensiv! Seien Sie brutal! Sagen Sie mir, was Sie *wirklich* denken!«

»Es schmeckt abscheulich!«, stieß Holly hervor. »Grauenhaft, ekelig – das Grässlichste, was ich seit langer Zeit probiert habe. Ich habe keine Ahnung, wie Sie das runterbringen. Es schmeckt wie Frostschutzmittel.« Sie brach so abrupt ab, wie sie zu sprechen begonnen hatte, die Wangen gerötet, fassungslos über ihre Worte.

Elsies Gesicht verzog sich zu einer Maske der Trauer, eine einzelne Träne rollte über die dicke Make-up-Schicht. »Das Rezept ist von meinem Vater«, schluchzte sie mit bebenden Schultern. »Ich kann nicht glauben, dass Sie etwas derart Gemeines gesagt haben!«

Holly spürte, wie ihr die Galle hochkam. Beklommen nahm sie Elsies Hand. »Oh nein, es tut mir leid! Ich weiß nicht, was ich mir dabei gedacht habe. Sie waren so nett zu mir, und ich …«

Hollys Gedanken wirbelten wild durcheinander. Sie verstand nicht, was gerade passiert war. Hatte Elsie sie nicht extra dazu aufgefordert, brutal und offensiv zu sein?

»Augenblick mal … »Elsie?«, fragte Holly streng, als

spräche sie mit einem aufmüpfigen Kleinkind. »Dieser grauenhafte Cocktail war kein Rezept Ihres Vaters, hab ich recht?«

Elsie sah auf, ein breites Grinsen auf ihrem tränennassen Gesicht. »Nö. Sie dürfen mir nicht trauen, ich bin eine Schauspielerin, schon vergessen? Ihr Gesichtsausdruck gerade war unbezahlbar! Trotzdem, genau das ist das Problem: Sie stehen nicht zu Ihren Überzeugungen. Geben Sie's zu: Es hat gutgetan, das rauszulassen. Einmal genau das zu sagen, was Sie denken, ohne es vorher zu zensieren.«

Holly nickte bedächtig und spürte, wie das Adrenalin durch ihre Blutbahn rauschte.

»Dann lassen Sie uns mal ein kleines Spielchen spielen. Sie sagen das erste Wort, das Ihnen in den Kopf kommt, okay? Sie dürfen nicht nachdenken. Einfach raus damit. Toast?«

»Butter.«

»Elsie?«

»Scherereien«, erwiderte Holly mit einem schiefen Grinsen.

»Larkford?«

»Zuhause.«

»Oh, wie interessant. Was ist mit … Dan Carter?«

»Schwierig.«

»Das ist kein Geheimnis«, erwiderte Elsie unbekümmert. »Milo?«

»Kontrolle.«

»Nun, das ist weit aufschlussreicher, als ich gehofft hatte.«

»Für mich ebenfalls«, gab Holly leise zu.

»Lizzie?«

»Selbstherrlich. Nein, das ist nicht fair, ich wollte

sagen … Stark. Nein, egoistisch. Oder besser … ehrgeizig?«

Elsie erwiderte nichts, sondern zog lediglich eine Augenbraue in die Höhe, was Holly nur noch mehr durcheinanderbrachte. Sie war es nicht gewohnt, unzensierte Gedanken über ihre Lippen dringen zu lassen.

»Taffy Jones?«

Es entstand eine längere Pause, in der verschiedene Worte um Vorrang kämpften. Nett? Süß? Lustig? Umwerfend? »Aufmerksam«, sagte sie schließlich. Obwohl sie Elsies Blick auf sich spürte, schüttelte sie leicht den Kopf, als wolle sie die Bilder vertreiben, die vor ihrem inneren Auge aufstiegen.

»Nun, das war alles in allem recht gut. Ich denke allerdings, es ist an der Zeit, dass wir herausfinden, was Sie wirklich wollen, Holly.«

Elsie reihte eine Auswahl an Getränken auf der Küchenanrichte auf. Martinigläser, Weingläser und Tumbler voller Flüssigkeiten spiegelten sich in der glänzenden Granitoberfläche wider. Holly hätte am liebsten ein Foto gemacht.

»Also«, fing Elsie an, »was bestellen Sie sich zu trinken, wenn Sie ins Pub gehen?«

»Ähm, ein Glas Wein«, antwortete Holly. »Gin Tonic, wenn ich mit Lizzie unterwegs bin.«

Elsie musterte sie durchdringend. »Lassen Sie mich die Frage anders formulieren: Was *möchten* Sie trinken, wenn Sie ins Pub gehen?«

Holly betrachtete die eleganten Gläser, die vor ihr aufgereiht waren. »Früher mochte ich Martinis, aber dann wurde es so kompliziert mit Zwiebeln, Oliven, Wodka, Gin … Ganz ehrlich? Irgendwann habe ich aufgegeben.«

Elsie nickte weise. »Guter Instinkt. Martinis waren mal

etwas Besonders, nicht wahr? Dank James Bond bestellen ihn jetzt Hinz und Kunz, und wenn das passiert, ist es an der Zeit, auf einen anderen Drink umzusteigen.« Elsie seufzte. »Wir scheinen jede Menge guter Cocktails an das gemeine Volk zu verlieren. Der Cosmopolitan – das war ein Drink zum Verlieben! Und jetzt? Ruiniert. Und wie sehr ich erst Caipirinhas vermisse! Es gibt doch nichts Besseres auf der Welt als einen anständigen Caipirinha bei Sonnenuntergang am Strand von Ipanema …« Sie seufzte wehmütig und schien vorübergehend tausende Meilen von Larkford entfernt zu sein.

Während Elsie in ihren Erinnerungen schwelgte, betrachtete Holly all die Drinks vor ihr. Elsie erwartete hoffentlich nicht, dass sie sie alle trank, immerhin saßen ihre beiden Jungs nebenan auf dem Sofa. Trotzdem fing sie an, mit kleinen Schlucken zu kosten und die Gläser anschließend in drei Gruppen zu sortieren. Köstlich. Okay. Furchtbar.

Es war sehr viel leichter, als sie es sich vorgestellt hatte. So abgestumpft waren ihre Geschmacksknospen gar nicht. Außerdem war es ihnen schnurzpiepegal, was irgendwer dachte. Als Holly an einem rubinroten Fruchtcocktail nippte, bekam sie einen Lachanfall.

Elsie kehrte von ihrer Gedankenreise zurück, erfreut zu sehen, dass Holly Fortschritte machte. »Was ist denn so lustig?«

Holly straffte die Schultern und sah Elsie in die Augen. »Jetzt weiß ich es wieder! Mein Name ist Holly Graham … und ich mag Fanta Cassis!«

»Donnerwetter«, bemerkte Elsie augenzwinkernd, »was habe ich getan?«

Holly war nicht mehr zu bremsen. »Ich mag Cider mit Johannisbeersirup und Ginger Ale, wenn es heiß ist. Und wenn es kalt ist, liebe ich Whisky Macs. Gin Tonic und Wein dagegen verabscheue ich.« Holly schlug die Hand vor den Mund, als habe sie etwas Frevlerisches von sich gegeben. »Davon kriege ich Kopfschmerzen«, fügte sie entschuldigend hinzu.

Elsie zog sie an sich, drückte sie und lachte dreckig.

»Sehen Sie!«, stieß sie aufgeregt hervor. »Das sind zwar bloß kleine Schritte, aber sie zeigen, dass Sie definitiv über eine eigene Meinung verfügen, die sie jedoch in letzter Zeit für sich behalten haben, keine Ahnung, warum. Was sonst noch?«, fragte sie eifrig.

»Ich hasse Lammbraten«, kam es wie aus der Pistole geschossen. »Wir essen jeden Sonntag Lammbraten, und ich verabscheue den fettigen Geschmack. Ich stehe gern früh auf und gehe vor den Zweiundzwanzig-Uhr-Nachrichten zu Bett, obwohl das sonst kaum jemand macht. Ich hasse die Tatsache, dass ich nicht seitlich einparken kann – ich komme mir dabei so dumm und unbeholfen vor –, aber deshalb noch einmal Fahrstunden zu nehmen finde ich noch blöder. Ich mag keine Dokumentarfilme – und es ist mir scheißegal, wie fantastisch die Tieraufnahmen sind. Ich will einen intelligenten, witzigen, anspruchsvollen Spielfilm sehen – einen Film, bei dem ich die Handlung nicht schon durchschaut habe, bevor die erste Tasse Tee abgekühlt ist. Und ich mag es, wenn meine Haare schön lockig sind, auch wenn meine Frisur dann nicht unbedingt trendy ist.« Hollys Stimme verklang, als ihr klar wurde, was sie da sagte. »Um ehrlich zu sein, hab ich keine Lust, auch nur eine einzige weitere Minute meines Lebens mit dem Glätteisen zu verbringen, zumal es dann immer so riecht, als wäre ich bei einem Hufschmied.«

Holly drehte sich zu Elsie um, die vor Stolz und Aufregung in die Hände klatschte.

»Und was soll ich jetzt tun?«, fragte Holly leise.

Elsie zuckte lächelnd die Achseln. »Machen Sie genauso weiter, meine Liebe. Jedes Mal, wenn Sie eine Entscheidung fällen. Ich bin mir sicher, es gibt eine Menge Bücher voller Psychogebabbel und sonstigem Humbug, die Sie lesen könnten, aber ich wage zu behaupten, dass Aufrichtigkeit Ihnen am besten weiterhilft. Das habe ich aus meiner zweiten Ehe mitgenommen. Ehrlich zu sich selbst zu sein, sich einzugestehen, was man wirklich möchte. In der Regel erkennt man dann auch die Beweggründe, warum man sich für etwas entschieden hat, was man eigentlich gar nicht will. Im Ernst, Holly, Sie würden sich nur halb so viele Gedanken darüber machen, was andere von Ihnen denken, wenn Sie wüssten, wie gleichgültig Sie ihnen im Grunde sind. Wenn Sie sich nicht mehr mit all den lästigen *Ich-sollte-eigentlich*-Vorsätzen befassen müssen, können Sie nur noch das tun, was Sie wirklich wollen. Fangen Sie sofort damit an, finden Sie Ihre Leidenschaft, Ihre Motivation, Ihre Berufung …« Elsie ging völlig auf in ihrer Rolle, wedelte dramatisch mit den Armen, dann hielt sie abrupt inne und griff nach Hollys Hand. »Denken Sie immer daran: Man kann erst erreichen, was man will, wenn man weiß, was es ist!«

Eine halbe Stunde später – die Zwillinge waren tief und fest eingeschlafen – schlenderte Holly mit einer Tasse Earl Grey in der Hand vom Wohnzimmer zurück in die Küche, wo Elsie die Reste der diversen Drinks über einen kläglich aussehenden Topfjasmin schüttete und anschließend die schmutzigen Gläser im Kühlschrank verstaute. Sie knallte die Kühlschranktür zu, eine große Packung Schokoladenkekse in der Hand, eine Schüssel in der anderen.

»Lassen Sie mich das machen«, bat Holly, zog einen Stuhl für die alte Dame heran und füllte die Kekse in die Schüssel. Sie nahm sich vor, bei ihrem nächsten Besuch auch die anderen Elektrogeräte nach Geschirr zu durchsuchen. Nachdem sie eine weitere Kanne Tee aufgegossen hatte, hockte sie sich auf die Anrichte und versuchte, die ihr soeben erteilte Lektion zu verdauen. Holly wurde bewusst, wie oft ihr selbst bei banalen Plaudereien die Worte »ich sollte eigentlich« über die Lippen kamen, wie oft sie ein Aber einwarf oder Menschen aus ihrem näheren Umfeld verteidigte, obwohl sie gar nicht deren Meinung war.

Als sie ungefähr die Hälfte der Schokoladenkekse verdrückt hatten und der restliche Tee in der Kanne kalt geworden war, war es Elsie gelungen, Holly davon zu überzeugen, dass ihre Freundschaft mit Lizzie keineswegs zerbrochen, sondern lediglich ein wenig angeknackst war.

»Jetzt schauen Sie doch nicht so schockiert drein, meine Liebe!«, rief die alte Dame. »Lizzie ist Lizzie, aber jetzt reden wir über Sie, Holly. Was gibt Ihnen diese Freundschaft? Halt? Unterstützung? Spaß?«

»Alles drei«, erwiderte Holly bedächtig. »Aber Lizzie kann manchmal ziemlich herrisch sein und auch grob. Neulich zum Beispiel habe ich mich stundenlang zurechtgemacht, und als ich dann bei ihr war, machte sie blöde Bemerkungen über mein Aussehen, über meine Kleidung … Sie hat mir Tipps gegeben, wie ich mehr aus mir machen kann, meinte, ich müsse mir nur mehr Mühe geben. Lizzie wollte mir sicher nur helfen, also habe ich sie reden lassen. Ich konnte ja nicht sagen, dass ich mir bereits riesige Mühe gegeben hatte. Mir gefiel, wie ich aussah. Nun, zumindest als ich von zu Hause wegging …«

»Warum geben Sie ihr dann so viel Macht, Holly? Warum lassen Sie zu, dass sie Sie abkanzelt? Sagen Sie ihr doch einfach, dass sie die Klappe halten soll!«

Holly lachte. »Es war eben einfacher, nichts darauf zu erwidern.«

»Auf kurze Sicht vielleicht«, gab Elsie zu bedenken, »aber irgendwann ist es genug mit den Kränkungen, und dann kommt es zum großen Knall.«

»So wie mit dem Wein, meinen Sie?«

»Genau. Haben Sie ernst gemeint, was Sie zu ihr gesagt haben?«

»Dass sie zu viel trinkt? Aber sicher doch. Sie säuft wie ein Loch. Wenn sie glücklich ist, wenn sie traurig ist, wenn sie müde ist, wenn sie nicht müde ist. ›He, heute ist Mittwoch, Grund, eine Flasche Wein aufzumachen!‹ Das Problem ist offensichtlich, aber niemand wagt, es anzusprechen.«

»Aber haben Sie sich überlegt, dass es ihr gutes Recht ist? Und Sie dürfen nicht vergessen, dass Sie keinen Wein mögen. Mal ehrlich: Wenn sie Fanta Cassis mit Wodka getrunken hätte, hätten Sie dann vielleicht ein, zwei Gläschen mitgetrunken?«

»Doch nicht am frühen Abend in einem Haus voller Kleinkinder! Nein!« Holly zögerte einen Moment, um ihre neue Aufrichtigkeit wirken zu lassen. »Na schön, ein Glas, eventuell, aber erst, wenn die Kinder im Bett gewesen wären …«, räumte sie schließlich ein.

»So, jetzt sind wir dabei, unsere Grenzen abzustecken. Jeder Mensch hat seine eigenen Grenzen – und in Lizzies Leben dreht sich nun mal alles um Lizzie. Ich kenne sie nicht sonderlich gut, aber sie kommt mir vor wie ein Mensch, der sich selbst immer der Nächste ist. Selbst wenn sie jemandem unter die Arme greift, verfolgt sie mit großer Wahrscheinlichkeit eigene Interessen«, schlussfolgerte Elsie. »Ich wage zu behaupten, dass das auch für Ihre Freundschaft gilt. Daher noch einmal meine Frage: Was bringt Ihnen diese Beziehung?«

Für einen Augenblick war Holly mit ihrer Weisheit am Ende, aber Elsie fuhr unbekümmert fort, froh, ein so aufmerksames Publikum zu haben. »Denken Sie nicht länger über Lizzie, Milo oder die beiden entzückenden kleinen Hosenscheißer nach, die gerade auf mein Chinoiserie-Plaid sabbern. Denken Sie mal einen Moment lang an sich. Sie sagten, Sie suchten nach einer neuen Sünde. Dann sagen Sie mir: Was *wollen* Sie?«

»Glücklich sein?«, schlug Holly nach einer ausgedehnten Pause vor.

»Hm. Zu vage. Und warum dieses Fragezeichen in Ihrer Stimme? Wir sind auf der Suche nach Antworten! Du lieber Himmel, Holly Graham, zeigen Sie doch mal ein bisschen Mumm! Wenn Ihnen sämtliche Möglichkeiten offenständen – keine Kinder, kein Ehemann, keine Vormittagssprechstunde –, was würden Sie tun?«, forderte Elsie sie heraus.

Leicht angeschickert und völlig perplex hockte Holly auf der Anrichte. »Ehrlich gesagt, ich weiß es nicht«, gab sie zu. Sie spürte, wie sich ein Kloß in ihrer Kehle bildete, und schluckte angestrengt. »Das ist ja schrecklich …«, stammelte sie. »Ich meine, sollte ich nicht eigentlich wissen, was mich glücklich macht?«

»*Sollte*?«, wiederholte Elsie seufzend.

Holly starrte vor sich hin. Offenbar hatte sie Elsies sanften Tadel gar nicht mitbekommen. »Wie kann ich erreichen, was ich will, wenn ich gar nicht weiß, was das ist?«, wiederholte sie Elsies zuvor geäußertes Credo. »Mist«, stieß sie dann hervor und brach in nervöses Gelächter aus.

»Ich kann mich nicht entscheiden, ob das schwach oder schlichtweg erbärmlich ist.«

»Ich würde sagen, es ist beides, meine Liebe«, erwiderte Elsie grinsend und nahm Hollys Hand in ihre. »Aber es ist zumindest ein Anfang.«

Kapitel einundzwanzig

Holly zweifelte ernsthaft an ihrer geistigen Gesundheit, als sie am frühen Morgen das Badezimmerfenster aufstieß und die kalte Luft hereinströmen ließ. Es war schön und gut, gewissen Dingen theoretisch zuzustimmen, in der Praxis war das jährlich stattfindende Frühjahrsschwimmen in einem natürlichen Gewässer jedoch eine gewaltige Herausforderung. Sie hatte aufgehört zu zählen, wie viele Patienten und Kollegen sie und ihre Familie aufgefordert hatten, daran teilzunehmen. Grace hatte ihr klipp und klar zu verstehen gegeben, dass dieses Ereignis in Larkford eine ganz große Sache war, also blieb ihr vermutlich keine Wahl.

Das Gespräch mit Elsie gestern Abend hatte sein Übriges getan. Holly *wollte* mitmachen, sie *wollte,* dass die Zwillinge dabei waren – auch wenn Milo strikt dagegen war.

Kritisch musterte sie sich in dem großen Spiegel und zupfte ihren Badeanzug am Hintern zurecht. Ihr altes Sportmodell war gut genug, um damit in den Pool des Freizeitzentrums zu springen, aber kaum der ideale Aufzug für ein gesellschaftliches Ereignis. Holly hatte sich zögernd bei Grace erkundigt, ob auch Neoprenanzüge geduldet waren, doch die Antwort lautete: Neoprenanzüge waren nur etwas für die ganz jungen oder die ganz alten Teilnehmer – und für Luschen, aber zu denen wollte

Holly auf keinen Fall gezählt werden. Also stand sie eine Stunde später bibbernd am Flussufer und sah zu, wie die Zwillinge, die zweifelsohne zu den ganz jungen Teilnehmern zählten, aufgeregt in ihren Neoprenanzügen umherliefen. Sie musste sich alle Mühe geben, nicht neidisch zu werden. Die Jungs trugen kleine Surf-Schuhe und tobten begeistert am Wasser entlang, während Holly nacheinander alle vier Schwimmflügel aufblies, die einfach nicht prall werden wollten. »Verdammte Dinger«, murmelte sie schließlich entnervt.

Eine Stimme dicht hinter ihr ließ sie zusammenzucken, woraufhin dem Schwimmflügel, den sie gerade in der Hand hielt, laut zischend ein Schwall Luft entwich. »Du bist früh dran, Holly. Bereit für unser kleines heidnisches Ritual?«

Holly, den Kopf gerötet und außer Atem, wirbelte herum und sah sich Taffy Jones gegenüber, der ein abgetragenes Rugby-Shirt über seiner weiten, knielangen Badehose trug. Sie kuschelte sich unwillkürlich in ihren gefütterten Mantel. »Ein heidnisches Ritual?«

»Nun, genau genommen ist heute Frühlingsanfang. Deshalb feiern wir. Obwohl ich den Eindruck habe, dass Mutter Natur sich über uns lustig macht – das Thermometer in meinem Wagen zeigt bloß elf Grad an. Ein bisschen frisch für meinen Geschmack.«

Holly hob Tom auf, der auf dem nassen Gras ausgerutscht war. »Um ehrlich zu sein, bin ich ein bisschen neidisch auf die Neoprenanzüge der Kinder.«

»Nun, zum Glück trägst du keinen«, stellte Taffy fest. »Das wäre ein echter Fauxpas. Du wirst aber jede Menge Bonuspunkte einheimsen, weil du die Zwillinge mitgebracht hast. Die Larkforder sehen es gern, wenn Zugezogene Traditionen zu schätzen wissen, auch wenn sie verrückt sind ... Wo ist eigentlich Milo?«, erkundigte er sich nach einer kleinen Pause beiläufig, auch wenn Holly spürte, dass er auf eine Antwort brannte.

Die ihr so spontan nicht einfiel. Sie wollte auf keinen Fall verraten, wie Milo auf die Einladung reagiert hatte. Er hatte sich über die Einheimischen und deren »absonderliche Bräuche« lustig gemacht, genau wie über »Hollys verzweifeltes Bemühen, gemocht und integriert zu werden«. Insgeheim vermutete sie, dass seine Reaktion mehr mit seiner Aversion gegen sämtliche Aktivitäten in der Natur zusammenhing und damit, dass er ein eher schlechter Schwimmer war, aber er hatte sich keine Gelegenheit entgehen lassen, ihr die ganze Aktion mieszumachen. Anschließend wären die Zwillinge mit Sicherheit krank, hatte er behauptet, und das wäre dann allein ihr Problem. Allerdings waren es ihr eigenes Spiegelbild und seine spitze Bemerkung über ihren Badeanzug gewesen, die ihr das Gefühl gegeben hatten, eher ein Fall für die Green-Peace-Aktion »Rettet die Wale« zu sein statt eine attraktive Teilnehmerin am Frühjahrsschwimmen.

Taffy entgingen nicht die Emotionen, die sich auf ihrem Gesicht spiegelten. Anstatt auf ihre Antwort zu warten, mit der sie unweigerlich ihren Ehemann in Misskredit gebracht hätte, nahm er ihr den schlaffen Schwimmflügel aus der Hand und blies ihn auf. Dann ging er in die Hocke und rief den Jungs zu: »Okay, wer will Luftkissenboot spielen?«

Ben und Tom kamen begeistert angestürmt, und die Verlegenheit war verflogen. Grace und Lucy gesellten sich zu ihnen. Grace hatte einen riesigen Picknickkorb bei sich und den ganzen Arm voller Handtücher. George Kingsley lief mit seiner geliebten Nikon durch die Gegend und machte ein paar lustige Schnappschüsse von fröstelnden

Grüppchen am Ufer, die Gesichter gerötet vor Kälte, Aufregung und Erwartung.

»Ich bin ein bisschen nervös«, vertraute Holly Grace an. »Verrätst du mir bitte, wie es jetzt weitergeht? Schließlich bist du diejenige, die mich zur Teilnahme an dieser Veranstaltung überredet hat.«

Grace strahlte. »Ich bin so froh, dass du gekommen bist! Wusstest du eigentlich, dass in diesem Jahr das Frühjahrsschwimmen zum fünfundsechzigsten Mal im River Swimming Club stattfindet? Wir können echt froh sein, einen solchen Verein in Larkford zu haben – das gibt es in vielen Städten gar nicht mehr. Im Kingsley Arms hängt ein fantastisches Foto an der Wand, das die Teilnehmer von vor vierzig Jahren zeigt. Alle Frauen tragen geblümte Badekappen. Die ganze Aktion ist wirklich etwas Besonderes.« Sie drückte glücklich Hollys Arm. »Lass uns rüber zum Start gehen und uns die Eröffnungsreden anhören.«

Holly nahm ihre zappelnden Jungs auf den Arm, einen auf jede Hüfte, und folgte Taffy und Grace die schräge Böschung hinauf zu einem kleinen Podium. George Kingsley legte seine Kamera ab und griff nach dem Megafon. »Guten Morgen, alle miteinander. Es ist mir eine große Freude, so viele von Ihnen hier zu sehen – Jung und Alt, Seite an Seite. Heute ist der erste Frühlingstag!« Irgendein Witzbold in der Menge brach in lautes Jubeln aus, worüber alle lachten. Holly spürte den Gemeinschaftsgeist und die Vorfreude der Menschen und freute sich, als Taffy ihr plötzlich einen der Jungs abnahm und auf seine Schultern hob, damit dieser besser sehen konnte.

In seiner Begrüßungsrede erinnerte George an die Geschichte des Frühjahrsschwimmens und daran, dass Traditionen wie diese die Gemeinschaft zusammenhielten. Er ermunterte die Anwesenden, Lose für die Tombola zu kaufen, die man in aller Eile organisiert hatte, um mit dem Erlös Hattie und Lance zu unterstützen. Holly war sprachlos vor Rührung, als ihr bewusst wurde, dass sie tatsächlich Teil dieses ganz besonderen Ereignisses war, nicht nur ein Zuschauer. Sie war Teil dieser wundervollen Gemeinschaft.

»So, meine Damen und Herren, sind Sie bereit? Der Frühling ist gekommen!« George blies in seine Trillerpfeife. Die Hartgesottenen wateten schnurstracks in das eiskalte Wasser. Holly wollte soeben Tom absetzen, als es ihr wie Schuppen von den Augen fiel: Es war tatsächlich Ben, der da auf Taffys Schultern thronte! Ben, der aufgeregt jubelte und quiekte, während er sich an Taffys Haaren festklammerte. Sein kleines Gesichtchen strahlte. Mit funkelnden Augen sah Taffy zu ihr herüber. Sie spürte, wie ihr ein kleiner Schauder über den Rücken lief, der nichts mit der Kälte zu tun hatte.

»Na dann schließen wir uns dem Wahnsinn mal an«, sagte er, setzte Ben ab und vergewisserte sich, dass seine Schwimmflügel richtig saßen. »Soll ich dir helfen?«

»Ähm …«, murmelte Holly, immer noch verblüfft, dass ihr Sohn offenbar Zutrauen zu Taffy gefasst hatte. »Vielleicht könntest du mir einen der beiden abnehmen und aufpassen, dass er nicht ertrinkt?«, unternahm sie einen Vorstoß, überzeugt, dass Taffy sich für Tom als die leichtere Option entscheiden würde. Sie fand es wunderbar, dass er überhaupt bereit war, ihr zu helfen. Zwillinge zu haben war großartig, aber man brauchte keinen Sicherheitsexperten, um zu erkennen, dass es absolut hinverbrannt war, allein mit zwei kleinen Kindern am Frühjahrsschwimmen teilzunehmen. Grace hatte angeboten, Milo zu vertreten, aber sie war mit einem Winken in der Menge verschwunden, als sie sah, dass Taffy diese Aufgabe übernommen hatte.

Zu Hollys neuerlicher Verwunderung war es Ben, den Taffy auf den Arm nahm. Er kitzelte den Bauch des Kleinen, was selbst Holly sich kaum traute, so zurückhaltend war Ben, wenn es um Berührungen ging. »Ich denke …« Er kitzelte erneut und erntete lautstarkes Freudenkreischen. »Ich denke, ich nehme den hier!« Die Augenbrauen fragend in die Höhe gezogen murmelte er: »Wenn das für dich okay ist, Holly. Ich verspreche dir, gut aufzupassen.«

Holly schluckte gerührt und nickte. Ein seltsames Gefühl breitete sich in ihrer Magengrube aus. Taffy ermutigte die Jungs, die ersten tapferen Schwimmer anzufeuern. Es schien, als wisse er instinktiv, wie wichtig es ihr war, dass ihre Söhne Ereignisse wie dieses genossen.

Adrenalinbefeuert wartete sie darauf, dass sie an die Reihe kamen. »Seid ihr bereit, Jungs?«, fragte sie aufgeregt. »Es ist garantiert ziemlich kalt!« Sie legte ihren dicken Mantel ab und spürte, wie Taffys Augen über ihren Körper wanderten.

»Nicht schlecht, Dr. Graham«, murmelte er, während sie von den anderen Wartenden in Richtung Wasser geschoben wurden.

»Selber nicht schlecht, Dr. Jones«, erwiderte sie und gab sich Mühe, nicht allzu offensichtlich auf seine Bauchmuskeln und die Härchen auf seiner durchtrainierten Brust zu starren.

Zum Glück waren jetzt sie an der Reihe, tauchten in das seichte Wasser des Flusses ein und strebten auf eines der Naturbecken zu, die diesen Flussabschnitt zu einer wahren Oase machten. Alt und Jung plantschten wild durcheinander – Werthers Originale neben kleinen Jelly

Bellys –, lachten und kreischten angesichts der kalten Wassertemperatur. Allem Anschein nach waren ausschließlich die Bettlägerigen und Versnobten zu Hause geblieben – man musste kein Genie sein, um zu wissen, welcher Kategorie Milo angehörte. Sogar der Supermarkt, die Geschäfte und Pubs hatten vorübergehend geschlossen, damit die Mitarbeiter am Frühjahrsschwimmen teilnehmen konnten.

Der Anblick von Polizeioberinspektor Davis in seinem gestreiften Badeanzug würde Holly noch jahrelang im Gedächtnis bleiben. Er war ein wirklich netter Kerl, dachte sie, als sie beobachtete, wie er sich mit ein paar jugendlichen Witzbolden eine Wasserschlacht lieferte. Der Major schien sich bei Marion Gains, die als eifriges Mitglied beim River Club galt, Tipps zu holen, und sie genoss offenkundig jede Minute.

Tatsächlich schienen fast alle Bewohner von Larkford mittlerweile im Wasser zu sein. Holly hätte schwören können, dass sie sogar Julia Channing mit einer geblümten Badekappe am anderen Ende des Wehrs entdeckt hatte.

Die Zwillinge plantschten begeistert in ihren Neoprenanzügen. Man musste Taffy zugutehalten, dass er sein Versprechen keine Sekunde lang brach und sogar beide Kinder hütete wie seinen Augapfel. Holly war überwältigt von dem Spektakel. Taffy strich ihr eine nasse Locke aus dem Gesicht. »Macht's Spaß?«

»Viel mehr, als ich gedacht hätte.«

Er grinste. »Eiskaltes Wasser und viele Menschen früh am Morgen – wer hätte schon gedacht, dass das ein Volltreffer ist?«

Ein sportlicher Teenager schwang sich von der Reifenschaukel in den tiefsten Teil des Flusses und tauchte ohne Badehose wieder auf. Holly prustete vor Lachen.

Taffy kam näher. »Normalerweise ist das hier keine Nudistenveranstaltung, aber es hat bestimmt keiner etwas dagegen, wenn du mitmachen willst.«

Empört über seinen süffisanten Ton, spritzte Holly ihm eine Ladung Wasser ins Gesicht. Sicher, es gab eine gewisse Vertrautheit in ihrer Beziehung, und irgendwie war es dazu gekommen, dass er heute Morgen Milo vertrat, aber in seiner Stimme schwang etwas mit, was ihr verriet, dass seine Gefühle für sie keineswegs rein platonischer Art waren.

Jetzt musste sie nur noch herausfinden, wie sie dazu stand. Sie schaute zu, wie er Ben ohne jegliche Berührungsängste durchs Wasser zog. Eins war ihr klar: Taffy Jones zählte definitiv zu den Guten. Trotzdem musste sie jeden ihrer Schritte mit größter Sorgfalt erwägen, da sie keine Lust verspürte, nur eine von vielen auf der Liste seiner Eroberungen zu sein. So tickte sie nun mal nicht.

Sie zuckte zusammen, als sie plötzlich seine Hand an ihrer Taille spürte. »Sollen wir rausgehen und den Jungs eine heiße Schokolade besorgen? Wie heißt es doch so schön: Man sollte immer dann aufhören, wenn es gerade am besten ist. Bestimmt wollen die zwei im nächsten Jahr wieder mitmachen.«

»Gute Idee.« Holly lächelte und spürte, wie sich der Druck seiner Hand auf ihre Taille verstärkte. Sie überredete die Jungs mit der Aussicht auf einen Kakao, das Wasser zu verlassen, dann warf sie einen letzten Blick über den Fluss, um das Bild tief in ihrem Gedächtnis zu verankern.

An Land warteten Freiwillige mit Handtüchern und Rettungsdecken aus Silberfolie gegen Unterkühlung. Ein heißes Getränk in der Hand, setzten sich die vier schließlich auf einen Baumstumpf – Holly mit Tom, Taffy mit

Ben auf dem Schoß. Aus den Bechern stieg Dampf auf und wärmte ihre Hände und Nasen. Ein Fotograf von der *Larkford Gazette* fing diesen Augenblick mit seiner Kamera ein. In jenem Moment dachte Holly lediglich an das tolle Foto, das dabei herausgekommen sein musste. Sie konnte nicht vorhersehen, welchen Aufruhr es zu Hause heraufbeschwor, als es auf der ersten Seite mit der Überschrift erschien: »NEUE ALLGEMEINÄRZTIN MIT FAMILIE NIMMT AM LARKFORDER FRÜHJAHRSSCHWIMMEN TEIL«. Es kam Milo leider nicht in den Sinn, dass er derjenige hätte sein können, der seine Frau und Kinder zum Lachen brachte. Allerdings wäre die Veranstaltung mit Milo im Schlepptau vermutlich sowieso alles andere als lustig gewesen.

Kapitel zweiundzwanzig

Dan warf seine Schwimmsachen in den Kofferraum und dehnte seine verspannten Schultern. Langsam wurde er wirklich zu alt für gewagte Sprünge und Saltos in den Fluss, aber er hatte der Herausforderung einfach nicht widerstehen können. Zudem hatte er eigentlich gehofft, mit Taffy reden zu können, aber Taffy schien heute Morgen Ersatzvater für Hollys Zwillinge zu spielen. Dan bezweifelte, dass das für seinen Freund ein gutes Ende nehmen würde. So hatte er Taffy noch nie erlebt, wenngleich er dessen Fähigkeiten im Umgang mit dem anderen Geschlecht sehr wohl kannte.

Dan schaute auf und sah Taffy am Flussufer entlang auf ihn zujoggen. Wenn man vom Teufel sprach …

»Sind wir etwa ein bisschen empfindlich?«, rief Taffy, als er näher kam. Er setzte sich auf die Kante von Dans Kofferraum und schnappte sich dessen Handtuch, um sich die Haare zu rubbeln. »Machen wir die vielen Saltos dafür verantwortlich, oder möchtest du mir von einer gewissen Biolehrerin erzählen?«

Schlagartig nahm Dans Gesicht eine tiefrote Farbe an. Um ehrlich zu sein, hatte er noch nicht wirklich verstanden, was vorgestern Abend passiert war. Obwohl er sich nicht beklagen konnte. Schon gar nicht ausgerechnet bei Taffy, diesem Casanova. Man hatte ihm buchstäblich den Heiligen Gral dargeboten – umwerfenden Sex mit einer umwerfenden Frau, ohne Verpflichtungen. Das Problem war bloß, dass er sich irgendwie benutzt fühlte, um nicht zu sagen missbraucht.

»Nein, nein, ich hab mir bloß die Schulter verrissen, glaube ich«, erwiderte er ausweichend.

»Ich habe absolut kein Mitleid, Kumpel.« Taffy, der sich nicht hinters Licht führen ließ, lachte. »Was hast du erwartet, wenn du eine ganze Nacht lang unvorstellbare Dinge mit diesem hinreißenden Mädel treibst?«

Dan zuckte die Achseln und fuhr zusammen, als ein heftiger Schmerz durch seine Schulter schoss. Er hockte sich neben Taffy, der ihm seine Flasche mit einem isotonischen Getränk reichte. »Trink das und hör auf zu jammern, du Riesenbaby. Und dann will ich die Details hören.«

Dan schüttelte den Kopf. »Keine Details.«

»Hallo? Bedeutet das etwa, dass du die junge Dame tatsächlich magst? Sobald du mauerst, dein Privatleben betreffend, ist es mit dem Spaß vorbei. Darf ich wenigstens fragen, ob sie im Bett genauso sportlich ist wie auf der Joggingstrecke? Von meinem Kumpel bei den Crossläufern habe ich gehört, sie sei ziemlich knackig.«

Dan zog fragend eine Augenbraue in die Höhe. »*Von deinem Kumpel bei den Crossläufern?* Tja, ich bin mir sicher, er wird es ganz genau wissen.«

Taffy nahm ihm den Iso-Drink aus der Hand und stand auf. »Dann halt nicht …«

»Hör mal, Taffy, Lindy ist eine tolle Frau, und wir hatten einen tollen Abend. Allerdings sind wir – wie soll ich es formulieren? – nun, ich denke, wir sind auf eher unterschiedliche Dinge aus.«

Taffy stöhnte mitfühlend. »Sie klammert, hab ich recht?«

»Nicht dass mir das aufgefallen wäre.«

Dans schroffer Ton und sein offenkundiges Unbehagen sagten mehr als Worte.

»Oh.« Taffy verstand. »Pech, Kumpel. Ich hätte dich warnen sollen. Sie ist dafür bekannt. Ich wusste nicht, dass du dir eine Beziehung wünscht – ich dachte einfach, ein anständiger One-Night-Stand würde dir guttun!«

»Wie wäre es ausnahmsweise mal mit ein bisschen Feingefühl? Außerdem war der Sex alles andere als ›anständig‹. Sie hat offenbar jede Menge Erfahrung.« Er seufzte. »Ich dagegen war nicht gerade in Bestform; mir schwirrt einfach zu viel durch den Kopf.«

Taffy stieß lautstark die Luft aus. »Mach dir deswegen keine Sorgen, Kumpel. Das passiert jedem schon mal, außerdem hattest du schon ein paar Cider intus …«

Dan lachte bitter auf. »Mit der Hydraulik war alles in Ordnung. Mit meinem verfluchten Hirn allerdings nicht. Ich konnte einfach nicht aufhören, an andere Dinge zu denken. Stell dir das mal vor: Da hab ich eine fantastische Frau bei mir, die der Stimme der Natur folgt, und kann nicht aufhören daran zu denken, dass ich lieber ein Sandwich essen würde!«

Taffy grinste. »Was für ein Sandwich? Reden wir von Roastbeef, Meerrettich und ein wenig Rucola?«

»Nein.« Dan schüttelte sich. »Bloß Käse und eingelegte Gürkchen mit Sultaninen, du weißt schon, die, die Julia immer gekauft hat. Ich bin eine Schande für mein ganzes Geschlecht, Taffy, das weiß ich. Und das Nächste, woran ich mich erinnere, ist, dass sie angezogen auf dem Bett sitzt und sich verabschiedet. Als sie weg war, habe ich mich gefühlt wie …«

Taffy schleuderte die leere Flasche über die Schulter in Dans chaotischen Kofferraum. Die schlichte Tatsache, dass Dan nicht mit der Wimper zuckte, sagte Bände über seinen Gemütszustand aus. »Jetzt reiß mir nicht den Kopf ab, aber bist du sicher, dass es sich nicht um eine Freud'sche Wie-heißt-das-gleich-noch-mal handelt? Du weißt schon: Indem du an Julias eingelegte Gürkchen denkst, verdrängst du den eigentlichen Wunsch, mit ihr im Bett zu sein. Du brauchst dir nichts vorzumachen: Du bist ein notorischer Monogamist. Immer schon gewesen.«

»Und niemand kann aus seiner Haut?«

»Nun, das würde ich nicht sagen … Schließlich bin ich neuerdings selbst ein geläuterter Charakter.«

Dans Blick wanderte über das Flussufer, während Taffy weiterschwafelte. Er wollte ihm zuhören, aber wieder einmal schweiften seine Gedanken ab. Seufzend lehnte er sich zurück. »Bei allem Respekt, Kumpel, kannst du bitte mal dreißig Sekunden aufhören, über Frauen zu plappern? Ich hatte eine Art Offenbarung.«

»Meine Güte, Kumpel. Keine Sorge. Dagegen kann ich dir was besorgen«, witzelte Taffy.

Dan schüttelte den Kopf. »Ich meine es ernst. Ich muss mit dir über die Praxis reden und will deine Meinung hören. Ich überlege, ob ich mich aus dem Rennen um das Amt des Seniorpartners zurückziehen soll. Das ist mir in Wahrheit mit zu viel Stress und Mühe verbunden. Julia versammelt gerade eine Art Clique um sich, die ihr den Rücken stärkt, und ehrlich gesagt irritiert mich ihre neuerdings gespaltene Persönlichkeit. Jeden Tag muss ich mich aufs Neue fragen, ob ich es heute mit Jekyll oder Hyde zu tun habe. Und hinter Henry mit seinem skrupellosen Geschäftsgeist stehe ich auch nicht. Langsam frage ich mich, ob es das Ganze eigentlich wert ist. Außerdem bin ich momentan wie gesagt nicht gerade in Bestform.«

Taffy konnte nicht leugnen, dass er sich den Großteil

der Woche gefragt hatte, ob Dan morgens überhaupt zur Arbeit erscheinen würde, und wenn ja, ob er in der Lage wäre, die an ihn gestellten Anforderungen zu bewältigen.

»Ich verstehe, was du meinst, aber kann es sein, dass du das zu kompliziert siehst? Du schwächelst halt gerade ein bisschen – na und? Du fährst am Wochenende nach Hereford, Chris erprobt seinen Voodoo-Zauber an dir, und es geht dir wieder gut. Und dann würde es dir leidtun, dass du ausgestiegen bist. Und wir müssten mit den Konsequenzen leben«, fügte er finster hinzu.

»Vielleicht. Vielleicht aber auch nicht …«

Schweigend beobachteten sie eine Gruppe Jogger, die auf der Laufstrecke am gegenüberliegenden Flussufer Dehnübungen machten. Einige trugen hautenge Lycra-Anzüge, ihre neonfarbenen Laufschuhe hoben sich leuchtend von dem dunklen, nassen Erdboden ab. Ihr Aufwärmtraining schien endlos zu dauern, doch plötzlich setzten sie sich in Bewegung und trabten emsig von dannen. Dan zog einen Mars-Riegel aus der Tasche und nahm einen großen Bissen, dann reichte er ihn weiter an Taffy.

»Glaubst du, wir nehmen die Vorbereitungen für den Halbmarathon nicht ernst genug?«, fragte Dan, plötzlich das Thema wechselnd.

»Hm?« Mehr brachte Taffy, den Mund voll Schokolade, nicht hervor.

»Nun, laut Lindy machen all die Crossläufer eine spezielle Diät. Niedriger glykämischer Index, viele Kohlenhydrate, viel Protein, wenig Fett, kein Alkohol …«

Taffy schluckte. »Ehrlich gesagt erleide ich lieber auf halber Strecke einen Herzinfarkt, als mich auf ein Omelett ohne Eigelb zu beschränken und auf ein gesundes Ale zu verzichten.« Taffy klatschte mit der flachen Hand auf seinen Bauch, der zwar muskulös, von einem Sixpack jedoch weit entfernt war. »Schließlich möchte ich die Damen nicht mit meinem Prachtkörper einschüchtern.«

Dan schnaubte vor Lachen. »Natürlich nicht, Romeo. Aber mal im Ernst: Was hältst du davon, wenn ich abspringe? Als Vertretungsarzt befindest du dich in einer Sonderposition – du weißt über sämtliche Vorkommnisse Bescheid, bist aber nicht so gebunden und betriebsblind wie wir.«

Taffy musste Dan zustimmen, obwohl er so noch nie über seine Position nachgedacht hatte. Er hatte mittlerweile so viele Schichten im Ärztehaus, dass es sich fast wie sein zu Hause anfühlte. Die über den ganzen Landkreis verteilten Praxen, in denen er als Vertretung Schichten übernahm, fühlten sich dagegen fremd an. »Nun, um ehrlich zu sein, ich finde, dass ihr alle einen Knall habt. Deine Flashbacks sind bestimmt nicht schlimmer als Julias Kontrollsucht. Und was Henry Bruce angeht: Der Kerl ist nicht ganz koscher. Ich kann dir nicht genau erklären, warum, aber er kommt mir richtig durchtrieben vor, verstehst du?«

Und wie Dan ihn verstand! Henry ging ihm auf den Geist. Er war stets versessen darauf, die Hand aufzuhalten, wenn es um irgendwelche Zulagen, Boni, Sonderleistungen ging, obwohl er doch so schon genug verdiente. »Stimmt, er ist wirklich nicht ganz koscher – vorausgesetzt, du meinst damit, dass er korrupt ist.«

»Exakt. Meines Erachtens wäre dem Ärztehaus mit einem warmherzigen, selbstlosen Arzt, der womöglich manchmal ein bisschen zu emotional reagiert, weitaus besser gedient als mit einem Kontrollfreak oder einem Schnorrer.«

Dan lachte und fuhr sich mit der Hand durchs Haar, dankbar für Taffys klare Worte und dessen Loyalität.

»Unter diesem Aspekt wäre ich natürlich verrückt, einen Rückzieher zu machen. Aber wir blenden das Wichtigste aus, Taffy: Was ist, wenn Chris mich nicht wieder hinkriegt? Was, wenn ich meine Probleme nicht in den Griff bekomme und das auf meine Patienten zurückfällt? Was, wenn einer von ihnen stirbt, weil ich ihn nicht richtig behandle oder …«

»Nun mal ganz langsam, Kumpel.« Taffy legte Dan beruhigend die Hand auf die Schulter. »Diese ganze ›Was, wenn‹-Grübelei macht dich verrückter als alles andere. Was, wenn Julias Einsparungen dazu führen, dass ein Patient nicht die richtigen Medikamente bekommt? Was, wenn Henry das gesamte Budget für ein goldenes Stethoskop ausgibt? Was, wenn Holly zu dem Schluss kommt, dass ihr Ehemann ein Loser ist, und bei mir einzieht? Was, wenn? Was, wenn? Was, wenn?«

Dan rieb sich mit dem Daumennagel über die Unterlippe, während er über das nachdachte, was Taffy gesagt hatte. »Deine Besessenheit von der reizenden Dr. Graham für einen kurzen Augenblick beiseitegelassen – du plädierst also dafür, die Klappe zu halten und alles so laufen zu lassen wie bisher?«

»Jawohl. Versteh mich nicht falsch: Ich leugne nicht, dass deine psychischen Probleme in letzter Zeit wieder größer geworden sind, aber das macht dich noch lange nicht zur schlechteren Wahl.«

»Verdammt, so weit ist es also gekommen. Zwei Kerle am Flussufer, einer davon der Beste innerhalb der üblen Mischpoke im Ärztehaus, aber psychisch krank, der andere verliebt in eine verheiratete Frau, die nichts davon ahnt – wenn sie ihn denn überhaupt wahrnimmt.«

»Das stimmt nicht ganz«, widersprach Taffy gelassen. »Sie fängt gerade an, mich wahrzunehmen. Ich habe ihr vor ein paar Tagen einen Orangensaft gebracht, und sie hat mich einen Engel genannt. Außerdem hat sie mir heute erlaubt, ihr behilflich zu sein. Gott weiß, wo Milo, dieser Idiot, steckt, aber er wird wohl kaum zum Ehemann des Jahres ernannt werden.«

Dan erwiderte nichts darauf. Sein Blick schweifte über das wogende Gras zu der Gruppe von Läufern, die sich nur noch klein wie die Ameisen vor dem Horizont abzeichneten. Das Schweigen dehnte sich, bis er brummte: »Hm. Ich bin mir trotzdem nicht sicher, ob du da nicht zu viel hineininterpretierst, Taffy.«

»Schon klar. Aber ist das nicht nur eine Frage der Zeit? Wie um alles auf der Welt kann sie mit diesem Trottel zusammenbleiben wollen, der Bücher über altnordische Mythen schreibt?«

»Schön und gut, aber er war schon so, als sie ihn geheiratet hat, und es hat sie nicht davon abgehalten. Er schreibt diese grauenhaften Bücher seit Jahren, trotzdem hat sie Zwillinge von ihm bekommen. Und … nun ja, vielleicht solltest du einfach akzeptieren, dass sie ihn liebt. Auch wenn wir uns einig sind, dass er ein Mega-Arschloch ist und du ganz sicher die bessere Wahl bist.«

»Danke, Kumpel«, erwiderte Taffy bewegt. »Ich bin mir sicher, dass ich nur so sehr auf sie stehe, weil ich sie nicht haben kann. Es ist ja nicht so, als wäre ich verliebt in sie, oder? Nicht so wie du in die gelenkige Miss Grey …« Er seufzte. »Herrgott, ich könnte einen Mord begehen für eine Zigarette.«

»Hast du durchgehalten?«, erkundigte sich Dan interessiert. »Immer noch Nikotinkaugummi, keine Kippen?«

»Kein Nikotinkaugummi mehr. War eh Mist. Alles, was ich davon habe, sind schmerzende Kiefer und ein seltsame Sucht nach Rubbellosen.«

»Wie bitte? Vom Nikotinkaugummi?«, fragte Dan verwirrt.

»Nein, du Depp. Weil ich jedes Mal, wenn ich die Tankstelle betrete, mich zwinge, etwas anderes zu kaufen als Zigaretten.«

Dan gab ihm einen Klaps auf den Hinterkopf und straffte sich. »Und du behauptest, *ich* hätte einen Knall … Okay, du Schwätzer. Die Therapiestunde ist vorbei. Sollen wir zu den anderen gehen? Teddy wollte für die Schwimmer im Pub Schinkensandwiches herrichten.«

»Wahnsinn.« Taffy sprang auf die Füße. »Ich höre mir die ganze Zeit über dein Geschwafel an, dabei gibt es Schinkensandwiches!« Er zwinkerte Dan zu.

Dan knallte den Kofferraum zu und sperrte den Wagen ab, dann setzten sie sich Richtung Innenstadt in Bewegung. Er dankte dem Himmel, dass er einen Freund hatte wie Taffy. Manchmal fragte er sich, wie er ohne ihn zurechtkommen sollte.

»Du weißt, dass du in diesem T-Shirt wie ein Depp aussiehst, Kumpel?«, fragte Dan, der seine Zuneigung nicht anders zu kommunizieren vermochte.

»Ja«, gab Taffy mit einem Grinsen zurück, »aber *ich* kann es wenigstens wechseln.«

Als sie voller Vorfreude auf die Schinkensandwiches und ein stärkendes Getränk am Kingsley Arms eintrafen, sah Dan Elsie verloren auf dem Parkplatz stehen, eine leere Hundeleine in der Hand. »Mist«, murmelte er und lief zu ihr hinüber.

»Guten Morgen, Elsie. Wie geht es Ihnen?«, begrüßte er die alte Dame, bemüht, unbesorgt zu klingen, da er wusste, wie sehr sie einen bevormundenden Ton verabscheute.

»Mir ist schon wieder der verdammte Hund ausgebüxt«, erklärte Elsie, die eher verwirrt als verärgert dreinblickte. »Er muss sich beim Gassigehen aus der Leine gewunden haben.« Nervös ließ sie die rote Lederleine durch die Hände gleiten und sah sich suchend um, als erwarte sie, dass der Hund jeden Augenblick auftauchte.

»Was für eine Rasse?«, erkundigte sich Taffy hilfsbereit.

»Ein kleiner Rauhaardackel, der auf den Namen Terry hört«, antwortete Elsie abwesend. Sie versuchte zu pfeifen, doch es kam kein Ton über ihre vor Kälte bläulichen Lippen.

»Terry!«, rief Taffy so plötzlich, dass Elsie und Dan zusammenfuhren, und pfiff laut auf zwei Fingern.

»Er heißt Terry, weil er so ein *enfant terrible* ist«, vertraute Elsie den beiden Männern an.

»Wie niedlich!«, ließ Dan sich vernehmen. »Ich wusste gar nicht, dass Sie einen Hund haben, Elsie.«

»Wie bitte?«, fragte die alte Dame. »Was sagten Sie?«

»Ich sagte, ich wusste gar nicht, dass Sie einen Hund haben«, wiederholte Dan.

»Oh, das habe ich auch nicht«, erwiderte Elsie und verschwand leineschwingend über den Parkplatz.

Taffy hörte auf zu pfeifen. Sein Kopf wurde schlagartig knallrot. »Versuche ich etwa gerade, einen imaginären Hund herbeizuzitieren?«

»Sieht so aus«, stellte Dan betrübt fest. »Ich dachte bisher, Elsie hätte bloß kleine Aussetzer wegen all der blutdrucksenkenden Medikamente, aber es sieht ganz danach aus, als würde sie wirklich dement.«

»Demenz ist eine verfluchte Angelegenheit«, pflichtete Taffy ihm bei. »Es ist echt schwer herauszufinden, ob sie wirklich abdreht oder einfach nur exzentrisch ist.«

»Beschränken wir uns für den Augenblick darauf, dass

sie friert und Gesellschaft braucht. Hast du etwas dagegen, wenn ich sie einlade, mit uns zu Mittag zu essen?«

»Für mich ist das okay, solange ich mich nicht auf die Suche nach eingebildeten Hundehaufen begeben muss und du sie dazu bringst, über ihre Zeit als berühmter Filmstar zu sprechen.«

»Sie ist immer noch berühmt, Taffy. Und ihr Ruhm ist durchaus begründet, immerhin hat sie einen Oscar in ihrer Gästetoilette!«

»Im Ernst?«

»Im Ernst. Sie benutzt ihn als Klorollenhalter.«

Sie setzten sich in Bewegung und schlossen zu Elsie auf. Dan fasste sie am Ellbogen und führte sie in das gut geheizte Pub zu einem Ecktisch, während er ihr versicherte, dass sie die Suche nach Terry fortsetzen würden, sobald sie sich ein wenig aufgewärmt hätte.

»Sie sind ein Schatz.« Elsie strahlte. »Ich kann mich nicht daran erinnern, wann ich das letzte Mal mit zwei so umwerfenden jungen Herren auswärts gegessen habe. Nein, nein, kein Schinkenspeck für mich, vielen Dank, Dr. Carter. Als Mädchen muss man auf seine Figur achten. Nur ein großes Glas Wein und ein paar Oliven, bitte.«

Dan widersprach nicht, doch er bestand darauf, für Elsie auch noch eine Kartoffel-Lauch-Suppe zu bestellen, damit ihr warm wurde.

Teddy nahm die Bestellung auf und schaute zu Taffy hinüber, der sich gerade ausschüttete vor Lachen über eine von Elsies unanständigen Anekdoten. »Hat sie ihren Hund gefunden?«, erkundigte er sich und beugte sich hinunter, um zu sehen, ob Terry unter dem Tisch saß.

Dan schüttelte traurig den Kopf. »Es gibt keinen Hund, Teddy. Ich glaube, sie ist heute etwas verwirrt, das ist alles.«

»Es gibt keinen Hund?«

»Nein.«

»Ach … Aha. Sie wirkte ziemlich überzeugend, aber sie ist ja auch Schauspielerin. Wie schrecklich, dass man mit dem Alter immer wunderlicher wird! Aber das bleibt ja uns allen nicht erspart. Auch mein Vater wird immer absonderlicher, zumindest in meinen Augen. Diese ganze Ruhestandsgeschichte nimmt ihn ziemlich mit. Er treibt Peter noch in den Wahnsinn, weil er ihn ständig in Edinburgh anruft.« Teddy verstummte abrupt, als ihm klar wurde, dass er womöglich zu viel gesagt hatte.

Dan lächelte. »Es würde ihm sehr viel leichter fallen, wenn Peter die Zügel übernähme, ich weiß. Und so wie es momentan bei uns läuft, wäre es vermutlich für alle leichter.«

Teddy nickte. »Heftiges Stethoskopgerassel, nehme ich an?«

»Kann man so sagen.«

Die Pubtür wurde aufgestoßen, und Grace erschien auf der Schwelle, eine halbe Hecke im Haar. In ihren Armen hielt sie einen schmutzigen, aber unleugbar zufrieden dreinblickenden Dachshund.

»Sie sind ein Engel, Grace! Sie haben ihn gefunden.« Elsie hielt ihr die rote Leine entgegen. Erleichtert setzte Grace das sich windende Bündel auf dem Fußboden ab, hakte die Leine ein und vergewisserte sich zweimal, dass sie wirklich fest war. Terry wackelte mit dem Schwanz und drückte erfreut sein Köpfchen gegen Elsies Bein. Sie riss ein Tütchen Chips auf und hielt es unter den Tisch. Terry stürzte sich begeistert darauf.

»Ach«, sagten Dan und Taffy gleichzeitig.

Grace ließ sich auf einen freien Stuhl sinken. »Er hat hinter dem Pub nach Resten gestöbert und war gerade dabei, sich eine halbe Salami einzuverleiben.«

Elsie kicherte und strich über das drahtige Fell auf seinem Rücken. »Ich weiß nicht, was ich Mrs Grover hätte sagen sollen, wenn er mir schon wieder entwischt wäre. Es ist so lieb von ihr, dass er zu Besuch kommen darf, während sie bei der Arbeit ist.«

Grace lächelte nachsichtig. »Ich denke, Sie tun ihr einen Gefallen, wenn Sie sich um ihn kümmern. Dennoch sollte er Ihnen wirklich nicht noch einmal ausbüxen, zumindest für ein paar Tage nicht.«

Elsie bückte sich und hob Terry auf ihren Schoß, ohne sich um die Flecken Gedanken zu machen, die er auf ihrem teuren Kleid hinterließ. »Es ist nicht deine Schuld, dass du deinem Namen alle Ehre machst, nicht wahr, mein Kleiner? Vielleicht sollten wir dich umtaufen … Hat jemand einen Vorschlag?«

»Stinker?«, schlug Taffy vor und fing sich einen scharfen Blick von Dan ein.

»Wie wär's mit Knuddel?«, schlug Grace vor.

»Hector! Das klingt aristokratisch. Hector? Hector!«, versuchte Elsie die Aufmerksamkeit des Dackels auf sich zu ziehen.

»Eure Getränke«, unterbrach Teddy, ein voll beladenes Tablett balancierend. Er stellte die Gläser auf dem Tisch ab und hob kommentarlos die zerfetzte Chipstüte vom Boden auf. »Sagtest du nicht, sie hat gar keinen Hund?«, zischte er Dan ins Ohr. »Wenn du nicht aufpasst, setzt du noch das Gerücht in die Welt, sie sei nicht ganz dicht.«

»Der gehört ihrer Nachbarin«, klärte Dan ihn auf. »Ich wusste nicht, dass sie ihn hütet.«

»Trotzdem solltest du vorsichtig sein. Du weißt doch, wie schnell die Gerüchteküche anfängt zu brodeln. Die Leute hier glauben einfach alles. Sogar die Story von einer Lehrerin und einem gewissen Arzt in einem Land Rover mit beschlagenen Scheiben auf dem Parkplatz des Ärztehauses.« Er zwinkerte Dan zu und kehrte an die Bar zurück.

Dan spürte, wie er puterrot wurde. Es dauerte eine ganze Weile, bis er sich wieder dem Gespräch zuwenden konnte.

Im Laufe der nächsten Stunde trafen immer mehr Einwohner von Larkford im Kingsley Arms ein, angelockt von Unmengen an Schinkensandwiches und der einen oder anderen Lokalrunde Cider. Bald darauf hatte man so viele Tische zusammengeschoben, dass es aussah, als fände eine riesige Privatparty statt.

Dan kehrte mit einer neuen Runde an den Tisch zurück und stellte fest, dass sich Terry/Hector auf Taffys Schoß ausgestreckt hatte und sich das von den Leckereien zwickende Bäuchlein massieren ließ, bis ihm ein lauter Leibwind Erleichterung verschaffte. Sofort war der Kleine wieder auf den Beinen.

Die Konversation stockte, und Dan fühlte sich plötzlich wie auf dem Präsentierteller. »Habe ich etwas verpasst?«

Elsie grinste verschmitzt. »Nein, nein, ich habe mir nur gerade von Taffy köstliche Gerüchte erzählen lassen. Obwohl ich so etwas schon ahnte. Man sieht sofort, wer ein erfülltes Sexualleben hat. Die körperliche Betätigung zaubert so einen rosigen Schimmer auf die Haut.«

»Elsie!«, protestierte Dan entrüstet, doch die alte Dame lachte.

»Der Schimmer ist dieser Rose leider abhandengekommen«, erklärte sie und tätschelte ihre eigene Wange. »Doch das bedeutet noch lange nicht, dass ich nicht auch so meinen Spaß haben kann.« Sie beugte sich vor und umfasste Dans Hand. »Ich hoffe, es war fantastisch, mein

Lieber. Sie haben so große Hände, da habe ich mich schon immer gefragt …«

»Elsie!«, riefen alle um den Tisch Versammelten im Chor.

Sie hob die Hand, um die anderen zum Schweigen zu bringen, und drei Armbänder mit riesigen Diamanten rutschten ihr schmales Handgelenk hinauf. »Schon gut, schon gut. Wie sonst soll sich eine Dame meines Alters dafür revanchieren, dass man ihr vorwirft, nach einem imaginären Hund zu suchen?«

Dan machte ein betretenes Gesicht. »Ach Elsie, es tut mir leid.«

Die alte Dame kicherte. »Um ehrlich zu sein, war ich beinahe enttäuscht, als Grace ihn gefunden hat, sonst hätten wir uns noch den ganzen Tag darüber amüsieren können.«

Kapitel dreiundzwanzig

Die riesige Tasche mit den nassen Badesachen auf dem Dach des Kinderwagens balancierend suchte Holly nach ihren Hausschlüsseln. Die Zwillinge waren eingeschlafen, erschöpft von den vielen neuen Eindrücken und vollgestopft mit Schinkensandwiches. Am liebsten wäre sie den ganzen Tag im Pub geblieben, um mit den Einheimischen zu plaudern und sie als Menschen kennenzulernen, nicht nur als Patienten. Für die Familien mit Kindern war ein Tisch mit Buntstiften und Naschereien aufgestellt worden, sodass Holly sich endlich mal länger mit ein paar Eltern aus dem Kindergarten unterhalten konnte.

Es war wirklich schade, dass Milo sie alle zwanzig Minuten auf dem Handy anrief, um zu fragen, wann sie wieder zu Hause wäre. Er veranstaltete ein Riesentheater darum, dass ihre freie Zeit der Familie gehörte, deshalb wunderte sich Holly, warum er nicht einfach ins Pub nachgekommen war. Oder jetzt zumindest zu Hause auf sie wartete. Tat er aber nicht.

Sie schob das vollbeladene Monstrum in den Flur, ließ die Zwillinge weiterschlafen und gab sich alle Mühe, den in ihr aufsteigenden Zorn zu unterdrücken. Nur wegen Milo hatte sie die Party, die gerade richtig in Schwung kam, verlassen, und nun kehrte sie in ein leeres Haus zurück. Er hatte ihr nicht einmal eine Nachricht geschickt. Typisch Milo.

Bevor sie von Reading weggezogen waren und so viel Hoffnung auf einen Neuanfang gesetzt hatten, hatte Holly ihm klipp und klar gesagt, dass sie diese Art der Manipulation hasste. Es hatte ihm auch vorher nicht gepasst, dass sie ein Sozialleben hatte, selbst wenn er behauptete, es gehe ihm nur darum, dass sie beide so viel Zeit wie möglich miteinander verbrachten. In ihren Augen konnte er jedoch schlicht und einfach nicht ertragen, dass seine Frau einen Freundeskreis besaß, an dem er nicht teilhatte. Er wartete immer genau dann vor der Klinik, um sie abzuholen, wenn er wusste, dass ein Geburtstagsumtrunk anstand oder gelegentlich ein Mitarbeitertreffen. An Tagen, an denen es wie aus Eimern schüttete oder gar schneite, kam er dagegen nicht auf die Idee, sie abzuholen, und speiste sie mit allen möglichen an den Haaren herbeigezogenen Ausreden ab.

Nicht zum ersten Mal wurde Holly bewusst, dass sie naiv gewesen war zu glauben, er würde seine Persönlichkeit genauso leicht ändern wie seine Postleitzahl. Nachdenklich brühte sie sich einen Tee auf und setzte sich aufs Sofa, bemüht, ihren Zorn zu besänftigen. Abgesehen von dem leisen Schnarchen der Zwillinge im Flur war die Stille im Haus beinahe erdrückend. Wäre sie nicht so erschöpft gewesen, hätte sie den schweren Kinderwagen wieder in Richtung Pub geschoben, so dringend benötigte sie Ablenkung und die Gesellschaft von Erwachsenen.

In ihrem Kopf ging alles durcheinander. Bemüht, Ordnung in ihre Gedanken zu bringen, fing sie an, eins nach dem anderen aufzuzählen.

Entgegen ihrem festen Vorsatz, loszulassen und nach vorn zu blicken, stellte sie fest, dass sie immer noch wütend auf Lizzie war, genau wie auf Dan. Lizzie, ihre älteste und vermeintlich beste Freundin, hatte sie rundheraus hintergangen. Weil niemand da war, der ihr hätte zuhören können, war es allerdings überflüssig, laut zuzugeben, dass ihr das Fünkchen Wahrheit, das in Lizzies Worten steckte, mehr zusetzte, als sie gedacht hätte.

Sie nippte an ihrem Tee und schluckte. Elsies gestrige Worte hatten bei ihr einen Nerv getroffen. Noch einmal rief sie sich die Frage ins Gedächtnis, die Elsie ihr gestellt hatte. »Wie kann ich erreichen, was ich will, wenn ich nicht weiß, was das ist?«, fragte sie halblaut.

Sie wusste lediglich, was sie *nicht* wollte, aber ob das zählte?

Wie lächerlich, sich weismachen zu wollen, Milos Bemühungen wären von Dauer! Früher oder später fiele er in sein altes Verhaltensmuster zurück, was ein neuerliches Drama heraufbeschwören würde. Egal, wie sehr er darauf beharrte, dass sein freundliches, offenes Wesen bei seinen weiblichen Studentinnen mitunter zu Missverständnissen führte – Holly wusste, dass er es liebte, Spielchen zu spielen. Vorzugsweise Machtspielchen. Milos Welt drehte sich hauptsächlich um Sex und Macht. Auch mit ihr spielte er oft genug – verdrehte ihr die Worte im Mund, stellte ihre Logik auf den Kopf, bis sie nicht mehr klar denken konnte.

Sie wusste nicht mehr, was sie denken sollte. Sie war nicht einmal überzeugt, ob er ihr überhaupt noch etwas bedeutete. Natürlich, ihr Ansinnen war stets gewesen, dass die Zwillinge mit ihrem Vater aufwachsen sollten. Doch was brachte den Jungs das, wenn sich dieser Vater nicht um sie kümmerte? War es an der Zeit, sich einzugestehen, dass sie einen Fehler gemacht hatte? Taffy hatte ihren Söhnen an diesem Morgen weit mehr Aufmerksamkeit und Freude geschenkt als Milo in den vergangenen Jahren …

»Mum lässt dich übrigens herzlich grüßen.« Seine Augen blitzten.

»Wie liebenswürdig«, konterte Holly, die bezweifelte, dass dies tatsächlich der Fall war.

»Sie fragt sich, wie du mit der Hausarbeit zurande kommst, zumal du letztes Wochenende einen etwas überlasteten Eindruck auf sie machtest.« Er zuckte die Achseln, offenbar missmutig, weil Hollys gewohnte Reaktion ausblieb. »Heute früh konnte ich übrigens keine frischen Socken finden.« Vorwurfsvoll zog er ein Hosenbein hoch. »Musste barfuß gehen. Mum sagt, sie kann dir gern ein paar Tipps geben, wie du das mit der Wäsche und dem Putzen in den Griff bekommst, jetzt, da du wieder Vollzeit arbeitest.«

Holly lachte. Was als bissiger Affront begonnen hatte, entgleiste *en route* zu purer Lächerlichkeit.

»Komm doch mal mit«, schlug sie vor, immer noch lächelnd, und öffnete die Tür zum Hauswirtschaftsraum. »Ich glaube, ich kann dir auch ein paar Tipps geben.«

Milo schlurfte hinter ihr her, perplex ob des seltsamen Benehmens seiner Frau.

»Darf ich vorstellen, Milo? Das ist die Waschmaschine. Waschmaschine – das ist Milo. Sei nett zu ihm, denn das ist sein erster Abstecher hierher, aber er möchte von nun an regelmäßig vorbeischauen. Es wäre daher besser, ihr würdet miteinander klarkommen.«

»Um Himmels willen, Holly! Hör auf, so verdammt albern zu sein! Ich habe dich lediglich darauf hingewiesen, dass ich keine frischen Socken mehr habe.«

»Das weiß ich«, erwiderte Holly gelassen, »und ich habe dir gezeigt, wo sich die Alchimistenküche befindet. Hier, in diesem Raum, findet der ganze Zauber statt. Ich lasse euch zwei jetzt mal allein, damit ihr euch miteinander bekannt machen könnt.« Sie drückte ihrem fassungslosen Ehemann das Waschmittel in die Hand, das biologisch garantiert nicht abbaubar war, und stolzierte aus dem Hauswirtschaftsraum. Am liebsten wäre sie gehüpft.

Es war eine Schande, dass Elsie nicht hier war, um ihre Freude zu teilen – die Freude über den längst überfälligen Moment, in dem Holly ihre Stimme wiedergefunden hatte.

Kapitel vierundzwanzig

Holly bemühte sich, aufmerksam zuzuhören, was ihr angesichts ihrer ständig abschweifenden Gedanken nicht leichtfiel. Zu viel ging ihr durch den Kopf, und der Druck, der sich seit dem frühen Morgen hinter ihren Schläfen aufbaute, wurde langsam unerträglich. Sie schloss ein Auge, dann das andere und versuchte herauszufinden, ob ihr verschwommener Blick von den Kopfschmerzen herrührte oder von purer Erschöpfung. Alles, was sie heute auf den Beinen hielt, waren Fruchtgummi und Koffein.

»Glauben Sie nicht, Dr. Graham? Hören Sie mir überhaupt zu?«, empörte sich Margot James zu recht, klopfte mit den Fingerspitzen auf den Schreibtisch und funkelte Holly aufgebracht an. »Was hat es für einen Sinn, dass ich zu Ihnen komme und all ihre aufdringlichen Fragen beantworte, wenn Sie die Antworten gar nicht hören wollen?«

Holly lächelte schwach, bestrebt, aufmerksam und beschwichtigend zu wirken, doch sie fürchtete, dass eher das Gegenteil der Fall war. »Aber sicher habe ich gehört, was Sie gesagt haben, Margot«, stieß sie schuldbewusst hervor. Eine Notlüge. Sie hatte natürlich den Anfang des Lamentos Warum-es-mich-so-sehr-stresst-im-Supermarkt-einzukaufen mitbekommen, hatte durchgehalten, als Margot zu einer Niemand-versteht-mich-mein-Leben-ist-so-schwer-Tirade überwechselte, doch der bohrende Kopfschmerz, der Regen, der gegen die Fenster prasselte, und die monotone Jammerstimme hatten sie danach abschalten lassen. Nun, sie hatten zumindest ihre Aufmerksamkeit beeinträchtigt.

Margot war die Personifikation von Taffys viel gescholtenen Eingebildeten Kranken. Die EKs sorgten sich ständig um ihre Gesundheit, bezogen jede Krankheit, über die sie gelesen hatten, auf sich oder googelten im Internet irgendwelche Symptome. Sie brauchten ärztlichen Rückhalt und mussten besonders einfühlsam behandelt werden. Auch ihre Beschwerden erforderten besondere Aufmerksamkeit, denn nur weil ein Patient oft schon an eingebildeten Krankheiten gelitten hatte, hieß das noch lange nicht, dass er sich im Moment bester Gesundheit erfreute. Es war Hollys Aufgabe herauszufinden, was von beidem der Fall war.

»Was kann ich für Sie tun?«, kam sie auf ihre anfängliche, und laut Margot aufdringliche, Frage zurück. »Es ist eine Weile her, dass zum letzten Mal Ihr Blutzucker überprüft wurde, und ich entnehme den Unterlagen, dass es in Ihrer Familie Fälle von Diabetes gibt. Falls Sie den Eindruck haben, dass sich die Erschöpfung verschlimmert, sollten wir einen Glukosetoleranztest vornehmen lassen, Margot. Kommen Sie an einem ruhigen Vormittag, damit die Helferin den Test machen kann, und ich rufe Sie anschließend an, um die Ergebnisse mit Ihnen zu besprechen.«

Ein wenig besänftigt griff Margot nach ihrer Handtasche. »Es wäre schön, endlich mal wieder zur Ruhe zu kommen, Dr. Graham, wenn ich das so sagen darf. Ständig lese ich in den Zeitschriften, dass ich eigentlich in den besten Jahren sein sollte.«

Holly stand auf, um ihrer Patientin die Tür zu öffnen,

wohlwissend, dass diese im Begriff stand, einen weiteren Monolog anzustimmen. »*Sollte* ist ein gefährliches Wort, Margot«, sagte sie daher schnell. »Versuchen Sie herauszufinden, was Sie gern tun würden, und räumen Sie dem Priorität ein.«

»Hm.« Margot blieb auf der Schwelle stehen, unwillig, ihr Publikum zu verlieren. »Ich denke, es wäre nicht falsch, wenn Sie Ihre Ratschläge auch bei sich selbst umsetzten, Dr. Graham. Entschuldigen Sie, wenn ich das so frei heraus ausspreche, aber Sie sehen furchtbar aus. An Ihrer Stelle würde ich etwas gegen das ständige Blinzeln unternehmen. Es erweckt nämlich den Eindruck, als würden Sie Ihren Patienten nicht wirklich zuhören. Guten Tag, Dr. Graham.«

Holly sah Margots Rücken in Richtung Anmeldung verschwinden und warf einen Blick auf ihre Armbanduhr – noch zehn Minuten bis zu ihrem nächsten Termin. Eigentlich *sollte* sie die Zeit nutzen, um ihre Post zu öffnen und ihre E-Mails zu lesen, aber der heimtückische Druck, der mit diesem Wort neuerdings einherging, ließ in ihr erneut die Scheiß-drauf-Haltung aufkommen, die seit ihrem Besuch bei Elsie Oberhand zu gewinnen drohte.

Also marschierte sie, anstatt in ihr Sprechzimmer zurückzukehren, in den Aufenthaltsraum, um sich eine anständige Tasse Kaffee zu holen. Ein finanzieller Engpass zu Hause hatte sie dazu gezwungen, ihren geliebten Illy-Kaffee gegen einen grobkörnigen Instantkaffee auszutauschen, der nach Spülwasser schmeckte und auch genauso aussah.

Eine kurze Pause mit Koffein und einer Paracetamol tat ihr bestimmt gut, befand sie, und anschließend wäre sie wieder eine gute Ärztin.

Im Aufenthaltsraum war es außergewöhnlich ruhig,

einzig Julia Channing war anwesend. Holly schluckte und setzte ein bemühtes Lächeln auf, weil sie dachte, dass sie dies tun *sollte*. Doch gleich darauf sackten ihre Mundwinkel herab. Nein, dieses Spiel würde sie nicht mehr spielen. »Hallo, Julia«, sagte sie stattdessen und massierte sich die Schläfen. »Ich setze Kaffee auf, möchtest du auch einen?«

Julia sah von ihrem iPhone hoch. Ihre Züge spiegelten Überraschung. »Ähm, liebend gern – ich sollte bloß erst diese E-Mails abrufen.«

Holly schnupperte vorsichtig an der Milch, die sie aus dem Kühlschrank genommen hatte. »Ich habe aufgehört, ständig zu überlegen, was ich tun *sollte*«, erklärte sie geradeheraus. »Ich gönne mir eine kleine Auszeit von dem Gefühl, mich ständig für alles und jeden zerreißen zu müssen. Diese Tasse Kaffee ist der erste Schritt in Richtung meiner heutigen Mini-Rebellion.«

Julia klappte der Mund auf. Hollys Äußerung traf sie völlig unvorbereitet. Sie ließ ihr Smartphone in die Tasche gleiten. »Funktioniert das? Fühlst du dich befreiter, hast du neuen Antrieb?«

Holly ließ sich Julias Fragen einen Augenblick lang durch den Kopf gehen, da sie nur ungern zugeben wollte, dass sie sich nicht entscheiden konnte, ob sie sich mutig oder schuldbewusst fühlen sollte. Sollte sie bei der Arbeit nicht doch lieber den äußeren Schein wahren? Sie goss Milch in Julias Kaffee und reichte ihn der Kollegin, verärgert darüber, wie oft ihr das heimtückische Wort doch noch durch den Kopf schoss. »Um ehrlich zu sein, es fällt mir schwerer, als ich gedacht hätte. Mir war nicht klar, wie oft ich mich selbst gängele und gewisse Dinge tue, nur weil ich denke, dass ich sie tun *sollte*, und nicht, weil ich sie tun *möchte*. Ja, es ist befreiend, damit Schluss zu machen, aber auch verdammt deprimierend.« Holly zuckte die Achseln und drückte zwei Paracetamol aus der Packung, die in einer Schublade im Aufenthaltsraum lag. »Wir setzen nämlich nur selten etwas um, wenn wir ›ich sollte‹ sagen. Ich *sollte* nach Hause fahren und die Füße hochlegen – ich bin total gerädert und habe höllisches Kopfweh –, aber wir beide wissen, dass ich es nicht tun werde. Wenn du mich allerdings fragst, ob ich heute Abend Dr. Bruce' Schicht übernehmen könnte, kannst du darauf wetten, dass ich Ja sagen werde, weil ich davon ausgehe, dass ich es tun *sollte*, wenn ich meinen Job behalten will, stimmt's?«

Julia nippte an ihrem Kaffee. »Wenn du Dr. Bruce den kleinen Finger reichst, nimmt er die ganze Hand. Lass dich nicht von ihm unter Druck setzen, Holly. Man ist versucht, den männlichen Ärzten im Ärztehaus einen höheren Status zuzugestehen, aber der Einzige, der diesen tatsächlich innehat, ist George. Henry, Dan und ich sind alle auf ein und demselben Level.«

Holly wurde puterrot und hätte sich am liebsten in den Hintern getreten, weil sie nicht auf der Hut gewesen war. »Ich wollte damit nicht sagen, dass …«

»Das weiß ich«, fiel ihr Julia ins Wort. »Das war bloß ein freundlich gemeinter Rat, mehr nicht.« Sie hielt inne und trank einen Schluck Kaffee. »Mir ist klar, dass Freundlichkeit nicht gerade meine Stärke ist, aber so schlecht bin ich nun auch wieder nicht, Holly. Hin und wieder kann ich sogar menschlich sein. Ich möchte … nun, ich möchte einfach nur vorwärtskommen und meinen Job machen. Und zwar jeden Tag so gut ich kann.«

Beide Frauen schwiegen für einen Moment und tranken gedankenversunken ihren Kaffee. Holly unterdrückte ihr Bedürfnis, die Stille mit Worthülsen zu füllen, wie sie es für gewöhnlich tat. Sie hasste die Vorstellung, jemand könnte denken, sie sei so langweilig, dass sie buchstäblich nichts zu sagen hatte.

Sie fühlte Julias Augen auf sich ruhen, doch sie sah nicht auf.

»Es ist gar nicht so übel, mit dir zu plaudern, Holly Graham«, sagte Julia plötzlich. »Ich habe dich bisher für eine von diesen Frauen gehalten, die nicht aufhören können zu reden, selbst wenn sie nichts zu sagen haben. Ich habe dich sogar in eine Schublade mit den Müttern gesteckt, die bei jeder Gelegenheit Babyfotos aus der Tasche ziehen, aber da habe ich mich wohl getäuscht. Und zwar gewaltig.«

Holly grinste. »Ich war in der Tat versucht, dir Babyfotos zu zeigen, gerade weil ich deine Vorliebe dafür kenne«, erwiderte sie ironisch, »allerdings hatte ich absolut keinen Bock darauf. Vielleicht ist diese neue Einstellung tatsächlich enorm befreiend.«

Julia zog verwirrt die Augenbrauen in die Höhe. »Du meinst, wenn du nicht von deinen Kindern erzählst, ist das Teil deines ›Ich sollte‹-Programms?«

»Wer weiß?« Holly lächelte. »Wahrscheinlich dachte ich, dass Mütter, die wieder anfangen zu arbeiten, ihrem Umfeld und sich selbst ständig beweisen müssen, wie sehr sie ihre Kinder vermissen. Tun wir das nicht, hält man uns leicht für Monster …«

»Ich könnte das nicht«, erklärte Julia nüchtern und warf sich abwesend das lange blonde Haar über die Schulter. »Damit meine ich nicht, dass ich nicht gleichzeitig Mutter sein und arbeiten könnte, sondern überhaupt Kinder zu haben. Das kann ich mir gar nicht vorstellen. Babys sind so bedürftig …«

»Das stimmt. Bedürftig, anhänglich und fordernd. Deshalb haben sie ja so große Augen – damit wir uns in sie verlieben und es uns nichts ausmacht, wenn sie uns um drei Uhr morgens in die Haare strullen!«

»In die Haare?«, quiekte Julia entsetzt.

»Und das ist bloß die Spitze des Eisbergs. Ich könnte dir Geschichten erzählen, die dir förmlich einen Knoten in die Eierstöcke machen! Es gibt keine Gruppe auf der ganzen Welt, die mehr auf Empfängnisverhütung achtet als frischgebackene Mütter. Aber am Ende überwiegt die Liebe, und sie erinnern sich an nichts anderes mehr als die riesigen blauen Augen.« Holly verstummte abrupt und schlug die Hand vor den Mund, als ihr aufging, dass sie nicht etwa mit Lizzie sprach, sondern mit einer ihrer Vorgesetzten. »Äh, vielleicht war ich etwas voreilig … ich meinte eigentlich …«

»Du meinst, was du hättest sagen *sollen*?«, unterbrach Julia sie amüsiert. »Du musst dich nicht entschuldigen. Es ist ziemlich erfrischend, sich mit jemandem zu unterhalten, der das Thema Elternschaft und Erziehung mal etwas kritischer betrachtet … Meiner Erfahrung nach fühlt sich jede Frau, die ein Kind zur Welt gebracht hat, bemüßigt, mir die frohe Botschaft zu überbringen, ich müsse das ebenfalls tun. Mitunter frage ich mich, ob diese Mamis Provision dafür bekommen, wenn sie ein weiteres Mitglied ins Boot holen, oder ob sie bloß wollen, dass mich die gleichen Sorgen und Schmerzen plagen …« Julia verstummte kurz, dann schloss sie ironisch: »Nein, falsch formuliert. Ich meinte natürlich, ob sie wollen, dass ich die Freuden der Mutterschaft mit ihnen teile.«

»Nun, ein paar Vergünstigungen gibt es durchaus.« Holly versuchte ihren Gleichmut wiederzufinden. »Die Mutter-Kind-Parkplätze sind riesig. Ich kann mit einem Zug in die Lücke setzen.«

Julia lächelte, eine Augenbraue hochgezogen. »Dann ist das dein Golf, der diagonal auf dem Parkplatz steht? Ich hätte es wissen müssen.«

»Ich habe das Gefühl, das ist das erste richtige Gespräch, das wir miteinander führen«, sagte Holly, auf einmal nachdenklich.

»Mit Sicherheit das erste aufrichtige«, pflichtete Julia ihr bei. »Du bist nicht halb so selbstgerecht, wie ich dachte!«

Hollys Augen weiteten sich, dann lächelte sie breit. »Und wenn du mich nicht gerade einschüchterst oder herablassend behandelst, bist du eine ausgesprochen angenehme Gesprächspartnerin. Auch wenn ich dich insgeheim für deine jugendlich schmale Taille und deine makellose Garderobe hasse.«

Julia strich über den fleckenlosen Ärmel ihres Blazers. »Nun, und ich hasse dich dafür, dass du Schokokekse in dich hineinstopfst und anschließend keine Pickel bekommst. Und weil dich sämtliche Männer hier für lustig halten und ihren Beschützerinstinkt einschalten.«

»Ich hasse die Tatsache, dass ich ihren Beschützerinstinkt auslöse. Wirke ich tatsächlich so sehr wie ein Opfer?«

»Hm. Ich hingegen komme mir vor wie eine Ente. Oberhalb der Wasserfläche völlig unbewegt, während ich darunter wie verrückt mit den Beinen strample. Und ich bin nicht so gern unter Leuten.«

»Eine Ente? Wenn du eine Ente bist, bin ich eine riesige Krake. Jede Menge Arme, die unkontrolliert in alle Richtungen wedeln …«

Julia kicherte, dann seufzte sie. »Egal, ob Ente oder Tintenfisch – wir sind beide absolut köstlich. Zumindest für die Chinesen.«

Holly stieß ihren Kaffeebecher gegen Julias. »Auf die

Scheiß-drauf-Philosophie und die Verbannung des Unworts ›sollte‹.«

Julia lachte laut auf. Überrascht stellte Holly fest, wie gut sie aussah, wenn sie fröhlich war. »So, Graham, Schluss mit dem Müßiggang und ab an die Arbeit. Wenigstens hast du jetzt ein bisschen Farbe im Gesicht und siehst nicht mehr aus wie der Tod persönlich. Soweit ich weiß, wartet ein Akne-Patient auf dich. Hab ihn im Wartezimmer sitzen sehen. Viel Spaß!«

Julia stand auf und verließ den Aufenthaltsraum. Holly blieb verhalten optimistisch zurück. Ihr Kopfschmerz ließ nach, das Koffein hatte ihr aus dem Tief herausgeholfen, aber sie konnte nicht leugnen, dass sie das Lächeln auf ihrem Gesicht Julia zu verdanken hatte. Wer hätte das gedacht?

Kapitel fünfundzwanzig

Julia öffnete den Kühlschrank im Aufenthaltsraum in der Hoffnung auf eine leckere Mittagspause. »Wo zum Teufel ist mein Essen?«, platzte sie mit einem völlig untypischen Mangel an Contenance heraus. Das Gespräch mit Holly vorhin hatte bei ihr ein Gefühl der Unausgeglichenheit, um nicht zu sagen Gereiztheit hinterlassen: Es ärgerte sie, dass sie sich geöffnet und dadurch unerwünschte Emotionen zugelassen hatte.

Sie wirbelte herum und beäugte die im Raum Anwesenden voller Misstrauen.

Taffy verdrückte ein riesiges Wurstbrötchen, Grace verschlang ein gewaltiges Baguette mit Eiersalat, und Jason schien an einem Schweinsöhrchen zu knabbern. Julia räusperte sich und bemühte sich um einen munteren Tonfall. »Ich nehme nicht an, dass jemand versehentlich mein Mittagessen genommen hat? Eine kleine Tupperschüssel mit blauem Deckel?«

Anstelle einer Antwort wedelte Taffy mit seinem Wurstbrötchen, während sich Jason nicht einmal die Mühe machte, den Kopf zu heben. Nur Grace blickte unbehaglich drein. »O Grace, sag nicht, dass du es gegessen hast. Ich habe einen ausgesprochen anstrengenden Morgen hinter mir und hatte mich auf meinen makrobiotischen Salat gefreut!«

Julia seufzte. Stets besorgt um die perfekte Ernährung, war der Gedanke an ihren sorgfältig vorbereiteten, ausgewogenen, glutenfreien Salat mit den genau berechneten Kalorien das Einzige, das ihr Sicherheit bot. Ohne diesen Salat fühlte sich Julia hungrig und nahezu panisch. Das Gefühl war ungefähr das gleiche, das sie überkam, wenn sie mit leerem Magen im Supermarkt einkaufen ging – am liebsten hätte sie sich zwischen die Regale gesetzt und geweint, weil sie nicht in der Lage war zu entscheiden, was sie essen sollte. Durfte. Wollte?

Grace schluckte den Bissen Baguette hinunter, den sie im Mund hatte. Sie hatte es beim Bäcker auf der gegenüberliegenden Straßenseite gekauft. Es quoll förmlich über vor Mayonnaise, sah köstlich aus und schien ihre gesamte Aufmerksamkeit zu beanspruchen. »Ähm … dein Salat? War der in einem quadratischen Plastikbehälter mit blauem Deckel?«

»Ja-ha«, antwortete Julia und zwang sich zur Ruhe. »Das sagte ich doch bereits.«

»Ich habe den Kühlschrank ausgeräumt, um ihn mal gründlich sauberzumachen. Da bin ich auf diesen Behälter voller Pilze und ein paar pampigen Bohnensprossen gestoßen. Der muss schon Ewigkeiten da gestanden haben, denn als ich den Deckel abgemacht habe, kam ein entsetzlicher Gestank heraus. Tut mir leid, dass ich ihn weggeworfen habe, Julia.«

Julia stampfte mit dem Fuß auf wie ein verwöhnter Teenager. »Das war ein Soja-Miso-Dressing auf einem sauteuren makrobiotischen Sprossensalat! Ich hab die Tupperschüssel erst heute Morgen hier reingestellt!«

»Es tut mir wirklich leid, Julia. Das wusste ich nicht. Darf ich dir etwas von meinem Baguette anbieten?« Grace streckte ihr leicht widerstrebend ihre verführerische Kalorienbombe entgegen. Julia traten beinahe die Augen aus dem Kopf.

»Ich esse keine Mayonnaise!«, fauchte sie und klapperte auf ihren hohen Absätzen aus dem Aufenthaltsraum, leise vor sich hin fluchend. Immer noch schimpfend holte sie ihre Handtasche und verließ das Gebäude, bevor sie anfing, sich wegen ihres kindischen Verhaltens zu schämen, und feststellte, dass sie nicht wusste, wohin sie gehen sollte.

Julia schaute sich auf dem Marktplatz um und beschloss, einen kurzen Abstecher in die Büros von Squire & Bates zu unternehmen. Sie war immer noch außer sich, aber nach drei Runden um den Marktplatz wurde sie langsam ruhiger. Es war schließlich nicht so, dass sie ihren Besuch bei der Immobilienagentur geheimhalten wollte, allerdings wollte sie auch nicht, dass ganz Larkford wusste, was sie vorhatte. Und ganz bestimmt nicht, bevor sie sich selbst darüber im Klaren war.

Piers Bates sprang auf, als sie hereinkam, und streckte ihr seine manikürte Hand entgegen. »Dr. Channing, hallo. Wie geht es Ihnen? Bitte nehmen Sie Platz.«

Sie setzte sich auf die Kante des modernen, unbequemen Chrom-und-Leder-Sessels und fragte sich, seit wann sich die Immobilienagentur so trendbewusst gab. Als sie vor fünf Jahren ihr kleines Haus in Larkford gekauft hatte, waren die Räume der Agentur mit dick gepolsterten Sesseln und Sofas eingerichtet gewesen, auf denen man sich wunderbar entspannen konnte. Wie aufgeregt sie gewesen war, ihre erste Immobilie zu erwerben! Heute saß sie hier, um zu verkaufen, fühlte sich unwohl und wusste doch keine andere Möglichkeit.

»Rachel? Würden Sie Dr. Channing bitte einen Kaffee bringen? Sie möchten doch einen Kaffee? Oder lieber einen Tee?« Piers Höflichkeit wirkte nahezu unterwürfig, weshalb Julia nicht um den heißen Brei herumreden wollte.

»Kaffee ist wunderbar. Ich muss mit Ihnen über einen möglichen Hausverkauf sprechen. Und zwar vertraulich.«

»Selbstverständlich«, erwiderte Piers und rief ihre Akte am Computer auf.

Seine Assistentin Rachel erschien mit zwei Tassen Nescafé, stellte sie auf seinem Schreibtisch ab und plapperte los: »Sie wollen doch nicht etwa Ihr wunderschönes Häuschen verkaufen, Dr. Channing? Ich hoffe nicht, dass Sie vorhaben, uns zu verlassen. Ich brächte es nicht über mich, mich wegen der Vorsorgeuntersuchungen an einen der Herren zu wenden, zumal sie alle so attraktiv sind, vor allem Dr. Carter und Dr. Jones. Selbst Dr. Kingsley ist für sein Alter ein ausgesprochen gutaussehender Mann. Ich weiß gar nicht, wie Sie Ihre Arbeit auf die Reihe bekommen, bei diesen Männern …«

»Vielen Dank, Rachel«, unterbrach Piers sie kurz angebunden. »Ich darf Sie daran erinnern, dass Dr. Channings Besuch vertraulich behandelt wird.«

Rachel errötete. »Selbstverständlich.« Mit gesenktem Kopf kehrte sie an ihren Schreibtisch zurück. Julia empfand Mitleid mit ihr. Ja, Rachel war eine Plaudertasche, aber das machte sie nicht zwingend zur Klatschtante, zumindest hoffte Julia das.

»Ich wollte mir eine Vorstellung vom aktuellen Wert der Immobilie verschaffen und fragen, ob momentan jemand auf der Suche nach einem Objekt wie diesem ist. Sollte ich mich tatsächlich zu diesem Schritt entschließen, würde ich gern schnell verkaufen. Können Sie mir weiterhelfen?«

Piers lächelte liebenswürdig und rückte seine silbernen Manschettenknöpfe zurecht. Julia unterdrückte einen kleinen Schauder. »Selbstverständlich, Dr. Channing, selbstverständlich. Wie Sie sich vielleicht erinnern, sind die

Anwesen in der Blythe Street sehr gefragt, da die Schlafzimmerfenster eine vorzügliche Aussicht auf den Park bieten, aber das muss ich Ihnen ja nicht erzählen.« Er tippte etwas in den Taschenrechner auf seinem Schreibtisch und kaute kurz auf seinem Squire-&-Bates-Bleistift, bevor er in einem professionellen Ton fortfuhr: »Ich will Ihnen nichts vormachen, Dr. Channing, es ist momentan nicht die beste Zeit zu verkaufen. Seit Sie die Immobilie erworben haben, sind die Preise signifikant gefallen, und je nach Kredit fürchte ich, dass Sie einen Verlust hinnehmen müssten.«

Julia versuchte, einen neutralen Gesichtsausdruck zu bewahren, doch eines ihrer Augenlider fing an, vor Nervosität zu zucken. »Haben Sie denn potenzielle Käufer an der Hand?«

»Gewiss, gewiss. Allerdings bin ich mir nicht sicher, dass diese bereit sind, das zu bezahlen, was Sie für das Haus bezahlt haben. Es ist natürlich ein kleines Juwel: zwei Schlafzimmer, ein großer Garten, ein Stellplatz ...« Er legte die Fingerspitzen gegeneinander und bedachte sie mit einem gespielt aufrichtigen Blick. »Wenn Sie wirklich fest entschlossen sind zu verkaufen, Dr. Channing, können wir einen kleinen Bieterkrieg anzetteln, aber ich möchte ehrlich zu Ihnen sein: Im Augenblick haben wir es mit einem Käufermarkt, will heißen, mit einem Angebotsüberschuss und einem gleichzeitigen Nachfragedefizit zu tun.«

Julia nickte langsam. Ihre Befürchtungen laut ausgesprochen zu hören, selbst von einem so aalglatten Burschen wie Piers Bates, machte sie sprachlos. Sie war immer davon ausgegangen, ihr Haus schnell und gut verkaufen zu können, sollte es hart auf hart kommen und sie dringend flüssiges Kapital benötigen, um ihre Schulden zu bezahlen und ihre Eltern auf Armlänge zu halten. Bis sie angefangen hatte, die Immobilienseiten der Zeitungen durchzublättern, war ihr gar nicht in den Sinn gekommen, dass ihr Kredit eventuell höher liegen könnte als der Wert ihres Hauses.

»Haben Sie einen Augenblick Zeit?«, fragte Piers und klickte auf Ausdrucken. »Ich könnte auf einen Sprung mit zu Ihnen kommen und eine genaue Einschätzung vornehmen. Geben Sie mir fünf Minuten, einverstanden?«

Julia stand auf, bemüht, einen klaren Gedanken zu fassen. Eine Woge der Übelkeit rollte über sie hinweg. So viel zu Plan B. Ein attraktiver Wohnsitz konnte so attraktiv gar nicht sein, dass sie bereit wäre, ihn mit ihren Eltern zu teilen. Weil ihr noch immer die Worte fehlten, nickte sie und nahm ihre Handtasche. Es gelang ihr, Rachel, die definitiv gelauscht hatte, während sie mit der Ablage beschäftigt war, beiläufig zuzuwinken.

Julia wusste nicht, ob sie Holly Graham für das Gespräch von vorhin danken oder sie verfluchen sollte. Doch jetzt, da sie anfing, über all diese »Ich-sollte« nachzudenken, die große Macht auf sie ausübten, war sie plötzlich in der Lage, sie aus einer objektiveren Perspektive zu betrachten.

Warum *sollte* sie unbedingt ein eigenes Haus besitzen? Wie viele Leute ihrer Generation war sie bisher der festen Überzeugung gewesen, dass man erst als erfolgreich angesehen wurde, wenn man ein eigenes Heim besaß. Aber der Kredit war riesig und ließ ihr nur wenig Spielraum. Warum verkaufte sie also nicht einfach und mietete sich etwas Bescheideneres?

Hin- und hergerissen von ihren Gedanken, die sich einen inneren Widerstreit lieferten, runzelte Julia die Stirn. Aus Angst, die falschen Signale zu senden, wollte sie ihre Entscheidung angesichts des Kampfes um Georges Nachfolge nicht gerade jetzt öffentlich machen, dennoch verspürte sie einen Anflug von Erleichterung. Wenn sie in einer Mietwohnung mit nur einem Schlafzimmer lebte, gäbe es zumindest keinen Platz für unerwünschte Hausgäste.

Wie dumm, dass sie nicht früher darauf gekommen war.

Sie dachte an ihre Putzorgie von neulich Abend zurück, als sie den Badezimmerfugen mit einer teuren elektrischen Zahnbürste zu Leibe gerückt war, die sie extra zu diesem Zweck angeschafft hatte. Was für eine vergeudete Zeit!

Julia fragte sich, ob sie womöglich den Verstand verloren hatte. Großer Gott, wohin sollte das noch führen? Würde sie in Zukunft womöglich Industriezucker essen oder ohne Make-up zur Arbeit erscheinen?

Allein bei dem Gedanken zog sich vor Schreck ihre glättende Foundation zusammen. Wie würde es sich anfühlen, die Welt ohne den Rahmen aus sorgfältig getuschten Wimpern zu betrachten?

Sie schaute zu Piers hinüber, der mit leicht gerötetem Gesicht seine Utensilien zusammensuchte, und fragte sich, was er wohl dachte, wenn er sie ansah. Sah er eine glamouröse, gepflegte Berufstätige, oder sah er eine äußerlich so perfekte Frau, dass sie ihm kalt und spröde vorkam, wie Dan einst im Zorn bemerkt hatte?

Dieser Gedanke quälte Julia oft und vor allem dann, wenn die weit weniger perfekten Frauen aus ihrem Bekanntenkreis eine nach der anderen heirateten und eine Familie gründeten.

Nur sie nicht.

Zwar war ihr Körper wegen der vielen Besuche im Fitnessstudio hervorragend in Form, aber was bedeutete das schon, wenn ihn niemand zu Gesicht bekam?

Julia seufzte. Sogar Holly mit ihren ausgelatschten Ballerinas und ihrem zerzausten Pferdeschwanz schien

Männer anzuziehen wie die Fliegen. Die Herren der Schöpfung überschlugen sich förmlich, sich um die arme, ach-so-erschöpfte Mutter von Zwillingen, deren Bauch mit Sicherheit jede Menge Schwangerschaftsstreifen aufwies, zu kümmern.

Ob sie wohl noch mit Dan zusammen wäre, hätte sie nicht so verbissen versucht, die perfekte Fassade aufrechtzuerhalten?

Was, wenn sie zusammen im Bett gefrühstückt hätten, ohne dass sie sich Gedanken wegen der Krümel machte?

Was, wenn sie sich in der Dusche geliebt hätten, ohne dass ihr Blick zum Schimmel in der Ecke gewandert wäre?

Wenn sie einen Weg gefunden hätte, einfach mal »Scheiß drauf!« zu sagen, wäre sie dann noch mit Dan zusammen?

War Elsie Townsend vielleicht gar nicht exzentrisch und vorlaut, sondern vielmehr ein Kelch der Weisheit?

Endlich traten sie aus der Agentur auf den Marktplatz hinaus. Piers plapperte unablässig, aber Julia bekam kein Wort davon mit, kreisten ihre Gedanken doch in einem ganz anderen Universum.

Plötzlich entdeckte sie Henry Bruce mit Jade am Arm, die direkt auf sie zukamen. Jetzt galt es, sich zu konzentrieren und möglichst schnell mit einer glaubwürdigen Geschichte aufzuwarten.

»Mist! Bitte spielen Sie jetzt einfach mit, Piers«, flüsterte sie in dringlichem Ton.

»Henry, Jade, ihr seht aus, als wäret ihr auf einer Mission!« Julia lächelte übers ganze Gesicht.

Henry musste zweimal hinschauen, um sich zu vergewissern, mit wem Julia da unterwegs war, und ein drittes Mal, als sie sich besitzergreifend bei Piers einhakte.

»Wir wollen uns nur etwas im Deli zu Mittag besorgen«, erklärte Henry, sichtlich bemüht, Piers nicht allzu unverblümt anzustarren.

Jade hatte wie erwartet keinerlei Probleme damit. »So«, ließ sie sich munter vernehmen, Julia und den Immobilienmakler fest im Blick, »wie lange seid ihr zwei denn schon zusammen? Ihr habt das ja prima geheim gehalten!«

Julia atmete tief durch. Es war ein deutliches Zeichen, wie schlecht die Dinge standen, wenn sie es vorzog, die Stadt im Glauben zu lassen, sie wäre mit dem Schleimer Bates zusammen, als ihre finanzielle Zwangslage publik zu machen. Stolz war anscheinend ein weiterer Luxus, den sie sich nicht länger leisten konnte.

»Das ist alles noch ganz frisch«, antwortete Piers wahrheitsgemäß. »Wir werden sehen, wie es läuft, nicht wahr, mein Schatz?« Der Makler, der sich nie eine Gelegenheit durch die Lappen gehen ließ, beugte sich vor und drückte Julia einen Kuss auf die Lippen. »Aber jetzt müssen wir weiter zu einem Termin.«

Es war schwer zu sagen, wer sich unbehaglicher fühlte. Henry zog eine Augenbraue in die Höhe. »Wenn du deinen *Termin* beendet hast, komm doch kurz zu mir, Julia. Es ist wichtig. Ich warte im Deli auf dich.«

»Okay«, stimmte sie zu, weil ihr keine Zeit blieb, sich eine Ausrede auszudenken und sie ohnehin von anderen Dingen abgelenkt war. Erstens: Wie sollte sie die Abneigung verbergen, die sie für Henry Bruce empfand, der während des ganzen Gesprächs mit seinen weichen manikürten Fingern Jades Nacken streichelte? Zweitens: Wie sollte sie in Gegenwart von Piers Bates die Ruhe bewahren, der dieses Szenario ganz offensichtlich genoss?

Als Henry und Jade weitergingen, tuschelnd die Köpfe zusammengesteckt, löste Julia langsam ihren Arm von

Piers und widerstand dem überwältigenden Drang, sich den Mund abzuwischen. »Bringen wir diese Wertermittlung hinter uns.«

Der Makler eilte federnden Schritts neben ihr her. »Wenn Sie von Wertermittlung sprechen, meinen Sie da wirklich den Wert Ihres Hauses, oder ist das bloß ein cleverer Vorwand, mich in Ihr Schlafzimmer zu locken?«

Julia schauderte. »Nun bleiben Sie mal auf dem Teppich, Piers. Ich denke, für heute habe ich genug Enttäuschungen hinnehmen müssen, finden Sie nicht?«

Als Julia eine halbe Stunde später das Deli betrat, war Jade fort. Henry trank einen Espresso. Das winzige Tässchen wirkte völlig unpassend in seinen großen Händen.

»Ich bin froh, dass du gekommen bist«, erklärte er aalglatt und winkte der Bedienung.

»Hatte ich denn eine Wahl?«, erwiderte Julia kühl.

Sie wusste, dass es in Larkford Menschen gab, die dachten, sie und Henry Bruce seien aus demselben Holz geschnitzt, doch nur weil sie beide Wert auf ihr Äußeres legten und beim Anblick eines Babys oder Welpen nicht gleich in Verzückung gerieten, waren sie noch lange keine Seelenverwandten.

Sie dachte an Henrys liebenswerte Frau Tina und fragte sich, woher er den Mut nahm, derart unverfroren mit seiner Affäre in der Stadt anzugeben.

»Und?«, drängte sie, darauf bedacht, das Treffen so schnell wie möglich hinter sich zu bringen. »Was gibt's?«

»Immer mit der Ruhe, Julia«, erwiderte er gedehnt. »Manches lässt sich nicht auf die Schnelle klären. Du und ich, wir müssen reden.«

»Ich kann mir beim besten Willen kein gemeinsames Gesprächsthema vorstellen.«

»Wirklich nicht? Gar keins?« Ein kleiner Speicheltropfen blieb an seiner Lippe hängen. Julia musste den Blick abwenden.

Seine Hand schoss vor und fasste sie am Arm.

»Der Feind meines Feindes ist mein Freund«, erklärte er. »Hast du diesen Ausspruch schon einmal gehört?«

Julia erwiderte nichts.

»Ich finde, wir sollten die Köpfe zusammenstecken, Julia. Ich kann eine sehr vermögende junge Dame aus dir machen – schließlich ist es nicht billig, der lieben Frau Mama immer wieder eine Entziehungskur zu finanzieren. Wäre ich ein angehender Seniorpartner und hätte gerade eben herausgefunden, dass mein Haus keinen Pfifferling wert ist, wodurch ich ohnehin kein Geld für diese Partnerschaft hätte, würde ich die Hand der Freundschaft nicht so schnell ausschlagen.«

Julia spürte, wie ihr das Blut ins Gesicht schoss. Was zum Teufel bildete sich der Kerl eigentlich ein?

»Komm schon, Julia, sei nicht so stur. Stell dich hinter mich, und wir werfen Dan Carter gemeinsam aus dem Rennen. Das wäre ungeheuer befriedigend, findest du nicht? Es kann doch für dich nicht leicht sein, ihn jeden Tag sehen zu müssen. Für uns beide wäre das eine Win-win-Situation. Du könntest deine Fernsehsendung machen und mit mir als Seniorpartner arbeiten, und ich würde dich am Gewinn beteiligen.« Er beugte sich näher zu ihr, sein vom Espresso saurer Atem strich über ihr Gesicht. »Es gibt viele Möglichkeiten, Julia, und ich halte den Schlüssel dazu in der Hand.«

Er winkte nach der Rechnung, zog ein paar Banknoten aus einer silbernen Geldklammer und warf sie achtlos auf den Tisch. »Denk darüber nach, Julia. Du kannst dich nicht in die Praxis einkaufen. Die Wahl wird auf Dan fallen oder auf mich. Deine romantische Vergangenheit gegen deine finanziell abgesicherte Zukunft. Die Entscheidung dürfte dir eigentlich leichtfallen.«

Kapitel sechsundzwanzig

»Wie hat dir eigentlich unser Frühjahrsschwimmen gefallen?«, fragte Maggie, die Pharmazeutin, in der Mittagspause und wischte sorgfältig einen Teil der Rezeption mit einem Desinfektionstuch ab, bevor sie sich zögernd dagegenlehnte.

Holly musste unweigerlich lächeln, auch wenn die Veranstaltung inzwischen drei Tage zurücklag. Sie hatte sich gestern Abend Fotos auf der Website der Stadt angesehen und konnte sich nicht erinnern, die Jungs je so glücklich gesehen zu haben. Beide – und das war das Besondere – hatten gestrahlt vor Freude.

Förmlich geblendet aber war sie gewesen, als sie das Foto von sich und den Kindern und Taffy auf der ersten Seite der Samstagsausgabe der *Larkford Gazette* entdeckte. Es war eine wunderbare Aufnahme. Alle lächelten, alle wirkten entspannt, die Wangen gerötet vor Kälte. Wenn Holly ihre Bescheidenheit außen vor ließ, musste sie zugeben, dass sie umwerfend aussah – gesund, begeistert und von innen heraus strahlend. Das Dumme war nur, dass sie das Bild unmöglich ausdrucken und eingerahmt neben ihr Bett stellen konnte. Milo hatte schon genug getobt, dabei war es doch seine eigene Schuld, dass er nicht mitgekommen war. Das aufgeregte Lachen der Zwillinge musste für immer in einem Ordner verschwinden, den sie von Zeit zu Zeit aufrufen und heimlich betrachten würde.

Den ganzen Sonntag über war ihr Taffy nicht aus dem Kopf gegangen, und auch jetzt schweiften ihre Gedanken immer wieder zu ihm.

Das war auch der Grund dafür, warum sie ihre Mittagspause mit den Kolleginnen von der Anmeldung im Eingangsbereich verbrachte anstatt im Aufenthaltsraum. Maggie plauderte über die vorangegangenen Jahre und was es schon alles zum Zeitpunkt des Frühjahrsschwimmens gegeben hatte – Flutkatastrophen, Grippe-Epidemien und andere Dramen. »Selbst ich, Holly – und es gibt keinen Grund, ein so schockiertes Gesicht zu ziehen – springe einmal im Jahr in den Fluss. Selbstverständlich«, sie senkte verschwörerisch die Stimme, »selbstverständlich schicke ich jeden Februar eine Wasserprobe ans Umweltamt. Die brauchen drei Wochen für die Untersuchung, effizient, wie die arbeiten. Es freut dich sicher zu hören, wie sauber der Fluss ist!«

Holly schmunzelte. »Du denkst wirklich an alles, Maggie. Nächstes Jahr erkundige mich bei dir nach dem Ergebnis, bevor wir uns in die Fluten stürzen!«

Maggie zuckte die Achseln. »Der gesunde Menschenverstand sagt uns, dass nur die Stärksten überleben – aber gerade du weißt das ja, du verfügst diesbezüglich über wahrhaft fantastische Fähigkeiten. Dass du Taffy dazu gebracht hast, dir zu helfen ...«

Holly fühlte, wie ihr das Blut in die Wangen stieg, und täuschte schnell ein Hüsteln vor.

Maggie zog die Augenbrauen hoch. Es war klar, dass sie Holly durchschaute. »Es sind hübsche Fotos online. Ein paar tolle Aufnahmen von dir mit Taffy und den Jungs sind auch dabei.«

»Die schaue ich mir gern an, sobald ich ein wenig Luft habe«, sagte Holly, bemüht, sich nicht anmerken zu lassen, dass sie das längst getan hatte. Maggie musste nicht wissen, dass sie wegen dieser Fotos die ganze Nacht wach gelegen hatte. Allein der Gedanke an den entgangenen Schlaf brachte Holly zum Gähnen. »Entschuldigung«, murmelte sie. »Ich bin ein bisschen müde.«

Maggie gähnte ebenfalls, drückte sich einen Klecks Hautdesinfektionsmittel in die Handflächen und massierte es sorgfältig ein. »Ich auch. Keine Ahnung, was mich geritten hat, aber ich bin lange aufgeblieben und habe mir *Contagion* auf DVD angeschaut. Leider war mir entgangen, dass es um eine Pandemie geht, die durch ein unbekanntes tödliches Virus verursacht wird!« Lucy, deren Telefon ausnahmsweise mal nicht klingelte, schaltete sich lachend in die Unterhaltung ein.«Ach Maggie! Was hast du dir bloß dabei gedacht? Du weißt doch, wie du auf so etwas reagierst. Grace macht sich in die Hose vor Lachen, wenn du es ihr erzählst.«

Maggie schnitt eine Grimasse. »Matt Damon *und* Jude Law haben in dem Film mitgespielt. Was sollte ich tun?«

»Tja, ich sehe schon: Dir blieb in der Tat keine andere Wahl!«, stellte Holly amüsiert fest.

Lucy stand auf und ging hinüber zum Drucker, wo sie die Überweisungsscheine einsammelte, die sie zwischen ihren Telefonaten getippt hatte. »Wenn du eine Verhaltenstherapie anstrebst, solltest du dir als Nächstes *Outbreak* anschauen, Maggie. Da spielt zwar leider nicht Matt Damon mit, aber der kleine Affe ist total süß.«

»Ist das nicht genau der Affe, der das fleischfressende Virus überträgt, Lucy?« Holly lachte schallend, erleichtert über den Themenwechsel.

»Tja, darüber wird sie wohl hinwegsehen müssen. Ach, der kleine Kerl hat so niedliche dicke Bäckchen, und ganz winzige weiche Händchen, und …«

»Und das Ebola-Virus, stimmt's?«, bemerkte Maggie trocken, woraufhin Holly erneut losprustete und Lucy hysterisch kicherte.

Die Türglocke läutete, und Mr Hampton kam zur Anmeldung geschlurft. Die Mittagspause war definitiv vorüber. »Ich … *hatschi!* … Termin bei Dr. Channing«, schnaufte er in sein Taschentuch.

»Sie haben einen Termin bei Dr. Channing?«, wiederholte Lucy munter, ohne die Miene zu verziehen. Sie war ausgezeichnet, wenn es darum ging, Patienten mit verstopfter Nase zu verstehen. »Nehmen Sie bitte im Wartezimmer Platz, Mr Hampton. Sie wird gleich bei Ihnen sein.«

Mr Hampton nickte ergeben und strebte Richtung Wartezimmer, dann blieb er plötzlich stehen, holte tief Luft und verzog das Gesicht, als kämpfe er gegen einen überwältigenden Drang an.

»Maggie, pass auf! Er niest gleich noch mal!«, flüsterte Lucy händereibend, amüsiert über den entsetzten Ausdruck auf dem Gesicht der Pharmazeutin. Diese floh in Windeseile aus dem Empfangsbereich, noch bevor Mr Hampton explodieren konnte. Es war gut, dass sich die komplette Belegschaft einmal im Jahr gegen Grippe impfen ließ, denn mitunter konnte man den Eindruck gewinnen, in einer riesigen Petrischale voller Bakterien zu arbeiten.

Holly hörte das Zischen des Desinfektionssprays, das Maggie großzügig verteilte, bevor sie sich wieder an die Arbeit machte. Wenigstens ihre kleine Welt sollte keimfrei und blitzblank sein. Maggie war wirklich seltsam – welcher Mensch, der halbwegs bei Verstand war, würde ausgerechnet in einem Ärztehaus arbeiten, wenn er an einer Bazillenphobie litt? Der armen Frau war tagelang die Lust aufs Essen vergangen, nachdem Taffy ihr seine berühmte Fünf-Sekunden-Regel erläutert hatte. Er war der festen Überzeugung, dass zu Boden gefallene Lebensmittel problemlos verzehrt werden konnten, wenn man sie binnen fünf Sekunden aufhob. Seitdem fiel Holly auf, dass Maggie nicht sonderlich begeistert war, wenn er Kekse anbot. Sie selbst hatte dagegen keinerlei Vorbehalte, vor allem, wenn es dabei um die unwiderstehlichen gefüllten Orangenplätzchen ging …

Du liebe Güte!, dachte sie. Als wäre ich achtzehn! Da war er wieder, der hormonell bedingte Aufruhr der Emotionen, der sie ihre gesamte Studienzeit über begleitet hatte – die unsterbliche Verliebtheit, der unvermeidliche Herzschmerz, bis das nächste Objekt der Begierde in Sicht kam … Holly riss sich zusammen. Du bist eine verheiratete Frau und Mutter von zwei Kindern. Finde dich damit ab, Graham. Ein nettes Foto füllt noch lange kein Album, sagte sie zu sich selbst, während sie ihren Kolleginnen von der Anmeldung zuwinkte und Richtung Wartezimmer strebte, um ihren ersten Patienten an diesem Nachmittag aufzurufen.

Doch Maggie kam hinter ihr her. »Es ist schön, ein bisschen frischen Wind in der Praxis zu haben, Holly. Wir verbringen so viel Zeit hier, dass wir uns wie eine große Familie fühlen – und uns oft auch dementsprechend kabbeln.«

Holly lächelte. »Es gefällt mir unglaublich gut im Ärztehaus, Maggie. Ich fühle mich jetzt schon wie zu Hause. Und was die Kabbeleien anbetrifft – die nehme ich nicht allzu ernst.«

Doch die Pharmazeutin war noch nicht fertig. Froh darüber, eine bereitwillige Zuhörerin zu haben, und begierig auf Neuigkeiten, warf sie einen weiteren Köder aus.

»Es war wirklich wunderbar zu sehen, wie süß sich Taffy am Freitag um deine beiden Jungs gekümmert hat. Ich würde sagen, er schuldet dir etwas. Bei einer solchen PR wird der Taffy-Jones-Fanclub jede Menge neue Mitglieder gewonnen haben …«

Holly schluckte und zerbrach sich den Kopf wegen einer passenden Erwiderung, doch ihr wollte partout nichts einfallen. Sie spürte, wie ihr die Farbe aus dem Gesicht wich. In ihrer Brust wurde es eng. Wem machte sie eigentlich etwas vor? Das Foto, das sie in ihren Träumen heimsuchte und ihre Gefühle in Aufruhr versetzte, bescherte dem jungen, durchtrainierten, alleinstehenden Dr. Jones lediglich sein nächstes heißes Date …

Plötzlich spürte sie Maggies Hand auf ihrer Schulter. »Das dachte ich mir«, sagte die Pharmazeutin leise. »Ich will mich echt nicht einmischen, meine Liebe, aber manchmal ist Vorsicht besser als Nachsicht. Du kennst doch sicher das alte Sprichwort ›Gefahr erkannt, Gefahr gebannt‹? Eine so nette Frau, wie du es bist, mit zwei so liebenswerten Jungs … Sei einfach vorsichtig, okay?« Maggie drückte Hollys Schulter und verschwand in Richtung ihres mit Rezeptblöcken und Desinfektionsmitteln übersäten Schreibtischs.

Holly ließ sich auf einen der Stühle an der Wand vor dem Wartezimmer sinken.

Auf einmal kam sie sich ausgesprochen albern und … ja … *alt* vor. »Werd endlich erwachsen, Graham«, murmelte sie. »Was dachtest du denn, was passieren würde, hm?«

Kapitel siebenundzwanzig

Holly schrubbte sich gründlich die Hände. Obwohl sie Latexhandschuhe getragen hatte, konnte sie sich nicht des Eindrucks erwehren, ihre Hände würden nie mehr sauber. Seit Jahren hatte sie keinen Fall von Filzläusen mehr behandeln müssen, was gut war, denn alles, was kreuchte und fleuchte, war für Holly ein absolutes Reizthema. Selbst als Ärztin hatte sie sich beinahe übergeben, als die Zwillinge zum ersten Mal mit »kleinen Besuchern« aus dem Kindergarten nach Hause kamen.

Holly musste nur an das Ungeziefer denken, das durch die dunkelblonden Locken ihrer Jungs gekrabbelt war, und schon drängte ihr Mageninhalt ans Tageslicht. Wie sie den letzten Termin durchgestanden hatte, ohne sich zu erbrechen, war ihr ein Rätsel.

Mehr noch: Warum hatte sie eine gestandene Dame in den Fünfzigern darüber aufklären müssen, dass Sex mit wechselnden Partnern so etwas nun einmal mit sich brachte? War die Welt verrückt geworden?

Aus aktuellen medizinischen Fachblättern wusste sie, dass Filzläuse bei der jüngeren, sexuell aktiveren Generation längst kein Problem mehr darstellte, da alle jungen Frauen mit Samantha von *Sex and the City* aufgewachsen waren und sich mit Brazilian Waxing zu präpubertärer Glattheit verholfen hatten.

Holly versuchte, ihre Bedenken, die Sorte Mann betreffend, die beim Sex auf Barbie-Genitialien stand, auszublenden, doch ihre Sorge blieb. Sie schauderte und wusste nicht, was schrecklicher war: die Vorstellung, sich weitere vier Jahrzehnte von Milo herumkommandieren zu lassen, oder die ihr mittlerweile völlig fremde Dating-Szene. Lucy steckte ihren Kopf zur Tür herein. »Entschuldige die Störung, Holly, aber dein nächster Patient ist nicht erschienen, und draußen steht ein Mann, der dich unbedingt sprechen will. Er sagt, es handele sich um etwas ›Persönliches‹.« Lucy malte mit den Fingern Anführungszeichen in die Luft und zog fragend die Augenbrauen in die Höhe. »Er ist ausgesprochen charmant und gut gekleidet, wenngleich er ein wenig mitgenommen wirkt. Ist das dein Ehemann? Hoffentlich ist es nichts Ernstes ...«

Holly schluckte die ihr auf der Zunge liegende Antwort, wenn der Mann charmant sei, könne es sich unmöglich um Milo handeln, hinunter, drehte den Wasserhahn zu und trocknete sich die Hände ab. Durch die Milchglasfenster fiel Sonnenlicht ins Sprechzimmer. »Ich komme schon«, sagte sie stattdessen und folgte Lucy zur Anmeldung. Auch wenn sie ganz bestimmt nicht davon ausgegangen war, Milo im Ärztehaus zu sehen, war sie doch überrascht, dass es sich bei ihrem Besucher um Will handelte. Er saß mit einem unbehaglichen Gesichtsausdruck in der Ecke des Wartezimmers und sah aus, als trüge er die Last der ganzen Welt auf den Schultern.

»Wie lange habe ich Zeit, Lucy?«, fragte Holly leise, die vor der Glastür stehen geblieben war. Noch hatte Will sie nicht entdeckt.

»Ungefähr fünfundzwanzig Minuten, falls du kurz rausgehen willst«, antwortete Lucy. »Dann ist das also nicht der glorreiche Milo?«

Holly warf ihr einen irritierten Blick zu. »Nein, das ist

der Mann meiner Freundin. Ich gehe kurz mit ihm vor die Tür. Es wird nicht lange dauern. Aber ich verstehe nicht – wieso der ›glorreiche‹ Milo?«

Lucys Gesicht lief dunkelrot an. Verlegen blickte sie zur Seite. »Entschuldige, Holly, es tut mir leid, das ist mir nur so über die Lippen geschlüpft. Ein paar von den Ärzten, nun, ich meine … Dr. Carter sagt manchmal … Ach Mist – könntest du bitte so nett sein und einfach vergessen, was ich gesagt habe?«

Holly schüttelte lächelnd den Kopf. »Keine Sorge, ich werde Dan nicht verraten, dass du dich verplappert hast.« Sie öffnete die Tür zum Wartezimmer. Weder Dan noch Lucy konnte sie böse sein – selbst dann nicht, wenn sie über den glorreichen Milo herzogen. Immerhin war an ihren Spötteleien etwas dran. Obwohl sie das selbstverständlich nie zugegeben hätte.

»Holly!« Will sprang auf, als er sie erblickte. »Es tut mir leid, dass ich dich bei der Arbeit störe. Hast du fünf Minuten für mich?«

Rasch holten sie sich zwei Becher Kaffee aus dem Deli und schlenderten in Richtung Stadtpark. »Raus mit der Sprache, Will. Was ist los? Dein Dreitagebart sieht ein bisschen verwildert aus, und du hast so einen irren Blick in den Augen – genau wie bei den Abschlussprüfungen. Spuck's aus, alter Junge …«

Holly sah, wie Will sich mental wappnete. »Du musst mir sagen, was mit Lizzie los ist«, stieß er nervös hervor. »Im Augenblick erkenne ich meine eigene Frau nicht wieder. Sie behauptet, ihr hättet euch entzweit, aber das glaube ich erst, wenn ich es von dir höre.«

»Oh«, erwiderte Holly leise. »Nun, sie denkt sich das nicht aus.« Holly fühlte sich entsetzlich, zumal sie Will schon genauso lange kannte wie Lizzie. Er zählte zu ihren engsten Freunden, dennoch kam es ihr unpassend vor, ihm von dem haarsträubenden Verhalten seiner Frau zu erzählen. »Es wäre sicher besser, du würdest Lizzie selbst danach fragen.«

Er drehte sich so abrupt zu Holly um, dass heißer Kaffee auf seinen Ärmel schwappte. Er schien es nicht einmal zu bemerken. »Denkst du, das hätte ich nicht versucht?« Er seufzte. »Ehrlich, Holly, ich würde dich kaum behelligen, wenn ich mir anders zu helfen wüsste. Ich mache mir Sorgen um sie. Sie isst kaum, schnauzt die Kinder an, und jedes Mal, wenn ich sie sehe, hält sie einen Drink in der Hand. Ich habe keinen blassen Schimmer, was zwischen euch vorgefallen ist, aber könntest du das nicht irgendwie wieder ins Reine bringen? Mir zuliebe?«

Holly zuckte die Achseln, innerlich zerrissen. Natürlich verspürte sie Will gegenüber eine gewisse Loyalität, ganz zu schweigen von ihrer Sorge um Lizzie, aber der Schmerz über Lizzies Betrug war nach wie vor gewaltig.

»Lizzie würde mich umbringen, wenn sie wüsste, dass ich dir das erzähle, aber es geht ihr schon lange nicht mehr richtig gut. Sie würde niemals zugeben, wie sehr sie mit sich ringt, und auch nicht, dass längst nicht alles so rosig aussieht, wie sie behauptet. Aber dann bist du hierhergezogen, und meine Frau hat wieder gelacht, und zwar nicht nur, wenn Besuch kam. Nein, sie hat unter der Dusche gesungen …« Er verstummte. Sein Blick bekam etwas Wehmütiges.

Holly holte tief Luft und hakte sich bei ihm unter, während sie an das Gespräch zurückdachte, das sie unfreiwillig belauscht hatte. »Ich würde dir gern helfen, Will. Ganz bestimmt. Aber ich muss auch ein wenig an mich denken. Ich bin mehr als nur eine Figur auf Lizzies Schachbrett. Sie hat mein Leben ziemlich durcheinandergebracht. Dieser Umzug war eine riesige Umstellung für mich und meine Familie – und plötzlich entpuppt sich alles als gewaltiges Blendwerk. Ich weiß nicht, was gelogen ist und was der Wahrheit entspricht. Ach Will, ich fühle mich so schrecklich manipuliert!« Sie wischte unwirsch die Tränen weg, die ihre Sicht verschleierten.

Will erwiderte nichts. Der Schock stand ihm ins Gesicht geschrieben. Holly wusste nicht, was er erwartet hatte – dass sie sich wegen eines Muffin-Rezepts entzweit hatten? Es musste ihm doch klar sein, dass es mindestens eines Erdbebens bedurfte, um das Fundament ihrer Freundschaft zu erschüttern.

Will blieb stehen und scharrte mit dem Fuß über den Boden, dann warf er einen vorsichtigen Blick in ihre Richtung.

Holly würde etwas unternehmen müssen, aber ihr war nicht ganz klar, was. Vor ihrem inneren Auge erstellte sie eine To-do-Liste: *Erstens: Finde eine Möglichkeit, deiner ältesten Freundin zu verzeihen, dass sie dich auf schamlose Weise manipuliert und sich einen Scheißdreck um die schmerzlichen Konsequenzen geschert hat. Zweitens: Ignoriere die Tatsache, dass sie sich nicht einmal entschuldigt hat. Drittens:…*

Holly zuckte die Achseln. »Im Augenblick ist Lizzie ein wandelndes Pulverfass, Will. Sie scheint nicht einmal zu realisieren, dass sie sich entschuldigen muss. Sie findet, dass ich überreagiere. So … jetzt weißt du, worum es geht.«

»Besteht vielleicht die klitzekleine Chance, dass du in diesem Fall mehr Größe zeigst als sie? Sie anrufst und … keine Ahnung, auf einen Kaffee einlädst?«

Es gelang Holly nicht, ihre Überraschung zu verbergen. In schärferem Ton als beabsichtigt fragte sie: »Hast du mir eigentlich zugehört, Will? Sie hat mich manipuliert und dadurch zutiefst verletzt!«

Will blickte verlegen und unglücklich drein, woraufhin sich Holly sofort schuldig fühlte. »Es ist verständlich, dass du dir Sorgen um sie machst, Will, aber ich glaube nicht, dass ich die Lösung des Problems bin. Selbst wenn ich es nur ungern zugebe: Ich mache mir ebenfalls Sorgen um sie. Trotzdem darf ich nicht riskieren, zum Kollateralschaden zu werden.«

Will seufzte erneut. »Ach, Holly, erzähl mir nichts von Risiken. Ich bin Versicherungsfachmann, schon vergessen? Ich weiß alles über Risiken, damit befasse ich mich jeden Tag. Rechne aus, wie hoch die Chancen stehen, dass der Katastrophenfall eintritt. Kalkuliere die Wahrscheinlichkeit von Tod, Scheidung, Feuer und Flut – aber ich wäre nicht im Traum darauf gekommen, dass sich meine wundervolle Ehefrau in eine hinterhältige Schnapsdrossel verwandelt! Bitte, Holly, ich würde mich niemals an dich wenden, wäre ich nicht derart verzweifelt …« Er lehnte sich haltsuchend an ihre Schulter. Als sie weitergingen, fuhr er, um ein Lachen bemüht, fort: »Mir war nicht klar, dass Lizzie nur dann auf mich hört, wenn meine Meinung mit deiner übereinstimmt. Und jetzt brauchen wir dich. Ich brauche deine Stimme der Vernunft, denn ich mache mir Sorgen und fühle mich total überfordert.«

Holly runzelte die Stirn, wütend auf sich selbst, weil ihr das Ganze auch so sehr zu schaffen machte, ganz gleich, wie sich Lizzie ihr gegenüber in letzter Zeit verhalten hatte. »In letzter Zeit« klang verglichen mit ihrer jahrelangen Freundschaft plötzlich wie ein Tropfen im Ozean. Holly fühlte sich elend und hatte fürchterliche Angst vor dem, was passieren würde, wenn niemand einschritt.

»Ich mache mir echt Sorgen, dass es bald zu einem

großen Knall kommt, Holly. Ich kann es nicht beweisen, aber ich habe das grauenhafte Gefühl, dass sie betrunken war, als sie gestern Abend die Kinder abholte. Stell dir vor, was passieren könnte, wenn …« Er verstummte, nicht in der Lage, den Satz zu Ende zu führen.

Holly trank wie betäubt ihren Kaffee und versuchte zu verdauen, was sie soeben gehört hatte. »Also«, sagte sie schließlich, als sich ihr gesunder Menschenverstand wieder einschaltete. »Fangen wir mit simplen Maßnahmen an. Der Wagen kommt zur Reparatur, bis wir wissen, was los ist, okay? Anschließend leerst du den Weinschrank. Ich werde dir ein paar Informationen zusammenstellen, worauf du achten und womit du rechnen musst. Als Nächstes müssen wir eine Möglichkeit finden, sie auf das Thema anzusprechen.« Holly schnaufte tief durch, überwältigt von dem Pflichtbewusstsein, das sich gerade auf ihre Schultern legte. Was immer sie momentan über Lizzie denken mochte, Holly war es Will und den Kindern – ihrer zweiten Familie – schuldig einzugreifen. Um alles andere konnten sie sich später kümmern.

»Wir?«, fragte Will mit Hoffnung in der Stimme. Mit hängenden Schultern blickte er Holly an. »Bist du dir sicher, Holly?«

Holly zuckte unbehaglich die Achseln. »Ganz und gar nicht. Aber ich mache mir ernsthafte Sorgen, und deshalb werde ich helfen, wo ich kann. Ich verspreche aber nicht, dass ich ihr verzeihen und alles vergessen werde, nur damit das klar ist. Doch wenn du mich brauchst …«

Holly verdrängte das Gefühl, Will verpflichtet zu sein, denn das kam dem verhassten »Ich sollte« verdammt nahe.

Will lächelte erleichtert und drückte sie fest an sich. »Danke«, flüsterte er ihr ins Ohr.

Sie machten sich eilig auf den Rückweg zum Ärztehaus. Beim Anblick von Cassie Holland, die, eine ganze Phalanx von Groupies mit Kinderwagen hinter sich, auf dem Gehweg vor ihnen auftauchte, rutschte Holly das Herz in die Hose.

Wie selbstverständlich nahm Will ihre Hand und zog sie auf die Straße, um den Müttern Platz zu machen.

Cassies Augenbrauen schossen in die Höhe. »Ich habe euch doch gesagt, dass diese neue Ärztin nicht ganz koscher ist.« Will und Holly konnten ihre Worte im Vorbeigehen klar und deutlich vernehmen. »Es sollte ihr mal jemand klarmachen, dass diese Großstadtmanieren in unserem Städtchen nicht gern gesehen sind. Habt ihr gesehen, wie sie beim Frühjahrsschwimmen Taffy Jones bezirzt hat? Und jetzt hat sie schon wieder einen anderen im Schlepptau. Ist eigentlich schon mal irgendjemand ihrem Ehemann begegnet? Langsam frage ich mich, ob der überhaupt existiert.«

Will musste unweigerlich grinsen. »Was bist du doch für ein schamloses Luder, Holly. Keine fünf Minuten hier und gleich mehrere Eisen im Feuer!«

Holly verzog das Gesicht. Sie hoffte, dass Will Cassies Bemerkung über Taffy Jones nicht mitbekommen hatte, doch leider hatte sie Pech.

»Soweit ich weiß, ist dieser Taffy ein äußerst geschickter Rugby-Spieler. Genau von der richtigen Statur, um deinem Ehemann entgegenzutreten, solltest du dich jemals zu einer Veränderung durchringen.« Will knuffte sie freundschaftlich, um ihr zu zeigen, dass er seine Worte nicht böse meinte, aber sie wussten beide, dass Will diesen Tag mit Trommeln und Fanfaren begrüßen würde.

»Ich muss mich beeilen, die Patienten warten auf mich … lass uns ein andermal weiterreden, ja?«

Will umarmte sie, wobei er sie einen winzigen Augenblick zu lange festhielt. »Um ehrlich zu sein, hatte ich gehofft, du würdest über meine Befürchtungen lachen und sie mir ausreden können.«

»Aber das habe ich nicht getan.«

»Nein«, sagte Will. »Das hast du nicht getan. Deshalb müssen wir jetzt eine Entscheidung treffen. Wer redet mit Lizzie?«

Kapitel achtundzwanzig

Der übliche Nachmittagsdurchhänger wurde im Aufenthaltsraum noch verstärkt durch die stickige Wärme. Obwohl die Außentemperaturen gestiegen waren, lief die Heizung, denn niemand von dem Team, das heute im Einsatz war, wusste, wie man das moderne Hightech-System abschaltete. Die drückende Luft machte alle mürrisch und gereizt.

Dan sah, wie Taffy zum wiederholten Mal seufzend auf die Uhr blickte. »Wenn du so versessen darauf bist, deine Kaffeepause zu beenden, wird Grace bestimmt eine Aufgabe für dich finden«, foppte er seinen Freund.

Taffy schnitt eine Grimasse und griff nach einer Zeitschrift. »Ist doch todlangweilig heute.«

Dan unterdrückte ein Grinsen. »Wenn du damit meinst, dass du Holly Graham nicht anbaggern kannst, gebe ich dir Recht – es ist wirklich todlangweilig hier …«

Taffy setzte einen finsteren Blick auf. Kein gutes Zeichen. Es entstand eine unbehagliche Pause, dann blickte Taffy über den Rand der *Womans's Weekly*, in die er sich vermeintlich vertieft hatte. »Hast du sie heute schon gesehen? Holly, meine ich.«

Dan zuckte die Achseln. »Sie war vorhin bei Grace und Lucy. Die drei haben ein Schwätzchen gehalten.«

Taffy nickte. »Sie hat sich gut eingelebt, nicht wahr? Holly, meine ich.«

Dan warf seinem Kumpel einen intensiven Blick zu. »Ich habe dir doch gesagt, dass sie hervorragend zu uns passen wird.«

»Hmmm, da hast du recht. Sie ist wirklich hervorragend. Holly, meine ich.«

Dan beugte sich vor, dic Ellbogen auf die Knie gestützt. »Ich weiß, dass du Holly meinst, du Volltrottel. Du magst vielleicht glauben, dass du absolut diskret vorgehst und dass niemand etwas von deinen amourösen Avancen bemerkt, aber den Zahn muss ich dir ziehen. Du benimmst dich wie ein testosterongesteuerter Teenager. Schon wenn ihr Name erwähnt wird, fängst du förmlich an zu hecheln!«

Taffy schleuderte die Zeitschrift so kräftig in Dans Richtung, dass sich der Rezeptteil aus der Mitte löste und Dan am Kinn traf. »Immer locker bleiben, Mann«, beschwerte sich dieser.

»Klar, du bleibst natürlich immer locker«, spottete Taffy. »Mr Tiefgründig ist an ›Gefühle‹ gewöhnt; keine Ahnung, wie du durch den Tag kommst bei all dem, was in dir vorgeht!«

Dan lehnte sich zurück, rieb sich das Kinn und riss seinen Blick von einem interessant klingenden Rezept für Erdbeer-Baisertorte mit Pistazien los. »Willst du mir etwa weismachen, du hättest noch nie zuvor ernsthaft etwas für jemanden empfunden? Tut mir leid, Taffy, aber das glaube ich nicht.«

Taffy zuckte die Achseln. »Dann lass es bleiben. Aber du kennst mich jetzt wie lange? Zehn Jahre? Hast du mich je zuvor in diesem Zustand erlebt?« Es entstand eine lange Pause, in der Dan sein Gedächtnis gründlich durchforstete.

»Siehst du? Ich bin total am Ende, kriege sie einfach nicht aus dem Kopf.«

»Genau da liegt das Problem«, stellte Dan fest. »Du kriegst

sie nicht aus deinem Kopf, weil du sie nicht in dein Bett kriegst. Holly ist die verbotene Frucht, das Tabu, und du willst sie nur, weil du weißt, dass du sie nicht haben kannst.«

Taffy seufzte und gab Dan einen Klaps auf die Hand, als dieser sich einen von den letzten Haferkeksen nehmen wollte. »Du bist in letzter Zeit ziemlich dreist. Vielleicht schlägt das heiße Date doch an, das dir der Doktor verordnet hat.«

Dan schnappte sich einen Haferkeks, stopfte ihn in den Mund und wischte sich die Hände an der Hose ab. »Das nicht unbedingt. Um ehrlich zu sein, es war für mich eher eine Art Weckruf, mich endlich wieder mit meinem Psychologen Chris Rogers zu treffen. Ich bin mit ihm auf ein Glas und ein Schwätzchen ins Pub gegangen, rein privat sozusagen. Der Kerl ist eine Legende.«

»Und? Hat er dir gesagt, dass du verrückt bist? Hat er mit einer dieser hübschen weißen Zwangsjacken vor deiner Nase gewedelt? Dir den Prospekt von einer Gummizelle gezeigt?«

»Bist du jetzt fertig?«, unterbrach ihn Dan trocken.

»Ja«, erwiderte Taffy leicht verlegen, »aber selbst du musst zugeben, dass das eine ziemliche Steilvorlage ist.«

»Nun, es wird dich freuen zu hören, dass er meine momentane Verfassung eher als ›Kurzzeitphänomen‹ denn als Rückfall betrachtet. Er vermutet, dass ich zu sehr von meinen Fortschritten überzeugt war und die Therapie zu früh abgebrochen habe.«

»Nun, wir wissen alle, wie überzeugt du von dir selbst bist«, bestätigte Taffy, vergeblich bemüht, ernst zu bleiben.

»Stell dir vor, er hat mir in einem Atemzug geraten, Stress zu reduzieren und mir eine Freundin zu suchen, ist das zu fassen? Dabei bin ich felsenfest davon überzeugt, dass sich genau das gegenseitig ausschließt …«

Taffy nickte. »Nun, das liegt vermutlich daran, dass du dich zu extrem anstrengenden Model-Typen hingezogen fühlst. Julia war wohl kaum eine Oase entspannter Heiterkeit, oder? Aber vielleicht hat Chris recht, was die Endorphine angeht – aus medizinischer Sicht, meine ich.« Taffy schnippte Kekskrümel in Dans Richtung. »Gelegenheiten gibt es schließlich jede Menge.«

Dan schüttelte den Kopf. »Wie auch immer – ich werde meine wöchentliche Sitzung mit dem Seelenklempner wieder aufnehmen, damit er mir den Kopf zurechtrücken kann.«

Taffy klopfte Dan auf die Schulter. Er war unermesslich erleichtert, weil sein Kumpel nun die so dringend benötigte Hilfe bekam. »Um noch einmal darauf zurückzukommen, dass Arzt und Psychologe dir eine Freundin verordnet haben«, sagte er nach einer Weile gedehnt, »gibt es etwas Neues von der lustvollen Lindy?«

Dan zuckte die Achseln. »Sie hat mir eine Freundschaftsanfrage auf Facebook geschickt.« Er zog ein unbehagliches Gesicht, spielte mit seinem Uhrarmband und mied Taffys Blick. »Außerdem hat sie mir gestern am späten Abend eine SMS geschrieben, weil ihr der Sinn nach … ähm … Gesellschaft stand.«

»Und du bist unglücklich darüber, weil …?«, hakte Taffy nach.

»Weil sie lediglich auf einen Quickie aus ist und ich mehr möchte.« Er schauderte theatralisch.

»Wie anständig von dir!«

»Es kommt nicht wirklich cool rüber, wenn ein Mann Sex ablehnt, ist dir das eigentlich klar?«, fragte Dan ruhig. »Sich nur zum Vögeln zu treffen ist so hohl, vor allem wenn man bewusst keine Gefühle aufkommen lässt. Ich finde, ich habe etwas Besseres verdient.« Endlich hob er den Blick und sah Taffy an. »Ein Gespräch danach, irgendetwas, was uns verbindet.« Seine Augen schweiften kurz zu Julia hinüber.

»Hast du das in der *Cosmopolitan* gelesen?«, fragte Taffy vorsichtig. In seinen Augen stand Respekt.

Auf einmal fing Dan an zu grinsen. »Nö – ich glaube es stand in der *Red*.«

Beide schauten peinlich berührt auf den Zeitschriftenstapel vor ihnen. »Wir brauchen dringend ein paar neue Magazine fürs Wartezimmer«, bemerkte Taffy.

»In der Tat«, pflichtete Dan ihm bei, leicht verlegen ob seiner Enthüllungen, doch gleichzeitig froh, so offen mit seinem Freund gesprochen zu haben.

Dan und Taffy lehnten sich in kameradschaftlichem Schweigen zurück. Die anderen, die sich in kleinen Grüppchen im Aufenthaltsraum verteilt hatten, schienen von derselben trägen Schläfrigkeit erfasst zu sein. Doch plötzlich durchbrachen laute Stimmen draußen vor dem Fenster die Stille. Nein, das stimmte nicht ganz. Eigentlich hörte Dan nur *eine* erhobene Stimme. George Kingsley marschierte auf dem Parkplatz auf und ab, sein BlackBerry ans Ohr gedrückt. Es stand außer Frage, dass die Person am anderen Ende seinen Blutdruck in die Höhe schnellen ließ. Er wedelte hektisch mit den Armen, und selbst aus dieser Distanz erkannte Dan, dass sein Gesicht dunkelrot angelaufen war.

»Taffy? Hast du eine Ahnung, was mit George los ist?«

»Hm, abgesehen davon, dass er ziemlich alt ist und ein bisschen kauzig und dass er grauenvolle Hosen mit Gummizug trägt?«, fragte Taffy zurück, ohne von seiner Zeitschrift aufzublicken.

Dan riss ihm die *Hello* aus der Hand. »Jetzt sieh doch

mal hin! Glaubst du, wir sollten rausgehen und uns erkundigen, ob alles in Ordnung ist? Ich habe noch nie gesehen, dass er sein BlackBerry benutzt.«

Taffy trat ans Fenster, um besser sehen zu können. Durch die Scheibe waren die Worte »inakzeptabel« und »lächerlich« zu vernehmen. »Nun, noch letzte Woche hat er das Ding sein ›Blueberry‹ genannt und wusste nicht, wie man es einschaltet, aber jetzt scheint er den Dreh rauszuhaben.«

Sie beobachteten, wie George in seinen Wagen einstieg, mit Schwung die Tür zuknallte und davonbrauste. Unter seinen Reifen spritzte der Kies auf.

Für den Strickjacken tragenden Befürworter von Tempolimits und mehr Sicherheit im Straßenverkehr kam dies einem Sakrileg gleich. »Mist«, sagte Taffy. »Hast du eine Ahnung, was das zu bedeuten hat?«

»Nee«, erwiderte Dan mit einem mulmigen Gefühl. Hatte er irgendetwas verpasst? Er schaute auf sein eigenes Smartphone, ob Nachrichten oder E-Mails eingegangen waren, dann flog sein Blick automatisch zu Julia hinüber, weil er sehen wollte, ob sie sich ebenfalls wunderte. Doch was auch immer hinter Georges seltsamen Verhalten steckte, er behielt es offenbar für sich.

Taffy seufzte und blätterte durch die Seiten eines weiteren Hochglanzmagazins, das er aus dem Wartezimmer mitgebracht hatte. Schließlich sagte er: »Na schön, deine bemitleidenswerte geistige Gesundheit, mein erbärmliches Liebesleben und Georges offenbar bevorstehenden Nervenzusammenbruch mal außer Acht gelassen, bleiben uns noch fünf Minuten, um uns mit den wesentlichen Themen des Tages zu befassen.« Er legte die Fotostrecke mit den »heißesten Schauspielerinnen der Welt« vor Dan auf den Tisch. »Du hast die Wahl.«

Dan schaute auf die drei abgebildeten Frauen: Angelina Jolie, Jennifer Aniston und Gwyneth Paltrow. »So betrachtet ist es logisch, dass Brad Pitt immer so grüblerisch dreinschaut. Es ist echt kein Vergnügen, zwischen diesen umwerfenden Frauen wählen zu müssen. Ich dachte immer, er sei ein mürrischer Griesgram, was mir unentschuldbar erscheint bei einer Garage voller Ducatis.«

Taffy lachte. »Komm schon, Carter, du lenkst vom Thema ab. Und fang jetzt bloß nicht von Motorrädern an!«

Er schnappte sich das letzte Haferplätzchen, sodass Dan nicht viel mehr als die Reste auf dem Boden der Keksdose blieben. »Welche von den dreien?«

Dan nahm sich das letzte halbwegs intakte Teeplätzchen und zuckte die Achseln. »Tja, so schön sie auch ist – Gwyneth Paltrow scheidet für mich aus. Ich würde wahnsinnig werden, wenn ich mit ihr etwas essen müsste. Du weißt, was ich von diesen Essensmäklern halte. Auch bei Angelina Jolie ist es ziemlich einfach – Jolie ist toll, aber du würdest sie nicht unbedingt deiner Mutter vorstellen wollen, oder? Bleibt also nur noch die reizende Jennifer Aniston, was nun wirklich kein Unglück ist.«

Dan blätterte die Seite um, froh, ein bisschen mit seinem Kumpel albern zu können und emotionalere Themen zu umschiffen. Er nahm sich vor, später mit George zu reden, dann präsentierte er Taffy seine Auswahl, die ein wenig anders ausfiel. »Jetzt musst du dich entscheiden. Wen würdest du nehmen, die Queen, Mrs Middleton oder Joan Collins?«

»Ihr spielt doch nicht etwa schon wieder dieses grauenvolle Spiel?«, unterbrach Julia die beiden in hochmütigem Ton und öffnete das Fenster. »Ist euch eigentlich klar, dass das sexistisch ist und herabwürdigend und ein weiteres Beispiel für eure emotionale Unreife?«

»Das ist es in der Tat«, erwiderte Taffy ernst. »Aber gleichzeitig macht es einen Riesenspaß, und außerdem ist es relativ harmlos, wie jede andere Frau im Raum bestätigen kann.«

Verärgert sah sich Julia nach jemandem um, der ihr den Rücken stärkte. Ihr Blick fiel auf Holly, die soeben in den Aufenthaltsraum spaziert kam und direkt auf die Kaffeemaschine zusteuerte. »Holly!«, rief sie. »Ich brauche deine Unterstützung – die Jungs machen schon wieder so ein dämliches frauenfeindliches Kuppelspielchen. Was sagst du dazu?«

Holly riss widerwillig den Blick von dem verführerischen Koffeinspender los und schlenderte zu der kleinen Gruppe hinüber.

»Taffy muss zwischen der Queen, Mrs Middleton und Joan Collins wählen«, setzte Julia sie ins Bild.

»Oh, das ist doch lustig! Für wen entscheidest du dich?«, fragte Holly und setzte sich neben Dan auf die Sofalehne.

Ein breites Grinsen trat auf Taffys Lippen. »Nun, ich würde mich für die Queen entscheiden, denkt doch nur an all ihre Schlösser! Joan Collins ist allerdings auch nicht schlecht – sie soll auf gewissen Gebieten über ganz spezielle Fähigkeiten verfügen. Mrs Middleton spricht mich weniger an, sie ist mir etwas zu eingebildet, jetzt, da sie weiß, dass ihr Enkel einst König von England werden wird …«

»Joan Collins' spezielle Fähigkeiten … pfui, Taffy.« Holly schauderte. »Sie ist alt genug, um deine Mutter zu sein! Wieso wählt ihr nicht zwischen Frauen in eurem Alter?«

»Würde ich ja gern«, antwortete Taffy bedauernd, »aber Dan will mich bestrafen, weil ich ihm die Brad-Pitt-Dreifaltigkeit präsentiert habe!«

»Jolie, Aniston, Paltrow?«, fragte Holly. »Das ist natürlich schwierig … Bin ich jetzt an der Reihe?«

Julia, deren Schweigen immer unheilvoller geworden war, stöckelte empört von dannen. Sie murmelte etwas über »Schwesternverrat« vor sich hin, was Holly verwirrt innehalten ließ. »Habe ich etwas Falsches gesagt?«

»Mach dir keine Gedanken, sie ist ständig schlecht gelaunt, um nicht zu sagen unerträglich, seit Dan sie verlassen hat. Nein, das stimmt nicht ganz, sie war schon vorher unerträglich.«

»Das ist ein hartes Urteil, Taffy«, schaltete sich Dan ein.

»Aber korrekt, Kumpel, das musst du zugeben«, beharrte Taffy.

Holly warf einen Blick auf die Uhr. »Hört auf, jetzt bin ich dran. Ich hab noch drei Minuten, bevor ich wieder an die Arbeit und einen Furunkel aufstechen muss. Ja, ich weiß, vor mir liegt ein höchst amüsanter Nachmittag. Also, worauf wartet ihr noch?«

Dan meldete sich zu Wort, bevor Taffy seine Vorschläge anbringen konnte. »Das wird schwierig.« Er drehte sich feixend zu seinem Kumpel um. »Soweit ich beobachten konnte, stand unsere Holly schon immer auf intellektuelle Typen.«

»Das ist nicht wahr«, widersprach Holly errötend. »Du beziehst dich da auf eine einzige Party, die fast ein Jahrzehnt zurückliegt. Damals habe ich einen Physiker aus Oxford gedatet. Wie hieß er noch?«

»Nigel«, half Dan ihr auf die Sprünge. »Er hieß Nigel, trug eine Brille mit Schildpattgestell und hat liebend gern über Planetenkonstellationen schwadroniert. Ich dachte, er müsse eine Granate im Bett sein, aber dann hast du ihn verlassen und Milo geheiratet, womit sich meine schlimmsten Befürchtungen bestätigten: ein Intellektuellen-Fan!«

»Dass du dich daran noch so gut erinnerst! Und hattest du nicht wie immer eine von deinen unvermeidlichen Blondinen im Arm? Katie? Sophie? Lucy? Deiner umwerfenden Ex nach zu urteilen hat sich daran ja nicht viel geändert – nichts als Äußerlichkeiten, keine Substanz.« Holly schlug sich erschrocken die Hand vor den Mund. »Das wollte ich nicht über Dr. Channing sagen, ich meine, es ist nicht das, was ich über sie denke …«

Taffy grinste bloß. »Schon gut, Holly, dein Geheimnis ist bei uns gut aufgehoben, und um ehrlich zu sein, liegst du mit deinem Urteil gar nicht so weit daneben. Ich für meine Person liebe dieses Schwelgen in Erinnerungen. Ich dachte, ihr zwei würdet euch kaum kennen!«

Holly zuckte die Achseln. »Nun, wir sind uns schon das ein oder andere Mal begegnet, bevor ich herkam. Aber in Wirklichkeit ist es eher Lizzie, die weiß, welchen Dreck wir am Stecken haben.«

Bei der Erwähnung von Lizzies Namen entstand unbehagliches Schweigen. Dan und Holly sahen betreten zur Seite. Zum Glück schien Taffy nichts zu bemerken, so vertieft war er darin, die kleinen Sommersprossen auf Hollys Schlüsselbein zu betrachten.

»Das ein oder andere Mal? Tatsächlich? Und dabei ist der Funke nicht übergesprungen?«, bohrte Taffy weiter, dann schlug er sich theatralisch die Hand vor die Stirn. »Ach, Unsinn, wie komme ich denn darauf? Dan war dir nicht intellektuell genug, stimmt's, Holly?«

»Taffy«, warnte Dan. In dem Augenblick betrat Henry Bruce den Aufenthaltsraum. Hollys Uhr piepste zur vollen Stunde.

Sie sprang auf. »Ich muss mich an die Arbeit machen … Sucht mir für nachher drei Kandidaten aus!« Sie zögerte und wirkte für einen kurzen Moment unentschlossen, dann platzte sie plötzlich heraus: »Aber bitte nicht zu intellektuell, ich glaube, über diese Phase bin ich hinweg.« Damit verließ sie hastig den Raum, ohne Kaffee, da sie nicht zu spät mit ihrer Sprechstunde beginnen wollte.

»Alle Achtung«, bemerkte Dan gedehnt. »Sie ist ausgesprochen pünktlich.«

»Pünktlich?«, fragte Taffy fassungslos. »Das ist das, was du aus diesem Gespräch ziehst?«

Dan zuckte die Achseln. »Das ist doch bloß ein Spiel, Taffy.«

Taffy schüttelte ungläubig den Kopf. »Mensch, Carter, trotz deines Supermodel-Filters müsstest du bemerkt haben, dass sie absolut umwerfend ist. Und wenn man sie näher kennenlernt, zeigt sich ihr einen ganz eigener, fast spitzbübischer Witz. Ich habe gerade eben beschlossen, dass sie alles hat, was ich mir je bei einer Frau gewünscht habe – sie ist intelligent, wunderschön, lustig und süß –, und deshalb sollte sie eigentlich mir gehören.«

»Hatten wir darüber nicht schon gesprochen? Sie ist verheiratet, vergiss das nicht«, versuchte Dan die Begeisterung seines Freundes zu bremsen.

»Ja, ich gebe zu, das legt mir in der Tat einen dicken Stein in den Weg. Aber hast du nicht gehört, was sie gesagt hat? Sie sei definitiv über ihre Intellektuellen-Phase hinweg. Vielleicht ist die Ehe der Grahams nicht gerade ein Rosengarten, wenn du weißt, was ich meine.«

»Lass es bleiben, Taffy«, sagte Dan schroff.

»Weil ich jemandem auf die Zehen trete? Wenn ich das tue, dann sag es mir *jetzt*, Dan, schließlich kennst du sie schon länger. Und bitte denk daran: Ich bin's, dein allerbester Freund, du willst doch nicht, dass ich unglücklich bin, oder?«

Dan schüttelte den Kopf. »Nein, Taffy, du trittst

niemandem auf die Zehen. Trotzdem: Sie ist verheiratet, und sie arbeitet hier. Außerdem musst du zugeben, dass sich sogar frische Milch für gewöhnlich länger hält als deine Schwärmereien. Das Ganze wird ausgesprochen unschön enden. Warum verzichtest du nicht ausnahmsweise darauf, hm? Nicht zuletzt auch deshalb, weil Lizzie mich an den Galgen knüpfen wird, wenn ich dich auch nur in die Nähe ihrer besten Freundin lasse.«

Die Vorstellung, dass Lizzie sich für Holly ins Zeug warf, kam ihm plötzlich albern vor. Die Vorstellung dagegen, dass Taffy Holly etwas von der Zuwendung und Aufmerksamkeit schenkte, die sie sonst anscheinend nirgendwo bekam, erschien ihm gar nicht mehr so abwegig. Dan seufzte und fragte sich, wann das Leben eigentlich so kompliziert geworden war.

Taffy starrte in Richtung Tür, durch die Holly nur wenige Sekunden zuvor verschwunden war. »Vermutlich hast du recht«, sagte er leise. Es entstand eine unbehagliche Pause, dann holte er tief Luft. »Außerdem ist ohnehin alles bloß Spinnerei, da sie einen Typ wie mich niemals ernst nehmen würde. Einmal ein Frauenheld, immer ein Frauenheld, oder?«

Dan seufzte erneut, dann stand er mühsam auf. »Wenn ich ehrlich bin, Taffy, geht allein die Tatsache, dass du einer verheirateten Frau mit zwei kleinen Kindern den Hof machst, über meinen Verstand.«

Insgeheim beschlich ihn das Gefühl, es sei langsam an der Zeit, dass Taffy und er erwachsen wurden und eine Partnerin fanden, die bereit war, es mit ihnen auszuhalten. Mal ehrlich: Wie hoch standen die Chancen, dass beide Traumfrauen hier im Ärztehaus arbeiteten? Genau genommen taten sie das, aber die eine war nun mal verheiratet und die andere stinksauer auf ihn. Dans Blick wanderte zu Julia hinüber, die auf der anderen Seite des Aufenthaltsraums mit einem weiteren Schiebefenster kämpfte, und fragte sich nicht zum ersten Mal, ob der Zug für ihn nicht längst abgefahren war.

Kapitel neunundzwanzig

Die Telefone klingelten ohne Unterlass, als Holly am Abend an der Anmeldung vorbeischaute, um sich zu verabschieden. Sie überlegte immer noch, wie sie mit Wills Bitte umgehen sollte. Jean holte heute die Zwillinge ab und nahm sie zum Tee mit zu sich nach Hause – im Grunde die perfekte Gelegenheit, spontan bei Lizzie vorbeizuschauen. Aber Holly fühlte sich jetzt schon total ausgelaugt und war sich nicht sicher, ob sie die emotionale Kraft aufbrachte, sich einem Gespräch mit Lizzie zu stellen. In der Nachmittagssprechstunde war ein schluchzender Patient dem vorigen gefolgt, der eine jammerte über eine grauenvolle Migräne, ein anderer weinte aus Frust über eine unklare Diagnose, eine dritte Patientin brach vor Freude über eine lang ersehnte Schwangerschaft in Tränen aus … Holly hoffte, dass Maggie einen ordentlichen Preisnachlass bei den Kleenex-Tüchern bekam, immerhin musste sie bergeweise davon bestellen!

Lucy und Grace telefonierten beide, weshalb Holly, als es erneut klingelte, ihre Tasche auf einen Stuhl fallen ließ und nach dem dritten Hörer griff. »Ärztehaus Larkford, wie kann ich Ihnen helfen?« Holly lächelte, als sie sah, dass Grace mit den Lippen ein »Dankeschön« formte. Sie notierte eine Rezeptbestellung, dann legte sie auf und ließ die Schultern kreisen, die immer noch verspannt waren von dem Schwimmausflug mit den Jungs am vergangenen

Freitag. Allein der Gedanke daran genügte, um Hollys Gedanken durcheinanderzuwirbeln. Vor lauter Angst, verlegen zu wirken, war sie Taffy den ganzen Morgen über aus dem Weg gegangen, doch am Nachmittag hatten sie während der Kaffeepause völlig unbefangen geplaudert und alberne Spielchen gespielt. Zugegeben, es war ein wenig merkwürdig gewesen, wie er auf ihren Ausschnitt gestarrt hatte. Unsicher strich sie mit der Hand über ihr Schlüsselbein und fragte sich, ob sie wieder einmal mit Porridge bekleckert war.

Hätte sie jemand heute Morgen gefragt, was sie wegen Dan und Lizzie empfand, hätte sie rundheraus erklärt, dass sie wütend sei, schockiert, empört, sich manipuliert, ja betrogen fühle. Auf der Liste hätten sich nirgendwo die Worte nachsichtig, verständnisvoll oder gar mitfühlend gefunden. Und jetzt stand sie da, hatte plötzlich Verständnis für Dan und sorgte sich schrecklich um Lizzie.

Das Telefon klingelte erneut. Ohne nachzudenken, hob Holly den Hörer ab. »Ärztehaus Larkford, was kann ich für Sie tun?«

Eine schrille, geschäftstüchtige Stimme riss sie aus ihren Gedanken. »Bitte verbinden Sie mich mit jemandem, der ein Presse-Statement abgeben kann. Ich nehme nicht an, dass Sie eine PR-Abteilung im Haus haben, oder?«

»Ähm … bitte bleiben Sie einen Augenblick in der Leitung, ich mache mich schnell schlau«, erwiderte Holly, die sich plötzlich unbeholfen und schlecht informiert fühlte. Die Hand über der Sprechmuschel, weil sie nicht wusste, auf welche Taste der Telefonanlage sie drücken sollte, wandte sie sich an Grace, die soeben den Hörer auflegte. »Grace«, flüsterte sie mit eindringlicher Stimme, »haben wir eine PR-Abteilung?«

Grace schüttelte den Kopf. »Nein. Gib mir den Hörer,

Holly, vermutlich geht es bloß wieder um eine Umfrage – die glauben wirklich, wir hätten nichts Besseres zu tun, als den Anstieg der Antidepressivaverordnungen zu kommentieren und ihnen zu verraten, wie viele fettleibige Kinder zu unseren Patienten zählen!« Sie nahm den Hörer, schnitt eine Grimasse und verkündete mit ihrer besten BBC-Ansagerin-Stimme: »Hallo, hier spricht Grace. Sie haben eine Presseanfrage?«

Sie kicherte, formte mit den Lippen »Bla-bla-bla!« und blickte Holly über den Rand ihrer Brille hinweg an – ganz die überkandidelte PR-Tussi.

Holly und Lucy beobachteten schmunzelnd, wie Grace einen Bleistift nahm und demonstrativ hinters Ohr steckte.

Doch dann wich auf einmal die Farbe aus ihren Wangen. Die Praxismanagerin sackte auf ihrem Stuhl zusammen, das Gesicht vor Sorge verzerrt. »Darf ich erfahren, auf welchen Bericht genau Sie sich beziehen?«, stieß sie hervor, griff nach dem Bleistift und machte sich auf der Rückseite eines Briefumschlags Notizen. »Selbstverständlich werden wir das für Sie überprüfen. Morgen, sagen Sie? Kein Problem, lassen Sie mich nur schnell Ihre Daten notieren.«

Grace' Bewegungen wirkten ruckhaft, als sei sie völlig aus dem Konzept gebracht. Entsetzt sah Holly eine kleine Träne über ihre blasse Wange laufen. Kurz darauf legte Grace den Hörer auf und schaltete auf die Notrufnummer außerhalb der Sprechzeiten um.

Als sie zu den beiden anderen aufschaute, wirkten ihre Augen leer. »Das war die *Times*«, erklärte sie. »Sie bitten um eine Stellungnahme zu den bevorstehenden Rationalisierungen.«

Lucy sah von Grace zu Holly und wieder zurück. »Rationalisierungen?«

»Stellenstreichungen. Einsparungen. Der Laden wird dichtgemacht.« Grace' Stimme klang ganz ruhig. »In drei Monaten werden sämtliche Praxen der Gegend zu einem großen medizinischen Zentrum zusammengelegt. Das hat der Primary Care Trust, der den Großteil der Budgets von Krankenhäusern und Arztpraxen verwaltet, heute bekanntgegeben. Stellenstreichungen inbegriffen.« Grace nahm Lucys Hand. Ihre Finger zitterten. »Wir werden alle unseren Job verlieren.«

»Aber«, unterbrach Holly, beunruhigter, als sie zugeben wollte, weil sie die kühle, ruhige, stets optimistische Grace erstmals als bibberndes Wrack erlebte, »das können die doch nicht einfach so machen, oder?«

Grace zuckte die Achseln. »Laut der Journalistin ist es bereits beschlossene Sache.« Sie schluckte mühsam. »Angeblich haben seit einer gewissen Zeit Beratungen mit der zuständigen Führungskraft stattgefunden.«

Holly musste sich hinsetzen. Sie ließ sich so abrupt auf einen Stuhl fallen, dass sie mit der Hüfte gegen die Schreibtischkante stieß. War es möglich, dass George Kingsley die ganze Zeit über davon gewusst hatte? War es möglich, dass sie auch von ihm hintergangen worden war?

»Grace«, fragte sie vorsichtig, »wer ist denn die zuständige Führungskraft? Ich nehme an, George vertritt uns beim Primary Care Trust, oder?«

Grace schüttelte den Kopf, die Augen weit aufgerissen, als die bittere Realität langsam einsickerte. »George hat diese Aufgabe vergangenes Jahr als Teil seines Ruhestandsvorhabens abgetreten. Angeblich wurden ihm all die Treffen und der Papierkram zu viel – und Henry Bruce hat angeboten, ihn zu vertreten.«

Lucy schnappte nach Luft, sie hatte die Situation schlagartig erfasst. »Nun, dann sind wir geliefert. Lass mich raten, wer diese neue Superpraxis leiten wird – könnte es sein, dass es sich dabei um unseren guten alten Henry Bruce handelt?«

Grace nickte, nicht in der Lage, auch nur einen weiteren Satz herauszubringen.

»So ein mieser kleiner Scheißer! Er hat uns verraten, stimmt's?« Lucys Stimme stieg eine Oktave an, ihr Schock wich Zorn. »Und ich wette, wir hätten ebenfalls zurate gezogen werden sollen, oder, Grace?«

Grace schluckte. »Ja«, antwortete sie ruhig. »Genau das ist der Grund dafür, warum diese Journalistin angerufen hat. Wir sind offenbar das einzige Ärztehaus, das diese Entscheidung befürwortet hat – sie wollte wissen, ob tatsächlich ›das gesamte Personal‹ dahintersteht.«

»Aber das ist Betrug!«, rief Holly, bemüht, einen klaren Kopf zu bewahren. Es war eine Sache, dass sie ihre Stelle verlieren würde – wer zuletzt kommt, ist als Erster raus –, aber was war mit dem Rest des Teams? Das Ärztehaus stellte für viele nicht nur ihre Lebensgrundlage dar, sondern bildete gleichzeitig einen Grundpfeiler der kleinstädtischen Gemeinschaft. Würden die Bewohner von Larkford tatsächlich dreißig Meilen weit zum nächsten Arzt fahren müssen? »Das kann nicht sein«, beharrte sie. »Keiner, der auf dem Land lebt, würde ein derart kurzsichtiges Vorhaben gutheißen. Das ist doch Wahnsinn!«

Grace ließ den Kopf in die Hände sinken. »Sicher nicht, aber dieser Plan kommt von der Regierung.«

»Dann hat die anscheinend keine Ahnung, wie wir hier leben!«, erboste sich Lucy.

Holly hatte eine ähnliche Situation bei den Kürzungen des Klinikbudgets in Reading miterlebt. Der Irrsinn der Bürokratie verblüffte sie immer wieder. Die linke Hand schien nie zu wissen, was die rechte tat.

Holly beugte sich vor und klickte den Monitor an, um

herauszufinden, wann Henry Bruce seine Sprechstunde beendete. Der komplette morgige Tag war geblockt, und auch heute hatte Henry bereits nach der Vormittagssprechstunde Schluss gemacht. Urlaub. Angeblich.

»Grace«, sagte Holly, die sich ohnmächtig und töricht vorkam, »ich denke, wir sollten eine Personalversammlung einberufen, findest du nicht?«

Am Ende fand sich eine aufgewühlte kleine Gruppe im Kingsley Arms ein. George fehlte unentschuldigt beziehungsweise war auf mysteriöse Weise verschwunden, Henry befand sich »im Urlaub«. Das Pub war Anfang der Woche praktisch leer, weshalb sie beschlossen hatten, ein Glas Wein und Speckchips vor mögliche Probleme mit der Privatsphäre zu stellen. Es wäre nämlich gar nicht gut, wenn die Patienten sie bei diesem Gespräch belauschten. Die Katze würde noch früh genug aus dem Sack gelassen werden, wenn sogar die *Times* Interesse an dieser Angelegenheit bekundete.

Zum Glück war heute Teddy Kingsleys freier Abend, sodass auch er seinem Vater nichts von dieser Versammlung erzählen konnte. Alle bestellten, und kurz darauf wurden mehrere Flaschen Wein und eine Fanta Cassis an den großen Tisch in der Ecke gebracht.

Maggie war die Erste, die sich zu Wort meldete. »Was glaubt ihr, was aus unseren Jobs wird? Müssen wir mit Entlassungen rechnen, oder bietet man uns wohl in diesem medizinischen Zentrum eine Stelle an?«

Grace schüttelte den Kopf. »Ich weiß es nicht, Maggie. Die Frau am Telefon schien davon auszugehen, dass ein Teil der Belegschaft versetzt wird, aber das ergibt einfach keinen Sinn. Ich wüsste gern, wie lange George darüber informiert ist und wie lange er es schon für sich behält.«

»Vergiss nicht Henry Bruce«, erinnerte Dan sie. »Es ist gut möglich, dass er dahintersteckt. Kein Wunder, dass er in den letzten Wochen so vergnügt war. Erst gestern habe ich ihn auf dem Parkplatz pfeifen hören!« In seiner Stimme schwang Abscheu mit.

»Er hat allerdings nicht gepfiffen, als er an Hollys erstem Arbeitstag die dicke Schramme an seinem Wagen entdeckt hat«, bemerkte Taffy düster.

Holly errötete. »Hätte ich damals gewusst, was ich jetzt weiß, hätte ich den Rückwärtsgang eingelegt und wäre ihm noch mal reingedonnert!«

Alle drehten sich verblüfft zu ihr um. »*Du* warst das?«, fragte Maggie ungläubig.

Holly zuckte die Achseln. »Es fällt mir momentan schwer, mich schuldig zu fühlen.« Sie schaute auf, weil sie Taffys Blick auf sich spürte. Man hätte fast meinen können, er sei stolz auf sie. Und wenn schon nicht stolz, so doch ein wenig beeindruckt. »Was ist?«, fragte sie.

Er krauste die Stirn. »Ich wusste gar nicht, dass du so dreist bist, Graham. Dreist und offenbar mit einem Hang zum Vandalismus ausgestattet.« Er schüttelte den Kopf. »Stille Wasser sind eben tief.«

Sein Lächeln ließ ihr die Luft aus der Lunge weichen. Hier saßen sie und sprachen über die nahe Zukunft des Ärztehauses, und alles, woran sie denken konnte, war, dass sie Taffy Jones nicht mehr bei der Arbeit sehen würde.

Ihr Handy, das vor ihr auf dem Tisch lag, vibrierte. Milos Name blinkte auf dem Display auf. Perfektes Timing, wie immer. »Entschuldigt mich eine Minute«, sagte sie und sprang auf, um den Anruf entgegenzunehmen. Die anderen debattierten aufgebracht weiter.

»Hi, wie kommst du mit dem Buch voran?«, fragte sie, während sie hinaus auf den Parkplatz ging. Ihr war klar, dass Hintergrundlärm im Pub für Milo geklungen hätte wie eine Party. Der Himmel war wolkenlos, und jetzt, am Abend, wurde es rasch kalt. Holly fing an zu bibbern.

»Ich will bloß wissen, wann du die Jungs von Mum abholst. Sie hat schon dreimal angerufen.«

Holly holte tief Luft. »Ich hatte *dich* extra angerufen, um dir mitzuteilen, dass es heute länger dauert. Wir haben darüber gesprochen, erinnerst du dich? Du solltest die beiden abholen und ins Bett bringen.«

Schweigen am anderen Ende der Leitung. »Das ist nicht fair, Holly. Du musst verstehen, dass ich nicht einfach alles stehen und liegen lassen kann, wenn ich schreibe, außerdem kannst du meine Mutter nicht wie nebenbei in die Rolle der unbezahlten Babysitterin drängen. Was soll ich ihr also ausrichten? Wann holst du die Kinder ab?«

»Milo, ich *muss* bleiben. Bei der Arbeit gibt es ein ausgesprochen wichtiges Thema zu besprechen. Ich erzähle dir nachher alles. Setz dich ins Auto und fahr zu deiner Mutter. Und übrigens: Ich hatte sie nicht darum gebeten, die Jungs zum Tee einzuladen. Sie hat das entschieden, weil sie angeblich nicht genug Zeit mit ihnen verbringt. Ihre Freundin Joyce hat ihre Enkelkinder jeden Mittwoch zu Besuch, da will sie natürlich nicht nachstehen. Wie dem auch sei, hol sie bitte ab und lies ihnen nachher eine Gute-Nacht-Geschichte vor.«

Das Seufzen, das durch die Leitung tönte, verursachte bei Holly eine Gänsehaut.

»Na schön, ich tu's, aber das Thema ist noch nicht durch. Es ist inakzeptabel, Mum wie selbstverständlich einzuspannen, Holly. Und ja, wir alle wissen, dass deine neue Stelle als kleine Angestellte furchtbar wichtig ist, aber du bist nicht die Einzige, die beschäftigt ist.« Ein Knacken ertönte, dann war die Leitung tot. Milo hatte aufgelegt.

Ein paar Sekunden lang war Holly sprachlos, ehe sie einige unzusammenhängende Flüche ausstieß, um ihre Emotionen unter Kontrolle zu bringen. Drehten denn alle um sie herum völlig durch?

Hinter ihr ertönte ein diskretes Hüsteln. Holly schreckte zusammen und wirbelte herum. Taffy näherte sich, ihren Mantel in der Hand. »Es ist saukalt hier draußen«, erklärte er und half ihr in die Ärmel, genau wie ihr Vater es getan hatte, als sie noch ein Kind war. Sie schluckte schwer.

»Das ist sehr aufmerksam, Taffy«, sagte sie leise.

»Es sah aus, als würdest du frieren«, erwiderte er schlicht. »Alles okay? Das Ganze nimmt dich ziemlich mit, oder?«

Holly brachte ein unsicheres Lächeln zustande. »Es gibt zu Hause ein paar Probleme, du weißt schon …«

Er runzelte die Stirn. »Weiß ich nicht, um ehrlich zu sein. Ich muss mich zu Hause nur um mich selbst kümmern. Wenn ich meine Schwester und ihren Mann sehe, werde ich manchmal ein bisschen neidisch – sie sind ein fantastisches Team, vor allem, wenn es um die Kinder geht. Neben ihrem kommt mir mein eigenes Leben so seicht vor wie eine Pfütze.« Er trat dicht vor Holly und richtete ihren Mantelkragen.

»Ich glaube, ich bin ebenfalls neidisch auf deine Schwester und ihren Mann«, gestand Holly leise. »Teamwork ist eine tolle Sache. Milo ist eher … nun, er ist … sagen wir, er gibt dem Laissez-faire-Erziehungsstil eine ganz neue Bedeutung.«

Taffy furchte die Augenbrauen. »Aber deine Jungs sind toll! Erziehung ist sicher verdammt harte Arbeit, aber ist sie den Spaß nicht wert?« Einen Augenblick lang wirkte er leicht verlegen, dann schoss er seine Zurückhaltung in den Wind. »Das Schwimmen im Fluss mit den beiden war einfach super. Es gibt nichts Schöneres als eine ungestüme Umarmung von einem Zweijährigen, findest du nicht?«

»Da hast du recht«, pflichtete Holly ihm bei. Sie sah, wie der Wind Taffys Haar zauste, sah die Zuneigung in seinen Augen. Sie wusste, dass er als Frauenheld galt, erinnerte sich auch an Maggies Warnung, trotzdem konnte sie sich nicht vorstellen, dass jemand, der sie mit einer solchen Wärme und so viel Mitgefühl anschaute, nicht liebenswert war.

»Wir sollten wieder reingehen«, sagte sie schließlich, da sie fürchtete, sie könnte sich an Taffys uralten Pulli schmiegen und nie wieder fortwollen.

»Stimmt«, pflichtete er ihr bei, auch wenn er keinerlei Anstalten machte, sich in Bewegung zu setzen. »Dan hat mit mir über diese unangenehme Sache mit Lizzie gesprochen – ich hoffe, das macht dir nichts aus, Holly. Er hat echt Angst, dass du wütend auf ihn bist. Wenn du mich fragst, ich könnte es dir nicht verübeln – sie haben sich dir gegenüber beide ziemlich schäbig verhalten.«

Holly zuckte mit den Schultern. »Ich nehme an, in Kürze bin ich nicht mehr die Einzige, die ihren Job los ist. Das relativiert das Ganze. Ich persönlich lebe unglaublich gern hier. Die Stadt, die Menschen« – sie schluckte schwer und schaffte es nicht, ihm in die Augen zu sehen –, »ich hätte es mir nicht besser vorstellen können. Auch wenn ich vielleicht nur eine kurze Zeit in Larkford bleiben werde, habe ich nun eine Ahnung davon, wie ich leben möchte.«

»Ich habe in London ganze sechs Jahre neben einer Familie gewohnt, ohne deren Namen zu kennen«, sagte Taffy. »Marion Gains dagegen könnte dir erzählen, was ich jeden Morgen zum Frühstück esse, darauf wette ich.«

Diesen kleinen Themenwechsel brauchte Holly, um aus ihrer gedrückten Stimmung herauszufinden und ihre

Gefühle unter Kontrolle zu bringen. »Ach Taffy. Du und Marion Gains – ich hatte ja keine Ahnung! Na los, Romeo, lass uns wieder hineingehen und überlegen, wie wir ein paar Bürokraten in den Hintern treten können.«

Als sie sich wieder an den großen Tisch in der Ecke setzten, tobte die Debatte immer noch um Entlassungen und potenzielle Sozialpläne. Holly, die von Anfang an gewusst hatte, dass ihr Job keine hundertprozentige Sicherheit bot, stellte fest, dass sie das Problem auch noch aus einer anderen Perspektive betrachtete.

Es war durchaus nachvollziehbar, dass sich die Belegschaft um ihre Arbeitsplätze sorgte, wenn das Ärztehaus schloss, aber dachte eigentlich irgendwer an die Patienten? Wie um alles auf der Welt sollten die Einwohner von Larkford ohne ihre Praxisgemeinschaft zurechtkommen? Schon eine Fahrt nach Bath, um einen Spezialisten aufzusuchen, war unglaublich aufwendig. Die einzige Alternative wäre das extra zu diesem Zweck errichtete Zentrum in Framley, wo man Gerüchten zufolge nie ein und denselben Arzt zweimal zu Gesicht bekam und drei Tage auf einen Termin warten musste.

»Ich denke, wir sollten uns einen Plan zurechtlegen«, schlug Holly plötzlich vor. »Wir können nicht einfach herumsitzen und darauf warten, dass jemand anders für uns aktiv wird. Bislang hat noch keiner von euch auch nur einen Gedanken daran verschwendet, was aus Menschen wie Elsie oder dem Major werden soll, wenn sie plötzlich keinen freundlichen Arzt mehr vor ihrer Haustür haben.«

Dan räusperte sich, leicht verlegen, dass er noch nicht von sich aus darauf zu sprechen gekommen war. »Im Augenblick liegen uns keine Fakten vor. Von den Leuten, mit denen ich in diesem kurzen Zeitraum sprechen konnte, weiß ich nur, dass wir tatsächlich nicht auf dem Stand der Dinge sind. Soweit ich jetzt informiert bin, ist das Vorhaben, sämtliche kleineren Praxen auf dem Land zu einem medizinischen Zentrum in Framley zusammenzuschließen, schon ziemlich weit fortgeschritten. Das ganze Gerede der letzten Monate, die Budgets der einzelnen Praxen zu kürzen, diente anscheinend nur dazu, die Allgemeinmediziner in die Defensive zu bringen. Der Plan zwingt jeden Einzelnen, genau auszurechnen, wie stark ihn die Kürzungen treffen werden, und am Ende kommt ihm dann die Vorstellung, einer Art Mega-Praxisgemeinschaft beizutreten, gar nicht mehr so schlecht vor.«

Unbehagliches Schweigen senkte sich über den Tisch. »Mist«, sagte Grace leise.

»Da haben wir es wirklich mit einem Haufen durchtriebener Scheißkerle zu tun«, stellte Taffy stinksauer fest, der ein ganz eigenes, persönliches Interesse daran hatte, dass das Ärztehaus bestehen blieb.

»Nichtsdestoweniger ein cleverer Schachzug. Erst mal alle ordentlich aufmischen und ihnen dann einen Olivenzweig vor die Füße werfen«, bemerkte Grace.

»Weniger einen Oliven- als vielmehr einen Stechpalmenzweig«, brauste Holly auf. »Warum geht eigentlich jeder davon aus, dass größer und neuer zwangsläufig mit besser gleichzusetzen ist? Was ist falsch an einer persönlichen Arzt-Patienten-Beziehung? Ich sage euch, wir müssen uns einen eigenen Plan zurechtlegen, sie mit eigenen Waffen schlagen.«

»Meine Stimme hast du«, pflichtete Dan ihr bei. Die anderen schlossen sich ihm lautstark an.

»Du legst dich ja ziemlich ins Zeug«, flüsterte Taffy ihr ins Ohr. »Dachtest du nicht, du wärst ohnehin raus?«

Holly sah ihn an. »Tja, jetzt geht es aber nicht mehr nur

um mich, oder? Es geht genauso um dich, um Dan, um all die anderen …«

»Um uns?«, fragte er und streifte unter dem Tisch ihre Hand.

Holly hielt seinem Blick stand und spürte, wie ihr die Tränen in die Augen stiegen. »Um uns«, bestätigte sie leise, dann wandte sie sich Grace zu, die über Möglichkeiten nachsann, Henry Bruce einen Dämpfer zu verpassen.

Kapitel dreißig

Holly saß auf dem Kinderzimmerfußboden, umgeben von Duplosteinen. Ja, es war fünf Uhr morgens, und ja, die meisten halbwegs vernünftigen Menschen waren noch im Bett. Doch sie war rundherum zufrieden, zumindest für den Augenblick.

Tom war damit beschäftigt, eine komplizierte Anordnung von Schornsteinen zu errichten, während sich Ben außergewöhnlich schmusebedürftig zeigte. Er hatte sich auf ihren Schoß gekuschelt und spielte mit ihren Haaren. Dieser Augenblick war es wert, sich mit nur vier Stunden Schlaf zu begnügen.

Wenn sie doch nur dasselbe für ihre Diskussion mit Milo gestern Abend behaupten könnte! Er wollte einfach nicht verstehen, weshalb sie sich so aufregte. Was ihn betraf, so war Larkford ein Ort, an dem sie *vorübergehend* lebten. Im Eifer des Gefechts war ihm entschlüpft, dass er sich bereits an eine Immobilienagentur in Reading gewendet hatte, nachdem sich Holly ihm vor ein paar Tagen endlich wegen des Streits mit Lizzie und Dan anvertraut hatte. »Lass sie doch machen, Holly«, hatte er ihr geraten. »Das ist doch nicht unsere Schlacht. Außerdem kann dir anscheinend niemand zusichern, dass du deinen Job behalten wirst.«

Holly schaute aus dem Fenster über die Dächer ihrer kleinen Seitenstraße. Sie konnte den Kirchturm erkennen und das abfallende Dach von Elsies georgianischem Stadthaus am Marktplatz. Noch nie hatte sie sich einer Gemeinschaft derart stark verbunden gefühlt. Allerdings musste sie sicherstellen, dass es den Jungs gutging, wofür sie ein Einkommen brauchte. Und gleichzeitg verspürte sie das dringende Bedürfnis nach einer Klärung der unschönen Angelegenheit. Die Tatsache, dass Henry Bruce zu einer derartigen Mantel-und-Degen-Taktik gegriffen hatte, ließ bei ihr sämtliche Alarmglocken schrillen. Wenn sie gehen musste, dann war das eben so, aber sie würde den Teufel tun und einfach dabei zusehen, wie diese Gemeinschaft auf Kosten von Henry Bruce' unersättlichem Ego und Bankkonto eines ihrer wichtigsten Grundpfeiler beraubt wurde.

Holly griff nach Bens Lieblingsbuch über einen kleinen Feuerdrachen, der dringend geknuddelt werden wollte, was sich jedoch als gar nicht so leicht herausstellte. Kurz darauf war sie in die Geschichten vertieft, die ihre Söhne so sehr liebten. Ihr blieb nur noch eine halbe Stunde, bevor das Chaos des Alltags begann, und die wollte sie auskosten.

Zwei Stunden später waren die Zwillinge gewaschen, angezogen und schauten sich nach dem Frühstück *Die Sesamstraße* im Fernsehen an. Holly notierte Ideen für ihre Kampagne auf einen *Bob-der-Baumeister*-Notizblock, befeuert von dem Stapel Immobilienangebote, den sie auf dem Beistelltisch neben Milos Sessel entdeckt hatte. Sicher, es war gewagt, sich einzubilden, das Ärztehaus zu retten würde auch ihren Job sichern. Trotzdem war es den Versuch wert. Selbst wenn sie persönlich den Kürzeren zog, bestand die Chance, dass zumindest Larkford von ihrem Einsatz profitierte.

Sie schaute auf, als Milo in der Tür erschien, den Dreitagebart frisch getrimmt, ein Bündel Zeitungen unter dem Arm. »Ist es gut, dass die zwei so viel fernsehen?«, fragte er. Sein herablassender Ton schien ihm gar nicht aufzufallen.

Holly machte sich nicht die Mühe zu antworten. Was hätte sie auch sagen sollen?

»Ach ja, ich habe noch mal über unser Gespräch von gestern Abend nachgedacht. Ich möchte nicht, dass du dich so sehr in diesen Rettet-das-Ärztehaus-Unsinn verstricken lässt, ist das klar? Es ist besser, die Zelte mit Würde abzubrechen.«

Holly hätte sich beinahe an ihrem Toast verschluckt. Hatte Milo ernsthaft seine eigenen emotionalen Ausbrüche vergessen, als die Universitätsleitung ihn »in unbezahlten Urlaub« schickte? Erinnerte er sich nicht mehr an all die kriecherischen Bettelanrufe beim Dekan? An seine zornigen Hetzreden, als diese auf taube Ohren stießen?

»Übrigens«, fuhr er fort, »Ich habe Mum überredet, die Jungs demnächst mal am Wochenende zu sich zu nehmen, damit ich dich für eine Nacht entführen kann. Wir haben schon so lange nicht mehr in Ruhe miteinander geredet, und wer weiß? Ein bisschen Zeit zu zweit ist womöglich genau das, was der Arzt verordnen würde.« Er wirkte absolut zufrieden mit sich selbst. »Du musst dich um nichts kümmern. Ich habe schon den perfekten Ort für uns gefunden – ein Wellness-Hotel! Dort können wir uns nur auf uns beide konzentrieren, ist das nicht toll?«

Damit drehte er sich um und verschwand. Holly war sprachlos. Sie wollte nicht wegfahren. Sie wollte sich nicht von einem Fremden durchkneten lassen, und wenn sie ehrlich war, auch nicht von ihrem Ehemann. Sie wollte hierbleiben und im Fluss schwimmen, mit ihren Jungs im Wald spielen und im Deli brunchen – diesen wunderbaren Ort so lange genießen, wie es noch möglich war.

Und wenn all das nicht ging, würde sie lieber mit einem Plakat über den Marktplatz marschieren, als mit Milo im Wellness-Hotel zu sitzen. War er wirklich so naiv? Kannte er sie denn gar nicht?

Holly warf einen Blick auf die Uhr auf dem Kaminsims und stellte erschrocken fest, wie spät es schon war. Ihre Augen schweiften zu der gerahmten Fotografie, die daneben stand: Milo und Holly in den Flitterwochen, eingehüllt in riesige Frotteetücher, von einem Ohr zum anderen grinsend … in einem Wellness-Hotel. Das sie ausgesucht hatte.

»Scheiße«, murmelte sie, als es ihr wie Schuppen von den Augen fiel. Vielleicht kannte Milo sie inzwischen nicht mehr, aber damals hatte er sie gekannt. Ihm schien lediglich entgangen zu sein, dass sie sich verändert hatte.

»Mami hat Scheiße gesagt!«, ertönte ein helles Stimmchen hinter ihr. »Scheiße, Scheiße, Scheiße!«, skandierte Tom fröhlich.

Holly war klar, dass sie vermutlich hinterher dafür bezahlen musste, trotzdem fing sie an zu lachen. Ein nervöses, erschöpftes Lachen, das immer lauter wurde, bis sämtliche Anspannung der letzten Tage von ihr abfiel. Sie wischte sich die Tränen aus den Augen und zog die Jungs auf ihren Schoß.

»Scheiße!«, rief das helle Stimmchen einmal mehr.

An diesem Morgen hatten in der Praxis so viel Ärger und Bitterkeit in der Luft gelegen, dass man nicht übertrieb, wenn man das Klima als vergiftet bezeichnete.

Deshalb war Holly zur Mittagszeit beinahe erleichtert, als Grace mit einer Bitte zu ihr ins Sprechzimmer kam. »Ich habe gerade mit Elsie Townsend telefoniert«, teilte sie ihr mit. »Sie wollte für heute Nachmittag einen Termin vereinbaren, und sie klang nicht gerade gut. Sie hat sogar ›bitte‹ gesagt! Wärst du so lieb und würdest in deiner Mittagspause bei ihr vorbeischauen? Ich bringe dir auch ein Baguette vom Deli mit, das du später essen kannst.«

»Kein Problem«, erwiderte Holly, loggte sich aus und zog einen Fünfer aus der Schublade. »Bringst du mir eins mit Eiersalat mit, mit knusprigen Speckstreifen?« Der Gedanke, in Milos Gegenwart einen Badeanzug zu tragen, ließ Heißhunger in ihr aufkommen. Was in Anbetracht eines irgendwann anstehenden romantischen Wochenendes nicht unbedingt eine nachvollziehbare Reaktion war.

Holly stand auf, griff nach ihrer Jacke und verließ das Ärztehaus. Draußen begegnete sie Julia Channing, die sich mit schuldbewusstem Gesicht auf dem Parkplatz herumdrückte. In Anbetracht von Julias Gesichtsausdruck fragte sich Holly, ob diese wirklich überrascht von den aktuellen Entwicklungen war.

Sie entschloss sich zu einem schlichten »Hallo«.

»Hallo Holly«, erwiderte Julia und zog verstohlen an ihrer Zigarette, die sie in der Handfläche verborgen hatte, bevor sie sie auf dem Kies ausdrückte. »Bitte verrate nicht, dass du mich beim Rauchen ertappt hast. Momentan ist alles einfach megastressig.«

Holly nickte. »Wusstest du von den Plänen des Primary Care Trust?«, fragte sie unverblümt.

Julia schüttelte den Kopf. »Ich wusste, dass Henry etwas im Schilde führt, aber Henry führt immer irgendetwas im Schilde. Ich kann nicht glauben, dass George uns nichts gesagt hat! Dabei haben wir uns schon so viele Gedanken darüber gemacht, wer seine Nachfolge als Seniorpartner antritt. Und wofür?« Sie blickte zornig drein, enttäuscht – und beinahe menschlich. Die verärgerte, rauchende Julia war definitiv sehr viel netter als die perfekte Julia, fand Holly.

Ohne zu überlegen, trat Holly näher. »Ich bin gerade auf dem Weg zu einem Hausbesuch bei Elsie Townsend … Es tut mir leid wegen dieser blöden Sache mit dem Nachfolger«, sagte sie unbeholfen.

»Ich komme mit«, verkündete Julia plötzlich. »Ich weiß, dass sie deine Patientin ist, aber wenn du Lust auf Gesellschaft hast …«

Holly hatte durchaus Lust auf Gesellschaft, nur nicht unbedingt auf die von Julia. Lizzie dagegen fehlte ihr schrecklich. Wie gern hätte sie jetzt mit ihrer einst besten Freundin geplaudert! Bei wem sonst könnte sie sich über die Arbeit und Milos überraschende Einladung zu einem gemeinsamen Wochenende auslassen, ohne wie ein verzogenes Gör zu klingen?

»Du musst mich nicht begleiten, wirklich nicht. Ich schaffe das schon, und du hast doch sicherlich Besseres zu tun …« Holly verstummte, als sie den Ausdruck auf Julias Gesicht bemerkte. Die Leere in ihren Augen zeigte genau wie die Röte, die ihr in die Wangen stieg, dass sie Hollys Gedanken erraten hatte.

Plötzlich kam sich Holly richtig mies vor. Sie begriff, welche Überwindung Julia dieses Angebot gekostet hatte. Wie lautete noch ihre oberste Regel? Behandle andere stets so, wie du behandelt werden möchtest.

»Doch, es wäre schön, wenn du mich begleiten würdest, Julia«, schob sie daher eilig nach. »Ich finde es zwar verrückt, dass du deshalb auf deine Mittagspause verzichten willst, aber ich wäre dir echt dankbar. Hier« – sie warf Julia die Familienpackung Schokokekse zu, die sie hatte verdrücken wollen – »du darfst die Rationen einteilen.«

Julia fing die Packung und schaute Holly perplex an, dann nickte sie zögernd. »Okay.«

Als sie bei Elsie eintrafen, hörten sie die Klänge von *La Traviata,* die aus den offenen Fenstern im Obergeschoss sowie aus der einen Spaltbreit geöffneten Haustür drangen. »Ich bin hier!«, rief Elsie aus der Küche. Holly und Julia gingen zu ihr und sahen, dass die alte Dame gerade den Wasserkessel aufsetzte. Sie trug ein elegantes Teekleid aus Satin, darüber einen offenen Bademantel und dicke Skisocken.

»Oh, meine Lieben, ihr musstet doch nicht extra herkommen, noch dazu gleich beide. Ich habe Grace am Telefon gesagt, dass ich mich lediglich in Ruhe mit Dr. Carter unterhalten möchte.«

Holly ließ Elsie auf einem der Küchenstühle Platz nehmen und stellte den Herd an. »Was gibt's denn, Elsie? Ich konnte einem neuerlichen Besuch bei Ihnen nicht widerstehen, deshalb habe ich Ihnen den Weg zu uns erspart.« Holly hatte mittlerweile begriffen, wie sie mit ihrer Patientin umgehen musste. Sie bekam sehr viel mehr Informationen, wenn sie den Eindruck erweckte, Elsie einen Gefallen zu tun.

»Nun, es geht um die hässlichen Brustschmerzen, die ich manchmal bekomme, deshalb wollte ich mir auch gerade einen Kaffee machen … und dann seid ihr gekommen!« Sie freute sich diebisch, als sie bemerkte, wie Julia auf ihre erlesene Kücheneinrichtung reagierte. »Warum haben Sie die da mitgebracht?«, flüsterte sie so laut, dass Holly peinlich berührt zusammenzuckte.

Sie warf ihrer Kollegin ein entschuldigendes Lächeln zu. »Nun, Julia wollte mir nicht glauben, dass Sie Ihren Oscar auf der Toilette aufbewahren, deshalb dachte ich, sie soll es sich mal ansehen. Aber erzählen Sie mir erst einmal mehr von diesen Brustschmerzen. Haben Sie etwas Bestimmtes gemacht, als sie aufgetreten sind?«

»Nicht dass ich wüsste«, erwiderte Elsie und schüttelte so heftig den Kopf, dass ihre grauen Locken wippten. Holly bemerkte einen verirrten Lockenwickler und fragte sich, wie sie ihn herausziehen konnte, ohne dass Elsie etwas davon mitbekam. »Ich kam gerade mit meinen Sommerhüten vom Dachboden, wo ich meine Kleider für die kommende Jahreszeit anprobiert hatte, als aus heiterem Himmel diese Schmerzen in der Brust auftraten.«

Julia sah die alte Dame an, als sei sie nicht ganz bei Sinnen. »Elsie ...«, begann sie mit schulmeisterlicher Stimme, aber Holly unterbrach sie.

»Lassen wir die Kletterei auf den Dachboden mal beiseite, genau wie die Tasse Kaffee, die den Brustschmerz lindern soll – darüber haben wir bereits gesprochen. Sagen Sie mir lieber: Wie geht es Ihnen jetzt, Elsie?« Holly fühlte Elsies Puls und maß ihren Blutdruck. Die Werte waren erstaunlich gut für eine über Achtzigjährige.

»Oh, im Augenblick fühle ich mich pudelwohl«, antwortete die alte Dame. »Oben, wo ich alles habe fallen lassen, herrscht allerdings ein gewaltiges Chaos. Es wird Ewigkeiten dauern, bis ich das wieder aufgeräumt habe.«

Holly öffnete die Schachtel Kamillentee, die sie bei ihrem letzten Besuch entdeckt hatte. »Jetzt trinken Sie erst einmal etwas *ohne* Koffein, Elsie, und dann überlegen wir, wie wir gegen das Chaos angehen.« Sie schaute auf ihre Armbanduhr. »Bis vierzehn Uhr gehören wir Ihnen, einverstanden?«

Nachdem sie auf Hollys Anweisung ein paar Schokokekse verspeist und eine Tasse der pipigelben Brühe getrunken hatten, stellte Holly fest, dass Elsie und Julia anfingen, sich zu entspannen. Julia hörte auf, sich mit offenem Mund umzusehen, und Elsie bemerkte, dass es sich bei Julias

»klassischen Mokassins« um eine limitierte Auflage von Tod's handelte.

Julia schien sich über Elsies Komplimente bezüglich ihrer Schuhe zu freuen, und Holly stellte wieder einmal fest, wie ein einziges Lächeln Julias Gesichtszüge von ansprechend in schlichtweg umwerfend verwandeln konnte.

»Als ich noch jünger war, habe ich in einem Zeitschriftenartikel das Motto ›Kaufe fürs Leben – ein hochwertiges klassisches Stück, das nicht aus der Mode kommt‹ entdeckt. Das ist hängen geblieben«, vertraute Julia Elsie an.

»Ich weiß, was Sie meinen«, erwiderte Elsie voller Enthusiasmus. »Ich habe nie die Leute verstanden, die immerzu ihre Garderobe aussortieren.« Sie schauderte bei dieser Vorstellung. »Sie leben mit einer Handvoll Kleidungsstücke, die sie nach einem halben Jahr wieder entsorgen. Warum um alles auf der Welt ist man bereit, alle sechs Monate seine eigene Geschichte auszuradieren? Man ersetzt doch auch kein Fotoalbum durch ein Monatsmagazin!« Die alte Dame echauffierte sich derart, dass Holly kurz davor stand einzuschreiten, doch da legte bereits Julia beruhigend eine Hand auf Elsies Arm.

»Wahrscheinlich sind das dieselben Leute, die in ein Möbelgeschäft der Luxusklasse spazieren und sich eine komplette Raumeinrichtung kaufen, die sie in einer Trendzeitschrift entdeckt haben – ich hätte gern die Seite dreiundzwanzig –, weil ihnen einfach die Fantasie fehlt. Ist es nicht viel schöner, sich mit Dingen zu umgeben, die man am Wegesrand aufgelesen hat?«

»Ach, diese Kostbarkeiten …« Elsie nickte. »Die Sachen, die man niemals den Umzugsleuten anvertrauen würde. Die Dinge, die man bei jedem Ortswechsel wie Babys im eigenen Wagen verstaut. Die Freude über eine Neuanschaffung ist so schnell vergänglich, verglichen mit dem Glücksgefühl, das lang gehegte Lieblingsstücke vermitteln …« Elsie verlor sich in ihren Gedanken, ihre eloquenten Träumereien verklangen.

»Ich nehme an, es hängt viel davon ab, *wo* man seine Kleidung kauft«, ließ sich Holly leise vernehmen, die an den Stapel billiger T-Shirts dachte, die sie so lange tragen musste, bis sie es sich leisten konnte, das eine oder andere zu ersetzen.

Elsie griff nach Hollys Hand und drückte sie fest, sodass diese zusammenzuckte und Tee auf ihre Untertasse verschüttete. »Stellen Sie sich eine Frage, Holly Graham: Möchten Sie eine weiße Leinwand sein, die man wieder und wieder überstreicht, oder lieber eine opulente dreidimensionale Tapisserie, gewebt aus den Motiven ihrer eigenen Erfahrungen?«

Die Vorstellung, noch dreidimensionaler zu sein als ohnehin, rief leichte Panik in Holly hervor, doch sie konnte nicht leugnen, dass an Elsies Worten etwas dran war. Warum sonst hing ihr Lieblingskleid aus der netten kleinen Boutique in Florenz immer noch in ihrem Kleiderschrank, obwohl sie ganz sicher nie mehr hineinpassen würde?

»So«, erklärte Elsie mit Verve, nachdem sie ihren Tee ausgetrunken hatte. »Lasst uns nach oben gehen. Ich sehe schon, ich werde meine liebe Not mit euch Mädels haben.« Sie schwebte in ihren Skisocken in Richtung Flur, die Seide des Teekleids bauschte sich um ihre Beine.

Holly und Julia sahen einander an, zuckten die Achseln und folgten ihr. Doch gleich darauf rief Holly entgeistert: »Elsie! Was zum Teufel tun Sie da?«

»Ist das nicht wundervoll?«, erwiderte die alte Dame mit einem breiten Grinsen auf halber Höhe der Treppe. »Ich habe keine Ahnung, warum das nicht alle so machen!« Sie umfasste das Geländer und zog sich ein paar weitere Stufen hinauf. Der elektrische Treppenlift summte derweil majestätisch an ihr vorbei, beladen mit einem Stapel ordentlich zusammengefalteter Bügelwäsche und einer ziemlich großen Flasche Bombay Sapphire Gin.

»Aber ...«, stammelte Holly, bemüht, sich das Lachen zu verkneifen. »Das ist doch eine *Mobilitätshilfe* – um *Ihnen* Bewegungsfreiheit und Unabhängigkeit zu verleihen!«

»Was wunderbar funktioniert!«, bestätigte Elsie vergnügt. »Seit ich diesen Treppenlift habe, fühle ich mich schon sehr viel unabhängiger!«

Elsie hatte nicht übertrieben, was das Chaos im oberen Stockwerk anging. Anscheinend hatte die alte Dame sämtliche Kleiderschränke auf dem Dachboden geleert und deren Inhalt per Treppenlift in ihr Schlafzimmer geschafft, wo er nun in riesigen Bergen auf dem Fußboden lag. Es sah aus, als hätten Vivienne Westwood und Karl Lagerfeld Verkleiden gespielt. Julia verstummte, Holly vermochte nicht zu sagen, ob wegen des Durcheinanders oder wegen der Labels. Sie führte Elsie zu einer Chaiselongue und verkniff sich jeglichen Vergleich mit Barbara Cartland.

Die Augenbrauen zusammengezogen ließ sich Holly aufs Fußende von Elsies Bett sinken. Um sie herum lagen Designer-Klamotten im Wert von zigtausend Pfund. Gedankenlos griff Holly nach einem fein gewebten Schal und ließ den glatten Stoff durch ihre Finger gleiten. Er fühlte sich an, als sei er aus Spinnweben. Kein Wunder, dass sich Elsie nicht von ihren Kleidungsstücken trennen wollte, wenn sie sich alle so anfühlten wie dieses.

Elsie wäre gewiss nicht angetan gewesen von den Umstands- und typischen Mama-Klamotten, all den fleckigen, ausgebeulten Hosen und T-Shirts, die Holly vor dem Umzug auf einen Haufen geschichtet und schließlich mit einem tiefen Seufzer entsorgt hatte.

Sie betrachtete den Schal in ihren Händen, die Palette der geschmackvollen, wellenförmig gewebten Farben, und seufzte.

»Missoni«, erklärte Julia mit Kennermiene von der Tür aus. »Du hast ein gutes Auge, Holly.«

»In der Tat«, flötete Elsie glücklich. »Nehmen Sie ihn, nehmen Sie ihn, ich bitte Sie darum. Er gehört Ihnen.«

»Aber nein, das kann ich unmöglich annehmen«, lehnte Holly verlegen ab. »Das ist wirklich sehr lieb von Ihnen, aber … nein, vielen Dank, das geht nicht.« Widerstrebend legte sie den Schal zurück aufs Bett und ging auf die Knie, um Kleiderbügel einzusammeln.

Auch Julia setzte sich in Bewegung, und binnen Kurzem hatten sie Elsies Garderobe ordentlich verstaut, die Unmenge an Harrods-Hutschachteln mit den dazugehörigen Hüten gefüllt und gestapelt. Die Tür zum Dachboden wurde verschlossen, und Holly rang Elsie eindringlich das Versprechen ab, nie wieder allein dort hinaufzugehen.

»Ich verspreche, nicht hinaufzugehen, solange es nicht *unbedingt* nötig ist«, versuchte Elsie, sich herauszuwinden. Holly gab auf.

Sie küsste die alte Dame auf beide gepuderten Wangen und schaute ihr fest in die Augen. »Ich komme morgen wieder.«

»Das will ich hoffen«, gab Elsie mit einem Lächeln zurück. »Ich würde gern mehr über eure Rettet-das-Ärztehaus-Kampagne erfahren.«

»Woher wissen Sie …«

Elsie tippte sich an die Nasenspitze. »Ich darf doch nicht alle meine Geheimnisse preisgeben, das müssen Sie verstehen. Aber vielleicht möchten Sie Bob wieder mitnehmen.« Sie reichte Holly den *Bob-der-Baumeister*-Notizblock, der in Hollys Gesäßtasche gesteckt hatte. »Es ist schön, dass Sie für uns kämpfen wollen, Holly. Ich bin begeistert darüber, dass Sie herausgefunden haben, was ›Kampfgeist‹ bedeutet. Jetzt werdet ihr zwei euch auf das Wesentliche beschränken müssen …« Sie wandte sich zu Julia um, um diese in das Gespräch mit einzuschließen. »Ihr dürft euch nicht länger in kleine Auseinandersetzungen verstricken. Konzentriert euch auf den Kern der Sache! Konzentriert euch auf den Moment! Dann kann im Grunde nicht viel schiefgehen.«

Holly lächelte, wie immer bezaubert von Elsies wundervollen Lebensweisheiten. Die beiden Frauen sahen zu, wie die alte Dame in den Flur ging, wo sie nach einer kleinen Gießkanne griff und hingebungsvoll ihre Orchideensammlung wässerte. Offenbar hatte sie vergessen, dass die Pflanzen aus Seide waren.

Kapitel einunddreißig

Am nächsten Tag wurde Holly früh vom Summen ihres Weckers geweckt und schlüpfte leise aus dem Bett. Milo würde vermutlich selbst den Weltuntergang verschlafen, die Zwillinge dagegen erwachten beim leisesten Knarren der Bodendielen. Klammheimlich, ohne ein einziges Geräusch, schlich sie die Treppe hinunter in die Küche, zog vorsichtig die Tür hinter sich zu und weidete sich an der himmlischen Stille.

Normalerweise steckte sie Crumpets in den Toaster und machte sich Milch für einen Latte macchiato warm, doch nach ihrem ausschweifenden Plätzchenkonsum in der Zeit nach dem Umzug war sie fest entschlossen, so lange eine strenge Nulldiät durchzuziehen, bis sie unbedingt etwas zu sich nehmen musste. Ihre Haltung zu Diäten gründete auf einer Textzeile aus einem Kinofilm: »Ich esse gar nichts. Und wenn ich kurz davorstehe, in Ohnmacht zu fallen, dann esse ich einen Käsewürfel.« Das erklärte auch, warum so viele New Yorker U-Bahnen Verspätung hatten – ständig kippten junge Frauen auf den Bahnsteigen um!

Bewaffnet mit einer großen Tasse voll starkem schwarzem Kaffee und einem riesigen Blatt Papier ließ sie sich am Küchentisch nieder. Ihr Gehirn lief bereits auf Hochtouren, und sie fühlte sich motiviert und so voller Tatendrang wie schon seit Jahren nicht mehr. Sie wusste, dass sie der Neuzugang im Ärztehaus war, aber offenbar war gerade das ihr größtes Plus: Sie konnte das, was vorging, aus einer wesentlich objektiveren Perspektive betrachten.

Ungeachtet der Tatsache, dass sie sich manchen ihrer neuen Kollegen und Patienten momentan verbundener fühlte als ihrer ältesten Freundin, war sie doch rational genug, um analytisch zu denken, zumindest was die anstehenden medizinischen und geschäftlichen Entscheidungen anbetraf. Wenn sie ehrlich war, war sie in der Stimmung für einen Kampf. Für jemanden, der während seines Erwachsenenlebens Auseinandersetzungen größtenteils gemieden hatte, war das ein befreiendes Gefühl.

Elsies Worte »Konzentriert euch auf den Kern der Sache! Konzentriert euch auf den Moment!« hatten sich in ihr Hirn gemeißelt, so oft hatte Holly sie sich inzwischen vorgesagt. Die Verbannung des Wörtchens »sollte« war offenbar nur ein Anfang gewesen.

Also los, dachte Holly, zog die Kappe von Bens blauem Marker ab und fing an, große Ovale aufs Papier zu zeichnen. In jedes Oval wollte sie eine Aufgabe schreiben und das Feld ausmalen, wenn sie sie erfüllt hatte. Wenn man viele unsortierte Gedanken im Kopf hatte und Listen einem den kalten Schweiß auf die Stirn trieben, war dies eine vielversprechende Methode.

Als sie noch im Bett lag, hatte sich Holly von der Vielzahl der Probleme schier überwältigt gefühlt, doch jetzt, mit den Ovalen auf dem Blatt Papier vor ihr, erkannte sie schnell, dass es sich eigentlich nur um vier Themen handelte, mit denen sie sich befassen musste.

Erster Punkt: Ben brauchte Hilfe. Sie war sich nicht sicher, in welcher Art, aber es war definitiv an der Zeit, über den Tellerrand zu blicken. Für eine Allgemeinmedizinerin erschien es etwas absurd, den traditionellen

Weg zu verlassen, allerdings hatte die Schulmedizin sie bislang nicht weitergebracht, sodass es angeraten schien, sich nach einer Alternative umzuschauen. Verdammt, sie würde Salbei verbrennen und bei Vollmond nackt tanzen, wenn sie ihm damit helfen könnte!

Auch wenn sie ihren Patienten strikt davon abriet, das Internet nach Antworten auf medizinische Fragen zu durchforsten, konnte sie die Versuchung heute Morgen wahrhaft nachvollziehen. Normalerweise beschränkte sie ihre Recherchen auf die Website des *British Medical Journal*, doch plötzlich fragte sie sich, ob ihr dadurch womöglich etwas entging. Eine Chance für Ben vielleicht.

Nächster Punkt: Lizzie. Ja, Lizzie war eine große diplomatische Herausforderung. Sollte sie etwa so tun, als sei nichts gewesen, und sämtlichen Ärger hinunterschlucken? Oder sollte sie sich für ein konfliktfreudigeres, womöglich reinigendes Duell im Morgengrauen entscheiden? Holly trank ihren Kaffee aus. Vermutlich wäre es das Beste, ein ehrliches Gespräch beim Mittagessen zu führen. Das war sie auch Will schuldig. Sicher wäre es angebrachter, die Unstimmigkeiten auszubügeln, bevor es zu spät war.

Hm, apropos Unstimmigkeiten: Problem Nummer drei. Warum war sie nicht aufgeregter wegen Milos Einladung? Er versprach ihr ein romantisches Wochenende und ein mit Rosenblüten bestreutes Bett, und sie konnte an nichts anderes denken als daran, wer das Chaos am nächsten Morgen beseitigen sollte. Wusste er wirklich nicht, dass er einfach nur ein bisschen netter zu ihr sein oder sie bei der Hausarbeit unterstützen musste, um sie glücklich zu machen?

Nun, vielleicht wäre ein Wellness-Wochenende ja doch ganz nett. Milo hatte recht – mitunter wirkte etwas Zeit zu zweit wahre Wunder. Und wenn sie vorab noch ein paar Pfündchen abnahm, würden er sich seine fiesen kleinen Bemerkungen über ihre Figur vielleicht verkneifen. Holly fand, dass man den Begriff »Bikinifigur« ruhig etwas großzügiger auslegen könnte in Anbetracht der Tatsache, dass sie zwei ziemlich große Babys zur Welt gebracht hatte und trotzdem noch Größe vierzig trug.

Die Gedanken an ihre Bikinifigur führten sie schnurstracks zu Problem Nummer vier. Nein, das war nicht ganz richtig: Sie führten sie via Taffy Jones in Badehose zu Problem Nummer vier: dem Ärztehaus. Genauer gesagt zu ihrer Rettungsaktion. Job oder kein Job, das war hier die Frage, daher war es allerhöchste Zeit, etwas zu unternehmen.

Seit gestern sah sie zu, wie Dan, Julia und Grace kopflos vor Panik durch die Räumlichkeiten wirbelten. Julia schien sich sogar nicht mehr auf ihre endlosen pedantischen Listen konzentrieren zu können. Dan hatte mit jedem Vertreter des National Health Service gesprochen, der ihm einfiel, Julia hatte nach ihrem Besuch bei Elsie wunderbar eloquente E-Mails geschrieben, randvoll mit unschlagbaren Argumenten – bislang ohne Ergebnis.

Das Feedback war jedes Mal dasselbe. »Die Zeit der Anhörungs- und Beratungsrunden ist abgelaufen. Sie hatten Ihre Chance, Einspruch zu erheben, und Sie haben uns positive Rückmeldung gegeben. Die Umsetzung des Plans läuft bereits.«

Taffy hatte sogar mit einer Verleumdungsklage gedroht und explizit darauf hingewiesen, dass der sogenannte PCT-Repräsentant – die angeblich »zuständige Führungskraft« des Larkforder Ärztehauses – in betrügerischer Absicht Antworten gefälscht hatte, um einen warmen Geldregen einzustreichen.

Holly nahm einen neuen Bogen Papier und kaute auf

dem Ende von Bens Marker. Während die anderen vor lauter Wald die Bäume nicht sahen, hatte Holly einen völlig klaren Blick. Sie brauchten eine neue Vorgehensweise, dachte sie, einen Ansatz, der Larkfords größtes Gut in den Vordergrund stellte: die Menschen, die hier lebten.

Sie brauchten eine bahnbrechende PR-Aktion, und zwar schnell, aber das Ganze musste auf einer persönlichen Ebene stattfinden.

Die Story musste echt wirken, authentisch. Sie mussten die Ärzte vorstellen und Mitglieder der Gemeinschaft mussten darlegen, wie die Maßnahme des PCT ganz Larkford treffen würde. Das war nicht zuletzt der Grund dafür, warum Reality-TV so gut funktionierte: Es ermöglichte den Zuschauern, sich mit den dort gezeigten Menschen zu identifizieren.

Holly wollte, dass ihre Aktion die Menschen bewegte und diese nicht bloß am Frühstückstisch mit den Achseln zuckten und sagten: »Tja, das ist wirklich eine schreckliche Geschichte – könntest du mir bitte mal die Cornflakes reichen, Schatz?«

Holly wollte, dass das ganze Land aufhorchte und begriff, was da passierte. Es war schlimm genug, dass sie ihre Stimme beim Primary Care Trust verloren hatten, aber sie würde sich nicht kampflos ergeben.

Es war ein Wunder, dass Holly ihre morgendliche Sprechstunde durchstand. Sie sehnte sich danach, ihre Ideen mit den Kollegen zu besprechen, aber niemand schien vor dem Ende der Nachmittagssprechstunde Zeit für sie zu haben. Ihre Papiere mit den blauen Ovalen zusammengerollt in der Handtasche hatte Holly während der morgendlichen Kaffeepause bereits mehrere alternative Therapeuten angerufen und sich wegen Ben beraten lassen. Sie war sich nicht sicher, wie die Akupunkteurin den Kleinen dazu bringen wollte, lange genug stillzusitzen, um sich in ein Stachelschwein verwandeln zu lassen, aber die Frau schien von sich und ihren Fähigkeiten überzeugt zu sein.

Da Holly gerade einen Lauf und vermutlich eine Überdosis Koffein intus hatte, hob sie ein letztes Mal den Hörer ab, um Lizzie anzurufen. Um genau zu sein, hob sie den Hörer ganze sieben Mal ab. Beim siebten Mal konnte sie sich tatsächlich dazu durchringen, Lizzies Nummer zu wählen. »Konzentrier dich auf den Kern der Sache, konzentrier dich auf den Moment«, murmelte sie wie ein Mantra, als das Freizeichen ertönte. Um es nicht zu kompliziert zu machen, hatte sie sich für ein schlichtes »Lass uns gemeinsam zu Mittag essen« entschieden.

Holly marschierte ins Deli, wo Hattie hinter dem Ladentisch stand und zur Begrüßung lächelte. Sie sah müde aus. Die Belastung forderte ihren Tribut, denn in der normalerweise reichlich gefüllten Auslage standen nur ein paar Schüsseln. »Wie geht es meiner neuen Lieblingsärztin?«, erkundigte sie sich.

Holly streckte munter die Arme von sich. »Sehen Sie, kein Kinderwagen! Ich kann mich ausnahmsweise sogar einmal hinsetzen.«

Hattie kam um die Theke herum und führte sie zu dem letzten freien Tisch in einer Ecke am Fenster. »Bevor Ihnen den noch jemand wegschnappt … Setzen Sie sich und werfen Sie einen Blick in die Speisekarte. Es tut mir leid, dass die Auswahl momentan ein wenig begrenzt ist, dennoch will ich den Laden öffnen, solange es mir möglich ist …« Sie verstummte.

Holly legte ihr die Hand auf den Arm, um sie zu beruhigen. »Alles sieht so köstlich aus wie immer, Hattie.

Sie sind in der Küche eine wahre Zauberin. Allein die Vorstellung, dass Sie all das gekocht haben, trotz der Morgenübelkeit! Ich kriege kaum ein Schinkensandwich geschmiert, wenn es mir nicht gutgeht.«

Hattie zuckte die Achseln. »So schwierig ist das gar nicht, außerdem ist mir meist während der Nacht übel. Aber ich denke, das hat mehr damit zu tun, dass dann alles still ist und ich Lance vermisse und nicht weiß, womit ich meine Gedanken beschäftigen soll.« Holly wusste, dass dies nicht die einzige Zeit sein würde, in der sich Hatties Ehemann Lance in der Klinik aufhielt. Selbst in dem unwahrscheinlichen Fall, dass er wieder genesen würde, müsste er wochenlange Behandlungen über sich ergehen lassen.

Ein Schwung neuer Gäste, unter ihnen Lizzie, traf ein. Hattie brachte ihnen zwei Espressi und ließ sie allein. Schweigen senkte sich über den Tisch.

»Hattie ist unglaublich tapfer, findest du nicht?«, brach Lizzie schließlich das Eis. Sie wusste, wie sehr sich Holly für ihre Patienten engagierte.

»Verblüffend«, pflichtete Holly ihr bei. »Sie ist fest entschlossen, alles so normal wie möglich weiterlaufen zu lassen. Es nervt sie ein wenig, dass die Leute sie behandeln, als würde sie jeden Augenblick zusammenbrechen, aber andererseits kommt es einem gefühllos vor, über Banalitäten zu plaudern, wenn Lance' Leben am seidenen Faden hängt.«

»Vielleicht kann ich mit Banalitäten dienen«, bemerkte Lizzie trocken. »Sollen wir uns etwas zu essen bestellen?«

Hut ab, dachte Holly. Lizzie schien sich bewusst zu sein, wie heikel die Situation war, und tastete sich vorsichtig voran. Von ihrem sonst so forschen Auftreten war keine Spur zu sehen.

Holly griff nach der hübschen, handgeschriebenen Speisekarte und überflog die Pastagerichte. Ihr Magen knurrte. Ihre totale Abstinenz, was das Essen anbetraf, hielt zwar erst seit ein paar Stunden an, aber Holly bildete sich ein, dass ihre Hose jetzt schon ein bisschen lockerer saß. Sie strich sich mit den Händen über die Hüften und schlug lässig die Beine übereinander. Plötzlich hatte sie das merkwürdige Gefühl, etwas würde an ihrer Wade hinabrutschen, und als sie neugierig hinsah, erblickte sie ihr schwarzes Lieblingsspitzenhöschen, das aus ihrem Hosenbein geglitten war. Sie bückte sich hastig, um es aufzuheben, die Wangen knallrot vor Verlegenheit, und schloss blitzschnell die Hand darum. Zu spät. Lizzie hatte alles mitbekommen.

Mit vor Neugier blitzenden Augen fragte sie: »Hast du gerade im Ernst dein Höschen ausgezogen?«

»Schlimmer noch!«, flüsterte Holly bestürzt. »Das ist das Höschen von gestern!« Die Atmosphäre zwischen ihnen erwärmte sich schlagartig um ein paar Grad.

»Mein Gott, Holly – hast du dich etwa im Dunkeln angezogen?« Ein breites Grinsen trat auf Lizzies Lippen. Sie kannte Hollys gelegentliche Anfälle von Zerstreutheit nur allzu gut. Der Gesichtsausdruck ihrer Freundin verriet ihr, dass sie ins Schwarze getroffen hatte.

Mitfühlend ob Hollys offenkundiger Verlegenheit, beugte sich Lizzie vor und fragte mit verschwörerischer Stimme: »Hab ich dir schon von Erics neuer Unterwäsche-Obsession erzählt? Er klaut sie klammheimlich aus dem Wäschekorb – ob sauber oder schmutzig, ist ihm völlig egal –, dann legt er sie auf die Treppenstufen – wie ein verführerisches Angebot. Will kam gestern Abend von der Arbeit und konnte sein Glück kaum fassen: eine Dessous-Spur von der Treppe bis in unser Schlafzimmer!«

»Und?«, fragte Holly gespannt. Schlagartig wurde ihr bewusst, wie sehr sie Eric vermisste.

»Er war ausgesprochen enttäuscht, mich im Bad beim Putzen der Toilettenschüssel zu entdecken!«

»Kein optimales Vorspiel«, pflichtete Holly ihr bei, »obwohl ich zugeben muss, dass mich die Vorstellung von Milo, der unser Badezimmer putzt, total anmachen würde.«

Lizzie schüttelte den Kopf. »Und deshalb, meine Liebe, solltest du meines Erachtens schleunigst eine Putzhilfe engagieren.«

Hattie kam aus der Küche, Mehl von den Händen wischend. Sie sah blass und abgespannt aus. »Haben Sie schon gewählt oder kann ich Sie mit einer Carbonara in Versuchung führen?«

»Das klingt großartig«, stöhnte Holly, »aber für mich leider nur einen gemischten Salat. Ich versuche, auf Kohlehydrate zu verzichten, was mir sehr viel schwerer fällt, als ich gedacht hätte.«

Hattie lächelte. »Kein Problem, auch wenn ich der Meinung bin, dass erst Kohlehydrate das Leben lebenswert machen. Deshalb gönne ich mir doppelt so viele, jetzt, da ich für zwei essen muss.«

Holly nickte. »Ich erinnere mich gut daran, wie viel ich gefuttert habe, als ich mit den Zwillingen schwanger war. Aber inzwischen sind sie schon zwei Jahre alt, und ich kriege meine Lieblingsjeans immer noch nicht zu!«

»Darf ich Ihnen einen Rat geben? Kaufen Sie sich eine neue! Sie sehen umwerfend aus, Ihre Haut strahlt, und die halbe Stadt träumt von der neuen Ärztin …« Hattie griff nach den Speisekarten. »Glauben Sie mir, Holly, das Leben ist viel zu kurz, um sich zu geißeln.«

Einen Augenblick lang senkte sich Schweigen über

ihren Tisch. Den drei Frauen war nur allzu bewusst, dass diese Bemerkung hundertprozentig zutraf.

»Wie geht es Lance?«, fragte Holly leise und nahm einen Schluck Espresso. Der bittere Geschmack ließ sie zusammenzucken, doch sie widerstand dem Drang, eine Handvoll Würfelzucker in das Tässchen zu werfen.

Hattie zuckte die Achseln. »Insgesamt schlägt er sich absolut tapfer. Ich fahre nachher nach Bath, um ihn zu besuchen. Der Chirurg gestern klang ausgesprochen positiv. Er meint, betroffen seien nur die … nun, Sie wissen schon.« Anscheinend brachte sie es nicht über sich, das Wort »Hoden« auszusprechen.

Dank ihrer jahrelangen Tätigkeit als Ärztin wusste Holly, dass viele Patienten Probleme damit hatten, gewisse Teile ihres Körpers zu benennen. Erst gestern hatte ihr eine resolut wirkende, vollbusige Frau anvertraut, sie habe Probleme mit ihrem »Lustgärtchen«. Es hatte einen Augenblick gedauert, bis Holly begriff, dass die Ärmste an einem hartnäckigen Vaginalpilz litt.

»Sind Sie sicher, dass Sie die zusätzliche Arbeit und die ständigen Fahrten nach Bath bewältigen? Es nutzt niemandem, wenn Sie sich übernehmen und am Ende Bettruhe halten müssen. Was kann ich tun, um Ihnen zu helfen, Hattie? Ich würde Ihnen anbieten, einen Auflauf zu machen, wenn ich nicht wüsste, wie grauenvoll der im Vergleich zu Ihren Köstlichkeiten schmeckt.«

Hattie schmunzelte. »Essen ist das Einzige, woran es mir zum Glück nicht mangelt. Obwohl mir die liebe Marion aus dem Supermarkt eins aufs Dach gegeben und mir einen Vortrag über pränatale Ernährung gehalten hat, als ich mich mit Essigzwiebeln und tonnenweise Lakritz eingedeckt habe.«

»Übertreiben Sie es nicht mit dem Lakritz, da das Ihren

Blutdruck in die Höhe treiben könnte, doch ansonsten würde ich sagen: Geben Sie Ihren Gelüsten nach. Ihr Körper weiß, was er tut«, versicherte Holly.

»Das ist etwas, was ich absolut nicht begreife«, gestand Hattie. »Woher weiß mein Körper, was er zu tun hat? Es ist ja fast so, als würde eine kleine Armee an einem genetischen Bauplan tüfteln! Lance wüsste so gern, ob es ein Junge wird oder ein Mädchen, aber bis zum Ultraschall in der zwanzigsten Woche dauert es noch einen ganzen Monat.«

Holly leerte ihr Espressotässchen. »Glauben Sie, das zu wissen würde ihn aufmuntern?«

Hattie nickte. »Ganz bestimmt. Er würde so gern an der Schwangerschaft teilhaben, mitten in der Nacht für mich aufstehen, wenn ich Lust auf Eiscreme verspüre, zu Ikea fahren und sich den Kopf zerbrechen, welche Wiege er kaufen soll. Genau wie normale Paare es tun. Stattdessen treffen wir Entscheidungen über Chemos und Bestrahlungen und fragen uns, ob er das Baby überhaupt je kennenlernen wird.« Hatties Gesicht verzog sich zu einer schmerzerfüllten Grimasse. Instinktiv legte sie die Hand auf die kleine Wölbung unter ihrer Schürze.

Holly stand auf und drückte Hattie auf ihren Stuhl, froh darüber, dass die anderen Gäste in ihre Gespräche vertieft waren und nichts davon mitbekamen. Sie ging in die Hocke, schlang die Arme um Hatties bebende Schultern und traf eine schnelle Entscheidung. »Wann können Sie hier schließen? Vielleicht gegen vier?«

Hattie nickte. Holly spürte, dass Tränen ihr T-Shirt nässten.

»Ich telefoniere ein bisschen herum, und Sie fahren heute Nachmittag nach Bath. Ich werde versuchen, dass Sie und Lance heute Ihr Baby sehen können. Wie finden Sie das?«

Hatties Schluchzen wurde lauter. Sie nahm den Kopf von Hollys Schulter und sah sie mit tränenverschleierten Augen an. »Das würden Sie tun?«

»Ich werde es versuchen. Der Leiter der Geburtshilfestation ist ein ehemaliger Arbeitskollege von mir, und ich kann mir keinen besseren Anlass vorstellen, ihn um einen Gefallen zu bitten. Ich möchte bloß klären, ob man Lance in die Gynäkologie bringen kann oder ob das entsprechende Gerät in sein Krankenzimmer geschafft werden sollte.«

Hattie wischte sich mit dem Handrücken die Tränen von den Wangen und lächelte schwach. »Das wäre großartig, Holly. Vielen Dank.«

Holly kam nicht umhin zu bemerken, dass Lizzie nach diesem Zwischenfall definitiv aus dem Gleichgewicht geraten war. Warum, konnte sie nicht sagen. Wieso um alles auf der Welt sollte Lizzie ein Problem damit haben, dass Hattie einen Ultraschall bekam? Schließlich war sie selbst nicht schwanger – nicht bei ihrer durchgetakteten Familienplanung.

Oberflächlich betrachtet war dies ein Treffen wie alle anderen. Lizzie und Holly plauderten, erzählten einander lustige Geschichten von den Kindern oder was sie im Sommer vorhatten, doch der angestrengte Unterton ließ sich nicht leugnen. Holly wählte ihre Worte sorgfältig, während Lizzie distanziert blieb. Es wäre schön gewesen, wenn sie sich eine Entschuldigung zurechtgelegt hätte, aber Holly war nicht so naiv, damit zu rechnen. Lizzie entschuldigte sich nicht, denn das hätte ein gewisses Schuldbewusstsein vorausgesetzt, über das sie nicht verfügte. Nein, das größte Zugeständnis, auf das man hoffen konnte, war, dass Lizzie so tat, als würde sie ihr Verhalten bereuen.

Das Mittagessen, das so vielversprechend begonnen

hatte, schien am Ende die Kluft zwischen ihnen nur zu vergrößern.

»Und hier kommt der Witz der Woche: Warum ist es für eine Frau wichtiger, hübsch zu sein als klug?«, versuchte Holly, die Stimmung aufzulockern.

»Ähm, keine Ahnung, warum ist es denn für eine Frau wichtiger, hübsch zu sein als klug?«, wiederholte Lizzie und verdrehte die Augen.

»Weil Männer besser sehen als denken können!«, prustete Holly los. »Das ist einer von Taffys Lieblingswitzen. Er versucht, uns bei Laune zu halten, während …«

»Du schwärmst also immer noch für Taffy Jones?«, fiel ihr Lizzie ins Wort. Ihr Ton klang vertraut, intim, trotzdem ließ sich eine gewisse Schärfe nicht überhören.

Einen Moment lang war Holly sprachlos. Sie hatte absolut nicht das Gefühl, sich auf dem freundschaftlichen Terrain zu befinden, wo man seine innersten Gefühle offenbarte. Deshalb zuckte sie nur die Achseln. »Taffy ist ein netter Kerl, das sagst du doch selbst. Was ist schlimm daran, einen Arbeitskollegen zu haben, mit dem man sich gern unterhält?« Sie spürte, wie sie sich in die Defensive begab, und verfluchte sich insgeheim dafür.

Lizzie zog spöttisch eine Augenbraue in die Höhe. Früher hatte Holly diesen Gesichtsausdruck für clever, für witzig gehalten, doch nun schien er ihr nichts als boshaftes Vergnügen auszudrücken.

Lizzie machte eine ausholende Handbewegung. »Du kannst dich hinten anstellen, Holly, der Kerl war vermutlich mit der Hälfte der Mädels von Larkford im Bett. Da drüben sitzt Debbie, seine Ex, und da ist Lara, die Ex danach, und … Ich glaube, du verstehst, was ich sagen will.« Lizzie stürzte ein Glas Wein hinunter. Holly hatte gar nicht mitbekommen, dass sie eines bestellt hatte.

»Ich denke schon«, erwiderte Holly langsam, doch ihre Antwort bezog sich nicht nur auf Taffy. Sie hatte Will etwas versprochen, und sie war fest entschlossen, dieses Versprechen zu halten. Niemand hatte behauptet, dass das leicht werden würde. Holly atmete tief durch. »Abgesehen von seinen Frauengeschichten ist Taffy großartig. Er engagiert sich sehr stark bei unserer Kampagne gegen die Schließung des Ärztehauses, es gibt wahnsinnig viel zu tun. He«, sagte sie spontan, »würdest du etwas in deiner Zeitschrift darüber bringen? Die *Larkford Life* ist ein Lokalmagazin mit einer hohen Auflage, und die Sache ist wirklich wichtig ...« Holly verstummte, als sie den Ausdruck auf Lizzies Gesicht bemerkte.

»Holly, ich bin mir sicher, dass du eine brillante Ärztin bist, aber bitte tu nicht so, als würdest du etwas von meiner Arbeit verstehen. Außerdem – willst du wirklich, dass ich mich noch einmal in dein Berufsleben ›einmische‹?« Lizzie malte mit den Fingern Anführungszeichen in die Luft. »Das kann ich mir nicht vorstellen. Ich habe mir von Dan und deinem großartigen Taffy schon genug vorwerfen lassen, wie grauenhaft ich dich behandelt habe. Noch mehr kann ich nicht ertragen.«

Es folgte kampflustiges Schweigen. Holly wollte keine passende Erwiderung einfallen, zumindest keine, die höflich genug für die Öffentlichkeit gewesen wäre.

»Ich glaube, es ist besser, wenn ich jetzt gehe«, sagte sie daher, legte eine Zwanzig-Pfund-Note unter den Tellerrand, nahm ihre Tasche und stand auf.

»Tschüs, Holly! Es war schön, dich zu sehen!«, rief Hattie hinter der Ladentheke. »Ach, das Gleiche gilt natürlich für dich, Lizzie!«

Als sie sich an der Tür noch einmal umdrehte, bemerkte Holly den wütenden Ausdruck auf Lizzies Gesicht. Entschlossen setzte sie sich in Bewegung. *Konzentriere dich auf den Kern der Sache. Konzentriere dich auf den Moment.*

Etwas war allerdings seltsam. Hätte sie es nicht besser gewusst, hätte sie geschworen, dass Lizzie eifersüchtig gewirkt hatte. Eifersüchtig auf was?, fragte sich Holly und zermarterte sich das Hirn auf der Suche nach einer Antwort. Es wollte ihr partout keine einfallen. Sie musste sich getäuscht haben.

Kapitel zweiunddreißig

Julia seufzte, als sie die medizinischen Broschüren in ihrer Schreibtischschublade durchforstete. Ausnahmsweise hatte sie es heute Vormittag nicht eilig, stellte sie fest, als sie wieder einmal reflexartig auf die Uhr schaute. Seit den niederschmetternden Neuigkeiten vom Primary Care Trust konnte sie für nichts mehr Begeisterung aufbringen. Sie hatte versucht, die für die geplante Doku-Serie *Guten Tag, Frau Doktor* zuständige Produktionsfirma anzurufen, aber die hatte routiniert gemauert. Schließlich hatte sie jemanden vom Casting auf dem Handy erwischt, doch da der Sender eine langfristige Zusammenarbeit wünschte, hatte man ihr unverblümt zu verstehen gegeben, dass es ohne Ärztehaus keine Hauptrolle für Julia Channing geben würde.

Simpel ausgedrückt: Keine Rolle, kein Geld.

Was sie jeglicher Motivation beraubte.

Gestern Abend war sie sogar ins Bett gegangen, ohne sich abzuschminken. In Julias durchgeplanter Welt entsprach dies der Alarmstufe 2 – dem höchsten Dramalevel, vorbehalten für jene Tage, an denen sie vom Leben derart gestresst war, dass sie ihr Heil in einer erhöhten Kohlehydrataufnahme suchte. Julia fühlte sich nur sicher, wenn ihr Leben in geordneten Bahnen verlief.

Heute war von dieser Sicherheit nichts zu spüren. Stattdessen fühlte sie sich unwohl und antriebslos. Selbst die stets vergnügte Holly Graham schien interessierter daran, das Problem zu lösen, als sie. Julia wäre darüber gern genervt gewesen, weil sich Holly selbst bei derart überwältigendem Gegenwind tatkräftig zeigte. Doch die letzten Gespräche mit ihr hatten Julia eine kleine Kostprobe davon gegeben, wie es sein mochte, eine Freundin zu haben. Um ehrlich zu sein, hatte sie das ziemlich genossen.

Sie wusste, dass sie »sozial retardiert« war; das hatte ihr der Psychologe ihrer Mutter erklärt, als sie zwölf war. Sie schloss keine Freundschaften. Kannte keine dramatischen Geständnisse unter Freundinnen, keine In-Witze, und es verlangte sie auch nicht danach. Sie schauderte. Trotzdem – wenn sie junge Frauen zusammen sah, in Cafés, beim Joggen, beim Plaudern, fühlte sie sich stets ausgeschlossen. Diese Freundschaften bedeuteten manchen Leuten offenbar sehr viel, doch für Julia gab es einen entscheidenden Stolperstein: Sie mochte Menschen an sich nicht besonders gern.

Obwohl – das stimmte nicht ganz, wie sie inzwischen zugeben musste: Sie mochte *die meisten* Menschen nicht besonders gern. Holly Graham und diese verrückte alte Elsie waren wohl eine Ausnahme. Julia blendete in dem Zusammenhang beharrlich das Bild von Dan Carter aus, das vor ihrem inneren Auge aufblitzte.

Sie ignorierte, dass ihr Handy auf dem Schreibtisch wieder einmal anfing zu vibrieren, da sie ohne hinzusehen wusste, dass sie doch bloß ein weiteres Drama erwartete. Zu Hause. Bei ihren Eltern. Hatte sie hier denn nicht genug zu bewältigen, verflixt noch mal? All ihre sorgfältig ausgetüftelten Pläne – mit einem Schlag zunichtegemacht. Mitunter hatte sie den Eindruck, als hätten sich nicht nur Dan, George oder ihre Eltern gegen sie verschworen, sondern das gesamte Universum.

Zum Glück musste sie sich heute bloß auf den ganz normalen Alltag einer Allgemeinmedizinerin konzentrieren. Nichts Kompliziertes. Sie schaute auf, als es klopfte und Grace Mrs Brent und ihren ständig in der Nase bohrenden Sohn in ihr Sprechzimmer führte.

»Julia, könntest du den kleinen Jimmy bitte dazwischenschieben, da Henry doch noch länger im Urlaub ist?«, fragte sie und legte die Patientenkartei vor Julia auf den Schreibtisch.

Julia nickte und überflog Bruce' Notizen. Unweigerlich musste sie an Taffys Definitionen denken, und beinahe hätte sie UKS und NAFDG in den Computer getippt. Doch sie ließ es bleiben. Jimmy Brent mochte zwar ein Ulkiger Kleiner Spinner sein und vermutlich Nicht Außergewöhnlich Für Diese Gegend, aber das bedeutete noch lange nicht, dass sie ihre Professionalität aufgeben durfte.

»So«, sagte sie einen Augenblick später, bemüht, sich zusammenzunehmen, »dann wollen wir uns mal über deine Verstopfung unterhalten, Jimmy. Die drei wichtigsten Dinge, die deine Mum und du beachten solltet, sind ganz viel Wasser trinken, jede Menge Obst und Gemüse essen und regelmäßig zur Toilette gehen – sogar dann, wenn du denkst, du musst gar nicht. Du musst deinen Körper durch Training dazu bringen, das zu tun, was er sonst von allein tut.«

Jimmy schnitt eine angewiderte Grimasse. »Ich mag aber kein Obst, und Wasser schmeckt ekelhaft. Kann ich nicht lieber Cola trinken?«

Julia holte tief Luft. »Wasser ist das Beste für dich. Fruchtsaftgetränke gehen ebenfalls, aber bitte ohne Zuckerzusatz. Das ganze gezuckerte Zeug bekommt deiner Verdauung überhaupt nicht, und noch dazu schadet es deinen Zähnen.«

Der Kleine riss empört den Mund auf, und Julia war nicht erstaunt zu sehen, wie viele Zahnfüllungen sie in seinem Mund entdeckte.

»Aber er liebt Cola, Dr. Channing. Nicht wahr, Jimmy? Cola hat dir immer schon geschmeckt. Früher hab ich sie ihm in sein Fläschchen getan«, mischte sich Mrs Brent ins Gespräch ein. »Und das hat ihm nicht geschadet, stimmt's, mein Junge? Er hat jede Menge Energie.«

Julias Finger schlossen sich so fest um die Schreibtischkante, dass ihre Knöchel weiß hervortraten. Sie war heute einfach nicht in der Stimmung, sich mit derartigem Schwachsinn zu befassen, dachte sie hysterisch und griff nach ihrer Kaffeetasse, um sich mit einem Schluck zu beruhigen. Dabei fiel ihr auf, dass an einem ihrer wohlmanikürten Finger der Nagellack abblätterte. Vielleicht war es das? Vielleicht war heute der Tag, an dem Julia Channing Risse bekam und langsam, aber unaufhaltsam so wurde wie ihre Mutter? In diesem Augenblick hätte sie einen Mord begehen können für einen kräftigen Gin Tonic, dabei war es noch lange keine sechzehn Uhr. Sie atmete tief durch, dann noch einmal. Wenn sie von ihrer Mutter etwas gelernt hatte, dann das: Alkohol war niemals die Lösung.

»Mrs Brent, Jimmy und Sie müssen verstehen, dass der Körper nichts anderes ist als eine Maschine. Betankt man einen Wagen mit dem falschen Treibstoff, läuft er nicht richtig. Dasselbe gilt für den Körper: Gibt man ihm gezuckerte Getränke, faulen die Zähne, und gleichzeitig will man immer mehr Zucker. Du wirst schnell feststellen, dass sich deine Verstopfung erledigt, wenn du mehr Obst und Gemüse isst. Dann blutest du auch nicht mehr beim Stuhlgang. Ich hoffe, du verstehst, dass das für deinen Körper sehr viel besser ist.«

Mrs Brent zuckte die Achseln. »Können Sie uns nicht einfach mehr von diesen Abführmitteln verschreiben, die Dr. Bruce immer verordnet hat? Sie haben Wunder gewirkt, nicht wahr, Jimmy? Obwohl wir oft blitzschnell zum Klo flitzen mussten.« Sie lachte.

Jimmy wurde puterrot vor Verlegenheit. Er erinnerte sich nur allzu gut an den Spott seiner Mitschüler, weil er sich in der Schule in die Hose gemacht hatte. Er warf seiner Mutter einen wütenden Blick zu. »Ich würde gern etwas anderes ausprobieren«, murmelte er. »Außerdem hab ich's satt, dass mir ständig der Hintern wehtut.«

Julia blickte von Mutter zu Sohn. Als Siebenjähriger konnte Jimmy nur das wissen, was seine Eltern ihm beibrachten, und seine Mutter hatte offensichtlich keinen blassen Schimmer von Ernährung. Mrs Brents Haut war übersät mit Pickeln, ihr Bauch lag wie eine Schürze in Falten über ihrem Schoß.

Julia verspürte ein unangenehmes Kribbeln im Nacken, als sie daran dachte, wie verächtlich sie Dans Plan zurückgewiesen hatte, Ernährungsberatung für ihre Patienten anzubieten. Er hatte vor, gerade den Jüngeren zu helfen, besonders denen aus der Pickwickier-Siedlung, Larkfords Problemviertel. Er hatte ein paar unterhaltsame Workshops anbieten, die Schulen aufsuchen und den Kindern Tipps für ihre Gesundheit geben wollen. Mit einem Anflug heißer Scham wurde Julia klar, dass sie sein Vorhaben sozusagen in der Luft zerrissen, ihm vorgeworfen hatte, Zeit und finanzielle Mittel an diejenigen zu verschwenden, die sie für hoffnungslose Fälle hielt.

Sie warf einen Blick auf Jimmys Mahlzeitentagebuch der letzten Woche und seufzte. Etwas anderes als Burger, Pommes und Cola stand nicht darin. Die einzigen Vitamine, die er zu sich genommen hatte, waren in dem Glas

Orangensaft enthalten, das er bei einem Freund bekommen hatte. Sogar in der Schule hatte er es geschafft, sich vor der Salatbar und dem Obstangebot zu drücken.

»Na schön, Jimmy, jetzt erkläre ich dir, was wir für dich tun werden. Ich schreibe dir ein Mittel auf, das deinen Stuhl weicher macht und deinen trägen Darm in Bewegung bringt. Und *du* versprichst mir, dass du am Tag mindestens vier große Gläser Wasser trinkst und viel Obst und Gemüse isst. *Jeden Tag,* Jimmy. Außerdem möchte ich, dass du eine Art Stuhltagebuch führst und genau notierst, wann du ein großes Geschäft erledigt hast und wie es aussah – weich oder fest, je nachdem.«

»Ist das wirklich nötig?«, fragte Mrs Brent angewidert.

»Ja«, antwortete Julia freiheraus. »Jimmy braucht Hilfe, und wir benötigen dringend einen Eindruck davon, wie das Mittel wirkt – ob es überhaupt anschlägt, denn es kann durchaus der Fall sein, dass es das nicht tut.« Sie wandte sich wieder an den Jungen. »Darf ich auch Bilder dazu malen?«

»Wenn du möchtest … Hauptsache, du denkst daran, mir alles genau aufzuschreiben, vor allem auch, ob du vor dem Stuhlgang etwas getrunken oder etwas Gesundes gegessen hast.« Sie richtete ihre Bemerkungen jetzt ausschließlich an Jimmy, denn obwohl er noch so jung war, stand fest, dass er weitaus interessierter an einer Lösung seincs Problems war als seine Mutter.

»Hast du noch Fragen?« Sie warf einen Blick auf die Uhr und fragte sich, warum um alles auf der Welt sie nicht doch Chirurgin geworden war.

Nach der Nachmittagssprechstunde um achtzehn Uhr war der Aufenthaltsraum rappelvoll, und es ging derart turbulent zu, dass Dan die dort Versammelten zur Ordnung rufen musste. Julia versuchte, über seine zerzauste

Frisur und sein ungebügeltes T-Shirt hinwegzusehen. Anstatt ihn deshalb tadeln zu wollen wie noch vor kurzem, verspürte sie den dringenden Wunsch, sich um ihn zu kümmern. Zu *kümmern*, wohlgemerkt, nicht, ihn zu kontrollieren. Was sich in der Tat besser anfühlte, wie sie überrascht feststellte.

Mit halbem Ohr hörte sie zu, wie Dan die neuesten Entwicklungen umriss. Kurz gesagt: Sie schienen keinen Schritt weiter zu sein als gestern. Julia bemerkte, wie unbehaglich und verzagt George Kingsley dreinblickte, während Henry Bruce durch Abwesenheit glänzte – jämmerlicher Feigling! Wenn sie sich vorstellte, dass er versucht hatte, sie in seinen perfiden Plan hineinzuziehen! Wenngleich die Aussicht auf ein festes, aufgestocktes Gehalt durchaus verführerisch war. Doch um das zu bekommen, würde sie ihre Seele nicht dem Teufel verkaufen.

Plötzlich hörte sie Dans Stimme in ihrem Kopf, der sie bei einer ihrer letzten, explosiven Auseinandersetzungen vor ihrer Trennung einen seelenlosen Automaten geschimpft hatte.

Vielleicht hatte er damit nicht ganz unrecht gehabt.

Damals.

Sie fragte sich, ob er sie überhaupt noch wiedererkennen würde bei den Gedanken, die ihr jetzt durch den Kopf gingen. Dann sah sie sich im Aufenthaltsraum um. Konfrontiert mit der Tatsache, dass sie im Begriff stand, all das zu verlieren, wurde ihr klar, dass diese Menschen hier mehr als nur ihre Kollegen waren.

Sie sah, wie Holly aufstand, blauäugig und ein wenig unbeholfen wie immer. Vor Nervosität ließ sie ihre Unterlagen fallen. Verwundert stellte Julia fest, dass ihr selbst deshalb nicht wie sonst der Kragen platzte. Stattdessen bückte sie sich, hob die Unterlagen auf und reichte sie Holly. »Du wirst das großartig machen«, flüsterte sie ihr zu. »Hau sie aus den Socken!«

»Danke«, flüsterte Holly lächelnd zurück.

Julia fing Dans verblüfften Blick auf und errötete. Was für ein Miststück war sie bisher gewesen, dass es ihn überraschte, wenn sie ein paar heruntergefallene Zettel aufhob?

Holly räusperte sich und fing an. Sie hatte einen trockenen Humor und sprach sehr offen, sodass es leichtfiel, ihr zuzuhören. Je länger sie redete, desto selbstbewusster wurde sie, bis ihr schließlich jeder der Versammelten an den Lippen hing. Julia blinzelte. Holly hatte keine fünf Minuten gebraucht, um sich den Respekt der anderen zu sichern. Nur Taffy Jones schien von ihrer Rede nicht viel mitzubekommen, er himmelte sie an wie ein verliebter Cockerspaniel.

»Anstatt gegen die Bürokratie anzukämpfen und doch nur hingehalten oder beschwindelt zu werden, sollten wir lieber eine eigene PR-Kampagne starten. Sorgen wir dafür, dass Larkford der Öffentlichkeit die Augen öffnet. Lasst uns unsere Ärzte vorstellen, unsere Helfer und Pflegekräfte, unsere Patienten, die Einwohner – wenn sich ein großes Publikum mit uns identifizieren kann, stehen unsere Chancen gut, dass wir auf breiter Ebene Unterstützung erfahren.«

Sie führte ihre Vorschläge im Folgenden aus, und Julia bemerkte, dass viele mit dem Kopf nickten. Hollys Pläne schienen auf Zustimmung zu stoßen.

»Wie können sie das Ärztehaus dichtmachen, wenn alle Welt weiß, wie großartig ihr seid?«

»*Wir*«, korrigierte Dan. »Du meintest, wie großartig wir sind, nicht wahr, Holly?«

Holly errötete. »Wie dem auch sei«, sprach sie weiter. »All das erfordert Zeit und Mühe, und – es tut mir leid, wenn ich das so direkt ansprechen muss – ein gewisses Kapital. Aus dem Grund hatte ich die Idee …«

Holly zögerte, fasste ihre Zuhörerschaft genauer ins Auge und konzentrierte sich anschließend auf die offenkundigen Unterstützer. Julia freute sich, dass Holly auch sie mit einem Lächeln bedachte.

»Ich hatte die Idee, eine Show zu veranstalten. Eine Revue für Larkford, um Geld zu sammeln. Ich möchte euch alle auf die Bühne bringen – und dazu ein paar von den Patienten.« Holly warf George einen Blick zu. »Vielleicht könnte Teddy im Anschluss ein Dinner im Kingsley Arms auf die Beine stellen für die, die etwas mehr spenden möchten?«

»Ich könnte eine Comedy-Einlage bringen!«, rief Maggie.

»Und ich vielleicht tanzen«, ließ sich Jade sehr viel leiser vernehmen.

»Ausgezeichnet!« Holly lächelte. »Je mehr, desto besser. Ich habe mich gefragt, ob …«

Sie entrollte das große Blatt Papier, das sie während ihrer gesamten Rede in den Händen gedreht hatte. EINE CHANCE DEM ÄRZTEHAUS!, stand darauf. KEINE CHANCE DEM MEDIZINISCHEN RAUBBAU! ES GEHT UM IHRE GESUNDHEIT! »Ich dachte, wir könnten bei unseren Darbietungen vielleicht mal etwas Neues ausprobieren, etwas, was wir noch nie zuvor gemacht haben. Taffy zum Beispiel …«

»… könnte singen wie ein gefallener Engel«, fiel Maggie ihr mit einem breiten Grinsen ins Wort.

»Okay«, erwiderte Holly, sichtlich aus dem Konzept gebracht. »Er könnte aber auch … was weiß ich … Tango tanzen lernen oder Gitarre spielen, meinetwegen auch Pfannkuchen in der Luft wenden … Das Singen könnte der Rugby-Verein übernehmen.«

»Oh«, plapperte Maggie erneut dazwischen, der diese Vorstellung durchaus zu gefallen schien. »Der Rugby-Verein könnte einen Striptease hinlegen wie in *Ganz oder gar nicht!*«

Alle lachten, weil Maggie errötete. Dan trat vor und stellte sich hinter Holly. »Ich denke, wir sollten eher eine Familien-Show planen, Maggie. Aber seht ihr, wie begeistert Maggie ist, Leute? Wie großartig es wäre, diesen Schwung, diese Begeisterung in der ganzen Stadt zu verbreiten? Wir könnten uns an die lokalen Medien wenden – Zeitung, Radio –, könnten Interviews geben. Wer weiß, vielleicht bringen wir Julia dazu, etwas in einer Talkshow über uns zu erzählen?«

Zu jedermanns Überraschung nickte diese. Als Holly sich neben sie setzte und fragend ansah, zuckte sie die Achseln. »Was hast du neulich gesagt? Wenn du sie nicht schlagen kannst, verbünde dich mit ihnen.«

Holly lehnte sich erleichtert gegen ihre Schulter. »Das lief ja besser, als ich erwartet hatte.« Sie schaute sich verstohlen um und senkte die Stimme zu einem Flüstern. »Ich hatte fast damit gerechnet, dass mich jemand ausbuht, weil ich die Neue bin.«

»Unsinn«, widersprach Julia schlicht. »Sie vergöttern dich.«

Holly zog eine Augenbraue hoch, die neue Kameradschaft zwischen ihnen genießend. »Und wie sehr geht dir das auf den Geist?«

»Mehr als du dir vorstellen kannst«, erwiderte Julia. »Das ist grauenvoll. Absolut grauenvoll.« Doch in ihrer Stimme schwang ein Lachen mit, das Holly zeigte, wie voll und ganz Julia damit einverstanden war.

Dan nahm die Abstimmung vor. Alle hoben die Hand. »Nun«, sagte Dan, »dann denkt mal scharf nach. Ich nehme an, dass sich unsere wundervolle Grace bereits bereiterklärt hat, den ganzen Fandango zu managen – also: Persönliche Profile bitte bei ihr abgeben, außerdem Ideen für das, womit ihr euch für einen lohnenden Zweck blamieren wollt. Und wenn ihr euch fragt, welches Niveau ihr anstreben solltet, kann ich euch jetzt schon verraten, dass die Jungs vom Rugby-Verein etwas ganz Besonderes darbieten werden!«

Kapitel dreiunddreißig

Am nächsten Abend fanden sich Holly, Julia und Taffy pflichtbewusst vor Elsies Haus ein. Die alte Dame hatte keine Ausreden gelten lassen, sie waren regelrecht einbestellt worden. Ihr war irgendwie zu Ohren gekommen, dass eine Revue stattfinden sollte, und seitdem hatte Elsie unablässig im Ärztehaus angerufen. Am Ende hatte Dan vorgeschlagen, die Einladung anzunehmen, Elsies Stellung als inoffizielle Matriarchin von Larkford zu bestätigen und eine Abordnung zu schicken. Eigentlich hatten Holly und Taffy hingehen sollen, aber Holly hatte zunächst versucht, sich herauszureden.

Es war ein Leichtes zu behaupten, sie müsse nach Hause, um die Zwillinge ins Bett zu bringen, doch Dan hatte rasch eine Lösung für dieses Problem. »Steck sie ins Bett, lies ihnen *Meg und Mog* vor und mach dich auf den Weg zu Elsie.«

Wie sollte sie ihm die Wahrheit sagen? Die Vorstellung, einen Abend mit Taffy zu verbringen, selbst wenn Elsie die Anstandsdame spielte, war zu viel für Holly. Schon wenn sie ihn bei der Arbeit sah, schlug ihr Magen Purzelbäume, und ein Glas Wein bei Mondschein würde das bestimmt nicht besser machen.

Ihrer kühlen Distanziertheit, die sie bei der Arbeit stets an den Tag legte, zum Trotz, hatte Julia dann zum Glück darauf bestanden, dass sie ebenfalls eingeladen war und sehr gern mitgehen würde. Holly hatte bemerkt, dass einige Augenbrauen in die Höhe schossen, aber niemand fragte nach, was genau sie damit bezweckte.

Holly setzte sich neben Julia in Elsies Salon auf die Sofakante und strich ihren Rock glatt. Es handelte sich um eines dieser üppigen, dekadenten Sofas, die einen komplett verschluckten, wenn man es wagte, sich in die Kissen zurückzulehnen. Das gedeckte Moosgrün des Bezugs und die hellrosa Kissen erinnerten eher an eine riesige Venusfliegenfalle als an ein Sitzmöbel.

Taffy und Elsie standen in der Küche. Schallendes Gelächter hallte durchs Haus. Eigentlich waren sie hinübergegangen, damit Taffy einen tropfenden Wasserhahn reparierte. Gott allein wusste, was sie nun dort trieben, aber den Gesprächsfetzen nach zu urteilen, waren Martinis nicht ganz unbeteiligt.

Holly durchwühlte ihre riesige Handtasche und zog die zerknitterten Pläne hervor, die sie für die Revue erstellt hatte. Eigentlich hatte sie vorgehabt, bei ihrem Lieblingsschreibwarenhändler vorbeizuschauen, um sich zu diesem Zweck ein neues Notizbuch anzuschaffen, aber der Tag hatte schlichtweg nicht genug Stunden. Sie hatte bereits einen hässlichen Streit mit Milo wegen des heutigen Abends hinter sich, dazu ein Telefonat mit Will, in dem er sie erneut um ihre Geduld und ihre Unterstützung gebeten hatte, was jede Menge Schuldgefühle in ihr auslöste.

Holly sah so erschöpft aus, wie sie sich fühlte. Die Schatten unter ihren Augen vom nächtlichen Pläneschmieden wurden immer tiefer, je weiter der Tag voranschritt, und auch eine dicke Schicht von Julias Touché-Eclat-Concealer machte keinen Unterschied mehr.

Sie spürte Julias Blick auf sich, schaute auf und spielte

verlegen mit ihren Haaren. »Was ist denn? Hab ich etwas im Gesicht?«

Julia zuckte die Achseln. »Aber nein. Ich betrachte bloß die Last der Welt auf deinen Schultern.« Sie zog die Knie an die Brust, soweit das bei ihrem schmalgeschnittenen Rock möglich war, und holte tief Luft. Ein Wunder, dass die Venusfalle sie nicht verschluckte. »Holly? Ich hoffe, es macht dir nichts aus, wenn ich das sage, schließlich kennen wir uns kaum, aber wenn du von deinem Ehemann sprichst, klingt das manchmal so … hm … nun ja, als könntest du ihn nicht besonders gut leiden. Sag mir, wenn ich die Klappe halten soll oder zu neugierig bin, aber warum bleibst du bei ihm?«

»Meine Güte! Du … du hältst dich wirklich nicht mit Smalltalk auf«, stotterte Holly. Herrgott, wenn sogar Julia Channing, die bekannt war für ihre emotionale Verschlossenheit, diese Frage stellte, konnte sie davon ausgehen, dass das gesamte Ärztehaus es tat.

Holly wusste nicht, was sie antworten sollte. Es wäre leicht, Julia mit einer beiläufigen Bemerkung abzuspeisen, aber währte ehrlich nicht am längsten?

»Mein Vater ist gestorben, als ich noch klein war«, erzählte sie zögernd. »Es war schrecklich für mich, ohne Vater aufzuwachsen. Das sollte keinem Kind passieren. Deshalb denke ich, es ist besser, mit dem Vater meiner Kinder zusammenzubleiben, selbst wenn wir gerade eine schwere Zeit durchmachen – und das tun wir, das kannst du mir glauben.«

»Nur wegen der Jungs willst du bei ihm bleiben?«, fragte Julia interessiert.

»Wenn wir es schaffen, wieder auf Kurs zu kommen, wird es auch für mich besser werden …« Holly war sich nur allzu bewusst, dass ihre Worte wenig überzeugend klangen, deshalb legte sie nach: »Ich bin der festen Meinung, dass Jungs ihre Väter brauchen, verstehst du?«

Julia nickte. »Das verstehe ich. Da sieht man's mal wieder: Manchmal bekommt man den völlig falschen Eindruck von einem Menschen. Ich hatte deinen Mann für einen absolut egozentrischen Intellektuellen gehalten. Dann ist er also ein toller Vater für deine Söhne?«

Holly konnte ein nervöses Lachen nicht unterdrücken. »Ach Julia, du hast wirklich die Fähigkeit, die Dinge auf den Punkt zu bringen. Nein. Deine erste Einschätzung trifft zu. Er ist wahrhaftig nicht der Typ Vater, der aktiv mit anfasst. Aber wenn die Jungs erst mal älter sind …«

»So ein ernstes Thema für zwei so hübsche Mädchen«, unterbrach Elsie das Gespräch, die in einem wallenden Seidenkaftan in den Salon spaziert kam, an einer Olive auf einem Cocktailstäbchen knabbernd. »Ich habe Taffy losgeschickt, um Eis zu besorgen.« Sie ließ sich auf das Venusfliegenfallen-Sofa fallen und versank augenblicklich in dessen Tiefen. »Eigentlich brauchen wir gar kein Eis«, vertraute sie den beiden Frauen kichernd an, »aber als ich mitbekam, worum es bei eurem Gespräch geht, dachte ich, wir könnten ein paar Minuten für uns brauchen …«

Holly und Julia tauschten einen verblüfften Blick aus.

»Also«, drängte Elsie aufmunternd, »was Sie über Milo gesagt haben …«

»Wir haben lediglich eine schwierige Zeit«, murmelte Holly. »Die wird bestimmt bald vorübergehen.«

Elsie tätschelte ihren Arm. »Meine Liebe, diese schwierigen Zeiten haben die Gewohnheit anzudauern. Wie lange hält diese Phase jetzt schon?«

»Nun«, überlegte Holly und nahm ihre Finger zu Hilfe, »wir sind seit vier Jahren verheiratet, vor zwei Jahren kamen die Zwillinge auf die Welt.« Sie schnitt eine

Grimasse. »Mist! Abzüglich der einen oder anderen Woche zweieinhalb Jahre, würde ich sagen. Aber ist das nicht ganz normal, wenn man kleine Kinder hat? Kein Schlaf, Druck bei der Arbeit …«

»Affären mit Studentinnen …«, ergänzte Elsie unschuldig. »Ich weiß, es geht mich nichts an, aber wäre es nicht besser für die Jungs, wenn ihre Mama glücklich ist?«

Holly errötete, als sie an die lachenden Gesichter der beiden beim Frühjahrsschwimmen mit Taffy dachte. Ihre Wangen glühten noch mehr, als sie sich an ihren eigenen Gesichtsausdruck auf dem Foto erinnerte, das der Fotograf der *Larkford Gazette* geschossen hatte. Das Foto, das Milo zur Weißglut brachte. Sie zog die Schultern hoch und ließ sie wieder sacken. »Ich denke, im Augenblick stehen dringlichere Dinge an, um die wir uns sorgen müssen. Zum Beispiel um die Schließung des Ärztehauses.« Sie griff nach den Plänen und wedelte ostentativ damit vor Elsies und Julias Gesichtern herum.

Die alte Dame zupfte ihr die Blätter aus den Fingern und bedachte Holly mit einem strengen Blick. »Und genau das werden wir gleich tun, allerdings bleibt uns noch ein kurzer Moment der Offenheit, und zwar so lange, bis unser Eislieferant wieder auftaucht. Verraten Sie mir, Holly, was tun Sie, um die Wogen in Ihrer Beziehung zu glätten? Haben Sie Ihrem Ehemann gesagt, was Sie empfinden?«

Holly wurde verlegen. »Na ja, seit unserem Streit vorhin weiß ich noch nicht, ob ich überhaupt je wieder mit ihm rede.«

Elsies Lachen hallte durchs Haus. »Ach, mein liebes Mädchen, Sie müssen noch viel lernen. Man bestraft einen Mann nicht, indem man nicht mit ihm redet – man bestraft ihn, indem man noch mehr mit ihm spricht!« Sie klatschte amüsiert in die Hände. »Oh, ist das schön, dass ihr da seid! Es ist so nett, mit euch zu plaudern. Wie wunderbar, meine Perlen der Weisheit weitergeben zu können. Also: Hier die Lektion zu *101 Ehemänner und wie man sie auswählt.«* Sie machte eine ausladende Handbewegung, um Julia mit einzubeziehen. »Erstens: Bevor Sie einen Mann heiraten, müssen Sie unbedingt Monopoly mit ihm spielen. Dabei erfahren Sie mehr über seine Einstellung zum Geld als sonst wo. Wenn er Schlossallee und Parkstraße mit einer Hypothek belastet, noch bevor Sie ›Gehen Sie über Los‹ sagen können, dann wissen Sie, dass er ein Verschwender und Hasardeur ist, der mit Ihrem Geld genauso umgehen wird. Zweitens: Wenn Sie nicht von Anfang an guten Sex mit ihm haben, machen Sie umgehend Schluss: Ein selbstsüchtiger Liebhaber ist ein selbstsüchtiger Mann. Sex und Geld – versteht ihr, Mädels? Sex und Geld sind die Wurzeln allen Übels. Das – und Gier. Die Gier nach mehr Sex, mehr Geld, mehr, mehr, mehr … Und lassen Sie sich nie, wirklich nie, mit einem Mann ein, der morgens im Bad länger braucht als Sie.« Sie schauderte. »Eitle Männer sind immer egozentrische Scheißkerle …«

Holly lachte verlegen. Elsies Bemerkungen trafen gefährlich nah ans Schwarze. »O Elsie, Sie schaffen es immer, mich zum Lachen zu bringen.«

»Das ist gar nicht meine Absicht, Holly«, erklärte die alte Dame leicht verstimmt. Sie griff nach Hollys Hand. »Ihr Milo hat Ihnen diese wunderbaren Zwillinge geschenkt. Für den Einstieg war er ein ausgezeichneter Ehemann. Doch jetzt sind Sie erwachsen und wissen genau, was Sie wollen und was Sie nicht wollen. Ein Mann sollte die Würze Ihres Lebens sein, den Geschmack dessen veredeln, was bereits da ist. Er ist nicht das Leben an sich. In meinen Augen ist dies der perfekte Zeitpunkt, ein paar Dinge zu überdenken …«

Zum Glück fiel in diesem Moment die Haustür ins Schloss, was ihrem Gespräch ein abruptes Ende bereitete. Im Flur sang Taffy »Ice, Ice Baby«. »Hallooo!«, rief er dann und steckte den Kopf zur Tür herein. »Wer möchte einen Martini mit Eis?«

»Wir alle«, antwortete Elsie und machte Anstalten, sich aus der Venusfliegenfalle zu befreien, doch sie kam erst hoch, als Holly und Julia aufstanden, ihre Arme fassten und zogen. »Es spricht nichts gegen ein Upgrade, Holly«, flüsterte Elsie und nickte bedeutungsvoll in Richtung Taffy.

Elsies Lektion ging Holly den ganzen Abend über nicht mehr aus dem Kopf, obwohl sie eigentlich über die Revue sprachen und wer daran teilnehmen sollte. Taffy hatte ein paar wundervoll alberne Vorschläge, und Julia entpuppte sich als überraschend entspannte, angenehme Gesellschaft.

Selbst wenn Elsie mitunter ihre Tiraden schwang, hörten alle nachsichtig zu. Ein paar von ihren Ideen waren pures Gold wert, und Holly wurde richtig aufgeregt, als Elsie anbot, alte Kontakte zu aktivieren und ein paar Gefälligkeiten einzufordern. Das waren ja echte Berühmtheiten! Wenn man Elsie Glauben schenken konnte, stand das halbe BAFTA-Komitee in ihrer Schuld.

Ein paar Stunden und Martinis später wurde Holly bewusst, wie sehr sie eine ältere, erfahrenere Person in ihrem Leben vermisste. Elsie konnte aus einem wahren Füllhorn von Erfahrungen und Weisheiten schöpfen – manche davon absurd, manche hoffnungslos überholt, aber viele hundertprozentig zutreffend.

Im Augenblick erklärte sie ihnen ihre Theorie über den Umgang mit Alkohol. »Der Trick bei der Sache ist, dass man nur trinken sollte, um noch glücklicher zu sein. Trinkt nie, um überhaupt glücklich zu werden!«

Holly wünschte sich, dass Lizzie hier wäre, doch sie änderte ihre Meinung schnell, als Elsie hinzufügte: »Wenn man regelmäßig trinkt, ich meine, so ein, zwei Cocktails am Tag, ist das der Gesundheit ausgesprochen zuträglich, fast so, als würde man sich von innen abbeizen, Schicht für Schicht. Alkohol konserviert – das Gesicht bleibt wunderbar entspannt, und man lebt länger!«

Die drei Ärzte fingen gleichzeitig an zu reden, um auf die eklatanten Fehler in Elsies Argumentation hinzuweisen.

Doch Elsie grinste nur. »Wer möchte noch einen Martini, während wir uns weiter mit der Planung dieser fantastischen Revue befassen?«

Die Gastgeberin und Taffy verschwanden mit dem Martinikrug in die Küche, Holly und Julia ließen sich zurücksinken.

Julia spielte mit der Knete, die aus Hollys Handtasche gefallen war. Ihre Finger bearbeiteten routiniert die orangefarbene Masse. »Hier«, sagte sie und reichte Holly eine hübsche Träne. »So sehe ich dich.«

Holly nahm die kleine Skulptur in die Hand und betrachtete das zarte Gebilde erstaunt.

»Ich gestalte gern«, erklärte Julia überflüssigerweise. »Mein Verstand funktioniert besser in 3D.«

»Und das bin ich?«, fragte Holly und legte vorsichtig den Daumen in die blütenförmige Ausbuchtung in der Träne.

Julia beugte sich vor. »In der Mitte ist dein Herz – schau –, von hier aus wirst du in all die verschiedenen Richtungen gezerrt, deshalb ist die Knete so dünn …«

»Es ist wunderschön«, sagte Holly schlicht, überwältigt von den Emotionen, die diese kleine Skulptur in ihr auslösten. »Danke«, stieß sie hervor und nahm einen Schluck

Martini, um sich zu fangen. Sie wusste, dass sie langsam ihr Limit erreichte, aber die Cocktails waren so verdammt lecker, dass sie nicht hatte widerstehen können, noch einen zu trinken. Und noch einen. Und jetzt war sie ein emotionales Wrack. Das hatte sie nun davon.

»Du bist gar nicht so schlecht in so was«, fuhr sie plötzlich fort und stellte fest, dass sie zum ersten Mal seit sehr langer Zeit ein Gespräch mit einer Frau führte, ohne permanent auf einen Seitenhieb gefasst zu sein. »In Sachen Freundschaft, meine ich. Zumindest bist du sehr viel besser, als du behauptet hast.« Sie arbeitete sich ein Stück aus dem fleischfressenden Sofa hoch und stieß dabei mit dem Fuß gegen das Tischchen, auf dem ihre Drinks standen.

Julia fing Hollys Glas auf, das gefährlich ins Wanken geriet. »Mein Gott, bist du ungeschickt!«, rief sie lachend. »Zum Glück bist du nicht Chirurgin geworden!«

Endlich hatte Holly eine bequemere Position gefunden. »Und du? Warum bist du nicht Chirurgin geworden?«, fragte sie freiheraus. »Grace hat erzählt …«

Julia zuckte zusammen. »Willst du eine ehrliche Antwort? So viel Verantwortung macht mir Angst.«

»Oh«, erwiderte Holly leise. »Dabei wirkst du so …«

»Emotional unterbemittelt?«, ergänzte Julia. »Das bin ich in der Tat. Theoretisch bin ich die perfekte Chirurgin – intelligent, geschickt und arrogant genug, um Gott zu spielen. Aber weißt du, echte Chirurgie hat nichts mit der Leichenschnippelei während des Medizinstudiums zu tun. Der Patient lebt, und du willst, dass das so bleibt. Der erste Schnitt« – sie schauderte –, »das Gefühl, wie das Skalpell durch die Haut dringt, das Blut, der metallische Geruch, der dir in die Nase steigt, sodass du dich am liebsten übergeben würdest …« Sie schlug die Hand vor den

Mund, als würde ihr allein die Erinnerung Übelkeit verursachen.

»Es tut mir leid«, entschuldigte sich Holly zerknirscht. »Ich hätte nicht fragen sollen.«

»Schon gut«, beruhigte Julia sie freundlich. »Ich hätte vielleicht mal darüber reden sollen, aber es war mir einfach peinlich. Eine verhinderte Chirurgin. Eine hochnäsige Allgemeinärztin. Eine schlechte Freundin.«

»Ich finde, du solltest nicht so streng mit dir sein«, wandte Holly ein. »Du bist völlig in Ordnung – jeder Mensch hat Macken, und glaube mir, ich weiß, wovon ich rede!«

Julia zog ungläubig eine Augenbraue in die Höhe. Holly sah sich gezwungen, dies näher auszuführen. »Hilft es, wenn ich dir verrate, dass ich vor kurzem meine älteste und beste Freundin verloren habe, weil ich sauer auf sie war, anstatt ihr zu helfen?«

»Du meinst Lizzie?«

Wieder einmal wurde sich Holly bewusst, dass in einer kleinen Stadt wie dieser jeder über jeden Bescheid wusste.

Julia blickte leicht unbehaglich drein. »Ich habe euch öfter zusammen gesehen, und ich muss zugeben, ich war ziemlich neidisch. Was ist passiert?«

Holly seufzte. Jetzt war es zu spät, den Kopf aus der Schlinge zu ziehen. »Sie war mir in letzter Zeit keine sonderlich gute Freundin. Ich möchte dich nicht mit den Details behelligen, aber ich war ziemlich wütend auf sie. Und jetzt bin ich noch wütender, weil sie das Ganze nicht ernst nimmt, obwohl sie mich zutiefst verletzt hat. Doch bloß weil ich sauer auf sie bin, heißt das nicht, dass ich mir keine Sorgen um sie mache. Anscheinend gibt es einen Grund, warum sie sich so verhält … Momentan allerdings zieht sie es vor, sich ihre Probleme schönzutrinken.«

»Es muss nicht unbedingt einen Grund für das Trinken geben. Alkoholiker brauchen keinen«, erklärte Julia mit seltsam gleichmütiger Stimme.

»Oh, ich bin mir nicht sicher, ob sie tatsächlich schon Alkoholikerin ist, sie ...«

»... trinkt einfach gern. Viel. Zu jeder Tages- und Nachtzeit?«, ergänzte Julia ruhig.

Holly, die sich plötzlich illoyal vorkam, versuchte zurückzurudern und schüttelte den Kopf. »Ist das nicht nur ein Klischee? Ja, sie trinkt momentan ganz gern, aber das tun viele Leute, nicht wahr? Alkohol zählt zu den von der Gesellschaft am meisten akzeptierten Suchtmitteln.« Sie hob ihr Martiniglas, um ihren Worten Nachdruck zu verleihen. Erst jetzt bemerkte sie, dass Julia ihren Martini nicht angerührt hatte.

»Holly«, sagte Julia vorsichtig, »du solltest auf deinen Instinkt hören. Und sei bitte unbesorgt: Von mir erfährt niemand etwas. Glaub mir, bei diesem Thema bin ich der Inbegriff der Diskretion. Jemand, den ich gut kenne, der mir nahesteht ...« Sie verstummte, holte tief Luft und fuhr fort: »Verdammt, das fällt mir echt schwer. Okay – wenn du das weitererzählst, werde ich dir nie verzeihen. Es geht um meine Mum. Sie hat viel getrunken. Trinkt viel. Wenn du also über Lizzie und deine Sorgen reden möchtest – tu es. Beim Thema Alkoholismus bin ich Spezialistin. Wenn deine Freundin so viel trinkt, dass du dir Sorgen machst, dann bleibt dir keine Wahl – vorausgesetzt, du bist ihr eine echte Freundin. Sprich mit ihr. Freunde tun das.«

Es entstand eine Pause, in der sie beide ihre Gedanken sortierten, dann fragte Holly: »Dann sollten wir also auch mit Elsie sprechen?«

Julia schüttelte den Kopf. »Ich habe den Eindruck, Elsie weiß genau, was sie tut.«

Holly wagte zu bezweifeln, dass Elsie wirklich wusste, was sie tat, als sie mitbekam, wie die alte Dame versuchte, Taffy das Cancan-Tanzen beizubringen. Dieser war völlig außer Atem und bettelte um eine Pause, als Holly und Julia in der Küchentür erschienen.

»Wir amüsieren uns prächtig«, ließ sich eine strahlende Elsie vernehmen, »aber ich bin mir ziemlich sicher, dass ihr euch fragt, warum ich euch heute Abend hierhergebeten habe, meine Lieben.« Sie machte eine dramatische Pause. »Ich wollte euch anbieten, die Revue zu moderieren. Es ist vermutlich zu spät, einem alten Fuchs neue Tricks beizubringen, aber so könnte ich zumindest etwas zu eurem Vorhaben beitragen, und ich denke, mein Name verleiht dem Ganzen etwas mehr Glamour und Gewichtigkeit. Was haltet ihr davon?«

»Das ist eine großartige Idee«, erklärte Holly, die sich fragte, warum sie nicht selbst darauf gekommen war. »Und Sie sind sich sicher, dass das nicht zu viel für Sie wird?«

»Pah!«, winkte Elsie ab. »Kein Problem. Ach ja, und wenn ihr eine alte Dame glücklich machen wollt, könntet ihr mich vielleicht ein kleines Stückchen aufführen lassen … eine Szene mit Dan Carter … mit Kuss?«

Taffy lachte und nahm ihr das Martiniglas ab. »Halt, halt, Mrs Townsend, da muss ich Sie bremsen. Es ist eine fabelhafte Idee, dass Sie uns unterstützen, allerdings finde ich, dass Dan mit Ihnen zusammen durch die Show führen sollte, wie bei der Oscar-Verleihung. Wie denken Sie darüber?«

Der Abdruck von Elsies leuchtend rotem Lippenstift auf seiner Wange drückte ihre Zustimmung mehr als deutlich aus. Taffy lächelte Holly an, und wieder setzte ihr Magen zu einem Purzelbaum an.

»Klingt, als hätte dein Plan definitiv Hand und Fuß, Holly, aber bist du wirklich bereit dafür?«, fragte er leise.

Ohne zu fragen, brachte er Julia und ihr ein Glas Holunderblütenlimo. Als er es ihr reichte, berührten sich ihre Finger, und Hollys Haut fing so heftig an zu kribbeln, dass beinahe die Limo übergeschwappt wäre.

»Hoffen wir, es genügt, um das Ärztehaus zu retten«, stieß Holly hervor.

»Das kannst du laut sagen«, pflichtete Taffy ihr mit bewegter Stimme bei. »Was soll ich nur tun, wenn ich dich nicht mehr jeden Tag zu Gesicht bekomme?«

Holly schluckte. Sie bereute den letzten Martini und wünschte, sie hätte einen klareren Kopf. Auf ihren Gesichtszügen spiegelte sich Panik, was Taffy nicht entging. Sofort ruderte er zurück.

»Wer außer dir ist zum Beispiel so höflich, über meine grauenvollen Witze zu lachen?«, fragte er. Seine sonst so fröhlichen Augen blickten plötzlich traurig.

Holly lachte nervös und hoffte, dass sich ihr wild galoppierendes Herz wieder beruhigte.

Elsie entging wie immer nichts. »Vergessen Sie nicht, was ich Ihnen vorhin gesagt habe, Holly«, flüsterte sie. »Das Leben ist zu kurz für Kompromisse, und gegen die Chemie kommen Sie nicht an.«

Taffy starrte Holly an. Elsies Flüstern war vermutlich noch am entgegengesetzten Ende des Marktplatzes zu hören gewesen.

»Und jetzt reichen Sie mir bitte das Verzeichnis dort drüben, meine Liebe«, bat Elsie, offensichtlich erfreut darüber, ihre kleine Abendgesellschaft ein wenig aufgemischt zu haben. »Ich habe eine Liste sämtlicher Prominenten, die in der Gegend wohnen. Wenn Sie möchten, könnte ich ein bisschen herumtelefonieren.«

Holly griff nach einer dicken Mappe, die mit einem hübschen Ripsband zugebunden war.

»Nein, die nicht, meine Liebe, das ist mein Bestattungsordner, den ich stets auf dem neuesten Stand zu halten pflege. Immer wieder sterben Freunde und bringen meine Gästeliste durcheinander!«

Holly zuckte zusammen, erschrocken über die Vorstellung, dass auch Elsie eines Tages nicht mehr da sein würde. »Ach Elsie, an so etwas sollten Sie gar nicht denken …«, stotterte sie.

»Unsinn«, widersprach die alte Dame. »Sie glauben doch nicht etwa, ich lasse zu, dass irgendwer meine Grabrede schreibt! Ich habe nie die Kritiken zu meinen Filmen gelesen; schließlich ist alles subjektiv. Und was ist eine Grabrede anderes als die ultimative Kritik? Nein, meine Liebe, die habe ich selbst geschrieben! Und ich habe auch schon einen wundervollen Nachruf für die *Times* verfasst. Es ist mir wichtig, gut vorbereitet zu sein.«

Elsies Worte mochten resolut und selbstbewusst klingen, aber Holly entging nicht das leichte Zittern ihrer Stimme, als sie sprach. Sie ergriff Elsies Hand.

Die alte Dame drückte sie und stand auf. Entschlossen, alle Furcht abzuschütteln, klatschte sie in die Hände. »Genug davon! Ginger, mein Schatz, mix uns doch bitte eine Ladung Mai Tais!«

Holly und Julia blickten sich leicht verlegen an. »Meinen Sie Taffy?«, fragte Julia vorsichtig.

»Selbstverständlich. Entschuldigt, meine Lieben, es war ein langer Tag.« Elsie wirkte verunsichert ob ihres Fehlers.

»Wer ist Ginger?«, fragte Holly sanft, fasziniert wie immer, wenn sie ein weiteres Detail aus Elsies Leben erfuhr.

»Ginger war mein Ältester«, antwortete Elsie ausweichend, ohne näher darauf einzugehen.

»Oh. Entschuldigen Sie, Elsie, ich wusste gar nicht, dass Sie Kinder haben.«

»Drei«, erklärte die alte Dame und zupfte abwesend an dem Büschel frischer Minze, das sie für die Cocktails besorgt hatte. »Einer tot, eine Alkoholikerin, einer habgierig. Ich verdiene nicht gerade den Titel als Mutter des Jahres.«

Holly fing Taffys Blick auf. Keiner von ihnen wusste, was er sagen sollte.

Elsie füllte die unbehagliche Stille, die sich plötzlich über ihre prächtige Küche legte, mit einem tiefen Seufzer. »Ginger war der Beste von den dreien, aber er raste an seinem fünfundzwanzigsten Geburtstag mit seinem MG in einen See. Polly lebt in Los Angeles, versäuft ihren Treuhandfonds und gibt mir die Schuld an allem, während Otto sein Geld längst verschleudert hat. Er schaut zweimal im Jahr bei mir vorbei, um sich noch mehr zu leihen, und versucht mich dazu zu bringen, dass ich ihm das Haus überschreibe, um Erbschaftssteuern zu sparen.« Sie lachte unglücklich auf. »Aber da hat er sich geschnitten. Er wird ziemlich enttäuscht sein, wenn er erfährt, dass ich ihm keinen Pfifferling hinterlassen habe.«

»O Elsie«, sagte Holly mitfühlend. »Ich hatte ja keine Ahnung …«

»Nun, jetzt wissen Sie's«, erklärte Elsie. »Aber es ist besser, wenn Sie all das vergessen, bis ich tot bin, und dann dürfen Sie in meinen Tagebüchern schmökern und einen Bestseller daraus machen – wie finden Sie das?« Sie lächelte. »Allerdings müssen Sie noch warten, außerdem dürfen Sie die wirklich pikanten Stellen erst dann bringen, wenn ich die Radieschen schon eine Weile von unten betrachte. Aber wie dem auch sei … Nehmen Sie's mir nicht übel, ich bin heute ein wenig sentimental. Dieser ganze Gemeinschaftsgeist ist erschöpfend, finden Sie nicht? Für heute haben wir genug Vertraulichkeiten ausgetauscht, deshalb werde ich mich jetzt zurückziehen, aber erst, nachdem ich einen kleinen Toast ausgebracht habe. Auf neue Freunde und neue Anfänge!« Elsie hob ihr Glas und prostete Holly zu. »Auf dass man niemals Angst haben möge, noch einmal von vorn zu beginnen!« Holly griff nach ihrer Handtasche und beugte sich vor, um Elsie einen Gute-Nacht-Kuss auf die Wange zu drücken.

Die alte Dame legte ihr den kostbaren Missoni-Schal, den Holly beim letzten Besuch so bewundert hatte, um den Hals. »Der gehört jetzt Ihnen. Ein kleines Stück Elsie, um Sie auf Kurs zu halten.«

»Aber Elsie, das kann ich unmöglich …«

»Ich bin schrecklich beleidigt, wenn Sie ihn nicht tragen«, erklärte Elsie mit ernstem Gesicht. »Schließlich kann ich nicht immer da sein, um Ihre Hand zu halten und Sie in die richtige Richtung zu führen. Ich möchte, dass Sie lernen, sich auf Ihre Instinkte zu verlassen, Holly. Dieser Schal soll Ihnen helfen, sich für Ihren eigenen Weg zu entscheiden.«

»Okay«, flüsterte Holly zutiefst gerührt.

Lächelnd tätschelte Elsie ihre Wange. »Hören Sie auf mich, Holly Graham. Man heiratet nicht vier Mal, ohne etwas über die Ehe zu lernen. Genau wie über Scheidungen.« Sie seufzte tief, ihr Gesicht ein Kaleidoskop der Emotionen. »Sie wissen, dass Bücher und Filme immer dann enden, wenn die zwei sich gefunden haben? Nun, dafür gibt es einen guten Grund. Eine Woche später sitzt er nämlich nasepopelnd vorm Fernseher und streitet sich mit ihr über den Abwasch. Das echte Leben ist kein Film, mein liebes Mädchen – das dürfte ich am besten wissen. Dennoch bedeutet das noch lange nicht, dass Sie sich mit allem zufriedengeben müssen. Weder zu Hause noch bei der Arbeit.«

Holly küsste erneut Elsies gepuderte Wange. »Eine weitere Lektion fürs Leben. Soll ich die meiner Liste hinzufügen?«

»Das wäre keine schlechte Idee«, pflichtete Elsie ihr bei und schloss die Tür hinter ihnen.

Kapitel vierunddreißig

Dan knallte den Hörer auf. Er hatte das ganze Wochenende überlegt, ob er sie anrufen sollte, bevor er am Montagmorgen endlich zum Hörer griff. Und jetzt war er stinksauer auf seine Cousine. Mehr als je zuvor. Schön, Lizzie war immer noch wütend, weil er Hollys Partei ergriffen hatte, aber genug war genug. Warum konnte Lizzie nicht einfach eingestehen, dass sie einen Fehler gemacht hatte, und sich entschuldigen? Aber nein, eher würde die Hölle gefrieren, als dass Madame eine Entschuldigung über die Lippen brachte. Und selbst wenn sie sich dazu nicht durchringen konnte – war es wirklich zu viel verlangt, dass seine Cousine sie zumindest ansatzweise bei ihrer Kampagne zur Rettung des Ärztehauses unterstützte? Begriff sie als Einwohnerin von Larkford denn nicht, dass auch die medizinische Versorgung ihrer eigenen Kinder auf dem Spiel stand? Es war purer Stolz, um nicht zu sagen Sturköpfigkeit, die Lizzie davon abhielt, ihnen den Rücken zu stärken.

Dan spielte mit der Idee, sich über sie hinwegzusetzen – sie mochte zwar die Herausgeberin der *Larkford Life* sein, aber er war sich ziemlich sicher, dass der Verleger nicht begeistert wäre über die entgangene Gelegenheit, die Gemeinde zu unterstützen und infolgedessen die Auflage zu steigern.

Mist.

Dan strich mit den Fingern methodisch über den glatten Kieselstein, den er für seine Aufmerksamkeitsübungen verwendete, und versuchte, sich auf den Augenblick zu konzentrieren. Er fühlte sich sehr viel besser, viel mehr wie er selbst, seit er in Hereford gewesen war. Chris hatte das Problem genau erfasst: Dan hatte irgendwie vergessen, dass eine posttraumatische Belastungsstörung nie wirklich verschwand; man musste nur lernen, mit den Symptomen umzugehen.

Was ihm nicht besonders gut gelungen war. Zu viele Spätschichten, zu viel Stress und so gut wie keine Zeit für sich selbst. Noch dazu hatte sich Dan Schritt für Schritt aus dem Therapieprogramm zurückgezogen.

Jetzt, da er Chris versprochen hatte, es wieder aufzunehmen, hoffte er, dass die Flashbacks trotz des Chaos um ihn herum weniger wurden. In den letzten Nächten hatte er tatsächlich etwas Schlaf gefunden.

Vergangene Nacht allerdings nicht, als ihn um drei Uhr morgens ein Notruf aus dem Bett gerissen hatte, der sich später als völlig überflüssig entpuppte. Er war zu einem Haus voller kleinlauter, leicht angetrunkener Studenten gerufen worden. Einer der Schlaumeier hatte es für ganz besonders witzig gehalten, seinen Mitbewohnern eine Katzenfutter-Pastete zu kredenzen. Sein Scherz hatte bei den Mädchen zu kollektivem Erbrechen geführt, der Verdacht auf eine Vergiftung, wie der Notruf nahelegte, bestätigte sich allerdings nicht. Die Zutaten des verwendeten Deluxe-Katzenfutters waren vermutlich von höherer Qualität als die Pferdefleisch-Burger, die viele Discounter-Ketten verkauften. Trotzdem … um drei Uhr morgens?

Dan war durch die Dunkelheit zurück nach Hause gefahren und hatte sich gefragt, ob Taffy auf den Katzenfutter-Streich hereinfallen würde. Ein Vergeltungsschlag war längst überfällig … Doch dann ließ er die Idee wieder fallen – er hatte Taffy schon weitaus Schlimmeres essen sehen.

Die stille nächtliche Stadt vor sich, in Gedanken bei seinem besten Freund, war Dan noch entschlossener, für den Erhalt des Ärztehauses einzutreten. Im Geiste ging er die Liste mit Anrufen durch, die er tätigen wollte. Im Grunde war er etwas gekränkt, dass Holly mit der PR-Aktion aufgewartet hatte und nicht er. Doch er selbst fühlte sich derart erschlagen von der bürokratischen Endlosschleife, dass er beinahe klein beigegeben hätte.

Er verabscheute Ärzte wie Henry Bruce, diesen schmierigen Bastard, und seine Welt voller Vetternwirtschaft, Bestechungsgeschenken und Bonuszahlungen für vielfach verordnete Arzneimittel. Es wäre ein äußerst willkommener Nebeneffekt, Henry Bruce' dubiose Geschäftemachereien zu durchkreuzen.

Jetzt aber musste er sich erst einmal sammeln, dachte er und atmete tief durch. Es wäre ihm nicht im Traum in den Sinn gekommen, dass Lizzie nicht mit von der Partie war. Er hatte sogar gehofft, sie würde eine Sonderausgabe der *Larkford Life* bringen – kurz, informativ, ihre Kampagne unterstützend. Stattdessen hatte sie ihm schlichtweg jede Hilfe verweigert.

Ein Klopfen ertönte an der Tür seines Sprechzimmers und riss ihn aus seinen Gedanken. Taffy steckte den Kopf herein. »Hast du mal 'ne Minute für mich, Kumpel?«

»Sicher«, erwiderte Dan, schob seinen Stuhl zurück und streckte sich. Sich den Crossläufern anzuschließen war vermutlich ein Riesenfehler gewesen, aber Chris hatte ihn dazu gedrängt, regelmäßig Sport zu treiben. Außerdem bestand die Chance, dass er Lindy wiederbegegnete, die ihre Meinung womöglich geändert hatte und nun doch zu einer Art Freundschaft bereit war, die über soziale Netzwerke hinausging. So oder so … er war heute Morgen steif wie ein Brett, und jegliche Ablenkung durch Taffy war ihm mehr als willkommen.

»Hier kommt die Herausforderung« – Taffy stellte eine große Glasvase auf Dans Schreibtisch – »ich nenne sie ›Wer zuerst laicht‹. Hier ist dein Froschlaich, meiner steht bei mir. Wir müssen nur noch den Wetteinsatz festlegen.«

Dan schüttelte den Kopf. »Du hast echt zu viel Zeit, Taffy.«

Sein Kumpel zuckte die Achseln. »Ich konnte nicht schlafen, also bin ich am Fluss entlanggejoggt, und da hab ich den Froschlaich entdeckt. Wir können schließlich nicht alle Crossläufer sein. Außerdem brauche ich dringend ein wenig Zerstreuung. Also, was sagst du? Alles ist erlaubt, außer den Laich zu ersetzen. Der erste richtige Kermit gewinnt …«

Dan grinste, getroffen von einem plötzlichen Geistesblitz. »Wenn ich gewinne, hörst du endlich auf, dich über Triathlons lustig zu machen, und wenn du gewinnst … Hm, das ist schwierig. Vielleicht lege ich dann ein gutes Wort bei Holly für dich ein. Erzähle ihr, dass dein Ruf als Gigolo nur daher rührt, dass du noch nicht der Richtigen begegnet bist. Bis jetzt …«

Taffy wurde rot. »Der Einsatz ist mir zu hoch, zumal ich mir schon das ganze Wochenende über Triathlon-Witze zurechtgelegt habe. Sollen wir nicht lieber wie immer um eine Standard-Autowäsche mit Staubsaugen wetten? Außerdem behaupte ich mich recht gut an der Holly-Front. Ich habe einiges unternommen, um meine Chancen zu verbessern.« Er rollte die Ärmel hoch und präsentierte Dan zwei Nikotinpflaster. »Ich will mit dem Rauchen aufhören. Schließlich hat sie zwei kleine Kinder. Und *so* nett ist es auch nicht, sich draußen neben den Mülltonnen herumzudrücken wie ein Aussätziger. Außerdem ist die Krebsgefahr nicht zu unterschätzen.«

Dan grinste, gleichermaßen erstaunt und beeindruckt. »Ähm, darf man von den großen Pflastern nicht nur eins am Tag aufkleben, Taffy?«

Taffy zuckte die Achseln. »Ich dachte, ich probier's erst mal mit den niedrig dosierten. Allerdings habe ich den Eindruck, dass sie nicht richtig funktionieren. Ich fühle mich die ganze Zeit über schwummerig im Magen.«

»Hast du eigentlich die Packungsbeilage gelesen? Die maximale Tagesdosis liegt bei einundzwanzig Milligramm, du Trottel!«

Taffy sah ihn entgeistert an, dann knöpfte er langsam sein Hemd auf. »Dann sind die zwei Pflaster auf meiner Brust vermutlich keine gute Idee, oder?«

»Herrgott!« Dan schüttelte ungläubig den Kopf. »Bei dir gibt es echt nur ganz oder gar nicht.« Dan beugte sich vor, griff nach dem Rand eines der beiden Pflaster und riss es mit einem Ruck ab, zusammen mit einem ganzen Büschel von Brusthaaren.

Taffys Augen wurden glasig vor Schmerz. »Verdammt noch mal, Dan!«

Dan lachte, während er Taffy nach und nach von den übrigen Pflastern befreite. Zwischendurch reichte er seinem Kumpel ein großes Glas Wasser. »Du musst viel trinken. Nur ein Pflaster pro Tag, das genügt. Wenn du dich unwohl fühlst, musst du es mir sagen, damit ich im *Großen Handbuch für Überdosierungen* nachschlagen kann.«

Taffy starrte die beiden kahlen Stellen auf seiner Brust an, dann die zwei auf seinem Arm. »Ich weiß nicht, ob es unter diesen Umständen eventuell meinen Tod bedeutet, das Rauchen aufzugeben.«

Dan konnte nicht aufhören zu lachen. »Tja, vielleicht stellt das deine Entschlossenheit, Holly ihrem Ehemann auszuspannen, auf die Probe.«

»Wieso bleibt sie eigentlich bei diesem Idioten?«

»Ähm, weil sie ihn liebt? Weil sie gemeinsame Kinder haben?«

»Ja schon … Trotzdem will mir das nicht in den Kopf. Weißt du eigentlich, dass ich am Wochenende ein Schäferstündchen mit Denise O'Sullivan ausgeschlagen habe? Mit Denise O'Sullivan, stell dir das mal vor! Wo soll das bloß hinführen? Selbst mit diesem Warmduscher von Ehemann hat Holly wahrscheinlich mehr Action als ich, und ich kann an nichts und niemand anders denken als an sie.«

»Oh«, sagte Dan leise, leicht verblüfft über das unverblümte Geständnis seines Freundes. So viel zu seiner Hoffnung, dessen Schwärmerei sei nur vorübergehend. »Vergiss es, Kumpel. Konzentrier dich auf deinen Frosch, auf dein Training, auf die Kampagne«, schlug er vor.

»Auf Hollys Kampagne«, erwiderte Taffy finster und schaute Dan mit gequälten Augen an. »Das passiert, wenn man zu viel um die Ohren hat, Carter: Ich war so damit beschäftigt, mich um dich zu kümmern, dass ich es nicht habe kommen sehen.« Er stieß die Luft aus. »Na schön, dann mache ich mich mal auf den Weg zu einer vergrößerten Prostata. Viel Glück mit Kermit – ach ja, mein Wagen ist übrigens eine wahre Abfallgrube!«

Dan lehnte sich auf seinem Stuhl zurück und gähnte. »Du könntest doch eine von diesen Suchtgruppen aufsuchen. Vielleicht lernst du dort eine hübsche Frau kennen.«

Gegen den Türrahmen gelehnt warf Taffy einen neuerlichen Blick auf seine Armbanduhr und schüttelte den

Kopf. »Nee, Kumpel, mit solchen Luschen rumzuhängen ist echt nichts für mich.«

Zum Glück hatte Grace den Großteil von Dans Vormittagspatienten an die anderen Ärzte weitergeleitet, sodass er bis zum Beginn der Nachmittagssprechstunde mit drei verschiedenen Zeitungsjournalisten sprechen konnte, wobei er sich peinlich genau an die Vorgabe hielt, die Grace und Holly verfasst hatten. Außerdem hatte er ein Radiointerview gegeben, das ausgesprochen gut gelaufen war – bis der Moderator ihn fragte, wie es seiner Meinung nach zu diesem Debakel hatte kommen können. Dan wusste nicht hundertprozentig, was das britische Gesetz für die Verbreitung übler Nachrede vorsah, aber er hoffte, dass auch Henry Bruce keine Ahnung hatte. Er musste sich unbedingt diesbezüglich informieren, vor allem, wenn die Emotionen weiterhin hochkochten.

Er ging zum Wartezimmer, um seinen ersten Patienten an diesem Nachmittag aufzurufen. »Mr Payne?«, rief er.

Dan kannte den Mann von irgendwoher, zumindest erinnerten ihn die trendige Markenbrille und der Schal an jemanden, doch er konnte nicht sagen, an wen.

Im Sprechzimmer bat er den Mann, sich zu setzen, und nahm selbst auf seinem Schreibtischstuhl Platz. »Was kann ich für Sie tun, Mr Payne? Ich nehme an, Sie sind neu bei uns?« Er schlug die Patientenakte auf und warf einen Blick auf die persönlichen Daten: Milo Payne. Die Überraschung stand ihm im Gesicht geschrieben, denn sein Gegenüber bemerkte: »Aha, jetzt ist Ihnen wieder eingefallen, wer ich bin.«

Milo Payne war ein attraktiver, gut gebauter Mann, vielleicht ein wenig überheblich, dachte Dan. »Freut mich, Sie endlich kennenzulernen, Milo. Ich muss Ihnen bestimmt nicht sagen, wie glücklich wir uns schätzen, Holly hierzuhaben.«

»Nein, das müssen Sie nicht, und genau das ist der Grund, warum ich gekommen bin.« Er beugte sich auf seinem Stuhl vor und versuchte, so bedrohlich auszusehen, wie ein Mann in Collegeschuhen aussehen konnte. »Ich weiß, dass Sie sie mit leeren Versprechungen hierhergelockt haben, und ich weiß, dass sie diejenige ist, die alles daransetzt, diese erbärmliche Einrichtung zu retten. Ich kenne Typen wie Sie, Dan Carter. Sie lassen sich mein naives Frauchen auf der Zunge zergehen, und dann spucken Sie es aus. Seien Sie wenigstens nett zu ihr. Sie hat keine Vorstellung davon, wie das echte Leben funktioniert, und das mag ich an ihr. Von Mann zu Mann: Ich will, dass Sie sie gehen lassen, damit wir aus diesem elenden Kaff rauskommen.«

»Ich …«, setzte Dan zu einer Erwiderung an, aber im Grunde war er sprachlos.

»Ich weiß, dass Sie miteinander flirten. Dan hier, Dan da – das muss ich mir zu Hause ständig anhören. Vielleicht könnten Sie ab und zu mal daran denken, dass sie einen Ehemann und zwei kleine Kinder hat. Das ist nicht gerade anständig von Ihnen, Dr. Carter.«

Dan blinzelte. »Milo, ich habe keine Ahnung, wie Sie darauf kommen, aber ich kann Ihnen versichern, dass zwischen uns absolut gar nichts läuft – abgesehen von der professionellen Zusammenarbeit, versteht sich. Hollys Engagement für die Rettet-das-Ärztehaus-Kampagne ist einfach großartig und ihr eigener Wunsch. Sie ist ein wertvolles, angesehenes Mitglied unseres Teams. Zu der Frage, wer seine Arbeit behalten wird, kann ich Ihnen keine Auskunft geben – Sie können sich sicher vorstellen, wie schwierig diese Situation für uns alle ist. Vorläufig werden diesbezüglich keinerlei Entscheidungen getroffen.« Er legte die Fingerspitzen gegeneinander und hielt Milos Blick stand. »Ich denke, Sie sollten mit Ihrer Frau darüber reden.«

Milo wirkte ein wenig ernüchtert. Offenbar hatte er sich einen verbalen Schlagabtausch mit Dan ausgemalt, und nun hatte ihn dessen ruhige, nüchtern-sachliche Antwort aus dem Konzept gebracht.

»Gibt es sonst noch etwas?«, fragte Dan und stand auf, innerlich kochend wegen der abfälligen Art, in der sich Milo über Holly äußerte.

Milo rutschte auf seinem Stuhl hin und her. Jetzt, da offenbar die Luft raus war, wirkte er viel kleiner. »Nun ja, Dr. Carter, wenn ich schon mal hier bin … ich habe ziemlich starken Fußpilz.«

Dan atmete tief durch, bemüht, professionell zu bleiben. Am liebsten hätte er an die Sprechzimmertür nebenan geklopft und Taffy mitgeteilt, dass das Spiel begonnen hatte. Gerade hatte er seinem besten Kumpel noch Vorwürfe gemacht, weil dieser auf eine verheiratete Kollegin stand, doch all das war vergessen, jetzt, da er diesen selbstgefälligen, herablassenden Schwachkopf persönlich kennengelernt hatte.

Er zog ein Paar Latexhandschuhe aus der Schachtel auf seinem Schreibtisch. »Dann werfen wir doch mal einen Blick darauf. Und wenn uns noch etwas Zeit bleibt, sollten wir Ihre Prostatavorsorge durchführen, das ist wichtig bei Männern mittleren Alters.«

Milo zuckte zusammen, als er »mittleren Alters« hörte, und als Dan die Handschuhe überstreifte, flippte er völlig aus, doch es blieb ihm nichts anderes übrig, als sich in sein Schicksal zu fügen.

Als Dan sich am Ende des Tages mit Taffy im Aufenthaltsraum traf, fühlte er sich ein wenig beschämt, weil er seine Position als Arzt ausgenutzt hatte, um den aufgeblasenen Milo in seine Schranken zu weisen. Taffy und Grace waren dabei, einer riesigen Schachtel Jaffa-Kekse den Garaus zu machen, wobei sie miteinander wetteiferten, wer mehr auf einmal in den Mund stecken konnte. Krümel sprühten in alle Richtungen. »Wollen wir hier die nächsten Schritte für die Kampagne besprechen oder im Pub?«, fragte er.

»Wenn ihr hierbleibt, könnte ich euch helfen«, erbot sich Grace. »Ich wollte ohnehin noch mit euch reden.« Sie rutschte nervös auf dem Sofa herum. »Ich weiß, dass das eigentlich nicht meine Aufgabe ist, aber ich habe mich gefragt, ob ich vielleicht eine Website für unsere Kampagne einrichten sollte – zusätzlich zu unserer Homepage, meine ich. Wir könnten ein Praxisprofil einstellen mit den Kurzbiographien der Mitarbeiter, dazu eine Seite für die Leute, die ihre Unterstützung zugesagt haben. Außerdem könnten wir Links hinzufügen, die zu den Presseinterviews führen. Was haltet ihr davon?«

Dan starrte die Praxisorganisatorin verwirrt an. »Ja, weißt du denn, wie so etwas geht?«, fragte er perplex.

»Ich brauche bloß ein HTML-Template sowie diverse Hyperlinks, dann können wir über die aktuellen Fortschritte unserer Kampagne informieren, Spenden sammeln und Eintrittskarten für die Revue verkaufen. Ich könnte auch SSL benutzen … Dan?«

Dan, der unbewusst den Kopf geschüttelt hatte und nun Grace' verunsicherten Gesichtsausdruck bemerkte, sagte rasch: »Das klingt großartig, Grace! Wirklich, das wäre einfach perfekt. Es tut mir leid – du hast mich total aus der Fassung gebracht mit diesem ganzen Technikzeugs!«

Grace errötete bis an die Haarspitzen. »Kein Problem,

Dan, ich würde es liebend gern versuchen. Ich habe nämlich einen Online-Lehrgang besucht«, vertraute sie ihm mit gesenkter Stimme an.

Ohne zu überlegen, zog Dan sie in seine Arme. »Was sollten wir nur ohne dich tun, Grace?«

Die zierliche Frau lächelte erfreut. »Na, dann mal los!«

Dan seufzte, erleichtert darüber, dass sich der Knoten der Anspannung, den er seit dem Telefonat mit Lizzie verspürte, ein wenig löste. »Ein Glück, dass du so ein Computer-Crack bist, Grace. Ich konnte Lizzie nicht dazu bewegen, uns mit einem Artikel im *Larkford Life* zu unterstützen.«

Grace zuckte die Achseln. »Wahrscheinlich ist es besser so. Ein Internetauftritt ist interaktiv und sehr viel leichter in Echtzeit zu aktualisieren. Die Printmedien sind mittlerweile ein alter Hut.« Lächelnd suchte sie ihre Sachen zusammen. »Ich fahre jetzt nach Hause und mache mich an die Arbeit!«

Dan sah ihr nach und kam zu dem Schluss, dass er unbedingt seine Vorurteile überdenken musste. Grace war eine Frau mit vielen Fähigkeiten. Obwohl er im Moment unglaublich viel um die Ohren hatte, war Dan Carter glücklich. Er schaute zu Taffy hinüber, der neben seinem Goldfischglas voller Froschlaich hockte. Er schien es überall mit hin zu schleppen, als wolle er seine angehenden Frösche keine Sekunde aus den Augen lassen. Dan hörte seinen Freund leise singen, eine traurige, etwas schiefe Melodie. »Es ist nicht leicht, grün zu sein …«

»Komm schon, Kermit«, sagte Dan und knipste das Licht aus. »Lass uns etwas trinken gehen.«

»Okay«, sagte Taffy, nahm sein Goldfischglas und schaute Dan grinsend an. »Dann kann ich dir von meinem *anus horribilis* erzählen.«

Dan warf ihm einen schiefen Blick zu. »Wer bist du? Die Queen? Du weißt schon, dass es *annus horribilis* heißt, mit zwei ›n‹? Aber wenn du schon das Thema *anus* anschneidest: Ich hatte heute Besuch. Von dem berühmt-berüchtigten Mr Holly Graham.«

Kapitel fünfunddreißig

Der Plan, eine Revue zu veranstalten, schien die Fantasie sämtlicher Mitarbeiter des Ärztehauses zu beflügeln, und bald schon boten auch andere Einwohner von Larkford ihre Mithilfe an. Manche waren wie Elsie fest entschlossen, auf die Bühne zu gehen und sich aktiv an den Darbietungen zu beteiligen, andere wollten lieber bei der Organisation mitmachen: das Programm ausdrucken, die Kostüme anfertigen und Ähnliches.

Abwesend klickte sich Holly durch Grace' fantastische Website, die sozusagen über Nacht entstanden war und dank Grace' Twitter-Präsenz (wer hätte das gedacht?) schon jede Menge Interesse auf sich gezogen und gleich am ersten Tag fast dreihundert Pfund an Spenden eingebracht hatte.

Von nun an versammelten sich in jeder Mittagspause kleine Grüppchen, und es fanden hinter verschlossenen Türen heimliche Proben statt. Sie waren zu dem Schluss gekommen, dass eine Kostümprobe, wenngleich sicherlich vernünftig, dem Ereignis den Spaß und die Spontaneität nehmen würde. Also hatte Grace lediglich ein Anmeldeformular ausgelegt und jedem Teilnehmer – ganz gleich, ob einzeln oder in der Gruppe – eine Nummer für die Auftrittsreihenfolge zugeteilt.

Die einzige leichte Abweichung vom ursprünglichen Konzept war Lucys unverblümter Bemerkung zu verdanken: »Hört mal, Leute, es ist ja schön und gut, Dinge auszuprobieren, mit denen wir uns vermutlich lächerlich machen, aber wir dürfen nicht ausschließlich Mist präsentieren. Sollten wir nicht lieber ein paar professionelle Auftritte einbauen von Leuten, die wissen, was sie tun, anstatt ausschließlich auf Amateure zu setzen?«

Sie hatte den Augenblick gut gewählt, da fast das komplette Team im Aufenthaltsraum versammelt war, um sich eine morgendliche Koffein-Dröhnung abzuholen. »Gute Idee«, pflichtete Dan ihr bei. »Doch nun kommt der Haken – *kann* irgendwer von euch tatsächlich etwas?«

Nachdem die empörten Kollegen Dan mit Zuckerpäckchen bombardiert hatten, setzten sie sich zusammen und besprachen ihre Möglichkeiten.

»Taffy sollte etwas singen«, schlug Maggie vor und errötete leicht. »Ich habe ihn in der Kirche gehört, und ich bin mir sicher, es bleibt kein Auge trocken, wenn er ›Raise Me Up‹ zum Besten gibt.«

Grace nickte begeistert. »Ich könnte einen kurzen Trailer auf die Website stellen, wenn du einverstanden bist, Taffy, mit deiner attraktiven Out-of-bed-Frisur und am besten auch mit ein paar Damen.«

Holly schluckte und spielte mit ihrer Haarspange. Sie musste sich wirklich zusammenreißen, zumal sie definitiv zu alt war für pubertäre Schwärmereien. Ja, er ist ein hinreißender Kerl, aber er kann genauso gut ein hinreißender Freund sein – rein platonisch. Die Vorstellung, Taffy als Ersatzonkel für ihre Jungs zu haben – jemanden, mit dem sie Fußball spielen und sich über Rugby und Baumhäuser unterhalten konnten –, gefiel ihr ausgezeichnet. Dann sah sie auf und begegnete seinem Blick. Er beobachtete sie, Sorge spiegelte sich in seinem Gesicht.

»Alles okay?«, flüsterte er lautlos.

Holly nickte. Herrgott, bei Milo könnte sie sterbend auf dem Fußboden liegen, ohne dass es ihm auffallen würde. Taffy dagegen bemerkte schon, wenn sie etwas niedergeschlagen wirkte.

Sie zwang sich zu einem Lächeln und konzentrierte sich wieder auf das Gespräch. Jade schlug eine Gymnastiknummer mit bunten Bändern und einem ausgesprochen knappen Kostüm vor. Hollys Gedanken schweiften erneut ab.

Milo mochte zwar nicht der beste Ehemann der Welt sein, und ganz sicher war er Ben und Tom kein hingebungsvoller Vater, aber immerhin *war* er ihr Vater. Wie konnte sie sich anmaßen, irgendetwas zu tun, was ihre Beziehung gefährdete?

Milo zeigte immerhin, dass er sich bemühte – wenngleich er ihr mit seinem geplanten Wellness-Wochenende nicht wirklich eine Freude machte. Trotzdem war es ein Schritt in die richtige Richtung.

Hier saß sie, eine erwachsene Frau, die die Verantwortung für ihre Familie trug, kurz davor, ihren Job zu verlieren, und erwog, auch noch ihre funktionierende Ehe für eine Schwärmerei wegzuwerfen. Sie musste lachen, als sie im Kopf plötzlich Lizzies Stimme hörte: »Er ist ein *Mann*, Herrgott noch mal, kein Opel Astra!«

Langsam zählte sie bis zehn, um das Bild von Taffy in seinem Land Rover Defender zu verdrängen – nicht mehr ganz taufrisch, das Dach leicht eingerissen, aber alles in allem gut zu gebrauchen. Taffy im Grunde nicht unähnlich.

Der Gedanke an Lizzie verursachte Holly ein unangenehmes Kribbeln im Magen – sie vermisste Eric und seine Schmuseattacken, den Lärm und das Chaos bei ihrer Freundin zu Hause, Wills trockenen Humor. Und auch wenn sie es nur ungern zugab – sie vermisste Lizzie. Es war wundervoll, Julia näher kennenzulernen, und Elsie war wie ein erfrischender Wirbelwind, aber manchmal brauchte man eine alte, vertraute Freundin. Jemanden, dem man keine Hintergrundgeschichte erzählen musste, weil er sie ohnehin kannte.

»Und was ist mit dir, Holly?«, riss Dans Stimme sie aus ihren Gedanken. Sie schaute auf und stellte fest, dass aller Augen auf sie gerichtet waren. »Kannst du auch etwas Besonderes?«

Sie erstarrte, einen Augenblick lang überzeugt, Dan habe ihre Gedanken gelesen und warte nun auf die Antwort: Taffy oder Milo? Dann fiel ihr das Gesprächsthema ein, und sie entspannte sich. »Ich habe mir überlegt, ein Duett einzustudieren – ich singe. Hat jemand Lust, mich auf der Gitarre zu begleiten?« Sie blickte fragend in die Runde. »Ich habe übrigens mal Cello gelernt, falls wir noch weitere Einlagen brauchen …«, fügte sie leise hinzu und bereute ihre Worte, kaum dass sie über ihre Lippen kamen.

Prompt schossen einige Augenbrauen in die Höhe. Holly zuckte die Achseln. »Ist schon eine Weile her, seit ich das letzte Mal gespielt habe.«

Dan musterte sie durchdringend. »Raus mit der Sprache, Graham, ist das so wie bei Julia, die uns weismachen wollte, sie würde ›ab und an ein bisschen Tennis spielen‹?«

»Ja, das weiß ich noch genau!«, schnaubte Taffy. »Sie hatte bloß vergessen zu erwähnen, dass sie sich für die Junior-Championships in Wimbledon qualifiziert hatte!«

Holly wusste nicht, was sie darauf erwidern sollte. »Ich bin zwar nicht Yo-Yo Ma, aber ich spiele ganz passabel.« Sie zupfte nervös an ihrem Ohrläppchen. »Ich habe bloß nicht viel Zeit zum Üben.«

Plötzlich hätte sie am liebsten die Wahrheit hinausposaunt – es stimmte eigentlich nicht, dass sie keine Zeit zum Üben fand. Sie hätte Cello spielen können statt fernzusehen, zu kochen oder joggen zu gehen, es war nur so, dass Milo den Lärm nicht ausstehen konnte. Er mochte es nicht, wenn Holly konzentriert spielte und er sich dadurch ausgegrenzt fühlte. Obwohl es verrückt klang – mitunter hatte sie den Eindruck, er sei eifersüchtig auf das Instrument.

Sie hätte bei einer Freundin üben können, aber selbst Lizzie gegenüber hatte sie nicht eingestehen können, dass ihr Mann ihr nicht nur untersagte, einen Hund anzuschaffen, sondern ihr auch noch das Cello weggenommen hatte.

Was war schlimmer?, fragte sie sich wieder einmal. Dass ihr Mann ein Kontrollfreak war oder dass sie so blöd war, sich seine Bevormundungen gefallen zu lassen? An manchen Tagen erschien es ihr wie ein Wunder, dass er ihr erlaubte, die Zwillinge im Haus zu behalten.

Da war es wieder, das Wörtchen »erlaubte«, das Hollys Herz zum Rasen brachte, da sie sehr wohl wusste, dass sie eine Entscheidung zu treffen hatte. Eine wichtige Entscheidung, und zwar bald.

Bevor die Lage noch schlimmer wurde.

Sie war so beschäftigt mit ihrem eigenen Psychodrama, dass sie ohne groß zu überlegen auf Taffys Frage, was für ein Stück sie spielen wolle, antwortete: »Wahrscheinlich Bachs Suite für Violoncello Nr. 1.« Sie sah, wie Dans Augen für ein, zwei Sekunden zu Julia wanderten, und fragte sich, was das wohl bedeuten mochte. Herrgott, ihre Aufmerksamkeitsspanne ähnelte heute wirklich der eines hyperaktiven Kleinkinds! »Das ist mein Lieblingsstück.«

Unbehagliches Schweigen senkte sich über den Aufenthaltsraum, dann wagte Taffy auszusprechen, was alle anderen dachten. »Wäre es nicht besser, du suchst dir etwas weniger Anspruchsvolles aus? Etwas, was dir weniger Druck beim Üben macht? Vergiss nicht: Wir haben nicht viel Zeit …«

Holly entging nicht, dass sich Taffys Wangen vor Verlegenheit röteten, weil er ihr diesen Vorschlag unterbreitete. Dabei wusste sie, dass er das nicht tat, um ihr Steine in den Weg zu legen oder weil er ihr das nicht zutraute, sondern weil er die Vorstellung nicht ertrug, dass Holly sich ein unerreichbares Ziel setzte. Er hatte sich so sehr bemüht, ihr Selbstbewusstsein zu stärken, da war es wirklich nicht fair, ihn in diese peinliche Situation zu bringen.

Holly blinzelte, gefangen in ihrer eigenen Schlinge. Erst erwähnte sie beiläufig, sie würde ein bisschen Cello spielen, und dann wartete sie mit einem der schwierigsten Stücke überhaupt auf. Wollte damit auftreten. Auf der Bühne. Allein. Sollte sie zugeben, dass sie Bachs Cellosuite Nr. 1 praktisch im Schlaf spielen konnte? Dass sie mit siebzehn vor der Wahl zwischen einem Medizinstudium und der Royal Academy of Music gestanden hatte? Irgendwie kam ihr das angeberisch vor, und Holly mochte keine Angeber. »Vielleicht hast du recht«, sagte sie daher, um sich etwas Zeit zum Nachdenken zu verschaffen, »aber es muss etwas von Bach sein. Er ist mein absoluter Lieblingskomponist.«

»Und was ist mit dem Duett?«, hakte Grace nach, die sich eifrig Notizen machte.

»Ähm … ich weiß, das ist ein bisschen altmodisch, aber vielleicht etwas von den Carpenters? Wäre denn jemand bereit, mein Katzengejammer mit der Gitarre zu begleiten oder sogar mitzusingen?«

»Warum seht ihr mich an?«, fragte Dan. »Ich habe zwei

linke Hände, zum Gitarrespielen völlig ungeeignet.« Er hielt inne und warf Taffy einen bedeutungsschweren Blick zu. »Das übernimmst am besten du, Kumpel.«

»Kein Problem«, erklärte Taffy lässig.

Na prima, dachte Holly. Nicht nur, dass sie einen inneren Kampf mit sich ausfechten musste, um ein anständiger Mensch zu bleiben, der das Richtige tat, jetzt musste sie sich auch noch gegen Dan Carter behaupten, der aus Taffy und ihr anscheinend ein neues Traumpaar der Popgeschichte machen wollte …

Nach seinem eifrigen Üben in den Mittagspausen beherrschte Taffy ein paar Grundakkorde, die er während des Wochenendes immer wieder geübt hatte. Auch Holly war fleißig gewesen und hatte sich den Kopf zerbrochen, wie sie der geplanten Revue zu einem reibungslosen Ablauf verhelfen konnte. Zum Glück hatte Milo seine Wellness-Wochenendeinladung noch nicht wieder erwähnt. Die hätte ganz und gar nicht mehr in ihren Zeitplan hineingepasst, und inzwischen schien Holly ohnehin nur noch von Koffein, Adrenalin und purer Entschlossenheit zu leben. Sie hatte gerade die stets besonders gut besuchte Montagvormittagssprechstunde hinter sich gebracht und sich anschließend mit Taffy im Blutspenderaum zum Üben getroffen. Die Sonne schien, die Vögel sangen, aber sie saßen drinnen, umgeben von leeren Blutbeuteln und -ampullen. Beide waren sie erschöpft, ungeduldig und mehr als nur leicht frustriert. Wahrscheinlich aus unterschiedlichen Gründen, wie Holly sich eingestehen musste.

»Sollten wir uns nicht etwas Einfacheres aussuchen? Ich verfüge ganz offensichtlich über die Fingerfertigkeiten eines Wombats. Nimm's mir nicht übel, aber das war ganz bestimmt nicht deine beste Idee, Holly, davon bin ich überzeugt.«

»Ich habe nie behauptet, dass es eine gute Idee war«, gab sie zurück, »aber immerhin war es überhaupt eine Idee. Du hattest ja leider nichts dagegenzusetzen.« Lächelnd drehte sie das Notenblatt um, insgeheim amüsiert über sein nervöses Unbehagen. »Außerdem klingt es langsam besser. Noch ein bisschen mehr Übung bei den Akkorden, dann hast du's!«

»Ich werde mich vor der ganzen Stadt zum Idioten machen, das ist dir schon klar, oder?«

»Ach Unsinn, Dr. Jones. Wir setzen uns für die Praxis ein, nutzen die Gelegenheit, uns als Menschen zu präsentieren … Aber du musst nicht mitmachen, wenn du nicht möchtest.« Sie fingerte am Notenständer herum, der anscheinend ein Eigenleben entwickelt hatte und immer wieder zusammenbrach. Tränen schossen ihr in die Augen, als sie sich schmerzhaft die Finger einklemmte.

Sie biss sich auf die Unterlippe, zog ihren blutenden Finger zwischen den Metallstreben hervor, wütend darüber, dass ein leises Schluchzen über ihre Lippen drang.

»Lass mich mal sehen«, bat Taffy leise und griff nach ihrer Hand. Vorsichtig streckte er ihre Finger. »Nichts gebrochen. Ich verarzte rasch die Wunde.« Geschickt säuberte er die verletzten Hautstellen, klebte ein großes Pflaster darauf, dann durchwühlte er den Gefrierschrank nach einer mitgenommen aussehenden Tüte Erbsen, die schon öfter zu Kühlungszwecken hatte herhalten müssen.

Holly schluchzte noch einmal auf, riss sich zusammen, nur um gleich darauf wieder loszuheulen.

»Kopf hoch, Mädel«, sagte Taffy, »es sind ja nicht alle Finger verletzt, und außerdem musst du nicht Gitarre spielen. Dafür bin ich ja da. Ich laufe dir nicht weg, also entspann dich. Ich bin dein Sonny, wenn du meine Cher sein willst.«

»Wer?«, stieß Holly hervor. »Ist das nicht die alte Schachtel, die immer hautenge Gymnastikanzüge trägt?«

»Vorsicht, Graham! Sie hat mehr Preise eingeheimst, als du warme Mahlzeiten zu dir genommen hast. Sie ist eine Legende! Das berühmteste Pop-Duo aller Zeiten. Egal, solange wir nicht so wie John und Yoko enden. Jetzt sieh mich nicht so fassungslos an – John Lennon, Yoko Ono, die Schuld ist an der Trennung der Beatles!«

Taffys frustrierter Blick war zu viel für Holly. Die unverletzte Hand auf die Brust gedrückt, um ein hysterisches Kichern zu unterdrücken, stieß sie hervor: »Dein Gesicht, was du für ein Gesicht machst …« Dann prustete sie los. »Weißt du was, Taffy, lass es gut sein. Es ist so ein schöner Tag. Sollen wir nicht rausgehen und draußen üben?«

Taffy stand auf, Hollys alte Gitarre umgehängt, ein paar verirrte Haarsträhnen in den Augen. Holly widerstand dem Drang, sie beiseitezustreichen.

»Komm, meine kleine Diva, lass uns eine ruhige Bank im Stadtpark suchen und die Vögel erschrecken.« Er hielt ihr die Tür zum Parkplatz auf. Holly war schier überwältigt von dem süßen Duft der Glyzinien, die die vordere Fassade des Ärztehauses bedeckten. Die ersten Bienen summten träge, und Holly hätte sich am liebsten auf eine Bank gelegt und einfach mal abgeschaltet.

Als sie den Marktplatz überquerten und auf den dahinterliegenden Stadtpark zustrebten, stellte sich Holly vor, wie sie mit Taffy auf der Bank saß, genau wie am Ende von *Notting Hill*. Die Zwillinge sprangen um sie herum, sie war wieder schwanger …

Plötzlich schreckte sie zusammen. »Was für ein Blödsinn«, murmelte sie, wütend auf sich selbst.

»Schon gut, ich hab's ja kapiert«, beschwichtigte Taffy und klopfte auf ihre Gitarre.

»Oh, nein, ich meinte nicht dich ...«, stotterte Holly. Hatte sie eigentlich noch alle Tassen im Schrank? Vielleicht sollte sie einen Hormontest machen lassen! Der Weg führte eine kleine Anhöhe hinauf. Holly stolperte über ihre eigenen Füße. Taffy fing sie auf.

»Du bist der größte Tollpatsch, dem ich je begegnet bin«, erklärte er grinsend.

Holly schnitt eine Grimasse. »Das ist ein Familienfluch. Mein Vater war ebenfalls ein wenig ungeschickt, und stell dir vor: Man hat ihm erlaubt, eine Schusswaffe zu tragen!«

»Na ja, ich war schon etwas besorgt, als ich dich das erste Mal eine Wunde nähen sah, aber da wusste ich auch noch nicht, dass du eine so gute Stickerin bist!«

»Ist es nicht so, dass man immer mehr Zeit und Engagement auf die Dinge verwendet, die man nicht so gut beherrscht?«

Taffy neben ihr schwieg.

»Habe ich einen Nerv getroffen?«, fragte sie leise.

Er zögerte. »Bei mir sind es die Beziehungen. Könnte natürlich auch sein, dass ich mit so vielen Frauen ausgehe, weil mir noch nicht die Richtige über den Weg gelaufen ist.«

»Möglich«, räumte Holly ein. »Man könnte aber auch sagen, dass du jung bist und attraktiv, warum also solltest du nicht deinen Spaß haben?«

»Denkst du das wirklich?«, fragte Taffy und blieb abrupt stehen, um sie durchdringend zu mustern.

»Ich habe keine Ahnung, was ich im Augenblick denke«, gab Holly ehrlich zu. »Diese letzten Wochen ... Mitunter hat es den Anschein, als sei alles, woran ich geglaubt habe ... Ach, vielleicht habe ich mich tatsächlich getäuscht. Elsie hat mir geholfen, so einiges in einem anderen Licht zu betrachten.«

Taffy machte einen Schritt auf sie zu, sah sie an, ohne sie zu berühren, stand aber doch so dicht, dass sie die Wärme seines Körpers spürte.

»Hat Elsie auch mich erwähnt?«, fragte er leise.

Holly errötete. »Gut möglich. Sie ist ein ziemlicher Fan von dir.« Holly legte eine Hand auf Taffys Brust. Eigentlich wollte sie ihn davon abhalten, ihr noch näher zu kommen, aber nun spürte sie seinen Herzschlag, was sie vollends verwirrte.

Langsam beugte er sich zu ihr vor, gab ihr jedoch alle Zeit der Welt, einen Rückzieher zu machen. Aber sie blieb stehen und ließ zu, dass er mit seinen Lippen über ihre streifte.

Die Berührung fühlte sich an wie ein Stromschlag. Augenblicklich begann die Luft um sie herum zu knistern. Holly widerstand dem überwältigenden Drang, sich einfach seinem Kuss hinzugeben, aber dazu sollte es sowieso nicht kommen. Taffy trat einen Schritt zurück, seine Hand auf ihre gelegt, um das Band zwischen ihnen nicht zu durchtrennen.

»Ich … ich habe Kinder«, stammelte Holly, in deren Kehle ein dicker Kloß aufstieg. Tränen stiegen in ihre Augen, als sie diesen Mann mit seinen treuherzigen Spaniel-Augen und den stets zerzausten Haaren anschaute. »Ich bin gebunden …«

»Das weiß ich, Holly. Und auch, dass dir die Jungs alles bedeuten. Trotzdem sollst du wissen, was ich für dich empfinde. Es mag selbstsüchtig sein, aber ich sehe, wie du ständig Kompromisse schließt, Tag für Tag Entscheidungen triffst und dabei stets an deine Kinder denkst, dabei möchte ich dir sagen …« – er führte ihre Hand an seine Lippen und küsste ihre verletzten Finger –, »dass es noch andere Optionen gibt.«

Holly bemühte sich nicht länger, ihre Tränen zu verbergen, und weinte jetzt ganz offen, sie schluchzte an seiner Brust, spürte, dass er seine Arme liebevoll um sie geschlungen hatte.

»Ich kann dich nicht einfach hochheben und in ein anderes Leben verfrachten. Aber vielleicht lässt du mich in dein Leben hinein? Deine Jungs sind wundervoll, Holly, weil du wundervoll bist. Weil sie eine großartige Mutter haben, bei der sie an allererster Stelle stehen, aber vielleicht hätten sie gar nichts dagegen, wenn du nur dieses eine Mal auch an dich denkst?«

Holly hörte seine Worte über das Pochen seines Herzens hinweg. Es fiel ihr schwer, die Fassung wiederzugewinnen. Eine Entscheidung. Ein schlichtes Wort, und ihrer beider Leben stünde Kopf. Sie musste nur herausfinden, ob es das wert war – aber wie?

»Jetzt aber, wir müssen einen Song einstudieren – ich habe mich für *Rainy Days and Mondays* entschieden. Anscheinend deprimieren dich regnerische Montage – und nicht regnerische ebenfalls.« Taffy führte sie durch den Stadtpark auf den Friedhof, wo es während der Woche absolut ruhig war. Er machte vor derselben Bank Halt, auf der sie vor ein paar Wochen mit dem Major gesessen und zugehört hatte, wie dieser von seiner verstorbenen Frau erzählte.

Seufzend blickte sie zu Taffy hinüber, in sein freundliches, offenes Gesicht, dann schweiften ihre Augen über den Friedhof. Neben dem Schotterweg entdeckte sie einen neuen Grabstein. Brian French – geliebter Vater und Ehemann. Sie schluckte, überwältigt von Erinnerungen. Nur allzu deutlich erinnerte sie den herzzerreißenden Schmerz, den der Verlust ihres Vaters mit sich gebracht hatte. War sie wirklich so selbstsüchtig, so verblendet von ihren Gefühlen, dass sie bereit war, ihre geliebten Jungs einem derartigen Schmerz auszusetzen?

Taffy beobachtete sie. Sein Gesichtsausdruck änderte sich, und Holly wusste, dass er ihr ihre Gedanken an der Nasenspitze ablesen konnte. Er schlug ein paar melancholische Akkorde auf der Gitarre an.

»Es tut mir so leid«, flüsterte Holly. »Ich …«

Taffy strich ihr die Haare aus den geröteten Augen. »Vielleicht können wir einfach Freunde sein? Rein platonisch? Ich hab gehört, das funktioniert manchmal …«

»Ich glaube schon«, erwiderte Holly traurig und spürte, wie etwas in ihr zerbrach.

»Okay, Kumpel – oder sollte ich besser ›Schwester‹ sagen, wenn wir schon das Carpenter-Duo geben? Lass uns unser Lied singen …« Taffy stand auf, ging mit großen Schritten über den Friedhof und klimperte unmelodisch auf der Gitarre ein Medley aus den 1970ern. Beim Refrain von »We've Only Just Began« wurde Holly bewusst, wo er eigentlich stand.

»Taffy! Du stehst auf einem Grab!«

Taffy schaute zu Boden und sprang rasch zur Seite, dann las er die Inschrift auf dem Grabstein. »Entschuldigt, Leute«, sagte er betreten, »ich konnte mich einfach nicht bremsen!«

Er sah Holly an und sagte mit unbeschwerter Stimme, als würde er mit Dan Carter im Pub plaudern: »Hast du das gesehen, Holly? Das ist ein Familiengrab – drei Generationen an einem Ort. Du liebe Güte« – seine Augenbrauen wanderten in die Höhe –, »die liegen dort bestimmt wie Ölsardinen in der Dose!«

Holly musste lachen, dankbar, dass dieser liebenswerte

Mann es verstand, ihr diese Situation so leicht wie möglich zu machen.

Seite an Seite kehrten sie später zur Arbeit zurück, über Belanglosigkeiten plaudernd. Als sie sich dem Parkplatz näherten, verlangsamte Taffy seine Schritte. »Geh schon mal vor«, bat er Holly. »Ich brauche noch eine Minute.« Er fuhr sich mit der Hand übers Gesicht. Seine Augen waren gerötet. »Heuschnupfen.«

Holly nickte. »Wir sehen uns später?«

»Darauf kannst du dich verlassen.« Er zögerte. »Ich bin immer da, wenn du mich brauchst, Holly. Ich laufe dir nicht weg.«

Damit wandte er sich ab.

Holly war am Boden zerstört.

Kapitel sechsunddreißig

Julia stand in ihrer Mittagspause vor dem Fenster der Immobilienagentur Squire & Bates und betrachtete die darin ausgehängten Angebote, im Geiste jedes einzelne mit ihrem Häuschen vergleichend. Was sollte sie tun? Immobilien waren nicht ihr Fachgebiet, aber der Verkehrswert, den Piers Bates unlängst errechnet hatte, kam ihr lächerlich niedrig vor. Trotzdem – vielleicht hatte er recht, denn die Angebote im Fenster, versehen mit Preissenkungsaufklebern, lagen auch nicht höher. Wenn sie schnell verkaufen wollte, musste sie ihre ursprüngliche Preisvorstellung überdenken.

»Hast du dir mein Angebot durch den Kopf gehen lassen?«, fragte eine tiefe Stimme direkt hinter ihrer Schulter. Julia fuhr zusammen.

Sie wirbelte herum, um Piers gehörig die Meinung zu sagen, doch sie stutzte, als sie statt des Immobilienmaklers Henry Bruce vor sich sah. Sein Anzug saß tadellos wie immer, sein Haar war perfekt frisiert, sein mit Feuchtigkeitsprodukten gepflegtes Gesicht frisch gebräunt. Als er von der Bildfläche verschwunden war, hatten alle angenommen, er sei in Deckung gegangen, um abzuwarten, bis der Sturm vorüber war. Der Gedanke, dass er einfach nur Urlaub machte, war niemandem gekommen.

»Ts, ts«, sagte Henry, der über ihre Schulter die Angebote studierte. »Die Immobilienpreise sind immer noch im Keller. Momentan ist das Angebot größer als die Nachfrage, nicht gerade der richtige Zeitpunkt, um dein hübsches Häuschen zu verkaufen, Julia. Vor allem, wenn kein konkreter Anlass dazu besteht.«

Er war wirklich aalglatt, dachte Julia. Henry Bruce wusste seine Sie-haben-leider-Krebs-Stimme mit Bedacht einzusetzen – sanft, unterstützend und ach-so-zuversichtlich.

»Ich habe nicht vor, von hier fortzugehen«, entgegnete sie mit fester Stimme. »Warum um alles auf der Welt sollte ich Larkford verlassen wollen?«

»Vielleicht, weil du kurz davorstehst, deine Arbeit zu verlieren und dein Konto zweifelsohne in den Miesen ist? Es ist Zeit, dass du deinen Stolz ablegst und mein Angebot annimmst.«

»Es war mir gar nicht klar, dass du mir eins unterbreitet hast«, parierte sie und fragte sich, ob das hier womöglich die perfekte Gelegenheit war, Doppelagentin zu spielen und herauszufinden, was er wirklich vorhatte.

Henry legte ihr kollegial den Arm um die Schultern. Übelkeit erregende Schwaden von Sandelholz stiegen ihr in die Nase. Was für ein aufdringliches Eau de Cologne! Seit wann glaubten Männer, sie seien attraktiver, wenn sie in schweren, süßlichen Düften badeten? Sie hätte wetten können, dass Henry Bruce parfümierte Pomade benutzte, ganz zu schweigen von der halben Flasche Rasierwasser. Igitt. Was war falsch daran, wenn man frisch geduscht und männlich duftete wie Dan?

Der Gedanke an Dan stimmte Julia unvermittelt traurig. In den letzten Wochen hatte sie immer wieder an ihn denken müssen, wofür sie Elsie verantwortlich machte. Und Holly. All die Gespräche darüber, wie man leben sollte, hatten Julia gezwungen, ihr gesamtes Konzept zu hinterfragen. Sie hatte begriffen, dass ein paar ihrer Kollegen auch ihre Freunde werden könnten, doch wenn es um Dan ging, war sie ratlos. Wenn sie ehrlich zu sich selbst war, verstand sie, warum er sich von ihr getrennt hatte.

Sie war am Boden zerstört gewesen. Am Boden zerstört und verzweifelt darauf bedacht, die Kontrolle zu bewahren. Sie hatte ihn nicht wirklich in ihr Leben gelassen. Sie hatte ihm nur gestattet, sie zu besuchen. Sie hatte sich selbst viele Beschränkungen auferlegt, da sie dachte, wenn sie sich an ihre eigenen Regeln hielte, könnte sie den üblichen Herzschmerz vermeiden.

Das einzige Problem dabei war, dass sich ihre alten Regeln als absolut dämlich erwiesen.

Sie hatte ein aufrichtiges, ja freundschaftliches Gespräch mit Holly Graham geführt, und die Welt war nicht untergegangen. Holly hatte ihr Vertrauen nicht missbraucht, stattdessen hatte sie sie aufgefangen und ihr Mut zugesprochen.

Der verrückte alte Major hatte ihr sein Pförtnerhaus zu einer eher symbolischen Miete angeboten, als sie sich ihm anvertraut hatte. Er hatte ihr zugeredet zu verkaufen, auch wenn sie einen finanziellen Verlust hinnehmen musste. Die Freiheit, die ihr durch einen Verkauf zuteilwürde, sei dagegen unbezahlbar, ganz zu schweigen von der Unabhängigkeit. Julia musste zugeben, dass er recht hatte.

Die Situationen aus einem anderen Blickwinkel zu betrachten hatte bei ihr zu überraschend klaren Erkenntnissen geführt. Sie wollte Larkford nicht verlassen, selbst wenn das bedeutete, in Zukunft tagein, tagaus nach Bristol oder Bath zur Arbeit zu pendeln. Sie wollte Dan sagen, dass es ihr leidtat, ihn vergrault zu haben. Sie wollte bei einer Weißweinschorle und einer Tüte Chips im Kingsley Arms sitzen und einfach nur plaudern. Und wenn sie tatsächlich in das alte Pförtnerhaus einzog, konnte sie sich vielleicht sogar einen Hund zulegen!

Etwas Gutes hatte ihr Doppelagentenplan, dachte sie jetzt. Jahrelang war sie so kühl und reserviert gewesen, dass niemand ihre vermeintliche Entscheidung, sich hinter Henry Bruce zu stellen, anzweifeln würde. Alle würden davon ausgehen, dass sie zu ihrem altbekannten Verhalten zurückgekehrt und wie immer auf ihren finanziellen Vorteil bedacht wäre. Außerdem mussten ihr das gar nicht alle abkaufen, wichtig war nur Henry Bruce.

»Vielleicht sollten wir einen kleinen Spaziergang machen«, schlug sie vor, drehte sich um und schritt forsch aus. Der Kollege schloss zu ihr auf. »Was hast du dir denn so vorgestellt?«

Henry konnte sich ein Grinsen nicht verkneifen. »Im Idealfall bräuchte ich dich und Taffy Jones, auf diese einfältigen Gutmenschen von ›Kollegen‹ und die Tippsen aus der Verwaltung kann ich gut und gern verzichten. Ich mache euch ein attraktives Angebot, und du kannst diese nette Fernsehsendung drehen, auf die du so scharf bist. Taffy kümmert sich um die Sportverletzungen. Alles, was ihr dafür tun müsst, ist, mich zu unterstützen.«

»Warum sollten wir das tun? Wegen des Geldes?«

»Selbstverständlich wegen des Geldes, darum dreht sich schließlich alles, oder? Sogar Taffy muss wissen, dass sein Ich-brauche-meine-Freiheit-deshalb-will-ich-nicht-Seniorpartner-werden-Gequatsche völlig überflüssig ist, wenn das Ärztehaus dichtmacht. Keine Arbeit, kein Vertrag, keine Abfindung. Meine liebe Julia, wir wissen beide, dass du das Geld brauchst. Ich habe meine Hausaufgaben gemacht, und ich weiß sehr wohl, dass die liebe Mami dein sauer verdientes Geld bei ihren ständigen Entziehungskuren verprasst. Du kannst es zugeben oder nicht, aber würde es sich nicht zumindest prima anfühlen, dem selbstgerechten Dan Carter eins auszuwischen?«

Julia schluckte, erschrocken darüber, wie anders sie dieses Gespräch noch vor kurzer Zeit wahrgenommen hätte. Wäre Henry vor ein paar Wochen an sie herangetreten, wäre sie trotz seiner unverschämten Art und Weise wie Wachs in seinen Händen gewesen, angetrieben von dem Wunsch nach Rache, Geld und dem Bedürfnis, ihr Leben zu kontrollieren. Jetzt dagegen ...

Sie wandte sich ab von dem Teufelchen auf ihrer Schulter, das ihr einflüsterte, sie würde haufenweise Geld scheffeln können, und setzte ein künstliches Lächeln auf.

»Nun, ich werde mich allerdings nicht mit Peanuts abspeisen lassen, Henry«, erklärte sie hochmütig, um so überzeugend wie möglich zu wirken. »Dein Angebot sollte also sehr großzügig ausfallen.«

Ohne mit der Wimper zu zucken, griff er in die Innentasche seines Anzugs und zog ein Kärtchen heraus. Auf der Rückseite standen eine große Zahl und die magischen Worte »plus Gewinnbeteiligung«. Julia schluckte, für einen kurzen Moment aus der Fassung gebracht.

Der Preis dafür, ein ehrenwerter Mensch zu sein, der Rücksicht nahm auf seine Teamkollegen, war höher, als sie gedacht hatte.

Sie legte den Kopf schräg. »Ich brauche ein Auto.«

Henry beugte sich vor und küsste sie auf die Wange. Seine Lippen fühlten sich feucht und kalt an, sein säuerlicher Atem stieg ihr in die Nase. »Kein Problem. Du holst Taffy an Bord und suchst dir eins aus. Allerdings muss ich dich warnen: Um seine Loyalität den anderen gegenüber dürfte es um einiges besser bestellt sein. Ich bin beinahe beeindruckt, Julia: Du hast diese Verhandlung gemeistert wie ein Mann.«

Julia stieß langsam die Luft aus und widerstand dem Drang, ihm ihr Knie in die Weichteile zu rammen.

Stattdessen warf sie ihm einen herablassenden Blick zu. »Du meinst, weil ich verlange, was mir zusteht, und dabei vergesse, ›Bitte, Sir‹ zu sagen?«

Henry grinste. »Du hast echt Mumm, Channing. Das war ein ausgesprochen großzügiges Angebot, und dann willst du obendrein noch einen Wagen. Tja, offenbar weißt du, was du mir wert bist.«

»Ich dachte an einen hübschen Audi, selbstverständlich ein Cabrio.«

Henry setzte sein Pokerface auf. »Für ein Cabrio musst du in Vorausleistung treten. Für den Anfang genügt es, wenn du mir Taffy Jones' Unterschrift lieferst und dafür sorgst, dass diese verfluchte Website aus dem Netz verschwindet. Außerdem solltest du unbedingt verhindern, dass diese Revue stattfindet. Eine Aktion wie diese würde zu viel Staub aufwirbeln, hab ich recht, Schätzchen?«

Insgeheim war Julia mehr als erfreut, dass die Revue ihm so viel Sorge zu bereiten schien. Sie hatte keine Ahnung, wie sie seine Forderungen erfüllen sollte, aber vielleicht würde sie einfach ... Sie wollte ihm noch weitere Informationen entlocken, doch seine nächsten Worte ließen sie förmlich vor Schreck erstarren.

»Ich denke, wenn wir eure berühmte Conférencière aus dem Verkehr ziehen, fällt das Ganze ohnehin ins Wasser.«

»Conférencière?«, wiederholte Julia perplex.

»Die alte Schachtel, diese neugierige Unruhestifterin ... wie heißt sie noch gleich? Elsie Soundundso. Ich habe ein Gutachten bestellt, ihren Geisteszustand betreffend.« Er zwinkerte Julia bedeutungsvoll zu. »Ein kleiner Anruf, ein kleiner Gefallen. Es ist wirklich zu schade, wenn vertrocknete alte Jungfern wie sie nicht mehr in ihren eigenen vier

Wänden bleiben können, nicht wahr? Aber keine Sorge – sie wird bald einen hübschen Platz im Willowbrook-Pflegeheim bekommen. Es ist ja so eine Erleichterung für uns zu wissen, dass sie sicher untergebracht ist! Demenz ist wirklich eine heimtückische Sache ...« Henry ließ seinen kleinen Monolog verklingen, sichtlich zufrieden mit sich.

Julia blinzelte. Sie musste sich alle Mühe geben, ihm weiterhin vorzumachen, sie stünde auf seiner Seite. Es war schrecklich zu wissen, dass sich Elsie in einer derart prekären Situation befand und dass Henry Bruce so viel schlimmer war, als sich Julia je hätte träumen lassen.

Gab es etwas Beängstigenderes als einen korrupten Arzt?, fragte sie sich. So viel Macht, so viel Einfluss ...

Nun, es war tatsächlich so, dass Henry Bruce sie perfekt motivieren konnte. Allerdings in einer völlig anderen Beziehung, als er ahnte.

Sie würde ihn zu Fall bringen, gleichgültig, um welchen Preis. Selbst wenn das Ärztehaus schließen musste, würde sie Henry Bruce nicht ungeschoren davonkommen lassen.

Ihr Gesicht verzog sich zu einem Lächeln, als sie Henrys Arm fasste. »Perfekt eingefädelt, Bruce, aber das dürfte bei deinen Kontakten kein Problem gewesen sein.« Sie holte tief Luft, dann fuhr sie fort: »Okay, womit kriege ich Taffy Jones zu fassen? Verrätst du mir das?«

Und genau das tat er.

Kapitel siebenunddreißig

Holly schleppte eine weitere Ladung Wäsche hinaus, um sie im Garten auf die Leine zu hängen. Die Zwillinge saßen im Sandkasten, bewarfen sich gegenseitig mit Sand und lachten dabei aus vollem Halse. Die Sonne schien, die Vögel zwitscherten, und Holly kam sich vor wie in einem Disneyfilm. Es fehlten nur noch die singenden Mäuse.

Leider entging ihr nicht, dass sie diejenige war, die die Laken aufhängte und die Fußböden schrubbte. »Cinderella, Cinderella/Tag und Nacht nur Cinderella./Mach das Frühstück, bring die Kohlen,/und die Wäsche musst du holen.«

Sie sah den Zwillingen nach, die sich nun durch den Garten jagten, froh darüber, dass sie so viel Platz hatten, um sich auszutoben. Sie plapperten in ihrer Zwillingssprache miteinander, aber anstatt sie zu korrigieren, ließ Holly sie gewähren. Sie war heilfroh darüber, dass die beiden nie allein waren – sie hatten jederzeit einen besten Freund, an den sie sich wenden konnten, einen Menschen, den sie in- und auswendig kannten.

So mussten Freunde heutzutage sein, da sich jeder so weit von seinen Wurzeln entfernte. Freunde waren die neue Familie. Und alte Freunde ganz besonders.

Vielleicht fühlte sich die Trennung von der besten Freundin deshalb so an, als hätte man mit seiner großen Liebe Schluss gemacht – nur noch schlimmer. Ja, man bekam Herzklopfen und schweißnasse Handflächen, wenn man sich zufällig begegnete, fürchtete ständig, etwas Dummes zu sagen, tat so, als ginge es einem prächtig, selbst wenn das ganz und gar nicht der Fall war.

Und an wen wandte man sich, wenn die Beziehung mit dem Freund oder dem Ehemann auseinanderging? Natürlich an die beste Freundin …

Doch wenn diese Freundschaft plötzlich und ohne erklärbaren Grund zerbrach – was dann?

Dann musste man sich mit Selbstgesprächen unter der Dusche begnügen, in denen man all die Dinge auf den Punkt brachte und all die Fragen stellte, die auszusprechen man sich im echten Leben nicht traute. Zum Beispiel die schlichte Frage »Warum?«

Beinahe brutal klemmte Holly die Wäsche zwischen die Klammern. Was hätte sie darum gegeben, sich an diesem schönen Disney-Morgen das Monstrum zu schnappen und einen Abstecher zu Lizzie zu machen, um ihr am Küchentisch das Herz auszuschütten; sich eine vernünftige, glaubwürdige Ausrede zu überlegen, warum sie nicht mit Milo ausgerechnet an diesem Wochenende verreisen konnte. Sie hatte ihn förmlich angefleht, die »Wellness-Kur für ihre Ehe« auf das Wochenende nach der Revue, die kommenden Freitag stattfinden sollte, zu verschieben, um noch etwas mehr Zeit für die Vorbereitungen zu haben, aber Milo hatte nur den Kopf geschüttelt. Es sei »alles gebucht und organisiert«, hatte er beleidigt verkündet. Warum er ausgerechnet dieses Wochenende gewählt hatte, wo er doch von Hollys Plänen wusste, war ihr schleierhaft. Oder machte sie sich etwas vor, und die Wahl des Zeitpunkts war nicht ganz so zufällig erfolgt, wie er ihr einzureden versuchte? Lizzie hätte bestimmt eine Antwort auf diese Frage gewusst. Wie gern hätte sie ihr von Taffy Jones erzählt, sie um Rat wegen der Revue gebeten … Die Liste der Dinge, über die sie mit Lizzie reden wollte, wurde von Tag zu Tag länger.

Zum Glück hatte sie Elsie, Julia und Dan. Ohne die drei wäre sie verloren gewesen.

Eigentlich hätte auch Taffy auf dieser Liste stehen sollen, aber seit er ihr gestanden hatte, dass er mehr für sie empfand als reine Freundschaft, hielt Holly es für besser, ihn auszuklammern.

Das Kleine Theater, in dem die Revue stattfinden sollte, war ein absolutes Juwel – die alte gestufte Bestuhlung hatte schon bessere Tage gesehen, aber die Akustik war fantastisch, und es gab jede Menge Platz für Zuschauer und einen kleinen Bereich hinter der Bühne, außerdem Garderobenräume im Untergeschoss.

Das einzige Mal, dass sie einer Aufführung im Kleinen Theater beigewohnt hatte, war bei der Amateurtheaterproduktion von *Equus* gewesen. Es war eine Sache, Daniel Radcliffe nackt zu sehen, aber eine ganz andere, wenn sich der örtliche Fischhändler vom The Waves auszog … Es war jedenfalls kein Zufall, dass Holly seitdem einen großen Bogen um das Fischgeschäft machte.

Sie folgte den Zwillingen ins Haus, die ihre *Bob der Baumeister*-Schaufeln suchen wollten, und warf einen Blick auf die Uhr. Wie immer hatte sie einen engen Zeitplan. Tom und Ben zur Samstagsspielgruppe bringen, danach Samstagssprechstunde, anschließend schnell die Jungs abholen und zurück nach Hause bringen, um die zwei in Jeans Obhut zu übergeben, und dann ging's auch schon los. Holly hatte sich die Bemerkung verkniffen, dass Jean die Zwillinge anscheinend gern hütete, wenn Milo sie darum bat, während sie bei Holly stets behauptete, diese wolle sie nur ausnutzen.

Doch wie auch immer – der Zeitpunkt für eine Planänderung war definitiv verstrichen. Es sprach wirklich Bände, dachte Holly, als sie widerstrebend die Kleidungsstücke einpackte, die sie auf dem Stuhl im Schlafzimmer zurechtgelegt hatte, dass sie lieber für die Revue Cello üben wollte, als mit ihrem Ehemann einen romantischen Abend zu verbringen.

Nachdem sie die Jungs sicher in der Spielgruppe abgeliefert hatte, hastete Holly zur Arbeit, wo sie sogar ein paar Minuten zu früh eintraf. Sie wusste, dass heute auch Julia Dienst hatte, deshalb klopfte sie an deren Zimmertür und trat ein. Julia hatte einen von ihren ekelhaften grünen Smoothies vor sich auf dem Schreibtisch stehen, der so unangenehm roch wie Silofutter.

»Ich weiß nicht, wie du das Zeug trinken kannst!«, rief Holly naserümpfend.

Julia zuckte die Achseln. »Man gewöhnt sich daran. Ich sage mir immer wieder: Was so ekelig schmeckt, zeigt in der Regel gute Wirkung.«

»Pah! Als ich hier angefangen habe, hast du mir weismachen wollen, das Zeug sei ein wahrer Gaumenschmaus, den du über alles lieben würdest!« Holly verstummte, dann fügte sie leicht verlegen hinzu: »Ich habe dich für eine ziemliche Dummschwätzerin gehalten.«

»Das habe ich behauptet?«, fragte Julia und verzog das Gesicht zu einem breiten Grinsen. »Ja, das klingt tatsächlich nach mir. Allerdings konnte ich dich anfangs nicht leiden. Du warst so nervtötend munter mit deinem Pferdeschwanz und deiner liebenswerten Tollpatschigkeit! Erinnerst du dich an den Tag, an dem wir einander vorgestellt wurden und du so dreist warst, mir die Stirn zu bieten? Du hast mich an einen kleinen Terrier erinnert, der sich einbildet, ein großer Hund zu sein. Nun ja, und dann fiel mir auf, dass ich dich völlig falsch eingeschätzt hatte.«

»Dann findest du mich also nicht mehr nervtötend?«, erkundigte sich Holly amüsiert.

»O doch, und zwar höllisch, es ist nur so, dass ich mich daran gewöhnt habe.«

»Hm. Ich bin mir nicht sicher, ob das ein Kompliment ist, aber ich nehme, was ich kriegen kann.«

»Probleme bei den Proben?«

Holly sah Julia an und suchte nach einem Anhaltspunkt, einem Bauchgefühl, ob sie sich ihrer neuen Freundin anvertrauen sollte oder nicht. »Die Proben laufen ausgezeichnet – zu gut, um genau zu sein.«

»Aha«, sagte Julia, die anscheinend keine nähere Erklärung brauchte. »Fährst du heute Abend nicht mit deinem Mann in dieses Wellness-Hotel?«

»Ja.«

»Aha«, sagte Julia wieder und krauste die Nase. »Vielleicht ist es Zeit für eine kritische Analyse? Pro und Kontra?«

Holly winkte ab. »Ich bin nicht mehr zwölf. Ich kann existentielle Entscheidungen nicht mit Hilfe einer Pro- und Kontra-Liste lösen …« Holly verstummte, als sie Julias Gesichtsausdruck bemerkte. »Nicht dass ich damit die Menschen abwerten möchte, die das können …«

»Ach, halt die Klappe, Holly, du weißt, dass ich meine Listen liebe. Das heißt allerdings nicht, dass du nicht anders vorgehen kannst – es täte dir sicher gut, ein bisschen Abstand zu gewinnen, um herauszufinden, was richtig ist. Meine Mutter ließ mich immer eine Münze werfen, die mir meine Entscheidung abnehmen sollte. War ich enttäuscht, wusste ich, dass ich die andere Möglichkeit wählen sollte. Fühlte ich mich erleichtert, hieß das: Job erledigt. Wahrscheinlich ist das der einzige vernünftige Ratschlag, den sie mir je gegeben hat.«

»Und er passt besser zu mir, als Listen zu schreiben«, räumte Holly ein und überlegte, ob sie vor Beginn der Sprechstunde vielleicht noch ein Gänseblümchen von der Wiese vorm Ärztehaus pflücken und »Er liebt mich, er liebt mich nicht« spielen sollte. Rasch schob sie diesen Gedanken beiseite und fragte stattdessen: »Wie läuft eigentlich die Operation Doppelagentin?«

Julia hatte am Donnerstagabend die anderen Ärzte eingeweiht und ihnen ihre Loyalität zugesichert. Holly war ziemlich beeindruckt gewesen von Julias Engagement. Auch wenn diese nie darüber gesprochen hatte, wusste sie, dass sie Geldprobleme hatte, und trotzdem schlug sie ein kleines Vermögen aus, um ihre Kollegen zu unterstützen. In einer Welt, in der Taten mehr zählten als Worte, kam Julias Handeln natürlich sehr gut an. Holly stellte fest, dass vor allem ein gewisser Dan Carter absolut hin und weg war.

»Um ehrlich zu sein«, antwortete Julia auf Hollys vorherige Frage, »fühle ich mich in der Rolle der Doppelagentin nicht besonders wohl. Ich habe Angst davor, dass es Henry gelingt, den anderen weiszumachen, ich sei tatsächlich Teil seines perfiden Plans, und dann bin ich ruckzuck wieder eine soziale Außenseiterin.«

»He, du warst nie eine Außenseiterin«, widersprach Holly. »Du bist lediglich ein Mensch, der selten ein Blatt vor den Mund nimmt …«

»Julia Channing, die Mata Hari von Larkford«, sinnierte sie, ohne auf Hollys Worte einzugehen. »Vielleicht sollte ich beim britischen Nachrichtendienst anrufen, wenn ich meinen Job verliere? Henry ist fleißig dabei, mir gegenüber alles auszuplaudern, und je distanzierter ich mich gebe, desto mehr möchte er mich beeindrucken. Heute Nachmittag will er mir die finanziellen Details per E-Mail schicken, das dürfte ziemlich erhellend sein. Ich habe ihm vor den Kopf geknallt, er würde nur heiße Luft von sich geben, und ich brauchte dringend einen konkreten Beweis, dass sich das Ganze wirklich lohnt.« Sie verzog das Gesicht. »Anscheinend trifft der Spruch ›Behandle ihn wie einen Hund, dann frisst er dir aus der Hand‹ auf Männer wie ihn zu.«

»Das kann schon sein, aber da darfst du mich nicht fragen. Männer sind für mich ein Buch mit sieben Siegeln. Ich verstehe nicht, warum George nicht ausflippt deswegen – er nimmt die Schließung des Ärztehauses widerstandslos hin, lässt uns sehenden Auges ins Messer laufen. Ich verstehe auch nicht, warum Henry so ein rücksichtsloser, machtgieriger Scheißkerl ist. Und erst recht nicht verstehe ich, warum mein Ehemann, der mich monatelang komplett ignoriert hat, plötzlich so versessen darauf ist, ein romantisches Wochenende mit mir zu verbringen!«

»Wirklich nicht?«, fragte Julia und beugte sich überrascht vor. »Seine Motivation liegt doch klar auf der Hand!«

»Wie bitte?«, fragte Holly verblüfft.

»Er markiert sein Revier. Jetzt, da du eine gefragte Ärztin und Teil eines Teams bist, umgeben von attraktiven Kollegen, die auf dich scharf sind …«

Holly errötete bis an die Haarwurzeln. »Nein, du kennst Milo nicht. Auf dieses Niveau würde er sich niemals herablassen. Über so etwas ist er völlig erhaben.«

Julia blickte skeptisch drein. »Na schön, wenn du meinst. Warum war er dann neulich in der Praxis und hat Dan ins Gebet genommen?«

»Was?« Holly schnappte nach Luft.

Julia nickte. »Meiner Meinung nach lässt ihn ›so etwas‹ ganz und gar nicht kalt. Ich glaube, euer gemeinsames Wochenende wird interessanter, als du denkst. Vielleicht verwandelt er sich in einen Neandertaler, um dich zurückzugewinnen?«

Vor ihrem inneren Auge sah Holly vor sich, wie Milo ihr eine Keule über den Kopf zog und sie an den Haaren in die Höhle schleifte. War das – metaphorisch gesprochen – nicht genau das Gleiche, wie sie mit der moralischen Keule zu diesem Wellness-Wochenende zu zwingen?

»Okay, genug geplaudert, Holly. Ich muss meine erste Patientin hereinholen.«

Am Ende des Samstagsdienstes, der für Holly heute zum Glück schon um halb drei endete, hatte sie die Pille danach, Antibiotika und Antidepressiva verordnet. Sie hatte ihre Patienten mit Taschentüchern versorgt und sich drei verschiedene Wikipedia-Ausdrucke unter die Nase halten lassen, sodass sie sich inzwischen fragte, warum sie sich überhaupt die Mühe mit einem medizinischen Abschluss gemacht hatte, wenn Mr Google seine Diagnosen per Mausklick stellen konnte.

Bei einer alten Dame war der Hormonhaushalt völlig entgleist, weil sie die ihr verordneten Medikamente nicht einnahm, eine andere weigerte sich, wegen eines suspekten Knotens eine Kernspintomographie vornehmen zu lassen, da sie meinte, durch die Strahlung an Krebs zu erkranken. Die absurde Logik ihrer Argumentation hatte Hollys diplomatische Reserven komplett erschöpft.

Sie musste sich definitiv erst einmal neu sortieren, bevor sie in ihren Kurzurlaub mit Milo startete.

Holly war wütend auf sich selbst, dass sie so negativ

darüber dachte. Hätte Milo sie vor sechs Monaten zu einem gemeinsamen Romantikwochenende eingeladen, wäre das für sie einem Sechser im Lotto gleichgekommen. Sein »kleiner Flirt« in Reading hatte ihr Selbstwertgefühl stark angekratzt, genau wie ihr Vertrauen. Es hatte sie große Anstrengung gekostet, darüber hinwegzukommen. Doch jetzt hatte sie drei Textnachrichten auf dem Handy, in denen er behauptete, er könne ihren gemeinsamen Trip kaum erwarten, und sie reagierte lediglich genervt.

Warum konnten sie nicht nächsten Samstag wegfahren? Dann wäre die Revue über die Bühne, und sie hätte den Kopf wieder frei. Und was um alles auf der Welt hatte er zu Dan Carter gesagt?

Holly wusste, dass sie sich sehr viel mehr freuen würde, wenn Milo die Ärmel hochkrempelte und zum Beispiel ein Bühnenbild für ihren Auftritt anfertigte, mit den Jungs in den Park ginge oder sie – was für eine göttliche Vorstellung – ein einziges Mal ausschlafen ließe.

In den letzten Wochen war ihr klar geworden, dass sie vor allem die kleinen Gesten schätzte, während sie auf die großen gut und gern verzichten konnte.

Taffy vermochte ihr den Tag mit einer zur rechten Zeit herbeigezauberten Orangenlimonade zu versüßen, Elsie gab ihr das Gefühl, geliebt und unterstützt zu werden, indem sie Holly spüren ließ, dass sie sie ernst nahm und schätzte.

Es waren diese kleinen Dinge des Alltags, die für sie zählten. Wechsel die Bettwäsche, lies den Jungs eine Geschichte vor oder grill mir ein Steak, und ich gehöre dir, dachte Holly.

Doch genau das würde sie von Milo niemals bekommen. Milo war ein Mann der großen Gesten – alles Blendwerk und nichts dahinter.

Holly griff in ihr Portemonnaie und zog eine Münze

heraus. Kopf für Milo, Zahl für Taffy, dachte sie und überlegte, ob sie den Verstand verloren hatte.

Die Münze trudelte durch die Luft, und Holly hielt den Atem an. In dem Moment, als das Geldstück vor ihren Augen abwärtssauste, kannte sie die Antwort. »Bitte, lass es Zahl sein«, flüsterte sie.

Gedankenverloren schlenderte Holly aus dem Ärztehaus.

Der Münzwurf hatte ihr eine Möglichkeit aufgezeigt, fernab jeglicher Logik und ihres Bedürfnisses, stets das Richtige zu tun, ihre eigenen Wünsche zu ermitteln.

Sie wollte Taffy.

Sie brauchte Taffy.

Allein die Vorstellung, tatsächlich mit ihm zusammen zu sein, war beflügelnd.

Sie setzte sich auf die Mauer, die den Parkplatz umgab, und legte sich ihre Worte zurecht, wobei sie nicht an das Gespräch mit Milo zu denken versuchte, das zwangsläufig folgen würde. Sie wollte ihre folgenschwere Entscheidung auskosten, und sei es nur für einen kurzen Augenblick.

Das alles war so untypisch für sie, so egoistisch! Sie konnte ihr Vorhaben noch gar nicht richtig fassen – würde sie wirklich ihr bisheriges Leben über den Haufen werfen? Sich einen müden Pfifferling darum scheren, das Vernünftigere zu tun? Sie stand kurz davor, sämtliche Regeln zu brechen – und konnte sich nicht erinnern, jemals so glücklich gewesen zu sein.

Holly baumelte mit den Beinen und ließ die Hand über das weiche Moos gleiten. Einen Augenblick fragte sie sich, was Lizzie wohl dazu sagen würde. War das nicht völlig egal? Machte es einen Unterschied, wenn alle, die sie kannten, sich gegen ihre Entscheidung wenden und behaupten würden, das sei eine ganz schlechte Idee?

Hollys Puls raste, als sie einen neuerlichen Blick auf die Uhr warf und sich fragte, wann Taffy wohl wiederkommen würde. Er hatte die Praxis vor einiger Zeit wegen eines dringenden Hausbesuchs verlassen. Eigentlich musste sie längst los, um die Jungs abzuholen … Plötzlich sah sie Dan an der Anmeldung mit einer jungen Blondine mit dickem Babybauch sprechen. Sie schienen eine Meinungsverschiedenheit zu haben. Neugierig schaute Holly genauer hin.

Die Blondine war exakt der Typ Frau, den Holly nicht ausstehen konnte. Anfang zwanzig, abgesehen von der Wölbung unter ihrer Bluse zierlich und zerbrechlich, mit großen Augen und ebenjener präpubertären Ausstrahlung, die erwachsene Männer zu adoleszenten Jünglingen mutieren ließ. Holly wusste, dass sie vorschnell urteilte, aber sie konnte die Männer, die sich zu diesen Mädchen hingezogen fühlten, genauso wenig leiden. Wussten sie eigentlich, was das über sie aussagte?

Holly schüttelte den Kopf. Vorhin hatte sie Julia gegenüber behauptet, sie würde die Männer nicht verstehen, aber vielleicht verstand sie ganz einfach die Menschen nicht. Punkt.

Obwohl es gut möglich war, dass die Leute nächste Woche über sie dasselbe sagten. Würde es in einer kleinen Stadt wie Larkford einen Skandal heraufbeschwören, wenn Holly ihre kleine Familie auseinanderriss, damit *sie* glücklich sein konnte?

Holly spürte, wie ihr der erste eisige Schauder des Zweifels über den Rücken rieselte. Es war ja schön und gut, eine Münze zu werfen und erleichtert über die Reaktion zu sein, aber die reale Entscheidung durfte nur wohldurchdacht erfolgen.

Während ihr all diese Gedanken durch den Kopf

schossen, beobachtete sie abwesend das Geschehen an der Anmeldung. Plötzlich erschien Taffy auf der Bildfläche. Er musste seinen Wagen an der Straße geparkt und den Hintereingang genommen haben. Da hätte sie lange warten können! Er hörte zu, was die Blondine zu sagen hatte, dann fasste er sie am Arm und führte sie aus der Praxis auf den Parkplatz.

Er wirkte verärgert, seine Stimme drang bis zu Holly auf der kleinen Mauer hinüber. Instinktiv duckte sie sich hinter die tiefhängenden Zweige eines Holunders.

»Raus mit der Sprache«, blaffte Taffy, »was soll das?«

Die Blondine baute sich trotzig vor ihm auf, den Rücken Holly zugewandt, die Hände in die Hüften gestemmt. »Ich will einfach nur, was mir zusteht.«

»Ach, tatsächlich? Und deshalb tauchst du hier auf, ausgerechnet in der Praxis?« Die junge Frau zuckte die Achseln. »Ich hab die Website gesehen, eine andere Adresse konnte ich nicht finden. Niemand lässt mich so einfach sitzen!«

Taffy fuhr sich seufzend mit den Fingern durch die Haare. »So einfach ist das nicht. Noch hängt alles in der Schwebe.«

»Das ist nicht mein Problem.« Sie legte kokett den Kopf schräg. »Ein Vater sollte für sein Kind da sein, zumindest finanziell, oder etwa nicht?«

Holly hatte das Gefühl, unter ihr würde sich der Boden auftun. Sie kannte Taffy gut genug, um seine Körpersprache zu deuten. Er war stinksauer, weil die junge Frau im Ärztehaus aufgetaucht war, doch gleichzeitig zeigte er Verständnis für das, was sie sagte. Ihre Stimmen wurden leiser, dann legte Taffy den Arm um die Schultern der Frau und führte sie wieder ins Gebäude.

Selbst wenn sie gewollt hätte – Holly konnte sich nicht

vom Fleck rühren. Andere Bilder, Bilder aus ihrer Vergangenheit, zogen an ihrem inneren Auge vorbei: Milo, der den Arm um die Schultern einer Studentin gelegt hatte. Und zwar nicht nur einer. Milo hielt gern engen Kontakt mit seinen Studentinnen, vorzugsweise jungen, zierlichen Blondinen.

Die ihr Leben ruinierten.

Das war's dann. Eine gerade noch rechtzeitige Erinnerung daran, dass alle Männer im Grunde gleich waren. Taffy würde Vater werden, und zwar ein ganz fantastischer –, allerdings nicht für ihre Jungs.

Der betörende Duft der Glyzinien, die an den Mauern des Ärztehauses rankten, brachte Hollys Magen zum Schlingern.

»Pläne sind dazu da, geändert zu werden«, murmelte sie und versuchte, den reißenden Schmerz in ihrer Brust zu verdrängen. Sie sah sich um, desorientiert und verloren.

Keine Lizzie, kein Taffy und aller Wahrscheinlichkeit nach bald auch keine Arbeit mehr.

Aber sie hatte ihre Jungs, und – wenn es dafür nicht zu spät war – einen Ehemann, der sie zu einem romantischen Wochenende entführen wollte.

Vielleicht sollte es so sein, dachte sie. Von zwei Übeln wählt man besser das, das man schon kennt …

Sie sprang von der Mauer und ging zu ihrem Wagen.

Doch als sie gegen halb vier, die Kinder nach der Spielgruppe erschöpft und in Streitlaune auf dem Rücksitz, in ihre Straße einbog und Milos Wagen vor dem Haus stehen sah, fragte sie sich, warum sie sich überhaupt für eines von zwei Übeln entscheiden sollte.

Kapitel achtunddreißig

Holly rutschte auf den Beifahrersitz von Milos geliebtem Saab, bemüht, ihre Schuhe genau auf der Matte zu platzieren. Am liebsten hätte sie sich in den Sitz gelümmelt und die Füße aufs Armaturenbrett gelegt, aber wenn sie wollte, dass das Wochenende halbwegs gut verlief, würde sie ein paar Kompromisse eingehen müssen. Kompromiss Nummer eins: Benimm dich in Milos Wagen.

An die größeren Kompromisse wollte sie gar nicht denken. Entschlossen verdrängte sie Elsies Stimme, die sich lautstark in ihrem Kopf zu Wort meldete.

Holly fühlte sich elend, den Tränen nahe. Immer wieder trat ihr die Szene mit Taffy und der schwangeren Blondine vor Augen. Benommen rieb sie ihre Schläfen gegen den beginnenden Kopfschmerz und fragte sich, was um alles auf der Welt sie hier eigentlich tat.

Endgültig wurde ihr klar, dass sie sich bis über beide Ohren in Taffy Jones verliebt hatte. Das zarte Flämmchen liebevoller Zuneigung hatte sich ausgewachsen zu einem Flächenbrand leidenschaftlichen Verlangens. Noch immer spürte sie den Nachhall seines flüchtigen Kusses auf ihren Lippen. Ihn mit der schwangeren jungen Frau zu sehen hatte ein tiefes Loch in ihr Herz gerissen.

Er hatte sie glauben machen, ihre Lage könnte sich ändern, und dann hatte er ihre Hoffnung mit Füßen getreten.

Es war Zeit, all die albernen Gedanken, die Elsie ihr eingepflanzt hatte, aus dem Kopf zu verbannen. Das Wörtchen »sollte« hatte sehr wohl einen festen Platz in ihrem Sprachgebrauch – es war der Antrieb, der sie als Mutter, Ehefrau und Ärztin durch den Alltag führte.

Konzentriere dich auf den Kern der Sache … Ha, und was war mit dem Drumherum?

Kampfgeist … Wer hatte schon die Kraft zu kämpfen?

Vielleicht kam diese kleine Auszeit mit Milo genau zur rechten Zeit – um sie daran zu erinnern, was sie besaß.

In guten wie in schlechten Zeiten.

Milo machte sich noch unter der Motorhaube zu schaffen, füllte Evian und Reinigungsmittel in die Waschanlage. Er verwendete viel Zeit darauf, den Wagen für ihren Ausflug flottzumachen, viel mehr zumindest, als er für sich selbst aufbrachte. Früher hatte Holly das für eine liebenswerte Marotte gehalten, jetzt war sie nur noch genervt.

Milos Mutter bezeichnete ihn als *gentil mécanicien,* was bedeutete, dass er sich nie schmutzig machte, sich nie unter den Wagen legte, aber permanent mit dem Kopf unter der Motorhaube steckte, den Kaschmirpulli bis zu den Ellbogen hochgeschoben. Er behauptete stets zu wissen, was er da tat, wenngleich der Wagen mehr Zeit in der Werkstatt verbrachte als auf der Straße.

Holly wusste, dass Milo es liebte, wenn die vorüberfahrenden Damen beeindruckt zu ihm herüberschauten, voller Begeisterung darüber, dass ein so gutaussehender Mann mit einem Motor zurechtkam. Holly jedoch würde laut schreien, wenn sie noch einmal von einer dieser Damen zu hören bekam, wie glücklich sie sich schätzen könne, einen solchen Mann zu haben.

In Wahrheit wünschte sie sich, er würde das verdammte Ding verkaufen und sich ein modernes, zuverlässiges Modell anschaffen. Es sprach ja nichts gegen ein bisschen Stil und Nostalgie, doch es wäre schön, wenn der Wagen auch *fahren* würde. Dazu waren Fahrzeuge schließlich da.

»So«, sagte Milo, als er einstieg. »Ich denke, wir können los.« Er drehte den Zündschlüssel um, und der Motor erwachte grollend zum Leben. Behutsam trat er aufs Gas und drückte Hollys Knie, ohne den Blick von den Armaturen zu nehmen. »Alles klar?«

»Alles klar«, erwiderte Holly, versiert in der Milo-Kurzsprache für »Hast du die Jungs versorgt? Hast du den Kühlschrank gefüllt? Weiß Mum, wo sie uns erreichen kann? Hast du deine Sachen gepackt? Hast du meine Sachen gepackt? Ach ja, hast du an die Reizwäsche für heute Nacht gedacht?«

Holly glitt tiefer in ihren Sitz und unterdrückte ein Gähnen. Sie war völlig erschöpft. Vielleicht hatte Milo recht, und sie brauchte einfach mal eine Nacht außer Haus, um die Akkus wieder aufzuladen. Selbst wenn ihr die Vorbereitungen für dieses Wochenende auch noch das letzte Quäntchen an Energie geraubt hatten, hoffte sie, sich etwas regenerieren oder wenigstens sammeln zu können. Sie sehnte sich danach, ein paar ungestörte Runden in einem Pool ohne aufblasbare Schwimmtiere zu drehen, und freute sich auf eine Nacht in einem großen, gemütlichen Bett mit einer Bettdecke in der Größe von Gloucestershire.

Mit großer Wahrscheinlichkeit würde sie ohne einen Zeh im Nasenloch aufwachen. Außerdem wäre es schön, fügte sie ihren Gedanken schuldbewusst hinzu, einen Abend mit Milo zu verbringen, an dem dieser nicht vor seinem Computer hockte. Doch wenn sie ehrlich war, war dies nicht der Hauptanreiz.

Als der Saab über den Marktplatz rumpelte, schloss Holly die Augen. Sie wollte das Schicksal nicht herausfordern, indem sie irgendwen erblickte, der sie womöglich brauchen könnte.

Milo schaltete höher und fuhr durch die Hügel Richtung Bath. Holly betrachtete sein Profil. Er konzentrierte sich auf den Drehzahlmesser und schien ganz in seiner eigenen Welt zu sein. Als er plötzlich etwas sagte, fuhr Holly erschrocken zusammen.

»Ich bin so froh über dieses Wochenende, Holly. Es ist genau das, was wir brauchen – etwas Zeit, um uns wieder näherzukommen.« Er schaltete erneut in einen anderen Gang. »Ich mache mir einfach Sorgen, dass dir dein neuer Job … nun, ich mache mir Sorgen, dass deine Kollegen gar nicht wissen, was sie an dir haben. Du arbeitest so hart, und du bist eine so gute Ärztin, allerdings scheinen sie das nicht recht zu würdigen. Du weißt, wie sehr ich dich schätze. Auch wenn ich es dir nicht so oft sage – das tue ich wirklich. Und wenn du das Ärztehaus verlassen möchtest, werde ich dich auch bei dieser Entscheidung unterstützen. Ich glaube an dich. Ich glaube an uns.«

Holly wusste nicht, was sie sagen sollte. Milos Monolog klang einstudiert. Seine Komplimente taten ihr gut, aber sie wirkten nicht aufrichtig. Die zynische Stimme in Hollys Kopf ging sogar einen Schritt weiter und sagte ihr, dass seine Worte offensichtlich eins zu eins dem Ratgeber *Passivaggressives Verhalten für Anfänger* entnommen worden waren.

Vor sechs Monaten hätte sie laut gejubelt. Ihr Selbstbewusstsein war derart am Boden gewesen, dass sie seine Komplimente begierig aufgesaugt und sich an jedes einzelne Wort geklammert hätte. Jetzt, da die rosarote Brille irreparabel zerstört war, nahm sie seine Worte distanziert und mit einer gehörigen Portion Skepsis wahr.

»Ich denke«, fuhr Milo fort, ohne sich an ihrem Schweigen zu stören, »dass Menschen wie Dan Carter froh sind um jeden, der für sie die Drecksarbeit erledigt, während sie den Ruhm einstreichen. Hoffentlich nutzt er deine Gutmütigkeit nicht allzu sehr aus, Holly.«

»Dan ist einer von den Guten, Milo«, platzte sie heraus.

Milo blickte sie irritiert an. »Ich bin lediglich auf der Hut, Holly – deinetwegen. In meinen Augen ist der Kerl ein Schlitzohr. Du solltest glücklich sein, dass ich die Situation objektiver betrachte als du. Dir fehlt einfach die Distanz.« Er schnaubte. »Manchmal habe ich den Eindruck, du hast einfach keine Perspektive mehr.«

»Vermutlich hast du recht«, erwiderte sie ruhig, ohne sich die Mühe zu machen, ihn darauf hinzuweisen, dass sie von völlig verschiedenen Dingen redeten. Ja, sie hatte tatsächlich keine Perspektive mehr.

Als eine Stunde später die Hotelzimmertür hinter ihr zufiel, wusste Holly, dass sie ungnädig und undankbar war, aber irgendwie wollte es ihr nicht gelingen, ihre Emotionen in Schach zu halten. Sie bemerkte die Röte, die Milos Nacken emporkroch, ein sicheres Zeichen dafür, dass er wütend wurde, doch offenbar war ihr die Fähigkeit abhandengekommen, ihre Gedanken zu zensieren, ehe sie sie aussprach. Sie ließ sich auf das luxuriöse Sofa der Suite – jawohl, der *Suite!* – fallen und stützte den Kopf in die Hände.

»Wie kannst du es wagen?«, stieß Milo voller Verachtung hervor. »Ich wurde noch nie in meinem Leben so blamiert!«

»Ach nein?«, erwiderte Holly kühl und hob den Kopf, um ihn anzusehen. »Wäre es dir lieber gewesen, ich hätte gewartet, bis wir auschecken und feststellen, dass wir die Rechnung nicht bezahlen können?«

Sie schluckte, zornig, weil ihr Mann sie in diese Situation gebracht hatte, und gleichzeitig tapfer darum kämpfend, verständnisvoll zu bleiben. »Ich verstehe, worum du dich bemüht hast, Milo. Wirklich. Wer würde sich nicht gern in ein Fünf-Sterne-Hotel entführen lassen, noch dazu in die Flitterwochen-Suite, und ein Sterne-Menü genießen? Aber hast du denn nie einen Blick auf unsere Kontoauszüge geworfen? Das Arrangement, das du gebucht hast, kostet mehr als unsere Monatsmiete!«

Milo schob störrisch das Kinn vor. Holly hätte ihn am liebsten geschüttelt. »Ich möchte meine Frau lediglich ein bisschen verwöhnen. Alle erzählen mir ständig, was für eine Heilige du bist. Es ist Gott weiß wie schwer, überhaupt noch einen Funken Aufmerksamkeit von dir zu bekommen, und dann noch dieses Foto in der Zeitung – ihr vier beim Frühjahrsschwimmen. Du mit unseren Jungs und diesem eingebildeten Waliser … Hat es dir nicht genügt, mit Dan zu flirten? Du hast keine Ahnung, wie ich mich dabei fühle. Warum habe ich das hier wohl organisiert, hm? Aber anscheinend sind große romantische Gesten bei dir reine Verschwendung. Kann ich denn gar nichts Nettes mehr tun, um dir eine Freude zu machen?«

Holly holte tief Luft und versuchte, ihre Gedanken zu ordnen, wobei sie energisch die Erinnerungen an das Frühjahrsschwimmen und *dieses Foto* verdrängte. Sie wusste, dass sie sich auf Milo und sein Herzensanliegen konzentrieren sollte. Mit der Betonung auf »sollte«. Was leichter gesagt war als getan. Milos verletzende verbale Spitzen setzten ihr weit weniger zu als der Schmerz, Taffy zu verlieren. Sie zwang sich, sich zu konzentrieren. Dabei ging es bei dieser Nacht im Hotel doch, oder? Sie sollte sich auf ihre Familie und ihre Zukunft mit Milo konzentrieren.

Also gut: Milo hatte versucht, ihr etwas Gutes zu tun,

dachte sie schuldbewusst, vielleicht sogar, sie dadurch zurückzugewinnen.

Aber das tut er mit dem Geld, das du verdienst, flüsterte die Stimme in ihrem Kopf. Das Geld, das sie so dringend brauchten, um über die Runden zu kommen. Es war einfach nicht genug da, um sich einen dekadenten Luxus wie diesen zu gönnen.

Würde sie anders denken, wenn es sich um *sein* Geld handelte?

Vielleicht, räumte sie ein.

Trotzdem. Die Vorstellung, dass sie zwei kleine Kinder hatten und eine vierstellige Summe in den Wind schossen – sie schluckte die Galle hinunter, die ihr in der Kehle aufstieg – für EINE EINZIGE NACHT IM HOTEL? Das war komplett verrückt.

»Milo«, sagte sie mit fester Stimme, entschlossen, sich nicht provozieren zu lassen, »du kannst sauer sein, weil ich beim Check-in die Kostenaufstellung gesehen habe, oder du bist erleichtert, weil ich sie *rechtzeitig* gesehen habe. Ich finde, der Manager ist erstaunlich ruhig geblieben. Wir hatten bereits die Anzahlung geleistet, und andere Zimmer waren nicht frei. Er hätte uns auch einfach nach Hause schicken können. Ich finde es ziemlich cool, dass er uns die Suite zum Preis für ein normales Doppelzimmer überlassen hat. Was, wenn wir einfach Abendessen und Frühstück canceln? Das wird uns nicht umbringen. Wir könnten ein Picknick auf dem Teppich veranstalten mit diesen Leckereien hier – sieh nur ...« Holly deutete auf den kostenlosen Präsentkorb mit Obst, Wein und Petits Fours. »Du willst, dass wir Zeit miteinander verbringen. Nun, da sind wir. Wir können schwimmen gehen, uns massieren lassen und all die anderen Wellness-Aktionen nutzen, für die wir bereits bezahlt haben ...«

Holly verstummte, erschöpft, verärgert und mit dem Gefühl, sie wäre betrogen worden. Ein Abend außer Haus. In einem Pub, einem gemütlichen kleinen Hotel. Das wäre wunderbar gewesen. Warum musste mit Milo alles in einen Kampf ausarten? Er behauptete, er täte es für sie, aber das stimmte nicht. Sie glaubte das einfach nicht mehr.

Milo schien der festen Überzeugung zu sein, dass ihm nur das Allerbeste zustand. Selbst ohne nennenswertes Einkommen stolzierte er in den Feinkostladen und gab fünfzehn Pfund für Rauchkäse aus, während sie Coupons aus der Zeitung ausschnitt, um im Supermarkt fünfzig Cent zu sparen. Glaubte er wirklich, das Geld würde auf Bäumen wachsen?

Sie hatte es so satt, ständig die Spielverderberin zu sein, sich den Mund fransig zu reden, dass sie nicht über ihre Verhältnisse leben durften. Sie wusste, dass Milo Probleme hatte, sich einzuschränken und mit einem bestimmten Budget auszukommen, aber das hier zeugte davon, dass er keinen blassen Schimmer hatte, wie es um ihre Finanzen tatsächlich bestellt war.

Sie versuchte zuzuhören, wie Milo sich weiter darüber ereiferte, wie gedemütigt er sich fühlte, aber ein Teil von ihrem Gehirn hatte bereits abgeschaltet. Dennoch musste sie all ihre Selbstbeherrschung aufbringen, um nicht zurückzukeifen. Wieso begriff er nicht, dass sie gerade noch mal davongekommen waren? Wie viele Teller hätten sie spülen müssen, um in einem Hotel wie diesem ihre Rechnung zu bezahlen? Oder hätte der Manager gar die Polizei gerufen? Bei der Vorstellung fing ihre Haut an, unangenehm zu kribbeln.

»Hör auf, Milo! Hör auf zu schimpfen und so zu tun, als wäre das ganze Fiasko meine Schuld. Hol einfach mal tief Luft!«

Und das tat er – mit vorgerecktem Kinn. »Und was hast du jetzt vor, Frau Oberschlau?«

Holly seufzte und warf einen Blick auf die Uhr. Tom und Ben würden mittlerweile in ihren Schlafanzügen stecken, warm und duftig nach ihrem abendlichen Bad.

Sie räusperte sich. »Nun, ich werde mir jetzt die Massage gönnen, die schon bezahlt ist. Mein Nacken bringt mich um. Danach komme ich zurück, rufe die Jungs an, um ihnen eine Gute Nacht zu wünschen, esse ein paar von diesen Gratisköstlichkeiten und trinke ein Glas Wein.« Sie hielt einen Augenblick inne, sammelte sich und versuchte, ihre verspannten Schultern zu lockern. »Machst du mit? Wir könnten es uns wirklich schön machen. Du musst dich nur dazu entschließen, den Abend zu genießen.«

Holly strengte sich heftig an, ihren eigenen Rat zu befolgen. Hatte sie nicht die Entscheidung getroffen, sich Milo wieder anzunähern? Doch sosehr sie sich auch bemühte – es klappte nicht. Es schien, als hätten Elsies aufmunternde Worte die angriffslustigen, temperamentvollen Areale in ihrem Gehirn aktiviert, die sich nun einfach nicht mehr besänftigen ließen.

Dabei war es doch nur für eine Nacht. Milo hatte recht: Wenn sie ihm nicht mal eine einzige Nacht ihre ungeteilte Aufmerksamkeit schenken konnte …

Holly seufzte. Sie hasste sich dafür, dass sie so war. Sogar hier, in dieser wunderschönen Suite, war sie in Gedanken woanders.

Sie spürte, wie wahre Wogen von Schuldgefühlen über sie hereinbrachen. »Ob es nun hilfreich ist oder nicht, es tut mir aufrichtig leid, dass dein wundervoller romantischer Plan bisher nicht funktioniert. Wir können uns die ganze Nacht darüber streiten, aber das würde nichts daran ändern. Komm, gib dir einen Ruck, Milo.«

Er sah sie störrisch an. »Nun, immerhin sind wir hiergeblieben. Ich hatte fast damit gerechnet, dass du stornierst. Du bist ja der Boss.«

Holly sah sich in der prächtigen Suite um, betrachtete die schweren Brokatvorhänge, die luxuriösen Tagesdecken auf dem riesigen Bett, die großen Schiebefenster mit der wunderschönen Aussicht auf Bath. Wenn sie hier nicht gemeinsam glücklich sein konnten, dann konnten sie es vermutlich nirgendwo. Automatisch streichelte sie Milos Arm. Sie war müde, viel zu müde, um sich noch weiter mit ihm auseinanderzusetzen.

Sie wollte ihn bitten, seinen Stolz hinunterzuschlucken und sich eine Arbeit zu suchen, eine richtige Arbeit. Er musste doch gar nicht aufhören zu schreiben – sie wollte gewiss nicht diejenige sein, die seine Träume zerplatzen ließ –, aber sie brauchten zwei Einkommen, selbst wenn sie ihn dazu bringen konnte, seine Ausgaben einzuschränken.

Trotzig starrte er aus dem Fenster. Holly nahm seine Hand. »Lassen wir uns ein bisschen verwöhnen, Milo. Was für eine Massage hast du denn gebucht?«

Er drehte sich zu ihr um. Holly spürte die negative Spannung, die von ihm ausging. »Es ist im Grunde keine Massage, sondern eine Wickelanwendung. Zur Entgiftung. Ich dachte, das würde dir guttun.«

Holly starrte ihn fassungslos an. »Wie nett von dir«, presste sie schließlich mit zusammengebissenen Zähnen hervor und zog ihren Badeanzug aus der Reisetasche.

Zwei Stunden später lag Holly schwitzend auf dem Bett. Die Jungs konnte sie jetzt nicht mehr anrufen, etwas essen auch nicht, geschweige denn ein Glas Wein trinken. Sie hatte das Gefühl, dass sämtliche Giftstoffe, die sie während des letzten Jahrzehnts eingelagert hatte (und da gab es bestimmt einige) aus ihren Poren krochen. Man hatte sie in Algen gewickelt und das Ganze mit Frischhaltefolie ummantelt, dann hatte man sie unter eine Heizdecke gelegt, wo sie in ihrem eigenen Saft vor sich hin schmorte. Zum Schluss hatte man sie mit Eiswasser übergossen, und das Schlimmste war: Für diese Quälerei hatte sie ein Vermögen bezahlt! Ihr Magen krampfte sich zusammen.

»Milo!«, rief sie. »Ich muss dringend ins Badezimmer. Brauchst du noch lange?«

Seine Stimme hallte schroff von den Marmorwänden wider. »Es wird wohl noch eine Weile dauern.«

Holly krümmte sich, weil sich ihr Magen erneut zusammenzog, was wiederum einen weiteren Schweißausbruch hervorrief. »Hör mal, ich muss *wirklich dringend* ins Bad. Bitte komm raus, nur kurz! Wir können uns doch abwechseln!«

»Das ist mir zu riskant, Holly. Ich reagiere leicht allergisch auf diese Entgiftungsbehandlung, genau wie die Therapeutin prophezeit hat. Ich bleibe am besten hier drinnen. Nur für alle Fälle.«

»Ich habe dieselbe Anwendung bekommen, und ich muss *unbedingt* für fünf Minuten ins Bad, dann kannst du wieder rein. Nur fünf Minuten, Milo, bitte.«

Schweigen.

Holly hämmerte gegen die Tür, wütend über ihren flehentlichen Ton.

Keine Reaktion.

Hollys Verdauungssystem gab ein lautes Protestgrummeln von sich. Jetzt war keine Zeit mehr zu verlieren. Der logisch denkende Teil ihres Gehirns übernahm und blendete alles andere aus. Im Geiste ging sie den Grundriss des Hotels durch. Wo war die nächste Damentoilette? Die bei der Rezeption konnte doch unmöglich die einzige sein!

»Milo? Hörst du mich! Jetzt sei nicht so verdammt selbstsüchtig!«

Anstelle einer Antwort hörte sie das dynamische Prasseln der Wasserfalldusche mit Massage und Schwall. Das genügte, um ihr den Zustand ihrer Ehe mit drastischer Klarheit vor Augen zu führen. Hier ging es nicht um eine Knochenfissur, die sich sang- und klanglos wieder zusammenfügen ließe. Hier ging es um Brüche, die eine aufwendige operative Reposition mit langwieriger Retentions- und Rehabilitationsphase erforderten –, ohne Garantie auf vollständige Heilung.

Sie schnappte sich den Zimmerschlüssel von der eleganten georgianischen Kredenz und stürmte zusammengekrümmt und schweißüberströmt in ihrem zu großen, flauschigen Hotelbademantel zu der Damentoilette zwei Stockwerke tiefer.

Das war im wahrsten Sinne der beschissenste Kurzurlaub, den sie je verbracht hatte.

Kapitel neununddreißig

Dan sprang zur Seite, als Elsies kleiner Fiat auf ihn zuflitzte und mit kreischenden Bremsen zum Stehen kam.

»Guten Abend, Dr. Carter«, sagte sie, nachdem sie die Scheibe heruntergelassen hatte.

»Elsie, ich war gerade auf dem Weg zu Ihnen. Wie geht es Ihnen?«, erkundigte er sich und beugte sich vor, um durchs Autofenster blicken zu können.

»Oh, wie aufmerksam! Sogar am Samstag machen Sie sich meinetwegen die Mühe! Aber keine Sorge: Ich bin lebendig, munter und quietschfidel wie immer, danke der Nachfrage.« Sie grinste schelmisch. »Ich habe gerade für die Revue geprobt. Hach, das ist ja so aufregend!«

»Großartig«, erwiderte Dan herzlich. »Aber bitte achten Sie darauf, dass Sie bis dahin heile bleiben. Ein bisschen weniger Gas wäre vernünftiger!«

Lachend winkte Elsie ab. »Ach Dr. Carter, seien Sie nicht albern. Sie wissen, dass ich schnell fahren muss, sonst vergesse ich, wo's hingehen soll!« Damit drückte sie das Gaspedal durch und raste davon, ohne den Blinker zu setzen.

Dan sah ihr kopfschüttelnd nach. Elsie Townsend war eine äußerst gerissene Patientin. Manchmal hatte sie ihre fünf Sinne nicht mehr ganz beisammen, aber sie war auch noch nicht völlig durcheinander. Zudem war sich Dan nicht sicher, ob die Elsie mit achtzig tatsächlich anders war als die Elsie mit sechzig. So oder so – er kam nicht umhin, sie zu bewundern.

Elsie Townsend war ihre Geheimwaffe, und Henrys Geschwafel, sie aus dem Verkehr ziehen zu wollen, zum Trotz, konnte Dan sich nicht vorstellen, dass sein Kollege so weit gehen würde.

Julia dagegen war überzeugt, dass ein gewisses Risiko bestand. Seit sie von Henrys niederträchtigem Plan erfahren hatte, Elsie in ein teures Pflegeheim zu verfrachten, um sich die Vermittlerprovision in die Tasche zu stecken, hatte sie das halbe Team mobilisiert, regelmäßig unter verschiedenen Vorwänden bei Elsie vorbeizuschauen, um sich zu vergewissern, dass es der alten Dame gutging.

Überhaupt war Julia in Bestform.

Nachdem sie den Großteil des vergangenen Abends über Henrys Bilanzen gebrütet hatten, war Dan hin und weg gewesen, auf welch eloquente, entschiedene Art und Weise sich Julia für den Erhalt des Ärztehauses einsetzte.

Seltsam, wie sich das Blatt gewendet hatte.

Sie zeigte sich engagiert und entschlossen wie immer, aber anders als früher benutzte sie nun Wörter wie »Team« und »gemeinsam«.

Dan konnte nicht leugnen, dass sie ein wahrer Goldschatz war. Die Vorzüge dieser umwerfenden Frau – ohne das Gezicke und das ständige Bestreben, den anderen um eine Nasenlänge voraus zu sein, was letztendlich zu ihrer Trennung geführt hatte – ließen sich nicht übersehen.

Dan dachte an den gestrigen Abend zurück. Sie waren in seinem Sprechzimmer auf der Behandlungsliege gelandet, knutschend wie liebestolle Teenager. Letzte Nacht hatte er geschlafen wie ein Baby und fühlte sich nun so ruhig und erfrischt wie schon lange nicht mehr.

Ja, George Kingsley hielt sich nach wie vor von den

meisten ihrer Strategiesitzungen fern, aber dafür zogen Julia und er an einem Strang, ganz zu schweigen von der Begeisterung, die Holly und Taffy mitbrachten. Dan hoffte nur, dass Henry Bruce nicht ahnte, was auf ihn zukommen würde.

Das Lächeln verschwand von seinen Lippen, als er an seinen besten Kumpel dachte. Der arme Taffy.

Dan wusste, dass Taffy aufrichtig gewesen war, seine Gefühle für Holly betreffend, auch wenn es ihm nichts gebracht hatte. Und dann war auch noch diese schwangere junge Frau im Ärztehaus aufgetaucht ... Dan stieß scharf die Luft aus. Taffy stand wirklich vor einigen schwerwiegenden Entscheidungen. Dan beneidete ihn nicht darum, zwischen Liebe und Pflicht wählen zu müssen.

Vorausgesetzt, Holly gäbe ihm überhaupt eine Chance, dachte Dan. Er schlug eine andere Richtung ein und marschierte etwas früher als geplant zum Kingsley Arms.

»Also wirklich, Herr Major«, protestierte Dan, der soeben aus der Herrentoilette kam, den Major mit offenem Gürtel dicht auf den Fersen. »Es ist Wochenende. Kommen Sie doch einfach in die Praxis wie alle anderen auch. Ich werde Ihnen keine Diagnose auf der Pub-Toilette stellen!«

»Bitte, Dr. Carter, wenn Sie nur einen schnellen Blick darauf werfen könnten ...« Die Stimme des Majors klang gestresst. Nervös ließ er sich auf einen Barhocker fallen und fummelte mit steifen Fingern an seiner Gürtelschnalle. Zu seinen Füßen saß wie immer brav sein uralter Terrier, der immer mehr zu schrumpfen schien.

»Trinken Sie ein Glas mit mir«, lud Dan den Major ein, »und dabei erzählen Sie mir, warum Sie das Ärztehaus nie mit Ihrem Besuch beehren.«

Dan zog einen Barhocker für sich heran und sah zu, wie sich Grover, der kleine, drahtige Terrier, gegen die Beine des Majors drückte, bis dieser ihn auf seinen Schoß hob. »Ich nehme ein Guinness, Dr. Carter, trotzdem werden Sie mich nicht überreden können, in die Praxis zu kommen.«

»Das sehen wir dann«, erwiderte Dan leichthin und bestellte drei Pints. »Möchte Grover auch etwas?«, scherzte er, damit sich der alte Bursche entspannte. Alle wussten, wie sehr der Major seinen Hund liebte.

»Nein, nein, machen Sie sich keine Gedanken wegen Grover, Doktor. Er bekommt etwas von meinem Guinness ab«, erwiderte der Major, ohne mit der Wimper zu zucken.

»Also«, begann Dan und reichte Taffy sein Pint, »wie können wir Sie dazu bringen, zu einem Check-up in die Praxis zu kommen? Sind es die anderen Patienten, denen Sie aus dem Weg gehen möchten? Ist es einer der Ärzte?« Dan nahm einen Schluck Guinness und wischte sich mit dem Handrücken den Schaumschnurrbart ab. Ihm wurde bewusst, dass er sich trotz aller beruflicher Anspannung zum ersten Mal in dieser Woche »normal« fühlte. Es war Samstagabend, und er saß in einem Pub, ein Pint Guinness in der Hand, mit Taffy und mit einem Patienten, der ihn zu einem kleinen Plausch nötigte. Obwohl im Grunde er es gewesen war, der den Major auf einen Drink eingeladen hatte. Irgendwie mochte er den alten Kauz.

Der Major sah sich verlegen um. Stand er im Begriff, das lang gehütete Geheimnis um seine panische Angst vor Stethoskopen zu lüften? »Die Sache ist die, Dr. Carter«, flüsterte er verschwörerisch, »ich will die Wette nicht verlieren.«

»Wie bitte?«, fragte Dan perplex.

Der Major zwinkerte ihm zu. »1964 haben mein bester Freund Andy und ich eine Wette abgeschlossen. Der Erste, der klein begibt und zum Arzt geht, hat verloren. Der Gewinner bekommt eine Flasche von dem preisgekrönten Single Malt seines Vaters. Und das ist kein schlichter Single Malt, Dr. Carter«, verkündete der Major und packte voller Leidenschaft Dans Ärmel. »Andys Vater leitete eine Destillerie auf der Hebriden-Insel Inslay. Wir reden hier von einem Black Bowmore, der so viel kostet wie ein Kleinwagen, und der Geschmack … nun, von dem Geschmack kann ich nur träumen!«

»Noch mal zum Mitschreiben«, sagte Dan, der nicht umhinkam, sich zu fragen, wie viele Pints Guinness der Major und Grover bereits intus hatten, »Sie gehen *wegen einer Flasche Scotch* nicht zum Arzt?«

Der Major schaute ihn empört an. »Es handelt sich nicht um *irgendeine* Flasche Scotch, Dr. Carter, sondern um einen Black Bowmore!«

»Im Ernst, Herr Major? Um *den* Black Bowmore? Das Zeug ist eine Legende!«, mischte sich plötzlich Taffy ins Gespräch ein.

»Sehen Sie!«, rief der Major und fuchtelte aufgeregt mit den Händen. »Sogar die Waliser haben davon gehört! Dr. Carter, nicht, dass ich an Ihren Fähigkeiten als Mediziner zweifle – es liegt auf der Hand, dass ich keinen Fuß in Ihre Praxis setzen kann, bevor es Andy McLeod umhaut, aber der Mistkerl ist kerngesund!«

Dan schüttelte ungläubig den Kopf. »Und was ist, wenn Sie ernsthaft krank werden?«

»Nun, dann falle ich entweder tot um, oder ich bekomme am Ende meinen Whisky. Es ist eine Schande, dass George in den Ruhestand geht.« Er warf Dan einen unnachgiebigen Blick zu. »Er hat verstanden, wie viel auf dem Spiel steht, und er hatte nie etwas gegen einen kurzen Plausch außerhalb der Dienstzeiten einzuwenden. Auch die liebenswürdige Julia hält mich in Schuss, im medizinischen Sinne, versteht sich.« Der Major verstummte und nahm einen Schluck Guinness, dann hielt er das Glas Grover hin.

Taffy und Dan sahen sich über den grauen Schopf des Majors hinweg an. Taffy grinste und wies mit dem Kopf Richtung Herrentoiletten, während Dan befremdet den Kopf schüttelte. »Nun geh schon«, flüsterte Taffy lautlos. Seine Augen funkelten vor Verschmitztheit.

»Ihr jungen Kerle haltet wohl nichts vom Wetten.« Der Major stellte sein Glas ab. »Und nachgeben tut ihr anscheinend auch nicht.«

Taffy zuckte die Achseln. »Nun ja, unsere Wetten sind in der Regel etwas preiswerter, Herr Major. Und sie dauern auch nicht ein Leben lang. Eher bis zum Ende einer Woche … was mich daran erinnert, Dr. Carter, dass wir tatsächlich Wochenende haben.« Seine Stimme klang plötzlich förmlich, beinahe schwülstig, als er fortfuhr: »Zeig mir dein Ei!«

»Verzeihung«, ließ sich der Major vernehmen, »sagten Sie Ei?«

Dan schüttelte abermals den Kopf und warf Taffy einen strafenden Blick zu. »Er hat mit mir um eine Runde gewettet, dass ich keine ganze Woche ein Ei mit mir herumtragen kann, ohne es zu zerbrechen.«

»Vergiss nicht, dass ich ebenfalls ein Ei in meiner Obhut habe«, protestierte Taffy. »So einseitig ist die Wette also nicht!«

»Entschuldige, Kumpel, die Runde geht auf mich. Mein Ei wurde leider plattgedrückt, als ich den alten Jack Dollar wiederbelebt habe.«

»Das ist ja nicht gerade die sportliche Art, eine Wette zu gewinnen, Dr. Jones. Dieser Mann hier ist ein Held! Können Sie den Versuch nicht wiederholen?«

Taffy tat, als würde er einen Moment lang angestrengt überlegen. »Nun ja, der Knackpunkt dieser Wette war der, dass ich sozusagen ein Exempel statuieren wollte. Dr. Carter, so wunderbar er auch sein mag, ist nämlich jemand, der alles fallen lässt.«

»Das stimmt nicht«, protestierte Dan. »Mein Ei war absolut sicher, bis … nun ja, bis es zerquetscht wurde. Wo ist eigentlich deins?«

Taffy griff in die Brusttasche seines Jacketts und zog ein gepunktetes Taschentuch hervor. Als er es auseinanderfaltete, kam ein makelloses Ei zum Vorschein. »Ta da!«

Dan und der Major schnappten nach Luft. »Willst du etwa behaupten, du hättest das Ei die ganze Woche in deiner Jacketttasche mit dir herumgeschleppt?«

»Jawohl! Ich habe es mir für ein kleines Festmahl aufgehoben … Aber bestell du erst mal eine neue Runde, dann werfen wir einen Blick auf das schlimme Bein des Majors, und danach überlegen wir uns eine andere Möglichkeit, entgegen sämtlicher Logik und Erwartungen zu beweisen, dass du ein Mann bist, der alles fallen lässt – sogar die schöne Julia.«

»Autsch«, sagte Dan, doch dann lachte er und legte einen Zwanziger auf den Tresen.

»Wenn Sie schon einen ausgeben, Dr. Carter, hätte ich gern noch einmal das Gleiche.« Der Major schmunzelte.

Taffy stand auf, nahm einen Salzstreuer von einem der Tische und klopfte sein Ei auf den polierten Tresen, bevor er es gemächlich pellte.

»Das darf doch nicht wahr sein, du Betrüger! Du hast nicht erwähnt, dass wir das verdammte Ding kochen dürfen!«, protestierte Dan, während sein Zwanziger schon in der Pub-Kasse verschwand.

»Ich habe aber auch nicht behauptet, dass du es *nicht*

kochen darfst«, hielt Taffy dagegen, nahm einen großen Bissen und streute emsig Salz auf den kümmerlichen Rest. »Der Teufel steckt im Detail, Dan. Das müsstest du doch eigentlich wissen.«

Der Major nickte mit einem anerkennenden Gesichtsausdruck. »Alle Achtung, mein Herr!« Er ließ seinen berauschten Terrier auf den Fußboden gleiten, rutschte vom Barhocker und ergriff sein frisches Guinness. »Und ihr Jungs denkt *ich* sei wahnsinnig«, murmelte er und begab sich zu der liebenswürdigen Marion Gains, von der er sich etwas mehr Mitgefühl erwartete.

Dan fing sich wieder. »Genieß deinen Sieg, Taffy, mein Wagen freut sich schon auf eine Vollreinigung. Du musst nämlich wissen, dass meine Kaulquappe bereits Hinterbeinchen hat.«

Taffy schnitt eine Grimasse. »Du kannst sie ja bei der Revue ins Programm nehmen lassen, als Robin, den kleinen Neffen von Kermit dem Frosch – meine Kaulquappe hat nämlich auch schon Vorderbeinchen!« Er lachte auf. »Ach Kumpel, wann wirst du endlich begreifen, dass ich in einer anderen Liga spiele?«

Dan zuckte die Achseln. »Wir werden ja sehen. Aber da du bestenfalls zwei linke Füße hast und wir in fünf Minuten bei den Proben sein müssen, solltest du dir die nächste Runde vielleicht für später aufheben.«

Taffy nickte widerstrebend. »Zwanzig Pfund, wenn du es, ohne zu stolpern, durch die gesamte Probe schaffst«, sagte er.

»Abgemacht.« Dan schüttelte seine ausgestreckte Hand. »Obwohl … warte mal, Kumpel, du darfst mich aber nicht schubsen, oder?«

Grinsend leerte Taffy sein Pint. »Ach Dan, du musst die Bedingungen abklären, *bevor* du einschlägst.«

Kapitel vierzig

Am nächsten Morgen war Holly mit ihrem Latein am Ende. Sie hatte Milo in Bath zurückgelassen, oder besser gesagt – verlassen. Was sie betraf, war das Spiel aus. Aus und vorbei. Sie würde es schaffen, alleinerziehende Mutter zu sein – verdammt, sie war im Grunde schon während der beiden vergangenen Jahre alleinerziehende Mutter gewesen, nur dass ihr noch eine weitere Person vor den Füßen herumsprang.

Sie konnte das. Alles wurde gut. Sie musste bloß rasch reagieren und versuchen, sich über ihre Schuldgefühle hinwegzusetzen. Den Jungs sagen, dass ihr Vater nicht mehr bei ihnen lebte.

Die Nacht im Hotel hatte ihr die Augen geöffnet. Die physischen und psychischen Giftstoffe hatten ihren Körper verlassen, geblieben war absolute Klarheit.

Sie hatte den frühen Bus nach Larkford genommen, vor den Augen der völlig perplexen Jean die Zwillinge aus dem Bett geholt und in ihren zerbeulten alten Golf gesetzt. Nachdem sie ein knappes »Deinem Sohn wird sicher eine Erklärung einfallen« hervorgestoßen hatte, war sie losgefahren. Doch kurz darauf hatte sie der Schwung verlassen.

Eine Weile gondelte sie ziellos durch die Gegend. »Der, die, das/wer, wie, was/wieso, weshalb, warum?«, tönte es endlos aus dem CD-Player.

Sie brachte es nicht über sich, nach Hause zurückzukehren, und zu Lizzie konnte sie auch nicht.

»Wie viele Brücken kann man in so kurzer Zeit hinter sich abreißen?«, fragte sie sich selbst.

Vor dem Supermarkt hielt sie an. »Kommt, Jungs, wir besorgen etwas zum Frühstück.«

So früh war kaum jemand unterwegs, sodass Holly und Marion Gains ins Plaudern gerieten, während Holly ihre knusprigen Brötchen und etwas Obst bezahlte.

»Geht es Ihnen gut, Dr. Graham?«, erkundigte sich Marion freundlich. »Sie haben so ein Glitzern in den Augen, obwohl Sie gar nicht glücklich aussehen.«

Holly schüttelte den Kopf. »Ach Marion, Sie sind lieb. Aber danke, es geht mir gut. Wirklich. Es wird alles wieder gut werden.«

Marion zog eine Augenbraue in die Höhe. »Sie wissen, dass wir für Sie da sind, wenn Sie uns brauchen. Niemand hier spricht mehr über etwas anderes als über Ihre Idee, diese Revue zu veranstalten – wir sind wirklich gerührt, dass Sie uns so sehr unterstützen, Dr. Graham. Sie wohnen zwar noch nicht lange hier, dennoch sollten Sie wissen, wie sehr wir Ihre Arbeit zu schätzen wissen.«

Holly lächelte. »Es ist mir eine Freude, Marion.«

»Da gerade nichts los ist und Sie auch nicht in Eile sind – dürfte ich vielleicht etwas sagen?«

Holly fing Bens Banane auf, bevor sie auf den Boden traf, dann wandte sie sich wieder Marion zu. »Selbstverständlich, schießen Sie los.«

Marion blickte ausgesprochen unbehaglich drein. Holly wappnete sich.

»Es geht um Ihren Mann, Dr. Graham. Ich wollte schon eine ganze Weile etwas sagen, aber es hat sich nie die Gelegenheit ergeben.«

»Was ist denn mit ihm?«, fragte Holly erschöpft. Hatte Milo Schulden gemacht, oder hatte er mit der minderjährigen Tochter einer Kundin geflirtet? Nach der gestrigen Nacht gab es nichts mehr, was sie noch überraschen konnte.

Marion holte tief Luft. »Er kauft den Jungs ständig Schokolade«, platzte sie schließlich heraus. »Auch Ben. Bei jedem Einkauf. Eine große Tafel Vollmilch. Er behauptet, das würde die zwei ruhigstellen. Ich habe ihn an Bens Allergie erinnert, wirklich, Dr. Graham.«

Marion wirkte so betreten, dass Holly ihr automatisch eine beruhigende Hand auf die Schulter legte.

Am liebsten hätte sie gelacht – ein hysterisches und gleichzeitig erleichtertes Lachen.

»Ach Marion, Sie sind wunderbar«, sagte sie. Die andere sah sie verwirrt an.

Wie sollte Holly den Tumult der Gedanken erklären, der in ihrem Kopf vor sich ging? Alles wirbelte wild durcheinander, also zog sie Marion nur in die Arme und drückte sie, dann verließ sie mit den Jungs den Supermarkt.

Draußen auf dem Parkplatz fiel ihr unvermittelt ein, wohin sie als Nächstes fahren würde: zu Elsie. Dort würde sie einen vernünftigen Rat für die anstehende Scheidung bekommen.

Scheidung.

Nicht länger Ausdruck der Niederlage, sondern der Befreiung.

Holly schnallte die Jungs in ihren Autositzen fest, zauste ihnen die Haare und drückte Küsschen auf ihre klebrigen kleinen Wangen. »Entschuldigt, ihr zwei. Mami ist ein bisschen durch den Wind.«

Sie war sich nicht sicher, ob sie lachen oder weinen sollte.

Nur eines wusste sie mit hundertprozentiger Klarheit: Ihre Ehe war am Ende. Auch ohne die Hoffnung auf Taffy Jones würde sie sich nicht länger mit dem Zweitbesten oder noch weniger Guten begnügen. Lieber wäre sie allein.

Sie war bei Milo geblieben, weil sie wollte, dass die Zwillinge mit ihrem Vater aufwuchsen.

Was für ein Witz!

Sie hatte sich so viele Gedanken gemacht, so viele schreckliche Sorgen wegen Bens auditiver Wahrnehmung, seiner Gesundheit, seiner Verhaltensdisposition – hatte sich gefragt, was sie noch für ihn tun könnte. Und die ganze Zeit über hatte Milo ihn mit Schokolade vollgestopft und damit all die allergischen Reaktionen ausgelöst, die sie versuchte einzudämmen.

Herrgott, welcher Vater vergiftete wissentlich seinen eigenen Sohn, nur um seine Ruhe zu haben?

Die Antwort war simpel: der Typ Vater, ohne den man besser dran war.

Holly legte den Gang ein und fuhr mit einem Seufzer der Erleichterung zu Elsie.

Elsie freute sich, sie zu sehen, und hieß sie mit offenen Armen willkommen. »Jungs, ich muss euch um einen Riesengefallen bitten. Es sieht so aus, als hätte ich viel zu viel Popcorn gemacht. Könntet ihr mir helfen, etwas davon zu verputzen?«

Binnen Sekunden hatte sie die Zwillinge im Griff, und als die alte Dame auch noch einen Weidenkorb öffnete und Hunderte kleine, glänzende Holzklötze zum Vorschein kamen, schwebten sie im siebten Himmel. »Mein Ginger hat stundenlang damit gespielt«, erzählte Elsie und machte rasch den Fernseher aus, in dem gerade Mr Darcy nach seinem Bad im See zu sehen war.

In der Küche stellte Holly die Kaffeemaschine an, so vertraut fühlte sich Elsies Zuhause für sie inzwischen an.

»Dann haben Sie es also geschafft?«, schlussfolgerte Elsie scharfsinnig aus Hollys frühem Besuch.

Holly wirbelte herum und verschüttete prompt Kaffeepulver auf Anrichte und Fußboden. »Woher wissen Sie …?«

Elsie klatschte begeistert in die Hände. »Nun, ich wusste es nicht – ich habe lediglich geraten. Sie wirken so erleichtert.«

Holly lachte. »Ich *bin* erleichtert – allerdings auf mehr als nur eine Weise.« Sie berichtete Elsie von der Nacht im Hotel.

Elsie hörte atemlos zu, bis sie sich schließlich zurücksinken ließ. »Das wurde aber auch Zeit«, stieß sie hervor. »Es hat mich wirklich bedrückt, liebe Holly, dass Sie Scheidung mit Tod gleichzusetzen schienen. Ich bin überzeugt davon, dass es eine Tragödie war, Ihren geliebten Dad so früh zu verlieren, aber das hier ist keineswegs die gleiche Situation.«

»Nein«, pflichtete Holly ihr bei, schenkte sich eine Tasse Kaffee ein und fügte einen gehäuften Löffel Zucker hinzu. »Ganz und gar nicht. Allerdings hat es eine Weile gedauert, das zu begreifen.«

»Darf ich Sie fragen, welche Rolle Taffy bei dieser Erkenntnis spielt?«

»Oh, er hat natürlich dazu beigetragen«, gab Holly zu. »Aber nicht so, wie Sie denken. Ich habe Milo nicht wegen Taffy verlassen. Ich habe Milo verlassen, weil es sein musste. Meinetwegen. Und auch wegen der Jungs. Mal sehen, wie sich das Ganze entwickelt. Und vielleicht können Sie mir den einen oder anderen Tipp geben …« Holly ging zu Elsie hinüber und umarmte sie. »Ich bin so dankbar für

Ihre Ratschläge, Elsie. Sie haben mir während der vergangenen Wochen die Augen geöffnet.«

Elsie winkte ab. »Unsinn. Ich habe Sie lediglich dazu gebracht, für sich selbst einzustehen, sich zu fragen, was Sie wirklich wollen.« Elsie trat an die Anrichte und nahm einen kleinen staubbedeckten Rahmen zur Hand.

Das Papier darin war vergilbt, die schnörkelige Handschrift darauf extravagant und anmutig. »Als ich jung war, bin ich einer außergewöhnlich inspirierenden Dame begegnet. Sie hieß Rebecca, und sie ließ sich von nichts aufhalten. Genau das pflegte sie die ganze Zeit zu betonen, also bat ich sie, es für mich aufzuschreiben, damit ich es niemals vergessen würde.«

Elsie reichte Holly den Rahmen. Laut las diese vor: »›Es ist mir nie wirklich gelungen herauszufinden, was Feminismus bedeutet. Ich weiß nur, dass Menschen mich eine Feministin nennen, wenn ich Gefühle ausdrücke, die mich von einem Fußabstreifer unterscheiden. Sei ehrlich zu dir selbst, Elsie. Alles Liebe RW.‹ Wow, das klingt erstaunlich!«

»Ein wenig furchteinflößend, aber ja – es klingt in der Tat erstaunlich.« Elsie nickte. »Also, meine Liebe, was haben Sie jetzt vor?«

Holly nippte nachdenklich an ihrem Kaffee. »Abwarten und Tee trinken?«

»Abwarten und Tee trinken klingt gut. Sie müssen ein wenig Vertrauen in das Universum haben, glauben Sie mir. Wenn der rechte Zeitpunkt kommt, werden Sie schon wissen, was zu tun ist. Genau wie bei Milo.«

»Hm, ich fürchte, der rechte Zeitpunkt war längst verstrichen, was Milo angeht, oder?«, fragte Holly.

»Nicht unbedingt«, erklärte Elsie einfühlsam. »Hätten Sie ihn früher verlassen, hätten Sie sich Ihr ganzes Leben mit Schuldgefühlen geplagt. So ist es nun zu einer ganz natürlichen Explosion gekommen, und Sie dürfen überzeugt sein, die richtige Entscheidung getroffen zu haben – nicht nur für Sie selbst, sondern auch für die Zwillinge.«

In jenem Augenblick fragte sich Holly, ob sie mit achtzig auch zu einer so klaren Perspektive gefunden haben würde. Nahm die persönliche Sehschärfe zu, während die optische verschwamm?

Holly unterdrückte ein Gähnen, die Nacht auf der Hoteltoilette hatte Spuren hinterlassen.

»Legen Sie sich einen Moment hin und schließen Sie die Augen«, schlug Elsie vor. »Die Jungs sind glücklich mit den Bauklötzen. Das Sofa dort drüben eignet sich perfekt für ein Nickerchen. Vielleicht lege ich mich sogar dazu.« Elsie lächelte. »Wenn ich auf mein Morgennickerchen verzichte, bin ich zu müde, um mein Mittagsschläfchen zu genießen.«

Elsie war ruckzuck eingeschlafen. Ben und Tom bauten begeistert Tunnel um Tunnel, um ihre Spielzeugautos hindurchzuschieben.

Den Kopf auf ein Sofakissen gelegt schaute Holly den beiden zu. Mittlerweile machte sich bei ihr ein gewisser Fatalismus bemerkbar. Die Vorstellung, ihr Schicksal in die Hände höherer Mächte zu legen, war ausgesprochen verführerisch. In fünf Tagen sollte die Revue stattfinden, und anschließend gäbe es weitere Entscheidungen zu treffen, weitere Dinge abzuwägen, weitere Streitigkeiten auszufechten.

Tief im Innern wusste sie, dass Taffy nicht der Grund für ihre Trennung von Milo war, wenngleich er auf gewisse Weise als Katalysator gedient hatte. Er hatte ihr gezeigt, wie man empfinden *konnte*. Und allein dafür war sie ihm dankbar.

Sie schloss die Augen, nur für einen kurzen Moment, und ließ die warmen Wogen des Schlafes über sich hinwegrollen. Wie jede Mutter hatte Holly es zur Perfektion darin gebracht, ein Nickerchen zu machen und gleichzeitig mit einem Ohr auf die Kinder zu hören. Das leise Gebrabbel der Zwillinge in ihrer nur für sie selbst verständlichen Sprache hatte eine einschläfernde Wirkung.

Ihr Handy zwitscherte, zeigte den Eingang einer E-Mail an. Holly war hin- und hergerissen, ob es sich lohnte, deswegen die Augen zu öffnen. Es war unwahrscheinlich, dass Milo ihr schrieb oder jemand aus dem Ärztehaus, immerhin war Sonntag. Trotzdem war es vielleicht wichtig.

Seufzend schlug sie die Lider auf, tastete nach ihrem Smartphone und öffnete gähnend den E-Mail-Eingang. Die Wörter tanzten vor ihren Augen. Zunächst wusste Holly nicht recht etwas damit anzufangen, doch dann kam ihr Verstand in Fahrt. Wenn man an Zeichen glaubte …

Der hiesige Vertreter des Primary Care Trust war ein Mann namens Harry Grant. Seine E-Mail-Adresse lautete hgrant@southwesthealth.com – Hollys Adresse war hgraham@southwesthealth.com.

Durch einen Buchstabenverdreher hatte die Autovervollständigung auf Henry Bruce' Computer Holly alles geschickt, was sie wissen musste. Aber wieso saß Henry Bruce an einem Sonntag an seinem Computer im Ärztehaus? Sie klickte die Dateianhänge an und überflog sie rasch. Diese Zahlen sahen ganz anders aus als die, die er Julia geschickt hatte. Was für ein hinterhältiger Mistkerl!

Doch was ganz besonders interessant war: Henry Bruce hatte anscheinend eine Art Rettungspaket für das PCT abgelehnt. Sie las: »Die Einwohner von Larkford würden immens von dem neuen medizinischen Zentrum in Framley profitieren, da ist sich unser Team einig. Sie haben unsere volle Unterstützung, die Schließung des Ärztehauses betreffend. Wir danken Ihnen für Ihre Alternativangebote, doch sie würden nur die Zustimmung einer kleinen, wenngleich entschiedenen Minderheit finden.«

»Scheißkerl!«, zischte Holly. Jetzt war klar, warum Henry sonntags so eifrig Überstunden machte.

Im Nachhinein wusste Holly nicht, wie sie den Rest des Tages überstanden hatte. Elsie hatte sich rührend um sie und die Zwillinge gekümmert, und sie hatte ihnen sogar angeboten, in einem ihrer Gästezimmer zu übernachten – ein Angebot, das Holly dankbar annahm.

Nach einer schlaflosen Nacht hatte sie die Zwillinge für den Kindergarten fertig gemacht und ihnen an Elsies glänzendem Küchentisch ein Frühstück, bestehend aus Toast und Orangensaft, serviert, außerdem ein Schälchen mit Zerealien, die Ben und Tom begeistert durch die Luft warfen, anstatt sie zu essen.

Elsie hatte sie noch nicht zu Gesicht bekommen, vermutlich schlief die alte Dame noch. Ungeachtet des Chaos nahm Holly ihr Smartphone und ging ins Wohnzimmer, inständig betend, dass um 7.30 Uhr das Büro von hgrant@southwesthealth.com schon besetzt war. Sie hatte Glück. »Harry Grant, bitte«, sagte sie, als sich eine Frauenstimme meldete. »Ja, ich bleibe dran.«

Die Melodie von *Greensleeves* im Ohr, las Holly noch einmal den Anhang durch. Der Rettungsplan des PCT-Vertreters sah für sie auf den ersten, zugegebenermaßen ungeübten Blick ausgesprochen vernünftig aus. Sie würden nachweisen müssen, dass sie lokale Unterstützung bekämen – abgehakt. Sie würden weniger dringliche Fälle an das medizinische Zentrum überweisen müssen, zum Beispiel zu längerfristiger Physiotherapie und Ähnlichem –

kein Problem. Außerdem würden sie ihre Personalkosten senken müssen – Holly hielt den Atem an. Wenn das kein Zeichen des Universums war! –, und zwar um exakt die Summe ihres Gehalts.

»Greensleeves« ging über in Peer Gynt. Holly schluckte. Fragte sich, ob sie bereit für eine weitere Herausforderung war.

In ihrem Kopf meldete sich die leise, aber beharrliche Stimme zu Wort.

Es gab andere Jobs.

Und ihrer war nie sicher gewesen.

Sie könnte hier leben und mühelos nach Bath oder Bristol pendeln. Es wäre nicht dasselbe, wie vor Ort im Ärztehaus zu arbeiten, aber es war definitiv machbar.

Larkford brauchte das Ärztehaus mehr als sie, Holly Graham, es brauchte.

Larkford hatte ihr gezeigt, wonach sie eigentlich suchte. Und Elsie hatte ihr geholfen herauszufinden, was sie wollte.

Und nun wurde ihr klar, dass sie etwas zum Wohl der Bürger von Larkford tun wollte, die sie zurück ins Leben geholt hatten.

Es fühlte sich einfach richtig an.

Eine ruhige Entschlossenheit breitete sich in ihr aus. Sie hatte sich entschieden, und diesmal würde sie sich auf ihren Instinkt verlassen.

Vielleicht mochte dieser Harry Grant zu ihrer Revue kommen? Vielleicht musste er sich mit eigenen Augen von dem überzeugen, was Holly inzwischen begriffen hatte.

Larkford war mehr als eine typische Kleinstadt – es war eine Familie. Eine ausgesprochen moderne Familie, die dennoch die besten Traditionen im Herzen bewahrte.

Die Musik verstummte abrupt, und eine abgespannte Stimme meldete sich. »Hier spricht Harry Grant.«

Holly wappnete sich. Jetzt oder nie. »Mr Grant, hier ist Dr. Graham vom Ärztehaus in Larkford. Ich möchte Ihnen einen Vorschlag unterbreiten.«

Kapitel einundvierzig

Der Freitagabend war gekommen. Holly huschte hinter der Bühne hin und her, stolperte über ihre eigenen Füße, verschiedene Requisiten und eine riesige Tupperdose mit Würmern. Als sie eine weitere Dose mit zirpenden Grillen entdeckte, fragte sie sich ernsthaft, ob sie anfing zu halluzinieren.

Ratlos schaute sie sich um. Ihr Blick fiel auf Maggie, die zusammengekauert auf einem Stuhl saß, weiß wie ein Gespenst. »Ich will wirklich alles tun, um diese Kampagne zu unterstützen, Holly, aber langsam frage ich mich, ob ich es womöglich übertrieben habe.« Die Pharmazeutin deutete mit zitternder Hand auf die Tupperdosen.

Holly ging neben ihrer panikgebeutelten Kollegin in die Hocke. »Was hast du denn vor, Maggie?«

Maggie lachte leicht hysterisch auf. »Nun, du weißt ja, dass ich gewissermaßen einen Sauberkeitsfimmel habe, vor allem bei Lebensmitteln bin ich ausgesprochen pingelig. Ich dachte, ich könnte eine Bush-Tucker-Challenge veranstalten – sozusagen um mich selbst herauszufordern. Du kennst doch bestimmt diese Sendung im Fernsehen, wo die Kandidaten nur Dinge aus dem australischen Busch essen, so wie früher die Aborigines.«

Holly betrachtete die wimmelnde Masse in einer der Dosen. »Ich glaube, du bist verrückt.«

»Ich weiß«, jammerte Maggie. »Was habe ich mir bloß

dabei gedacht? Ich wollte mich einfach selbst testen, mir beweisen, wie engagiert ich bin.«

»Maggie«, sagte Holly ernst. »Wenn du eines dieser grässlichen Kriech- oder Krabbeltiere in den Mund steckst, werde ich dich zwangseinweisen lassen. Der Abend soll lustig sein, niemand will, dass dir schlecht wird.«

Maggies verkrampfte Finger lösten sich, Erleichterung schwang in ihrer Stimme mit, als sie fragte: »Aber das reißt doch eine Lücke ins Programm, oder nicht?«

Holly warf einen Blick auf das Clipboard, das Grace ihr anvertraut hatte, um zu sehen, ob jemand für Maggie einspringen könnte. Beinahe war sie versucht, Taffy als Freiwilligen vorzuschlagen, der all diese ekligen Viecher verdrücken sollte – sozusagen als eine Art karmische Schuld –, aber sie vermutete, dass er wohl nicht einmal mit der Wimper zucken würde. »Keine Sorge«, sagte sie daher, »ich werde mir etwas einfallen lassen.«

Maggie stand auf und ging Richtung Damentoilette, um sich Wasser ins Gesicht zu spritzen.

Holly warf einen Blick auf die Uhr und atmete tief durch. Sie trug das Kleid, das sie bei Abendveranstaltungen am liebsten trug: ein langes, schmales, fließendes Jerseykleid in Anthrazit, das perfekt mit der Farbe ihres Cellos harmonierte, dazu schlichte Diamantohrstecker. Ihre Augen hatte sie mit einem dunkelgrauen Kajalstift umrandet, die Haare im Nacken zu einem lässigen Knoten geschlungen. Elsies kostbarer Schal umspielte ihre Schultern.

Trotz der ekelhaften Nebenwirkungen ihrer Entgiftungsbehandlung konnte Holly nicht leugnen, dass die Ergebnisse phänomenal waren. Das Kleid, das seit drei Jahren nicht mehr richtig gesessen hatte, spannte nicht länger am Bauch, ihre Haut war makellos rein und strahlte trotz des Schlafmangels und der riesigen Mengen an Cola light.

Noch eine Stunde, bis der Vorhang aufging. Nervosität griff um sich, Zankereien brachen aus, als den »Künstlern« dämmerte, dass es langsam ernst wurde. Das Kleine Theater war ausverkauft, es gab nur noch Stehplätze.

Holly wäre weitaus entspannter gewesen, wenn endlich ihre Conférencière eingetroffen wäre. Wenn sie die taffe alte Dame nicht hätte … Nach ihrer überstürzten Flucht zu Elsie hatte sich Holly am Montag nach der Arbeit dazu durchgerungen, zu Hause vorbeizufahren, um ein Gespräch mit Milo zu führen und zu klären, wie es nach der Trennung mit ihnen weitergehen sollte. Aber Milo war nicht da gewesen. Er hatte Holly einen Zettel auf dem Tisch hinterlassen, er sei vorübergehend bei seiner Mutter untergekommen, zumindest bis Holly Vernunft angenommen habe. Da konnte er lange warten, dachte sie und zwang sich, die Gedanken an Milo und all die ungeklärten Situationen in ihrem Leben beiseitezuschieben. Jetzt musste sie erst einmal die Show hinter sich bringen.

Angespannt blickte sie auf die Uhr. Wo blieb Elsie nur? Julia war zuvor bei ihr zu Hause vorbeigefahren und hatte ihr geholfen, ihre Garderobe herauszulegen, Dan hatte kurz darauf noch einmal bei ihr angerufen, aber nun gab es noch immer keine Spur von der alten Dame.

Wieder blickte Holly auf die Uhr, obwohl erst dreißig Sekunden verstrichen waren. Sie hatte sich den ganzen Nachmittag über gezwungen, ruhig zu bleiben, aber jetzt nahm ihre Nervosität endgültig Oberhand.

Nicht nur dass sie vor Publikum Cello spielen musste, obwohl sie erbärmlich wenig geübt hatte, weil ihr abends einfach die Zeit dafür gefehlt hatte. Mit Taffy hatte sie wenigstens in den Mittagspausen proben können. Taffy …

Wie um alles in der Welt sollte sie nach dem, was sie auf dem Parkplatz erfahren hatte, ihren Auftritt mit ihm über die Bühne bringen? Würde sie überhaupt einen richtigen Ton treffen, wenn allein neben ihm zu stehen eine schier unmenschliche Herausforderung für sie darstellte?

Anscheinend warf einem das Leben ein Problem vor die Füße, um von einem anderen abzulenken, dachte Holly, als ihr spontan die Zwillinge in den Sinn kamen. Sie waren noch viel zu jung, um so lange aufzubleiben, aber ihr blieb nichts anderes übrig, als eine Ausnahme zu machen, Und wäre es nicht schön für sie, ihrer Mami auf der Bühne beim Cellospielen zuzuschauen?

Gott sei Dank gab es Marion Gains. Sie passte auf die Jungs auf, bewaffnet mit einem großen Vorrat an milchfreien Haferkeksen und Fruchtsäften, damit die beiden während der Show artig waren. Holly war gerührt über Marions Einsatz. In dem Moment, als sie erfahren hatte, dass es keinen Milo mehr gab und somit auch keine Jean, hatte Marion ihre Hilfe angeboten. Holly nahm an, dass sie sich freute, als Ersatzoma einspringen zu dürfen, da ihre eigene Familie inzwischen in Australien lebte.

Noch fünfundfünfzig Minuten und von Elsie nach wie vor keine Spur.

Holly schaute sich in all dem Trubel um. Ihre Vorbereitungen waren erledigt, die Kinder versorgt. Das Cello war gestimmt, die Gitarre ebenfalls. Holly traf eine Entscheidung. Sie streifte die Highheels ab und schlüpfte in ihre abgetragenen Ballerinas.

»Dan!«, rief sie in den Bereich hinter der Bühne. »Ich hole Elsie ab, okay?«

Holly eilte aus dem Theater und winkte mehreren freundlich dreinblickenden Leuten zu. Sie durfte sich jetzt auf keinen Fall aufhalten lassen. Es war ein unwirkliches Gefühl, aus dem dunklen Saal auf den Marktplatz zu treten, der in helle Abendsonne getaucht war. Das Tohuwabohu im Kleinen Theater stand in extremem Kontrast zu der Stille des Marktplatzes.

Sie holte tief Luft und atmete den Bärlauchduft ein, den der warme Wind aus den umliegenden Wäldern in die kleine Stadt trug. Jetzt war keine Zeit für Gefühlsduseleien, dennoch blieb Holly für einen Moment stehen, um sich dieses friedliche Ambiente einzuprägen.

Nach einem neuerlichen Blick auf die Uhr rannte sie los zu Elsie und betete inständig, dass die Vorahnung einer drohenden Krise mehr mit Taffy und dem Duett zusammenhing als mit ihrer Conférencière.

Völlig außer Atem erreichte sie das Haus der alten Dame. Ihre Nasenflügel bebten, aus ihrem Chignon lösten sich einzelne Strähnen.

Sie hob den schweren Messingtürklopfer und ließ ihn wiederholt gegen die glänzende grüne Tür fallen.

Keine Reaktion.

Plötzlich bemerkte Holly Bewegung im Haus. Sie bückte sich, um einen Blick durch den Briefschlitz zu werfen. Jemand ging im Flur auf und ab. Sie klopfte erneut.

Nichts passierte.

»Du liebes bisschen«, murmelte Holly, raffte ihr Kleid und sah sich um, bevor sie unbeholfen über das abgesperrte Tor zu dem an die Eingangsstufen grenzenden Vorgarten kletterte. Ein stechender Schmerz schoss durch ihren Knöchel, als sie unglücklich mit dem Fuß aufkam, doch sie ignorierte ihn. Mit zusammengebissenen Zähnen hinkte sie über einen schmalen, gekiesten Seitenstreifen an der Seite von Elsies Haus und quetschte sich an den Recyclingtonnen vorbei. Plötzlich hörte sie eine Stimme.

Eine wütende Männerstimme. Das Herz schlug ihr bis zum Hals, als sie den arroganten, schneidenden Tonfall von Henry Bruce erkannte.

Angespornt von Sorge humpelte sie zur Hintertür neben der Terrasse. Hoffentlich hatte Elsie vergessen abzusperren! Nein, die Tür war verschlossen, stellte Holly fluchend fest und fragte sich, was sie nun tun sollte. Sie begutachtete die dicken Felsbrocken im Steingarten auf ihre Wurftauglichkeit und fragte sich, ob Elsie in diesem Fall vielleicht über mutwillige Zerstörung hinwegsehen würde.

Als sie die Stufen zur Terrasse hinaufstieg, sah sie durchs Fenster ihren schmierigen Kollegen in der Küche auf und ab laufen und dabei in sein Handy brüllen. »Es muss jetzt sein, Garth. Sofort! Sie sind alle bei dieser Revue, und ich kann die alte Schachtel keine Ewigkeit ruhigstellen!«

Holly wurde heiß vor Aufregung, als sie sah, dass die Terrassentür, die ins Esszimmer führte, ein Stück offenstand.

Lautlos schlüpfte sie hinein, schlich durch den Flur zum Frühstückszimmer und sah Elsie auf dem Sofa sitzen. Henry Bruce war aus der Küche herausgetreten und kämpfte nun vorn in der Diele mit der schweren Haustür.

»Elsie«, flüsterte Holly und eilte an die Seite der alten Dame. Elsies bleiches Gesicht und die geschlossenen Lider ließen sie befürchten, dass sie zu spät gekommen war. Sie beugte sich vor, um zu sehen, ob Elsie noch atmete.

Mein Gott, war sie blass!

»Nun kommen Sie mir doch nicht so nahe, Sie nehmen mir ja die Luft zum Atmen!«, sagte Elsie auf einmal und schlug die Augen auf.

Einen Aufschrei unterdrückend – teils vor Schreck, teils vor Erleichterung – schloss Holly die alte Dame in die

Arme. »Ist alles in Ordnung mit Ihnen? Was zum Teufel geht hier vor, und warum haben Sie ihn eingelassen?«

Elsie presste zornig die Kiefer zusammen, dann stieß sie hervor: »Ich habe die Haustür geöffnet, um rauszugehen, und da stand er plötzlich auf der Schwelle. Er hat mich einfach zur Seite gestoßen!«

»Ist denn alles in Ordnung mit Ihnen?«

»Mir geht es gut, meine Liebe, mir geht es gut – auch wenn er versucht hat, mich zu sedieren!« Elsie öffnete ihre Hand und hielt Holly zwei hochdosierte Valium-Tabletten hin. »Ich hab sie in die Wange geschoben, als er sie mir mit Gewalt in den Mund gesteckt hat. Aber da ist noch etwas: Er meinte, ich hätte die Einwilligung unterschrieben, in ein Pflegeheim zu gehen!« Angst flackerte in Elsies Augen auf, abgelöst von Traurigkeit und Verwirrung. »Das stimmt nicht, Holly! Ganz sicher nicht! Sie kennen mich: So etwas würde ich niemals tun!«

Hollys Gedanken rasten in Lichtgeschwindigkeit. Würde es genügen, Henry hier die Stirn zu bieten, oder wäre es besser, ihn ein für alle Mal zur Strecke zu bringen? »Elsie, schaffen Sie es, eine Hauptrolle zu übernehmen? Ich glaube, Henry Bruce würde sich ausgezeichnet vor der Kamera machen, finden Sie nicht?«

Elsies Lächeln mochte zwar ein wenig schief ausfallen, aber ihr kräftiger Händedruck ließ keinen Raum für Zweifel. »Machen wir den Bastard fertig.«

Holly, hinter den schweren Vorhängen versteckt, versuchte ruhig zu atmen, während sie Henry Bruce mit ihrem iPhone aufnahm. Ihre Finger zitterten.

»So, Elsie, der private Krankentransport wird gleich da sein, damit bringen wir Sie nach Willowbrook.«

Elsies Stimme zitterte, doch sie war klar und deutlich zu

verstehen. »Ich möchte nicht ins Pflegeheim, und ich habe niemals ein entsprechendes Formular unterschrieben.«

Henry seufzte. »Regen Sie sich bitte nicht auf, Mrs Townsend. Erinnern Sie sich nicht, wie wir uns zusammen die Broschüren angesehen haben? Sie sagten, der Garten gefalle Ihnen besonders gut.«

»Das habe ich niemals behauptet«, widersprach Elsie. »Außerdem haben Sie mich ruhiggestellt!« Ihre Worte wurden undeutlich. In Holly stieg Panik auf. Wie konnten sie Henry dazu bringen, sich selbst zu belasten? Und vor allem musste es schnell gehen! Dann fiel es ihr wieder ein – Elsie hatte das Valium ja gar nicht genommen. Die alte Dame war einfach eine brillante Schauspielerin.

Sie hätte sich wegen Henry keine Sorgen machen müssen. Seine Arroganz kannte keine Grenzen.

»Ich habe die Unterlagen allesamt hier, Mrs Townsend. Sie müssen doch selbst erkennen, dass Sie in letzter Zeit völlig verwirrt sind. Noch nicht einmal mit Ihren Medikamenten kommen Sie zurecht!« Henry zog ein betrübtes Gesicht. »Wie schade! Und sehen Sie nur, hier steht, Sie seien völlig dehydriert gewesen, als ich zu Ihnen kam …«

»Ich war nicht dehydriert«, protestierte Elsie und hob mühsam den Kopf. »Ich habe Ihnen lediglich etwas zu trinken angeboten!«

»Aber sicher doch. Sie waren ziemlich hysterisch, weshalb ich Ihnen ein Sedativum verabreichen musste, um Sie vor dem Eintreffen des Krankentransports ein wenig zu beruhigen.« Henry lächelte. Holly zoomte seine reptilienähnlichen Gesichtszüge heran. Drohend beugte er sich über Elsie. »Es wird Ihnen in Willowbrook gefallen, Mrs Townsend, davon bin ich überzeugt. Es ist ein ausgesprochen exklusives, hochpreisiges Pflegeheim. Perfekt für ausgesprochen wohlhabende alte Damen, die sich in Dinge einmischen, die sie nichts angehen!«

»Weshalb maßen Sie sich an zu bestimmen, wofür ich mein Geld ausgebe?«

»Ach, meine liebe Mrs Townsend! Oder darf ich Elsie sagen? Ihr Geld ist meine Altersvorsorge. All meine betagten Patientinnen wirken wahre Wunder, was meine Pension anbetrifft. Die Provisionen für jede neue reiche Heimbewohnerin sind exorbitant. Für mich eine Win-win-Situation – denn wer wird jetzt über diese lächerliche Revue berichten? Ohne Sie ist diese ganze Veranstaltung doch nicht mehr als eine Versammlung unfähiger Möchtegerns. Finden Sie nicht, die hätten sich etwas mehr um ihre goldene Gans kümmern können?«

»Damit werden Sie nicht davonkommen, Dr. Bruce. Nicht wenn ich allen erzähle, was Sie getan haben!«

Henry setzte erneut seine Trauermine auf. »Ach Elsie«, spottete er, »Sie verstehen es immer noch nicht. Wer sollte Ihnen denn Glauben schenken?«

»Ich zum Beispiel«, erklärte Holly mit fester Stimme und trat hinter dem Vorhang hervor. »Allerdings hatte ich auch das Vergnügen, alles aus der ersten Reihe mitzuerleben.«

Binnen Sekunden wechselte Henrys Gesichtsfarbe von Puterrot zu Weiß und zu Grün, fast so, als sei er eine lebende Ampel. »Als wärst du eine glaubhafte Zeugin«, zischte er.

Holly wedelte mit ihrem iPhone vor seinem Gesicht herum. »Was völlig egal ist, weil ich alles aufgenommen habe!« Holly trat einen Schritt vor und nahm Elsies Hand. »Alles in Ordnung?«

Elsie gähnte und streckte sich. »Es ging mir nie besser, meine Liebe. Nachdem ich mich eingefühlt hatte, habe ich meine Rolle wirklich genossen. Vielleicht war ich ein wenig voreilig, was meinen Ruhestand anbetrifft. Shirley MacLaine spielt in ihrem Alter exzellente Charakterrollen!« Elsie warf Henry Bruce ein boshaftes Lächeln zu. »Und selbstverständlich werde ich vor Gericht einen ebenso exzellenten Auftritt als Zeugin hinlegen.«

Henry ließ sich schwer auf einen der üppig gepolsterten Sessel fallen. Bei seiner Statur hätte er Holly das Handy mühelos abnehmen können, doch das Überraschungsmoment hatte ihn aus der Spur gebracht.

Holly stellte sich vor, wie oft sich diese hässliche kleine Szene bereits abgespielt haben mochte – womöglich war Henry mit der Zeit zu selbstgefällig geworden. Mit der *Versteckten Kamera* hatte er jedenfalls nicht gerechnet.

Holly tippte eine Nummer in ihr Handy. »Oberinspektor Davis, es tut mir leid, Sie zu stören, aber dürfte ich einen Augenblick Ihre Aufmerksamkeit beanspruchen? Ich bin bei Elsie Townsend, wir brauchen Ihre Unterstützung.«

Holly legte auf und fasste Henry Bruce ins Auge. »Ich hoffe, du wirst im Gefängnis verrotten«, knurrte sie.

»Jawohl«, pflichtete Elsie ihr bei. »Doch keine Sorge: Ein hübscher Kerl wie Sie wird auch dort nicht lange allein sein.«

Henry öffnete den Mund zu einer Erwiderung, doch plötzlich verzog sich sein Gesicht auf einer Seite, bis es aussah wie eine zerknüllte Serviette. Seine Hand rutschte von der Sessellehne. »Ich …«, stammelte er. Panik trat in seine Augen.

»Verdammt!«, schrie Holly, kniete sich neben ihn, um seine Krawatte zu öffnen, und wünschte, sie hätte ihre Arzttasche bei sich.

Ein lautes Klopfen hallte von der Haustür zu ihnen

herüber. Holly warf Elsie einen Blick zu. »Übernehmen Sie das?«

Elsie stand auf und eilte zur Tür.

»Sieht so aus, als käme der Krankenwagen genau im richtigen Moment.« Holly machte Platz für die Sanitäter. »Der Herr hier hat einen Schlaganfall, übernehmen Sie?« Sie winkte den Mann herbei, der den Sanitätern ins Frühstückszimmer folgte. »Garth, nehme ich an? Ich denke, Oberinspektor Davis wird sich gern mit Ihnen unterhalten wollen.«

Als Henry Bruce und seine medizinische Entourage mitsamt der Polizei fort waren, herrschte einen Moment Stille im Haus.

Holly war völlig erschöpft. Die Panik und die Aufregung hatten ihr den Rest gegeben.

Elsie tätschelte ihr sanft die Wange. »Da muss unbedingt wieder Farbe rein. Und selbstverständlich müssen wir verhindern, dass wir dehydrieren, koste es, was es wolle …« Sie ging zum Kühlschrank und nahm eine Karaffe frisch gepressten Orangensaft nebst einer Flasche Wodka heraus, die sie vor Hollys Nase schwenkte. »Auf ärztliche Anweisung?«

Holly lachte, verblüfft, wie schnell sich Elsie wieder gefangen hatte. »Für mich einen Doppelten, bitte.« Sie warf einen Blick auf die Uhr und schnappte erschrocken nach Luft. »Die Revue!«

Elsie reichte ihr ihren Drink. »Es ist erst fünf nach sieben. Entspannen Sie sich … Sie werden schon auf mich warten. Das tun sie doch immer.«

Lächelnd stießen sie miteinander an. »Das haben wir ausgezeichnet gemacht«, sagte Elsie.

Holly nahm einen großen Schluck und prostete der

alten Dame zu. Der Wodka brannte in ihrer Kehle. »Auf das Schicksal!«

»Auf das Schicksal!« Elsie grinste. »Obwohl dieser Dr. Bruce in einem Punkt womöglich recht hat: meine Medikamente. Vielleicht bringe ich sie manchmal durcheinander, denn die hier …« Sie tippte mit dem Finger auf eine durchsichtige Tablettendose mit kleinen weißen ovalen Pillen. »Die sollen gegen innere Unruhe helfen. Ich schlucke sie seit einer geraumen Weile jeden Tag, aber sie helfen gar nicht!«

»Du liebe Güte, Elsie! Wie viele haben Sie davon am Tag genommen?«, fragte Holly, die schlagartig wieder in den Panikmodus umschaltete.

»Ach, bloß eine oder zwei«, erwiderte Elsie, »manchmal wohl auch die doppelte Dosis.«

Holly fühlte den Puls der alten Dame, der kräftig und gleichmäßig war. »Darf ich …?« Sie beugte sich vor, um genauer zu begutachten, was Elsie da »jeden Tag« einnahm, dann brach sie in erleichtertes Lachen aus.

Die alte Dame musterte sie verschmitzt. »Was ist denn so lustig an meiner altersbedingten inneren Unruhe, junge Frau?«

»Gar nichts«, erwiderte Holly. »*Sie* sind lustig. Kein Wunder, dass die Tabletten nichts bewirken. Das sind TicTacs!«

»Ach …«, sagte Elsie perplex. »Wenigstens weiß ich jetzt, dass ich mit frischem Pfefferminzatem sterben werde!«

Kapitel zweiundvierzig

Hat irgendwer eine temperamentvolle Achtzigjährige engagiert?«, fragte Holly lächelnd, als sie die Tür zum Backstage-Bereich öffnete und Elsie hineinschob.

Erleichterte Rufe ertönten.

Taffy und Julia eilten auf sie zu, Taffy hob die alte Dame in die Höhe und wirbelte sie herum, bis sie kicherte wie ein Schulmädchen, dann setzte er sie vorsichtig wieder ab und sah sie prüfend an. »Wir haben uns solche Sorgen gemacht! Ist alles okay?«

»Jetzt schon«, erwiderte Elsie. »Dank dieser jungen Dame hier.« Sie zog Holly an ihre Seite.

Holly konnte kaum aufsehen. Am liebsten hätte sie sich klammheimlich davongestohlen. Sie fühlte sich aufgewühlt und elend und absolut nicht in der Lage, sich mit Taffy zu beschäftigen.

Ohne auf eine Einladung zu warten, zog Taffy Holly in seine Arme und drückte ihr einen Kuss auf den Scheitel, während Elsie atemlos von den Geschehnissen bei ihr zu Hause berichtete.

Am liebsten wäre Holly auf und davon gestürmt, doch ihr Körper schien andere Pläne zu haben. Sie entspannte sich in Taffys Umarmung, genoss seine Wärme, den tröstlichen Duft seiner Haut. Es war, als würde sie an einem verschneiten Tag nach Hause kommen und sich vor ein knisterndes Kaminfeuer setzen. Er war ihr Zuhause. Holly schmiegte ihre Wange an sein weiches Hemd und spürte, wie er die Arme fester um sie schloss.

»Ich dachte, du würdest mir aus dem Weg gehen«, flüsterte er in ihre Haare.

In diesem Moment musste sie sich zwingen, sich die Gründe für ihre Entscheidung in Erinnerung zu rufen. Sie entzog sich seiner Umarmung, gerade als die Zuschauer im Kleinen Theater in tosenden Applaus ausbrachen.

Elsie war sprachlos und wirkte wesentlich schockierter als bei den vorherigen Ereignissen. »Habt ihr etwa ohne mich angefangen?«

Grace, bewaffnet mit ihrem Clipboard, schob sich nach vorn und setzte zu einer Erklärung an. »Nur eine kleine Aufwärmübung, Elsie. Wir wussten nicht, wie lange Sie noch wegbleiben würden, und die Zuschauer wurden langsam unruhig.«

»Hm.« Elsie wirkte misstrauisch. »Hat Dan schon die Eröffnungsrede gehalten?«

»Aber nein«, beschwichtigte Grace. »Wir wollten bloß die Leute bei Laune halten.«

Holly lauschte mit schräggelegtem Kopf. Auf der Bühne ertönte ein Song – vorgetragen ganz ohne Instrumentalbegleitung. Es klang fantastisch, aber nicht nur das – die Stimme kam ihr bekannt vor. »Grace? Wer ist das? Das ist ja großartig! Hört sich fast so gut an wie Barry O'Connor!«

Unvermittelt schoss Holly der Gedanke an Lizzie durch den Kopf. Wie gut ihr dieser Auftritt gefallen würde! Na schön, das war zwar nicht der echte Barry O'Connor, aber Lizzie hatte jahrelang seine Platten in Endlosschleife gedudelt.

»Tja, das ist es ja gerade!«, flüsterte Grace aufgeregt und tupfte sich den Schweiß von der Stirn. »Das ist tatsächlich Barry O'Connor! Leibhaftig!«

Holly und Elsie lauschten fasziniert.

»Ist das nicht aufregend?«, wisperte Grace mit vor Begeisterung geröteten Wangen. »Er hat mir sogar ein Autogramm auf mein Clipboard gegeben!«

Elsie entspannte sich sichtlich, glücklich darüber, sich die Bühne mit einer weiteren Berühmtheit zu teilen, aber Holly war völlig durcheinander.

»Aber wieso …? Ich meine, wer …«

Grace zog einen kleinen cremefarbenen Umschlag hervor. »Er hat mir das hier für dich gegeben.«

Holly erkannte die Handschrift auf dem Umschlag sofort und riss ihn ungeduldig auf. Was um alles auf der Welt führte Lizzie im Schilde?

Liebe Holly,

bitte nimm diese »Lieferung« als Beweis meiner aufrichtig gemeinten Entschuldigung an. Will und ich haben miteinander geredet, und er hat mir begreiflich gemacht, dass jetzt der Zeitpunkt gekommen ist, meine Ich-werde-mich-niemals-entschuldigen-Regel zu brechen.

Mein Freund Dave von den Frühstücksnachrichten begleitet mich, er bringt ein großes Feature über euer Anliegen – besser spät, als gar nicht mitzumachen. Frag mich nicht, wie ich Barry aufgetrieben habe – wahrscheinlich habe ich dabei gleich gegen mehrere Gesetze verstoßen.

Es tut mir so leid! Hals und Beinbruch für die Revue – ich bin mir sicher, sie wird fabelhaft. Ich habe einen Stehplatz weit hinten und könnte mir in den Allerwertesten treten, weil ich so verdammt stur war und mir keine Sitzplatzkarte gekauft habe. Vielleicht sehen wir uns später?

Lizzie

PS: Bitte verrate Will nicht, dass ich Barry heimlich geknuddelt habe – Lebenstraum erfüllt –, der alte Knacker ist ganz schön lüstern!

Holly spürte, wie eine Woge der Erleichterung über sie hinwegspülte. Was immer zwischen ihnen vorgefallen war – sie würden es klären können. Ihre Freundschaft, die auf eine so lange gemeinsame Zeit zurückblickte, konnte nicht mir nichts, dir nichts zerstört werden. Sie spähte durch den Vorhang und sah Barry, der seinen typischen Hüftschwung vollführte, während er seine alten Hits zum Besten gab.

Ihr Blick schweifte über die Menge. Sie entdeckte die Zwillinge, die begeistert klatschten, glücklich, Lieder zu hören, die sie dank Lizzies Barry-O'Connor-Leidenschaft kannten. Marion hatte offenbar den Major verpflichtet, ihr beim Babysitten zu helfen, denn Tom stand auf dessen Schoß, bestückt mit der Hälfte seiner glänzenden Orden, und schaute absolut zufrieden drein.

In der Reihe dahinter sah sie Lance und Hattie. Er wirkte blass und zerbrechlich, aber er hatte den Arm um Hatties Schultern gelegt, die andere Hand ruhte schützend auf ihrem Bauch. Ein kleiner Junge. Nach der erfolgreichen Operation bestand durchaus die Chance, dass er ihn würde aufwachsen sehen.

Holly brachte vor Rührung kein Wort heraus.

Das Theater wogte förmlich, die Sitze waren bis auf den letzten Platz besetzt, die Erwachsenen hatten die Kinder auf den Schoß genommen. Hinten tanzte Lizzie, einen Kameramann an ihrer Seite.

Die Luft knisterte.

Trotz all ihrer Sorgen wegen ihres eigenen Auftritts stand eines fest: An Unterstützung mangelte es ihnen sicher nicht. Barry kam zum Ende, und die Menge brüllte vor Begeisterung. Mit dem Versprechen, später noch einmal etwas zum Besten zu geben, überließ Barry die Bühne Dan und Elsie.

»Vielen Dank Ihnen allen, dass Sie heute Abend so zahlreich erschienen sind, um Ihre Unterstützung für das Ärztehaus in Larkford zu bekunden«, begann Dan und wurde gleich unterbrochen von lang anhaltenden Jubelrufen. Für einen kurzen Moment wirkte er völlig überwältigt, weshalb Elsie übernahm.

»Es ist himmlisch, Sie hier versammelt zu sehen, Alt und Jung, an diesem ganz besonderen Abend.«

Dan räusperte sich. Seine Rede wirkte leicht steif neben Elsies natürlicher Bühnenpräsenz, trotzdem stellte Holly fest, dass es ihm gelang, den richtigen Ton zu treffen. Er wirkte jung und offen, nervös und nichtsdestoweniger stolz und engagiert. »Wie Sie alle wissen, sind wir zusammengekommen, weil wir ein gemeinsames Ziel verfolgen«, fuhr er fort. »Wir teilen eine gemeinsame Überzeugung – Larkford braucht eine eigene medizinische Versorgung. Ohne das Ärztehaus wäre unser Larkford nicht mehr die Stadt, die wir kennen.« Seine Worte gingen unter in den Beifallsbekundungen der Einwohner. Elsie legte eine Hand auf seinen Arm, um ihm zu bedeuten, dass er eine kurze Pause einlegen solle.

Nach einigen Augenblicken legte sich der Jubel, und Dan sprach weiter: »Die Meinung, die zählt, ist nicht unbedingt die der zahlenverdrehenden Bürokraten in London, sondern die der Menschen, die hier leben. Ihre Meinung. Die Meinung der Menschen, die auf uns, das Team des Ärztehauses, bauen, die sich darauf verlassen, dass wir uns um Ihre Gesundheit kümmern und immer für Sie da sind, wenn Sie uns brauchen. Ich danke Ihnen.«

Dan deutete eine kleine Verbeugung an. Das Publikum klatschte und stampfte mit den Füßen. Lächelnd richtete er sich wieder auf.

Elsie, ganz in ihrem Element, übernahm. »Anstatt Ihnen daher mit Altbekanntem zu kommen, dachten wir, wir stellen uns neuen Herausforderungen und überraschen Sie, verehrtes Publikum, mit einem Team, das Sie so noch nie gesehen haben!«

Am hinteren Ende des Theatersaals entstand Tumult. Anscheinend war es dem Terrier des Majors gelungen, sich loszureißen und Eric zum Duell aufzufordern. Im Gegenzug stimmte Eric seine beste Eric-Clapton-Darbietung an: »Ahuuu-huuu-huuu!«

Das Publikum brach in lautes Gelächter aus.

»Meine Damen und Herren, Mädchen und Jungs, verehrte Haustiere«, verkündete Dan, ohne die Miene zu verziehen, »begrüßen Sie mit mir die Pharma-Mädels!«

Eine halbe Stunde war seit Beginn der Revue vergangen, und alles lief wunderbar nach Plan. Grace' Chor hatte sensationell gesungen, und Holly stellte verblüfft fest, wie Julia in ihrer Rolle als Puck aus *Ein Sommernachtstraum* aus sich herausging. Das Publikum war bei bester Laune und nahm ihre Versuche, neu erlernte Fertigkeiten zu präsentieren, voller Wärme und Humor auf.

Jades Rollschuh-Szene aus *Starlight Express* nahm zwar ein etwas abruptes Ende, aber der Erfolg war ihr dennoch gewiss, was nicht zuletzt an ihrem extrem knappen Kleidchen lag.

Mit vor Nervosität klammen Handflächen wartete Holly hinter der Bühne. Ihr Magen grummelte. Ein Teil von ihr freute sich darauf, dass die Zwillinge ihre Mutter würden bewundern können, und zwar auf der Bühne, im

Rampenlicht, bei hervorragender Akustik, und nicht zu Hause im Gästezimmer.

Der andere Teil schrie stumm in ihrem Kopf: »Was hast du dir bloß dabei gedacht? All deine Patienten sitzen im Publikum, und hinter der Bühne sind deine Kollegen versammelt. Du darfst das auf keinen Fall vermasseln!« Holly wischte sich die Handflächen an ihrem anthrazitfarbenen Kleid ab. Vor lauter Aufregung spürte sie kaum noch ihren schmerzenden Knöchel. Sie wollte sich dem Publikum stellen und stolz auf ihr Können sein. Sie hatte es satt, nur eine müde Kopie ihres wahren Selbst zu sein. Die Gewissheit, dass die Zwillinge sie lieben würden, gleichgültig, was passierte, gab ihr die Freiheit so zu sein, wie sie sein wollte.

Sie zuckte zusammen, als sie eine warme Hand an ihrer Taille spürte. Taffy war aus der Dunkelheit der Kulissen neben ihr aufgetaucht. »Hals und Beinbruch, Holly. Ich freue mich darauf, dich spielen zu hören.« Mit der anderen Hand strich er liebevoll über das polierte Holz ihres Cellos. »Ich habe den Klang eines Cellos immer schon gemocht. Es klingt irgendwie freundlicher als eine Geige, findest du nicht?«

Holly starrte auf seine Hand, die ihr geliebtes Instrument streichelte, und schluckte. Es war eine Sache, dass er sie bei der Arbeit unterstützte, ihre Ideen für die Rettet-das-Ärztehaus-Kampagne lobte und mit ihren Kindern spielte wie ein Lieblingsonkel, aber eine ganze andere, dass er das Cello ganz selbstverständlich als einen Teil von ihr akzeptierte. Holly fühlte, wie sie endlich Frieden mit sich fand.

Taffy Jones, der während des vergangenen Monats jeden einzelnen ihrer Schritte begleitet hatte und offensichtlich auf genau derselben Wellenlänge war wie sie.

Taffy Jones, der ein kleines Geheimnis hütete: seine schwangere Freundin.

Das Timing hätte nicht ungünstiger sein können.

Sie unterdrückte ein Schluchzen und trat einen Schritt zurück. Schmerz flammte in seinen Augen auf, als er ihrem Beispiel folgte.

»Also los«, sagte er leise, »geh raus und hau sie vom Hocker. Und anschließend bringen wir ein paar Stücke von den Carpenters.«

Holly schluckte den Kloß in ihrer Kehle hinunter und wagte kaum zu sprechen. Dann nickte sie. »Bis gleich.«

Er machte Anstalten, die Hand nach ihr auszustrecken, doch er zog sie zurück, als er die Panik in ihrem Blick bemerkte. »Du hast Bemerkenswertes geleistet, Holly. Lass uns später zur Feier des Abends wenigstens ein Ginger Ale zusammen trinken, bevor wir wieder zum Alltag übergehen. Damit wir nicht völlig den Kopf verlieren.«

»Aber du hasst Ginger Ale«, stieß Holly hervor.

»Das stimmt«, erwiderte er lächelnd und wandte sich zum Gehen, »aber du nicht.«

Hollys Finger waren wund und ihre Wangen gerötet, aber ihre Augen füllten sich vor Freude mit Tränen, während sie aufstand, um sich zu verbeugen. Ihr Auftritt war besser gelaufen, als sie zu hoffen gewagt hatte. All die Emotionen, die sie in Taffys Armen empfunden hatte, flossen in ihren Bogen und verursachten ihr Gänsehaut. Sie hatte während eines gefühlvollen Adagios sogar aufblicken und zu den Zwillingen hinüberschauen können, die ihre Mum mit offenem Mund bewunderten.

Die Hälfte des Publikums wusste, dass Holly die Idee mit der Revue gehabt hatte, und belohnte sie dafür mit Standing Ovations. Die Zwillinge rissen sich von Marion los und kletterten mühsam die Treppe zur Bühne hoch, wo sie sich an Hollys Beine klammerten. Dan trat aus der

Kulisse, um ihr das Cello abzunehmen, und sie bückte sich und zog die Jungs an sich.

Tom drückte einen klebrigen Kuss auf ihre Wange, Ben sah sie an und sagte laut und deutlich: »Tolle Mami.« Holly hätte stolzer nicht sein können.

»Meine Damen und Herren, es folgt eine kurze Pause. Teddy Kingsley hält ein paar kostenlose Erfrischungen für Sie bereit, Spenden sind erwünscht. Gleich sind wir mit weiteren Überraschungen für Sie da.«

Holly ging von der Bühne, um Marion für ihre Hilfe zu danken, doch diese lächelte bloß. »Das ist wirklich das Mindeste, was ich für Sie tun kann, Holly. Nach allem, was Sie für mich getan haben.«

Holly blickte anscheinend so verwirrt drein, wie sie sich fühlte, denn Marion streckte ihr einfach die linke Hand entgegen. An einem Finger steckte ein Smaragd, der fast so strahlend war wie das Lächeln auf ihrem Gesicht.

Der Major beugte sich zu ihr und fügte schroff seinen eigenen Dank an. »Ich hoffe, wir können Sie überreden, auf unserer Hochzeit Cello zu spielen.«

Holly gab beiden einen dicken Kuss auf die Wange, unfähig, ihre Emotionen in Worte zu fassen.

»Ich singe auch«, verkündete Tom stolz, die Orden des Majors polierend.

»Eine gute Idee, junger Mann«, erklärte der Major so liebenswürdig, dass Holly ihn plötzlich in einem völlig neuen Licht sah. Daher seine federnden Schritte, die Milde in seinem Blick! »Immerhin habe ich es eurer Mami zu verdanken, dass ich noch einmal heirate!«

»Aber gleich heiraten … das geht alles so schnell …«, stammelte Holly.

Der Major zuckte die Achseln. »Wenn man weiß, dass

es die Richtige ist, braucht man nicht lange zu fackeln. Eine kleine Auseinandersetzung wegen eines Wurstbrötchens, und zack – war's um mich geschehen. Ich brauchte nur jemanden, der mir die Augen öffnete.«

Marion und der Major wirkten so glücklich, als sie mit den Zwillingen zum Büffett gingen, um ihnen Fruchtsaft und Brötchen zu besorgen, dass Holly sich plötzlich allein und verlassen fühlte.

Wie hieß es noch gleich? *Das Leben ist leichter für die Jüngeren.* So ein Unsinn – in dieser Stadt waren es die älteren Semester, die es verstanden zu leben.

Holly drehte sich um, als ihr jemand auf die Schulter tippte, und wurde auf der Stelle in eine tränenreiche Umarmung gezogen. Der Duft von Chanel No 5 stieg ihr in die Nase. »Alle Achtung! Das war brillant!«, rief Lizzie, die sich endlich einen Weg durch die Menge nach vorn gebahnt hatte.

Innig erwiderte Holly die Umarmung ihrer Freundin.

»Kannst du mir verzeihen, dass ich so ein selbstsüchtiges Miststück war?«, fragte diese.

»Ich bin so froh, dass du gekommen bist. Ich habe dich vermisst!«, stieß Holly hervor. Lizzie schüttelte den Kopf. »Ich wollte zum ersten Mal im Leben um Entschuldigung bitten, und zwar richtig. Außerdem dachte ich, du würdest mich kaum wegschicken, wenn ich mit Barry O'Connor hier aufkreuze.«

Holly lachte auf. Im nächsten Moment wurde ihre Umarmung gewaltsam von einem äußerst entschlossenen Labradoodel getrennt. Eric leckte begeistert Hollys Hand und überhäufte sie mit seinen Hundeküssen. »Ich habe dich auch vermisst«, sagte Holly, »dich und dein verrücktes Frauchen.« An Lizzie gewandt fuhr sie fort: »Es gibt viel zu berichten. Wir sollten uns nachher unbedingt im Pub zu einem anständigen Plausch treffen.«

Lizzie schüttelte den Kopf. »Gehen wir lieber auf einen Kaffee ins Deli.« Sie zeigte Holly die Nüchternheitsmedaille der Anonymen Alkoholiker, wobei sie ausgesprochen unbehaglich dreinblickte.

Holly drückte Lizzies Hand mit der Medaille darin. »Ich bin sehr stolz auf dich.«

Lizzie winkte ab. »Will hat mir die Augen geöffnet. Ich konnte einfach nicht mehr länger so tun, als sei alles in Ordnung, und meinen Kummer im Alkohol ertränken.«

»Kummer? Welchen Kummer?«, fragte Holly besorgt.

»Ach Holly, ich habe alle belogen, allen voran mich selbst. Ich fühle mich so verdammt elend! Dieses ständige Jonglieren mit der Arbeit und den Kindern – sozusagen die eierlegende Wollmilchsau. Ich habe keine Ahnung, wie du das schaffst, ich kriege es jedenfalls nicht mehr hin. Ich habe es so satt, für ein Hochglanzmagazin ›den Traum zu leben‹. Die Hälfte meiner Kollegen sind seicht wie eine Pfütze, die andere Hälfte versucht, an meinem Stuhl zu sägen. Deshalb muss ich ja die ganze Zeit über so verdammt perfekt sein! O Mann, wie ich dich um deine schmuddeligen Jeans, deine betagte Bettwäsche und dein erbärmliches Schminktäschchen beneide! Ich will nicht länger in meinem eigenen Lifestyle-Magazin leben, will raus aus der Tretmühle!«

Lizzie holte tief Luft, dann fuhr sie fort: »Es tut mir so leid, dass ich dich unter Vorspiegelung falscher Tatsachen hierhergelockt habe. Ich wollte, dass du meinetwegen kommst – weil ich einsam und deprimiert war und zu stolz, um das zuzugeben. Und dann warst du hier – und dauernd beschäftigt, rund um die Uhr, hattest nur selten Zeit für mich. Von allen Seiten hörte ich: ›Ist Holly nicht wundervoll? Ist sie nicht umwerfend? So eine liebenswerte Ärztin …‹ All deine Kollegen scheinen dich für einen absoluten Sonnenschein zu halten. Und so leid es mir tut, Holly, das hat mich schrecklich eifersüchtig gemacht.«

Holly blinzelte, als sie zu begreifen versuchte, was Lizzie da sagte. Plötzlich fügte sich alles zusammen wie ein perfektes Puzzle. All der Zorn, all die Verletzungen fielen von ihr ab. Elsie hatte recht – selbst wenn man zu wissen meinte, was hinter den verschlossenen Türen anderer Leute vor sich ging, sah man nur das, was einem zu zeigen sie bereit waren.

Holly drückte Lizzies Hand. »Du Dummchen! Warum hast du denn nichts gesagt? Ich hätte das verstanden … Und wenn du mir gesagt hättest, warum du mich in deiner Nähe haben willst, wäre ich sowieso gekommen – ob mit oder ohne Job.«

Lizzie sah aus wie eine Zwölfjährige, als sie ihre Hand aus Hollys löste und sich die Haare hinter die Ohren strich. »Was, wenn du abgelehnt hättest? Wenn du Milos Wünsche an erste Stelle gestellt hättest?«

»Ach, darüber müssen wir uns keine Gedanken mehr machen.«

»Wie bitte?«, hakte Lizzie nach.

»Ich habe beschlossen, mich von Milo zu trennen. Wenn er eine Beziehung zu den Zwillingen aufbauen möchte, kann er das gern tun. Er ist schließlich ihr Vater und sollte rein theoretisch für sie da sein. Deswegen muss ich allerdings nicht zwangsläufig mit ihm verheiratet bleiben.«

»Alle Achtung«, sagte Lizzie verwundert und zog Holly fest an sich. »Das sind ja fantastische Neuigkeiten! Wenn ich nicht zu Saft verdonnert wäre, würde ich glatt eine Flasche Champagner köpfen!«

Holly lachte. »Ich bin schon berauscht von all dem, was

um mich herum passiert. Vor mir liegen ein paar entscheidende Veränderungen, aber zum ersten Mal seit einer langen Zeit habe ich das Gefühl, dass ich weiß, wo ich anfangen muss. Und so schwer es mir auch fällt, es zuzugeben – das bin ich dir und deinen skrupellosen Machenschaften schuldig. Hierherzuziehen war die beste Entscheidung, die ich seit langem getroffen habe.«

Lizzie warf einen Blick über die Schulter. Ihre Augenbrauen schossen hinauf bis zum Haaransatz, als sie sah, dass Taffy sich einen Weg durch die Menge auf sie zu bahnte. »Bist du mit Taffy …?«

Holly seufzte. »Leider nicht. Obwohl ich mir das wünschte.« Sie lachte. »Es war noch nie meine Stärke, den richtigen Zeitpunkt zu finden. Wie es aussieht, wird Taffy Jones bald Vater. Die Mum ist eine zierliche Blondine und kaum dem Teenager-Alter entwachsen.«

Lizzie runzelte die Stirn. »Wirklich? Taffy? Das ist eigentlich gar nicht sein Typ.« Sie zuckte die Achseln. »Männer denken anscheinend tatsächlich mit ihren Schwänzen …«

»Mag sein.« Holly blendete diese unangenehme Vorstellung aus. »Ich denke, es ist das Beste, wenn ich eine Weile für mich bin. Elsie hat in ein Wespennest gestochen – offenbar muss jeder Mensch erst einmal herausfinden, was er wirklich vom Leben erwartet. Wer hätte das gedacht?«

Lizzie drückte ihren Arm. »Tja, wir jedenfalls nicht – bis vor kurzem.«

Endlich schaffte es Taffy, zu Holly vorzudringen. Nachdem er Lizzie begrüßt hatte, fragte er: »Bist du bereit, Holly? Dan will, dass wir als Nächste auftreten. Eine Änderung im Programmablauf, damit Elsie ein Duett mit Barry O'Connor singen kann, glaube ich.«

»Und was singt ihr zwei?«, erkundigte sich Lizzie neugierig.

»Ach, ich spiele bloß Gitarre. Das Singen überlasse ich dieser kleinen Nachtigall.« Taffy grinste. »Ich habe den Eindruck, dass sie ihr Licht ganz gern unter den Scheffel stellt.«

Holly warf Lizzie einen raschen Blick zu, um zu sehen, ob Taffys Bemerkung nicht genau in die Bresche schlug, aber Lizzie schien sich für sie zu freuen.

»Ach Taffy«, sagte sie, »dabei hast du noch nicht mal an der Oberfläche gekratzt.«

Das stimmungsvolle Licht auf der Bühne bewirkte, dass Holly nur noch die erste Zuschauerreihe sah. Der Einzige, den sie unbeschadet anschauen konnte, war Taffy. Die Haare fielen ihm in die Augen, während er mit vor Konzentration verkniffenem Gesicht versuchte, die richtigen Akkorde zu treffen.

Holly musste sich nicht konzentrieren, sie ging einfach aus sich heraus, ließ sich tragen von der Melodie, selbst als sie von wahrer Liebe sang, die immer einen Weg fand. Ihre Haut fing an zu kribbeln, als Taffy aufsah und ihren Blick einfing. Und ihr Herz schlug wie wild, als sie die Verehrung in seinen Augen bemerkte.

Was um alles auf der Welt hatte sie sich bloß dabei gedacht, ausgerechnet einen so romantischen Song zu wählen? Sicher, die Akkorde waren einfach, trotzdem …

Als das Lied zu Ende war, huschte Holly von der Bühne, ungeachtet der lauten Rufe nach einer Zugabe. Tränen bildeten einen dicken Kloß in ihrer Kehle.

Sie rannte die Treppe hinunter ins Untergeschoss, schloss sich in der Garderobe ein und rang nach Luft.

Ein leises Klopfen an der Tür ertönte. »Holly, ich bin's! Komm raus, bitte …« Taffys Stimme hallte durch die leeren Gänge des Untergeschosses. Holly hörte deutlich seine Verzweiflung.

»Ich kann nicht«, stieß sie mit gepresster Stimme hervor. »Ich brauche etwas Abstand von alldem.«

»Ich gewähre dir gern Abstand, wenn du das möchtest, aber sag mir bitte, was los ist. Habe ich etwas falsch gemacht?«

Ein kleines Flämmchen des Zorns loderte in Holly auf und weitete sich in Null Komma nichts zum Flächenbrand aus. Sie riss die Tür auf. »Ob du etwas *falsch* gemacht hast?«, rief sie. »Abgesehen davon, dass du mich angemacht hast, obwohl du wusstest, dass ich verheiratet bin? Dass du mich dazu gebracht hast, mich in dich zu verlieben, obwohl du ein Baby von einer anderen bekommst?«

Mit leuchtenden Augen trat Taffy einen Schritt auf sie zu. »Du hast dich in mich verliebt?«

»Das ist jetzt wohl kaum eine Frage, die uns weiterbringt, Daddy!«

Taffy schüttelte den Kopf. »Holly, du redest Unsinn. Jetzt mal langsam. Bitte.« Sein Blick drückte Sorge aus. »Wovon sprichst du eigentlich?«

Holly sackte gegen die Wand. »Von dir und der Blondine. Der schwangeren Blondine. Ich weiß alles, Taffy.«

Taffy ergriff ihre Hand. »Dann verstehe ich nicht, warum du sauer auf mich bist.«

»Wie bitte?«, blaffte Holly. »Du wirst *Vater*! Es wäre schön, wenn du mich vorgewarnt hättest!«

»Nicht *ich* werde Vater, Holly«, erklärte Taffy zögernd, »sondern Milo. Kimberley, so heißt das Mädchen, war in Reading Milos Studentin. Sie hat dich auf der Website des Ärztehauses entdeckt, wollte dich mit den Tatsachen konfrontieren und sicherstellen, dass Milo Alimente bezahlt.«

»Kimberley?« Holly blinzelte. »Aus Reading? Die Studentin, derentwegen Milo suspendiert wurde?« Sie atmete langsam aus. »Aha.«

Taffy schaute sie an, als sei sie ein hochexplosives Sprengstoffpaket. »Ich habe mir den Kopf zerbrochen, wie ich es dir sagen soll. Was für eine blöde Situation, wenn du es ausgerechnet von mir erfährst! Als wollte ich meinen Konkurrenten niedermachen.« Er lächelte verzagt.

Holly blickte auf ihre Hand. Der Ringfinger, an dem gestern noch ihr Ehering gesteckt hatte, war leer.

Sie hob die Hand in die Höhe. »Im Grunde geht mich das nichts mehr an.«

Schweigen senkte sich über die Garderobe, nur die Klänge von Maggies Löffelkonzert durchbrachen die Stille. Applaus brandete nach ihrer Interpretation von *My Way* auf.

Der Jubel der Zuschauer wurde gleich darauf noch frenetischer, »Barry! Barry!«-Rufe ertönten. Anscheinend löste Barry O'Connor sein Versprechen ein und betrat die Bühne ein zweites Mal.

»Dann habt ihr euch also …«

»… getrennt«, beendete Holly den Satz kaum hörbar. Dann, lauter: »Und du wirst also nicht Vater?«

»Nein.«

Zwischen ihnen waren nur noch wenige Zentimeter, aber keiner schien den ersten Schritt zu wagen.

Von der Bühne drang Barrys Gesang zu ihnen herunter und brachte Hollys aufgestaute Gefühle zum Überlaufen. Vielleicht war der Zeitpunkt ja doch nicht so schlecht.

Taffy wischte ihr mit dem Daumen die Tränen von der Wange und sah sie fragend an. »Ich will«, sagte er leise.

»Ich auch«, stieß Holly hervor, und dann küsste er sie.

Die Lichter im Saal erloschen langsam, die Luft knisterte vor Erwartung und Vorfreude. Die Mitwirkenden, die gerade nicht in die Vorgänge auf der Bühne involviert waren, saßen auf Notsitzen in den Gängen.

Im Programmheft stand schlicht »Finale«, doch in der Stadt hatte die Gerüchteküche gekocht, seit man Dan Carter im Sportgeschäft beim Kauf von acht rosa Gymnastikanzügen beobachtet hatte – alle in der Größe XXL.

Das Mikrofon knackte, und Elsie Townsend trat ins Rampenlicht. »Wir hoffen, dass Sie unsere Revue ebenso genossen haben wie wir die Ehre, vor Ihnen, verehrtes Publikum, auftreten zu dürfen. Dank gebührt allen Beteiligten, ganz besonders aber der einzigartigen, talentierten Dr. Holly Graham, die die Idee zu dieser wundervollen Veranstaltung hatte. Ich persönlich schulde ihr weit mehr, als ihr vermutlich klar ist.«

Das Publikum jubelte und stampfte mit den Füßen. Die alte Dame rang sichtlich um Fassung, dann fuhr sie mit einem verschmitzten Lächeln fort: »Allerdings ist keine Revue rund ohne eine kleine Ballettaufführung. Halten Sie Ihre Kameras bereit – hier kommt der Rugby-Verein von Larkford mit seiner unvergesslichen Interpretation von Tschaikowskys *Nussknacker!«*

Nach einer kurzen Pause erwachte die alte Tonanlage zum Leben, die wohlbekannten Klänge des ersten Akts füllten den Saal.

Das Licht des Scheinwerfers fiel kreisrund auf den noch geschlossenen Vorhang, durch dessen Spalt plötzlich ein Zeh gestreckt wurde, gefolgt von einem behaarten Bein und sieben weiteren. Der Vorhang ging auf, und Dan, Taffy, Krankenpfleger Jason und fünf Vereinskollegen trippelten auf Zehenspitzen zur Bühnenmitte. Alle acht trugen gestärkte Tutus.

Holly, die auf einem der Klappstühle im Gang saß, einen Zwilling auf jedem Knie, Lizzie in der Hocke neben sich, hielt sich vor Lachen den Bauch. Sie hatte keine Ahnung, wie es den Männern gelungen war, diese Überraschung geheim zu halten, aber der Auftritt war definitiv das perfekte Ende für einen perfekten Abend.

Die Musik wurde schneller, die Tänzer ebenfalls. Das Publikum geriet völlig außer Rand und Band. Die Kinder jubelten, weil sie die sonst so ernsten Ärzte auf der Bühne zappeln sahen, die Männer, weil sie sich prächtig amüsierten, und die Frauen, weil die rosa Gymnastikanzüge die wohldefinierten Muskeln der Tänzer besonders gut zur Geltung brachten.

Die Zwillinge zappelten auf Hollys Schoß, um besser sehen zu können, und quietschten vor Vergnügen. Sie strich sich das Haar aus dem Gesicht und lehnte ihren Kopf gegen Lizzies Schulter. Sie wollte sich jedes Detail dieses Abends ganz genau einprägen.

Holly sah, wie Taffy zu einem Grand Jeté ansetzte, mit einem dumpfen Knall auf dem Boden landete und in ihre Richtung grinste.

»Toller Taffy«, sagte Ben, wieder mit perfekter Aussprache.

»Supertoller Taffy«, echote Tom.

Holly nickte. Wo die zwei recht hatten, hatten sie recht.

Kapitel dreiundvierzig

Es dauerte eine Weile, bis sich das Publikum wieder beruhigt hatte. Alle Mitwirkenden hatten sich vor dem Vorhang verbeugt, nun leerte sich der Saal des Kleinen Theaters nach und nach, aber niemand, weder Besetzung noch Zuschauer, schien in Eile, nach Hause zu kommen. Es gab einfach zu viel, über das man fröhlich miteinander plaudern konnte, und so waren die Gänge und der Vorraum voller schnatternder Grüppchen. Das Kleine Theater war erfüllt von Gelächter.

Die Rugby-Ballerinen schienen ihr Kostüm so sehr zu lieben, dass sie sich immer noch nicht umgezogen hatten. Stattdessen tänzelten sie über die Bühne, umgeben von einer Schar von Gratulanten.

Marion und der Major hatten die Zwillinge offenbar verzaubert, denn die beiden ließen sich widerstandslos in das Monstrum stecken. Gleich darauf waren sie eingeschlafen, die dunklen Wimpern auf den kleinen rosigen Wangen, die verklebten Ponyfransen in der Stirn, die Daumen zwischen die vollen Lippen gesteckt. Holly schob den riesigen Kinderwagen zur Seite, damit er nicht den Gang versperrte, dann ging sie davor in die Hocke, um die beiden Jungen einen Augenblick zu betrachten – ihre kleine Oase der Ruhe in einem Meer des Chaos.

»Dr. Graham?«, holte eine leicht näselnde Stimme sie in die Gegenwart zurück.

Holly blickte auf und sah einen kleinen Mann in Pullunder und gepunkteter Fliege vor sich stehen. »Ja bitte?«

Er streckte ihr eine schmale, weiche Hand entgegen und zog sie hoch. »Wir haben uns noch nicht persönlich kennengelernt, lediglich via Telefon. Ich bin Harry Grant vom PCT.«

»Holly«, erwiderte sie automatisch. »Hat Ihnen die Revue gefallen?«

»Das hat sie.« Er lächelte. Seine blauen Augen hinter der dicken Brille funkelten. »Außerdem bin ich mit einigen Einwohnern von Larkford ins Gespräch gekommen. Diese Unterhaltungen waren – wie soll ich es ausdrücken? – ausgesprochen erhellend.«

Holly stieß die Luft aus, die sie unwillkürlich angehalten hatte. »Nicht gerade das, was Sie erwartet hatten, oder?«

Harry nickte, während er sich seine Antwort zurechtlegte. »Im Vertrauen gesagt: Es sieht ganz danach aus, als seien wir bei der Handhabung der Anhörungen eher nachlässig gewesen.«

Holly schluckte. »Ich gehe davon aus, dass Ihr Hauptgesprächspartner momentan wegen des Verdachts auf schweren Betrug in mehreren Fällen in Untersuchungshaft sitzt – ganz im Vertrauen gesagt, versteht sich.«

»Ja, das ist keineswegs ideal. Ich hatte diesbezüglich bereits ein interessantes Gespräch mit Oberinspektor Davis. Weitere Untersuchungen sind geplant. Wie Sie sich sicher vorstellen können, ist das Ganze ausgesprochen unangenehm für den Primary Care Trust.«

»Das kann ich mir in der Tat vorstellen«, erwiderte Holly, die diesen unbeholfenen kleinen Mann mit seiner freundlichen Ausstrahlung sehr sympathisch fand.

»Sind Sie sicher, was Ihre Entscheidung angeht?«, fragte er und klopfte auf den Umschlag, den Holly für ihn zusammen mit einer Eintrittskarte an der Abendkasse hinterlegt hatte.

Holly nickte, da sie ihrer Stimme nicht traute. Es war nicht der bestformulierte Kündigungsbrief, aber er würde seinen Zweck erfüllen.

»Wenn dadurch das Ärztehaus erhalten bleibt, ist das das einzig Richtige.« Bei den letzten Worten brach ihre Stimme, ein dicker Kloß bildete sich in ihrer Kehle.

Harry nickte mitfühlend. »Ich glaube kaum, dass irgendwer aus meinem Team eine solche Entscheidung zum Wohle der anderen treffen würde. Doch wenn Sie wirklich sicher sind, sorge ich dafür, dass das Procedere in Gang kommt, und gebe Ihren Kollegen Entwarnung.« Er räusperte sich. »Holly … darf ich Holly zu Ihnen sagen? Ich mag zwar nicht aussehen wie ein einflussreicher Mann, allerdings würde ich mich freuen, wenn ich Ihnen behilflich sein dürfte, in der Gegend eine neue Stelle zu finden. Ich bin, ähm, ziemlich beeindruckt von Ihrer Vorgehensweise. In der Klinik von Bath könnte ich Ihnen etwas anbieten, würde Ihnen das zusagen?«

Holly brachte ein zaghaftes Lächeln zustande. »Das klingt in der Tat großartig. Vielleicht sprechen wir nächste Woche darüber?«

»Wenn sich der Staub gelegt hat?«, näselte er verständnisvoll.

»So ungefähr.«

Er schüttelte kräftig ihre Hand, dann gab er ihr seine Karte und winkte zum Abschied. Ihr Schreiben nahm er mit. Holly musste sich alle Mühe geben, ihm nicht hinterherzulaufen und es zurückzuverlangen.

»Was wollte der denn?«, fragte Lizzie, die mit zwei Cola light von der Bar zurückkam. »Ich hoffe, du hast nichts gegen eine Limo. Auf dem Rückweg habe ich mir ausgemalt, wie ich über deinen Wein herfalle – das Risiko möchte ich lieber nicht eingehen!«

Holly nahm dankbar einen Schluck aus ihrem Glas. »Ach, er wollte nichts Besonderes, bloß eine Verwaltungssache«, wiegelte sie ab, bemüht, das Gleichgewicht zu halten, was nicht leicht war, da Eric sich zwischen ihre Beine drängte, verzweifelt bemüht, ihre Aufmerksamkeit zu erlangen. »Also, schöne Unbekannte, wie geht es dir? Sind das dahinten Will und die Kinder?«

Lizzie nickte. »Sie stellen sich gerade an, um Fotos und Autogramme zu bekommen.«

»Sie müssen sich nicht extra anstellen, ich kann Elsie jederzeit darum bitten.« Nun, da die Anspannung von Holly abfiel, fühlte sie sich plötzlich zutiefst erschöpft, wenngleich ihr der anstrengendste Teil noch bevorstand. Sie musste endlich Farbe bekennen, den anderen sagen, was sie getan hatte. Ihr Blick schweifte durch das Kleine Theater, all die munteren Stimmen drangen an ihr Ohr, und sie fragte sich unweigerlich, ob das, was sie vorhatte, nicht einfach bis morgen warten könnte.

Eric, frustriert, weil sie sich seiner Meinung nach nicht genug mit ihm beschäftigte, sprang an ihr hoch und leckte liebevoll ihr Gesicht. Sein gefühlvolles »Ahuuu-huuu« brachte ihm vereinzelten Applaus ein.

Lizzie musste lachen und prustete dabei Cola light auf die Vorderseite ihres karamellfarbenen Donna-Karan-Kleids. »Mist! Das kann ich bloß in die Reinigung geben.« Seufzend tupfte sie mit einer Serviette die braunen Flecken ab – ohne Ergebnis. »Ich freue mich so darauf, in Jeans und T-Shirt herumzulaufen!«

Holly verkniff sich jeglichen Kommentar, wohlwissend, dass es sich sowohl bei Jeans als auch bei T-Shirt um Designerstücke handeln würde.

»Guck mal da drüben: Die sind gar nicht scharf auf ein Autogramm von Elsie«, sagte Lizzie und deutete auf die andere Seite der Bühne, wo die Rugby-Ballerinen standen, die Füße in der ersten Position, und mit den Zuschauern posierten. Selbstverständlich gegen eine kleine Spende.

Im Augenblick genoss ausgerechnet Cassie Holland, kichernd, die Wangen gerötet, ihren Moment im Rampenlicht.

Immer noch mit ihrem Kleid beschäftigt plapperte Lizzie weiter: »Die hochnäsige Channing ist ein echtes Miststück. Stell dir vor, vorhin hat sie über mein Kleid gelästert. Vielleicht sollte ich es einfach wegwerfen.«

»Ach?«, erwiderte Holly zerstreut. »Was hat sie denn gesagt?«

»Sie sagte: ›Was für ein schönes Kleid.‹ Ihren Sarkasmus hätte sie sich sparen können.« Lizzie schnitt eine Grimasse.

Holly lachte. »Vielleicht hat sie es ja ernst gemeint. Das Kleid ist wirklich schön, Lizzie. Julia ist total nett, wenn man sie näher kennenlernt.«

»Nein«, widersprach Lizzie, »ganz bestimmt nicht. Aber das ist alles meine Schuld. Ich hätte dich niemals für ein paar Wochen allein lassen dürfen, man sieht ja, was dabei herauskommt … Weißt du, sie schuldet mir etwas. Der Fotograf, der das Porträt von ihr für das Magazin geschossen hat, hat sich in ihr Haus verliebt – und ihr heute Nachmittag ein Mordsangebot gemacht, sozusagen aus heiterem Himmel. Sie hat vor, in das Pförtnerhaus des Majors zu ziehen. Das nenne ich auf die Butterseite des Lebens fallen – ein Glück hat diese blöde Tussi!«

Holly schüttelte den Kopf. »Ich mag sie. Sie ist klug und oft sogar lustig. Du würdest sie wahrscheinlich auch mögen, du müsstest ihr bloß eine Chance geben.«

Für einen kurzen Augenblick wirkte Lizzie verlegen. »Dann essen wir von jetzt an also zu dritt zu Mittag?«

»Warum nicht? Oder zu viert, wenn wir Elsie einladen. Ich habe vor, sie sozusagen zu adoptieren.«

»Habe ich Sie gerade meinen Namen nennen hören, Holly?«, unterbrach die alte Dame, die sich zu ihnen gesellte, Wogen von Seide und Chiffon hinter sich herziehend.

Holly umarmte sie liebevoll. »Ich wollte gerade ein Loblied auf Sie anstimmen, Elsie.«

»Das ist ja wunderbar!«, rief die alte Dame vergnügt. »Lassen Sie sich nicht aufhalten!«

Holly lachte. »Siehst du, Lizzie – das nenne ich Temperament.«

Lizzie schüttelte amüsiert den Kopf. Holly konnte ihr ansehen, dass es ihr schwerfiel, sich auf die neue Situation einzustellen, denn für gewöhnlich war es Holly gewesen, die Unterstützung brauchte – vor allem, wenn es um zwischenmenschliche Themen ging. Sie waren nicht lange entzweit gewesen, doch in dieser Zeit war so viel geschehen, hatte sich so viel verändert …

Am meisten hatte sich Holly verändert.

Sie lief nicht mehr ständig puterrot an vor Verlegenheit, versuchte nicht mehr, ihre eigene Meinung zurückzuhalten, nur um sich einzufügen, und sie freute sich darauf, ihren Freundeskreis zu erweitern. Um Menschen, die ihr wahres Selbst, ihre Unsicherheiten und Schwachstellen kannten. Die Wochen ohne Lizzie hatten ihr gezeigt, dass es riskant war, alle rohen Eier in einem einzigen Korb aufzubewahren.

Holly tastete nach Lizzies Hand und drückte sie. Sie wusste nur zu gut, wie es sich anfühlte, im Schatten eines anderen Menschen zu stehen – genauer gesagt, in Lizzies Schatten – und unsichtbar zu sein.

Elsie setzte zu einer nicht ganz salonfähigen Geschichte an, wie Judy Garland und sie, die stets die besten Freundinnen gewesen waren, sich wegen der Rolle der Dorothy in *Der Zauberer von Oz* entzweit hatte. »Ich traue mich gar nicht zu sagen, warum ich den Kürzeren gezogen habe. Und um fair zu bleiben: Judy hat einen fantastischen Job gemacht. Wie schade, diese wundervolle Freundschaft etwas so Trivialem wie der Arbeit zu opfern.« Sie warf Lizzie und Holly einen bedeutungsschweren Blick zu. »Ich freue mich, dass ihr zwei euch wieder versöhnt habt. Wäre es nicht nett«, fuhr sie wie beiläufig fort, »wenn ihr Julia in euren kleinen Hexenzirkel aufnehmen würdet?«

Lizzie, die Elsies Humor nicht gewohnt war, blickte leicht verschnupft drein.

Holly lachte. »Welche Rolle hätten Sie denn in unserem Hexenzirkel inne, Elsie? Die der Hohepriesterin?«

»An die Vorstellung könnte ich mich gewöhnen«, kicherte die alte Dame. »Ihr Mädels müsst noch schrecklich viel lernen. Um die Worte von Glinda, der guten Hexe von Oz, zu zitieren, wenn auch nicht ganz richtig: Ihr hattet immer schon die Macht, meine Lieben, ihr musstet sie nur finden.«

Mit jedem kurzen Plausch, jedem Dankeschön, jeder Umarmung spürte Holly, wie ihre Entschlossenheit schwand. Immer wieder musste sie die Tränen zurückdrängen, die ihr in die Augen zu treten drohten. Als sich die Gespräche dem Rugby-Finale zuwandten, huschte Holly davon.

Auch auf sie würde bald ein Finale zukommen. Sie konnte nicht länger hierbleiben und den anderen beim Feiern zusehen – das war einfach zu schmerzhaft.

Eilig packte sie ihr Cello und verschiedene andere Sachen zusammen und wünschte sich, sie wäre statt mit dem Zwillingswagen mit dem Auto gekommen. Jetzt, da sie eine alleinerziehende, Cello spielende Mutter war, wäre es besser, ihre Einparkphobie zu überwinden.

Allein bei der Vorstellung verschwamm ihr Blick. Holly verstaute so gut es ging die Sachen unter, im und auf dem Monstrum und strebte entschlossen zum Ausgang. Erst auf dem Marktplatz musste sie abrupt stehen bleiben, um Prue Hartleys Wendemanöver auszuweichen, und konnte gerade noch ihr Cello festhalten, bevor es zu Boden fiel.

Sie lenkte das Monstrum hinüber zum Kriegerdenkmal, das am entgegengesetzten Ende des Marktplatzes stand, und stellte das Instrument vorsichtig auf den Boden. Anschließend ging sie vor dem Wagen in die Hocke und stellte fest, dass die Jungs tief und fest schliefen. Es fiel ihr schwer, nicht wenigstens ein kleines bisschen neidisch zu sein.

Für einen kurzen Augenblick setzte sie sich neben sie auf die steinernen Stufen des Denkmals. Sie waren kalt, aber das spürte sie kaum. Überall um sie herum wurden Motoren angelassen, die Leute wünschten sich eine gute Nacht oder strömten auf ein Glas ins Kingsley Arms. Ein-, zweimal hörte sie jemanden ihren Namen rufen, aber ihr fehlte schlichtweg die Kraft zu antworten. Stattdessen zog sie die Decken im Kinderwagen glatt.

Hinter den Fenstern der Häuser rund um den Marktplatz flammte Licht auf, Vorhänge wurden zugezogen – alle lebten ihr eigenes Leben. Holly ließ ihren Tränen freien Lauf. Sie sah, wie ihr warmer Atem weiße Wölkchen bildete, und fröstelte. So viel zum Thema Frühling.

Sie schaute sich um an diesem Ort, den sie als Heimat zu bezeichnen begann, und fragte sich, ob sie beim nächsten Frühjahrsschwimmen noch hier wäre.

Wieder kamen ihr Zweifel an ihrer Entscheidung, aber

sie wusste auch, ohne zu tief zu graben, dass sie das Richtige getan hatte. Dieses wundervolle Städtchen, diese Gemeinschaft, die sie mit offenen Armen empfangen hatte, hatte es verdient, dass ihr das Ärztehaus erhalten blieb. Und genau dafür hatte sie gesorgt.

Vielleicht würde sie mit etwas Glück eine Arbeit in der Nähe finden, was zwar keine perfekte Lösung wäre, aber immerhin besser als nichts: Sie könnte nach wie vor hier leben, in Larkford, mit ihren Söhnen und ihren Freunden und dem Gefühl dazuzugehören.

Sie blinzelte, als ihre Augen ein weiteres Mal überzulaufen drohten, und wünschte sich, sie hätte auf Lizzie gehört, die ihr dringend zu einer wasserfesten Wimperntusche geraten hatte. Der Gedanke brachte sie zum Lachen. Eine Wolke schob sich vor den vollen Mond, der lange Schatten auf den Marktplatz gezaubert und das hinter ihr aufragende Kriegerdenkmal in silbriges Licht gehüllt hatte. Holly fröstelte erneut.

Es gab keinen Grund, das Ganze noch einmal durchzukauen – ihre Entscheidung war getroffen. Es war Zeit, sich damit abzufinden und Abschied zu nehmen, zumindest von ihrem hiesigen Berufsleben. Sie wischte sich mit dem Handrücken über die tränennassen Augen, holte tief Luft und stand auf.

Ihr Kopf fuhr in die Höhe, als plötzlich Rufe über den Marktplatz hallten. »Holly! Holly Graham!« Das war zweifelsohne Dans Stimme, die dringlich klang und ein wenig verärgert.

Ihr Herz machte einen Satz, als sie sie erblickte: drei dunkle Silhouetten vor dem goldenen Licht des Theatervestibüls.

»Wolltest du dich einfach so aus dem Staub machen?«, rief Dan, der mit großen Schritten auf sie zueilte. »Dein ganzes Engagement, die Revue – wozu, wenn du dann wegläufst?« Er blieb vor ihr stehen, in der Hand ihr Kündigungsschreiben an Harry Grant.

Taffy und Julia schlossen zu ihm auf, Ungläubigkeit und Verwirrung auf den Gesichtern.

»Holly?«, fragte Taffy mit erstickter Stimme und streckte die Hand nach ihr aus. »Was hast du dir dabei gedacht?« Er trat einen Schritt auf sie zu. »Ich verstehe das nicht …«

Ohne ihn ausreden zu lassen, sprudelte Julia hervor: »Du hast behauptet, wir seien Freundinnen!« Aufgebracht warf sie die Hände in die Luft. »Für gewöhnlich schließe ich keine Freundschaften, aber bei dir … habe ich eine Ausnahme gemacht. Du hast mich überzeugt, dass es wichtig ist, Freunde zu haben.« Ihre Hände landeten auf dem Griff des Monstrums, den sie automatisch umklammerte, als könnte er ihr Halt geben, dann schaute sie hinab, perplex über ihr eigenes Verhalten. »Du darfst nicht gehen. Den Jungs geht es gut hier. Und dir auch.« Ihre Worte hingen in der Luft wie ein schwerer Vorwurf.

Hollys mühsam aufrechterhaltene Fassung war dahin, erneut strömten ihr die Tränen übers Gesicht. Warum sollte sie ihnen etwas vormachen? Diese Entscheidung brach ihr das Herz. Zumindest erwartete sie aber, dass die drei ihre Beweggründe verstanden. Sie waren die Zukunft des Ärztehauses – sie würden Hollys Traum weiterleben, da konnte sie ruhig ein wenig Nachsicht erwarten!

»Dafür gibt es keine Entschuldigung, Graham«, fuhr Dan brüsk fort, als hätten die anderen nichts gesagt. »Für den Fall, dass du es vergessen hast: Wir sind ein Team.«

»Glaubst du, das wüsste ich nicht?«, rief Holly verzweifelt, die Hand auf die Brust gepresst. »Aber ich habe im Gegensatz zu euch die richtigen Zahlen gesehen! Das hat Mr Grant euch doch sicherlich gesagt?« Im nächsten

Moment entdeckte sie den kleinen, unscheinbaren Mann, der sich mit um Entschuldigung heischendem Gesichtsausdruck hinter Dans Rücken herumdrückte.

»Das hat er«, erwiderte Dan mit fester Stimme. »Trotzdem …«

»Das heißt doch noch lange nicht, dass du einen solchen Schritt unternehmen musst«, stieß Julia hervor. »Etwas so … so …«

»Drastisches«, vollendete Taffy den Satz für sie und griff nach ihrer Hand.

Sie sah ihn an, nur ihn. Ihre Augen flehten ihn an, sie zu verstehen. »Mir blieb doch gar keine andere Wahl«, sagte sie leise, die Knöchel der freien Hand gegen die Lippen gepresst. Sie atmete tief durch, dann fügte sie hinzu: »Ich kann doch weiterhin hier wohnen, hoffentlich. So drastisch muss der Schritt gar nicht sein. Auf alle Fälle bleibt Larkford das Ärztehaus erhalten.« Für Holly war diese Logik unwiderlegbar, trotzdem spürte sie, wie unter den prüfenden Blicken der anderen Panik in ihr aufstieg. All ihre guten Absichten erschienen ihr plötzlich fragwürdig. Was sollte sie tun, damit die anderen ihr Handeln verstanden?

»Du hast doch nicht im Ernst geglaubt, wir würden dich gehen lassen?«, fragte Dan leise, dessen Unmut langsam verflog. Jetzt wirkte er eher erschöpft und erschüttert als zornig.

»Ihr braucht mich nicht«, schniefte Holly. Taffys Finger schlossen sich fester um ihre Hand.

Julia, die immer noch den Griff des Monstrums umklammert hielt, sah das ganz anders. »Doch, natürlich brauchen wir dich! Oder willst du etwa, dass ich die einzige Allgemeinärztin im Ärztehaus bin? Hast du das wirklich durchdacht?«

Taffy drehte Holly zu sich herum, um sie direkt ansehen zu können, die Hände auf ihre Schultern gelegt, bereit, sie in die Arme zu ziehen. »Vergiss mal für einen Moment alles andere und sag mir: Willst du diese Kündigung wirklich?« Sein Blick suchte die Wahrheit in ihren Augen, doch Holly konnte an nichts anderes denken, als dass sie sich am liebsten an ihn kuscheln und sich seiner Umarmung hingeben würde.

Sie räusperte sich, ein letzter Versuch, beredt und überzeugend zu erscheinen. »Arbeiten kann ich überall, Taffy, aber ich möchte hier leben.« Sie machte eine ausladende Geste, um all die einzuschließen, die sie liebgewonnen hatte. »Ich möchte mit meinen Söhnen in einer Stadt mit Herz wohnen« – sie holte tief Luft, um ihre Entschlossenheit zu unterstreichen – »und das Ärztehaus ist Teil davon. Die Einwohner lieben euch, und sie brauchen euch. Bitte macht es mir nicht noch schwerer.«

»Und was ist, wenn wir *dich* brauchen?«, fragte Taffy mit rauer Stimme. »Wenn wir dich *wollen*?«

Holly beugte sich vor und küsste ihn auf die Lippen. Es war ihr egal, dass es alle mitbekamen – sie wollte bloß diesem umwerfenden Mann versichern, dass sie ihn ebenfalls brauchte. »Ich werde nirgendwohin gehen«, sagte sie leise.

»Nein, ganz bestimmt nicht.« Dan zog an Hollys Arm, bis sie sich von Taffy löste, dann hielt er den Umschlag in die Höhe und zerriss ihn vor ihren Augen in zwei Hälften. »Julia hat ein bisschen gerechnet. Wenn wir das Budget durch vier teilen, können wir alle bleiben.«

»Stimmt.« Julia nickte. »Das funktioniert.« Sie schob das Monstrum vor und zurück, als wolle sie die schlafenden Zwillinge beruhigen, dabei versuchte sie vielmehr, ihre eigene Aufregung unter Kontrolle zu bringen.

Holly gab sich Mühe, das eben Gehörte zu begreifen. »Aber das bedeutet doch sicher, dass ihr Gehaltskürzungen hinnehmen müsst? Das kann ich nicht annehmen …«

Dan lachte. »Ach Holly, du kapierst es einfach nicht.« Sein Ton ließ keinerlei Widerspruch zu. »Dir bleibt keine Wahl! Menschenskind, du weißt ja gar nicht, was du heute Abend bewirkt hast! Du hast sogar den Zahlenakrobaten vom PCT beeindruckt. Nichts für ungut, Mr Grant.«

»Kein Problem«, ließ sich Harry Grant aus dem Hintergrund vernehmen. Holly sah, dass er lächelte.

»Wir brauchen dich hier, Holly«, beharrte Dan noch einmal.

»Wir wollen, dass du bleibst«, bestätigte Taffy.

»Und dafür sind wir gern bereit, ein paar kleine Opfer zu bringen«, erklärte Julia, ohne Holly aus den Augen zu lassen.

Holly sah sie überwältigt an. Sie war über alle Maßen gerührt, dass jemand etwas so Selbstloses tat, um ihr zu helfen.

»Ach Leute …«, begann sie, nach Worten ringend. »Ich weiß nicht, was ich sagen soll.«

»Sag Ja«, schlug Dan leichthin vor, als sei es das Selbstverständlichste der Welt, dann nahm er Julias Hand. »Und lebe ein bisschen.«

Holly sah, wie die beiden einen verschwörerischen Blick tauschten. Das Angebot war unglaublich verlockend.

»Taffy?«, sagte sie, ohne eine bestimmte Frage im Sinn zu haben und dennoch hoffend, er würde alle Antworten kennen.

Er schüttelte lächelnd den Kopf. »Nein, Graham, diesmal nicht. Diesmal musst du deine eigenen Entscheidungen treffen.« Er trat so nah an sie heran, dass sie gezwungen war aufzuschauen. »Aber natürlich würde es mich freuen, diese Entscheidungen zu meinen Gunsten beeinflussen zu können.« Damit beugte er sich vor, bis sich ihre Lippen zu einem sinnlichen Kuss fanden. »Mir fallen da ein, zwei Dinge ein, mit denen ich dich in die richtige Richtung führen könnte«, flüsterte er einen Moment später und zog sie noch enger an sich.

Holly spürte, wie die Anspannung von ihr wich. Ein Knoten löste sich in ihrer Brust.

»Ich liebe dich«, flüsterte sie so leise, dass er es kaum hören konnte.

»Ist das ein Ja?«, unterbrach Julia, die sich nicht länger gedulden konnte. »Bitte entschuldigt die Störung, aber wirst du bleiben, Holly?«

Holly lachte. Julia würde sich wohl niemals ändern. Und im Grunde wollte sie das auch gar nicht. Julia gefiel ihr so, wie sie war.

Dan wartete stumm auf ihre Antwort.

Holly sah zu Taffy auf. Ja, sie hatte ihre Entscheidung getroffen. Sie stellte sich auf die Zehenspitzen, um ihn erneut zu küssen, und spürte, wie er ihr mit dem Daumen eine verbliebene Träne von der Wange strich.

Lächelnd wandte sie sich wieder zu den anderen um. »Wenn ihr euch sicher seid?«

Ein kleines Händchen zupfte an Hollys Kleid. Tom richtete sich verschlafen im Kinderwagen auf und gähnte. »Sind wir schon zu Hause, Mami?«, murmelte er, bevor er ins Land der Träume zurückkehrte.

»Ja«, sagte Holly und schaute sich um. »Ich glaube, das sind wir.«

Dank

Ohne die Bemühungen meiner wundervollen Agentin Teresa Chris, deren absolutes Vertrauen in meine Fähigkeiten mich immer wieder angespornt hat, würden Sie *Liebe auf Rezept* nicht in den Händen halten.

Jo Dickinson als Lektorin zu gewinnen kam mir vor wie ein Sechser im Lotto. Ihr aufschlussreiches, einfühlsames Feedback und ihre Begeisterung für meine Figuren machten die Arbeit mit ihr zu einer enormen Bereicherung und großen Freude. Danke, Jo, dass du an mich geglaubt hast.

Das fantastische Team von Simon & Schuster hat mir von Anfang an das Gefühl gegeben, willkommen zu sein, weshalb ich mich sehr über die Zusammenarbeit freue. Sara-Jade Virtue von Books and the City ist fest entschlossen, dieses Debut unvergesslich zu machen, und ich liebe jeden Meilenstein, der uns diesem Ziel näher bringt.

Ich möchte auch der Romantic Novelists' Association – kurz RNA – danken, die dazu beigetragen hat, meinen Traum Realität werden zu lassen –, ich bin immer wieder verblüfft, mit welch großzügiger Unterstützung die Mitglieder Neuzugänge in ihren Reihen willkommen heißen. Danke für die wundervolle Freundschaft, den großartigen Rat und natürlich für die tolle Party.

Mein Dank gilt meinen »Radiator«-Freunden – ihr wisst, wer gemeint ist –, für eure Liebe, eure Unterstützung und die unendlich positive Einstellung, ganz zu schweigen von euren peinlichen Anekdoten! (Seht ihr? Ich habe gesagt, dass ich euch nicht namentlich erwähnen würde …)

Das Wichtigste zum Schluss: Ein großes Dankeschön an meine Familie – an Sam, Rosie, Bertie und Willow, die jeden meiner Schritte mit ihrem Lachen, ihren Umarmungen und ihrer bedingungslosen Liebe unterstützt haben. Ach ja, nicht zu vergessen die gelegentliche Tasse Kaffee … ich bin unglaublich froh, euch in meinem Leben zu haben.

GOLDMANN
Lesen erleben